SUNSET

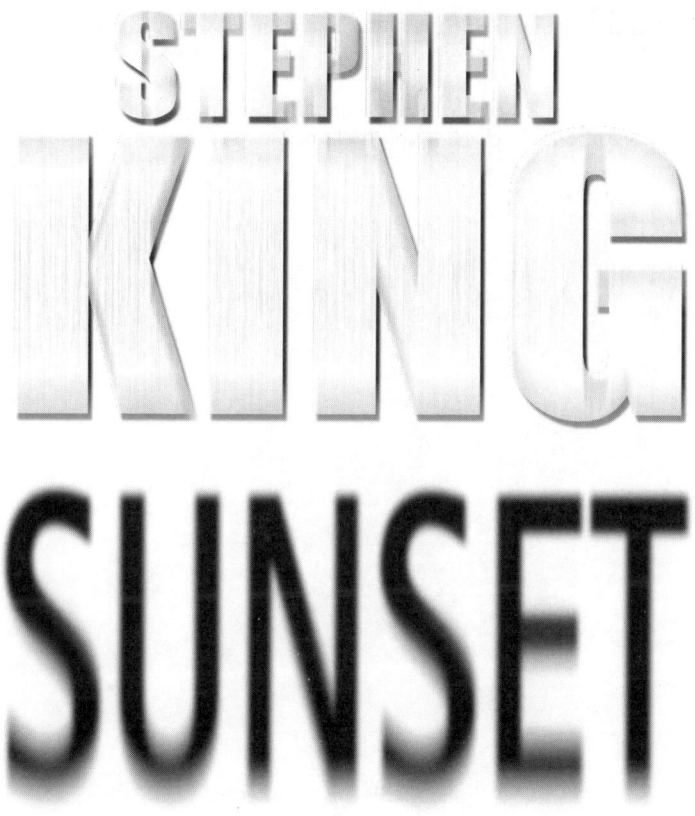

STEPHEN KING
SUNSET

Erzählungen

Aus dem Amerikanischen
von Wulf Bergner, Karl-Heinz Ebnet, Sabine Lohmann,
Friedrich Mader und Hannes Riffel

Weltbild

Die amerikanische Originalausgabe erschien 2008 unter dem Titel
Just After Sunset bei Scribner, New York.

Zitat des Mottos aus: Arthur Machen, *Der große Pan. Erzählungen.*
Aus dem Englischen von Joachim Kalka, München 1994.

Besuchen Sie uns im Internet:
www.weltbild.de

Genehmigte Lizenzausgabe für Verlagsgruppe Weltbild GmbH,
Steinerne Furt, 86167 Augsburg
Copyright der Originalausgabe © 2008 by Stephen King
Copyright der deutschsprachigen Ausgabe © 2008 by Wilhelm Heyne Verlag, München,
in der Verlagsgruppe Random House GmbH
Übersetzung: Wulf Bergner, Karl-Heinz Ebnet, Sabine Lohmann,
Friedrich Mader und Hannes Riffel
Umschlaggestaltung: JARZINA Kommunikations-Design, Holzkirchen
Umschlagmotiv: Corbis, Düsseldorf (© Jon Hicks,
© Photograph by Timothy Hearsum, © Benjamin Lowy)
Gesamtherstellung: GGP Media GmbH, Pößneck
Printed in the EU
ISBN 978-3-8289-9536-9

2012 2011 2010 2009
Die letzte Jahreszahl gibt die aktuelle Lizenzausgabe an.

Für Heidi Pitlor

»Ich weiß wahrscheinlich, was Sie gesehen haben. Ja, es ist
schrecklich genug, aber schließlich und endlich ist es eine
alte Geschichte, ein altes Mysterium … Solche Kräfte sind nicht
benennbar, sind unaussprechlich, bleiben unvorstellbar ohne
Schleier und Symbol — ein Symbol, das den meisten unter uns
als dichterische Erfindung von seltsamem Reiz erscheint und
manchen als alberne, törichte Fabel. Aber Sie und ich haben jeden-
falls etwas von dem Schrecken begriffen, der am geheimen Ort
des Lebens wohnen und sich unter menschlicher Fleischeshülle
zeigen kann: dass das, was keine Form besitzt, eine Form annimmt.
Oh, Austin, wie kann das sein? Wie ist es möglich, dass die
Sonne sich nicht beim Anblick dieses Dings verdunkelt, dass die
feste Erde nicht schmilzt und brodelt unter solch einer Last?«

ARTHUR MACHEN · »Der große Pan«

INHALT

VORWORT

Im Jahr 1972 kam ich eines Tages nach Hause, da saß meine Frau mit einer Gartenschere am Küchentisch. Sie lächelte, was darauf schließen ließ, dass mich nicht *allzu* viel Ärger erwartete; andererseits verlangte sie die Herausgabe meiner Geldbörse. Das klang nicht gut.

Trotzdem gab ich sie ihr. Sie wühlte meine Tankkreditkarte von Texaco heraus – damals wie heute bekamen Jungverheiratete solches Zeug routinemäßig unverlangt zugeschickt – und zerschnitt sie prompt in drei große Stücke. Als ich protestierte, die Karte sei sehr praktisch gewesen und wir hätten am Monatsende immer wenigstens die Mindestzahlung geleistet (manchmal mehr), schüttelte sie nur den Kopf und erklärte mir, die Kreditzinsen seien mehr, als unser fragiles Familienunternehmen tragen könne.

»Lieber die Versuchung abschaffen«, sagte sie. »Meine habe ich schon zerschnitten.«

Und das war's dann. In den folgenden zwei Jahren besaß keiner von uns beiden mehr eine Kreditkarte.

Es war richtig, es war *clever* gewesen, das zu tun, denn damals waren wir Anfang zwanzig und hatten zwei Kinder zu versorgen; finanziell schafften wir es so eben, uns über Wasser zu halten. Ich unterrichtete Englisch an einer Highschool und arbeitete im Sommer in einer Großwäscherei, wusch Motelbettwäsche und fuhr sie gelegentlich mit einem Lieferwagen zu diesen Motels. Tabby versorgte tagsüber die Kinder, schrieb Gedichte, während die ihren Mittagsschlaf hielten, und arbeitete eine volle Schicht bei Dunkin' Donuts, sobald ich aus der Schule heimkam. Unser gemeinsames Einkommen genügte, um die Miete zu zahlen, Lebensmittel zu kaufen und unseren kleinen Sohn mit Windeln zu versorgen, aber es reichte nicht für ein Telefon; das schafften wir ebenso ab wie die Texaco-Karte. Die Versuchung, mit jemandem ein Ferngespräch zu führen, wäre zu groß gewesen. Wir behielten genug übrig, um gelegentlich Bücher zu kaufen – keiner von uns konnte ohne sie leben – und meine schlechten Angewohnheiten (Bier und Zigaretten) zu bezahlen, aber kaum mehr als das. Ganz sicher hatten wir nicht das Geld, um für das Vorrecht, dieses praktische, aber letztlich gefährliche Plastikkärtchen zu besitzen, Kreditzinsen bezahlen zu können.

Was wir an überschüssigem Einkommen hatten, ging meistens für Dinge wie Autoreparaturen, Arztrechnungen oder Sachen drauf, die Tabby und ich »Kinderscheiß« nannten: Spielzeug, einen Laufstall aus zweiter Hand, ein paar dieser ärgerlichen Richard-Scarry-Bücher. Und dieses bisschen zusätzliche Geld kam oft durch die Kurzgeschichten herein, die ich Herrenmagazinen wie *Cavalier, Dude* und *Adam* verkaufen konnte. In jenen Tagen ging es nie darum, Literatur zu schreiben, und jede Diskussion über den »bleibenden Wert« meines Zeugs wäre ein ebenso großer Luxus wie diese Texaco-Karte gewesen. Wenn die Storys sich verkauften (was sie nicht immer taten), bedeuteten sie einfach ein willkommenes kleines Zusatzeinkommen. Ich betrachtete sie als eine Reihe *Piñatas,* an die ich statt mit einem Stock mit einer Schreibmaschine schlug. Manchmal platzten sie und ließen ein paar Hundert Dollar herabregnen. Ein andermal taten sie es nicht.

Zum Glück für mich – man glaube mir, dass ich in mehr als nur dieser Beziehung ein äußerst glückliches Leben geführt habe – war meine Arbeit auch mein Vergnügen. Ich amüsierte mich bei den meisten dieser Storys, hatte einen Riesenspaß dabei. Sie kamen eine nach der anderen wie die Hits des Rock-Senders auf Mittelwelle, der in der Kombination aus Arbeitszimmer und Wäscheraum, in dem ich sie schrieb, ständig lief.

Ich schrieb sie schnell und zügig, sah sie mir nach dem zweiten Umschreiben kaum jemals wieder an und kam nie auf den Gedanken, mich etwa zu fragen, woher sie kamen, wie die Struktur einer guten Kurzgeschichte sich von der eines Romans unterschied oder wie man Dinge wie Personenentwicklung, Rückblenden und Zeitrahmen managte. Ich flog lediglich nach Gefühl, hatte nichts als meine Intuition und jugendliches Selbstvertrauen. Mich kümmerte nur, dass der Strom nicht versiegte. Das war alles, was mich zu kümmern brauchte. Jedenfalls kam ich niemals auf die Idee, das Schreiben von Kurzgeschichten sei eine delikate Kunst, die man vergessen könne, wenn man sie nicht fast ständig übe. Damals kam sie mir keineswegs delikat vor. Die meisten dieser Storys kamen mir wie Planierraupen vor.

Viele amerikanische Bestsellerautoren schreiben keine Kurzgeschichten. Ich bezweifle, dass das eine Geldfrage ist; Bestsellerautoren brauchen über diesen Aspekt nicht nachzudenken. Vielleicht setzt eine Art kreative Klaustrophobie ein, sobald die Welt eines hauptberuflichen Schriftstellers auf sagen wir unter 280 Seiten schrumpft. Vielleicht ist es auch nur das Talent zur Miniaturisierung, das irgendwann verlorengeht. Bei vielem im Leben mag es sich wie mit dem Fahrradfahren verhalten, aber das Schreiben von Kurzgeschichten gehört nicht dazu. Man *kann* vergessen, wie man es macht.

In den späten achtziger und neunziger Jahren schrieb ich immer weniger Storys, und diejenigen, die ich zu Papier brachte, wurden immer länger (einige davon sind in diesem Band versammelt). Das war in Ordnung. Aber es gab auch Kurzgeschichten, die ich nicht schrieb, weil ich irgendeinen Roman zu beenden hatte, und das war weniger in Ordnung – ich konnte hören, wie diese Ideen im Hinterkopf darum bettelten, aufgeschrieben zu werden. Manche kamen irgendwann dran; andere starben leider und wurden wie Staub weggeblasen.

Am schlimmsten war, dass es Kurzgeschichten gab, die ich nicht mehr schreiben konnte, und das war bestürzend. Ich wusste, dass ich sie damals im Wäscheraum auf Tabbys kleiner Reiseschreibmaschine von Olivetti hätte schreiben können, aber als älterem Mann – selbst mit ausgefeilter Schreibtechnik und viel kostspieligerem Handwerkszeug wie dem Macintosh, auf dem ich heute Abend schreibe – fielen mir solche Geschichten nicht mehr ein. Ich weiß noch, wie ich eine vermurkste und mir einen alternden Schwertfeger vorstellte, der ratlos eine edle Damaszenerklinge betrachtet und denkt: *Irgendwie hab ich früher doch gewusst, wie man dieses Zeug macht.*

Dann bekam ich eines Tages vor drei oder vier Jahren einen Brief von Katrina Kenison, Herausgeberin der jährlich erscheinenden *Best American Short Stories* (ihre Nachfolgerin ist inzwischen Heidi Pitlor, der dieses Buch gewidmet ist). Ms. Kenison fragte an, ob ich Interesse daran hätte, den Jahrgang 2006 herauszugeben. Ich brauchte nicht darüber zu schlafen oder mir die Sache auch nur bei einem Nachmittagsspaziergang zu überlegen. Ich sagte sofort zu. Aus allen möglichen Gründen, von denen einige sogar altruistisch waren. Aber ich wäre ein schlimmer Lügner, wenn ich nicht zugäbe, dass auch Eigeninteresse eine Rolle spielte. Ich dachte, wenn ich genügend Kurzgeschichten läse, in das Beste eintauchte, was die amerikanischen Literaturzeitschriften zu bieten hatten, könnte ich vielleicht etwas von der Mühelosigkeit zurückgewinnen, die mir verlorengegangen war. Nicht weil ich diese Honorarschecks brauchte – klein, aber sehr willkommen, wenn man erst anfängt –, um einen neuen Auspuff für einen Gebrauchtwagen oder ein Geburtstagsgeschenk für meine Frau zu kaufen, sondern weil ich es für keinen fairen Tausch hielt, meine Fähigkeit, Kurzgeschichten zu schreiben, gegen eine ganze Geldbörse voller Kreditkarten einzutauschen.

In meinem Jahr als Gastherausgeber habe ich Hunderte von Storys gelesen, aber darauf will ich hier nicht eingehen; wen es interessiert, der kaufe sich das Buch und lese die Einführung (außerdem gönnt man sich damit zwanzig klasse Kurzgeschichten, was auch nicht übel ist). Wichtig hinsichtlich der hier folgenden Storys ist die Tatsache, dass die alte Erregung zurückkam und ich wieder wie früher zu schreiben begann. Darauf hatte ich gehofft, aber kaum zu glauben gewagt, dass es so kommen würde. Die erste dieser »neuen« Storys war »Willa«, die auch die erste Geschichte des vorliegenden Bandes ist. Taugen diese Storys etwas? Ja, ich finde schon. Sind sie Literatur? Das weiß ich nicht, und mich interessiert es auch nicht besonders; wen es interessiert, der frage einen Kritiker. Können sie einem einen langweiligen Flug (wenn man liest) oder eine lange Autofahrt (wenn man die Hörbücher hört) verkürzen? Das hoffe ich doch. Wenn das geschieht, ereignet sich nämlich eine Art Zauber.

Es hat mir Spaß gemacht, sie zu schreiben, das weiß ich. Und ich hoffe, dass sie den Lesern gefallen, dass sie von ihnen davongetragen werden. Und solange ich weiß, wie man's macht, werde ich weiterschreiben.

Oh, und noch etwas. Ich weiß, dass manche Leser gern etwas darüber hören, wie oder weshalb bestimmte Storys geschrieben wurden. Wer zu diesen Leuten gehört, findet hinten meine »Liner Notes«. Aber man schäme sich, dort nachzuschlagen, bevor man die Geschichten gelesen hat.

Und jetzt will ich zusehen, dass ich niemandem länger im Weg stehe. Doch bevor ich gehe, möchte ich Ihnen danken, dass Sie hergekommen sind. Würde ich ohne Sie weiterschreiben? Ja, das täte ich wohl. Weil es mich glücklich macht, wenn die Worte Zeilen bilden und das Bild hervortritt und meine Fantasiegestalten Dinge tun, die mich begeistern. Aber mit Ihnen, treuer Leser, ist es mir lieber.

Mit Ihnen ist es mir immer lieber.

WILLA

Du siehst nicht mal, was du direkt vor Augen hast, hatte sie gesagt, aber manchmal sah er es doch. Wahrscheinlich war ihre Häme nicht ganz unverdient, aber völlig blind war er auch nicht. Und während das Abendrot über der Wind River Range zu bitterem Orange verglomm, blickte David im Bahnhof umher und sah, dass Willa fort war. Er sagte sich, dass er sich da nicht sicher sein konnte, aber das war nur sein Kopf – das flaue Gefühl im Magen war sich sicher genug.

Er machte sich auf die Suche nach Lander, der sie ein bisschen mochte; der gemeint hatte, sie habe Mumm, als Willa sagte, es sei eine Sauerei von Amtrak, die Leute hier so hängenzulassen. Viele von ihnen konnten sie nicht leiden, ob Amtrak sie nun hängenließ oder nicht.

»Hier riecht's nach feuchtem Keks!«, rief Helen Palmer ihm zu, als David vorbeikam. Sie hatte zu der Bank in der Ecke gefunden, wie sie es schließlich immer tat. Die Rhinehart wachte im Moment über sie, was dem Ehemann eine kleine Atempause verschaffte, und sie lächelte David zu.

»Haben Sie Willa gesehen?«, fragte David.

Die Rhinehart schüttelte den Kopf, immer noch lächelnd.

»Es gibt Fisch zum Abendessen!«, schimpfte Mrs. Palmer. Ein Kranz blauer Adern pochte an ihrer Schläfe. »Auch das noch!«

»Pscht, Helen«, sagte die Rhinehart. Vielleicht hieß sie Sally, aber an so einen Namen, dachte David, hätte er sich erinnert; es gab heutzutage zu wenig Sallys. Jetzt gehörte die Welt den Ambers, Ashleys und Tiffanys. Willa war auch so eine aussterbende Spezies, und allein schon bei dem Gedanken wurde ihm wieder flau im Magen.

»Feuchter Keks!«, fauchte Helen. »Dreckige alte Penner!«
Henry Lander saß auf einer Bank unter der Uhr. Er hatte
den Arm um seine Frau gelegt. Er blickte auf und schüttelte
den Kopf, noch ehe David fragen konnte. »Sie ist nicht hier.
Tut mir leid. Nur mal eben in die Stadt gegangen, wenn Sie
Glück haben. Endgültig auf und davon, wenn nicht.« Er mimte eine Anhaltergeste.

David glaubte nicht, dass seine Verlobte auf eigene Faust gen
Westen trampen würde – absurde Vorstellung –, aber dass sie
nicht hier war, das glaubte er wohl. Hatte es eigentlich schon
gewusst, bevor er die Anwesenden zählte, und eine Verszeile
aus einem alten Wintergedicht kam ihm in den Sinn: ein Schrei
der Trennung, Abwesenheit im Herzen.

Der Bahnhof war eine enge hölzerne Kehle, in der die Leute
entweder ziellos auf und ab wanderten oder auf den Bänken unter den Neonlampen saßen. Die Schultern derer, die saßen, wiesen jene typische Schlaffheit auf, die man nur an Orten wie diesem sah, wo die Leute darauf warteten, dass das, was auch immer
schiefgegangen war, wieder in Ordnung kam, damit die unterbro-
chene Reise fortgesetzt werden konnte. Nicht viele Leute bega-
ben sich absichtlich an Orte wie Crowheart Springs, Wyoming.

»Laufen Sie ihr bloß nicht hinterher, David«, sagte Ruth
Lander. »Es wird schon dunkel, und da draußen gibt's jede
Menge Viechzeugs. Und nicht nur Kojoten. Dieser Buchhänd-
ler mit dem Hinkebein sagt, dass er auf der anderen Seite der
Gleise Wölfe gesehen hat, drüben bei den Güterwagen.«

»Biggers«, sagte Henry. »So heißt er.«

»Von mir aus kann er Jack D. Ripper heißen«, sagte Ruth.
»Ich meine nur, wir sind hier nicht mehr in Kansas, David.«

»Aber wenn sie doch …«

»Sie ist weg, als es noch hell war«, sagte Henry Lander, als
würde das Tageslicht einen Wolf (oder einen Bären) davon abhalten, eine einzelne Frau anzufallen. Konnte ja sein, was wusste David schon. Er war Investmentbanker, nicht Wildhüter. Ein
junger Investmentbanker obendrein.

»Wenn der Ersatzzug kommt und sie nicht da ist, wird sie ihn verpassen.« Dieses simple Faktum schien ihnen nicht in den Kopf zu wollen. Es griff einfach nicht, wie es in dem gängigen Jargon seines Büros in Chicago heißen würde. Henry hob die Augenbrauen. »Meinen Sie, dass es irgendwie besser ist, wenn Sie ihn beide verpassen?«

Wenn sie ihn beide verpassten, könnten sie entweder einen Bus nehmen oder zusammen auf den nächsten Zug warten. Das mussten Henry und Ruth Lander doch einsehen. Oder vielleicht auch nicht. Was David vor allem sah, wenn er sie anblickte – was er direkt vor Augen hatte –, war jene seltsame Mattigkeit, die mitten im Nirgendwo festsitzenden Leuten vorbehalten war. Und wer machte sich schon etwas aus Willa? Wer außer David Sanderson würde auch nur einen Gedanken an sie verschwenden, wenn sie hier in der Pampa verschwand? Sie war sogar regelrecht verhasst. Diese Ziege Ursula Davis hatte mal gesagt: »Willas Mutter hätte das a am Ende ihres Namens gleich weglassen können, das wäre viel passender gewesen.«

»Ich werde in die Stadt gehen und sie suchen«, sagte er.

Henry seufzte. »Das ist sehr unvernünftig, mein Sohn.«

»Wir können nicht in San Francisco getraut werden, wenn sie in Crowheart Springs zurückbleibt«, sagte er, um die Sache ins Scherzhafte zu ziehen.

Dudley kam vorbei. David konnte nicht sagen, ob Dudley sein Vor- oder Nachname war, nur dass er eine leitende Stellung bei Staples-Bürobedarf innehatte und auf dem Weg nach Missoula zu irgendeiner Regionalversammlung gewesen war. Er war normalerweise sehr still, weshalb das wiehernde Lachen, das er in die wachsenden Schatten aussandte, nicht nur überraschend, sondern geradezu schockierend wirkte. »Wenn der Zug kommt und Sie ihn verpassen«, sagte er, »können Sie einen Friedensrichter ausfindig machen und sich hier an Ort und Stelle trauen lassen. Und wenn Sie dann zurück im Osten sind, erzählen Sie Ihren ganzen Freunden, dass Sie eine Blitzheirat im echten Western-Stil hatten. Yippie, Cowboy.«

»Tun Sie's nicht«, sagte Henry. »Wir bleiben hier nicht mehr lange.«

»Ja, soll ich sie denn im Stich lassen? Das ist doch Schwachsinn.«

Er ging weiter, ehe Lander oder seine Frau noch etwas erwidern konnten. Georgia Andreeson saß auf einer Bank nahebei und sah ihrem Töchterchen zu, das in einem roten Reisekleid über den schmutzigen Fliesenboden hüpfte. Pammy Andreeson schien nie müde zu werden. David versuchte sich zu erinnern, ob er sie irgendwann hatte schlafen sehen, seit der Zug am Wind-River-Knotenpunkt entgleist war und sie wie ein vergessenes Päckchen in einem toten Briefkasten hier gelandet waren. Einmal vielleicht, mit dem Kopf auf dem Schoß der Mutter. Aber das bildete er sich möglicherweise nur ein, im Glauben, dass Fünfjährige eine Menge Schlaf brauchten.

Pammy hopste von Fliese zu Fliese. Der leibhaftige Schabernack, benutzte sie die Vierecke als riesiges Hüpfspiel. Das rote Kleid wippte um ihre pummeligen Knie. »Ich kenne einen, der heißt Jo«, deklamierte sie in einem monotonen Singsang, so schrill, dass David die Plomben wehtaten. »Er stolpert und fällt auf den Po. Ich kenne einen, der heißt David. Er stolpert und fällt auf den Bavid.« Sie kicherte und zeigte auf David.

»Hör auf, Pammy«, sagte Georgia Andreeson. Sie lächelte David zu und strich sich das Haar aus dem Gesicht. Die Geste erschien ihm unsäglich erschöpft, und er dachte, dass ihr noch ein langer Weg mit der quirligen Pammy bevorstand, vor allem ohne einen Mr. Andreeson in Sicht.

»Haben Sie Willa gesehen?«, fragte er.

»Ist gegangen«, sagte sie und deutete auf die Tür mit dem Schild Zu Bus, Taxi, Telefon − Erkundigen Sie sich im Voraus nach freien Hotelzimmern darüber.

Jetzt kam Biggers auf ihn zugehumpelt. »Ich würde mich nicht ins Freie wagen, außer mit einem Schnellschussgewehr. Da draußen gibt es Wölfe. Ich habe welche gesehen.«

»Ich kenne eine, die heißt Willa«, sang Pammy. »Die hat Kopfweh und nimmt 'ne Pilla.« Sie schmiss sich hin und brüllte vor Lachen.

Biggers, der Handlungsreisende, hatte keine Antwort abgewartet. Er humpelte quer durch den Bahnhof zurück. Sein Schatten wurde lang, verkürzte sich im Schein der hängenden Leuchtstoffröhren, wurde wieder lang. Phil Palmer lehnte im Türrahmen unter dem Schild. Er war Versicherungsvertreter im Ruhestand. Er und seine Frau waren auf dem Weg nach Portland. Sie hatten vor, eine Weile bei ihrem ältesten Sohn und dessen Frau zu bleiben, aber Palmer hatte David und Willa im Vertrauen erzählt, dass Helen wohl nie mehr in den Osten zurückkommen würde. Sie hatte Krebs und außerdem Alzheimer. Willa nannte das einen Doppelpack. Als David meinte, das sei ein wenig grausam, hatte Willa ihn angesehen, zu einer Entgegnung angesetzt und dann nur den Kopf geschüttelt.

Nun fragte Palmer, wie er es immer tat: »He, Kumpel – haste mal 'ne Kippe?«

Worauf David wie immer antwortete: »Ich rauche nicht, Mr. Palmer.«

Und Palmer sagte zum Abschluss: »War nur 'n kleiner Test, Junge.«

Als David auf den Bahnsteig hinaustrat, wo Ankömmlinge auf den Pendelbus nach Crowheart Springs warteten, runzelte Palmer die Stirn. »Keine gute Idee, mein junger Freund.«

Irgendetwas – vielleicht ein großer Hund, vielleicht aber auch nicht – erhob ein Geheul von der anderen Seite des Bahnhofs her, wo das Gestrüpp fast bis zu den Gleisen wucherte. Eine zweite Stimme fiel ein, was eine gewisse Harmonie erzeugte. Sie verebbten im Einklang.

»Siehste, was ich meine?« Palmer lächelte, als hätte er das Geheul heraufbeschworen, nur um zu beweisen, dass er Recht hatte.

David wandte sich um, und seine leichte Jacke flatterte in dem scharfen Wind. Eilig stieg er die Stufen hinab, bevor es sich anders überlegen konnte. Nur die erste Stufe kostete ihn echte Überwindung, danach dachte er bloß noch an Willa. »David«, sagte Palmer, jetzt ganz ohne Frotzelei. »Tu's nicht.« »Warum nicht? Sie hat's ja auch getan. Außerdem sind die Wölfe doch da drüben.« Er wies mit dem Daumen über die Schulter. »Falls es überhaupt welche sind.«

»Natürlich sind es welche. Gut, wahrscheinlich werden sie nicht auf dich losgehen – zu dieser Jahreszeit sind sie wohl nicht so hungrig. Aber ihr müsst doch nicht alle beide noch Gott weiß wie lange in dieser Einöde herumlungern, nur weil sie die Lichter der Stadt vermisst hat.«

»Sie scheinen einfach es nicht zu begreifen – sie ist mein Mädchen.«

»Ich will dir mal was sagen, mein Freund: Wenn sie sich wirklich für dein Mädchen halten würde, wäre sie gar nicht erst losgezogen. Meinst du nicht auch?«

Zuerst gab David keine Antwort, weil er sich nicht sicher war, was genau er meinte. Vielleicht, weil er oft nicht sah, was er direkt vor Augen hatte, wie Willa ihm vorwarf. Doch schließlich drehte er sich zu Phil Palmer um, der über ihm am Türrahmen lehnte. »Ich meine, dass man seine Verlobte nicht allein in der Einöde zurücklässt. Das meine ich.«

Palmer seufzte. »Fast hoffe ich, dass eins dieser streunenden Viecher beschließt, dich in deinen feinen Städterarsch zu beißen. Vielleicht bringt dich das zur Vernunft. Die kleine Willa Stuart schert sich um keinen als sich selbst, und alle sehen das, außer dir.«

»Wenn ich an einem Kiosk oder Laden vorbeikomme, soll ich Ihnen dann eine Schachtel Zigaretten mitbringen?«

»Ja, verdammt, warum nicht?«, sagte Palmer, und dann, als David das auf die leere, randsteinlose Straße gemalte Taxistand Parkverbot überquerte: »David!«

David drehte sich um.

»Der Pendelbus fährt erst morgen wieder, und es sind drei Meilen bis in die Stadt, steht am Informationsstand angeschrieben. Das macht sechs Meilen hin und zurück. Zu Fuß. Dafür brauchst du zwei Stunden, ohne die Zeit zu rechnen, die es dauern kann, sie ausfindig zu machen.«

David hob die Hand, um zu zeigen, dass er ihn gehört hatte, ging aber weiter. Der Wind wehte kalt von den Bergen her, aber er mochte es, wie er ihm durch die Kleider fuhr und das Haar zurückkämmte. Zuerst hielt er am Straßenrand nach Wölfen Ausschau, doch als er keine sah, kehrten seine Gedanken zu Willa zurück. Überhaupt hatte er kaum noch etwas anderes im Sinn, seit er das zweite oder dritte Mal mit ihr zusammen gewesen war.

Sie hatte die Lichter der Stadt vermisst; was das betraf, mochte Palmer Recht haben, aber David glaubte nicht, dass sie sich um keinen scherte als sich selbst. Sie hatte es einfach nur satt gehabt, mit einem Haufen armseliger alter Säcke herumzuhängen, die darüber jammerten, dass sie nun da und dort zu spät kommen würden. Die Stadt dort hinten gab wahrscheinlich nicht viel her, aber Willa hatte sich wohl irgendwelche Zerstreuung davon versprochen, und das hatte schwerer gewogen als die Möglichkeit, dass Amtrak einen Sonderzug schickte, um die Leute abzuholen, während sie fort war.

Und wo genau würde sie nach Zerstreuung suchen?

Bestimmt gab es keine Nachtclubs in Crowheart Springs, wo der Bahnhof nur ein langer grüner Schuppen war, auf dem in Rot, Weiß und Blau WYOMING und »DER GLEICHHEITSSTAAT« aufgemalt stand. Keine Nachtclubs, keine Discos, aber zweifellos Kneipen. Wenn sie nicht tanzen gehen konnte, würde sie sich halt mit einer Jukebox begnügen.

Die Nacht brach an, und die Sterne entrollten sich wie ein Glitzerteppich von Ost nach West über dem Himmel. Zwischen zwei Gipfeln stieg ein Halbmond auf und tauchte die Straße und das offene Land zu beiden Seiten in kränkliches Licht. Der Wind pfiff unter den Dachbalken des Bahnhofs, doch hier draußen brachte er ein seltsam monotones Summen hervor, das ihn an Pammy Andreesons Hüpfgesang erinnerte.

Im Gehen horchte er darauf, ob hinter ihm ein Zug herankam. Er hörte keinen; was er hörte, als der Wind abflaute, war ein leises, aber klar vernehmliches Klick-klick-klick. Er drehte sich um und sah etwa zwanzig Schritte hinter sich auf dem gestrichelten Mittelstreifen der Route 26 einen Wolf. Er war fast so groß wie ein Kalb, das Fell zottig wie eine Russenmütze. Im schütteren Sternenlicht wirkte das Fell schwarz, die Augen glommen in dunklem Uringelb. Er sah, wie David sich umschaute, und blieb stehen. Sein Maul klappte zu einem Grinsen auf, und er fing an zu hecheln, ein Geräusch wie eine kleine Dampflok.

Für Angst blieb keine Zeit. David tat einen Schritt auf ihn zu, klatschte in die Hände und rief:»Hau ab! Mach, dass du wegkommst!«

Der Wolf machte kehrt und floh. Er hinterließ nur einen dampfenden Kothaufen auf der Route 26. David grinste, schaffte es aber, nicht laut herauszulachen; das hieße, die Götter herauszufordern, fand er. Er fühlte sich zugleich von Angst und absurder, vollkommener Ruhe erfüllt. Er dachte daran, seinen Namen von David Sanderson zu Wolf Bezwinger zu ändern. Der optimale Name für einen Investmentbanker.

Dann lachte er doch ein bisschen – er konnte es sich nicht verkneifen – und wandte sich wieder in Richtung Crowheart Springs. Diesmal sah er sich im Gehen auch nach hinten über die Schulter um, nicht nur nach beiden Seiten, aber der Wolf kam nicht zurück. Was kam, war die Gewissheit, dass er den Pfiff des Sonderzugs hören würde, der die anderen abholen kam; der Teil ihres Zuges, der noch auf den Gleisen stand, würde mittlerweile vom Knotenpunkt geräumt worden sein, und bald würden die Leute, die im Bahnhof warteten, ihren Weg fortsetzen – die Palmers, die Landers, der hinkende Biggers, die hüpfende Pammy und all die Übrigen.

Aber was machte das schon? Amtrak würde ihr Gepäck in San Francisco aufbewahren; bestimmt konnte man ihnen wenigstens das zutrauen. Er und Willa könnten den Überlandbus nehmen. Der Greyhound fuhr doch wohl auch durch Wyoming.

Er stieß auf eine Budweiser-Dose und trat sie eine Weile vor sich her. Dann kickte er sie schräg ins Gestrüpp, und während er noch überlegte, ob er sie wieder rausholen sollte, hörte er schwach Musik: den Bass und das Klagen einer Pedal-Steel-Gitarre, das sich für ihn immer wie metallische Tränen anhörte. Sogar bei fröhlichen Songs.

Sie war dort, wo diese Musik spielte. Nicht weil es das nächstgelegene Tanzlokal war, sondern die richtige Sorte. Das wusste er. Also ließ er die Bierdose liegen und ging dem Gitarrenklang nach; mit den Turnschuhen wirbelte er Staub auf, den der Wind davonwehte. Alsbald kamen auch Schlagzeuglaute dazu, und dann ein roter Neonpfeil unter einem Schild, auf dem nur 26 stand. Na ja, das war hier schließlich die Route 26, für einen Honky-Tonk-Schuppen also ein völlig logischer Name.

Das Lokal hatte zwei Parkplätze. Der vordere, gepflasterte war vollgestellt mit Pick-ups und Pkws, meist amerikanische Marken und mindestens fünf Jahre alt. Der Parkplatz zur Linken war gekiest. Hier standen Reihen von Lastwagen unter bläulich gleißenden Bogenlampen. Inzwischen konnte David auch die Rhythmus- und Leadgitarren heraushören und das auf der Marquise über der Tür Geschriebene lesen: NUR HEUTE ABEND THE DERAILERS 5 $ KOSTENBEITRAG SORRY.

The Derailers: die Entgleiser. Na, da hatte sie ja genau die richtige Band gefunden.

David hatte einen Fünfdollarschein in der Brieftasche, aber der Vorraum des Lokals war leer. Der große Tanzboden dahinter war voller schwofender Paare. Die meisten trugen Jeans und Cowboystiefel und hielten sich gegenseitig am Hintern umklammert, während die Band sich mit »Wasted Days and Wasted Nights« ins Zeug legte. Es war laut, weinerlich und – soweit David Sanderson das beurteilen konnte – Note für Note perfekt gespielt. Der Dunst aus Bier, Schweiß, penetrantem Rasierwasser und billigem Parfüm traf ihn wie ein Faustschlag auf die Nase. Das Gelächter und das Stimmengewirr – sogar ein enthemmter Jodler von der anderen Seite der Tanzfläche – waren wie Geräusche in einem Traum, den man immer wieder in kritischen Momenten seines Lebens träumte: der Traum, unvorbereitet im Examen zu hocken, der Traum, nackt in der Öffentlichkeit zu stehen, der Traum, aus großer Höhe zu fallen, der Traum, durch eine fremde Stadt zu hasten, überzeugt, hinter der nächsten Ecke seinem Schicksal zu begegnen.

David überlegte, ob er seinen Fünfer wieder einstecken sollte, lehnte sich dann aber über den Kartenschalter und warf ihn dort auf den Tisch, der bis auf eine Schachtel Lucky Strike auf einem Danielle-Steel-Schmöker leer war. Dann mischte er sich unter das Gewühl im Hauptraum.

Die Derailers legten an Tempo zu, und die jüngeren Gäste tanzten nun Pogo wie bei einem Punkkonzert. Zu Davids Linken bildeten zwei Dutzend der älteren Paare einen zweireihigen Line-Dance. Als er genauer hinsah, fiel ihm auf, dass es doch nur eine Reihe gab. Die hintere Wand war verspiegelt, so dass die Tanzfläche doppelt so groß wirkte, wie sie eigentlich war.

Ein Glas zersplitterte. »Du gibst einen aus, Partner!«, rief der Sänger, während die Band zum Instrumentalteil überging, und die Tänzer johlten über seinen Witz, der vermutlich zündend genug wirkte, sagte sich David, wenn man reichlich Tequila intus hatte.

Der Tresen war ein Hufeisen mit einer Neon-Silhouette der Wild River Range darüber. Sie war rot-weiß-blau; in Wyoming schienen sie ihr Rot-Weiß-Blau ja wirklich zu lieben. Ein Neonschild in den gleichen Farben verkündete: Du bist in Gottes Land, Partner. Es wurde vom Budweiser-Logo zur Linken und vom Coors-Logo zur Rechten flankiert. Die Menge, die darauf wartete, bedient zu werden, stand dicht an dicht. Ein Barkeeper-Trio in weißem Hemd und roter Weste jonglierte mit Shakern wie mit blitzenden Revolvern.

Das Lokal war riesig wie eine Scheune – gut fünfhundert Leute machten hier einen drauf –, aber er sorgte sich nicht darum, ob er Willa hier fand. Meine Wünschelrute funktioniert, dachte er, während er eine Abkürzung über den Tanzboden nahm, fast selbst tanzend, um den wirbelnden Cowboys und Cowgirls auszuweichen.

Hinter dem Tresen und der Tanzfläche gab es eine schummerige kleine Lounge mit hochlehnigen Sitzecken. In den meisten tummelten sich Vierergruppen, mit etlichen Krügen zur Stärkung, und die Spiegelwand machte jeden Vierer zu einem Achter. Nur eine der Nischen war nicht voll besetzt. Willa saß allein da. Ihr braves Blümchenkleid fiel zwischen all den Jeanshosen, Jeansröcken und Hemden mit Perlmuttknöpfen ziemlich aus dem Rahmen. Auch hatte sie sich nichts zu trinken oder zu essen bestellt – der Tisch war leer.

Sie sah ihn zunächst nicht. Sie beobachtete die Tänzer. Ihre Wangen waren gerötet, und in den Mundwinkeln saßen tiefe Grübchen. Sie wirkte hier gänzlich fehl am Platz, aber er hatte sie nie mehr geliebt als gerade jetzt. Willa, am Rande eines Lächelns.

»Hi, David«, sagte sie, als er neben sie auf die Bank schlüpfte. »Ich hab gehofft, dass du kommst. Hab's mir fast gedacht. Ist die Band nicht toll? So schön laut!« Sie musste fast schreien, damit er sie hörte, aber er sah ihr an, dass sie auch das genoss. Nach dem ersten Blick zu ihm hin wandte sie sich wieder den Tänzern zu.

»Die sind wirklich gut«, sagte er. Und das waren sie auch. Er spürte, wie der Sound ihn packte, trotz der Unruhe, die zurückgekehrt war. Nun, da er Willa endlich gefunden hatte, machte er sich wieder Sorgen darum, diesen verdammten Ersatzzug zu verpassen. »Der Sänger klingt wie Buck Owens.«

»Ehrlich?« Sie sah ihn lächelnd an. »Wer ist Buck Owens?«

»Egal. Schauen wir lieber, dass wir zum Bahnhof zurückkommen. Außer, du willst hier noch einen weiteren Tag hängenbleiben.«

»Das wär doch nicht das Schlechteste. Irgendwie mag ich diesen Ort – he, Achtung!«

Ein Glas flog in hohem Bogen über die Tanzfläche, schillerte kurz grün und golden im Licht der Bühnenspots und zerschellte dann irgendwo außer Sichtweite. Es gab johlenden Applaus – Willa klatschte ebenfalls –, aber David sah zwei Muskelprotze mit RUHE und SICHERHEIT in breiten Lettern auf den T-Shirts zielstrebig in Richtung der Abwurfstelle steuern.

»Das ist so 'n Laden, wo man schon vor elf Uhr mit vier Schlägereien auf dem Parkplatz rechnen kann«, sagte er, »und oft noch kurz vor der Sperrstunde mit einer Massenschlägerei drinnen.«

Sie lachte und richtete die Zeigefinger wie Revolverläufe auf ihn. »Super! Das will ich sehen!«

»Und ich will zurück zum Bahnhof«, sagte er. »Wenn du in San Francisco schwofen gehen willst, dann machen wir das, versprochen.«

Sie zog einen Flunsch und schüttelte ihr rotblondes Haar zurück. »Das wär nicht dasselbe, das weißt du genau. In San Francisco trinken sie wahrscheinlich … keine Ahnung … makrobiotisches Bier.«

Das brachte ihn zum Lachen. Wie bei der Vorstellung von einem Investmentbanker, der Wolf Bezwinger hieß, war die Vorstellung von makrobiotischem Bier einfach zu komisch. Doch bei aller Heiterkeit blieb die Unruhe; fachte sie die Heiterkeit nicht sogar noch an?

»Wir machen eine kurze Pause und sind gleich wieder da«, sagte der Sänger und wischte sich über die Stirn. »Kippt jetzt alle schön einen, und vergesst nicht – ich bin Toni Villanueva, und wir sind The Derailers.«

»Das ist unser Stichwort, in unsere gläsernen Schühchen zu schlüpfen und abzuzwitschern«, sagte David und ergriff ihre Hand. Er stand auf, aber sie machte keine Anstalten, es ihm gleichzutun. Sie ließ allerdings auch seine Hand nicht los, also setzte er sich mit einem leichten Anflug von Panik wieder. Jetzt wusste er, sagte er sich, wie es einem Fisch ging, wenn er merkte, dass er den Haken nicht mehr los wurde, dass er festhing und am Ufer landen würde, wo alles Zappeln umsonst war. Sie sah ihn mit diesen mörderisch blauen Augen und ihren tiefen Grübchen an: Willa am Rande eines Lächelns, seine zukünftige Frau, die vormittags Romane und abends Gedichte las und die Fernsehnachrichten – wie war das nochmal? – als Eintagsfliegen bezeichnete.

»Schau uns an«, sagte sie und wandte den Kopf von ihm ab. Er blickte in die Spiegelwand zu ihrer Linken. Dort sah er ein nettes junges Pärchen von der Ostküste, das in Wyoming festsaß. In ihrem geblümten Kleid sah sie besser aus als er, aber er nahm an, dass dies immer der Fall sein würde. Fragend blickte er von der Spiegel-Willa zur echten zurück.

»Nein, schau nochmal hin«, sagte sie. Die Grübchen waren noch da, aber sie wirkte jetzt ernst – so ernst jedenfalls, wie sie es in dieser Partystimmung sein konnte. »Und denk dran, was ich dir gesagt habe.«

Es lag ihm auf der Zunge zu erwidern, du hast mir vieles gesagt, und ich denke ständig darüber nach, aber das war die Antwort eines Liebenden, nett und im Grunde belanglos. Und weil er wusste, worauf sie anspielte, blickte er noch einmal in den Spiegel, ohne etwas zu sagen. Diesmal sah er wirklich hin, und im Spiegel war niemand. Er blickte auf die einzige leere Nische im 26. Er wandte sich zu Willa um, entgeistert … aber irgendwie nicht überrascht.

»Hast du dich denn nicht gewundert, wie ein vorzeigbares Frauenzimmer hier ganz unbehelligt sitzen kann, wenn alle rundrum saufen, was das Zeug hält?«, fragte sie.

Er schüttelte den Kopf. Nein, hatte er nicht. Er hatte sich manches nicht überlegt, zumindest bis jetzt. Wann er zum Beispiel das letzte Mal etwas gegessen oder getrunken hatte. Oder wie spät es war, oder wann es zuletzt Tag gewesen war. Er wusste nicht einmal genau, was ihnen überhaupt zugestoßen war. Nur dass der Northern Flyer aus den Gleisen gesprungen war und sie durch irgendeinen Zufall nun hier saßen und einer Country-Gruppe zuhörten …

»Ich hab eine Bierdose vor mir hergekickt«, sagte er, »vorhin auf der Straße.«

»Ja«, sagte sie, »und du hast uns im Spiegel gesehen, als du das erste Mal hingeschaut hast, oder? Wahrnehmung ist nicht alles, aber Wahrnehmung gepaart mit Erwartung?« Sie zwinkerte und beugte sich zu ihm vor. Ihre Brust drückte gegen seinen Oberarm, als sie ihn auf die Wange küsste, und das Gefühl war höchst angenehm – so konnte sich doch nur lebendiges Fleisch anfühlen. »Armer David. Es tut mir leid. Aber es war mutig von dir herzukommen. Ehrlich, ich hab's dir gar nicht zugetraut.«

»Wir müssen zurück und es den anderen sagen.«

Sie kniff die Lippen zusammen. »Wieso?«

»Weil …«

Zwei Männer mit Cowboyhut geleiteten zwei lachende Frauen mit Pferdeschwanz auf ihre Nische zu. Als sie näher kamen, zeigten ihre Mienen auf einmal alle den gleichen verwirrten Ausdruck – es war nicht richtig Angst –, und sie kehrten zum Tresen zurück. Sie spüren uns, dachte David. Wie ein kalter Luftzug, der sie vertreibt – das sind wir jetzt.

»Weil es das Richtige ist.«

Willa lachte. Es klang müde. »Du erinnerst mich an den alten Knaben aus der Fernsehwerbung für Haferflocken.«

»Schatz, sie glauben, dass sie auf einen Zug warten, der sie abholen kommt!«

»Na, vielleicht kommt ja einer!« Ihre plötzliche Heftigkeit ängstigte ihn fast. »Vielleicht der, von dem sie immer singen, der Gospelzug, der Zug ins Heil, der keine Zocker und Rocker mitnimmt …«

»Ich glaube kaum, dass Amtrak eine Endstation im Himmel hat.« David wollte sie zum Lachen bringen, aber sie blickte nur bedrückt auf ihre Hände hinab, und da hatte er eine Eingebung. »Gibt es sonst noch was, was wir ihnen sagen sollten? Du weißt noch mehr, oder?«

»Ich weiß nicht, wozu wir uns die Mühe machen sollen, wenn wir genauso gut hierbleiben können«, sagte sie. Klang da etwas Zickiges in ihrer Stimme durch? Es schien fast so. Dies war eine Willa, von der er nichts geahnt hatte. »Du bist vielleicht ein bisschen kurzsichtig, David, aber wenigstens bist du gekommen. Dafür liebe ich dich.« Sie küsste ihn wieder.

»Da war sogar ein Wolf«, sagte er. »Ich hab in die Hände geklatscht und ihn verscheucht. Ich überlege, ob ich mich nicht in Wolf Bezwinger umbenennen soll.«

Sie starrte ihn einen Moment mit offenem Mund an, und David hatte Zeit zu denken: Ich musste warten, bis wir tot sind, um die Frau, die ich liebe, zu überraschen. Dann ließ sie sich an die gepolsterte Lehne zurückfallen und kreischte vor Lachen. Eine zufällig vorbeikommende Kellnerin ließ ein Tablett voller Biere fallen und fluchte unflätig.

»Wolf Bezwinger!«, rief Willa. »So möchte ich dich im Bett nennen! ›Oh, oh, Wolf Bezwinger, bist du aber groß! Bist du aber haarig!‹«

Die Kellnerin starrte auf die schäumende Schweinerei hinab und fluchte noch immer wie ein Matrose auf Landgang. Die ganze Zeit aber hielt sie vorsichtig Abstand zu der einen leeren Nische.

»Meinst du, das können wir noch?«, sagte David. »Miteinander schlafen, meine ich?«

Willa wischte sich die tränenden Augen. »Wahrnehmung und Erwartung, schon vergessen? Zusammen können sie Berge versetzen.« Sie griff wieder nach seiner Hand. »Ich liebe dich noch, und du liebst mich noch, oder?«

»Bin ich nicht der Wolf Bezwinger?«, entgegnete er. Er konnte scherzen, weil seine Nerven nicht glaubten, dass er tot war. Er blickte an ihr vorbei in den Spiegel und sah sie beide. Dann nur noch sich mit einer Hand, die nichts hielt. Dann waren sie beide weg. Und doch ... atmete er, roch Bier und Whiskey und Parfüm.

Ein Hilfskellner war aufgetaucht und machte sich daran, die Bierlache aufzuwischen. »Da war plötzlich so was wie 'ne Stufe«, hörte David die Kellnerin sagen. War das die Art von Dingen, die man im Jenseits hörte?

»Ich geh dann wohl mit dir zurück«, sagte Willa, »aber ich denk gar nicht dran, in dem langweiligen Bahnhof bei den langweiligen Leuten zu bleiben, wo es diesen Schuppen hier gibt.«

»Okay«, sagte er.

»Wer ist Buck Owens?«

»Ich werd dir alles über ihn erzählen«, sagte David. »Und auch über Roy Clark. Aber erst erzähl du mir, was du sonst noch weißt.«

»Die meisten kann ich nicht leiden«, sagte sie, »aber Henry Lander ist nett, und seine Frau auch.«

»Phil Palmer ist doch auch nicht so schlimm.«

Sie rümpfte die Nase. »Phil das Brechmittel.«

»Was weißt du, Willa?«

»Du wirst es schon selber merken, wenn du richtig hinschaust.«

»Wäre es nicht besser, wenn du einfach ...«

Anscheinend nicht. Sie stemmte sich hoch, bis die Schenkel gegen die Tischkante drückten, und deutete zur Bühne. »Sieh mal! Da ist die Band wieder!«

Der Mond stand hoch, als er und Willa Händchen haltend zur Straße zurückgingen. David verstand nicht so recht, wie das zugehen konnte – sie hatten sich nur noch die ersten zwei Songs des nächsten Sets angehört –, aber da war er und schwebte hoch oben in der sterngespickten Schwärze. Das war zwar beunruhigend, aber etwas anderes beunruhigte ihn noch mehr.

»Willa«, sagte er, »welches Jahr haben wir?«

Sie überlegte. Der Wind wehte ihr das Kleid um die Beine wie bei jeder lebendigen Frau. »Ich erinnere mich nicht genau«, sagte sie schließlich. »Ist das nicht sonderbar?«

»So sonderbar nun auch wieder nicht, wenn man bedenkt, dass ich mich nicht mal mehr erinnern kann, wann ich das letzte Mal was gegessen oder ein Glas Wasser getrunken habe. Wenn du raten müsstest, was würdest du sagen? Schnell, ohne nachzudenken.«

»Neunzehn ... achtundachtzig?«

Er nickte. Er hätte auf 1987 getippt. »Da drin war ein Mädchen mit einem T-Shirt, auf dem CROWHEART SPRINGS HIGHSCHOOL 2003 stand. Und wenn sie alt genug war, um in so ein Lokal gelassen zu werden ...«

»Dann muss 2003 mindestens drei Jahre her sein.«

»Genau das hab ich mir auch gedacht.« Er blieb stehen. »Aber es kann doch unmöglich 2006 sein, Willa, oder? Ich meine, das 21. Jahrhundert?«

Noch ehe sie antworten konnte, vernahmen sie das Klick-klick-klick von Krallen auf dem Asphalt. Diesmal war es mehr als nur ein Pfotenpaar; diesmal befanden sich vier Wölfe hinter ihnen auf der Straße. Der größte, der vor den anderen stand, war der, der auf dem Hinweg hinter David aufgetaucht war. Dieses zottige schwarze Fell war ganz unverkennbar. Die Augen leuchteten jetzt heller. In beiden schwamm wie ein versunkener Lampendocht ein Halbmond.

»Sie sehen uns!«, rief Willa aufgeregt. »David, sie sehen uns!« Sie sank auf dem weißen Mittelstreifen in die Knie und streckte die Hand aus, schnalzte mit der Zunge und sagte: »Komm her, Junge! Na komm schon!«

»Willa, ich finde das keine so gute Idee.«

Sie achtete nicht auf ihn, was typisch für sie war. Willa hatte eben ihren eigenen Kopf. Sie war es, die mit dem Zug von Chicago nach San Francisco hatte fahren wollen – weil sie, wie sie sagte, wissen wolle, wie es sich anfühle, im Zug zu vögeln. Besonders in einem, der schnell fuhr und ein bisschen schaukelte.

»Komm her, Dicker, komm zu Mama!«

Der große Wolf kam näher, gefolgt von seinem Weibchen und ihren beiden ... nannte man sie Jährlinge? Als er die Schnauze (und all diese schimmernden Zähne) nach der schmalen ausgestreckten Hand reckte, füllte der Mond die Augen des Tiers einen Moment lang mit Silberglanz aus. Doch kurz bevor die lange Schnauze ihre Haut berührte, jaulte der Wolf gellend auf und scheute so plötzlich zurück, dass er auf die Hinterbeine stieg, mit den Vorderläufen strampelte und dabei das plüschige weiße Bauchfell entblößte. Die anderen stoben auseinander. Der große Wolf vollführte eine Pirouette in der Luft und floh dann, immer noch jaulend, mit eingeklemmtem Schwanz nach rechts ins Dickicht. Die anderen rannten hinterher.

Willa stand auf und sah David mit so trauervoller Miene an, dass er es nicht ertragen konnte. Er senkte die Augen. »Hast du mich dafür von der Musik weg in die Dunkelheit rausgeschleppt?«, fragte sie. »Um mir zu zeigen, was ich jetzt bin? Als ob ich das nicht wüsste!«

»Es tut mir leid, Willa.«

»Es wird dir noch viel mehr leidtun.« Sie fasste wieder nach seiner Hand. »Komm, David.«

Jetzt riskierte er einen Blick. »Du bist nicht sauer auf mich?«

»Doch, schon, ein bisschen – aber du bist alles, was ich noch habe, und ich lass dich nicht mehr los.«

Kurz nachdem sie den Wölfen begegnet waren, entdeckte David am Straßenrand eine Budweiser-Dose. Er war sich fast sicher, dass es die war, die er vor sich hergekickt hatte, bis sie ins Gestrüpp geflogen war. Nun lag sie hier wieder am ursprünglichen Fleck ... weil er sie natürlich nie wegbefördert hatte. Wahrnehmung ist nicht alles, hatte Willa gesagt, aber Wahrnehmung gepaart mit Erwartung? Zusammen ergaben sie die perfekte Mischung: im Kopf.

Er kickte die Dose ins Dickicht, und als sie an der Stelle vorbeigingen, blickte er sich um und, siehe da, sie lag immer noch genau dort, wo irgendein Cowboy – vielleicht auf dem

Weg zum 26 – sie aus dem Fenster seines Pick-ups geschmissen hatte. In der alten Fernsehshow *Hee-Haw* mit Buck Owens und Roy Clark, erinnerte er sich, hatten sie die Pick-ups immer »Cowboy-Cadillacs« genannt.

»Worüber grinst du denn so?«, fragte Willa.

»Erzähl ich dir später. Wie's aussieht, haben wir 'ne Menge Zeit vor uns.«

Sie standen vor dem Bahnhof von Crowheart Springs und hielten sich bei den Händen wie Hänsel und Gretel vor dem Pfefferkuchenhaus. Im Mondlicht wirkte der grüne Anstrich des langen Gebäudes aschgrau, und obwohl David wusste, dass WYOMING und »DER GLEICHHEITSSTAAT« in Rot-weiß-blau daraufgepinselt waren, hätte es auch jede andere Farbe sein können. Ein Blatt Papier, durch eine Plastikhülle vor den Elementen geschützt, war an einen der Pfosten gepinnt, die die breite Treppe vor dem Eingang flankierten. Phil Palmer lehnte noch immer dort.

»He, Kumpel!«, rief Palmer herab. »Haste 'ne Kippe?«

»Tut mir leid, Mr. Palmer«, sagte David.

»Ich dachte, du wolltest mir 'ne Schachtel mitbringen.«

»Ich bin an keinem Laden vorbeigekommen«, sagte David.

»Gab's da keine Zigaretten, wo du gewesen bist, Puppe?«, fragte Palmer. Er war einer von denen, die alle Frauen eines gewissen Alters Puppe nannten; man sah es ihm förmlich an, so wie man ihm auch ansah, dass er an einem schwülen Augustnachmittag seinen Hut zurückschieben, sich über die Stirn wischen und verkünden würde, es sei nicht die Hitze, sondern die Feuchtigkeit.

»Doch, bestimmt«, sagte Willa, »aber ich hätte Schwierigkeiten gehabt, welche zu kaufen.«

»Sagst du mir auch, warum, Schätzchen?«

»Was glauben Sie denn?«

Palmer verschränkte jedoch nur die Arme vor der mageren Brust und antwortete nicht. Von drinnen rief seine Frau: »Es gibt Fisch zum Abendessen! Auch das noch! Ich hasse diesen Mief hier! Alter Keks!«

»Wir sind tot, Phil«, sagte David. »Darum. Geister können keine Zigaretten kaufen.«

Palmer blickte ihn ein paar Sekunden lang reglos an, und ehe er auflachte, sah David, dass Palmer ihm nicht nur glaubte, nein, Palmer hatte es die ganze Zeit gewusst. »Ich habe schon viele Ausreden dafür gehört, dass man jemandem nicht mitbringt, worum er gebeten hat«, sagte er, »aber ich möchte meinen, das ist ja wohl die dreisteste.«

»Phil …«

Von drinnen: »Fisch zum Abendessen! Gottverdammmich!«

»Entschuldigt mich, Kinder«, sagte Palmer. »Die Pflicht ruft.«

Und weg war er. David wandte sich zu Willa um, im Glauben, sie würde ihn fragen, was er denn erwartet habe, aber Willa musterte nur den Anschlag neben der Treppe.

»Schau mal«, sagte sie. »Sag mir, was du siehst.«

Zuerst sah er nichts, weil der Mond auf die Schutzhülle schien. Er trat näher und schob Willa beiseite, um von schräg links zu gucken.

»Oben steht BELÄSTIGEN VERBOTEN PER ANORDNUNG DES SHERIFFS VON SUBLETTE COUNTY, dann was Kleingedrucktes – bla, bla, bla – und weiter unten …«

Sie versetzte ihm einen Rippenstoß. »Red keinen Scheiß und sieh genau hin, David. Ich will hier nicht die ganze Nacht rumstehen.«

Du siehst nicht mal, was du direkt vor Augen hast.

Er drehte sich vom Bahnhof weg und starrte auf die Gleise, die ihm Mondlicht glänzten. Jenseits davon ragte eine breites Felsplateau auf – das ist eine Mesa, Cowboy, wie in den alten John-Ford-Western.

Dann blickte er wieder auf den Anschlag und fragte sich, wie er BETRETEN mit BELÄSTIGEN verwechselt haben konnte, ein großer böser Investmentbanker wie Wolf Bezwinger Sanderson.

»Da steht BETRETEN VERBOTEN PER ANORDNUNG DES SHERIFFS VON SUBLETTE COUNTY«, sagte er.

»Sehr gut. Und unter dem Blabla, was steht da?«

Zuerst konnte er die beiden unteren Zeilen überhaupt nicht entziffern; zuerst waren diese beiden Zeilen nur unverständliche Hieroglyphen, möglicherweise weil sein Verstand, der es einfach nicht glauben wollte, keine unverfängliche Übersetzung finden konnte. Also blickte er noch einmal zu den Gleisen hinüber und war eigentlich nicht überrascht, dass sie nicht mehr im Mondlicht glänzten; jetzt war der Stahl verrostet, und zwischen den Schwellen wucherte Unkraut. Als er sich wieder umsah, war der Bahnhof eine verfallene Ruine mit vernagelten Fenstern und löcherigem Dach. PARKEN VERBOTEN TAXISTAND war vom Asphalt verschwunden, der nur noch aus Rissen und Schlaglöchern bestand. Noch immer konnte er WYOMING und »DER GLEICHHEITSSTAAT« an dem Gebäude lesen, aber die Wörter waren jetzt Geister. Wie wir, dachte er.

»Weiter«, sagte Willa – Willa, die ihren eigenen Kopf hatte, Willa, die sah, was sie vor Augen hatte, und wollte, dass man es auch sah, auch wenn das Sehen grausam war. »Das ist deine letzte Prüfung. Lies die zwei unteren Zeilen, und dann können wir endlich aufbrechen.«

Er seufzte. »Da steht DIESES GEBÄUDE IST ABBRUCHREIF. Und dann noch DER ABRISS ERFOLGT IM JUNI 2007.«

»Sehr gut, du kriegst eine Eins. Jetzt schauen wir mal, ob noch jemand in die Stadt mitkommen und die Derailers hören will. Ich werd Palmer sagen, er soll es positiv sehen – wir können zwar keine Zigaretten kaufen, aber dafür brauchen Leute wie wir auch keinen Eintritt zu zahlen.«

Nur wollte niemand mit in die Stadt.

»Was soll das heißen, wir sind tot? Wieso sagt sie denn so was Schreckliches?«, beklagte Ruth Lander sich bei David, und was ihn schier umbrachte (in gewisser Weise), war nicht der

Vorwurf in ihrer Stimme, sondern der Ausdruck in ihren Augen, ehe sie das Gesicht an der Schulter von Henrys Cordjacke verbarg. Weil sie es ebenfalls wusste.

»Ruth«, sagte er, »ich will Ihnen ja keinen Kummer machen ...«

»Dann schweigen Sie doch!«, rief sie mit erstickter Stimme.

David sah, dass alle außer Helen Palmer ihn voller Zorn und Feindseligkeit anblickten. Helen nickte und brabbelte zwischen ihrem Mann und der Rhinehart, deren Vorname wahrscheinlich Sally war. Sie standen in kleinen Grüppchen unter den Neonleuchten ... sobald er allerdings blinzelte, waren die Neonleuchten verschwunden. Dann waren die festsitzenden Passagiere nur verschwommene Figuren in dem spärlichen Mondlicht, das sich durch die Ritzen der verrammelten Fenster stahl. Die Landers saßen nicht auf einer Bank; sie saßen auf dem staubigen Boden neben einem Haufen leerer Crack-Röhrchen – ja, anscheinend war Crack sogar bis ins John-Ford-Land vorgedrungen –, und an der Wand in der Nähe der Ecke, wo Helen Palmer hockte und brabbelte, hob sich ein verblichener Kreis ab. David blinzelte abermals, und die Neonleuchten waren wieder da. Ebenso die große Uhr, die den verblichenen Kreis verbarg.

Henry Lander sagte: »Schätze, ihr geht jetzt mal lieber, David.«

»Hören Sie doch kurz zu, Henry«, sagte Willa.

Henry wandte den Blick zu ihr, und David hatte keine Mühe, die Abneigung darin zu erkennen. Von der Sympathie, die Henry einst für Willa Stuart empfunden haben mochte, war jetzt nichts mehr übrig.

»Ich will aber nicht zuhören«, sagte Henry. »Ihr regt mir bloß meine Frau auf.«

»Genau«, sagte ein dicker junger Mann mit einer Seattle-Mariners-Kappe. David meinte sich zu erinnern, dass er O'Casey hieß. Auf jeden Fall etwas Irisches mit Apostroph. »Halt deinen Rand, Kleine.«

Willa beugte sich zu Henry vor, und Henry wich ein bisschen zurück, so als hätte sie Mundgeruch. »Der einzige Grund, weshalb ich mich von David hab zurückschleppen lassen, ist der, dass das Gebäude hier abgerissen werden soll! Schon mal das Wort *Abrissbirne* gehört, Henry? Sie sind doch wohl helle genug, dass Sie sich darunter was vorstellen können.«

»Bringt sie zum Schweigen!«, rief Ruth mit erstickter Stimme.

Willa beugte sich noch näher heran, und ihre Augen leuchteten in dem hübschen, schmalen Gesicht. »Wenn die Abrissbirne hier fertig ist und der Schutthaufen, der mal der Bahnhof war, abtransportiert wird – wo werden Sie dann sein?«

»Lasst uns bitte in Ruhe«, sagte Henry.

»Henry – wie das Revuegirl zu dem Bischof sagte: Verleugnen ist auch keine Lösung.«

Ursula Davis, die Willa von Anfang an nicht gemocht hatte, trat mit vorgerecktem Kinn auf sie zu. »Zisch ab, du Zimtzicke!«

Willa fuhr herum. »Begreift ihr es denn nicht? Ihr seid tot, wir sind alle tot, und je länger ihr an einem Ort bleibt, desto schwerer wird es, woanders hinzugehen!«

»Sie hat Recht«, sagte David.

»Ja, und wenn sie sagen würde, der Mond ist aus Käse, würdest du Provolone sagen«, sagte Ursula. Sie war eine hochgewachsene, herrische Schönheit um die vierzig. »Entschuldige meine Direktheit, aber sie hat dich ja so zurechtgeritten, dass es nicht mehr feierlich ist.«

Dudley platzte wieder mit seinem verblüffenden Wiehern heraus, und die Rhinehart fing an zu schniefen.

»Ihr belästigt die Fahrgäste, ihr beide.« Es kam von Rattner, dem kleinen Schaffner mit der beschwichtigenden Miene. Er sagte fast nie etwas. David blinzelte, der Bahnhof versank wieder in Dunkelheit und Mondlicht, und er sah, dass die Hälfte von Rattners Kopf fehlte. Der Rest des Gesichts war verkohlt.

»Das Gebäude hier wird abgerissen, und ihr könnt dann nirgendwo mehr hin!«, rief Willa. »Überhaupt nirgendwo!« Mit den Fäusten wischte sie sich Zornestränen von den Wangen. »Warum kommt ihr nicht mit uns in die Stadt? Wir zeigen euch den Weg. Da gibt's wenigstens Leute … und Lichter … und Musik.«

»Mama, ich will auch Musik hören«, sagte Pammy Andreeson.

»Pscht«, sagte ihre Mutter.

»Wenn wir tot wären, wüssten wir es«, sagte Biggers.

»Das ist der Knackpunkt, mein Sohn.« Dudley zwinkerte David zu. »Was ist uns zugestoßen? Wie sind wir zu Tode gekommen?«

»Ich … weiß nicht«, sagte David. Er sah Willa an. Willa zuckte die Achseln und schüttelte den Kopf.

»Versteht ihr nicht?«, sagte Rattner. »Es war eine Entgleisung. Passiert … na ja, ich wollte *andauernd* sagen, aber das stimmt nicht, nicht mal hier, wo das Schienennetz ziemlich reparaturbedürftig ist, aber ab und zu, an einer Weiche …«

»Fallen, wir fallen«, sagte Pammy Andreeson. David sah sie an, sah richtig hin, und einen Moment lang sah er eine Leiche, kahlgebrannt, in einem zerfetzten, verfaulenden Kleid. »Runter und runter und runter. Und dann …« Sie gab ein kehliges Grummeln von sich, patschte ihre schmuddeligen Händchen zusammen und warf sie wieder auseinander: die kindliche Zeichensprache für eine Explosion.

Sie schien drauf und dran zu sein, noch etwas zu sagen, doch ehe sie dazu kam, schlug ihre Mutter sie so heftig ins Gesicht, dass ihre Zähne in einer unfreiwilligen Grimasse entblößt wurden und ihr die Spucke aus dem Mundwinkel flog. Pammy starrte einen Moment lang geschockt und ungläubig zu ihr auf und brach dann in ein gellendes Plärren aus, das noch schmerzhafter an den Nerven zerrte als ihr Hüpf-Singsang.

»Was wissen wir übers Lügen, Pamela?«, schrie Georgia Andreeson und packte das Kind am Oberarm. Ihre Finger sanken tief ins Fleisch ein.

»Sie hat nicht gelogen!«, sagte Willa. »Wir sind von den Gleisen abgekommen und in die Schlucht gestürzt! Jetzt erinnere ich mich, und Sie sich auch, stimmt's? Stimmt's? Man sieht's Ihnen an! Scheiße, man sieht's Ihnen doch an!«

Ohne in Willas Richtung zu sehen, zeigte Georgia Andreeson ihr den Stinkefinger. Mit der anderen Hand schüttelte sie Pammy hin und her. David sah das Kind in eine Richtung schlackern, einen verkohlten Leichnam in die andere. Was hatte Feuer gefangen? Er erinnerte sich jetzt an den Sturz in die Tiefe, aber was hatte Feuer gefangen? Daran erinnerte er sich nicht, vielleicht weil er sich nicht daran erinnern wollte.

»Was wissen wir übers Lügen?«, keifte Georgia Andreeson.

»Dass man's nicht darf, Mama!«, heulte das Kind.

Die Frau zerrte das Kind fort ins Dunkle, während es unablässig in schrillem Ton weiterplärrte.

Ihrem Abgang folgte ein Moment des Schweigens – alle hörten zu, wie Pammy ins Exil verschleppt wurde –, und dann wandte Willa sich zu David um. »Reicht es dir?«

»Ja«, sagte er. »Gehen wir.«

»Pass auf, dass du nicht am Türknauf hängen bleibst, wo der liebe Gott dir einen Spalt gelassen hat!«, krähte Biggers überschwänglich, und Dudley jodelte vor Lachen.

David ließ sich von Willa zum Ausgang führen, wo Phil noch immer mit vor der Brust verschränkten Armen im Türrahmen lehnte. Dann riss sich David von Willas Hand los und ging auf Helen Palmer zu, die in der Ecke saß und vor sich hin schaukelte. Sie blickte mit verstörten dunklen Augen zu ihm auf. »Es gibt Fisch zum Abendessen«, sagte sie mit brüchiger Wisperstimme.

»Davon weiß ich nichts«, sagte er, »aber Sie haben Recht, was den Geruch hier betrifft. Alter muffiger Keks.« Er blickte sich um und sah im fahlen Mondschein, der durchaus Lampenlicht sein konnte, wenn man es sich verzweifelt genug ersehnte, die Übrigen zu ihm und Willa herstarren. »Es ist der

Geruch, den Räume wohl annehmen, wenn sie lange zugesperrt sind«, sagte er.

»Verdufte, Jungchen«, sagte Phil Palmer. »Keiner kauft dir
deinen Quatsch hier ab.«

»Das weiß ich nur zu gut«, sagte David und folgte Willa in
die mondbeschienene Dunkelheit.

Hinter ihm, wie ein wehmütiges Windesraunen, hörte er
Helen Palmer murmeln: »Auch das noch.«

Mit dem Weg zurück zum 26 war es für David in dieser Nacht
eine Strecke von insgesamt neun Meilen gewesen, aber er war
kein bisschen müde. Geister wurden wohl nicht müde, wie sie
auch nicht hungrig oder durstig wurden. Außerdem war es
eine andere Nacht. Der Mond war jetzt voll, glänzte wie ein
Silberdollar hoch am Himmel, und der Parkplatz vor dem 26
war leer. Auf dem gekiesten Platz an der Seite standen ein paar
stumme Lastwagen, und einer brummte schläfrig mit glim-
menden Scheinwerfern. Auf der Markise stand jetzt: AM SAMS-
TAG SIND DIE NIGHTHAWKS IM HAUS FÜHRT EUREN SCHATZ MAL
WIEDER AUS.

»Das ist süß«, sagte Willa. »Führst du mich aus, Wolf Bezwinger? Bin ich nicht dein Schatz?«

»Das bist du, und das werde ich«, sagte David. »Fragt sich
nur, was wir jetzt machen. Das Lokal ist nämlich geschlossen.«

»Wir gehen natürlich trotzdem rein.«

»Es wird abgesperrt sein.«

»Nicht, wenn wir es nicht wollen. Alles eine Frage der Wahrnehmung, erinnerst du dich? Wahrnehmung und Erwartung.«

Er erinnerte sich, und als er den Knauf drehte, ging die Tür
auf. Die Kneipengerüche waren noch da, nun mit der Bei-
mischung von irgendeinem Putzmittel mit Kiefernnadelduft.
Die Bühne war leer, und die Barhocker standen umgekehrt auf
dem Tresen, aber die Neon-Silhouette der Wild River Range
war noch an, entweder weil der Wirt es so gelassen hatte oder
weil er und Willa es so wollten, was wahrscheinlicher war. Die

leere Tanzfläche wirkte riesig, zumal sie durch die Spiegelwand verdoppelt wurde. Die Neonberge schimmerten kopfüber in ihrer gleißenden Tiefe.

Willa atmete tief ein. »Ich rieche Bier und Parfüm«, sagte sie. »Geiler Geruch. Wundervoll.«

»Du bist wundervoll«, sagte er.

Sie wandte sich zu ihm um. »Dann küss mich, Cowboy.« Er küsste sie dort am Rand der Tanzfläche, und nach dem zu urteilen, was er empfand, war miteinander schlafen keineswegs ausgeschlossen. Absolut nicht.

Sie küsste seine Mundwinkel und trat dann einen Schritt zurück. »Steck bitte mal eine Münze in die Jukebox. Ich möchte tanzen.«

David ging zur Jukebox am Ende des Tresens hinüber, warf eine Münze ein und spielte D19 – »Wasted Days and Wasted Nights« in der Version von Freddy Fender. Draußen auf dem Parkplatz erwachte Chester Dawson, der hier ein paar Stunden Pause einlegen wollte, bevor er mit seiner Ladung Elektrogeräte nach Seattle weiterfuhr; er dachte, er hätte Musik gehört, entschied dann, dass es nur ein Traum war, und schlief wieder ein.

David und Willa bewegten sich langsam über den leeren Tanzboden, manchmal gespiegelt und manchmal nicht.

»Willa …«

»Pscht, David. Dein Baby will tanzen.«

David verstummte. Er schmiegte das Gesicht in ihr Haar und überließ sich der Musik. Er dachte, dass sie nun hierbleiben würden und dass die Leute sie von Zeit zu Zeit sehen würden. Das 26 könnte durchaus in den Ruf geraten, eine Gespenster-Spelunke zu sein, aber wahrscheinlich war das nicht; die Leute dachten nicht viel an Gespenster, während sie tranken, außer sie tranken allein. Nach der Sperrstunde mochten der Barkeeper und die letzte Kellnerin (die mit dem höchsten Dienstalter, die fürs Verteilen der Trinkgelder zuständig waren), manchmal das ungute Gefühl haben, beobachtet zu werden.

Manchmal würden sie noch Musik hören, nachdem die Musik aufgehört hatte, oder eine Bewegung im Spiegel neben der Tanzfläche oder den Sitznischen erhaschen, wenngleich meist nur aus den Augenwinkeln. David dachte, sie hätten auch an besseren Orten landen können, aber alles in allem war das 26 gar nicht so übel. Bis zur Sperrstunde waren Leute da. Und es würde immer Musik geben.

Er fragte sich, was aus den anderen werden würde, wenn die Abrissbirne ihre Illusion zerstörte – und das würde sie tun. Bald. Er dachte daran, wie Phil Palmer versuchen würde, seine verängstigte heulende Frau vor herabfallenden Schuttbrocken abzuschirmen, die ihr nichts anhaben konnten, weil sie ja eigentlich gar nicht da war. Er dachte daran, wie Pammy Andreeson in den Armen ihrer schreienden Mutter kauern würde. Und wie Rattner, der begütigende Schaffner, immer mit der Ruhe, Leute, sagen würde, mit einer Stimme, die vom Lärm der großen gelben Maschinen verschluckt wurde. Er dachte daran, wie Biggers, der Buchhändler, mit seinem Hinkebein zu flüchten versuchen würde, wie er strauchelte und schließlich hinfiel, während die Abrissbirne pendelte und die Bulldozer röhrten und zubissen und die Welt einstürzte.

Gern stellte er sich vor, dass ihr Zug vorher käme – dass ihre gemeinsame Erwartung ihn heraufbeschwören würde –, aber er glaubte eigentlich nicht daran. Er erwog sogar die Möglichkeit, dass der Schock sie vernichten würde, dass sie einfach wie Kerzenflammen in einem Windstoß verlöschen würden, aber auch daran glaubte er nicht. Er konnte sie zu deutlich sehen, nachdem die Bulldozer und Lastwagen fort waren, wie sie im Mondlicht an den rostigen stillgelegten Gleisen standen, während der Wind von den Hügeln herabfegte, über die Mesa pfiff und das Präriegras peitschte. Er konnte sie sehen, wie sie sich unter einer Milliarde Sterne zusammendrängten und im Hochland von Wyoming noch immer auf ihren Zug warteten.

»Ist dir kalt?«, fragte Willa ihn.

»Nein – wieso?«

»Du hast gezittert.«

»Vielleicht ist eine Gans über mein Grab gelaufen«, sagte er. Er schloss die Augen, und sie tanzten zusammen auf dem leeren Dielenboden. Manchmal waren sie im Spiegel, und wenn sie außer Sicht glitten, spielte im Licht einer Neon-Bergkette nur noch ein Country-Song in einem leeren Raum.

AUS DEM AMERIKANISCHEN VON SABINE LOHMANN

DAS PFEFFERKUCHEN-MÄDCHEN

1

Nur schnelles Laufen half.

Nachdem das Baby gestorben war, fing Emily mit dem Laufen an. Zuerst nur bis zum Ende der Einfahrt, wo sie vornüberge-beugt stehen blieb und sich mit den Händen auf den Knien abstützte, dann bis zum Ende der Straße, dann den ganzen Weg bis zu Kozy's Qwik-Pik am Fuß des Hügels. Dort holte sie dann Brot oder Margarine; manchmal auch nur Ho-Hos oder etwas ähnlich Süßes. Den Heimweg legte sie anfangs im Ge-hen zurück, aber später lief sie auch diese Strecke. Schließlich gab sie die Süßigkeiten auf. Es war überraschend schwer. Sie hatte nicht bedacht, dass Zucker gegen die Trauer half. Viel-leicht waren die Süßigkeiten auch zu einem Tick geworden. Wie auch immer, irgendwann war Schluss mit den Ho-Hos. Und dabei blieb's. Das Laufen allein genügte. Henry bezeich-nete das *Laufen* als einen Tick von ihr, und damit hatte er in ihren Augen wohl Recht.

»Was sagt denn Dr. Steiner dazu?«, fragte er.

»Dr. Steiner sagt, laufen Sie sich ruhig die Hacken ab, das bringt die Endorphine in Schwung.« Sie hatte Susan Steiner gegenüber nichts vom Laufen erwähnt, hatte sie seit Amys Be-erdigung nicht einmal mehr gesehen. »Sie sagt, sie würde es mir sogar verschreiben, falls du Wert drauf legst.«

Emily hatte Henry immer schon etwas vormachen können. Selbst nachdem Amy gestorben war. *Wir können noch eins krie-gen,* hatte sie gesagt, als er mit überkreuzten Beinen dalag und

46

ihm die Tränen das Gesicht hinabliefen, während sie neben ihm auf der Bettkante saß.

Es erleichterte ihn, und das war gut, aber es würde niemals ein anderes Baby mit dem unvermeidlichen Risiko geben, es eines Tages grau und still in seinem Bettchen vorzufinden. Nie wieder die fruchtlose Herzmassage oder der panische Notruf, bei dem die Vermittlung sagte: *Sprechen Sie leiser, Ma'am, ich versteh Sie nicht.* Aber das brauchte Henry nicht zu wissen, und sie war bereit, ihn zu trösten, zumindest am Anfang. Sie glaubte, dass Trost, nicht Brot, die Grundlage des Lebens war. Vielleicht würde sie irgendwann selbst eine Art Trost finden können. Bis dahin galt jedoch: Sie hatte ein defektes Baby produziert. Noch eines würde sie nicht riskieren.

Dann fingen die Kopfschmerzen an. Richtig heftige Migränen. Also ging sie doch noch zum Arzt, aber zu Dr. Mendez, ihrem Hausarzt, nicht zu Susan Steiner. Mendez verschrieb ihr ein Migränemittel, das Zolmitriptan enthielt. Sie war mit dem Bus zu seiner Praxis gefahren, dann zur Apotheke gelaufen, um das Rezept einzulösen. Danach joggte sie heim – es waren zwei Meilen –, und als sie dort ankam, hatte sie solches Seitenstechen, als steckte ihr eine Heugabel zwischen den Rippen. Aber das machte ihr nichts aus. Es war ein Schmerz, der weggehen würde. Außerdem war sie erschöpft und hatte das Gefühl, sie könnte endlich ein Weilchen schlafen.

Was sie auch tat – den ganzen Nachmittag. Auf dem gleichen Bett, wo Amy gezeugt worden war und Henry geweint hatte. Als sie aufwachte, sah sie geisterhafte Kreise in der Luft wabern, ein sicheres Zeichen, dass sie dabei war, eine von »Ems beliebten Kopfschmerzattacken« zu kriegen, wie sie es nannte. Sie nahm eine der verschriebenen Pillen, und zu ihrer Verblüffung – fast schon schockartig – zog der Schmerz den Schwanz ein und schlich sich davon. Erst in den Hinterkopf, dann ganz. So eine Pille, dachte sie, sollte es auch gegen den Tod eines Kindes geben.

Sie bildete sich ein, die Grenzen ihres Durchhaltevermögens ausloten zu müssen, und ihr schwante, dass dies eine größere

Exkursion werden würde. Unweit des Hauses befand sich ein Sportplatz mit einer Aschenbahn. Sie fuhr dort nun regelmäßig hin, sobald Henry morgens zur Arbeit gegangen war. Henry hatte kein Verständnis für ihre Lauferei. Joggen, klar – viele Frauen joggten, um sich überflüssige Pfunde am Po abzutrainieren, um überflüssige Schwimmringe fernzuhalten. Em hatte kein Pfund zu viel am Hintern, und außerdem reichte Joggen ihr nicht mehr. Sie musste rennen, und zwar schnell. Nur schnelles Laufen half.

Sie parkte an der Bahn und rannte, bis sie nicht mehr konnte, bis ihr ärmelloses Sweatshirt mit dem Aufdruck »Florida State University« vorn und hinten schweißgetränkt war, bis sie wankte und manchmal vor Erschöpfung kotzte.

Henry kam ihr auf die Schliche. Irgendwer sah sie dort, wie sie ganz allein um acht Uhr morgens ihre Runden lief, und steckte es ihm. Sie hatten eine Diskussion darüber. Die Diskussion eskalierte zu einer Auseinandersetzung, die das Ende der Ehe einleitete.

»Es ist ein Hobby«, sagte sie.

»Jodi Anderson sagt, du bist gerannt, bis du umgefallen bist. Sie hatte Angst, du hättest einen Herzinfarkt. Das ist kein Hobby, Em. Nicht mal ein Tick. Das ist Besessenheit.«

Dabei blickte er sie vorwurfsvoll an. Es brauchte noch eine Weile, bis sie das Buch nahm und es ihm an den Kopf warf, aber das war der eigentliche Auslöser. Dieser vorwurfsvolle Blick. Sie konnte es nicht mehr ertragen. Dieses lange Gesicht, als hätte man ein Schaf im Haus. *Ich habe ein dämliches Hausschaf geheiratet,* dachte sie, *und jetzt geht's den ganzen Tag lang nur noch mäh-mäh-mäh.*

Aber sie versuchte noch einmal, vernünftig zu argumentieren, obwohl sie im Innersten wusste, dass es nichts mit Vernunft zu tun hatte. Es gab magisches Denken; es gab auch magisches Handeln. Laufen beispielsweise.

»Marathonläufer rennen, bis sie umfallen«, sagte sie.

»Hast du vor, einen Marathon zu laufen?«

»Vielleicht.« Aber sie blickte weg. Aus dem Fenster, auf die Einfahrt. Die Einfahrt rief sie. Die Einfahrt führte zum Gehsteig, und der Gehsteig führte zur Welt.

»Nein«, sagte er. »Du läufst keinen Marathon. Du hast überhaupt nicht vor, einen Marathon zu laufen.«

Ihr wurde bewusst – mit jenem Gefühl klarer Erkenntnis, die das Offenkundige zuweilen auslöst –, dass dies das Wesen von Henry war, der gottverdammte *Inbegriff* von Henry. In den sechs Jahren ihrer Ehe hatte er immer genau gewusst, was sie dachte, fühlte, beabsichtigte.

Ich habe dich getröstet, dachte sie – noch nicht zornig, aber schon drauf und dran, zornig zu werden. *Du hast* flennend *auf dem Bett gelegen, und ich habe dich getröstet.*

»Das Laufen ist eine klassische psychische Reaktion auf den Schmerz, den du empfindest«, sagte er im gleichen sachlichen Ton. »Man nennt es Vermeidungsverhalten. Aber wenn du deinen Schmerz nicht zulässt, Schatz, dann wirst du nie …«

Das war der Punkt, an dem sie das nächstgelegene Objekt packte, das zufällig ein Taschenbuch mit dem Titel *Die Tochter des Fotografen* war. Sie hatte es angefangen und gleich wieder weggelegt, aber Henry war, dem Lesezeichen nach zu schließen, anscheinend schon drei viertel durch. *Er hat sogar den Büchergeschmack eines dämlichen Hausschafs,* dachte sie und warf es ihm an den Kopf. Es traf ihn an der Schulter. Er starrte sie geschockt mit großen Augen an, dann langte er nach ihr. Vermutlich nur, um sie an sich zu drücken – aber wer wusste das schon? Wer wusste je irgendwas?

Hätte er eine Sekunde eher reagiert, hätte er sie vielleicht am Arm oder an ihrem T-Shirt zu fassen bekommen. Aber dieser kurze Moment des Schocks verhinderte es. Er verfehlte sie, und sie lief los und hielt nur noch einmal kurz inne, um sich ihre Gürteltasche vom Tisch neben der Haustür zu schnappen. Die Einfahrt hinunter zum Gehsteig. Dann den Hügel hinab, wo sie für kurze Zeit einen Kinderwagen geschoben hatte wie all die anderen Mütter, die sie jetzt mieden. Diesmal hatte sie nicht die Absicht, noch einmal anzuhalten. Nur mit Shorts, Turnschuhen und einem T-Shirt mit der Aufschrift SAVE THE CHEERLEADER bekleidet, lief Emily in die Welt hinaus. Sie schnallte sich die Gürteltasche um, während sie hügelab rannte. Und das Gefühl dabei?

Reinste Ausgelassenheit. Power pur.

Sie lief in die Stadt (zwei Meilen, zweiundzwanzig Minuten) und blieb nicht einmal an Ampeln stehen; wenn sie rot waren, joggte sie eben auf der Stelle. Zwei Jungs in einem offenen Mustang – es wurde gerade wieder Cabriowetter – bremsten neben ihr an einer Kreuzung. Der eine pfiff. Em zeigte ihm den Stinkefinger. Er applaudierte lachend, während der Mustang davonschoss.

Sie hatte nicht viel Bargeld dabei, aber Kreditkarten. Die American Express war am dienlichsten, weil sie damit Travellerschecks bekam.

Ihr wurde klar, dass sie vorläufig nicht mehr nach Hause zurückwollte. Und da diese Erkenntnis ein Gefühl der Erleichterung mit sich brachte – vielleicht sogar einen Anflug von Erregung, sicherlich aber nicht von Betrübnis –, beschlich sie der Verdacht, dass es keine vorläufige Entscheidung war.

Sie ging ins Hotel Morris, um zu telefonieren, und beschloss dort spontan, sich ein Zimmer zu nehmen. Ob sie etwas für nur eine Nacht hätten? Hatten sie. Sie reichte dem Empfangschef ihre AmEx-Karte.

»Sieht nicht so aus, als ob Sie einen Pagen brauchen.« Er musterte ihren luftigen Aufzug.

»Ich bin in Eile aufgebrochen.«

»Verstehe.« In einem Ton, der das Gegenteil besagte. Sie nahm den Schlüssel, den er ihr zuschob, und hastete durch die große Empfangshalle zum Lift, wobei sie sich im Zaum halten musste, um nicht zu rennen.

2
Du klingst, als ob du weinst.

Sie wollte sich ein paar Dinge zum Anziehen kaufen – zwei
Röcke, zwei Hemden, zwei Paar Jeans, noch ein Paar Shorts –,
aber vor dem Einkaufen musste sie Henry anrufen, und ihren
Vater. Ihr Vater war in Tallahassee. Sie beschloss, zuerst ihn anzurufen. Sie kannte zwar seine Telefonnummer bei der Fahr-
bereitschaft nicht auswendig, aber seine Handynummer hatte
sie im Kopf. Er meldete sich beim ersten Klingeln. Im Hintergrund hörte sie Motorgeräusche.

»Em! Wie geht's dir?«

Es hätte eine komplexe Frage sein können, war es aber nicht.

»Mir geht's gut, Dad. Ich bin im Hotel Morris. Ich glaube, ich
habe Henry verlassen.«

»Für immer oder nur mal auf Probe?« Er klang nicht überrascht – er nahm die Dinge, wie sie kamen; das mochte sie
so an ihm –, aber der Motorenlärm ließ nach und hörte dann
ganz auf. Sie stellte sich vor, wie er in sein Büro trat, die Tür
hinter sich schloss, vielleicht ihr Foto von seinem überquellen-
den Schreibtisch aufhob.

»Kann ich noch nicht sagen. Im Moment sieht's nicht so gut
aus.«

»Was war denn der Anlass?«

»Laufen.«

»*Laufen?*«

Sie seufzte. »Nicht so ganz. Du weißt doch, wie es bei einer
Sache manchmal um eine ganz andere Sache geht. Beziehungsweise ein ganzes Bündel anderer Sachen, oder?«

»Das Baby.« Seit dem plötzlichen Kindstod hatte ihr Vater sie
nicht mehr Amy genannt. Jetzt hieß es nur noch *das Baby*.

»Und die Art, wie ich damit umgehe. Die passt Henry nicht.
Mir ist aufgegangen, dass ich lieber ganz auf meine Weise mit
der Situation fertigwerden möchte.«

»Henry ist ein guter Kerl«, sagte ihr Vater, »aber er hat eine eigene Art, die Dinge zu sehen. Zweifellos.«

Sie wartete.

»Was kann ich für dich tun?«

Sie sagte es ihm. Er war einverstanden. Sie wusste, dass er einverstanden sein würde, nachdem er sie erst einmal hatte ausreden lassen. Das Aussprechenlassen war das Wichtige, und Rusty Jackson verstand sich gut darauf. Er war ja nicht als einer von drei Mechanikern beim Fuhrpark zu einem der wichtigsten Leute am Campus von Tallahassee aufgestiegen (und das hatte sie nicht von ihm erfahren; so etwas hätte er nie zu ihr oder sonst jemandem gesagt), indem er nicht zuhörte.

»Ich schicke Mariette hin, um das Haus zu putzen«, sagte er.

»Das brauchst du nicht, Dad. Ich kann doch putzen.«

»Ich möchte es aber«, sagte er. »Ein ordentlicher Hausputz ist da überfällig. Die verdammte Bude war fast ein Jahr lang zugesperrt. Seit deine Mutter gestorben ist, komme ich nicht mehr oft nach Vermillion. Anscheinend will mir die Arbeit hier nie ausgehen.«

Ems Mutter war für ihn auch nicht mehr Debra. Seit ihrem Tod (Eierstockkrebs) war sie nur noch *deine Mutter*.

Em hätte fast gesagt: *Bist du dir sicher, dass es dir nichts ausmacht?* Aber so etwas sagte man, wenn ein Fremder einem einen Gefallen tun wollte. Oder eine andere Art von Vater.

»Willst du dorthin, um zu laufen?«, fragte er. Sie konnte ein Lächeln in seiner Stimme hören. »Strand zum Langlaufen gibt's da genug, und auch eine schöne lange Straßenstrecke. Wie du ja weißt. Und du wirst keine Leute aus dem Weg rempeln müssen. Zwischen jetzt und Oktober ist Vermillion so ruhig, wie es überhaupt nur sein kann.«

»Ich will dorthin, um nachzudenken. Und – glaube ich – um mit der Trauer abzuschließen.«

»Na gut«, sagte er. »Soll ich dir einen Flug buchen?«

»Das kann ich selber machen.«

»Klar doch. Emmy, ist alles in Ordnung mit dir?«

»Ja«, sagte sie.

»Du klingst, als ob du weinst.«

»Ein bisschen«, sagte sie und wischte sich übers Gesicht. »Es ist alles so schnell gegangen.« *Wie Amys Tod,* hätte sie hinzusetzen können. Wie eine kleine Dame war sie aus dem Leben geschieden; kein einziger Pieps vom Babyfon. *Geh leise, knall die Tür nicht so laut zu,* hatte Ems Mutter oft gesagt, als Em ein Teenager war.

»Henry wird doch nicht zum Hotel kommen und dich belästigen, oder?«

Sie hörte ein leises Zögern heraus, bevor er *belästigen* sagte, und lächelte trotz der Tränen, die ohnehin schon fast versiegt waren. »Falls du wissen willst, ob er mich verprügeln kommen wird … Das ist nicht sein Stil.«

»Ein Mann ändert manchmal seinen Stil, wenn ihn seine Frau so mir nichts, dir nichts verlässt – einfach so davonläuft.«

»Henry nicht«, sagte sie. »Er ist kein Mann, der Ärger macht.«

»Willst du wirklich nicht zuerst nach Tallahassee kommen?«

Sie zögerte. Einerseits klang es verlockend, andererseits …

»Ich muss erst mal eine Weile für mich sein.« Und sie wiederholte ihre Worte: »Es ist alles so schnell gegangen.« Obwohl sie argwöhnte, dass es schon seit längerem gewachsen war. Vielleicht war es sogar in der DNA ihrer Ehe angelegt gewesen.

»Also gut. Ich hab dich lieb, Emmy.«

»Ich hab dich auch lieb, Dad. Ich danke dir.« Sie schluckte. »So sehr.«

Henry machte keinen Ärger. Henry fragte nicht einmal, von wo aus sie anrief. Henry sagte: »Vielleicht bist du nicht die Einzige, die ein bisschen Zeit für sich braucht. Vielleicht ist es am besten so.«

Sie widerstand dem Impuls – der ihr ebenso normal wie absurd vorkam –, ihm zu danken. Schweigen erschien ihr als die bessere Alternative. Was seine nächste Bemerkung auch prompt bestätigte.

»Wen hast du um Hilfe gebeten? Den großen Zampano vom Fuhrpark?«

Diesmal widerstand sie dem Impuls, ihn zu fragen, ob er schon seine Mutter angerufen habe. Retourkutschen waren keine Lösung.

Sie sagte – in ruhigem Ton, wie sie hoffte –: »Ich fahre nach Vermillion Key. Zu Dads Strandhaus.«

»Die Muschelhütte.« Sie hörte fast, wie er die Nase rümpfte. Wie Ho-Hos und Twinkies gehörten Häuser mit nur drei Räumen und ohne Garage nicht zu Henrys Glaubenskanon.

Em sagte: »Ich ruf dich an, wenn ich da bin.«

Ein langes Schweigen. Sie stellte sich vor, wie er in der Küche stand, den Kopf an die Wand gelehnt und den Hörer so fest umklammerte, dass die Knöchel weiß hervortraten, während er mühsam seine Wut niederrang. Wegen der sechs größtenteils harmonischen Jahre, die sie zusammen verlebt hatten. Sie hoffte, dass er es schaffte. Falls es tatsächlich das war, was da vor sich ging.

Als er wieder etwas sagte, klang er ruhig, aber auch erschöpft. »Hast du deine Kreditkarten dabei?«

»Ja. Und ich werde sie nicht überstrapazieren. Aber ich will meine Hälfte von …« Sie biss sich auf die Lippe. Fast hätte sie ihr totes Kind *das Baby* genannt, und das war nicht richtig. Vielleicht für ihren Vater, aber nicht für sie. Sie setzte noch einmal an.

»Meine Hälfte von Amys College-Geld«, sagte sie. »Es ist wahrscheinlich nicht viel, aber …«

»Es ist mehr, als du denkst«, sagte er. Er klang schon wieder gereizt. Sie hatten das Depot nicht erst angelegt, als Amy geboren wurde, auch nicht als Em schwanger wurde, sondern bereits als sie mit den Zeugungsversuchen anfingen. Die Versuchsphase hatte vier Jahre gedauert, und bis Emily endlich empfing, hatten sie schon eine künstliche Befruchtung erwogen. Oder eine Adoption. »Die Investition war nicht nur erfolgreich, sie war vom Himmel gesegnet – besonders die Software-Aktien. Mort hat sie zum richtigen Zeitpunkt angekauft und im absolut goldrichtigen Moment wieder abgestoßen. Emmy, du wirst doch nicht die Eier aus diesem Nest holen wollen.«

Typisch, schon wieder sagte er ihr, was sie tun wollte.

»Ich teile dir meine Adresse mit, sobald ich eine habe«, sagte sie. »Mach mit deiner Hälfte, was du willst, aber schreib mir für meine einen Scheck aus.«

»Du läufst also immer noch weg«, sagte er, und obwohl sein professorenhafter Ton in ihr den Wunsch weckte, er wäre leibhaftig anwesend, damit sie noch ein Buch nach ihm werfen konnte – diesmal eines mit festem Einband –, schwieg sie eisern.

Schließlich seufzte er. »Hör zu, Em, ich verzieh mich jetzt mal für ein paar Stunden. Komm ruhig, und hol dir deine Kleider oder was du halt so brauchst. Ich leg dir auch etwas Bargeld auf die Kommode.«

Einen Moment lang war sie versucht, auf das Angebot einzugehen; dann fiel ihr ein, dass »Geld auf der Kommode lassen« das war, was Männer taten, wenn sie zu Huren gingen.

»Nein«, sagte sie. »Ich will einen Neuanfang machen.«

»Em.« Eine lange Pause trat ein. Sie nahm an, dass er mit seinen Gefühlen kämpfte, und bei dem Gedanken wurden ihr sofort wieder die Augen feucht. »War's das dann mit uns, Kleines?«

»Ich weiß nicht«, sagte sie mit mühsam beherrschter Stimme. »Noch zu früh, das zu sagen.«

»Wenn ich raten müsste«, sagte er, »würde ich auf Ja tippen. Was heute passiert ist, beweist zwei Dinge. Erstens, dass eine gesunde Frau sehr weit laufen kann.«

»Ich ruf dich an«, sagte sie.

»Zweitens, dass lebende Babys Klebstoff für eine Ehe sind. Tote Babys sind Salzsäure.«

Das tat mehr weh als alles, was er sonst hätte sagen können, weil es Amy zu einer hässlichen Metapher reduzierte. Em könnte das nicht. Sie konnte sich nicht vorstellen, dass sie jemals fähig wäre, so etwas zu tun. »Ich ruf dich an«, sagte sie und legte auf.

3
Vermillion Key lag schläfrig und so gut wie verlassen da.

Emily Owensby lief bis zum Ende der Einfahrt, dann den Hügel hinab zu Kozy's Qwik-Pik und dann über die Aschenbahn auf dem Sportplatz des Cleveland South Junior College. Sie lief zum Hotel Morris. Sie lief aus ihrer Ehe hinaus wie eine Frau, die beschließt, ihre Sandalen stehen zu lassen, um richtig loszupreschen. Dann lief sie (mit Hilfe der Southwest Airlines) nach Fort Myers, Florida, wo sie einen Wagen mietete und nach Süden in Richtung Naples fuhr. Vermillion Key lag schläfrig und so gut wie verlassen unter der brütenden Junisonne da. Von der Zugbrücke bis zur bescheidenen Hauseinfahrt ihres Vaters führten zwei Meilen Straße den Strand entlang. Am Ende der Einfahrt stand die verwitterte Muschelhütte, außen ein schäbiges Ding mit blauem Dach und abblätternden blauen Fensterläden, innen aber mit Klimaanlage und urgemütlich.

Als sie den Motor des Nissans der Avis-Autovermietung abstellte, war nur noch das Rauschen der Brandung am leeren Strand zu hören und irgendwo in der Nähe ein aufgeschreckter Vogel, der immer wieder *Uh-oh! Uh-oh!* rief.

Em ließ den Kopf auf das Lenkrad sinken und weinte fünf Minuten lang, ließ die ganze Anspannung, den ganzen Horror des letzten halben Jahres heraus. Versuchte es jedenfalls. Außer dem Uh-oh-Vogel war niemand in Hörweite. Als sie sich schließlich ausgeheult hatte, zog sie ihr T-Shirt aus und wischte alles weg: den Rotz, den Schweiß, die Tränen. Sie rubbelte sich bis hinab zu ihrem schlichten grauen Sport-BH sauber. Dann ging sie zum Haus; unter ihren Turnschuhen knirschten Muscheln und Korallenstücke. Als sie sich bückte, um den Schlüssel aus der Blechdose zu holen, die unter dem kitschig-kauzigen Gartenzwerg versteckt war, fiel ihr auf, dass sie seit über einer Woche keine Kopfschmerzen mehr gehabt hatte. Ein Glück, ihr Zolmitriptan war nämlich mehr als tausend Meilen weit weg.

Eine Viertelstunde später lief sie in Shorts und einem alten Hemd ihres Vaters über den Strand.

Die nächsten drei Wochen lebte sie in fast völliger Kargheit. Zum Frühstück trank sie Kaffee und Orangensaft, zu Mittag aß sie eine große Schüssel Salat, und zum Abendessen verschlang sie Fertiggerichte, meist Makkaroni mit Käse oder Kochbeutel-Gulasch auf Toast – was ihr Vater gern Scheiße auf Ziegeln nannte. Die Kohlenhydrate waren sehr nützlich. Morgens, wenn es noch kühl war, lief sie barfuß am Strand, nah am Wasser, wo der Sand fest und meist frei von Muscheln war. Am Nachmittag, wenn es heiß war (und es häufig Regenschauer gab), lief sie auf der Straße, die zum größten Teil im Schatten lag. Manchmal wurde sie patschnass. Dann lief sie lächelnd, manchmal sogar lachend durch den Regen, und sobald sie nach Hause kam, zog sie sich in der Diele aus und steckte ihre durchweichten Sachen in die Waschmaschine, die praktischerweise nur drei Schritte von der Dusche entfernt stand.

Anfangs lief sie täglich zwei Meilen am Strand und eine Meile auf der Straße. Nach drei Wochen lief sie drei Meilen am Strand und zwei auf der Straße. Rusty Jackson bezeichnete sein Refugium gern als »Die kleine Grashütte«, wohl nach irgendeinem alten Song. Das Häuschen lag am nördlichsten Punkt der Insel, und es gab nichts Vergleichbares auf Vermillion; alles andere dort war im Besitz der Reichen, der Superreichen und am südlichen Ende, wo es drei gigantische Protzpaläste gab, der Über-alle-Maßen-Reichen. Auf der Straße wurde Em manchmal von Transportern voller Gartengerät-schaften überholt, aber Pkws waren selten. Die Häuser, an denen sie vorbeilief, waren alle geschlossen, die Einfahrten mit Ketten versperrt, und das würde so bleiben, bis die Eigentümer ab Oktober allmählich wieder eintrudelten. Sie fing an, sich Namen für die Häuser auszudenken: das mit den Säulen war Tara, das hinter dem hohen kahlen Eisenzaun war die Staats-pension, das große, das sich hinter einer hässlichen grauen Betonmauer verbarg, war der Bunker. Das einzige kleinere, von Zwergpalmen und Bäumen der Reisenden abgeschirmte, war das Trollhaus – dessen saisonale Bewohner sich in ihrer Vorstellung von Trollhouse Cookies ernährten.

Am Strand sah sie manchmal Naturschützer patrouillieren, die nach brütenden Schildkröten Ausschau hielten, und bald grüßte sie jeden von ihnen mit Namen. Sie riefen ihr ein »Yo, Em!« zu, wenn sie vorbeilief. Sonst war kaum jemand anzutreffen, nur einmal winkte ihr ein junger Mann aus einem Hub-schrauber zu. Sie winkte zurück. Ihr Gesicht war im Schatten ihrer Seminoles-Baseballkappe sicher getarnt.

Ihre Einkäufe erledigte sie im Publix fünf Meilen weiter nördlich an der U.S. 41. Auf dem Heimweg hielt sie oft noch an Bobby Tricketts Antiquariat, das zwar weit größer war als das Häuschen ihres Vaters, aber trotzdem wie eine urige Muschelhütte wirkte. Dort kaufte sie alte Krimis von Raymond Chandler und Ed McBain, deren vergilbte, angenehm müffelnde Seiten ihr so nostalgisch vorkamen wie der alte Ford-Kombi mit Holzverschalung, den sie eines Tages die Bundesstraße entlangkutschieren sah, mit zwei Liegestühlen auf dem Dach und einem abgewetzten Surfboard, das hinten heraus-ragte. Bücher von John D. MacDonald brauchte sie nicht zu kaufen; ihr Vater hatte die ganze Sammlung in seinem Orangenkisten-Bücherbord gehortet.

Ende Juli lief sie schon sechs oder sogar sieben Meilen pro Tag. Ihre Brüste waren nur noch kleine Hubbel, und ihr Hintern existierte schon fast nicht mehr, und sie hatte zwei der leeren Borde ihres Vaters mit Büchern vollgestellt, die Titel wie *Dead City* und *Der Gejagte* trugen. Nie wurde abends der Fernseher eingeschaltet, nicht einmal für die Wettervorhersage. Der alte PC ihres Vaters blieb dunkel. Sie kaufte sich nie eine Zeitung.

Ihr Vater rief sie jeden zweiten Tag an, fragte aber nicht mehr, ob er sich »losreißen« und zu ihr runterkommen solle, nachdem sie ihm gesagt hatte, sie werde es ihn schon wissen lassen, wenn sie bereit sei, ihn zu sehen. Einstweilen, sagte sie, sei sie weder selbstmordgefährdet (was stimmte) noch überhaupt deprimiert (was nicht stimmte), und essen tue sie genügend. Das reichte ihm schon. Sie waren immer ehrlich miteinander umgegangen. Zudem wusste sie, dass der Sommer eine arbeitsreiche Zeit für ihn war – alles, was nicht getan werden konnte, wenn es auf dem Campus (den er immer *die Fabrik* nannte) von Studenten wimmelte, musste zwischen dem 15. Juni und dem 15. September erledigt werden, wenn keiner da war außer den Teilnehmern an Sommerkursen und akademischen Konferenzen, sofern die College-Verwaltung Interessenten dafür hatte gewinnen können.

Außerdem hatte er eine Freundin, Melody mit Namen. Em besuchte die beiden nur ungern – es war ihr irgendwie peinlich –, aber sie wusste, dass Melody ihren Vater glücklich machte, also erkundigte sie sich stets nach ihrem Befinden. *Bestens,* entgegnete ihr Vater unweigerlich. *Mel ist munter wie ein Eichkätzchen.*

Einmal rief sie Henry an, und einmal rief Henry sie an. An dem Abend, als er sie anrief, war Em sich ziemlich sicher, dass er betrunken war. Er fragte sie noch einmal, ob es aus sei, und sie antwortete noch einmal, sie wisse es nicht, was aber gelogen war. *Wahrscheinlich* gelogen.

Nachts schlief sie wie im Koma. Anfangs hatte sie schlimme Träume – durchlebte immer und immer wieder den Morgen, an dem sie Amy tot vorgefunden hatten. In manchen ihrer Träume war das Baby schwarz angelaufen wie eine verfaulte

Erdbeere. In anderen – und das waren die schlimmeren – fand sie eine nach Luft ringende Amy vor und rettete sie durch Mund-zu-Mund-Beatmung. Nur um dann mit der Gewissheit aufzuwachen, dass Amy immer noch tot war. Einmal erwachte sie während eines Gewitters aus einem jener Träume, glitt nackt aus dem Bett zu Boden und weinte, die Ellbogen auf den Knien aufgestützt, die Wangen zu einer Fratze hochgeschoben, während die Blitze über den Golf zuckten und flüchtige blaue Muster auf die Wand warfen.

Je mehr sie über sich hinauswuchs – und jene legendäre Grenzen des Durchhaltevermögens auslotete –, desto mehr ließen die Träume nach oder vollzogen sich unterhalb der Reichweite ihrer Erinnerung. Nach und nach wachte sie ausgeruhter auf, nicht so sehr erfrischt als vielmehr entspannt bis ins Mark. Und obwohl jeder Tag im Grunde der gleiche war wie der vorige, begann sie, jeden als etwas Neues zu empfinden – etwas Eigenes – anstatt nur als eine Verlängerung des ewig Alten. Eines Tages wachte sie mit dem Gefühl auf, dass Amys Tod nun etwas war, was *geschehen war,* anstatt etwas, was fortwährend *geschah.*

Sie beschloss, ihren Vater einzuladen – sollte er ruhig herkommen und Melody mitbringen, wenn er wollte. Sie würde ihnen ein schönes Essen vorsetzen. Sie könnten auch über Nacht bleiben (schließlich war es ja *sein* Haus). Und dann begann sie, darüber nachzudenken, was sie mit ihrem wirklichen Leben machen wollte, dem auf der anderen Seite der Zugbrücke, das sie bald wieder aufnehmen würde: was sie davon bewahren und was sie abstoßen wollte.

Bald würde sie anrufen, sagte sie sich. In einer Woche, höchstens zwei. Die Zeit war noch nicht reif, aber beinah. Beinah.

4

Kein sehr netter Mann.

Eines Nachmittags, nicht lange nachdem der Juli in den August übergegangen war, teilte Deke Hollis ihr mit, sie habe Gesellschaft auf der Insel. Er sagte immer *Insel,* nicht Key. Deke war ein wettergegerbter Fünfziger, vielleicht auch Siebziger. Er war groß und hager und trug einen verbeulten alten Strohhut, der wie eine umgekehrte Suppenschüssel aussah. Von sieben Uhr morgens bis sieben Uhr abends betätigte er die Zugbrücke zwischen Vermillion und dem Festland. Das heißt, an Werktagen. Die Wochenenden übernahm »der Knabe« (besagter Knabe war um die dreißig). Manchmal, wenn Em auf die Zugbrücke zulief und den Knaben statt Deke in dem alten Korbstuhl vor dem Wärterhaus sitzen und *Maxim* oder *Popular Mechanics* statt der *New York Times* lesen sah, wunderte sie sich, dass es schon wieder Samstag war.

Am gegenwärtigen Nachmittag aber saß Deke dort. Der Kanal zwischen Vermillion und dem Festland – den Deke als *Schlond* bezeichnete (Schlund, nahm sie an) – lag verlassen und dunkel unter einem dunklen Himmel da. Auf dem Brückengeländer zum Golf hin stand ein Reiher, der entweder meditierte oder nach Fischen spähte.

»Gesellschaft?«, sagte Em. »Ich hab keine Gesellschaft.«

»So hab ich's nicht gemeint. Pickering ist wieder da. Haus 366. Hat eine seiner ›Nichten‹ dabei.« Bei *Nichten* verdrehte Deke die Augen, die von einem so verblichenen Blau waren, dass sie fast farblos wirkten.

»Ich hab niemanden gesehen«, sagte Em.

»Klar«, stimmte er zu. »Er ist vor einer Stunde in seinem dicken roten Mercedes rübergekommen, während Sie wahrscheinlich noch Ihre Turnlatschen zugebunden haben.« Er beugte sich über die Zeitung vor; sie knisterte unter seinem flachen Bauch. Em sah, dass er das Kreuzworträtsel etwa halb gelöst hatte. »Jeden Sommer eine andere Nichte. Immer junge Dinger.« Er hielt kurz inne. »Manchmal *zwei* Nichten, eine im August und eine im September.«

»Ich kenn ihn nicht«, sagte Em. »Und ich hab auch keinen roten Mercedes gesehen.« Ebenso wenig wusste sie, welches Haus die Nummer 366 hatte. Sie nahm zwar die Häuser wahr, aber nur selten die Briefkästen. Außer bei der Nummer 219 natürlich. Das war der mit den geschnitzten Vögeln obendrauf. (Das Haus dahinter hieß natürlich Birdland.)

»Umso besser für Sie«, sagte Deke. Statt die Augen zu verdrehen, verzog er jetzt den Mund, als hätte er einen üblen Geschmack auf der Zunge. »Er bringt sie im Mercedes her, und zurück nach St. Petersburg geht's dann in seinem Boot. Fette weiße Jacht. Die *Play Pen*. Ist heute Morgen hier durchgeschippert.« Wieder zog er die Mundwinkel herab. In der Ferne grollte Donner. »Die Nichten kriegen also das Haus gezeigt, dann eine nette kleine Tour die Küste rauf, und dann sehen wir Pickering erst im Januar wieder, wenn es in Chicagoland kalt wird.«

Em war so, als hätte sie bei ihrem Morgenlauf ein vertäutes weißes Motorboot gesehen, war sich aber nicht sicher.

»In ein, zwei Tagen – vielleicht einer Woche – schickt er dann zwei Burschen rüber, und einer fährt den Mercedes dahin zurück, wo er ihn immer unterstellt. Irgendwo bei dem Privatflugplatz in Naples, nehm ich an.«

»Der muss ja ziemlich reich sein«, sagte Em. Es war die längste Unterhaltung, die sie je mit Deke geführt hatte, aber interessanterweise fing sie dabei trotzdem an, auf der Stelle zu joggen. Teils weil sie nicht steif werden wollte, vor allem aber weil ihr Körper sie zu laufen drängte.

»Reich wie Dagobert Duck, aber ich hab den Eindruck, dass Pickering sein Geld im Gegensatz zu dem *ausgibt*. Wahrscheinlich auf eine Weise, die Onkel Dagobert sich nie hätte träumen lassen. Hat es in der Computerbranche gescheffelt, wie man hört.« Das Augenrollen. »Tun sie das nicht alle?«

»Scheint so«, sagte sie und joggte weiterhin auf der Stelle. Der Donner räusperte sich, diesmal mit etwas mehr Nachdruck.

»Ich weiß, Sie wollen los, aber ich erzähl Ihnen das alles aus gutem Grund«, sagte Deke. Er faltete seine Zeitung zusammen, legte sie neben den alten Korbstuhl und stellte seinen Kaffeebecher als Briefbeschwerer darauf ab. »Ich verbreite normalerweise keinen Klatsch über die Leute auf der Insel – viele davon sind reich, und ich würde mich nicht lange halten, wenn ich es täte –, aber ich mag Sie, Emmy. Sie sind zurückhaltend, aber kein bisschen hochnäsig. Und Ihren Vater mag ich auch. Wir haben schon manches Glas zusammen gehoben.«

»Danke«, sagte sie. Sie war gerührt. Plötzlich kam ihr ein Gedanke, und sie lächelte. »Hat mein Dad Sie gebeten, ein Auge auf mich zu haben?«

Deke schüttelte den Kopf. »Niemals. Das würde er nie tun. Nicht sein Stil. Er würde Ihnen aber dasselbe sagen wie ich – Jim Pickering ist kein sehr netter Mensch. Ich würde einen Bogen um ihn machen. Falls er Sie auf einen Drink hereinbittet oder auch nur auf eine Tasse Kaffee mit ihm und seiner ›Nichte‹, würde ich ablehnen. Und falls er Sie auf sein Boot einlädt, würde ich *erst recht* ablehnen.«

»Ich hab kein Interesse an Bootsfahrten«, sagte sie. Sie war nur daran interessiert, ihre Arbeit auf Vermillion Key zu beenden. Sie hatte das Gefühl, dass sie fast so weit war. »Ich sollte wohl lieber mal los, bevor es zu regnen anfängt.«

»Ach, regnen wird's kaum vor fünf«, sagte Deke. »Aber falls ich mich irre, wird's Ihnen eh nichts ausmachen.«

Sie lächelte wieder. »Stimmt. Im Gegensatz zur landläufigen Meinung lösen sich Frauen im Regen nicht auf. Ich werde Dad von Ihnen grüßen.«

»Tun Sie das.« Er bückte sich, um seine Zeitung aufzuheben, hielt dann aber inne und blickte unter seinem komischen Hut hervor zu ihr auf. »Wie geht es Ihnen denn eigentlich?«

»Besser«, sagte sie. »Von Tag zu Tag besser.« Sie machte kehrt, um die Inselstraße entlang zur kleinen Grashütte zurückzulaufen. Dabei hob sie die Hand, und im gleichen Moment segelte der Reiher, der auf dem Geländer gesessen hatte, mit einem Fisch im langen Schnabel an ihr vorüber.

Nummer 366 entpuppte sich als der Bunker, und zum ersten Mal, seit sie nach Vermillion gekommen war, stand das Tor offen. Oder war es schon offen gewesen, als sie auf dem Weg zur Brücke daran vorbeigelaufen war? Sie konnte sich nicht entsinnen – aber natürlich trug sie jetzt eine Sportuhr, ein klobiges Ding mit einer Digitalanzeige, um ihre Geschwindigkeit messen zu können. Vermutlich hatte sie gerade auf die Uhr gesehen, als sie an dem Haus vorbeikam.

Fast wäre sie vorbeigelaufen, ohne abzubremsen – der Donner klang schon bedrohlich nah –, aber sie trug ja nun nicht gerade einen Tausend-Dollar-Wildlederrock von Jill Anderson, bloß eine Kombination vom Athletic Attic: Shorts und ein T-Shirt mit dem Nike-Logo. Und was hatte sie zu Deke gesagt? *Frauen lösen sich im Regen nicht auf.* Also bremste sie, drehte ab und warf einen Blick in die Einfahrt. Es war reine Neugier.

Sie hielt den Mercedes, der im Hof stand, für einen 450 SL, weil ihr Vater auch so einen hatte, obwohl seiner inzwischen schon zehn Jahre alt (vielleicht auch zwölf) und dieser hier brandneu war. Er war rot wie ein Liebesapfel, die Karosserie leuchtete selbst noch unter dem verdüsterten Himmel. Der Kofferraum stand offen. Ein Bündel langes blondes Haar hing heraus. Und es war Blut in dem Haar.

Hatte Deke gesagt, das Mädchen bei Pickering sei blond? Das war das Erste, was sie sich fragte, und sie war so geschockt, so komplett *verdattert,* dass sie sich nicht einmal wunderte. Es schien eine völlig vernünftige Frage zu sein, und die Antwort war, dass Deke es nicht gesagt hatte. Nur, dass sie jung sei. Und eine Nichte. Mit diesem ironischen Augenrollen.

Der Donner grollte. Jetzt schon fast senkrecht über ihr. Der Hof war bis auf den Wagen (und die Blonde im Kofferraum) leer. Auch das Haus wirkte verlassen: abweisend und mehr denn je wie ein Bunker. Selbst die Palmen, die ringsumher schwankten, konnten ihm nicht die Strenge nehmen. Es war zu groß, zu kahl, zu grau. Es war ein hässliches Haus.

Em meinte, ein Stöhnen zu hören. Sie rannte durch das Tor und dann über den Hof zu dem offenen Kofferraum, ohne zu bedenken, was sie tat. Sie blickte hinein. Das Mädchen im Kofferraum hatte nicht gestöhnt. Ihre Augen waren offen, aber sie war mit Dutzenden von Messerstichen übersät, und ihre Kehle war von einem Ohr zum anderen aufgeschlitzt.

Em stand da und schaute, zu entsetzt, um sich zu bewegen, zu entsetzt, um auch nur zu atmen. Dann kam ihr der Gedanke, dass es sich um eine *künstliche* Tote handelte, eine Filmrequisite. Selbst als die Vernunft ihr sagte, dass das Blödsinn sei, nickte der Teil ihres Verstandes, der für Rationalisierung zuständig war, immer noch hektisch. Reimte sich sogar eine Geschichte zusammen, um den Gedanken zu untermauern. Deke missbilligte Pickering und dessen Damenbekanntschaften? Nun, Pickering konnte Deke wohl auch nicht leiden! Da Ganze war nichts weiter als ein aufwendiger Schabernack. Pickering hatte vor, mit offenem Kofferraum, aus dem dieses künstliche Blondhaar flatterte, über die Brücke zu fahren, und dann ...

Doch aus dem Kofferraum stiegen jetzt auch Gerüche auf. Es roch nach Scheiße und Blut. Em streckte die Hand aus und berührte die Wange unter einem dieser starrenden Augen. Sie war kalt, aber es war Haut. O Gott, es war menschliche Haut.

Hinter ihr war ein Geräusch zu vernehmen. Schritte. Sie wollte sich umdrehen, und etwas traf sie am Kopf. Es tat nicht weh, aber die Welt explodierte in gleißendem Weiß. Dann wurde es dunkel.

5

*Es sah aus, als wollte er »Kommt ein
kleines Mäuschen« mit ihr spielen.*

Als sie zu sich kam, war sie mit Klebeband an einen Stuhl gefesselt, in einer großen Küche voller schrecklicher Stahlobjek-
te: Spüle, Kühlschrank, Geschirrspüler, ein Herd, der aussah, als
gehörte er in eine Restaurantküche. Ihr Hinterkopf schickte
lange, langsame Schmerzwellen zu ihrer Stirn, und jede schien
zu sagen: *Tu was dagegen! Tu was dagegen!*
An der Spüle stand ein hochgewachsener, schlanker Mann
in Khakishorts und einem alten Izod-Golfhemd. Die Neonleuchten tauchten alles in gnadenloses Licht, und Em konnte die sich vertiefenden Krähenfüße in seinem Augenwinkel
sehen und die grauen Sprenkel am Rand seines korrekten
Fassonschnitts. Sie schätzte ihn auf etwa fünfzig. Er wusch sich
den Arm an der Spüle. Anscheinend hatte er darin eine Stichwunde, knapp unter dem Ellbogen.
Sein Kopf fuhr herum. Der Mann hatte eine animalische Geschmeidigkeit an sich, die ihr den Magen umdrehte. Seine
Augen waren von viel intensiverem Blau als die von Deke Hollis.
Sie sah nichts darin, das auf geistige Gesundheit schließen ließ,
und ihr wurde noch flauer zumute. Auf dem Boden – von dem
gleichen hässlichen Grau wie das Äußere des Hauses, nur Fliesen statt Beton – verlief eine dunkle, gut zwanzig Zentimeter
breite Spur. Em nahm an, dass es Blut war. Sie konnte sich gut
vorstellen, wie das Haar des blonden Mädchens die Spur hinterlassen hatte, als Pickering sie an den Füßen zu irgendeiner
unbekannten Bestimmung durch den Raum schleifte.
»Du bist wach«, sagte er. »Bravo. *Echt super.* Denkst du, ich
wollte sie umbringen? Ich wollte sie nicht umbringen. Sie hatte
ein Messer in ihrer gottverdammten *Socke!* Ich hab sie bloß
in den Arm gekniffen, weiter nichts.« Er schien zu überlegen,
während er den dunklen, blutgefüllten Schnitt unter seinem Ell-

bogen mit Küchenkrepp abtupfte. »Na ja, auch in den Busen. Aber das erwarten die Mädels doch. Man nennt es VOR-*spiel*. Das muss so eine *HURE* doch wissen.«

Er betonte die Wörter, indem er mit Zeige- und Mittelfinger beider Hände in der Luft Anführungszeichen machte. Es sah aus, als wollte er »Kommt ein kleines Mäuschen« mit ihr spielen. Kein Zweifel, er war vollkommen verrückt. Donner krachte über dem Haus, laut wie eine Ladung herabpolternder Möbel. Em fuhr zusammen – soweit sie es in ihrem fixierten Zustand konnte –, aber der Mann an dem stählernen Spülbecken blickte nicht einmal auf. Als ob er nichts gehört hätte. Schmollend schob er die Unterlippe vor.

»Also hab ich's ihr weggenommen. Und dann hab ich den Kopf verloren. Ich geb's ja zu. Die Leute halten mich immer für Mr. Cool, und ich versuche, diesem Ruf gerecht zu werden. Ich gebe mir alle Mühe. Aber jeder kann mal den Kopf verlieren. Das wollen sie nur nicht wahrhaben. Jeder Mensch tut's. Unter den entsprechenden Bedingungen.«

Der Regen rauschte herab, als hätte Gott dort droben in seinem privaten WC die Spülung gezogen.

»Wer könnte Grund zu der Annahme haben, dass du hier bist?«

»Jede Menge Leute.« Die Antwort kam ohne Zögern.

Wie der Blitz schoss er durch den Raum. *Blitz* war das passende Wort. Eben noch neben der Spüle, stand er plötzlich vor ihr und schlug ihr so heftig ins Gesicht, dass ihr Funkengarben vor den Augen sprühten und wie Kometenschweife durch den Raum schwirrten. Ihr Kopf schwang zur Seite, das Haar flog ihr gegen die Wange, und sie spürte Blut im Mund, weil ihre Unterlippe aufplatzte. Die Haut innen war von der Kante der Zähne tief zerschnitten worden, fast ganz durch, wie es sich anfühlte. Draußen prasselte der Regen herab. *Ich werde sterben, während es regnet,* dachte Em. Aber sie glaubte es nicht. Vielleicht glaubte es keiner, wenn es tatsächlich so weit war.

»*Wer weiß, wo du bist?*« Vornübergebeugt brüllte er ihr ins Gesicht.

»Jede Menge Leute«, wiederholte sie lallend, weil ihre Unterlippe anschwoll. Sie fühlte, wie ihr das Blut das Kinn hinabrann. Aber trotz der Schmerzen und der Angst schwoll ihr *Verstand* noch nicht an. Sie wusste, dass ihre einzige Überlebenschance darin lag, diesen Mann glauben zu machen, er würde geschnappt werden, wenn er sie tötete. Natürlich würde er auch geschnappt werden, wenn er sie freiließ, aber damit würde sie sich später befassen. Ein Alptraum nach dem anderen.

»Je'e Menge Leu'e!«, lallte sie trotzig noch einmal.

Er schoss wieder zurück zur Spüle, und als er wiederkam, hatte er ein Messer in der Hand. Ein kleines. Vermutlich das, das das tote Mädchen aus der Socke gezogen hatte. Er setzte die Spitze auf Ems unteres Augenlid und zog es herab. In dem Moment ließ ihre Blase los und entleerte sich in einem einzigen Schwall.

Ein Ausdruck von irgendwie zimperlichem Widerwillen verkniff momentan Pickerings Miene, doch zugleich schien er auch erfreut zu sein. Em wunderte sich unwillkürlich, wie jemand gleichzeitig zwei so unvereinbare Regungen empfinden konnte. Er trat einen halben Schritt zurück, aber die Spitze des Messers schwankte nicht. Sie grub sich immer noch in ihre Haut, zog ihr das Lid herab und drückte den Augapfel in seiner Höhle sanft empor.

»Nett«, sagte er. »Noch eine Schweinerei zum Aufwischen. Kam allerdings nicht unerwartet. Das nicht. Und wie es so schön heißt, draußen ist mehr Platz als drinnen.« Er lachte auf, ein kurzes Kläffen, dann beugte er sich vor, und seine leuchtend blauen Augen starrten in ihre braunen. »Nenn mir eine Person, die weiß, dass du hier bist. Ohne Zögern. Ohne das *geringste* Zögern. Wenn du zögerst, weiß ich, dass du mir was vormachst, und dann heb ich dir das Auge aus der Höhle und schnipp es in die Spüle. Das bring ich fertig. Also raus mit der Sprache. *Jetzt.*«

»Deke Hollis«, sagte sie. Das war wie Petzen, *mieses* Petzen, aber es war auch purer Reflex. Sie wollte ihr Auge nicht verlieren.

»Wer noch?«

Ihr fiel kein Name ein – in ihrem Kopf herrschte gellende Leere –, und sie glaubte ihm, dass ein Zögern sie das linke Auge kosten würde. »*Niemand, okay?*«, schrie sie. Und bestimmt würde Deke reichen. Bestimmt würde eine einzige Person reichen, es sei denn, er war so verrückt, dass …

Er zog das Messer weg, und obwohl ihre räumliche Sicht nicht ganz bis dorthin reichte, fühlte sie an der Stelle eine kleine Blutperle hervorquellen. Es war ihr egal. Sie war froh, überhaupt noch räumliche Sicht zu haben.

»Okay«, sagte Pickering. »Okay, okay, gut, okay.« Er ging zurück zur Spüle und warf das kleine Messer hinein. Sie fühlte sich schon erleichtert, da zog er eine Schublade neben der Spüle auf und holte ein größeres heraus: ein langes, spitzes Fleischermesser.

»Okay.« Er kam zu ihr zurück. Sie konnte nirgends Blut an ihm sehen, nicht den geringsten Fleck. Wie war das möglich? Wie lange war sie ohnmächtig gewesen?

»Okay, okay.« Er fuhr sich mit der freien Hand durch seinen kurzen, sicher absurd teuren Designer-Haarschnitt. Die Frisur lag im gleichen Moment wieder perfekt in Form. »Wer ist Deke Hollis?«

»Der Brückenwärter«, sagte sie. Ihre Stimme zitterte. »Wir haben von Ihnen gesprochen. Deswegen hab ich ja hier reingeschaut.« Sie hatte eine plötzliche Eingebung. »Er hat das Mädchen gesehen! Hat sie als Ihre Nichte bezeichnet!«

»Jaja, die Mädchen werden immer per Boot zurückgebracht, das ist alles, was er weiß. Was sind die Leute doch neugierig! Wo steht dein Wagen? Antworte *jetzt,* oder du kriegst die neue Spezialbehandlung, eine Brustamputation. Schnell, aber *nicht* schmerzlos.«

»Die Grashütte!« Mehr fiel ihr nicht ein.

»Was soll das sein?«

»Das kleine Muschelhaus am Ende der Insel. Es gehört meinem Vater.« Sie hatte noch eine Eingebung. »*Er* weiß, dass ich hier bin!«

»Jaja.« Pickering schien das nicht zu interessieren. »Ja, okay. Heißt das, du *wohnst* hier?«

»Ja …«

Er sah auf ihre Shorts hinab, die jetzt von dunklerem Blau waren. »Läuferin, wie?« Sie antwortete nicht, was Pickering nicht zu stören schien. »Ja, klar bist du 'ne Läuferin, schau dir bloß diese Beine an.« Unglaublich, er verbeugte sich – wie vor einem Mitglied des Königshauses – und pflanzte dicht unter dem Saum der Shorts einen lauten Schmatz auf ihren Schenkel. Als er sich aufrichtete, sah sie mit sinkendem Mut, dass seine Hose vorn ausgebeult war. Gar nicht gut.

»Du läufst hin und her, hin und her.« Er schwenkte das blitzende Fleischermesser wie einen Dirigentenstab. Es war hypnotisch. Draußen goss es noch immer. Es würde vielleicht noch eine knappe Stunde so weiterpladdern, dann würde die Sonne wieder vorkommen. Em fragte sich, ob sie dann noch am Leben sein würde. Sie hielt es nicht für wahrscheinlich. Auch wenn das schwer zu glauben war. Im Grunde unmöglich.

»Du läufst hin und her, hin und her. Manchmal schwatzt du mit dem alten Knaben mit dem Strohhut, aber sonst mit keinem.« Sie war verängstigt, aber nicht zu verängstigt, um zu merken, dass er nicht zu ihr sprach. »Klar. Sonst mit keinem. Weil sonst keiner da ist. Wenn irgendwelche von den Rasen mähenden, Bäume pflanzenden Bohnenfressern, die hier unten arbeiten, dich bei deinem Nachmittagslauf gesehen haben, werden sie sich dran erinnern? Na?«

Die Messerschneide tickte hin und her. Er folgte der Spitze mit den Augen, als hinge die Antwort davon ab.

»Nein«, sagte er. »Nein, und ich sag dir auch, warum. Weil du nichts weiter als eine reiche Gringa bist, die sich fit halten will. Die sind überall. Sieht man jeden Tag. Bescheuerte Gesundheitsfanatiker. Muss man überall aus dem Weg fegen. Wenn sie nicht laufen, fahren sie Rad. Mit diesen doofen Helmen auf. Okay? Okay. Zeit zu beten, Lady Jane, aber mach schnell. Ich hab's eilig. Sehr, sehr eilig.«

Er hob das Messer auf Schulterhöhe. Sie sah, wie seine Lippen sich im Vorgefühl des Todesstoßes spannten. Für Em wurde die ganze Welt plötzlich klar. Alles trat mit vehementer Strahlkraft hervor. Sie dachte: *Ich komme, Amy.* Und dann, absurderweise, etwas, was sie vielleicht im Autoradio gehört hatte: *Sei da, Baby.*

Doch dann hielt er inne. Er sah sich um, gerade so als hätte jemand ihn angesprochen. »Ja«, sagte er. Dann: »Ja?« Und dann: »Ja.« Mitten im Raum stand eine Küchenblock mit Resopalarbeitsfläche. Er ließ das Messer klappernd darauffallen, statt es in Emily zu stechen.

»Bleib da sitzen«, sagte er. »Ich werde dich nicht töten. Hab's mir anders überlegt. Man kann sich's anders überlegen. Von Nicole hab ich nichts weiter gekriegt als einen Stich in den Arm.«

Auf der Arbeitsfläche lag eine ausgedünnte Rolle Klebeband Er hob sie auf. Eine Sekunde später kniete er mit bloßgelegtem, verletzlichem Nacken vor ihr. In einer besseren Welt – einer gerechteren Welt – hätte sie die Hände verschränken und sie auf diesen entblößten Nacken schlagen können, aber ihre Handgelenke waren an die stabilen Ahorn-Armlehnen des Stuhls gefesselt. Ihr Oberkörper war mit weiteren Lagen Klebeband an der Rückenlehne festgezurrt, dicke Stränge von dem Zeug, das sie in der Taille und unter den Brüsten wie ein Korsett umspannte. Ihre Beine waren an den Knien, den Waden und den Fußgelenken an den Stuhlbeinen befestigt. Er war überaus gründlich gewesen.

Die Stuhlbeine waren am Boden festgeklebt, und jetzt brachte er noch weitere Klebstreifen an, erst vorn, dann hinten, bis die ganze Rolle aufgebraucht war. Er stand auf und legte den leeren Pappring auf die Arbeitsfläche zurück. »So«, sagte er. »Nicht schlecht. Okay. Auf geht's. Du wartest hier.« Irgendwas fand er daran wohl komisch, denn er hob den Kopf und ließ einen dieser kurzen, kläffenden Lacher los. »Und geh mir nicht vor Langeweile stiften, okay? Ich muss mich um deinen neugierigen alten Freund kümmern, am besten gleich, solange es noch regnet.«

Diesmal schoss er zu einer Tür, die sich als Schranktür entpuppte. Er wühlte eine gelbe Regenjacke heraus. »Ich wusste doch, dass die hier irgendwo drin war. Jedermann vertraut einem, der eine Regenjacke trägt. Weiß auch nicht, warum. Ist einfach eine dieser rätselhaften Tatsachen. Okay, mein Mädchen, bleib schön da.« Er stieß noch einen dieser Lacher aus, die wie das Kläffen eines wütenden Pudels klangen, dann war er fort.

6
Noch immer 9:15.

Als die Haustür ins Schloss fiel und Em wusste, dass er wirklich gegangen war, begann die abnorme Strahlkraft der Welt in einem Grauschleier zu verschwimmen, und sie spürte, dass sie am Rand einer Ohnmacht war. Sie konnte es sich nicht leisten, ohnmächtig zu werden. Falls es ein Jenseits gab und sie irgendwann ihrem Vater dort begegnete, wie konnte sie Rusty Jackson dann erklären, dass sie ihre letzten Minuten auf Erden in Bewusstlosigkeit vergeudet hatte? Er wäre von ihr enttäuscht. Selbst wenn sie sich im Himmel trafen, knöcheltief in den Wolken, während die Engel ringsumher Sphärenmusik spielten (für Harfe arrangiert), wäre er enttäuscht, dass sie ihre einzige Chance in einer viktorianischen Ohnmacht verschwendet hatte.

Em zog die aufgeplatzte Unterlippe absichtlich gegen die Zähne … und biss zu, was frisches Blut hervorquellen ließ. Die Welt fing wieder zu strahlen an. Der Klang des Windes und des strömenden Regens schwoll an wie seltsame Musik.

Wie viel Zeit hatte sie? Vom Bunker bis zur Zugbrücke war es eine Viertelmeile. Wegen der Regenjacke, und weil sie den Mercedes nicht hatte starten hören, nahm sie an, dass er zu Fuß lief. Sie wusste, dass sie den Motor wegen des Donners und des Regenrauschens überhört haben konnte, aber sie glaubte einfach nicht, dass er den Wagen nehmen würde. Deke Hollis kannte den roten Mercedes und würde vor dem Kerl, der ihn fuhr, auf der Hut sein. Das konnte Pickering sich wohl denken. Pickering war verrückt – teilweise hatte er Selbstgespräche geführt, teilweise aber auch mit jemandem geredet, den nur er sehen konnte, einem unsichtbaren Spießgesellen –, aber er war ja nicht blöd. Deke natürlich auch nicht, aber er war allein in seinem kleinen Wärterhäuschen. Kein Auto würde vorbeikommen, kein Boot würde auf Durchlass warten. Nicht in diesem Regenguss.

Außerdem war er alt.

»Mir bleibt vielleicht eine Viertelstunde«, sagte sie in den leeren Raum hinein – vielleicht war es auch der Blutfleck auf dem Boden, zu dem sie sprach. Wenigstens hatte er sie nicht geknebelt; wozu auch? Niemand würde sie schreien hören, nicht in dieser hässlichen, kastenförmigen Betonburg. Sie hätte mitten auf der Straße stehen und aus vollem Hals brüllen können, und trotzdem hätte sie keiner gehört. Momentan waren sogar die mexikanischen Gärtner in Deckung gegangen und hockten bei Kaffee und Zigaretten in ihren Lieferwagen.

»Bestenfalls eine Viertelstunde.«

Ja. Wahrscheinlich. Dann würde Pickering wiederkommen und sie vergewaltigen, wie er vorgehabt hatte, Nicole zu vergewaltigen. Danach würde er sie töten, wie er Nicole schon getötet hatte. Sie und wie viele andere »Nichten«? Em konnte es nicht sagen, aber sie war sich sicher, dass es nicht – wie Rusty Jackson gesagt hätte – sein erstes Rodeo war.

Fünfzehn Minuten. Vielleicht nur zehn.

Sie sah auf ihre Füße hinab. Sie waren nicht am Boden festgeklebt, dafür aber die Stuhlbeine. Und doch ...

Ja, klar bist du 'ne Läuferin. Schau dir bloß diese Beine an.

Es waren gute Beine, ganz recht, und sie brauchte niemanden, der sie küsste, um sich dessen bewusst zu sein. Schon gar nicht einen Irren wie Pickering. Sie wusste nicht, ob sie gut im Sinne von schön waren oder sexy, aber was ihre Brauchbarkeit betraf, waren sie sehr gut. Sie hatten sie seit dem Morgen, als sie und Henry Amy tot in ihrem Bettchen vorgefunden hatten, eine lange Strecke getragen. Pickering setzte offenbar großes Vertrauen in die Macht von Klebeband, hatte sicher Dutzende von Killern in Dutzenden von Filmen damit zu Werk gehen sehen, und keine seiner »Nichten« hatte ihm Anlass gegeben, an ihrer Tauglichkeit zu zweifeln. Vielleicht weil er ihnen keine Chance gelassen hatte, vielleicht weil sie zu verängstigt waren. Doch möglicherweise ... besonders an einem feuchten Tag, in einem ungelüfteten Haus, das nach Schimmel roch ...

Em beugte sich so weit vor, wie das Streifenkorsett es zuließ, und begann, ihre Schenkel- und Wadenmuskeln nach und nach anzuspannen: diese neu entwickelten Läufermuskeln, die der Verrückte so bewundert hatte. Sie steigerte die Spannung fast bis zum Äußersten und fing schon an, die Hoffnung aufzugeben, als sie ein saugendes Geräusch vernahm. Erst ganz leise, kaum mehr als ein Wunschgedanke, aber es wurde lauter. Das Klebeband war mehrfach in dicken Zickzack-Schichten gewickelt worden, es war höllisch stark, aber es löste sich trotzdem vom Boden. Aber langsam. O Gott, wie langsam.

Sie entspannte sich, schwer atmend, Schweiß auf der Stirn, unter den Armen, zwischen den Brüsten. Sie wollte sofort wieder loslegen, doch von dem Lauftraining auf dem Sportplatz her wusste sie, dass sie warten musste, bis ihr heftig klopfendes Herz die Milchsäure aus den Muskeln gepumpt hatte.

Sonst würde ihre nächste Anstrengung weniger Kraft freisetzen und nicht so erfolgreich sein. Aber es war schwer. Das Warten war schwer. Sie hatte keine Ahnung, wie lange er schon fort war. An der Wand hing eine Uhr – eine aufgehende Sonne aus Edelstahl (wie alles andere in diesem scheußlichen, herzlosen Raum außer dem Ahornstuhl, an den sie gefesselt war) – aber sie war auf 9:15 stehengeblieben. Vermutlich war die Batterie leer.

Sie versuchte, stillzusitzen und bis dreißig zu zählen (mit einem *Freundliche Tante* nach jeder Zahl), hielt es aber nur bis siebzehn aus. Dann spannte sie die Muskeln wieder an und presste die Füße mit aller Kraft gegen den Boden. Diesmal war das saugende Geräusch gleich zu hören, und lauter. Sie fühlte, wie der Stuhl *abhob*. Nur ein bisschen, aber er bewegte sich eindeutig.

Em presste, was sie nur konnte, den Kopf zurückgeworfen, die Zähne gebleckt, während ihr das Blut übers Kinn rann. Die Sehnen an ihrem Hals traten hervor. Das saugende Geräusch wurde immer lauter, und jetzt hörte sie auch noch ein leises Reißen.

Ein heißer Schmerz schoss ihr plötzlich durch die rechte Wade. Fast hätte Em dennoch weitergepresst – es ging schließlich um ihr *Leben* –, aber dann entspannte sie sich wieder in ihren Fesseln und schnappte nach Luft. Und zählte.

»*Eins,* freundliche Tante. *Zwei,* freundliche Tante. *Drei* ...«

Weil sie den Stuhl wahrscheinlich trotz der warnenden Verkrampfung vom Boden lösen konnte. Sie war sich fast sicher, dass es ihr gelingen würde. Doch wenn sie sich dafür einen Wadenkrampf einhandelte (sie hatte öfter schon welche gehabt; manchmal so heftig, dass der Muskel sich wie ein Stein anfühlte), würde sie mehr Zeit verlieren, als sie gewann. Und noch immer an den verdammten Stuhl gefesselt sein. *Festgeklebt* an dem verdammten Stuhl.

Sie wusste, dass die Uhr an der Wand nicht ging, sah aber trotzdem hin. Es war ein Reflex. Noch immer 9:15. Ob er schon an der Zugbrücke war? Plötzlich überkam sie eine wilde

Hoffnung: Deke würde die Warnsirene einschalten und ihn verscheuchen. War so etwas möglich? Vielleicht schon. Pickering war wie eine Hyäne, nur gefährlich, wenn er sicher war, dass er die Oberhand behielt. Und, vermutlich wie eine Hyäne, unfähig sich vorzustellen, einmal *nicht* die Oberhand zu behalten. Sie horchte. Sie hörte Donner und stetig rauschenden Regen, aber nicht das Jaulen der Sirene, die neben dem Wärterhäuschen montiert war.

Wieder versuchte sie, den Stuhl vom Boden zu ziehen, und wurde beinah kopfüber gegen den Herd katapultiert, als er sich mit einem Ruck löste. Sie schwankte, kippte fast um und suchte Halt am Küchenblock in der Mitte des Raums. Ihr Herz schlug jetzt so rasend, dass sie die einzelnen Schläge nicht mehr spürte; es fühlte sich wie ein stetiges Dröhnen in der Brust und in der Kehle an. Wenn sie umgekippt wäre, hätte sie wie eine Schildkröte auf dem Rücken gelegen. Sie hätte keine Chance mehr gehabt, je wieder hochzukommen.

Schon gut, dachte sie. *Ist ja nicht passiert.*

Nein. Aber sie konnte sich trotzdem dort liegen sehen, und zwar mit höllischer Klarheit. Dort liegen, mit der Blutspur von Nicoles Haar zur Gesellschaft. Dort liegen und darauf warten, dass Pickering wiederkam und seinen Spaß mit ihr hatte, bevor er ihr Leben beendete. Und wann würde er zurück sein? In sieben Minuten? Fünf? Nur drei?

Sie sah auf die Uhr. Es war 9:15.

Sie stand vornübergebeugt am Küchenblock und rang nach Luft, eine Frau, der ein Stuhl aus dem Rücken wuchs. Das Fleischermesser lag zum Greifen nah, doch mit den an die Armlehnen gefesselten Händen konnte sie es nicht erreichen. Und selbst wenn sie es hätte greifen können, was dann? Weiter so gebückt dastehen, mit dem Messer in der Hand? Sie konnte ja trotzdem nichts damit zerschneiden.

Sie blickte zum Herd und fragte sich, ob sie wohl eine der Gasflammen einschalten könnte. Wenn ihr das gelänge, dann vielleicht …

Wieder befiel sie eine höllischen Vision: wie sie versuchte, das Klebeband durchzubrennen, und dabei selbst Feuer fing. Das wollte sie nicht riskieren. Hätte ihr jemand Pillen (oder sogar eine Kugel in den Kopf) angeboten, um der Aussicht auf Vergewaltigung, Folter und Tod zu entgehen – und sicher wäre es ein langsamer Tod, dem unsägliche Verstümmelungen vorangehen würden –, dann hätte sie sich wohl über die mahnende Stimme ihres Vaters hinweggesetzt (*»Nie aufgeben, Emmy, irgendwas Gutes findet sich immer hinter der nächsten Ecke«*) und das Angebot angenommen. Aber Verbrennungen dritten Grades am ganzen Oberkörper riskieren? Halb geröstet am Boden liegen und warten, dass Pickering wiederkam, *beten,* dass er wiederkam und sie von ihrem Elend erlöste?

Nein. Das würde sie nicht tun. Aber was blieb ihr dann? Sie fühlte, wie die Zeit zusehends verflog. Die Uhr an der Wand zeigte immer noch 9:15, aber ihr war, als hätte das Regenrauschen nachgelassen. Der Gedanke erfüllte sie mit Entsetzen. Sie drängte ihn zurück. Panik war todbringend.

Messer und Herd kamen also nicht infrage. Was blieb ihr dann noch?

Die Antwort war offensichtlich. Was ihr blieb, war der Stuhl. Es gab sonst keine in der Küche, nur drei Barhocker. Den Stuhl hatte er wohl aus einem Esszimmer mitgebracht, das sie nie zu sehen hoffte. Hatte er auch andere Frauen – andere »Nichten« – an schwere Ahornstühle gefesselt, die zu einem Esstisch gehörten? Vielleicht genau an diesen hier? Tief im Innersten war sie davon überzeugt. Und er verließ sich auf ihn, obwohl er aus Holz statt aus Metall war. Was einmal funktioniert hatte, musste wieder funktionieren; bestimmt dachte er auch in dieser Hinsicht wie eine Hyäne.

Sie musste das Gefängnis zerstören, das sie gefesselt hielt. Es war die einzige Lösung, und sie hatte nur noch Minuten, um den Plan auszuführen.

7

Es wird wahrscheinlich wehtun.

Sie stand dicht am Küchenblock, aber die Kante der Arbeitsfläche ragte etwas heraus, und sie traute ihr nicht. Sie wollte sich nicht davon wegbewegen – wollte nicht riskieren, hinzufallen und zu einer Schildkröte zu werden –, aber sie brauchte eine breitere Oberfläche als diese vorstehende Kante, um den Stuhl zu zerschlagen. Also machte sie sich auf zum Kühlschrank, der auch aus Edelstahl war … und riesengroß. So viel Schlagfläche, wie man sich nur wünschen konnte.

Gebückt rutschte sie voran; mit dem hinderlichen Stuhl am Rücken ging es entsetzlich langsam. Es war, als ob sie mit einem fest am Körper anliegenden Sarg laufen wollte. Und es *würde* ihr Sarg sein, falls sie hinfiel. Oder falls sie ihn immer noch erfolglos gegen die Kühlschranktür schlug, wenn der Herr des Hauses zurückkam.

Einmal strauchelte sie und wäre fast gefallen – aufs Gesicht –, schaffte es aber gerade noch, die Balance zu halten, durch pure Willenskraft, wie ihr schien. Der Schmerz in ihrer Wade kehrte wieder, drohte abermals, zum Krampf zu werden und ihr rechtes Bein außer Gefecht zu setzen. Sie nahm sich zusammen und drängte den Schmerz mit geschlossenen Augen mühsam zurück. Der Schweiß lief ihr übers Gesicht, spülte getrocknete Tränen ab, die geweint zu haben sie sich nicht erinnerte.

Wie viel Zeit verging darüber? Wie viel? Der Regen hatte weiter nachgelassen. Bald würde sie es draußen nur noch tropfen hören. Vielleicht leistete Deke ja Gegenwehr. Vielleicht hatte er sogar eine Pistole in der Schublade seines vollgemüllten alten Schreibtischs und hatte Pickering erschossen, wie man einen tollwütigen Hund abknallt. Würde sie hier drinnen einen Schuss hören? Wohl kaum; der Wind heulte noch immer ums Haus. Wahrscheinlich würde Pickering – zwanzig Jahre jünger als Deke und offensichtlich in Form – Deke die Waffe abnehmen, falls er denn eine zückte, und sie gegen den alten Mann einsetzen.

Sie versuchte, all diese Gedanken wegzufegen, aber es war schwer, auch wenn sie nutzlos waren. Sie rutschte vorwärts, die Augen noch immer geschlossen, das blasse, verschwollene Gesicht verkniffen vor Anstrengung. Ein Hühnertapser, zwei Hühnertapser. *Kaiser, wie viele Schritte darf ich gehen?* Schon beim vierten kleinen Schritt stießen ihre Knie – fast bis in die Hocke gekrümmt – gegen die Kühlschranktür.

Em öffnete die Augen, kaum fähig zu glauben, dass sie diese mühselige Safari tatsächlich geschafft hatte – eine Strecke, die eine ungefesselte Person in drei normalen Schritten zurücklegen konnte, für sie aber eine Safari. Ein verdammter *Gewaltmarsch.*

Sie durfte keine Zeit damit verschwenden, sich selbst zu gratulieren, und nicht nur, weil sie jederzeit die Haustür des Bunkers aufspringen hören könnte. Sie hatte noch andere Probleme. Ihre Muskeln waren überanstrengt und zitterten von dem Kraftaufwand, in fast sitzender Haltung zu gehen; sie fühlte sich wie ein untrainierter Amateur, der irgendeine unmögliche Yogastellung einzunehmen versuchte. Wenn sie nicht sofort ans Werk ging, würde sie es gar nicht mehr fertig bringen. Und wenn der Stuhl so massiv war, wie er aussah …

Doch den Gedanken schob sie weg.

»Es wird wahrscheinlich wehtun«, keuchte sie. »Das weißt du doch, oder?« Sie wusste es, dachte aber, dass Pickering wohl noch Schlimmeres für sie in petto hatte.

»Bitte«, sagte sie und drehte sich seitlich zum Kühlschrank, so dass sie ihm nun das Profil zuwandte. Wenn das Beten war, stellte sie sich am besten vor, dass es ihre tote Tochter war, zu der sie betete. »*Bitte*«, sagte sie wieder, schwang die Hüften seitwärts und schmetterte den Parasiten, den sie trug, gegen die Kühlschranktür.

Sie war nicht so überrascht wie zuvor, als der Stuhl sich auf einmal vom Boden gelöst und sie fast gegen den Herd katapultiert hätte, aber beinah. Krachend gab die Stuhllehne nach, und die Sitzfläche rutschte zur Seite. Nur die Beine saßen noch fest.

»Er ist *morsch!*«, rief sie in die leere Küche. »Das verdammte Ding ist *morsch!*« Vielleicht nicht ganz, aber – Gott sei Lob und Dank für das feuchte Klima in Florida – er war eindeutig nicht so stabil, wie er aussah. Endlich ein kleiner Glücksfall … und wenn Pickering jetzt hereinkäme, wo sie gerade ein wenig aufatmete, dachte Emily, würde sie den Verstand verlieren.

Wie lange noch? Wie lange war er schon fort? Sie hatte keine Ahnung. Sie hatte immer ein gutes Zeitgefühl gehabt, aber das war jetzt so nutzlos wie die Uhr an der Wand. Es war absolut grauenvoll, so völlig aus der Zeit gefallen zu sein. Sie erinnerte sich an ihre klobige Armbanduhr und blickte hinab, aber die Uhr war weg. Nur ein blasser Fleck zeigte noch an, wo sie gewesen war. Er hatte sie ihr wohl abgenommen.

Fast hätte sie sich noch einmal seitwärts gegen den Kühlschrank geworfen, aber dann kam ihr eine bessere Idee. Ihr Hintern war jetzt teilweise von dem Sitz befreit, und das verlieh ihr mehr Spielraum. Sie spannte den Rücken an, wie sie die Schenkel und Waden angespannt hatte, um den Stuhl vom Boden zu lösen, und als sie einen warnenden Schmerz im Kreuz spürte, hielt sie nicht inne, um zu warten, dass er verging. Den Luxus des Wartens konnte sie sich nicht mehr leisten. Sie sah Pickering zurückkommen, sah ihn mitten auf der Straße rennen, mit flatternder Regenjacke durch die Pfützen platschen, irgendein Gerät in der Hand. Vielleicht ein Montiereisen, das den er aus dem blutbesudelten Kofferraum seines Mercedes geholt hatte.

Em drückte mit aller Kraft aufwärts. Der Schmerz im Kreuz vertiefte sich und nahm eine gläserne Intensität an. Aber sie hörte wieder dieses reißende Geräusch, als das Klebeband sich löste – nicht vom Stuhl, sondern von sich selbst, von den übereinandergewickelten Streifen. Es lockerte sich. Lockern war nicht so gut wie lösen, doch immerhin vergrößerte es ihre Bewegungsfreiheit.

Sie schwang die Hüften wieder gegen den Kühlschrank und schrie unter der Wucht des Aufpralls kurz auf. Diesmal bewegte der Stuhl sich nicht. Der Stuhl klebte an ihr wie ein Blutegel. Sie schwang die Hüften noch heftiger, schrie noch lauter: Tantra-Yoga trifft auf SM-Disco. Es krachte wieder, und diesmal verrutschte der Stuhl auf ihrem Rücken nach rechts.

Sie schwang wieder … und wieder … ließ ihre zunehmend ermüdenden Hüften kreisen und *schmetterte* ihre Last an den Kühlschrank. Unzählige Male. Sie weinte wieder. Ihre Shorts waren hinten aufgerissen. Sie waren ihr schief über die Hüfte gerutscht, und die Hüfte blutete. Sie hatte sich dort wohl einen Splitter eingezogen.

Sie holte tief Luft, um ihr hämmerndes Herz zu beruhigen (keine Chance), und schleuderte sich und ihr hölzernes Gefängnis noch einmal mit geballter Wucht gegen den Kühlschrank. Diesmal prallte sie an den Hebel des in der Tür eingelassenen Eisspenders, und eine Eiswürfelkaskade ergoss sich über den Fliesenboden. Es krachte noch einmal, der Stuhl sackte weiter ab, und plötzlich war ihr linker Arm frei. Sie blickte starr vor Verblüffung auf ihn hinunter. Die Armlehne haftete noch an ihrem Unterarm, aber der Rest des Stuhls hing schräg zur Seite, nur noch von langen grauen Streifen Klebeband gehalten. Es war, als wäre sie in einem Spinnennetz gefangen. Und das war sie ja auch; der Verrückte in Khakishorts und Izod-Hemd war die Spinne. Sie war noch immer nicht frei, aber jetzt konnte sie das Messer benutzen. Sie musste nur zum Küchenblock zurückrutschen und es an sich nehmen.

»Nicht auf die Eiswürfel treten«, ermahnte sie sich mit rauer Stimme. Sie klang – zumindest in ihren eigenen Ohren – wie eine manische Examenskandidatin, die bis an den Rand des Nervenzusammenbruchs gebüffelt hatte. »Das ist jetzt nicht der Moment, Schlittschuhlaufen zu gehen.«

Sie umging das Eis, doch als sie sich zum Messer vorbeugte, knirschte es warnend in ihrem überanstrengten Rücken. Der Stuhl, nun schon viel lockerer, aber durch das Streifenkorsett noch an ihren Rumpf (aber auch an die Beine) gebunden, polterte gegen den Küchenblock. Sie achtete nicht darauf. Es gelang ihr, das Messer mit der frisch befreiten Hand zu ergreifen und die Klebebänder an ihrem rechten Arm durchzusägen, während sie schluchzend nach Luft rang und immer wieder zu der Schwingtür hinspähte, durch die er hinausgegangen war und wahrscheinlich auch wieder hereinkommen würde. Als ihre rechte Hand frei war, riss sie die zerbrochene Lehne von ihrem linken Arm ab und warf sie auf den Küchenblock.

»Hör auf, nach ihm zu schauen«, ermahnte sie sich in der dämmrigen grauen Küche. »Tu einfach nur deine Arbeit.« Es war ein guter Rat, aber schwer zu befolgen, wenn man wusste, dass der eigene Tod jederzeit durch diese Tür treten konnte.

Sie sägte durch die Klebstreifen unter ihren Brüsten. Das hätte langsam und vorsichtig bewerkstelligt werden müssen, aber sie konnte es sich nicht leisten, langsam vorzugehen, und ritzte sich immer wieder mit der Messerspitze. Sie fühlte das Blut über ihre Haut rinnen.

Das Messer war scharf. Einerseits ein Nachteil, wie die Schnitte unter ihrem Rippenbogen bewiesen, andererseits ein Vorteil, weil sich das Klebeband so widerstandslos aufschlitzen ließ, Lage um Lage. Schließlich war es von oben bis unten durchgetrennt, und der Stuhl sackte noch ein Stück weiter von ihrem Rücken ab. Sie machte sich daran, den breiten Packen Klebeband um ihre Taille zu entfernen. Jetzt konnte sie sich besser vorbeugen, und die Arbeit ging schneller voran, mit weniger Verletzungen. Endlich war es geschafft, und der Stuhl kippte zurück. Die Stuhlbeine hafteten jedoch noch immer an ihren Beinen, und die Holzfüße verrutschten plötzlich und gruben sich in ihre Fesseln, just an der Stelle, wo die Achillessehnen dicht unter der Haut lagen. Der Schmerz war mörderisch, und sie jaulte kläglich auf.

Em griff hinter sich und schob den Stuhl wieder gegen ihren Rücken, damit dieser grauenhafte, bohrende Schmerz nachließ. Zwar verdrehte sie sich dabei schier den Arm, aber sie drückte den Stuhl weiter an sich, während sie sich rutschend umdrehte, bis sie sich an den Küchenblock lehnen konnte, um den Druck auf die Fesseln loszuwerden. Ächzend, schluchzend (sie merkte nichts von den Tränen) beugte sie sich vor und begann, die Klebstreifen an ihren Fußgelenken durchzusägen. All die Anstrengungen hatten die Streifen schon gelockert, die ihre Beine an den verfluchten Stuhl banden; also ging es jetzt schneller voran, und sie ritzte sich weniger häufig, obwohl sie sich noch einen ziemlich tiefen Schnitt an der rechten Wade beibrachte – als wollte sie sie unwillkürlich dafür bestrafen, dass sie sich bei dem Versuch, den Stuhl vom Boden zu lösen, verkrampft hatte.

Sie werkelte gerade an den Bändern, die ihre Knie umspannten – den letzten, die noch übrig waren –, als sie die Haustür aufgehen und gleich darauf zufallen hörte. »Bin wieder da, Schatz!«, rief Pickering munter. »Hast du mich vermisst?«

Em erstarrte, vornübergebeugt, die Haare im Gesicht, und sie musste ihre ganze Willenskraft zusammennehmen, um sich wieder zu bewegen. Keine Zeit für Feinheiten mehr; sie rammte die Klinge unter die graue Manschette an ihrem rechten Knie, vermied es wie durch ein Wunder, sich in die Kniescheibe zu stechen, und riss das Messer mit aller Kraft hoch.

Im Flur war ein sattes *Klack* zu hören, und sie wusste, dass er gerade den Schlüssel im Schloss gedreht hatte – dem Klang nach ein massives Schloss. Pickering wollte nicht gestört werden, meinte vermutlich, heute schon genug gestört worden zu sein. Er kam den Flur entlang. Er trug offenbar Turnschuhe (sie hatte es vorher nicht bemerkt), jedenfalls konnte sie das feuchte Quatschen der Sohlen hören.

Er pfiff »Oh! Susanna«.

Das Band, das ihr rechtes Knie festhielt, zerriss, und der Stuhl kippte mit lautem Gepolter gegen den Küchenblock, jetzt nur noch an ihrem linken Knie befestigt. Einen Moment lang hielten die Schritte hinter der Schwingtür inne – sehr nah jetzt –, ehe sie losgaloppierten. Danach ging alles sehr, sehr schnell.

Er stieß mit beiden Händen gegen die Tür, und sie flog krachend auf; die Hände waren noch ausgestreckt, als er in die Küche gerannt kam. Sie waren leer – keine Spur von dem Montiereisen, das sie sich vorgestellt hatte. Die Ärmel der gelben Regenjacke waren halb heraufgerutscht, und Em hatte noch Zeit zu denken: *Die ist dir zu klein, Arschloch – eine Ehefrau würd's dir sagen, aber du hast ja keine, was?*

Die Kapuze der Regenjacke war zurückgeschoben. Sein schicker Haarschnitt war endlich aus der Fasson geraten – *leicht* aus der Fasson geraten; für alles andere war er zu kurz –, und Regenwasser tropfte ihm in die Augen. Er begriff die Situation mit einem Blick. *»Oh, du blöde Schlampe!«*, brüllte er und rannte um den Küchenblock herum, um sie zu packen.

Sie stach mit dem Fleischermesser zu. Die Klinge fuhr zwischen den Zeige- und Mittelfinger seiner gespreizten Hand und bohrte sich tief ins Fleisch. Blut strömte herab. Pickering schrie auf vor Schmerz und Überraschung – vor allem vor Überraschung, wie ihr schien. Hyänen erwarten nicht, dass ihre Opfer den Spieß um…

Er griff mit der Linken nach ihrem Handgelenk und drehte es um. Etwas knirschte. Oder knackte. Jedenfalls schoss ihr ein blitzartiger Schmerz durch den Arm. Sie versuchte, das Messer festzuhalten, aber es war unmöglich. Es flog in hohem Bogen durch den Raum, und als er ihr Handgelenk losließ, baumelte ihre Hand mit gespreizten Fingern schlaff herab.

Er stürzte sich auf sie, und Em stieß ihn mit beiden Händen zurück, ohne auf den erneut aufkreischenden Schmerz aus ihrem verstauchten Handgelenk zu achten. Es war purer Instinkt. Ihre Vernunft hätte ihr gesagt, dass ein Stoß diesen Kerl nicht aufhalten würde, aber ihre Vernunft kauerte jetzt in einem Winkel ihres Kopfs und konnte nichts weiter tun, als das Beste zu hoffen.

Er war schwerer als sie, aber sie konnte sich mit dem Hintern gegen die lädierte Kante des Küchenblocks pressen. Mit einer verblüfften Miene, die unter anderen Umständen komisch gewesen wäre, taumelte er rückwärts und rutschte auf einem oder mehreren der Eiswürfel aus. Wie er da auf der Stelle lief, verzweifelt bemüht, sich aufrecht zu halten, wirkte er einen Moment lang wie eine Zeichentrickfigur, Road Runner vielleicht. Dann trat er auf weitere Eiswürfel (sie sah, wie sie glitzernd durch die Küche schlitterten), krachte zu Boden und schlug mit dem Hinterkopf gegen seinen frisch eingedellten Kühlschrank.

Er hielt seine blutende Hand hoch und sah sie an. »Du hast mich *geschnitten«,* sagte er. »Du Schlampe, du blöde Schlampe, sieh dir das an, du hast mich *geschnitten.* Warum hast du mich geschnitten?«

Er versuchte, auf die Beine zu kommen, aber weitere Eiswürfel glitschten unter ihm hervor, und er fiel wieder hin. Er drehte sich auf ein Knie, um sich auf diese Weise aufzurappeln, wobei er ihr einen Moment lang den Rücken zukehrte. Em schnappte sich die zerbrochene Armlehne, die auf dem Küchenblock lag. Zerfetzte Klebstreifen hingen noch davon herab. Pickering richtete sich auf und wandte sich zu ihr um. Emily wartete schon. Sie drosch ihm die Armlehne über den Schädel, mit beiden Händen – ihre rechte Hand wollte sich nicht schließen, aber sie zwang sie dazu. Aus irgendeinem atavistischen Überlebenstrieb heraus erinnerte sie sich sogar daran, dass sie den Ahornprügel so fest wie möglich packen musste, um die maximale Schlagkraft zu erreichen – und maximale Schlagkraft war nötig. Es war schließlich nur eine Armlehne, kein Baseballschläger.

Der Aufprall erzeugte ein dumpfes Geräusch. Es klang nicht so laut wie die aufkrachende Schwingtür, aber laut genug, vielleicht weil der Regen noch mehr nachgelassen hatte. Erst einmal passierte nichts, dann lief ihm Blut aus dem Fassonschnitt über die Stirn. Sie starrte ihm in die Augen. Er starrte benommen zurück.

»Nicht schlagen«, sagte er matt und streckte die Hand aus, um ihr die Armlehne abzunehmen.

»Doch«, sagte sie und schwang den Prügel wieder, diesmal in einem beidhändigen Rückhandschlag von der Seite. Ihre Rechte gab auf und ließ im letzten Moment los, aber die Linke hielt fest. Das Ende der Armlehne – zerfetzt, wo sie abgebrochen war, mit herausstehenden Splittern – hämmerte in Pickerings rechte Schläfe. Diesmal schoss das Blut gleich hervor, während sein Kopf seitwärts bis auf die Schulter kippte. Leuchtende Tropfen rannen ihm die Wange hinab und kleckerten auf die grauen Fliesen.

»Lass das«, sagte er dumpf und fuchtelte schwerfällig mit der Hand. Er sah aus wie ein Ertrinkender, der um Rettung flehte.

»Nein«, sagte sie und drosch ihm noch einmal über den Schädel.

Pickering schrie auf und taumelte mit eingezogenem Kopf zurück, um hinter dem Küchenblock in Deckung zu gehen. Er trat wieder auf Eiswürfel und glitt aus, schaffte es diesmal aber, aufrecht zu bleiben. Durch pures Glück, wie ihr schien, da er eigentlich schon halb ohnmächtig sein musste.

Fast wollte sie ihn gehen lassen, im Glauben, dass er durch die Schwingtür flüchten würde, wie sie es an seiner Stelle getan hätte. Dann mahnte sie ihr Vater, sehr ruhig, in ihrem Kopf: *»Er ist hinter dem Messer her, Kindchen.«*

»Nein«, knurrte sie wütend. *»Das kriegst du nicht.«*

Sie wollte um den Küchenblock herumrennen, um ihm den Weg zu versperren, aber solange sie die zerschmetterten Reste des Stuhls wie eine verdammte Eisenkugel hinter sich herschleppte – er hing noch immer mit Klebeband an ihrem linken Knie – konnte sie nicht rennen. Der Stuhl polterte gegen den Küchenblock, schlug ihr gegen den Hintern, war darauf erpicht, ihr zwischen die Beine zu geraten, um sie zu Fall zu bringen. Er schien auf *seiner* Seite zu sein, und sie war froh, dass sie ihn zerschmettert hatte.

Pickering erreichte das Messer – es lag direkt an der Türschwelle – und warf sich darauf wie ein Footballspieler, der sich den Ball sichern wollte. Er röchelte aus tiefster Kehle. Em langte an seiner Seite an, als er sich gerade umdrehte. Lauthals schreiend, drosch sie immer wieder mit der Armlehne auf ihn ein, wohl wissend, dass der Stock nicht schwer genug war und längst nicht so viel Schlagkraft besaß, wie sie gern aufgebracht hätte. Sie sah, wie ihr rechtes Handgelenk anschwoll, wie es sich gegen die Gewalt auflehnte, die ihm angetan worden war, als erwartete es, diesen Tag zu überleben.

Pickering brach auf dem Messer zusammen und rührte sich nicht mehr. Sie trat einen Schritt zurück und rang nach Luft, und wieder schwirrten diese kleinen weißen Kometen durch ihr Sichtfeld.

In ihrem Kopf sprachen Männer. Das war bei ihr nichts Ungewöhnliches, und nicht immer unwillkommen. Manchmal schon, aber nicht immer.

Henry: *»Schnapp dir das verdammte Messer, und ramm es ihm zwischen die Schulterblätter.«*

Rusty: *»Nein, Kindchen. Geh nicht zu nah an ihn heran. Er stellt sich bloß tot.«*

Henry: *»Oder in den Nacken. Das ist auch gut. In seinen stinkenden Nacken.«*

Rusty: *»Unter ihn zu greifen, wäre so, als würdest du die Hand in eine Packpresse stecken, Emmy. Du hast nur zwei Möglichkeiten: Schlag ihn tot …«*

Henry, in widerstrebendem Zugeständnis: *»… oder lauf.«*

Nun ja, vielleicht. Und vielleicht auch nicht.

An dieser Seite des Küchenblocks gab es eine Schublade. Sie riss sie in der Hoffnung auf, noch ein Messer zu finden – jede *Menge* Messer: Bratenmesser, Filetiermesser, Steakmesser, Brotmesser. Oder wenigstens ein verdammtes *Butter*messer. Stattdessen präsentierte sich ihr ein Sammelsurium von diversen Küchenwerkzeugen aus schwarzem Plastik: ein paar Pfannenheber, eine Suppenkelle und eine dieser großen Schaumkellen. Es gab noch etlichen anderen Kram, aber das Gefährlichste, worauf ihr Auge fiel, war ein Kartoffelschäler.

»Hören Sie«, sagte sie. Ihre Stimme war rau, fast guttural. Ihre Kehle war trocken. »Ich will Sie nicht umbringen, aber ich werde es tun, wenn Sie mich dazu zwingen. Ich habe hier eine Fleischgabel. Wenn Sie versuchen, sich umzudrehen, stoße ich sie Ihnen in den Nacken, bis sie vorn wieder rauskommt.«

Glaubte er ihr? Das war die eine Frage. Sie war sich sicher, dass er absichtlich alle Messer, außer dem unter ihm, aus der Küche entfernt hatte, aber konnte er sich sicher sein, dass er keines der anderen scharfen Werkzeuge vergessen hatte? Die meisten Männer hatten keine Ahnung, was sich in ihren Küchenschubladen befand – das wusste sie vom Leben mit Henry und vor Henry vom Leben mit ihrem Vater –, aber Pickering war nicht wie die meisten Männer und diese Küche nicht wie die meisten Küchen. Eher wie ein Operationssaal. Angesichts dessen, wie benommen er war (*war* er benommen?) und dass er glauben musste, eine Gedächtnislücke könnte ihm zum Verhängnis werden, war es denkbar, dass er auf den Trick hereinfiel. Nur war da noch eine andere Frage: Hörte er sie überhaupt? Und wenn ja, verstand er, was sie sagte? Ein Trick konnte nicht funktionieren, wenn die Person, die man austricksen wollte, gar nicht begriff, was auf dem Spiel stand.

Aber sie würde hier nicht länger herumstehen und hin und her überlegen. Das wäre das Dümmste, was sie tun könnte. Sie bückte sich, ohne die Augen von Pickering abzuwenden, und hakte die Finger unter den letzten Klebstreifen, der sie noch an den Stuhl band. Die Finger der rechten Hand wollten ihr jetzt noch weniger gehorchen, aber sie zwang sie dazu. Und es half, dass ihre Haut schweißgetränkt war. Em zerrte an dem Klebeband, und mit einem weiteren unwirschen Reißen lockerte es sich langsam. Sie nahm an, dass es wehtat, weil es einen feuer-roten Streifen auf ihrer Kniescheibe hinterließ (aus irgend-einem unklaren Grund fiel ihr dazu das Wort *Jupiter* ein), aber sie war längst darüber hinaus, derlei Dinge zu fühlen. Plötzlich löste sich das Band und rutschte zum Fußgelenk hinunter, ver-knittert und verzwirbelt und an sich selber klebend; sie schüt-telte es ab und trat zurück, endlich frei. Ihr Kopf pochte, ent-weder vor Anstrengung oder von dem Schlag, den Pickering ihr versetzt hatte, als sie das tote Mädchen im Kofferraum sei-nes Mercedes ansah.

»Nicole«, sagte sie.»Ihr Name war Nicole.«

Das tote Mädchen zu benennen schien Em ein wenig zu sich selbst zurückzubringen. Auf einmal erschien ihr die Idee, das Messer unter ihm hervorziehen zu wollen, als der reine Wahnsinn. Die Stimme ihres Vaters hatte Recht — allein schon mit Pickering im selben Raum zu verharren hieß, ihr Glück auf die Probe zu stellen. Also blieb ihr nur noch die Flucht.

»Ich gehe jetzt«, sagte sie.»Hören Sie?«

Er rührte sich nicht.

»Ich habe die Fleischgabel. Wenn Sie mir nachkommen, er-steche ich Sie damit. Ich … ich steche Ihnen die Augen aus. Sie tun gut daran, da zu bleiben, wo Sie sind. Haben Sie das verstanden?«

Er rührte sich nicht.

Emily trat ein paar Schritte zurück, dann drehte sie sich um und verließ die Küche durch die Tür auf der anderen Seite des Raums. Die blutverklebte Armlehne hielt sie immer noch in der Hand.

8

An der Wand neben dem Bett hing ein Foto.

Auf der anderen Seite lag das Esszimmer: ein langer Tisch mit Glasplatte, ringsherum sieben Ahornstühle. Die Stelle, an die der achte gehörte, war natürlich leer. Als sie den leeren Platz am »Mutter«-Ende des Tisches musterte, kam ihr eine Erinnerung: Blut, das wie eine kleine Perle unter ihrem Auge hervorquoll, während Pickering sagte: *Okay, gut, okay.* Er hatte ihr geglaubt, als sie sagte, nur Deke könne wissen, dass sie im Bunker sei, worauf er das kleine Messer – Nicoles kleines Messer, wie sie dachte – ins Spülbecken geworfen hatte.

Also hatte es die ganze Zeit ein Messer gegeben, mit dem sie ihn hätte bedrohen können. Es lag immer noch in der Spüle. Aber sie würde da jetzt nicht mehr reingehen. Nie und nimmermehr.

Sie durchquerte den Raum und ging durch einen Flur mit fünf Türen, zwei an jeder Seite und eine am Ende. Die ersten zwei Türen, an denen sie vorbeikam, standen offen, links ein Badezimmer und rechts eine Waschküche. Die Waschmaschine war ein Toplader, die Klappe war geöffnet. Eine Schachtel Ariel stand auf dem Bord daneben. Über den Rand der Maschine hing ein blutbeflecktes Hemd. Nicoles Hemd, sagte sich Emily, obwohl sie sich nicht sicher sein konnte. Und *falls* es ihres war, weshalb hatte Pickering es dann waschen wollen? Vom Waschen würden die Löcher nicht verschwinden. Emily meinte sich zu erinnern, dass es Dutzende gewesen waren, obwohl das eigentlich nicht sein konnte. Oder?

Doch, dachte sie: Pickering in blindwütiger Raserei.

Sie spähte durch die Tür hinter dem Bad und sah ein Gästezimmer. Es war nichts als eine dunkle und sterile Box mit einem Doppelbett, dessen Überwurf so strammgezogen war, dass man eine Münze darauf hätte springen lassen können. Hatte ein Hausmädchen dieses Bett gemacht? *Unser Gutachten sagt*

Nein, dachte Em. *Unser Gutachten sagt, kein Hausmädchen hat dieses Haus je betreten. Nur »Nichten«.*

Die Tür gegenüber dem Gästezimmer führte in ein Arbeitszimmer. Es war genauso steril wie der Raum auf der anderen Seite des Flurs. In einer Ecke standen zwei Aktenschränke. Auf dem großen Schreibtisch thronte ein Dell-Computer mit einer Schutzhülle aus durchsichtigem Plastik. Der Boden bestand aus schlichten Eichendielen. Es gab keinen Teppich, keine Bilder an den Wänden. Das Fenster war mit schweren Holzläden versperrt, die nur ein paar schwache Lichtstrahlen hereinließen. Wie das Gästezimmer wirkte der Raum leblos und vergessen.

Er hat nie hier drin gearbeitet, dachte sie, und wusste, dass es stimmte. Es war alles Staffage, das ganze Haus, auch der Raum, dem sie gerade entronnen war – der Raum, der wie eine Küche aussah, tatsächlich aber ein Operationssaal mit leicht zu reinigenden Arbeitsflächen und Böden war.

Die Tür am Ende des Flurs war geschlossen, und als sie sich ihr näherte, wusste sie schon, dass sie abgesperrt war. Sie würde in diesem Korridor gefangen sein, wenn er ihn von der Küchen-/Esszimmerseite her betrat. Gefangen, ohne weglaufen zu können. Und Laufen war mittlerweile das Einzige, worin sie gut war, das Einzige, wozu sie taugte.

Sie zog sich die Shorts hoch – mit der aufgeplatzten Naht hinten schlotterten sie ihr am Leib – und fasste nach dem Türknauf. Sie war so voller böser Vorahnung, dass sie es erst gar nicht glauben konnte, als der Knauf sich in ihrer Hand drehte. Sie schob die Tür auf und trat in den Raum, der offenbar Pickerings Schlafzimmer war. Es war fast so steril wie das Gästezimmer, aber doch nicht ganz so. Zum Beispiel gab es hier zwei Kissen anstatt nur einem, und die Steppdecke auf dem Bett (das wie ein Zwilling des Bettes im Gästezimmer aussah) war in einem säuberlichen Dreieck zurückgeschlagen, bereit, den Besitzer nach harter Tage Arbeit in kuschelig frische Laken gleiten zu lassen. Und es gab einen Teppich auf dem Boden. Es war zwar nur billige Auslegeware aus Nylonvelours – was Henry als Proletenperser zu bezeichnen pflegte –, aber er passte zu den blauen Wänden und ließ den Raum weniger skelettartig aussehen als die anderen. Außerdem gab es noch einen kleinen Schreibtisch, der wie ein alter Schülerschreibtisch aussah, und einen einfachen Holzstuhl. Und obwohl die Ausstattung im Vergleich zum Arbeitszimmer mit seinem großen (und leider mit Läden verschlossenen) Fenster und dem teuren Computer eher kümmerlich wirkte, hatte sie den Eindruck, dass dieser Schreibtisch *benutzt* wurde. Dass Pickering daran saß und mit der Hand schrieb, tief über sein Heft gebeugt wie ein Kind in einer ländlichen Schulstube. Was er dort schrieb, wollte sie sich lieber gar nicht vorstellen.

Das Fenster hier war ebenfalls groß, doch im Gegensatz zum Arbeits- und Gästezimmer waren die Fensterläden nicht geschlossen. Bevor Em hinausschauen konnte, wurde ihr Blick von einem Foto an der Wand neben dem Bett abgelenkt. Es war nicht gerahmt, sondern nur mit einer Reißzwecke befestigt. Ringsherum gab es noch andere kleine Löcher in der Wand, als ob hier über die Jahre andere Bilder angepinnt gewesen wären. Das Farbfoto war in der rechten Ecke mit dem digitalen Aufdruck 4-19-07 versehen. Dem Papier nach zu schließen mit einer altmodischen Kamera aufgenommen, und zwar von jemandem, der nicht sonderlich viel Ahnung von Fotografie hatte. Vielleicht war der Fotograf ja auch nur aufgeregt gewesen. So wie wohl Hyänen aufgeregt waren, wenn der Abend kam und sich frische Beute in der Nähe befand. Das Foto war unscharf, wie mit einem Teleobjektiv geknipst, und das Motiv nicht richtig zentriert. Das Motiv war eine langbeinige junge Frau in Denim-Shorts und luftigem Top, auf dem BEER O'CLOCK BAR stand. Sie balancierte ein Tablett auf den Fingern ihrer linken Hand wie eine Kellnerin in einem netten alten Norman-Rockwell-Gemälde. Sie lachte. Ihr Haar war blond. Em konnte nicht mit Sicherheit erkennen, ob es sich um Nicole handelte, nicht anhand dieses verwackelten

Fotos und jener wenigen schrecklichen Augenblicke, als sie auf das tote Mädchen im Kofferraum des Mercedes hinabgeschaut hatte … sie war sich *dennoch* sicher. Tief im Herzen war sie sich sicher.

Rusty: *»Es spielt keine Rolle, Kindchen. Du musst hier raus. Du musst dir Raum zum Laufen verschaffen.«*

Wie zum Beweis krachte die Tür zwischen der Küche und dem Esszimmer auf – dem Klang nach fast heftig genug, um sie aus den Angeln zu reißen.

Nein, dachte sie. Alles Gefühl verließ ihre Körpermitte. Sie glaubte nicht, dass sie sich wieder nass gemacht hatte, aber wenn doch, hätte sie es nicht gespürt. *Nein, das kann nicht sein.*

»Du willst's auf die grobe Tour?«, rief Pickering. Er klang benommen und heiter. »Okay, ich kann auch grob werden. Klar doch. Kein Problem. Du willst ein böses Mädchen sein? Na warte. Daddy kriegt dich schon.«

Er kam durchs Esszimmer. Sie hörte ein dumpfes Poltern, als er über einen der anderen Stühle stolperte (vielleicht den am »Vater«-Ende des Tisches) und ihn beiseitestieß. Die Welt verschwamm ihr vor den Augen, versank in einem Grauschleier, obwohl dieses Zimmer nun, da der Sturm sich verzogen hatte, relativ hell war.

Sie biss sich auf die gesprungene Lippe. Ein frischer Schwall Blut lief ihr das Kinn hinab, aber zugleich kehrte auch Farbe und Wirklichkeit in die Welt zurück. Sie schlug die Tür zu und langte nach dem Riegel. Es *gab* keinen Riegel. Gehetzt sah sie sich um und erspähte den schlichten Holzstuhl vor dem Schreibtisch. Während Pickering sich in schlurfendem Trab an der Waschküche und dem Arbeitszimmer vorbei näherte – hatte er das Fleischermesser in der Hand?, na sicher doch –, schnappte sie sich den Stuhl und klemmte ihn unter den Türknauf. Nur eine Sekunde später rammte er die Tür mit beiden Händen.

Hätte der Boden aus nackten Dielen bestanden, wäre der Stuhl wie eine Shuffleboard-Scheibe weggeschlittert. Vielleicht hätte sie ihn dann gepackt und Pickering damit abgewehrt: Em die furchtlose Löwenbändigerin. Sie glaubte es nicht. Auf jeden Fall war ja der Teppich da. Billiger Nylonvelours, aber dick – wenigstens das. Die gekippten Stuhlbeine gruben sich hinein und hielten, obwohl sie eine Welle durch den Teppich laufen sah.

Pickering brüllte auf und schlug mit den Fäusten gegen die Tür. Sie hoffte, dass er dabei noch das Messer hielt; vielleicht würde er sich aus Versehen die eigene Kehle aufschlitzen.

»Mach die Tür auf!«, brüllte er. »Mach sofort auf! Du machst alles nur noch schlimmer für dich!«

Als ob das möglich wäre, dachte Emily, während sie zurückwich und sich umsah. Was nun? Das Fenster? Was sonst? Es gab nur die eine Tür, also musste es das Fenster sein.

»Du machst mich noch wahnsinnig, Lady Jane!«

Nein, du bist schon total bekloppt.

Sie konnte sehen, dass das Fenster eines von der typischen Florida-Sorte war, nur zum Hinausschauen, nicht zum Öffnen. Wegen der Klimaanlage. Also was nun? Einfach durchhechten wie Clint Eastwood in diesen alten Italowestern? Es schien machbar zu sein; als Kind hatte sie so etwas immer begeistert, aber sie konnte sich denken, dass sie sich die Haut zerfetzen würde, falls sie es in die Tat umsetzte. Clint Eastwood und The Rock und Steven Seagal hatten Stuntmen, die für sie einsprangen, wenn die guten alten Saloonfenster-Szenen gedreht wurden. Und die Stuntmen hatten Spezialglas zur Verfügung.

Sie hörte schnelle Schritte vor der Tür, als er Anlauf nahm und sich mit voller Wucht dagegenwarf. Es war eine schwere Tür, aber Pickering scherzte nicht, und sie bebte im Rahmen. Diesmal ruckte der Stuhl ein paar Zentimeter vor, ehe er hielt. Schlimmer noch, wieder ging die Welle durch den Teppich, und sie hörte ein Reißen, nicht unähnlich dem des sich lösenden Klebebands. Pickering war für jemanden, dem mit einem dicken Ahornprügel über den Schädel geschlagen worden war, erstaunlich lebhaft, aber natürlich war er zugleich verrückt und gerade noch genug bei Verstand, um zu wissen, dass er geliefert wäre, falls sie davonkam. Was vermutlich ein starker Ansporn war.

Ich hätte ihm den ganzen verdammten Stuhl aufs Hirn dreschen sollen, dachte sie.

»Du willst spielen?«, keuchte er. »Ich spiel mit. Klar doch. Da kannst du deinen Arsch drauf verwetten. Aber du befindest dich auf *meinem* Spielplatz. Und hier … komme *ich!*« Abermals donnerte er gegen die Tür. Sie bog sich im Rahmen, nun schon locker in den Angeln, und der Stuhl ruckte wieder ein paar Zentimeter vor. Em sah dunkle Tränenformen zwischen den gekippten Beinen und der Tür: Risse im billigen Teppich.

Also raus aus dem Fenster. Wenn sie schon, aus Gott weiß wie vielen Wunden blutend, sterben sollte, dann wollte sie sie sich lieber selbst zufügen. Vielleicht … wenn sie sich in die Bettdecke wickelte …

Dann fiel ihr Blick auf den Schreibtisch.

»Mr. Pickering!«, rief sie, während sie den Tisch bei den Seiten packte. »Warten Sie! Ich möchte ein Abkommen mit Ihnen treffen!«

»Keine Abkommen mit Schlampen, okay?«, sagte er gereizt, aber er hatte einen Moment innegehalten – vielleicht, um wieder zu Atem zu kommen –, und das gab ihr Zeit. Zeit war alles, was sie wollte. Zeit war alles, was sie überhaupt von ihm bekommen konnte; er brauchte ihr nicht erst zu sagen, dass er keine Abkommen mit Schlampen traf. »Was hast du denn Feines vor? Sag's Daddy Jim.«

Im Moment hatte sie vor, sich den Schreibtisch zunutze zu machen. Sie stemmte ihn hoch, halb in der Erwartung, dass ihre überstrapazierten Lendenwirbel einfach wie ein Ballon zerplatzen würden. Aber der Tisch war leicht, und er wurde noch leichter, als etliche mit Gummiband zusammengezurrte Packen blauer Kolleghefte herausfielen.

»Was machst du da?«, fragte er scharf, und dann: »Lass das!«
Sie rannte zum Fenster, bremste kurz davor ab und warf den
Tisch durch die Scheibe. Der Krach des splitternden Glases
war enorm. Ohne zu überlegen oder hinabzublicken – Überlegen würde ihr nichts mehr nutzen, und Hinabblicken würde
sie nur ängstigen, falls es weit in die Tiefe ging –, riss sie die
Steppdecke vom Bett.

Pickering warf sich wieder gegen die Tür, und obwohl der
Stuhl nochmals hielt (sonst wäre ihr Peiniger längst ins Zimmer gestürmt und hätte nach ihr gegriffen), gab es ein Geräusch wie von berstendem Holz.

Em wickelte sich vom Kinn bis zu den Füßen in die Decke,
was sie für einen Moment wie eine Indianersquaw in einem
Winterbild von N. C. Wyeth aussehen ließ. Dann sprang sie
durch das gezackte Loch im Fenster, just als die Tür hinter ihr
aufkrachte. Mehrere aus dem Rahmen ragende Glaspfeile ver-
letzten die Steppdecke, aber kein einziger berührte Em.

»O du verdammte blöde Schlampe!«, kreischte Pickering hinter
ihr – *dicht* hinter ihr –, und dann segelte sie ins Freie.

9

Die Schwerkraft ist die Mutter von allem.

Als Kind war sie ein Wildfang gewesen, hatte immer Jungens-
spiele (das beste hieß schlicht Banditen) im Wald hinter ihrem
Haus am Rand von Chicago dem Gealbere mit Barbie und
Ken auf der Veranda vorgezogen. Sie lief die ganze Zeit in Trä-
gerhosen und Trainingsjacke herum, das Haar zu einem straffen Pferdeschwanz gebunden. Sie und ihre beste Freundin
Becka sahen sich alte Eastwood- und Schwarzenegger-Filme
im Fernsehen an statt der Olsen-Zwillinge, und wenn sie *Scooby-*

Doo schauten, identifizierten sie sich mit dem Hund statt mit Velma oder Daphne. Über zwei Jahre hin bestand ihr Pausenbrot in der Schule aus Scooby-Snacks.

Und sie kletterten natürlich auf Bäume. Emily meinte sich zu erinnern, dass sie und Becka einen ganzen Sommer lang in den Bäumen ihrer jeweiligen Gärten verbracht hatten. Sie waren in jenem Jahr wohl etwa neun gewesen. Außer der Lektion ihres Vaters, wie man fallen solle, behielt Em aus diesem Klettersommer nur noch in Erinnerung, wie ihre Mutter ihr jeden Morgen weiße Salbe auf die Nase strich und in ihrem Gehorch-mir-oder-stirb-Tonfall sagte: »*Wisch das nicht ab, Emmy!*«

Eines Tages verlor Becka das Gleichgewicht und wäre beinah fünf Meter tief auf den Rasen der Jacksons gefallen (vielleicht auch nur drei Meter, aber damals war es den Mädchen wie acht Meter vorgekommen … oder sogar fünfzehn.) Sie fing sich gerade noch an einem Ast ab, doch dann hing sie da und rief kläglich um Hilfe.

Rusty war am Rasenmähen gewesen. Er schlenderte herüber – jawohl, schlenderte; er nahm sich sogar die Zeit, den Rasenmäher abzustellen – und streckte die Arme aus. »Lass dich fallen«, sagte er, und Becka, die erst seit zwei Jahren nicht mehr an den Weihnachtsmann glaubte und noch immer unendlich vertrauensvoll war, ließ den Ast los. Rusty fing sie mühelos auf, dann rief er Em von dem Baum herab. Beide Mädchen mussten sich unten vor den Stamm setzen. Becka weinte ein bisschen, und Em fürchtete sich – vor allem davor, dass das Bäumeklettern nun *verboten* würde, genauso verboten, wie nach sieben Uhr abends zum Eckladen zu gehen.

Rusty verbot es ihnen nicht (obwohl Emilys Mutter es vielleicht getan hätte, hätte sie das Ganze vom Küchenfenster aus beobachtet). Vielmehr brachte er ihnen bei, wie man fallen sollte. Und dann übten sie eine Stunde lang das Fallen.

Was für ein cooler Tag das gewesen war.

Als Emily durchs Fenster sprang, sah sie, dass es bis zu der mit Steinplatten belegten Terrasse unten ziemlich weit war. Vielleicht nur drei Meter, aber als sie mit der zerfetzten, flatternden Decke hinabfiel, sah es aus wie acht. Oder fünfzehn.

Gebt in den Knien nach, hatte Rusty ihnen sechzehn oder siebzehn Jahre zuvor geraten, in jenem Klettersommer, auch der Sommer der weißen Nase genannt. *Mutet ihnen nicht zu, den ganzen Aufprall abzufangen. Oft lässt es sich nicht vermeiden – in neun von zehn Fällen, wenn man aus zu großer Höhe fällt, lässt es sich nicht vermeiden –, aber dann riskiert ihr, euch was zu brechen. Die Hüfte, das Bein, das Sprunggelenk. Am ehesten wohl das Sprunggelenk. Denkt dran, die Schwerkraft ist die Mutter von allem. Gebt ihr nach. Lasst sie euch auffangen. Gebt in den Knien nach, kauert euch zusammen und rollt ab.*

Em schlug auf dem terracottaroten Plattenboden auf und gab in den Knien nach. Gleichzeitig warf sie ihr Gewicht zur Linken, zog den Kopf ein und rollte über die Schulter ab. Sie spürte keinen Schmerz – keinen *unmittelbaren* Schmerz –, aber ein gewaltiger Ruck durchfuhr sie, als wäre ihr Körper ein leerer Schacht und jemand hätte ein großes Möbelstück in ihn hinabgeworfen. Aber es gelang ihr, nicht mit dem Kopf auf den Steinplatten aufzuschlagen. Und sie hatte das Gefühl, sich kein Bein gebrochen zu haben, obwohl sich das erst beim Aufstehen erweisen würde.

Sie prallte mit solcher Wucht gegen einen metallenen Terrassentisch, dass er umkippte. Dann rappelte sie sich auf, noch immer nicht sicher, ob ihr Körper unversehrt genug war, um sich auf den Beinen zu halten, bis er es tatsächlich schaffte. Sie blickte hoch und sah Pickering aus dem zerbrochenen Fenster spähen. Sein Gesicht war zu einer wütenden Grimasse verzerrt, und er fuchtelte mit dem Messer.

»*Stehen bleiben!*«, schrie er. »Hör auf wegzulaufen und *halt still!*«

Das könnte dir so passen, dachte Emily. Der letzte Rest des nachmittäglichen Regens war zu Nebel geworden, der ihr emporgewandtes Gesicht mit Tau benetzte. Es fühlte sich himmlisch an. Sie reckte den Stinkefinger hoch und schüttelte ihn mit Nachdruck.

Pickering brüllte: *»Du hast mir nicht den Stinkefinger zu zeigen, du Fotze!«* und warf das Messer nach ihr. Es traf nicht mal in ihrer Nähe auf, sondern zersprang klirrend auf den Steinplatten und schlitterte in zwei Teilen unter den Gasgrill. Als sie wieder aufblickte, war das zerbrochene Fenster leer.

Die Stimme ihres Vaters sagte ihr, dass Pickering herunterkam, aber Em brauchte nicht erst gewarnt zu werden. Mit leichtem Schritt, trat sie, ohne zu hinken – obwohl sie das vielleicht dem Adrenalinschub verdankte –, an den Rand der Terrasse und sah hinunter. Es war nur ein mickriger Meter bis auf den Sand mit dem Strandhafer. Verglichen mit dem Sprung, den sie gerade überlebt hatte, ein Klacks. Jenseits der Terrasse lag der Strand, wo sie so viele Morgenläufe absolviert hatte.

Sie blickte zur anderen Seite, zur Straße hin, aber das brachte nichts. Die hässliche Betonmauer war zu hoch. Und Pickering nahte schon. Und wie.

Sie stützte sich mit der Hand auf der Eingrenzung aus Schmuckziegeln ab und sprang hinunter auf den Sand. Der Strandhafer kitzelte sie an den Schenkeln. Sie hastete über die Düne zwischen dem Bunker und dem Strand, zog dabei immer wieder ihre zerrissenen Shorts hoch und warf prüfende Blicke über die Schulter. Nichts … noch immer nichts … und dann kam Pickering aus der Hintertür gestürzt, wobei er unentwegt brüllte, sie solle stehen bleiben. Er hatte die gelbe Regenjacke abgeworfen und sich irgendeinen scharfen Gegenstand geschnappt, den er mit der linken Hand schwenkte, während er den Weg zur Terrasse hinabrannte. Sie konnte nicht sehen, was es für ein Gegenstand war, und wollte es auch nicht. So dicht wollte sie ihn gar nicht erst herankommen lassen.

Sie würde ihn zweifellos abhängen können. Etwas an seiner Gangart ließ erkennen, dass er eine Weile schnell sein, dann aber bald nachlassen würde, mochten sein Irrsinn und seine Furcht vor der Entlarvung ihn auch noch so sehr anspornen. *Es ist, als hätte ich die ganze Zeit hierfür trainiert,* dachte sie. Und doch hätte sie fast einen verhängnisvollen Fehler begangen, als sie den Strand erreichte und sich gen Süden wandte. In dieser Richtung wäre sie nach weniger als einer Viertelmeile ans Ende von Vermillion Key gelangt. Natürlich konnte sie dann am Wächterhäuschen um Hilfe rufen (konnte sich förmlich die Lunge aus dem Hals schreien). Wenn Pickering jedoch Deke Hollis etwas angetan hatte – und sie fürchtete, dass dies der Fall war –, dann wäre es um sie geschehen. Vielleicht würde ein Boot vorbeikommen, zu dem sie hinüberschreien könnte, aber sie nahm an, dass Pickering längst kein Halten mehr kannte; inzwischen war er vermutlich bereit, sie auf der Bühne der Radio City Music Hall zu erstechen, während die Rockettes zuschauten.

Also wandte sie sich gen Norden, wo fast zwei Meilen leerer Strand zwischen ihr und der Grashütte lagen. Sie zog die Turnschuhe aus und rannte los.

10

*Was sie nicht erwartet hatte,
war die Schönheit.*

Es war nicht das erste Mal, dass sie nach einem dieser kurzen, aber heftigen Nachmittagsstürme den Strand entlanglief, und das Gefühl der Feuchtigkeit, die sich auf Gesicht und Armen sammelte, war ihr vertraut. Ebenso das laute Tosen der Brandung (die Flut kam herein, und der Strand verschmälerte sich zu einem Streifen) und das intensive Aroma der Luft, ein Gemisch aus Salz, Seetang, Blumen, nassem Holz. Sie hatte erwartet, dass sie Angst haben würde – so wie wohl Leute im Kampfeinsatz Angst hatten, während sie gefährliche Aufgaben erledigten, die in der Regel (aber nicht immer) gut ausgingen. Was sie nicht erwartet hatte, war die Schönheit. Der Nebel war über den Golf hereingezogen. Das Wasser war ein mattgrünes Phantom, das durch das wattige Weiß an die Küste schwappte. Dort draußen zog wohl ein Fischschwarm vorüber, jedenfalls taten sich die Pelikane wie an einem All-you-can-eat-Büfett daran gütlich. Sie sah unzählige der Vögel als sausende Schatten mit angelegten Flügeln auf das Wasser niederstoßen. Ein paar andere schaukelten weiter vorn auf den Wellen, scheinbar so reglos wie Lockvögel, aber mit wachsamen Blicken. Draußen zu ihrer Linken war die Sonne eine kleine orangegelbe, matt schimmernde Münze.

Sie hatte Angst, dass ihre Wade sich wieder verkrampfen würde – wenn das passierte, wäre alles aus. Aber es war eine Anstrengung, an die die Wade gewöhnt war, und sie fühlte sich locker genug an, wenn auch ein wenig zu warm. Ihr Kreuz machte ihr mehr Sorgen. Es zwickte bei jedem dritten oder vierten Schritt und sandte alle zwei Dutzend Schritte einen blitzartigen Schmerz aus. Aber sie beschwichtigte es im Stillen, versprach ihm heiße Bäder und Shiatsu-Massagen, wenn dies alles vorüber sei und das Ungeheuer hinter ihr endlich im Collier County Jail hinter Schloss und Riegel sitze. Es schien zu funktionieren. Oder vielleicht war auch das Laufen selbst eine Art Massage. Sie hatte allen Grund zu glauben, dass dem so war.

Pickering brüllte noch zweimal, sie solle stehen bleiben, dann schwieg er und sparte sich den Atem für die Verfolgung. Sie sah sich kurz um und schätzte seinen Abstand auf etwa sechzig Meter; das Einzige an ihm, was in dem dunstigen Spätnachmittagslicht klar zu erkennen war, war sein rotes Golfhemd. Beim nächsten Blick trat er schon deutlicher hervor; sie konnte seine blutbefleckten Khakishorts erkennen. Nur noch fünfzig Meter Abstand. Aber er keuchte. Gut so. Keuchen war ein gutes Zeichen.

Emily sprang über einen Haufen Treibholz. Ihre Shorts rutschten herab und drohten sie zum Straucheln zu bringen. Sie hatte keine Zeit, stehen zu bleiben und sie abzustreifen, also zerrte sie sie wütend hoch und wünschte sich, sie hätten eine Kordel im Bund, die sie zuziehen könnte, vielleicht sogar mit den Zähnen festhalten.

Hinter ihr ertönte ein Schrei, in dem Angst und Zorn mitschwang. Es klang, als ob Pickering endlich merkte, dass es nicht so lief, wie er gedacht hatte. Sie riskierte noch einen hoffnungsvollen Blick zurück, und ihre Hoffnung wurde nicht betrogen. Er war über das Treibholz gestolpert und in die Knie gegangen. Seine neue Waffe lag vor ihm und bildete im Sand ein X. Eine Schere also. Eine große Geflügelschere, wie Köche sie benutzten, um Knorpel und Knochen zu durchtrennen. Er hob sie auf und rappelte sich hoch.

Emily rannte weiter und erhöhte ihr Tempo zunehmend. Weder hatte sie es so geplant, noch glaubte sie, dass es ihr Körper war, der die Regie übernahm. Es war irgendetwas zwischen Körper und Geist, irgendeine Schnittstelle. Das war die Instanz, die jetzt die Führung übernehmen wollte, und Em ließ sie gewähren. Diese Instanz drängte sie, ganz unmerklich schneller zu werden, damit das Tier hinter ihr nicht mitbekam, was sie vorhatte. Diese Instanz wollte Pickering dazu anstacheln, das eigene Tempo zu erhöhen, um mit ihr mitzuhalten, vielleicht sogar den Abstand noch mehr zu verringern. Diese Instanz wollte ihn auspowern, ihn keuchen und schnaufen hören, vielleicht sogar husten, falls er Raucher war (obwohl sie sich da wohl zu viel erhoffte). Dann erst würde sie den Turbogang einlegen, den sie sich in letzter Zeit nur noch selten genehmigt hatte; so zu sprinten gab ihr immer das Gefühl, das Schicksal herauszufordern – als legte man an einem sonnigen Tag Wachsflügel an. Aber nun hatte sie keine Wahl mehr. Und falls sie das Schicksal herausgefordert haben sollte, dann war es in jenem Moment gewesen, als sie abbog, um einen Blick in die Einfahrt des Bunkers zu werfen.

Aber was hatte ich denn noch für eine Wahl, sobald ich ihr Haar gesehen hatte? Vielleicht war es das Schicksal, das mich herausforderte. Sie rannte weiter und zeichnete mit ihren Füßen eine gleichmäßige Spur in den Sand. Sie blickte sich noch einmal um und sah Pickering nur noch vierzig Meter hinter sich, aber vierzig Meter war okay. In Anbetracht dessen, wie rot und abgekämpft sein Gesicht war, war vierzig Meter völlig okay.

Im Westen und direkt über ihnen rissen die Wolken mit tropischer Plötzlichkeit auf und ließen das trübe Nebelgrau in blendendem Weiß erstrahlen. Sonnenfinger betupften den Strand mit Lichtinseln; Em lief mit einem einzigen Satz in eine von ihnen hinein und wieder hinaus und fühlte die Temperatur mit einem neuerlichen Hauch von Schwüle erst ansteigen und dann wieder abfallen, als der Nebel sie abermals umfing. Es war, als liefe man an einem kalten Tag an der offenen Tür eines Waschsalons vorbei. Vor ihr öffnete sich ein längliches Katzenauge von dunstigem Blau. Ein doppelter Regenbogen entsprang ihm, jede Farbe deutlich ausgeprägt und leuchtend. Die westlichen Beine tauchten in den wabernden Nebel und badeten im Wasser; die, die sich zum Festland hinabbogen, verschwanden in den Palmen und Geigenholzbäumen.

Ihr rechter Fuß schlug gegen den linken Knöchel, worauf sie ins Stolpern kam. Fast wäre sie der Länge nach hingeschlagen, dann fand sie ihr Gleichgewicht wieder. Doch nun war er nur noch dreißig Meter hinter ihr, und dreißig Meter war zu nah. Schluss mit der Regenbogenschau. Wenn sie sich nicht auf das Wesentliche konzentrierte, würden die da oben ihre letzten sein.

Sie blickte wieder nach vorn, und auf einmal war da ein Mann, der knöcheltief in der Brandung stand und zu ihnen herüberstarrte. Er trug nichts als ein Paar abgeschnittene Jeans und ein triefnasses rotes Halstuch. Seine Haut war braun, Haar und Augen dunkel. Er war klein, aber stämmig und muskulös. Er kam langsam aus dem Wasser, und sie konnte die Besorgnis in seiner Miene sehen. Gott sei's gedankt, sie konnte die Besorgnis sehen.

»Hilfe!«, schrie sie. »*Helfen Sie mir!*«

Die Besorgnis in seiner Miene nahm zu. »*Señora? Qué ha pasado? Qué es lo que va mal?*«

Sie konnte ein bisschen Spanisch – ein paar Brocken jedenfalls –, als sie nun aber seines hörte, fiel ihr kein Wort mehr ein. Egal. Es war sicher einer der Gärtner von einem der großen Anwesen. Er hatte die Regenpause genutzt, um sich im Meer abzukühlen. Er mochte keine Greencard besitzen, aber um ihr das Leben zu retten, brauchte er auch keine. Er war ein Mann, er war offensichtlich stark, und er war bereit zu helfen. Sie warf sich ihm in die Arme und spürte, wie das Wasser an seinem Körper ihr Hemd durchnässte.

»Er ist verrückt!«, schrie sie ihm ins Gesicht; sie waren fast genau gleich groß. Und nun fiel ihr wenigstens ein spanisches Wort wieder ein. In dieser Situation ein wertvolles, dachte sie. »*Loco! Loco, loco!*«

Der Bursche drehte sich um, den einen Arm fest um sie geschlungen. Emily blickte in die gleiche Richtung wie er und sah Pickering. Pickering grinste. Es war ein lässiges, irgendwie entschuldigendes Grinsen. Selbst das Blut auf seinen Shorts und seinem verschwollenen Gesicht ließ das Grinsen nicht ganz unglaubwürdig wirken. Und von der Schere war nichts mehr zu sehen, das war das Schlimmste. Seine Hände – die Rechte mit der dunklen, eingetrockneten Stichwunde zwischen Zeige- und Mittelfinger – waren leer.

»*Es mi esposa*«, sagte er. Sein Tonfall war ebenso entschuldigend – und überzeugend – wie sein Grinsen. Selbst dass er keuchte, schien in Ordnung zu sein. »*No te preocupes. Ella tiene …*« Sein Spanisch ging ihm aus oder schien ihm auszugehen. »Probleme? Sie hat Probleme?«

Verständnis und Erleichterung leuchtete in den Augen des Mexikaners auf. »*Problemas?*«

»*Sí*«, stimmte Pickering zu. Dann hob er mit einer Geste, als nähme er einen Schluck, eine Hand zum Mund.

»Ah!«, sagte der Mexikaner und nickte. »*Trinke!*«

»Nein!«, schrie Emily. Sie spürte, dass der Bursche drauf und dran war, sie in Pickerings Arme zu schubsen, um dieses unerwartete *problema,* diese unerwartete *señora,* loszuwerden. Sie hauchte ihm ins Gesicht, um zu beweisen, dass ihr Atem nicht nach Alkohol roch. Dann kam sie auf eine Idee und tippte an ihre geschwollene Lippe. »*Loco!* Er hat das getan!«

»Ach was, Kumpel, das war sie selbst«, sagte Pickering. »Okay?«

»Okay«, sagte der Mexikaner und nickte, schubste Emily nun aber doch nicht auf Pickering zu. Er wirkte unentschlossen. Und nun fiel Emily noch ein Wort ein, wohl ein Überbleibsel aus irgendeiner Kindersendung, die sie angeschaut hatte – wahrscheinlich mit der treuen Becka –, wenn sie nicht gerade *Scooby-Doo* schaute.

»*Peligro*«, sagte sie, und zwang sich, nicht zu schreien. Schreien war, was verrückte *esposas* taten. Sie blickte dem Mexikaner eindringlich in die Augen. »*Peligro.* Er! *Señor Peligro!*«

Pickering lachte und langte nach ihr. In heller Panik, ihn so nah zu sehen (es war, als hätte eine Packpresse plötzlich Hände bekommen), stieß sie ihn weg. Er hatte keine Gegenwehr erwartet, und er war immer noch außer Atem. Aber er fiel nicht hin, sondern taumelte mit verdutzt aufgerissenen Augen nur einen Schritt zurück. Und die Schere fiel ihm aus dem Hosenbund, wo er sie versteckt hatte. Einen Moment lang starrten sie alle drei auf das glänzende X im Sand. Die Brandung rauschte monoton. Innerhalb der wabernden Nebenschwaden schrien Vögel.

11

Dann rannte sie wieder los.

Pickerings lässiges Grinsen – mit dem er so viele »Nichten« angelockt haben musste – kam wieder zum Vorschein. »Ich kann das erklären, aber dafür reicht mein Spanisch nicht aus. Lässt sich alles ganz vernünftig erklären, okay?« Er klopfte sich wie Tarzan an die Brust. »*No Señor Loco, no Señor Peligro,* okay?« Und vielleicht wäre er damit sogar durchgekommen. Aber dann deutete er, immer noch lächelnd, auf Em: »*Ella es bobo perra.*«

Sie hatte keine Ahnung, was *bobo perra* heißen sollte, sah aber, wie Pickerings Miene sich veränderte, als er es sagte. Er kräuselte die Oberlippe und hob sie wie die Lefzen eines knurrenden Hundes. Der Mexikaner schob Em mit einer schnellen Armbewegung hinter sich zurück. Nicht ganz hinter sich, aber die Bedeutung der Geste war klar: Schutz. Dann bückte er sich und langte nach dem metallenen X im Sand.

Wenn er danach gelangt hätte, bevor er Em zurückschob, hätte alles noch gutgehen können. Aber Pickering sah seine Felle davonschwimmen und bückte sich selbst nach der Schere. Er bekam sie als Erster zu fassen, fiel auf die Knie und stach sie dem Mexikaner in den sandigen Fuß. Der Mexikaner schrie mit schreckgeweiteten Augen auf.

Er versuchte, Pickering zu packen, aber Pickering ließ sich zur Seite fallen, kam dann blitzartig wieder hoch (*immer noch so geschmeidig,* dachte Em) und tänzelte ein paar Schritte zurück. Dann ging er zum Angriff über. Er umschlang die straffen Schultern des Mexikaners in einer kumpelhaften Umarmung und jagte ihm die Schere in die Brust. Der Mexikaner versuchte, sich ihm zu entwinden, aber Pickering hielt ihn fest und stach immer wieder zu. Keiner der Stiche drang tief ein – dafür ging Pickering zu hastig vor –, aber das Blut floss in Strömen.

»*Nein!*«, schrie Emily. »*Nein, aufhören!*«

Pickering drehte sich mit einem unsäglichen Glitzern in den Augen kurz nach ihr um, dann stach er dem Mexikaner so tief in den Mund, dass die Scherengriffe ihm gegen die Zähne schlugen. »Okay?«, sagte er. »Okay? Gut so? Hast du jetzt genug, du Scheißbohnenfresser?«

Emily sah sich panisch nach irgendetwas um, einem Stück Treibholz etwa, mit dem sie zuschlagen könnte, aber da war nichts. Als sie wieder zurückschaute, ragte dem Mexikaner die Schere aus einem der Augen. Er knickte langsam ein, fast als wollte er sich verbeugen, und Pickering verbeugte sich mit ihm und mühte sich ab, die Schere wieder herauszuziehen.

Schreiend stürzte Em sich auf ihn. Sie rammte ihm die Schulter in den Bauch und nahm dabei unwillkürlich wahr, dass es ein schlaffer Bauch war – eine Menge üppiger Mahlzeiten waren dort gelagert.

Pickering kippte hintenüber, lag japsend im Sand und funkelte sie zornig an. Als sie zurückweichen wollte, packte er ihr linkes Bein und grub die Fingernägel hinein. Neben ihr lag der Mexikaner, zuckend und blutüberströmt, auf der Seite. Das Einzige, was sie an dem bis vor wenigen Sekunden so markanten Gesicht noch erkennen konnte, war die Nase.

»Komm her, Lady Jane«, sagte Pickering und zog sie zu sich hin. »*Let me entertain you,* okay? Ein bisschen Unterhaltung gefällig, du unnütze Schlampe?« Er war stark, und obwohl sie sich in den Sand krallte, kam sie nicht gegen ihn an. Sie spürte heißen Atem an ihrem Fußballen, und dann grub er die Zähne tief in ihre Ferse.

Der Schmerz war unermesslich; jedes Sandkorn am Strand sprang ihr plötzlich glasklar vor die aufgerissenen Augen. Em schrie auf und trat mit dem rechten Fuß zu. Durch pures Glück – von Zielen konnte längst keine Rede mehr sein – traf sie ihn, und zwar mit ziemlicher Wucht. Er brüllte heiser auf (es klang wie geknebelt), und der stechende Schmerz in ihrer linken Ferse hörte so plötzlich auf, wie er begonnen hatte, und hinterließ nur ein dumpfes Brennen. Irgendetwas war in Pickerings Gesicht zerborsten. Sie hatte es gespürt und gehört. Vielleicht einer der Wangenknochen. Oder die Nase.

Sie fiel auf die Hände und Knie, und ihr geschwollenes Handgelenk jaulte vor Schmerz, der fast dem Schmerz im Fuß gleichkam. Einen Moment lang sah sie aus wie eine Läuferin (wenn auch mit zerrissenen, verrutschten Shorts), die in den Startlöchern kauernd auf den Startschuss wartete. Dann rannte sie wieder los, nur war es jetzt mehr ein hüpfendes Humpeln. Sie hielt sich dicht am Wellensaum. Gedankenfetzen schwirrten ihr zusammenhangslos durch den Kopf (dass sie aussehen musste wie der hinkende Hilfssheriff in irgendeinem alten Fernsehwestern zum Beispiel – der Gedanke flitzte ihr durch den Kopf und war gleich wieder verschwunden), aber ihr Selbsterhaltungstrieb war ungebrochen und ließ sie instinktiv festen Sand zum Laufen wählen. Hektisch riss sie am Bund ihrer Shorts und sah, dass ihre Hände mit Sand und Blut verschmiert waren. Mit einem Seufzer wischte sie sie an ihrem T-Shirt ab. Sie warf einen Blick über die Schulter, aber die Hoffnung war vergebens; er kam ihr schon wieder nach.

Sie versuchte es, so gut es ging, *rannte,* so gut es ging, und der nasse Sand kühlte ihr die brennende Ferse etwas, aber sie schaffte es nicht mehr, auch nur annähernd ihr früheres Tempo zu erreichen. Sie blickte zurück und sah ihn aufholen, sah, wie er alle Kraft zu einem letzten Spurt sammelte. Vor ihr verblassten die Regenbogen, während es unentwegt heller und schwüler wurde.

Sie versuchte es, so gut es ging, und wusste, es würde nicht reichen. Sie konnte eine alte Oma abhängen, sie konnte einen alten Opa abhängen, sie konnte ihren armen traurigen Ehemann abhängen, aber nicht den blindwütigen Irren hinter ihr. Er würde sie einholen. Sie sah sich suchend nach einer Waffe um, mit der sie auf ihn einschlagen könnte, wenn es so weit war, fand aber nichts. Sie sah die verkohlten Reste eines Lagerfeuers, aber die Stelle war viel zu weit weg, fast am Rand der Dünen. Er würde sie noch schneller einholen, wenn sie in die

Richtung abbog, wo der Sand weich und trügerisch war. Hier unten am Wasser war es schon schlimm genug. Sie konnte ihn herannahen hören, konnte hören, wie er keuchte und schwarzes Blut aus der gebrochenen Nase schnaubte. Sie konnte sogar das hurtige Klatschen seiner Turnschuhe auf dem feuchten Sand hören. Sie wünschte sich so sehr, noch jemand anders am Strand zu sehen, dass sie einen Moment lang einen hochgewachsenen weißhaarigen Mann mit großer krummer Nase und wettergegerbter Haut zu erblicken meinte. Dann wurde ihr klar, dass sie ihren Vater heraufbeschworen hatte – eine letzte Hoffnung –, und die Illusion verpuffte.

Er kam dicht genug heran, um nach ihr zu greifen. Er streifte ihr T-Shirt mit der Hand, bekam es beinah zu fassen, glitt ab. Das nächste Mal würde er sie schnappen. Sie bog ins Wasser ab und platschte bis zu den Waden hinein. Es war das Einzige, was ihr noch einfiel, das Letzte. Sie hatte die vage, nebelhafte Idee, vor ihm wegzuschwimmen oder ihn wenigstens im Wasser abzuwehren, wo die Chancen etwas ausgewogener wären; zumindest würde das Wasser die Hiebe dieser fürchterlichen Schere bremsen. Wenn sie tief genug hineinkam.

Ehe sie sich nach vorn werfen und zu kraulen beginnen konnte – ehe sie auch nur bis zu den Schenkeln eintauchen konnte –, packte er sie beim T-Shirt, riss sie zurück und zerrte sie wieder zum Strand hin.

Em sah die Schere über ihrer Schulter aufblitzen und langte danach. Sie versuchte, sie ihm zu entwinden, aber es war hoffnungslos. Pickering hatte festen Halt im knietiefen Wasser gefunden und stemmte sich breitbeinig gegen den Sand aufwirbelnden Rücksog der Wellen. Sie stolperte und fiel gegen ihn. Sie stürzten zusammen ins Wasser.

Pickerings Reaktion war unmissverständlich, selbst in dem nassen Durcheinander: Er bäumte sich auf und schlug krampfhaft um sich. Wie ein Feuerwerk in dunkler Nacht blitzte es in ihrem Kopf auf. Er konnte nicht schwimmen. Pickering konnte nicht schwimmen. Er besaß ein Haus am Golf von Mexiko, aber er konnte nicht schwimmen. Und es leuchtete ihr völlig ein: Seine Besuche auf Vermillion Key hatten lediglich den Innenaktivitäten gegolten.

Sie rollte von ihm weg, und er machte keine Anstalten, sie zu packen. Er saß bis zur Brust im wirbelnden Schaum der Wellen, die noch vom Sturm aufgewühlt waren, und seine ganze Anstrengung zielte darauf ab, sich aufzurappeln und seine kostbare Atmung vor einem Element zu bewahren, mit dem er nie umzugehen gelernt hatte.

Hätte Em noch Luft zu verschwenden gehabt, hätte sie zu ihm gesagt: *Wenn ich das früher gewusst hätte, dann hätten wir das gleich hinter uns bringen können. Und dieser arme Kerl wäre noch am Leben.*

Stattdessen watete sie vor, streckte die Hand aus und packte ihn. »*Nein!*«, schrie er. Er schlug mit beiden Händen nach ihr. Sie waren leer – er musste die Schere im Fallen verloren haben –, und er war zu verängstigt und verwirrt, um auch nur die Fäuste zu ballen. »*Nein, hör auf! Lass mich los, du Schlampe!*«

Em ließ ihn nicht los. Sie zerrte ihn tiefer hinein. Er hätte sie leicht abschütteln können, wenn er in der Lage gewesen wäre, seine Panik unter Kontrolle zu bringen, aber das konnte er nicht. Und sie erkannte, dass es wohl nicht nur die Unfähigkeit zu schwimmen war, die ihn außer Gefecht setzte, sondern irgendeine phobische Reaktion.

Wer würde als Wasserphobiker ein Haus am Golf besitzen wollen? Er müsste verrückt sein.

Das brachte sie tatsächlich zum Lachen, obwohl er auf sie einschlug und sie mit wild fuchtelnden Händen links und rechts ohrfeigte. Ein Schwall grünes Wasser schwappte ihr in den Mund, das sie prustend wieder ausspie. Sie zerrte ihn tiefer, sah eine große Welle nahen – glatt und glasig, mit einer gerade brechenden Schaumkrone am Kamm – und stieß ihn mit dem Gesicht hinein. Seine Schreie wurden zu einem erstickten Gurgeln, das sofort verstummte, als er unterging. Er zappelte, wand und wehrte sich in ihrem Griff. Der Brecher überspülte sie, und sie hielt die Luft an. Einen Moment lang waren sie beide unter Wasser, und sie konnte sehen, wie sein Gesicht zu einer bleichen Maske der Todesangst verzerrt war, die es unmenschlich aussehen ließ und ihn dadurch zu dem machte, was er wirklich war. Eine Galaxie von Sandkörnern schwebte zwischen ihnen im Grün. Ein ahnungsloser kleiner Fisch flitzte vorbei. Pickerings Augen quollen aus den Höhlen. Sein Fassonschnitt waberte wie Seegras, und sie beobachtete das gespannt, während eine Kette silbriger Bläschen von ihrer Nase aufstieg. Und als sein Haar in die andere Richtung schwankte, nach Texas hin statt nach Florida, schob sie ihn mit aller Kraft an und ließ ihn los. Dann stieß sie sich vom Sandboden ab und stieg auf.

Japsend tauchte sie in der strahlenden Luft auf. Sie entriss ihr Atemzug um Atemzug, dann watete sie langsam zurück. Es war mühsam, selbst so nah am Strand. Die zurückfließende Welle entwickelte einen mächtigen Sog, und weiter draußen würde der Sog zu einer reißenden Strömung werden, gegen die selbst ein geübter Schwimmer kaum eine Chance hatte, es sei denn, er behielte die Nerven und kraulte in langem Bogen zur rettenden Küste zurück.

Sie strauchelte, verlor das Gleichgewicht und landete auf dem Hintern, und eine neue Welle überrollte sie. Es fühlte sich wundervoll an. Kalt und wundervoll. Zum ersten Mal seit Amys Tod fühlte sie sich gut. Mehr als gut; alles tat ihr weh, und sie merkte, dass sie wieder weinte, aber sie fühlte sich göttlich.

Em rappelte sich hoch. Das triefnasse T-Shirt klebte ihr am Leib. Sie sah einen lappigen blauen Fetzen davontreiben, blickte an sich hinab und stellte fest, dass sie ihre Shorts verloren hatte.

»Macht nichts, die waren sowieso hinüber«, sagte sie und fing an zu lachen, während sie zum Strand watete: jetzt knietief, dann wadentief, dann nur noch mit den Füßen im Wellenschaum. Sie hätte endlos dort stehen können. Das kalte Wasser löschte fast den Schmerz in ihrer brennenden Ferse, und sicher war das Salz gut für die Wunde; hieß es nicht, der menschliche Mund sei das Bazillenträchtigste, was es überhaupt gebe?

»Ja«, sagte sie und lachte dabei immer noch, »aber wer zum Teufel k…«

Pickering tauchte schreiend auf. Er war jetzt etwa acht Meter weit draußen. Er fuchtelte wild mit den Armen. »*Hilf mir!*«, schrie er. »*Ich kann nicht schwimmen!*«

»Ich weiß«, rief Em. Sie hob die Hand und winkte, als wünschte sie ihm eine gute Reise. »Und vielleicht triffst du sogar einen Hai. Deke Hollis hat mir letzte Woche erzählt, dass sie gerade Saison haben.«

»*Hilf* …« Eine Welle begrub ihn. Sie dachte erst, er würde nicht wieder auftauchen, aber er tat es. Er war jetzt zehn Meter weit draußen. Mindestens. »*… mir! Bitte!*«

Seine Vitalität war einfach erstaunlich, zumal sein hektisches Gefuchtel – als glaubte er, wie eine Möwe wegfliegen zu können – kontraproduktiv war, aber er trieb immer weiter hinaus, und am Strand war keiner da, um ihn zu retten.

Keiner außer ihr.

Es war wirklich nicht möglich, dass er wieder an Land zurückkam, dessen war sie sich sicher, aber sie humpelte trotzdem zu den Resten des Lagerfeuers hinauf und klaubte das größte der verkohlten Holzscheite heraus. Dann stand sie da, mit ihrem langen Schatten hinter sich, und sah einfach nur zu.

12

Ich glaube, es ist mir lieber so.

Er hielt noch lange durch. Sie konnte nicht sagen, wie lange genau, weil er ihr die Uhr abgenommen hatte. Nach einer Weile hörte er auf zu schreien. Dann war nur noch ein heller Kreis über dem dunkelroten Fleck seines Golfhemds zu sehen, und blasse Arme, die fliegen wollten. Und ganz plötzlich war er weg. Sie dachte, vielleicht würde noch einmal ein Arm zum Vorschein kommen, auftauchen wie ein Periskop und unbeholfen herumschwenken, aber nein. Er war einfach verschwunden. *Blubb.* Sie war fast ein bisschen enttäuscht. Später würde sie wieder sie selbst sein – ein besseres Selbst vielleicht –, doch im Moment wollte sie ihn weiter leiden sehen. Sie wollte, dass er in panischer Angst starb, und nicht schnell. Für Nicole und all die anderen Nichten, die es vor Nicole noch gegeben haben mochte.

Bin ich jetzt eine Nichte?

In gewisser Weise wohl schon. Seine letzte Nichte. Die, die so schnell gelaufen war, wie sie konnte. Die, die überlebt hatte. Sie setzte sich neben das ausgebrannte Lagerfeuer und warf das verkohlte Holzscheit weg. Es hätte ohnehin keine taugliche Waffe abgegeben; wahrscheinlich wäre es wie ein Kohlestift zerbrochen, wenn sie damit zugeschlagen hätte. Die Sonne glühte in tiefem Orange. Bald würde der Horizont Feuer fangen.

Sie dachte an Henry. Sie dachte an Amy. Da war jetzt nichts mehr, aber einst war da etwas gewesen – etwas so Schönes wie ein doppelter Regenbogen über dem Strand –, und das war gut zu wissen, gut, sich daran erinnern zu können. Sie dachte an ihren Vater. Bald würde sie aufstehen und sich zur Grashütte schleppen und ihn anrufen. Aber noch nicht gleich. Später. Es war so angenehm, mit den Füßen im Sand dazusitzen und die schmerzenden Arme um die Knie zu schlingen.

Die Wellen rollten heran. Von ihren zerrissenen blauen Shorts oder Pickerings rotem Golfhemd war nichts zu sehen. Das Meer hatte sie beide aufgenommen. War er ertrunken? Wahrscheinlich – doch andererseits war er so plötzlich verschwunden, ohne auch nur ein allerletztes Winken …

»Ich glaube, etwas hat ihn erwischt«, sagte sie in die dunkelnde Luft. »Ich glaube, es ist mir lieber so. Gott weiß, warum.«

»Weil du auch nur ein Mensch bist, Kindchen«, sagte ihr Vater. *»Schlicht und einfach.«* Und sie nahm an, dass es wirklich so schlicht und so einfach war.

In einem Horrorfilm hätte Pickering sich ein letztes Mal aufgebäumt: wäre entweder brüllend aus der Brandung aufgetaucht oder hätte sie tropfend, aber immer noch voller Unternehmungslust, in ihrem Schlafzimmerschrank erwartet. Aber das hier war kein Horrorfilm, das hier war ihr Leben. Ihr eigenes kleines Leben. Sie würde es leben, angefangen mit dem langen humpelnden Gang zum Haus, dessen Schlüssel in einer Blechschachtel unter dem hässlichen alten Gartenzwerg mit der verblichenen roten Mütze verborgen lag. Sie würde die Tür aufsperren, ans Telefon gehen und ihren Vater anrufen. Dann die Polizei. Und später wohl auch Henry. Noch hatte er wohl das Recht zu erfahren, dass es ihr gutging, obwohl er es nicht immer haben würde. Oder, nahm sie an, selbst noch haben wollte.

Über dem Golf segelten drei Pelikane herab, streiften das Wasser und stiegen mit Blick nach unten wieder auf. Mit angehaltenem Atem sah sie zu, wie sie einen Punkt des perfekten Gleichgewichts in der orangefarbenen Luft erreichten. Ihre Miene – zum Glück wusste sie das nicht – war die des Kindes, das am Leben hätte bleiben können, um auf Bäume zu klettern.

Die drei Vögel legten die Flügel an und stießen im Formationsflug herab.

Emily applaudierte, obwohl es ihrem geschwollenen Handgelenk wehtat, und rief: »*Yo, Pelikane!*«

Dann fuhr sie sich mit dem Arm über die Augen, strich die Haare zurück, stand auf und ging langsam nach Hause.

AUS DEM AMERIKANISCHEN VON SABINE LOHMANN

HARVEYS TRAUM

Janet dreht sich von der Spüle um, und *rums!* sitzt der Mann, mit dem sie seit fast dreißig Jahren verheiratet ist, in weißem T-Shirt und Big-Dog-Boxershorts am Küchentisch und beobachtet sie.

Immer öfter findet sie diesen Wochentagskapitän der Wall Street am Samstagmorgen genau an diesem Ort und in dieser Kleidung vor: die Schultern eingesunken, der Blick leer, weiße Stoppeln auf den Wangen, wabbelnde Männertitten im Shirt, und das Haar steht hinten ab wie bei einem alt und blöd gewordenen Alfalfa aus *Die kleinen Strolche.* Wie kleine Mädchen, die sich nachts im Bett Geistergeschichten zuflüstern, haben sich Janet und ihre Freundin Hannah in letzter Zeit mit Alzheimer-Anekdoten Angst eingejagt: der Mann, der seine Frau nicht mehr erkennt oder sich nicht mehr an die Namen seiner Kinder erinnert.

Aber sie glaubt nicht, dass diese Samstagmorgenauftritte irgendwas mit einer verfrühten Alzheimer-Erkrankung zu tun haben. An normalen Wochentagen steht Harvey Stevens um drei viertel sieben zum Aufbruch bereit, ein Sechzigjähriger, der in seinen zwei besten Anzügen wie fünfzig aussieht (na ja, wie vierundfünfzig) und es immer noch mit jedem aufnimmt, wenn es um Abschlüsse, Leerverkäufe und Kreditfinanzierung geht.

Nein, er übt bloß schon mal fürs Alter, und das hasst sie wie die Pest. Sie hat Angst, dass es nach dem Ruhestand jeden Morgen so sein wird, zumindest bis sie ihm ein Glas Orangensaft gereicht und ihn (bestimmt mit zunehmender Gereiztheit) gefragt hat, ob er Getreideflocken will oder nur Toast. Sie hat

Angst, dass sie sich von ihrer Arbeit umdrehen und ihn in einem viel zu hellen Sonnenstrahl erblicken wird, Harvey am Morgen, Harvey in T-Shirt und Boxershorts, die Beine breit hingestellt, so dass sie (falls sie darauf Lust hat) die mickrige Wölbung in seinem Schritt betrachten und die gelben Schwielen an seinen großen Füßen erkennen kann, die sie immer an eine Zeile aus Wallace Stevens' Gedicht »The Emperor of Ice Cream« erinnern. Still und leicht belämmert wird er dasitzen, alles andere als aufbruchbereit, und sich Mut für den bevorstehenden Tag machen. Gott, hoffentlich wird es nie so weit kommen. Das Leben erscheint ihr auf einmal irgendwie so dünn und dumm. Unwillkürlich geht ihr die Frage durch den Kopf, ob es das ist, wofür sie gekämpft haben, wofür sie ihre drei Töchter großgezogen und an den Mann gebracht haben, wofür sie seine unvermeidliche Midlife-Affäre durchgestanden haben, wofür sie geschuftet und wonach sie manchmal sogar (ja doch!) gegiert haben. Wenn das der Ort ist, wo man aus dem dunklen Wald herauskommt, denkt Janet, dieser … dieser Parkplatz … warum strengen sich die Leute dann überhaupt so an?

Aber die Antwort liegt auf der Hand. Weil sie es nicht besser wissen. Auch Janet hat es nicht besser gewusst. Unterwegs mag sie zwar die meisten Lügen abgestreift haben, aber an die eine, dass das Leben *wichtig* sei, klammert sie sich noch heute. Sie hat ein Fotoalbum über die Mädchen geführt, als diese noch zu den schönsten Hoffnungen berechtigten: Trisha, die Älteste, mit Zylinder und einem Zauberstab aus Alufolie, den sie über dem Cockerspaniel Tim schwenkt; Jenna, mitten im Sprung durch die Fontäne des Rasensprengers und noch weit entfernt von ihrer Vorliebe für Drogen, Kreditkarten und ältere Männer; und Stephanie, die Jüngste, beim Buchstabierwettbewerb, wo sie mit dem Wort *Zucchini* ihr Waterloo erlebte. Auf den meisten dieser Aufnahmen sind (normalerweise irgendwo im Hintergrund) auch Janet und ihr Göttergatte zu sehen, immer lächelnd, als wäre alles andere strafbar.

Doch eines Tages machte sie dann den Fehler, über die Schulter zu blicken. Sie merkte, dass die Mädchen erwachsen waren und dass der Mann, von dem sie sich in all den Jahren nicht getrennt hatte, mit diesen gespreizten fischweißen Beinen dasaß und in einen Sonnenstrahl starrte – und bei Gott, er mochte in seinen zwei besten Anzügen wirken wie vierundfünfzig, aber wenn er so am Tisch rumhing, sah er aus wie siebzig. Wie fünfundsiebzig, verdammt. Ein richtiger alter Schnarchsack, wie diese Typen in *Die Sopranos* immer sagen.

Sie wendet sich wieder der Spüle zu und niest vorsichtig, einmal, zweimal, dreimal.

»Wie geht's dir heute?«, fragt er und meint damit ihre Nase, ihre Allergie. Nicht so besonders, heißt die Antwort, aber wie erstaunlich viele schlechte Sachen hat auch ihre Sommerallergie eine positive Seite. Sie muss nicht mit ihm in einem Zimmer schlafen und in der Nacht um ihren Anteil an der Bettdecke kämpfen; sie muss sich nicht mehr den einen oder anderen gedämpften Furz anhören, während sich Harvey immer tiefer in den Schlummer wühlt. Im Sommer bekommt sie in den meisten Nächten sechs oder sogar sieben Stunden Schlaf. Wenn er im Herbst wieder aus dem Gästezimmer zu ihr übersiedelt, werden es nur noch vier sein, und auch die eher unruhig.

Irgendwann wird er nicht mehr ins Schlafzimmer zurückkehren. Und obwohl sie es ihm nicht auf die Nase bindet, wird sie froh darüber sein. Es würde seine Gefühle verletzen, wenn sie es offen ausspräche, und das fällt ihr noch immer schwer. Ja, so viel ist noch von der Liebe zwischen ihnen übrig geblieben, zumindest was sie angeht.

Seufzend greift sie in den Topf Wasser in der Spüle und tastet darin herum. »Nicht so schlecht«, sagt sie.

Gerade als sie (wieder einmal) darüber nachdenkt, dass das Leben keine Überraschungen und die Ehe keine unausgeloteten Tiefen mehr bereithält, sagt er in merkwürdig beiläufigem Ton: »Sei froh, dass du letzte Nacht nicht mit mir in einem

Zimmer geschlafen hast, Jax. Ich hatte einen schlechten Traum. Bin sogar schreiend aufgewacht.«

Sie ist verblüfft. Wie lang ist es her, dass er sie Jax genannt hat statt Janet oder Jan? Die Abkürzung Jan hasst sie insgeheim, weil sie dabei immer an ihre Kindheit und die zuckersüße Schauspielerin in *Lassie* denken muss, an den kleinen Jungen (Timmy hieß er, ja genau), der ständig in einen Brunnen fiel, von einer Schlange gebissen wurde oder unter einem Felsen festsaß, und an diese Eltern, denen nichts Besseres einfiel als ihren Sohn einem bekloppten Collie anzuvertrauen.

Sie wendet sich wieder zu ihm um und vergisst den Topf mit dem letzten Ei darin und dem Wasser, das nur noch lauwarm ist. Er hatte einen schlechten Traum? Harvey? Angestrengt versucht sie sich zu erinnern, wann Harvey zum letzten Mal irgendwas geträumt hat, aber ihr fällt nichts ein. Nur eine vage Erinnerung an die Zeit, als er um sie warb – Harvey mit einem Spruch wie: »Ich träume von dir«, und sie damals noch so jung, dass sie das nicht abgegriffen, sondern süß fand.

»Was?«

»Bin schreiend aufgewacht«, sagt er. »Hast du mich nicht gehört?«

»Nein.« Noch immer starrt sie ihn an. Fragt sich, ob er sie auf den Arm nimmt. Aber Harvey neigt nicht zu Witzen. Seine Vorstellung von Humor beschränkt sich auf Anekdoten über seine Zeit bei der Army. Er gibt sie gern beim Abendessen zum Besten, und sie hat jede einzelne schon mindestens hundert Mal gehört.

»Ich habe irgendwelche Wörter geschrien, konnte sie aber nicht richtig aussprechen. Es war wie … ich weiß nicht … ich konnte den Mund nicht richtig bewegen. Es hat sich angehört, als hätte ich einen Schlag gehabt. Und meine Stimme war tiefer. Überhaupt nicht wie meine echte Stimme.« Er hält inne. »Ich habe mich gehört und mich gezwungen, still zu sein. Aber ich habe am ganzen Leib gezittert, und ich musste eine Weile das Licht anmachen. Ich wollte pinkeln, konnte aber nicht. Eigentlich kann ich in letzter Zeit sonst immer pinkeln – ein bisschen wenigstens –, aber heute Morgen um zwei Uhr siebenundvierzig ging gar nichts.« In seinem Sonnenstrahl sitzt er da. Sie sieht tanzende Staubpartikel im Licht, die ihn wie ein Heiligenschein umflirren.

»Was hast du denn geträumt?« Ein seltsames Gefühl beschleicht sie: Zum ersten Mal seit vielleicht fünf Jahren – ja, seit sie damals bis Mitternacht darüber diskutierten, ob sie die Motorola-Aktien behalten oder abstoßen sollten (sie verkauften sie schließlich) – interessiert sie sich für etwas, was er zu sagen hat.

»Ich weiß gar nicht, ob ich darüber reden möchte.« Eine für ihn völlig untypische Scheu liegt in seiner Stimme. Er greift nach der Pfeffermühle und fängt an, sie von Hand zu Hand zu werfen.

»Es heißt, wenn man seine Träume erzählt, werden sie nicht wahr«, sagt sie zu ihm. Noch etwas Merkwürdiges fällt ihr auf: Auf einmal wirkt Harvey auf sie so präsent wie schon seit Jahren nicht mehr. Sogar sein Schatten an der Wand über dem Toaster hat auf einmal etwas viel Plastischeres. Er sieht aus, als wäre er wichtig, sinniert sie. Aber warum nur? Warum kommt mir das Leben auf einmal nicht mehr dünn vor, sondern dicht? Es ist ein Sommermorgen Ende Juni. Wir sind in Connecticut. Bald wird einer von uns die Zeitung holen, und wir werden sie wie Gallien in drei Teile aufteilen.

»Wirklich?« Mit hochgezogenen Augenbrauen überlegt er (sie muss sie ihm wieder mal auszupfen, er wird schon wieder ganz struppig, und er selbst merkt es ja nie), während die Pfeffermühle von Hand zu Hand fliegt. Sie würde ihn gern bitten, damit aufzuhören, weil es sie nervös macht (so wie die schreiende Schwärze seines Schattens an der Wand, wie das Klopfen ihres Herzens, das auf einmal ohne jeden Grund schneller geworden ist), aber sie möchte ihn in seinem verwirrten Samstagmorgenzustand nicht noch zusätzlich aufwühlen. Schließlich stellt er die Pfeffermühle von sich aus weg, und eigentlich müsste sie jetzt aufatmen, aber irgendwie kann sie es nicht, auch die Mühle wirft nämlich einen Schatten – lang wie der einer übergroßen Schachfigur zieht er sich über den Tisch. Sogar die Toastkrümel dort haben Schatten, und sie weiß nicht, weshalb ihr das auf einmal solche Angst einjagt. Sie muss an die Grinsekatze aus *Alice im Wunderland* denken, die »Hier sind alle verrückt« sagt, und plötzlich will sie Harveys blöden Traum überhaupt nicht mehr hören, den Traum, aus dem er schreiend und mit einer Stimme aufgewacht ist, als hätte ihn der Schlag getroffen. Plötzlich möchte sie nicht mehr, dass das Leben anders als dünn ist. Dünn ist in Ordnung, dünn ist gut – man schaue sich nur die Schauspielerinnen in den Kinofilmen an, falls da Zweifel bestehen.

Das muss alles gar nichts heißen, denkt sie fieberhaft. Ja, fieberhaft. Fast wie bei einer Hitzewallung, obwohl sie geschworen hätte, diesen Quatsch schon seit zwei, drei Jahren hinter sich zu haben. Heute ist ein ganz normaler Samstagnachmittag, und das alles muss gar nichts heißen.

Sie öffnet den Mund, um sich zu verbessern. Sie hat sich vertan, in Wirklichkeit heißt es, dass Träume in Erfüllung gehen, wenn man sie erzählt. Aber es ist schon zu spät, er redet bereits, und ihr schießt durch den Kopf, dass das die Strafe dafür ist, dass sie sich über die Dünnheit des Lebens mokiert hat. In Wirklichkeit ist das Leben wie ein Stück von Jethro Tull, »Thick as a Brick«, dick wie ein Backstein. Wie hat sie je etwas anderes glauben können?

»Ich habe geträumt, es ist Morgen und ich gehe runter in die Küche«, sagt er. »Samstagmorgen, genau wie heute, bloß dass du noch nicht auf warst.«

»Am Samstag stehe ich doch immer vor dir auf«, sagt sie.

»Ich weiß, aber es war eben ein Traum«, sagt er geduldig, und sie sieht die weißen Haare an der Innenseite seiner Schenkel und darunter die verkümmerten Muskeln. Früher hat er Tennis gespielt, aber diese Zeiten sind schon längst vorbei. Mit einer für sie völlig uncharakteristischen Boshaftigkeit denkt sie: Du wirst einen Herzinfarkt kriegen, bleicher Mann, ja, daran wirst du krepieren, und vielleicht bringen sie dann sogar einen Nachruf auf dich in der *New York Times;* wenn allerdings am gleichen Tag irgendeine B-Movie-Schauspielerin aus den Fünfzigern oder eine mäßig berühmte Ballerina aus den Vierzigern stirbt, wirst du völlig leer ausgehen.

»Aber es war wie heute«, sagt er. »Ich meine, die Sonne hat geschienen.« Er hebt die Hand und setzt die Staubpartikel um seinen Kopf in Bewegung. Am liebsten würde sie ihn anschreien, er soll damit aufhören, er soll das beschissene Universum nicht so durcheinanderwirbeln.

»Ich hab meinen Schatten auf dem Boden gesehen, und er war noch nie so hell und so dick.« Er unterbricht sich und lächelt schließlich, und sie bemerkt seine aufgesprungenen Lippen. »*Hell* ist ein komisches Wort für einen Schatten, findest du nicht? *Dick* auch.«

»Harvey ...«

»Ich bin zum Fenster«, sagt er, »und hab rausgeschaut, und da hab ich die Delle an der Seite vom Volvo der Friedmans bemerkt – und irgendwie war mir sofort klar, dass Frank wieder mal gesoffen und auf dem Heimweg eine Beule in den Wagen gefahren hat.«

Plötzlich hat sie das Gefühl, gleich in Ohnmacht zu fallen. Auch ihr ist die Delle an Frank Friedmans Volvo aufgefallen, als sie vorhin an der Tür nach der Zeitung gesehen hat (sie war noch nicht da), und sie hat sofort dasselbe vermutet: dass Frank im Gourd gezecht hat und dann auf dem Parkplatz gegen etwas geschrammt ist. Wortwörtlich hatte sie gedacht: Wie wohl der andere Wagen aussieht?

Kann es sein, dass Harvey das auch gesehen hat und dass er sie aus irgendeinem Grund hochnehmen will? Möglich ist es natürlich; das Gästezimmer, in dem er im Sommer schläft, hat ein Fenster zur Straße. Aber Harvey ist nicht der Typ für so was. Harvey Stevens käme nie auf die Idee, andere Leute »hochzunehmen«.

Sie spürt den Schweiß auf der Stirn und am Hals, und ihr Herz schlägt so heftig wie noch nie. Sie hat das deutliche Gefühl, dass da etwas auf sie zurollt, irgendwas Gewaltiges – aber warum ausgerechnet jetzt? Wo doch gerade alles so ruhig ist und man der Zukunft gelassen entgegensehen kann. Wenn ich das heraufbeschworen habe, tut es mir leid, denkt sie ... nein, es ist schon mehr ein Flehen. Ich nehme alles zurück, bitte, ich nehme alles zurück.

»Dann bin ich zum Kühlschrank gegangen«, sagt Harvey nun, »und hab reingeguckt, und da hab ich einen Teller mit russischen Eiern gesehen, der mit Frischhaltefolie abgedeckt war. Ich hab mich richtig gefreut – ich hatte Lust auf ein Mittagessen um sieben Uhr früh!«

Er lacht. Janet – die frühere Jax – senkt den Blick auf den Topf in der Spüle. Auf das eine noch verbliebene hartgekochte Ei darin. Die anderen wurden geschält, sauber in zwei Hälften geteilt, das Eigelb herausgehoben. Sie liegen in einer Schüssel neben dem Geschirrtrockner. Daneben steht das Glas Mayonnaise. Die russischen Eier wollte sie zum Mittagessen mit einem grünen Salat servieren.

»Bitte erspar mir den Rest«, sagt sie, allerdings mit so leiser Stimme, dass selbst sie sie kaum wahrnimmt. Früher war sie mal Laienschauspielerin gewesen, und jetzt kann sie sich nicht einmal quer durch die Küche verständlich machen. Ihre Brustmuskeln fühlen sich schlaff und zittrig an, so wie wohl Harveys Beine, wenn er Tennis spielen würde.

»Ich dachte mir, eins stibitzt du dir jetzt«, sagt Harvey, »aber dann dachte ich mir, nein, lass es lieber, sonst meckert sie dich an. Und dann hat auf einmal das Telefon geläutet. Ich bin drauf zugestürzt, damit du nicht davon aufwachst. Und jetzt kommt das Unheimliche. Soll ich es dir erzählen?«

Nein, denkt sie an ihrem Platz vor der Spüle, ich will das Unheimliche nicht hören. Andererseits will sie wie alle Leute – darin sind wir alle verrückt – das Unheimliche hören. Außerdem hat ihre Mutter wirklich behauptet, dass Träume dann nicht wahr werden, wenn man sie erzählt, das heißt, man soll die Alpträume mitteilen und die schönen Träume für sich behalten, sie wie einen Zahn unterm Kissen verstecken. Sie haben drei Töchter, eine davon wohnt ein Stück weiter in derselben Straße: Jenna, geschieden und lebenslustig, gleicher Name wie eine der Bush-Zwillinge, was Jenna total wütend macht; inzwischen fordert sie die Leute sogar auf, sie Jen zu nennen. Drei Mädchen, also viele Zähne unter vielen Kissen, viele Ängste wegen fremder Männer, die einen mit Süßigkeiten ins Auto locken, was wiederum eine Menge Sicherheitsvorkehrungen nach sich zog. O ja, sie hofft inständig, dass ihre Mutter Recht hatte. Dass das Aussprechen eines bösen Traums so ist, wie wenn man einem Vampir einen Pfahl ins Herz rammt.

»Ich hab abgenommen«, sagt Harvey, »und Trisha war dran.« Trisha ist ihre älteste Tochter, die, die Houdini und Blackstone verehrt hat, bevor sie die Jungs entdeckte. »Am Anfang hat sie nur ein einziges Wort gesagt, nur ›Dad‹, aber ich hab sie sofort erkannt. Du weißt doch, wie das ist, man erkennt sie immer.«

Ja. Sie weiß, dass man sie immer erkennt. Die eigenen Kinder erkennt man immer, zumindest so lange, bis sie erwachsen sind und zu jemand anders gehören.

»Hi, Trish‹, hab ich gesagt, ›warum rufst du denn schon so früh an, Liebes? Deine Mutter ist noch in der Falle.‹ Zuerst keine Antwort. Ich dachte schon, wir sind unterbrochen worden, aber dann habe ich auf einmal dieses Flüstern und Wimmern gehört. Eigentlich gar keine richtigen Worte. Als wollte sie reden, würde aber kaum etwas rausbringen, weil sie keine Kraft hatte oder nicht genug Luft bekam. Und da ist mir auf einmal ganz mulmig geworden.«

Tja, der Schnellste war er ja noch nie. Janet nämlich – damals am Sarah Lawrence College und im Drama-Club noch Jax, die echt was von Zungenküssen verstand, Jax, die Gitanes rauchte und so tat, als würde ihr Tequila schmecken –, Janet nämlich hat schon seit längerem Angst, hatte schon Angst, bevor Harvey die Delle an Frank Friedmans Volvo erwähnte.

123

Sie muss an das Telefongespräch mit Hannah vor knapp einer Woche denken, in dem es schließlich um Alzheimer-Geistergeschichten ging. Hannah in der Stadt, Janet bequem eingekuschelt am Fensterplatz im Wohnzimmer, den Blick auf ihr viertausend Quadratmeter großes Grundstück in Westport gerichtet, auf all die wunderschönen wachsenden Dinge, die sie zum Niesen bringen und ihre Augen anschwellen lassen. Bevor sie auf Alzheimer kamen, redeten sie zuerst über Lucy Friedman und dann über Frank. Und wer von ihnen hat es ausgesprochen? Wer von ihnen hat gesagt: »Wie kann er sich nur ständig so besoffen ans Steuer setzen? Wenn er so weitermacht, fährt er nochmal jemanden tot.«

»Dann hat Trisha was von sich gegeben, was sich wie ›zei‹ oder ›Zeit‹ angehört hat, aber im Traum wusste ich sofort, dass sie einen Teil des Wortes verschluckt hat und dass sie ›Polizei‹ meint. Ich hab sie gefragt, was mit der Polizei ist, was sie mir über die Polizei erzählen will, und dann hab ich mich hingesetzt. Genau dort.« Er deutet auf den Stuhl beim Telefon. »Schweigen am anderen Ende. Schließlich ein paar von diesen halben Wörtern, von diesen geflüsterten halben Wörtern. Das hat mich ganz wütend gemacht, ich dachte, immer noch so melodramatisch wie früher, da hat sich nichts geändert. Aber auf einmal verstand ich ›Nummer‹, klar und deutlich. Und ich wusste – so wie kurz zuvor mit dem Wort ›Polizei‹ –, was sie mir sagen wollte: Die Polizei hat bei ihr angerufen, weil sie unsere Nummer nicht hatte.«

Janet nickt benommen. Vor zwei Jahren haben sie ihren Eintrag aus dem Telefonbuch löschen lassen, weil Harvey ständig von Reportern wegen des Enron-Skandals belästigt wurde. Meistens während des Abendessens. Nicht weil er etwas mit Enron direkt zu tun hatte, sondern weil die großen Energieunternehmen eines seiner Spezialgebiete waren. Vor einigen Jahren saß er sogar in einem Regierungsausschuss, damals, als Clinton noch der Macher und die Welt (ihrer bescheidenen Meinung nach wenigstens) ein wenig besser und sicherer war.

Harvey hat bestimmt viele Seiten, die sie nicht mehr leiden kann, aber in einem Punkt ist sie sich völlig sicher: Er hat mehr Integrität im kleinen Finger als all diese Schleimbeutel von Enron zusammen. Auch wenn sie diese Integrität manchmal langweilig findet, weiß sie sie doch auch zu schätzen.

Aber hat die Polizei nicht die Möglichkeit, eine Geheimnummer rauszufinden? Nun, vielleicht ist es anders, wenn es schnell gehen und jemand dringend informiert werden muss. Außerdem kann man von Träumen keine Logik erwarten, oder? Träume sind Gedichte aus dem Unterbewusstsein.

Weil sie nicht mehr still stehen kann, tritt sie zur Küchentür und blickt hinaus in den strahlenden Junitag, hinaus auf die Sewing Lane, die sozusagen ihre und Harveys Miniausgabe des amerikanischen Traums darstellt. Wie ruhig alles daliegt, während auf dem Gras noch eine Milliarde Tautropfen funkeln! Unaufhörlich hämmert das Herz in ihrer Brust, und der Schweiß läuft ihr übers Gesicht, und sie möchte ihn zum Schweigen bringen, möchte, dass er aufhört, diesen schrecklichen Traum zu schildern. Sie muss ihn daran erinnern, dass Jenna ein Stück weiter die Straße runter wohnt – das heißt, Jen. Jen, die in der Videothek im Dorf arbeitet und sich viel zu oft am Wochenende mit Leuten wie Frank Friedman im Gourd betrinkt, Frank, der so alt ist, dass er ihr Vater sein könnte. Was zweifellos einer der Gründe ist, warum Jen ihn anziehend findet.

»Immer nur diese geflüsterten kurzen Halbwörter«, sagt Harvey nun, »sie konnte einfach nicht laut und deutlich sprechen. Dann habe ich das Wort *tot* gehört und wusste sofort, dass eins von den Mädchen gestorben ist. Trisha natürlich nicht, die war ja am Telefon, aber entweder Jenna oder Stephanie. Und ich hatte eine Scheißangst. Ich hab mir sogar überlegt, welche mir lieber wäre – tot, meine ich. Wie bei *Sophies Entscheidung*. Ich hab sie angeschrien: ›Sag mir, wer von den beiden! Wer von den beiden! Um Himmels willen, wer von den beiden, Trish!‹ Aber da ist schon die Realität eingesickert … wenn wir mal davon ausgehen, dass es so was überhaupt gibt …«

Harvey lacht leise auf, und im hellen Morgenlicht sieht Janet mitten in der Delle an Frank Friedmans Volvo einen roten Fleck, und mitten in diesem Fleck klebt noch etwas Dunkles, vielleicht Schmutz oder sogar Haare. Sie stellt sich vor, wie Frank um zwei Uhr morgens seinen Wagen schräg über den Bordstein geparkt hat, zu betrunken, um sich in die Auffahrt zu wagen, von der Garage ganz zu schweigen – eng ist die Pforte und schmal der Weg, und so weiter. Sie stellt sich vor, wie er schwer durch die Nase schnaufend mit gesenktem Kopf zum Haus gewankt ist. Viva ze bool.

»Inzwischen war mir klar, dass ich im Bett liege, aber da war diese tiefe Stimme, die überhaupt nicht wie meine geklungen hat, mehr wie die von einem Fremden, und diese Stimme hat irgendwie die Umrisse von den Wörtern nicht hingekriegt. ›Ea-o-en-eien, ea-o-en-eien‹ – ja, so hat es sich angehört. ›Ea-o-en-eien, Ish!‹«

Wer von den beiden. Wer von den beiden, Trish.

Nachdenklich verstummt Harvey. Um seinen Kopf herum tänzeln die Sonnenstäubchen. Die Sonne macht sein T-Shirt so blendend weiß, dass es in den Augen sticht; ein T-Shirt wie aus der Waschmittelwerbung.

»Ich lag da und hab drauf gewartet, dass du reinstürmst, um nachzuschauen, was los ist«, sagt er schließlich. »Überall hatte ich Gänsehaut, ich hab gezittert und mir immer wieder gesagt, dass es nur ein Traum war, so wie man das eben macht, aber gleichzeitig war ich verblüfft, wie realistisch das alles war. Wie überwältigend, auf schreckliche Weise.«

Wieder unterbricht er sich und überlegt, was als Nächstes passiert ist, ohne zu bemerken, dass ihm seine Frau gar nicht mehr zuhört. Die frühere Jax konzentriert sich mit all ihrer nicht geringen Intelligenz darauf, sich einzureden, dass sie dort am Wagen kein Blut sieht, sondern nur die Grundierung, die durch die abgeschabte Farbe blinkt. »Grundierung« ist ein Begriff, den ihr Unbewusstes nur allzu bereitwillig ausspuckt.

»Ist es nicht erstaunlich, wie tief die Vorstellungskraft reicht?«, sagt er schließlich. »So wie mit diesem Traum muss es bei Dichtern sein – bei den ganz großen –, wenn sie ihr Gedicht vor sich sehen. Jede Einzelheit leuchtend hell und gestochen scharf.«

Er schweigt, und die Küche gehört der Sonne und den tänzelnden Stäubchen; die Welt draußen ist in Wartestellung. Janet späht hinüber zu dem Volvo auf der anderen Straßenseite. Dick wie ein Backstein scheint er in ihren Augen zu pulsieren. Als das Telefon läutet, möchte sie schreien, aber sie bekommt keine Luft, sie möchte sich die Ohren zuhalten, aber sie kann die Hände nicht heben. Sie hört, wie Harvey aufsteht und hinüber zum Apparat geht, als es ein zweites und dann noch ein drittes Mal klingelt.

Da hat sich jemand verwählt, denkt sie. Es muss so sein, denn wenn man seine Träume erzählt, werden sie nicht wahr.

Sie hört Harveys Stimme. »Hallo?«

AUS DEM AMERIKANISCHEN VON FRIEDRICH MADER

DER RASTPLATZ

Irgendwo zwischen Jacksonville und Sarasota musste er wohl eine literarische Version der alten »Clark Kent in der Telefonzelle«-Nummer abgezogen haben, auch wenn er sich nicht mehr erinnern konnte, wo und wie. Also war es vermutlich gar nicht so dramatisch. War es denn überhaupt von Bedeutung?

Manchmal redete er sich ein, dass die Antwort auf diese Frage *Nein* lautete – die ganze Rick Hardin/John Dykstra-Geschichte war nichts weiter als ein künstliches Konstrukt, reine PR. Ebenso wie Archibald Bloggert (oder wie auch immer er in Wirklichkeit geheißen haben mag) auch als Cary Grant aufgetreten war und Evan Hunter (der mit dem Namen Salvatore irgendwas geboren wurde) als Ed McBain geschrieben hat. Und diese Jungs hatten ihm schließlich Pate gestanden … zusammen mit Donald E. Westlake, der als Richard Stark *hard-boiled* Gaunerkomödien verfasste; und K. C. Constantine, der eigentlich … Nun ja, wie der richtig hieß, wusste eigentlich niemand, oder? Ähnlich war es auch mit dem rätselhaften Herrn B. Traven, dem Autor von *Der Schatz der Sierra Madre*. Keiner wusste es, und das machte es umso spannender.

Namen, Namen, was sind schon Namen?

Wer beispielsweise war er, wenn er alle zwei Wochen nach Sarasota zurückfuhr? Wenn er das Pot o' Gold in Jax verließ, war er Hardin, ganz klar, ohne jeden Zweifel. Und Dykstra, wenn er sein am Kanal gelegenes Haus an der Macintosh Road aufschloss, ganz sicher. Aber wer war er, wenn er im Schein der grellen Straßenbeleuchtung auf der Route 75 von einer Stadt zur nächsten dahinschoss? Hardin? Dykstra? Überhaupt niemand? Gab es vielleicht einen magischen Augenblick, an dem sich der literarische Werwolf, der die fette Kohle verdiente, in den harmlosen Englischprofessor zurückverwandelte, der sich auf Lyriker und Romanciers des 20. Jahrhunderts spezialisiert hatte? Und spielte das überhaupt eine Rolle, solange er mit Gott, dem Finanzamt und den paar Footballspielern im Reinen war, die gelegentlich einen seiner beiden Einführungskurse belegten?

Südlich von Ocala war ihm das schließlich alles mehr als gleichgültig. Weniger gleichgültig dagegen war ihm, dass er schiffen musste wie ein Rennpferd, ganz egal, wer er gerade sein mochte. Im Pot o' Gold hatte er sein übliches Limit (drei Bier) um zwei Gläser überschritten. Den Tempomaten des Jaguars hatte er auf 65 Meilen eingestellt, weil er keine Lust hatte, heute Abend noch irgendein rotierendes Warnlicht im Rückspiegel zu sehen. Für den Jaguar hatte er zwar mit Büchern bezahlt, die er unter dem Namen Hardin geschrieben hatte, aber die meiste Zeit seines Lebens war er John Andrew Dykstra, und auf diesen Namen würde sich auch die Taschenlampe richten, wenn er um seinen Führerschein gebeten wurde. Zwar mochte *Hardin* im Pot o' Gold das viele Bier getrunken haben, aber wenn ihn in Florida ein Autobahnbulle in das gefürchtete Röhrchen blasen ließ, dann waren es Dykstras berauschte Moleküle, die dabei einem Test unterzogen wurden. Und an einem Donnerstagabend im Juni war er leichte Beute, ganz gleich, wer er gerade war, denn die Zugvögel waren nach Michigan zurückgekehrt, und er hatte die Interstate 75 mehr oder minder für sich. Allerdings gab es ein Problem mit dem Bier, das jedem Erstsemester geläufig war: Man konnte es nicht kaufen, sondern nur mieten. Zum Glück gab es sechs oder sieben Meilen südlich von Ocala einen Rastplatz, und dort würde er sich Erleichterung verschaffen.

Aber bis dahin — wer war er?

Keine Frage, nach Sarasota war er vor sechzehn Jahren als John Dykstra gekommen, und unter diesem Namen unterrichtete er seit 1990 englische Literatur an dem dortigen Ableger der Florida State University. 1994 hatte er dann den Entschluss gefasst, den Sommer über eine Auszeit zu nehmen, um sich an einem Thriller zu versuchen. Es war nicht seine Idee gewesen. Er hatte einen Agenten in New York, keinen der ganz großen, aber ein einigermaßen redlicher Kerl, der einige Erfolge vorzuweisen hatte. Ihm war es gelungen, vier Kurzgeschichten seines neuen Klienten (unter dem Namen Dykstra) für jeweils ein paar Hundert Dollar an verschiedene Literaturzeitschriften zu verkaufen. Der Agent hieß Jack Golden, und obwohl er die Erzählungen über den grünen Klee lobte, tat er die Schecks, die sie einbrachten, als »Taschengeld« ab. Schließlich hatte er Dykstra darauf aufmerksam gemacht, dass sich alle Geschichten, die er veröffentlicht hatte, durch »einen großen narrativen Bogen« auszeichneten (womit er eigentlich nur sagen wollte, dass sie über eine Handlung verfügten, wenn Johnny ihn da richtig verstanden hatte). Jack gab zu bedenken, dass sein neuer Klient zwischen 40 000 und 50 000 Dollar pro Buch verdienen könnte, wenn er Spannungsromane schrieb, die ungefähr vierhundert Seiten lang waren.

»Das könnten Sie in einem Sommer schaffen, wenn Ihnen etwas Gutes einfällt und Sie dranbleiben«, schrieb er Dykstra in einem Brief. (Noch waren sie nicht dazu übergangen, sich telefonisch oder per Fax zu verständigen.) »Und es wäre das Doppelte von dem, was Sie verdienen, wenn Sie da unten an der Mangroven-Uni im Juli und August unterrichten. Wenn Sie es versuchen wollen, mein Freund, dann ist jetzt der richtige Zeitpunkt dafür – bevor Sie sich eine Frau zulegen und zwei Komma fünf Kinder.«

Eine potenzielle Ehefrau war nirgendwo in Sicht gewesen (woran sich seither nichts geändert hatte), aber Dykstra hatte sich Jacks Vorschlag zu Herzen genommen. Es wurde nicht einfacher, sein Glück zu versuchen, wenn man älter wurde. Im Laufe der Zeit übernahm man für viele Dinge Verantwortung, nicht nur für Frau und Kinder. Wer konnte beispielsweise schon den Verlockungen der Kreditkarte widerstehen? Kreditkarten klebten einem wie Kletten an den Beinen und sorgten dafür, dass man immer langsamer vorwärtskam. Kreditkarten zwangen einen, sich der Normalität anzupassen, auf Nummer sicher zu gehen.

Der Vertrag für das Sommersemester war im Januar 1994 in seinem Briefkasten gelandet. Er hatte ihn ohne Unterschrift zurückgeschickt, zusammen mit einer kurzen Notiz: *Ich möchte mich diesen Sommer einmal an einem Roman versuchen.*

Eddie Wassermans Antwort war freundlich, aber bestimmt gewesen: *Von mir aus gern, John, aber ich kann Dir nicht versprechen, dass Du die Stelle nächsten Sommer wieder bekommst. Ich werde sie erst Deinem Ersatzmann anbieten müssen.*

Dykstra hatte einen Moment nachgedacht, aber nur kurz. In der Zwischenzeit war ihm eine Idee gekommen. Noch besser, er hatte einen Protagonisten: Der »Hund«, literarischer Vater des Jaguars und des Hauses an der Macintosh Road, wartete darauf, geboren zu werden, und Gott segne sein mörderisches Herz.

Vor ihm tauchte im Scheinwerferlicht ein blaues Schild mit einem weißen Pfeil auf, und die Fahrtrasse machte einen Bogen nach links. Die Natriumdampf-Hochdrucklampen tauchten den Asphalt in ein so grelles Licht, dass die Ausfahrt wie ein Bühnenbild aussah. Er setzte den Blinker, bremste auf vierzig ab und fuhr von der Autobahn herunter.

Nach einem kurzen Stück teilte sich die Straße: Lastwagen und Wohnmobile nach rechts, Jaguars geradeaus. Bis zum Rastplatzgebäude waren es noch fünfzig Meter – ein flaches Ding aus beigefarbenem Schlackenstein, das in dem grellen Licht ebenfalls wie ein Bühnenbild wirkte. Was wäre es in einem Film? Die Kommandozentrale eines Raketensilos vielleicht? Klar, warum nicht. Ein Raketensilo weit draußen in der Pampa, und der befehlshabende Offizier leidet unter einer Geisteskrankheit, was er sorgfältig zu verbergen weiß, obwohl sie immer schlimmer wird. Er sieht überall Russen, sie kommen aus allen Löchern gekrochen … oder vielleicht besser Al-Qaida-Terroristen, das war eindeutig zeitgemäßer. Als potenzielle Bösewichte waren die Russen etwas aus der Mode gekommen, außer sie handelten mit Drogen oder schickten kleine Mädchen auf den Strich. Eigentlich war es egal, wer hier der Bösewicht war, schließlich war es nur ein Gedankenspiel, aber dem Typen juckt es trotzdem im Finger, auf den roten Knopf zu drücken, und …

Und Dykstra musste ganz dringend pinkeln, also leg deine Fantasie mal kurzzeitig auf Eis, alter Junge, und vielen Dank auch. Außerdem hatte der Hund in einer solchen Geschichte nichts verloren. Der Hund war eher ein Großstadtkrieger, wie er es im Pot o' Gold vor gar nicht so langer Zeit formuliert hatte. (Nett ausgedrückt, wirklich.) Trotzdem, das mit dem verrückten Offizier im Raketensilo war keine schlechte Idee, oder? Ein gut aussehender Kerl … seine Leute lieben ihn … man merkt ihm rein gar nichts an …

Auf dem weitläufigen Parkplatz stand zu dieser Stunde nur noch ein anderer Wagen, einer dieser PT Cruiser, über die er jedes Mal den Kopf schütteln musste – sie sahen aus wie die Gangsterlimousinen aus den dreißiger Jahren, nur eben in Spielzeuggröße.

Er parkte vier oder fünf Standplätze weit weg, stellte den Motor ab und hielt einen Moment inne, um den Blick über den menschenleeren Parkplatz schweifen zu lassen. Er hielt nicht zum ersten Mal auf diesem speziellen Rastplatz, und einmal hatte er ebenso entsetzt wie belustigt zugeschaut, wie ein Alligator über den verlassenen Asphalt getapst und in den Zuckerkiefern jenseits des Rastplatzes verschwunden war; er hatte wie ein älterer, übergewichtiger Geschäftsmann ausgesehen, der zu einem Termin unterwegs war. Heute war nirgendwo eine Echse zu entdecken, also stieg er aus, hielt seinen Funkschlüssel über die Schulter und drückte auf den Knopf. Heute war er mit Mr. PT Cruiser allein. Der Jaguar zwitscherte gehorsam, und für einen Augenblick sah er seinen Schatten im Aufblitzen der Scheinwerfer ... nur wessen Schatten war das? Dykstras oder Hardins?

Johnny Dykstras, entschied er für sich. Hardin war fort, er hatte ihn vor dreißig oder vierzig Meilen zurückgelassen. Aber immerhin war dieser heute an der Reihe gewesen, vor den anderen »Florida Thieves« nach dem Abendessen einen kurzen (und weitgehend humorvollen) Vortrag zu halten, und er fand, dass Mr. Hardin sich gut geschlagen hatte. Am Schluss hatte er damit gedroht, er würde jedem den Hund auf den Hals hetzen, der dieses Jahr nicht großzügig spendete. Sie sammelten für die »Sunshine Readers«, eine gemeinnützige Organisation, die blinde Schüler und Studenten mit Primär- und Sekundärtexten auf Hörkassette versorgte.

Er schlenderte über den Parkplatz zu dem flachen Gebäude hinüber, und die Absätze seiner Cowboystiefel klackten laut. John Dykstra hätte auf einer öffentlichen Veranstaltung niemals ausgeblichene Jeans und Cowboystiefel getragen, vor allem nicht, wenn er einen Vortrag halten musste, aber Hardin war da ganz anders drauf. Im Unterschied zu Dykstra (der recht pingelig sein konnte) war es ihm egal, was andere von seinem Äußeren hielten.

Das Gebäude war in drei Teile gegliedert: rechts die Damentoilette, links die Herrentoilette, und in der Mitte eine überdachte Terrasse, wo Broschüren über verschiedene Sehenswürdigkeiten Floridas auslagen. Außerdem standen dort ein Süßwarenautomat, zwei Getränkeautomaten und ein Münzautomat, in den man haufenweise Vierteldollarstücke werfen musste, wenn man eine Straßenkarte benötigte. Im kurzen, dunklen Eingangsbereich waren die Betonwände mit Plakaten übersät, auf denen nach vermissten Kindern gesucht wurde, was Dykstra immer einen Schauer den Rücken hinunterjagte. Wie viele der Kinder auf diesen Fotos waren schon in der feuchten, sandigen Erde der Everglades verbuddelt oder von Alligatoren verspeist worden? Wie viele von ihnen wuchsen in dem Glauben auf, dass die Landstreicher, die sie aus dem Kinderwagen gerissen hatten (und von denen sie von Zeit zu Zeit missbraucht oder gegen Geld an andere Kinderschänder verliehen wurden), ihre Mütter und Väter waren? Dykstra gefiel es überhaupt nicht, wie sie ihn aus offenen, unschuldigen Augen ansahen. Schon gar nicht wollte er über die Verzweiflung nachdenken, die sich hinter den absurd hohen Belohnungen verbarg – 10 000 Dollar, 20 000, 50 000, in einem Fall sogar 100 000 (für ein lächelndes Mädchen mit flachsblondem Haar aus Fort Myers, das 1980 verschwunden war, inzwischen eine junge Frau, wenn sie denn noch lebte ... was äußerst unwahrscheinlich war). Auf einem Schild stand, dass es verboten sei, die Mülleimer zu durchwühlen, auf einem anderen, dass man sich auf dem Rastplatz nicht länger als eine Stunde aufhalten dürfe – DIESE ANLAGE STEHT UNTER POLIZEIAUFSICHT.

Wer wollte sich hier schon länger aufhalten?, dachte Dykstra und lauschte dem Nachtwind, der durch die Palmen rauschte. Ein Verrückter, sonst niemand. Jemand, für den ein roter Knopf im Laufe der Monate und Jahre immer einladender aussah, während morgens um eins draußen die Sattelschlepper vorbeidonnerten.

Er wandte sich der Herrentoilette zu, blieb jedoch wie angewurzelt stehen, als er hinter sich eine Frauenstimme hörte, vom Echo leicht verzerrt, aber erschreckend nahe.

»Nein, Lee«, sagte sie. »Bitte, Schatz, nicht.«

Es folgten ein Klatschen und gleich darauf ein dumpfer, fleischiger Schlag. Dykstra begriff sofort, dass er Zeuge einer Misshandlung wurde – nichts wirklich Außergewöhnliches. Er konnte direkt sehen, wie sich auf der Wange der Frau eine rote Hand abzeichnete, wie ihr Kopf, kaum von ihrem Haar (war es blond? dunkel?) geschützt, von der Wand abprallte. Sie fing an zu weinen. Das Licht von draußen war so hell, dass Dykstra sehen konnte, wie er auf den Armen eine Gänsehaut bekam. Er biss sich auf die Unterlippe.

»Mieses Flüttchen.«

Lees Stimme klang monoton, bedeutungsvoll. Schwer zu sagen, woher Dykstra sofort wusste, dass der Mann betrunken war, denn jedes Wort war deutlich ausgesprochen worden. Aber er wusste es einfach, er hatte dergleichen nämlich schon öfter gehört – in Baseballstadien, auf dem Rummelplatz, manchmal in einem Motel durch die dünne Wand hindurch (oder durch die Decke), spätnachts, nachdem der Mond bereits untergegangen war und die Bars geschlossen hatten. Die weibliche Hälfte der Unterhaltung – konnte man das überhaupt eine Unterhaltung nennen? – mochte in manchen Fällen ebenfalls betrunken sein, aber meist klang sie schlichtweg verängstigt.

Dykstra stand noch immer in dem kleinen Eingangsbereich, vor sich die Herrentoilette, im Rücken die Damentoilette mit dem Paar. Obwohl die Bilder der vermissten Kinder hell erleuchtet waren, stand er selbst im Dunkeln. Die Poster raschelten wie Palmwedel leise im nächtlichen Wind. Er wartete einen Moment, in der Hoffnung, dass es nicht weitergehen würde. Aber natürlich ging es weiter. Die Worte irgendeines Country-Sängers kamen ihm in den Sinn, völlig unsinnig, aber bedeutungsschwer: »Bis ich herausfand, dass ich nichts taugte, war ich schon zu reich, um aufzuhören.«

Ein weiteres fleischiges Klatschen, und die Frau schrie abermals auf. Kurzes Schweigen, dann die Stimme des Mannes, der offenbar nicht nur betrunken, sondern auch ungebildet war; seine Aussprache verriet ihn – wie er *Flüttchen* statt *Flittchen* sagte. Dykstra wusste gleich alles Mögliche über ihn: dass er im Englischunterricht auf der Highschool immer ganz hinten gesessen hatte, dass er die Milch direkt aus der Tüte getrunken hatte, wenn er nach der Schule nach Hause gekommen war, dass er in der zehnten oder elften Klasse von der Schule abgegangen war, dass er sein Geld mit Jobs verdiente, bei denen er Arbeitshandschuhe trug und immer ein Cuttermesser in der Gesäßtasche stecken hatte. Eigentlich sollte man nicht derart verallgemeinern – das war so, als behauptete man, alle Afroamerikaner hätten Rhythmus im Blut und alle Italiener würden in der Oper weinen –, aber hier, im Dunkeln, nachts um elf, von Bildern vermisster Kinder umgeben, die aus irgendeinem Grund immer auf rosafarbenem Papier gedruckt waren, als wäre das die Farbe der Vermissten, hier wusste man, dass es stimmte.

»Mieses kleines Flüttchen.«

Er hat Sommersprossen, dachte Dykstra. *Und er bekommt leicht einen Sonnenbrand. Dann sieht er aus, als wäre er dauernd wütend, und für gewöhnlich ist er das auch. Wenn er gut bei Kasse ist, trinkt er Kahlúa, aber meistens trinkt er B...*

»Lee, nicht.« Wieder die Stimme der Frau. Jetzt heulte sie hemmungslos und flehte ihn an, und Dykstra dachte: *Tun Sie das nicht, Lady. Wissen Sie nicht, dass das alles nur noch schlimmer macht? Wissen Sie nicht, dass er den Rotz sieht, der Ihnen aus der Nase läuft, und dass ihn das nur noch wütender macht?* »Bitte, schlag mich nicht, es tut mir ...«

Klatsch!

Wieder gefolgt von einem dumpfen Geräusch und einem spitzen Schmerzensschrei, fast wie das Jaulen eines Hundes. Mr. PT Cruiser hatte ihr wieder eine gesemmelt, so fest, dass ihr Kopf gegen die gefliste Wand geknallt war. Wie lautete doch der alte Witz? Warum kommt es in den Vereinigten Staaten jährlich zu dreihunderttausend Fällen von Gewalt in der Ehe? *Weil die verfluchten Weiber ... einfach nicht ... hören wollen!*

»Mieses Flüttchen.« Lee sagte es so tonlos, als würde er aus der Bibel zitieren, direkt aus dem zweiten Buch Saufus, und was an dieser Stimme wirklich schaurig war – Dykstra spürte, wie sich ihm die Nackenhaare aufstellten –, war ihre völlige Gefühllosigkeit. Zorn wäre besser gewesen. Und vor allem weniger gefährlich für die Frau. Zorn war wie leicht entzündbares Gas – ein Funke, und er brannte lichterloh, erlosch aber sofort wieder. Aber dieser Kerl spielte mit vollem Einsatz. Er würde sie nicht noch einmal schlagen, um sich dann zu entschuldigen und dabei vielleicht sogar zu heulen. Gut möglich, dass er das früher hin und wieder getan hat, aber nicht heute

Nacht. Heute Nacht würde er aufs Ganze gehen. Gegrüßet seist du, Maria, voll der Gnade, um dieses Weib ist es nicht schade.

Was soll ich jetzt tun? Was für eine Rolle spiele ich bei alledem? Wenn überhaupt …

Ganz bestimmt würde er nicht in der Herrentoilette verschwinden und in aller Gemütsruhe pinkeln, wie er es ursprünglich vorgehabt und ersehnt hatte. Seine Eier waren auf die Größe von Zwetschgenkernen zusammengeschrumpelt, und der Druck, der auf seiner Blase lastete, hatte sich auf Rücken und Beine ausgebreitet. Das Herz hämmerte ihm in der Brust, und wenn der Typ das nächste Mal zuschlug, würde es wohl zu rasen anfangen wie bei einem Hundertmeterlauf. Es würde eine Stunde vergehen, bis er wieder pinkeln konnte, ganz gleich, wie dringend er musste, und dann auch nur stoßweise, in kleinen, unbefriedigenden Spritzern. Himmel, wenn diese Stunde nur schon vorbei wäre! Wenn er diesen Ort nur schon sechzig oder siebzig Meilen hinter sich gelassen hätte!

Was soll ich tun, wenn er sie noch einmal schlägt?

Dabei fiel ihm eine andere Frage ein: Was würde er tun, wenn die Frau die Beine in die Hand nahm und Mr. PT Cruiser ihr hinterherrannte? Die Damentoilette hatte nur einen Ausgang, und John Dykstra stand direkt davor – in den Cowboystiefeln, die Rick Hardin in Jacksonville angehabt hatte, wo sich alle zwei Wochen eine Gruppe von Krimiautoren traf – größtenteils vollschlanke Frauen in pastellfarbenen Hosenanzügen –, um über Schreibtechniken, Agenten und Verträge zu diskutieren und über Kollegen zu tratschen.

»Lee-Lee, bitte tu mir nicht mehr weh, ja? Bitte tu mir nicht weh. Denk doch an das Baby!«

Lee-Lee. Jesus, Maria und Josef.

Ach, und auch das noch: *Das Baby! Denk doch an das Baby!* Bei welchem beschissenen Hausfrauensender war er denn hier gelandet?

Dykstra hatte das Gefühl, sein rasendes Herz sei ihm ein paar Zentimeter nach unten gerutscht und er stünde schon mindestens zwanzig Minuten lang in dieser kleinen Betonnische zwischen der Herren- und der Damentoilette. Als er auf die Armbanduhr schaute, stellte er allerdings fest, dass seit dem ersten Schlag noch nicht einmal vierzig Sekunden vergangen waren. Was ihn nicht weiter verwunderte. Jede Wahrnehmung von Zeit war subjektiv, und wenn man plötzlich unter Druck stand, rasten die Gedanken mit geradezu unheimlichem Tempo. Über dieses Phänomen hatte er des Öfteren geschrieben. Wie wahrscheinlich die meisten Autoren von sogenannten Spannungsromanen. Es war fast schon das gottverdammte Hauptthema. Vielleicht sollte er, wenn er das nächste Mal bei den Florida Thieves mit einem Vortrag an der Reihe war, darüber sprechen und von diesem Vorfall erzählen. Wie er noch die Zeit gehabt hatte, sich das *Zweite Buch Saufus* auszudenken. Andererseits könnte das für ihr zwangloses Beisammensein alle zwei Wochen auch ein etwas harter Stoff sein, etwas zu …

Dykstra wurde aus seinen Gedanken gerissen – in der Damentoilette hagelte es plötzlich Schläge. Lee-Lee war endgültig ausgerastet. Als Dykstra das hörte, verspürte er die Verzweiflung eines Mannes, dem endgültig klargeworden war, dass er dieses Ereignis sein Leben lang nicht vergessen würde – dass das kein Geräuschmacher war, wie er in Filmen benutzt wurde, sondern Fäuste, die erstaunlich leise, ja fast sanft zuschlugen, wie auf ein Federkissen. Die Frau schrie, erst überrascht, dann vor Schmerzen. Schließlich waren von ihr nur noch stoßweise leise ängstliche Schmerzenslaute zu hören. Dykstra stand draußen in der Dunkelheit und musste an all die Fernsehspots der Polizei denken, in denen erklärt wurde, wie häusliche Gewalt verhindert werden konnte. Sie hatten vergessen zu erwähnen, wie man mit einem Ohr das Rauschen des Windes in den Palmen (und, nicht zu vergessen, das Rascheln der Poster mit den vermissten Kindern) hören konnte und mit dem anderen das leise Ächzen, das die Frau vor Schmerzen und Angst ausstieß.

Er hörte, wie Sohlen über Fliesen schlurften – Lee (Lee-Lee, wie die Frau ihn genannt hatte, als könnte ein Kosename seinen Zorn dämpfen) war nicht mehr zu bremsen. Wie Rick Hardin trug auch Lee Stiefel. Die Lee-Lees dieser Welt trugen keine Halbschuhe oder Sandalen. Die Lee-Lees dieser Welt trugen Arbeitsstiefel mit Stahlkappen. Oder Bikerstiefel. Die Frau dagegen hatte Turnschuhe an. Weiße, knöchelfreie Turnschuhe, davon war Dykstra überzeugt.

»Du Schlampe, du verfluchte Schlampe, ich hab doch gehört, wie du mit ihm geredet hast! Bestimmt hast du ihm deine Titten unter die Nase gehalten, du mieses Flüttchen ...«

»Nein, Lee-Lee, ich hab doch nie ...«

Das Geräusch eines weiteren Schlags, und dann ein kehliges Husten, bei dem nicht zu erkennen war, ob es von einem Mann oder einer Frau stammte. Ein Würgen. Wer auch immer die Toiletten saubermachte, würde morgen zusehen müssen, wie er das Erbrochene vom Boden und von den gefliesten Wänden bekam. Lee und seine Frau – oder seine Freundin – wären dann natürlich längst verschwunden, und für die Reinigungskraft wäre es eine Schweinerei wie jede andere, er oder sie würde sich nicht weiter dafür interessieren, was da passiert war. Und was sollte Dykstra tun? Himmel, hatte er den Mut, da reinzugehen? Wenn nicht, hörte Lee vielleicht irgendwann auf, wenn sich allerdings ein Fremder einmischte ...

Bringt er uns vielleicht beide um.

Aber ...

Das Baby! Denk doch an das Baby!

Dykstra ballte die Hände zu Fäusten und dachte: *Beschissener Hausfrauensender!*

Die Frau würgte noch immer.

»Ellen, hör auf!«

»*Ich kann nicht!*«

»Nicht? Also, schön. Dann muss ich wohl nachhelfen. Mieses ... *Flüttchen!*«

Ein weiteres Klatschen verlieh dem »Flüttchen« Nachdruck. Dykstra rutschte das Herz noch ein Stück weiter in Richtung Hosen. Das hätte er nicht für möglich gehalten. Bald würde es in seinem Bauch schlagen. Wenn er sich nur in den Hund verwandeln könnte! In einer Geschichte bekäme er das hin – hatte er sich nicht sogar Gedanken über seine Identität gemacht, bevor er den gravierenden Fehler begangen hatte, in diesen Rastplatz einzubiegen? In den Leitfäden für angehende Schriftsteller nannte man das eine »Vorahnung«.

Jawohl, er würde sich in seinen Berufskiller verwandeln, in die Damentoilette stolzieren, Lee krankenhausreif prügeln und dann in Ruhe weiterfahren. Wie Shane in diesem alten Streifen mit Alan Ladd.

Die Frau würgte schon wieder, und es klang wie eine Maschine, die Kieselsteine zu Sand zerrieb. Da begriff Dykstra, dass er sich nicht in den Hund verwandeln würde. Der Hund war nur eine Erfindung. Das hier war die Wirklichkeit, und die war mindestens so ekelerregend wie die Zunge eines Besoffenen.

»Noch einmal, und du hast dir alles selbst zuzuschreiben«, sagte Lee heiser, und es klang, als wäre es sein tödlicher Ernst. Gleich würde er ihr den Rest geben. Dykstra war sich da völlig sicher.

Ich werde vor Gericht aussagen. Und wenn sie mich fragen, was ich getan habe, um ihn aufzuhalten, werde ich sagen, dass ich nichts getan habe. Dass ich gelauscht habe. Dass ich mir alles eingeprägt habe. Um alles bezeugen zu können. Und dann werde ich erklären, dass Schriftsteller so etwas immer tun, wenn sie nicht gerade schreiben.

Dykstras Handy steckte im Ladegerät im Auto. Er dachte daran, – leise! – zu seinem Jaguar zurückzulaufen und die Polizei anzurufen. Er musste nur *99 wählen. Das prangte auf den Schildern, die alle paar Meilen am Rand der Autobahn standen: BEI EINEM UNFALL BITTE *99 ANRUFEN. Aber natürlich war nie ein Bulle in der Nähe, wenn man einen brauchte. Der nächste Streifenwagen wäre irgendwo in Bradenton oder vielleicht in Ybor City unterwegs, und bis der Polizist hier war, hatte diese kleine Rodeo-Show längst ihr blutiges Ende gefunden.

Aus der Damentoilette drang jetzt ein gedämpftes Hicksen und immer wieder ein leises Würgen. Eine der Kabinentüren knallte. Die Frau wusste ebenso gut wie Dykstra, dass Lee es ernst meinte. Es würde genügen, dass sie sich noch einmal übergab, und er würde wieder ausrasten. Dieses Mal würde er die Sache zu Ende bringen. Und wenn sie ihn fassten? Sein Anwalt würde auf Totschlag plädieren. Er habe nicht mit Vorsatz gehandelt. In fünfzehn Monaten wäre er vielleicht wieder draußen, um mit Ellens jüngerer Schwester auszugehen.

Geh zu deinem Auto zurück, John. Geh zu deinem Auto zurück, setz dich hinter das Steuer und verschwinde von hier. Das Beste ist, du redest dir ein, dass das alles nicht passiert ist. Und achte darauf, dass du in den nächsten Tagen keine Zeitung liest oder Nachrichten schaust. Mach schon. Jetzt, sofort. Du bist Schriftsteller, kein Raufbold. Du bist eins fünfundsiebzig groß, wiegst achtzig Kilo, hast eine kaputte Schulter, und wahrscheinlich machst du sowieso alles nur noch schlimmer. Also steig in dein Auto, und schick ein Stoßgebet gen Himmel – vielleicht gibt es ja einen Gott, der auf Frauen wie Ellen achtgibt.

Er wollte sich schon umdrehen, da kam ihm eine Idee.

Der Hund war nicht real. Rick Hardin dagegen schon.

Ellen Whitlow aus Nokomis war in eine der Toilettenkabinen gestolpert und mit gespreizten Beinen auf der Kloschüssel gelandet. Der Rock war ihr hochgerutscht, na klar, schließlich war sie ein Flüttchen, und Lee setzte ihr nach, um sie an den Ohren zu packen, damit er ihren Kopf gegen die Fliesen knallen konnte. Ihm reichte es. Er würde ihr eine Lektion erteilen, die sie so schnell nicht vergaß.

Allerdings war er nicht mehr in der Lage, einen zusammenhängenden Gedanken zu fassen. Vor seinem geistigen Auge sah er nur noch rot. In seinem Kopf waberte ein Singsang – eine

Stimme, die wie Steven Tyler von Aerosmith klang: *Ain't my baby anyway, ain't mine, ain't mine, you ain't pinning it on me, you fuckin' hoor.*

Das Kind ist nicht von mir, nicht von mir, nicht von mir, das hängst du mir nicht an, du mieses Flüttchen.

Er ging drei Schritte, und in dem Moment fing irgendwo ganz in der Nähe eine Autohupe an zu blöken und brachte ihn aus dem Rhythmus, er konnte sich nicht mehr konzentrieren, plötzlich wusste er wieder, wo er war, und sah sich suchend um: *Mööp! Mööp! Mööp! Mööp!*

Die Alarmanlage, dachte er, und sein Blick glitt vom Eingang der Damentoilette zu der Frau, die in der Kabine kauerte. Zur Fotze in der Kotze. Unschlüssig ballte er die Hände zu Fäusten. Dann deutete er unvermittelt mit dem rechten Zeigefinger auf sie, der Nagel lang und dreckig.

»Eine Bewegung, und du bist tot, Schlampe«, sagte er und wandte sich dem Eingang zu.

Der Parkplatz war fast ebenso hell erleuchtet wie das Scheißhaus, aber in der Nische zwischen den beiden Seitenflügeln war es dunkel. Für einen Moment konnte er nichts sehen, und da traf ihn etwas zwischen den Schulterblättern. Er taumelte zwei Schritte vorwärts, bevor er über etwas stolperte – ein Bein – und der Länge nach aufs Betonpflaster knallte.

Keine Pause, kein Zögern. Jemand trat ihm mit einem Stiefel gegen den Oberschenkel, so dass sich der große Muskel dort verkrampfte, und dann weiter oben in den Hintern, fast schon ins Kreuz. Er wollte sich aufrappeln …

»Nicht umdrehen, Lee«, sagte eine Stimme von oben. »Ich hab ein Montiereisen in der Hand. Bleiben Sie auf dem Bauch liegen, oder ich schlage Ihnen den Schädel ein.«

Lee bewegte sich nicht, hielt nur die Hände weit ausgestreckt, bis sie einander fast berührten.

»Kommen Sie da raus, Ellen«, sagte der Mann, der ihn niedergeschlagen hatte. »Wir haben keine Zeit, um herumzutrödeln. Kommen Sie, bitte.«

Keine Reaktion. Dann die belegte, zitternde Stimme von dem Flüttchen: »Haben Sie ihm etwas getan? Bitte tun Sie ihm nichts!«

»Ihm geht es gut, aber wenn Sie nicht sofort da rauskommen, werde ich ihm sehr wehtun. Mir bleibt keine andere Wahl.« Eine kurze Pause, dann: »Und Sie werden daran schuld sein.«

Irgendwo in der Dunkelheit blökte die Hupe unentwegt weiter – *Mööp! Mööp! Mööp! Mööp!*

Lee drehte langsam den Kopf. Er schmerzte. Mit was hatte das Arschloch ihm da eins übergebraten? Was hatte er gesagt, mit einem Montiereisen? Lee wusste es nicht mehr.

Der Stiefel krachte ihm noch einmal in den Hintern. Lee stieß einen erstickten Schrei aus und wandte das Gesicht wieder dem Pflaster zu.

»Kommen Sie da raus, Lady, oder ich spalte ihm den Kopf! Mir bleibt nichts anderes übrig!«

Als sie wieder etwas sagte, war sie näher gekommen. Ihre Stimme klang unsicher, aber jetzt schien sie wütend zu werden. »Warum haben Sie das *getan*? Das hätten Sie nicht tun müssen!«

»Ich habe mit meinem Handy die Polizei gerufen«, sagte der Mann, der über ihm stand. »Bei Meile 140 war ein Streifenwagen. Also haben wir zehn Minuten, vielleicht etwas weniger. Mr. Lee-Lee, haben Sie die Autoschlüssel, oder hat die Lady sie?«

Darüber musste Lee einen Moment nachdenken.

»Den hat sie«, sagte er schließlich. »Sie hat gesagt, dass ich zu betrunken zum Fahren bin.«

»Also gut. Ellen, Sie gehen jetzt rüber zu dem PT Cruiser und fahren los. Und Sie geben Gas, bis Sie in Lake City sind, und wenn Sie wenigstens so viel Verstand haben wie ein Murmeltier, dann halten Sie auch dort noch nicht an.«

»Ich lass ihn doch nicht mit Ihnen allein!« Inzwischen klang sie richtig wütend. »Nicht, solange Sie dieses Ding da haben!«

»Und ob Sie das tun werden. Sie fahren auf der Stelle los, oder ich mach ihn restlos fertig.«

»Sie Mistkerl!«

Der Mann lachte, und sein Lachen jagte Lee mehr Angst ein als seine normale Sprechstimme. »Ich zähle bis dreißig. Wenn Sie dann noch nicht in Richtung Süden unterwegs sind, werde ich ihm den Kopf abreißen. Und damit Golf spielen.«

»Sie können doch nicht …«

»Mach schon, Ellie. Tu's, Schatz.«

»Da hören Sie's«, sagte der Mann. »Ihr großer alter Teddybär möchte, dass Sie gehen. Wenn Sie wollen, dass er Sie morgen Abend wieder krankenhausreif prügelt – Sie und das Baby –, dann ist das Ihre Sache. Aber jetzt und hier habe ich von Ihnen die Nase voll, *also machen Sie, dass Sie Ihren dämlichen Arsch in Bewegung setzen.*«

Das war ein Befehl, den sie verstand, weil er in einer ihr vertrauten Sprache formuliert war. Lee sah, wie sich ihre bloßen Beine und ihre Sandalen durch sein Blickfeld bewegten. Der Kerl, der ihn niedergeschlagen hatte, fing laut zu zählen an: »*Eins, zwei, drei, vier …*«

»Jetzt mach schon, *beeil dich!*«, brüllte Lee. Er konnte den Stiefel auf seinem Hintern spüren, allerdings nicht mehr so fest, eher ein Stups als ein Tritt. Aber es tat trotzdem weh. Und dann dieses ewige Gehupe in die Nacht hinein: *Mööp! Mööp! Mööp!* »Setz deinen Arsch in *Bewegung!*«

Da rannten ihre Sandalen los, begleitet von ihrem Schatten. Der Mann war bei zwanzig angekommen, als der kleine Nähmaschinenmotor des PT Cruiser ansprang, und bei dreißig, als seine Rücklichter aufleuchteten und er rückwärts ausparkte. Lee rechnete jeden Moment damit, dass der Kerl weiter auf ihn eindrosch, doch zu seiner Erleichterung blieben die Schläge aus.

Dann rollte der PT Cruiser die Ausfahrt entlang, und das Surren des Motors wurde leiser.

»Tja«, sagte der Mann, der ihn bearbeitet hatte, über ihm und klang dabei einigermaßen perplex, »was mache ich nur mit Ihnen?«

»Tun Sie mir nicht weh, Mister«, sagte Lee. »Tun Sie mir bitte nicht weh.«

Nachdem die Rücklichter des PT Cruiser hinter der Kurve verschwunden waren, wechselte Hardin das Montiereisen von der linken in die rechte Hand. Seine Handflächen waren schweißbedeckt, und fast hätte er es fallen lassen. Das wäre schlecht gewesen. Das Montiereisen wäre mit lautem Geklapper aufs Betonpflaster geknallt, und Lee wäre wie der Blitz aufgesprungen. Er war nicht so groß, wie ihn Dykstra sich ausgemalt hatte, aber er war gefährlich. Das hatte er bereits unter Beweis gestellt.

Klar doch, gefährlich für schwangere Frauen.

Aber so durfte er nicht denken. Wenn der gute Lee-Lee erst einmal auf die Beine kam, wären die Karten plötzlich ganz neu verteilt. Er konnte spüren, wie Dykstra sich anstrengte, wieder die Oberhand zu gewinnen. Er wollte darüber diskutieren – darüber und noch über ein paar andere Dinge. Hardin drängte ihn zurück. Ein College-Dozent hatte hier und jetzt nichts verloren.

»Tja, was mache ich nur mit *Ihnen?*«, fragte er ehrlich verwirrt.

»Tun Sie mir nicht weh, Mister«, sagte der Mann auf dem Boden. Er trug eine Brille. Wirklich eine Überraschung – dieses Bild hatte weder Hardin noch Dykstra vor Augen gehabt. »Tun Sie mir bitte nicht weh.«

»Ich hab da 'ne Idee.« Dykstra hätte *Mir ist da gerade etwas eingefallen* gesagt. »Nehmen Sie die Brille ab, und legen Sie sie neben sich auf den Boden.«

»Warum ...«

»Schnauze! Machen Sie schon!«

Lee, der ausgeblichene Jeans und ein Westernhemd trug (das ihm hinten aus der Hose gerutscht war und nun über den Hintern hing), griff mit der rechten Hand nach der Brille.

»Nein, mit der anderen.«

»Warum?«

»Stellen Sie keine dummen Fragen. Machen Sie einfach, was ich sage. Nehmen Sie sie mit der Linken ab.«

Lee griff mit der linken Hand nach der sonderbar zierlichen Brille und legte sie auf den Boden. Sofort trat Hardin mit dem Stiefelabsatz darauf. Etwas brach, und dann war das herrliche Knirschen von splitterndem Glas zu hören.

»Warum haben Sie das getan?«, rief Lee.

»Warum wohl? Haben Sie eine Pistole oder so was?«

»Nein! Himmel, *nein!*«

Hardin glaubte ihm. Wenn er denn eine Schusswaffe hatte, dann ein großkalibriges Gewehr im Kofferraum des PT Cruiser. Aber wahrscheinlich nicht einmal das. Als er vor der Damentoilette stand, hatte er sich einen Koloss von einem Bauarbeiter ausgemalt. Dieser Kerl sah eher wie ein Buchhalter aus, der dreimal die Woche in einem Fitnessstudio trainierte.

»Ich werde jetzt mal zu meinem Auto zurückgehen«, sagte Hardin. »Den Alarm ausschalten und davonfahren.«

»Ja. Ja, das ist eine gute I…«

Hardin rammte dem Kerl noch einmal den Absatz ins Kreuz. Und dieses Mal legte er etwas mehr Gewicht hinein.

»Warum halten Sie nicht einfach die Klappe? Was zum Teufel haben Sie da drin überhaupt gemacht?«

»Ich habe ihr eine Lek…«

Hardin trat ihm gegen die Hüfte, so fest er konnte. Erst im letzten Moment hielt er sich ein wenig zurück. Aber nur ein wenig. Vor Schmerzen und Angst stieß Lee einen lauten Schrei aus. Hardin war entsetzt über das, was er gerade getan hatte. Er hatte nicht gezögert, nicht nachgedacht. Noch mehr war er entsetzt darüber, dass er ein zweites Mal zutreten wollte, noch kräftiger. Der Schrei hatte ihm gefallen, den wollte er ein weiteres Mal hören.

Wie sehr unterschied er sich jetzt noch von dem Lee im Scheißhaus – jetzt, da Lee vor ihm auf dem Boden lag und das Licht aus der Toilette einen Schatten diagonal über dessen Rücken warf? Allem Anschein nach nicht besonders. Und wenn schon! Die Frage war müßig – dergleichen taugte höchstens als Pointe in einem Fernsehspiel. Eine weit interessantere Frage ging ihm durch den Kopf. Er fragte sich, wie fest er den guten Lee-Lee gegen die linke Schläfe treten konnte, ohne dass die Treffgenauigkeit auf Kosten seines Schwungs ging. Voll aufs Ohr – *ka-wumm!* Er fragte sich auch, wie sich das anhören würde. Außerordentlich befriedigend, wahrscheinlich. Natürlich könnte es sein, dass der Kerl dabei draufging, aber das wäre nun wirklich kein Verlust, oder? Und wer würde jemals davon erfahren? Ellen? Die konnte ihn mal.

»Du hältst jetzt lieber das Maul, Freundchen«, sagte Hardin. »Wenn ich dir einen guten Rat geben darf: Halt einfach die Klappe! Und wenn der Autobahnbulle hier aufkreuzt, kannst du ihm erzählen, wozu du Lust hast.«

»Warum gehen Sie nicht einfach? Und lassen mich in Ruhe. Sie haben meine Brille kaputt gemacht – reicht das nicht?«

»Nein«, sagte Hardin wahrheitsgetreu. Er überlegte kurz. »Wissen Sie was?«

Lee ging nicht auf die Frage ein.

»Ich werde jetzt in aller Ruhe zu meinem Wagen rüberlaufen. Wenn Sie wollen, können Sie mir folgen. Dann machen wir die Sache unter uns aus. Von Angesicht zu Angesicht.«

»Ja, klar doch!« Lee lachte, und dabei liefen ihm Tränen über die Wangen. »Ohne Brille seh ich 'nen Scheiß!«

Hardin schob sich seine Brille nach oben. Er musste nicht mehr pinkeln. Wirklich merkwürdig, das. »Schauen Sie sich doch mal an«, sagte er. »Schauen Sie sich doch nur mal an.«

Etwas an seinem Tonfall musste Lee in die Glieder gefahren sein, Hardin konnte in dem silbernen Mondlicht nämlich sehen, wie der Mann zu zittern anfing. Aber er sagte nichts, was unter den Umständen vermutlich äußerst klug war. Und der Mensch, der da über ihm stand, der sich in seinem ganzen Leben noch nie mit jemandem geprügelt hatte, weder auf der Highschool noch gar in der Grundschule – dieser Mensch wusste, dass es wirklich vorbei war. Wenn Lee eine Pistole gehabt hätte, hätte er vielleicht versucht, ihn in den Rücken zu schießen, während er davonging. Aber so – nein. Lee war ... wie hieß das doch gleich?

Geplättet.

Der gute Lee-Lee war geplättet.

Hardin hatte eine plötzliche Eingebung. »Ich kenne Ihr Autokennzeichen«, sagte er. »Und Ihren Namen. Und den der Lady. Ich werde in der Zeitung danach Ausschau halten, Arschloch.«

Lee schwieg weiterhin. Da lag er auf dem Bauch, und die Glassplitter funkelten im Mondlicht.

»Gute Nacht, Arschloch«, sagte Hardin. Er schlenderte zum Parkplatz hinüber und fuhr davon. Shane in einem Jaguar.

Zehn Minuten lang ging es ihm gut, vielleicht fünfzehn. Lange genug, um erst das Radio anzuschalten und sich kurz darauf für die Lucinda-Williams-CD im Player zu entscheiden. Dann kam ihm plötzlich alles hoch, die ganzen Kartoffeln samt Hühnchen, die er im Pot o' Gold gegessen hatte.

Er fuhr auf den Standstreifen, nahm den Gang raus, wollte aussteigen – und merkte, dass dafür keine Zeit mehr blieb. Also lehnte er sich, noch immer angeschnallt, aus dem Fenster und erbrach sich auf den Asphalt neben der Fahrertür. Er zitterte am ganzen Leib. Ihm klapperten die Zähne.

Hinter ihm tauchten Scheinwerfer auf und kamen auf ihn zugerast. Wurden langsamer. *Eine Autobahnstreife,* war Dykstras erster Gedanke, *endlich eine Autobahnstreife.* Die tauchten immer auf, wenn man sie am wenigsten gebrauchen konnte. Oder war das der PT Cruiser? Ihm lief es kalt den Rücken hinunter. Das war er bestimmt! Ellen am Steuer, Lee-Lee auf dem Beifahrersitz. Und jetzt hatte der ein Montiereisen auf dem Schoß liegen.

Aber es war nur ein alter Dodge voller Jugendlicher. Einer davon – ein offenbar rothaariger, dümmlich aussehender Bursche – streckte sein pickliges Gesicht zum Fenster hinaus und schrie:»Guten Appetiiiit!« Gefolgt von lautem Gelächter. Dann war der Wagen vorbei.

Dykstra zog die Fahrertür zu, legte den Kopf in den Nacken, schloss die Augen und wartete, bis das Zittern nachließ. Es dauerte eine Weile, aber dann hatte sich auch sein Magen etwas beruhigt. Ihm wurde bewusst, dass er wieder pinkeln musste. Er nahm das als gutes Zeichen.

Abermals sah er vor sich, wie er Lee gegen die Schläfe hatte treten wollen (wie fest? wie würde sich das anhören?), und gab sich größte Mühe, jeden Gedanken daran zu verdrängen. Hatte er das wirklich tun wollen? Bei der Vorstellung wurde ihm gleich wieder übel.

Sein Verstand (sein größtenteils gehorsamer Verstand) wandte sich stattdessen wieder dem Raketensilo zu, dem Befehl habenden Offizier, der weit draußen in Lonesome Crow, North Dakota (oder vielleicht in Dead Wolf, Montana), stationiert war. Und langsam, aber sicher verrückt wurde. Der hinter jedem Gebüsch einen Terroristen vermutete. Der in seinem Spind schlecht geschriebene Pamphlete stapelte und lange Nächte vor dem Bildschirm zubrachte, wo er die paranoiden Abgründe des Internets auslotete.

Vielleicht ist der Hund auf dem Weg nach Kalifornien, um einen Auftrag zu erledigen … mit dem Auto statt mit dem Flieger, weil er im Kofferraum seines Plymouth Road Runner ein paar sehr spezielle Knarren liegen hat … und er hat eine Panne …

Sicher. Sicher, das war gut. Oder könnte es jedenfalls sein, wenn er sich noch ein paar Gedanken darüber machte. Hatte er wirklich geglaubt, dass der Hund im weitläufigen Landesinneren Amerikas nichts verloren hatte? Wie engstirnig! Unter den richtigen Umständen konnte es nämlich jeden an jeden beliebigen Ort verschlagen. Es brauchte nur den richtigen Job.

Das Zittern hatte aufgehört. Dykstra legte den Gang ein, und der Jaguar setzte sich wieder in Bewegung. In Lake City suchte er sich eine Tankstelle, die rund um die Uhr geöffnet hatte. Er entleerte seine Blase und füllte seinen Tank (nachdem er den Parkplatz nach dem PT Cruiser abgesucht und ihn nirgends entdeckt hatte). Dann fuhr er nach Hause, während er sich seine Rick-Hardin-Gedanken machte, und schloss die Tür zu John Dykstras Haus am Kanal auf. Bevor er wegging, schaltete er immer die Alarmanlage ein – sicher war sicher –, und jetzt schaltete er sie kurz aus, bevor er sie dann wieder für den Rest der Nacht einschaltete.

AUS DEM AMERIKANISCHEN VON HANNES RIFFEL

DER HOMETRAINER

I. Stoffwechselarbeiter

Eine Woche nach der ärztlichen Untersuchung, die er schon ein Jahr lang vor sich hergeschoben hatte (genau genommen waren es drei Jahre, worauf ihn seine Frau hingewiesen hätte, wenn sie denn noch am Leben gewesen wäre), wurde Richard Sifkitz von Dr. Brady zu einem Termin gebeten, um die Ergebnisse zu besprechen. Für den Patienten klang die Stimme des Arztes nicht weiter beunruhigend, und so folgte er der Aufforderung bereitwillig.

Die Ergebnisse waren in Form von Zahlenwerten auf einem Blatt Papier dargestellt, das mit dem Briefkopf des METROPOLITAN HOSPITAL, New York, versehen war. Alle Untersuchungen und die dazugehörigen Werte waren in schwarzer Farbe ausgedruckt, mit Ausnahme einer Zeile. Diese Zeile war rot abgesetzt, und Sifkitz war nicht weiter überrascht, dort das Wort CHOLESTERIN zu lesen. Die Zahl, die sich aufgrund der roten Farbe besonders deutlich von allem anderen abhob (was zweifellos beabsichtigt war), lautete 226.

Sifkitz wollte erst fragen, ob das ein schlechter Wert sei, beschloss dann aber, das Gespräch nicht mit einer so dummen Frage zu beginnen. Ein guter Wert wäre wohl kaum rot hervorgehoben worden. Die anderen Werte waren allem Anschein nach gut oder zumindest annehmbar, deshalb waren sie ja auch schwarz. Aber er war nicht hier, um über die schwarzen Zahlen zu sprechen. Ärzte hatten für gewöhnlich viel zu tun und neigten nicht dazu, ihren Patienten auf die Schulter zu klopfen. Also fragte er stattdessen, wie schlecht ein Wert von zwei-sechsundzwanzig tatsächlich sei.

Dr. Brady lehnte sich auf seinem Stuhl zurück und legte die Finger auf seiner verflucht hageren Brust ineinander. »Wenn ich ehrlich sein soll«, sagte er, »ist das eigentlich gar kein so schlechter Wert.« Er hob einen Finger. »Jedenfalls wenn man bedenkt, was Sie essen.«

»Ich weiß, dass ich zu viel wiege«, sagte Sifkitz zerknirscht. »Ich nehme mir immer wieder vor, etwas dagegen zu tun.« Was natürlich gelogen war.

»Und wenn wir schon einmal ehrlich zueinander sind«, fuhr Dr. Brady fort, »so schlimm ist Ihr Gewicht nun auch wieder nicht. Wie gesagt, wenn man bedenkt, was Sie essen. Und jetzt möchte ich, dass Sie mir ganz genau zuhören, ein derartiges Gespräch führe ich mit meinen Patienten nämlich nur ein-mal. Jedenfalls mit meinen männlichen Patienten. Meine weib-lichen Patienten würden mir ein Ohr abkauen, wenn es um ihr Gewicht geht. Wenn ich sie ließe. Sind Sie bereit?«

»Ja«, sagte Sifkitz. Er versuchte ebenfalls, die Finger auf der Brust ineinanderzulegen, musste jedoch feststellen, dass er dazu nicht in der Lage war. Es war einfach nicht zu übersehen – und das war ihm keineswegs neu –, dass er ganz ordentliche Brüste hatte. Seines Wissens gehörte das nicht unbedingt zur Standardausrüstung bei einem Mann Ende dreißig. Er gab den Versuch, die Finger ineinanderzuschlingen, auf und faltete die Hände stattdessen. Im Schoß. Je eher Dr. Brady mit seinem Vortrag anfing, desto eher war er fertig.

»Sie sind eins dreiundachtzig groß und achtunddreißig Jahre alt«, sagte der Arzt. »Ihr Gewicht sollte sich um die neunzig bewegen und Ihr Cholesterinspiegel unter zweihundert. In den siebziger Jahren hätte man Ihnen einen Wert von zwei-hundertvierzig vielleicht durchgehen lassen, aber damals durfte man in den Wartezimmern ja auch noch rauchen.« Er schüt-telte den Kopf. »Nein, der Zusammenhang zwischen einem hohen Cholesterinwert und Herzerkrankungen war einfach zu offensichtlich. Also wurden die zweihundertvierzig über Bord geworfen.

Sie sind mit einem guten Stoffwechsel gesegnet. Keinem überragenden, das nicht, aber immerhin. Wie oft essen Sie bei McDonald's oder bei Wendy's, Richard? Zweimal die Woche?«

»Vielleicht einmal«, sagte Sifkitz. Die Wahrheit lag im Durchschnitt allerdings eher bei vier bis sechs Fastfood-Gerichten. Die gelegentlichen Abstecher zu Arby's nicht mitgerechnet.

Dr. Brady hob die Hand, als wollte er sagen: *Ganz wie du willst* ... das Motto von Burger King, wie Sifkitz nur zu gut wusste.

»Nun ja, irgendwo werden Sie schon essen, daran lässt die Waage keinen Zweifel. Bei der Untersuchung wogen Sie zweihundertdreiundzwanzig Pfund ... eine Zahl, die Ihrem Cholesterinwert sehr nahe kommt. Und das ist kein Zufall.«

Sifkitz zuckte zusammen, und Dr. Brady lächelte, aber immerhin nicht völlig mitleidlos.

»Lassen Sie uns kurz rekapitulieren, wie Sie gelebt haben, seit Sie das Erwachsenenalter erreicht haben«, sagte Brady. »Sie ernähren sich immer noch genau so, wie Sie es auch schon als Jugendlicher getan haben, und bisher hat Ihr Körper das weitgehend mitgemacht. Dank Ihrem guten, wenn auch nicht überragenden Stoffwechsel. Es ist hilfreich, sich Ihren Stoffwechsel als einen Trupp Arbeiter vorzustellen. Männer in Overalls und Stiefeln mit Stahlkappe.«

Vielleicht ist es für dich hilfreich, dachte Sifkitz. *Mir bringt das rein gar nichts.* Sein Blick wurde immer wieder wie magisch von der roten 226 angezogen.

»Die Aufgabe dieser Arbeiter ist es, sich das Zeug zu schnappen, das Sie ihnen den Schacht runterschicken, und es an die richtigen Stellen weiterzuleiten. Manches davon landet in den verschiedenen Produktionsabteilungen. Den Rest verbrennen sie. Wenn Sie ihnen mehr runterschicken, als sie bewältigen können, nehmen Sie zu. Und das haben Sie auch getan, wenn auch in eher langsamem Tempo. Wenn Sie allerdings nicht bald einige Dinge ändern, wird sich dieses Tempo deutlich erhöhen. Das hat zwei Gründe. Zum einen brauchen die Produktionsstätten in Ihrem Körper weniger Treibstoff als früher. Zum anderen wird Ihr Arbeitstrupp – die Jungs in den Overalls und den Stiefeln mit Stahlkappen – auch nicht jünger. Sie sind nicht mehr so leistungsfähig wie früher. Sie schaffen es nicht mehr so schnell, die Sachen, die an die Produktionsstätten weitergeleitet werden sollen, von denen zu trennen, die verbrannt werden. Und manchmal meckern sie herum.«

»Meckern?«, fragte Sifkitz.

Dr. Brady hatte die Finger noch immer auf der schmalen Brust ineinandergelegt – die Brust eines Schwindsüchtigen, fand Sifkitz, von Brüsten keine Spur. Der Arzt nickte mit seinem ebenso schmalen Kopf. Sifkitz fand, dass er wie der Kopf eines Wiesels aussah, spitz und mit schmalen Augen. »Ja, genau. Sie sagen Sachen wie: ›Kann der nicht mal etwas langsamer machen?‹ und: ›Glaubt der vielleicht, wir sind die Superhelden aus den Marvel-Comics?‹ und: ›Herrgott, legt der nicht wenigstens ab und an mal eine Pause ein?‹ Und einer von ihnen – der Drückeberger, den gibt es in jedem Arbeitstrupp – sagt wahrscheinlich: ›Der da oben kümmert sich doch einen Scheißdreck um uns!‹

Und früher oder später machen sie, was alle Arbeiter machen, wenn sie gezwungen werden, zu lange und zu schwer zu schuften, ohne auch nur ein lausiges freies Wochenende zu bekommen, von bezahltem Urlaub ganz schweigen: Sie schludern. Sie machen Fehler und dösen bei der Arbeit ein. Irgendwann bleibt einer von ihnen einfach weg, und eines Tages – wenn Sie das denn noch erleben – kann einer von ihnen nicht mehr zur Arbeit kommen, weil er zu Hause nach einem Herzinfarkt tot umgefallen ist.«

»Wie interessant! Vielleicht sollten Sie auf Tour gehen. Vorträge halten. In Talkshows wie *Oprah* auftreten.«

Dr. Brady entknotete die Finger und beugte sich über den Schreibtisch. Er sah Richard Sifkitz lange an, und dieses Mal lächelte er nicht. »Sie stehen vor einer wichtigen Entscheidung, und meine Aufgabe ist es, Sie darauf hinzuweisen, nichts weiter. Entweder ändern Sie Ihre Essgewohnheiten, oder wir sehen uns in zehn Jahren wieder, und dann werden Sie ernsthafte Probleme haben. Sie werden um die hundertfünfzig Kilo wiegen und schwer zuckerkrank sein, Sie werden Krampfadern haben, ein Magengeschwür, und Ihr Cholesterinwert wird es mit Ihrem Gewicht aufnehmen können. Wenn Sie jetzt umdenken, kommen Sie vielleicht noch einmal ohne Gewaltkur, ohne Fettabsaugen oder Herzanfall über die Runden. Aber später wird das viel schwieriger sein. Wenn Sie erst einmal über vierzig sind, wird das mit jedem Jahr schwieriger. Über vierzig, Richard, klebt Ihnen das Gewicht am Hintern wie Babyscheiße an der Tapete.«

»Das haben Sie wirklich sehr elegant ausgedrückt«, sagte Sifkitz und brach in lautes Gelächter aus. Er konnte einfach nicht anders.

Dr. Brady dagegen lachte nicht, aber wenigstens lächelte er und lehnte sich wieder zurück. »Was Ihnen bevorsteht, ist alles andere als elegant. Darüber reden Ärzte normalerweise nicht, ebenso wenig wie Streifenpolizisten über den abgetrennten Kopf reden, den sie im Straßengraben in der Nähe des Unfallorts gefunden haben. Oder über das verkohlte Kleinkind, das sie im Schrank gefunden haben, nachdem der Weihnachtsbaum Feuer gefangen hat und das Haus abgebrannt ist. Aber wir kennen uns mit der wunderbaren Welt der Fettleibigkeit aus. Es gibt Frauen, die sich an manchen Stellen nicht waschen können, weil ihnen die Fettwülste im Weg sind. Und Männer, die zum Himmel stinken, weil sie sich seit einem Jahrzehnt oder länger nicht mehr ordentlich sauberwischen konnten.«

Sifkitz verzog das Gesicht und hob beschwichtigend die Hände.

»Ich will damit nicht sagen, dass Ihnen das bevorsteht, Richard – die meisten Leute kriegen von sich aus nochmal die Kurve. Aber an dem alten Sprichwort ist durchaus etwas dran, von wegen, wir schaufeln uns mit Gabel und Löffel selbst unser Grab. Denken Sie daran.«

»Das werde ich.«

»Gut. Das war mein Vortrag. Oder meine Predigt. Nennen Sie es, wie Sie wollen. Ich werde nicht zu Ihnen sagen: ›Geh hin und sündige nicht mehr.‹ Diese Entscheidung liegt jetzt ganz bei Ihnen.«

Obwohl er seit zwölf Jahren bei seiner Einkommensteuererklärung unter BERUF stets FREISCHAFFENDER KÜNSTLER eingetragen hatte, hielt Sifkitz sich nicht für einen besonders fantasievollen Menschen, und seit er an der DePaul seinen Abschluss gemacht hatte, hatte er sich an keinem Gemälde mehr versucht, nicht einmal mehr an einer Zeichnung. Er gestaltete Buchumschläge, manchmal Filmplakate, einen Haufen Illustrationen für Zeitschriften und hin und wieder ein Cover für Messebroschüren. Bisher hatte er eine einzige CD gestaltet (für Slobberbone, eine Band, die er sehr bewunderte), aber dabei würde es bleiben, denn – so sagte er – ohne eine Lupe konnte man die Einzelheiten auf dem fertigen Produkt gar nicht mehr erkennen. Das war aber auch schon alles, was er jemals an »künstlerischem Temperament« entwickelt hatte, wie es so schön heißt.

Wenn ihn jemand gefragt hätte, welche seiner Arbeiten ihm am besten gefielen, wäre er die Antwort wahrscheinlich schuldig geblieben. Die blonde Frau vielleicht, die über eine grüne Wiese läuft – ein Bild, mit dem für einen Weichspüler geworben wurde. Aber auch das würde er wahrscheinlich nur sagen, damit die Fragerei aufhörte. In Wirklichkeit gehörte er nicht zu den Künstlern, die bestimmten Arbeiten den Vorzug gaben (oder geben mussten). Er hatte schon lange keinen Pinsel mehr in die Hand genommen, um etwas zu malen, das nicht für einen Auftrag bestimmt war; und dann meistens nach der genauen Vorgabe einer Werbeagentur oder nach einer Fotografie (wie bei der blonden Frau, die über die grüne Wiese lief, ganz offenbar überglücklich, endlich einen kuschelweichen Pulli zu tragen).

Aber die Muse küsst nicht nur die besten Künstler – die Picassos, die van Goghs, die Salvador Dalís –, hin und wieder küsst sie auch den gemeinen Reklameknecht, wenn auch nur ein- oder zweimal im Leben. Sifkitz nahm den Bus nach Hause (ein Auto hatte er seit dem College nicht mehr besessen), und während er dasaß und aus dem Fenster starrte – den Laborbericht mit der einen roten Zeile zusammengefaltet in der Gesäßtasche –, blieb sein Blick immer wieder an verschiedenen Handwerkern und Bauarbeitern hängen, an denen der Bus vorbeirauschte: Männer mit Schutzhelmen, die über Baustellen stiefelten, manche mit Eimern in der Hand, andere mit Brettern auf der Schulter; Leute von den Stadtwerken, bis zum Bauch in Abwasserschächten, die mit gelbem Absperrband gesichert waren; drei Arbeiter, die vor dem Schaufenster eines Kaufhauses ein Gerüst errichteten, während ein vierter mit dem Handy telefonierte.

Ganz allmählich wurde ihm bewusst, dass vor seinem geistigen Auge ein Bild Gestalt annahm – ein Bild, das auf sein Recht bestand, gemalt zu werden. Als er in der Dachgeschosswohnung in SoHo ankam, in der er lebte und arbeitete, stieg er über den Krimskrams hinweg, der sich unter dem Oberlicht angesammelt hatte, ohne auch nur die Post aufzuheben. Er warf sogar noch seine Jacke auf den Haufen.

Er hielt nur kurz inne, um einen Blick auf ein paar weiße Leinwände zu werfen, die in einer Ecke lehnten, wandte sich aber schnell wieder ab. Stattdessen nahm er ein Stück einfache Presspappe und machte sich mit einem Kohlestift an die Arbeit. Im Lauf der nächsten Stunde klingelte zweimal das Telefon, aber er ließ beide Male den Anrufbeantworter rangehen.

Während der nächsten zehn Tage arbeitete er zwischendurch immer mal wieder an dem Bild. Und als ihm klarwurde, dass es richtig gut war, verwendete er zunehmend mehr Zeit darauf. Von der Presspappe wechselte er wie selbstverständlich zu einer eins zwanzig mal neunzig großen Leinwand. Es war das größte Bild, an dem er in über einem Jahrzehnt gearbeitet hatte.

Darauf waren vier Männer zu sehen – Arbeiter in Jeans, Popelinjacken und guten, festen Stiefeln. Sie standen am Rand einer Landstraße, die gerade aus einem tiefen Waldstück auftauchte (das er mit dunkelgrünen Farbtönen und breiten grauen Strichen darstellte, in einem spritzigen, rasch hingeworfenen, überschwänglichen Stil). Zwei der Männer hielten Schaufeln, ein dritter in jeder Hand einen Eimer; der vierte schließlich schob sich gerade die Baseballkappe aus der Stirn, eine Geste, die perfekt zum Ausdruck brachte, dass er abgekämpft war und nur allzu gut wusste, dass er mit dieser Arbeit nie fertig werden würde; dass sich am Ende eines Tages sogar noch mehr angehäuft hatte als am Morgen. Dieser vierte Mann, auf dessen Kappe die Buchstaben LIPIDE prangten, war der Vorarbeiter. Er unterhielt sich mit seiner Frau am Handy. Ich mach mich jetzt auf den Weg, Schatz, nee, ich mag nicht mehr weggehen, nicht heute Abend, bin zu müde und muss morgen früh raus. Die Jungs haben deswegen gemeckert, aber ich hab ihnen klargemacht, dass es nicht anders geht. Sifkitz hatte keine Ahnung, woher er das alles wusste. Er wusste sogar, dass der Kerl mit den Eimern Freddy hieß und dass ihm der Laster gehörte, mit dem die Männer gekommen waren. Der Laster stand direkt rechts außerhalb des Bildes – sein Schatten war andeutungsweise zu sehen. Einer der Typen mit den Schaufeln, Carlos, hatte einen kaputten Rücken und ging regelmäßig zum Chiropraktiker.

Auf dem Bild war nicht zu erkennen, was die Männer getan hatten – das befand sich links ein Stück außerhalb –, aber es war offensichtlich, wie erschöpft sie waren. Sifkitz hatte schon immer großen Wert auf Details gelegt (der verschwommene graugrüne Fleck, der den Wald darstellte, war äußerst untypisch für ihn), und den Männern war in jeder Falte ihres Gesichts anzusehen, wie müde sie waren. An ihren Hemdkragen hatten sich dunkle Schweißflecken gebildet.

Der Himmel über ihnen war von einem seltsamen organischen Rot.

Natürlich wusste Sifkitz genau, wofür das Bild stand, und auch der seltsame Himmel gab ihm kein Rätsel auf. Das war der Arbeitstrupp, über den der Arzt gesprochen hatte, und gleich hatten sie Feierabend. In der Wirklichkeit jenseits des organisch roten Himmels hatte Richard Sifkitz, ihr Arbeitgeber, gerade einen kleinen Schlummerimbiss eingenommen (ein letztes Stück Kuchen vom Nachmittag oder ein sorgsam aufgesparter Donut) und war ins Bett gegangen. Was bedeutete, dass *sie* endlich nach Hause gehen konnten. Und würden sie etwas essen? Ja, aber nicht so viel wie er. Dafür waren sie zu müde, das stand ihnen ins Gesicht geschrieben. Statt eine ausgiebige Mahlzeit zu sich zu nehmen, würden diese Jungs, die für die *Lipide Abbau & Co.* arbeiteten, die Füße hochlegen und eine Weile fernschauen. Vielleicht würden sie vor der Glotze einschlafen und ein paar Stunden später aufwachen, nachdem das reguläre Abendprogramm vorbei war und nur noch irgendein Typ zu sehen war, der einem begeisterten Studiopublikum seine neueste Erfindung anzudrehen versuchte. Sie würden auf den *Aus*-Knopf der Fernbedienung drücken, ins Schlafzimmer schlurfen und ohne auch nur einen Blick zurück die Kleider ausziehen.

All das war auf dem Bild zu sehen, auch wenn nichts davon auf dem Bild zu sehen war. Sifkitz war nicht besessen davon, es bestimmte nicht sein Leben, aber er begriff bald, dass es etwas *Neues* war, etwas Gutes. Er hatte keine Ahnung, was er damit machen wollte, wenn es erst einmal fertig war, und es war ihm auch egal. Im Moment freute er sich einfach darauf, morgens aufzustehen und das Bild mit noch halb geschlossenen Augen zu betrachten, während er sich den Stoff seiner Boxershorts aus der Arschfalte klaubte. Bisher war ihm dafür »Feierabend«, »Die Jungs machen Feierabend« und »Berkowitz macht Feierabend« eingefallen (Berkowitz war der Boss, der Vorarbeiter mit dem Motorola-Handy und der Lipide-Kappe). Aber nichts davon passte wirklich gut. Was kein Problem war. Er würde es schon merken, wenn ihm der richtige Titel für das Bild einfiel. In seinem Kopf würde es *Kling!* machen. Im Moment hatte er es jedoch nicht eilig. Er wusste nicht einmal mit Bestimmtheit, ob es überhaupt um das Bild ging. Während er es gemalt hatte, hatte er über fünfzehn Pfund abgenommen. Vielleicht kam es darauf an.

Vielleicht aber auch nicht.

II. Der Hometrainer

Irgendwo – vielleicht auf dem Etikett eines Teebeutels – hatte er einmal gelesen, dass die effektivste Übung für jemanden, der abnehmen möchte, darin bestehe, sich vom Esstisch hochzustemmen. Sifkitz bezweifelte nicht, dass das der Wahrheit entsprach, aber im Lauf der Zeit gelangte er immer mehr zu der Überzeugung, dass er gar nicht darauf aus war, abzunehmen oder sich aufzupimpen. Wenn das trotzdem passierte, schön und gut. Er musste unentwegt an Dr. Bradys Stoffwechselarbeiter denken, ganz normale Kerle, die wirklich ihr Bestes gaben, um ihren Job zu machen, von ihm jedoch völlig im Stich gelassen wurden. Wie sollte er auch nicht an sie denken, wenn er jeden Tag ein, zwei Stunden damit zubrachte, sie und ihre Arbeitswelt zu malen?

In Gedanken beschäftige er sich recht ausgiebig mit ihnen. Berkowitz, der Vorarbeiter, der davon träumte, irgendwann sein eigenes Bauunternehmen zu haben. Freddy, dem der Laster gehörte (ein Dodge Ram) und der sich für einen äußerst begabten Zimmermann hielt. Carlos, der mit dem kaputten Rücken. Und Whelan, ein ziemlicher Drückeberger. Das waren die Männer, die sich darum kümmern mussten, dass er keinen Herzinfarkt oder Schlaganfall bekam. Sie mussten die ganze Scheiße, die unablässig vom Himmel fiel, entsorgen, bevor sie die Straße in den Wald blockierte.

Eine Woche nachdem er mit dem Bild angefangen hatte (und etwa eine Woche bevor er schließlich entschied, dass es fertig war), ging Sifkitz in ein Sportgeschäft an der 29th Street, fasste erst ein Laufband und einen Stepper ins Auge (verlockend, aber zu teuer) und kaufte dann einen klassischen Hometrainer, der wie ein aufgebocktes Fahrrad aussah. Er zahlte vierzig Dollar extra für Lieferung und Montage.

»Wenn Sie den sechs Monate lang jeden Tag benutzen, können Sie damit Ihren Cholesterinwert um dreißig Punkte senken«, sagte der Verkäufer, ein muskulöser Kerl in einem hautengen T-Shirt. »Das kann ich Ihnen so gut wie garantieren.«

Der Keller des Gebäudes, in dem Sifkitz wohnte, war eine ziemlich weitläufige Angelegenheit mit zahllosen Räumen und Gängen; der Heizofen kollerte, und überall hatten die Mieter ihre Sachen in Bretterverschläge gestopft, an deren Türen die Nummern der Wohnungen standen. Am abgelegenen Ende befand sich jedoch eine Nische, die wie durch ein Wunder leer geblieben war. Als hätte sie die ganze Zeit auf ihn gewartet. Sifkitz bat die Lieferanten, sein neues Übungsgerät auf dem Betonboden aufzustellen, direkt vor einer nackten beigefarbenen Wand.

»Werden Sie sich da noch einen Fernseher hinstellen?«, fragte einer von ihnen.

»Das weiß ich noch nicht«, sagte Sifkitz, was aber nicht stimmte.

Bis das Bild fertig war, strampelte er sich jeden Tag etwa eine Viertelstunde lang auf dem Hometrainer vor der nackten beigefarbenen Wand ab. Ihm war klar, dass fünfzehn Minuten wahrscheinlich nicht reichten (auch wenn sie bestimmt besser waren als gar nichts), aber mehr konnte er im Moment einfach nicht ertragen. Nicht weil er müde wurde; dafür brauchte es mehr als eine Viertelstunde. Im Keller war ihm einfach langweilig. Das Surren des Tretlagers und das gleichbleibende Kollern des Heizofens gingen ihm ziemlich schnell auf die Nerven. Er wusste nur zu gut, was er da tat: Er trat auf der Stelle, und das in einem Kellerloch unter zwei nackten Glühbirnen, die seinen Schatten zwiefach an die Wand vor ihm warfen. Er wusste aber auch, das alles besser werden würde, wenn das Bild oben erst einmal fertig war und er mit dem Bild hier unten anfangen konnte.

Es war das gleiche Bild, aber er kam damit weit schneller voran. Schließlich konnte er Berkowitz, Carlos, Freddy und Whelan den Drückeberger dieses Mal weglassen. Sie hatten ihren freien Tag, und er malte einfach nur die Landschaft auf die beige Mauer, und zwar aus einer erzwungenen Perspektive, so dass die Straße sich in dem verschwommenen graugrünen Waldfleck zu verlieren schien, wenn er auf seinem Hometrainer saß. Sofort langweilte er sich nicht mehr so sehr, wenn er drauflosradelte. Nach zwei, drei Runden wurde ihm allerdings klar, dass das Bild noch nicht fertig war – er hatte immer noch das Gefühl, sich hier sinnlos abzustrampeln. Zum einen fehlte noch der rote Himmel, aber der war leicht, den bekam jeder Anfänger hin. Die Seitenstreifen der Straße waren noch nicht detailliert genug ausgeführt, vor allem im Vordergrund, ein paar leere Bierdosen und andere Abfälle brauchte es noch, aber auch das war einfach (und würde Spaß machen). Das eigentliche Problem hatte überhaupt nichts mit dem Bild zu tun. Mit keinem der beiden Bilder. Das Problem war, dass er kein Ziel hatte, und das hatte ihn schon immer an Übungen gestört, die man nur um ihrer selbst willen machte. Dergleichen mochte die Muskeln trainieren und gut für die Gesundheit sein, aber während man sich abplagte, war es im Wesentlichen bedeutungslos. Wenn nicht sogar grundsätzlich. Bei einer solchen Übung ging es nur um das Nächstliegende – um eine hübsche Frau aus der Kulturredaktion irgendeiner Zeitschrift zum Beispiel, die einen bei einer Party ansprach und fragte, ob man abgenommen habe. Das sollte eine Motivation sein? Nicht im Entferntesten. Eine solche Möglichkeit war Sifkitz langfristig nicht Antrieb genug, so eitel (beziehungsweise geil) war er einfach nicht. Irgendwann würde ihn das alles langweilen, und dann würde er wieder in seine alten Gewohnheiten verfallen und Donuts in sich hineinstopfen. Nein, er musste für sich entscheiden, wo die Straße lag und wohin sie führte. Dann konnte er so tun, als radelte er sie entlang. Diese Vorstellung gefiel ihm ausnehmend gut. Vielleicht war das albern – oder sogar verrückt –, aber Sifkitz fand sie einigermaßen aufregend. Und er musste ja niemandem erzählen, was er da trieb, oder? Nein, auf keinen Fall. Er könnte sich sogar einen Straßenatlas besorgen und eintragen, wie weit er jeden Tag kam.

Eigentlich neigte er nicht zur Selbstbeobachtung. Aber als er mit seinem neuen Straßenatlas und einer Handvoll Landkarten unter dem Arm von Barnes & Noble nach Hause schlenderte, fragte er sich unwillkürlich, was ihn so sehr elektrisiert hatte. Ein mäßig hoher Cholesterinwert? Wohl kaum. Dr. Bradys in ernstem Ton vorgebrachte Erklärung, dass alles weit schwieriger werde, wenn er erst einmal die vierzig hinter sich gelassen habe? Das mochte eine Rolle gespielt haben, aber eben nur bedingt. War vielleicht einfach die Zeit gekommen, etwas zu verändern? Das klang schon plausibler.

Trudy war an einer besonders gefräßigen Form von Blutkrebs gestorben, und Sifkitz war bei ihr im Krankenhaus gewesen, als sie ihren letzten Atemzug tat. Buchstäblich. Er konnte sich nur allzu gut erinnern, wie verzweifelt sie nach Luft geschnappt, wie ihre elende, ausgezehrte Brust sich ein letztes Mal gehoben hatte. Als hätte sie gewusst, dass es gleich vorbei war, dass danach nichts mehr kommen würde. Er würde nie vergessen, wie sie ausgeatmet hatte, das Geräusch dabei – *shaaaah!* Und dann hatte sie sich einfach nicht mehr gerührt. In gewisser Hinsicht hatte er während der letzten vier Jahre genauso das Atmen eingestellt. Nur dass jetzt ein neuer Wind wehte und seine Segel blähte.

Aber da war noch etwas anderes, und das spielte eine weitaus größere Rolle: die Arbeiter, die Dr. Brady heraufbeschworen und denen Sifkitz selbst Namen gegeben hatte. Berkowitz, Whelan, Carlos und Freddy. Dr. Brady waren sie gleichgültig gewesen; für Dr. Brady waren die Stoffwechselarbeiter nur eine Metapher. Seine Aufgabe bestand darin, dafür zu sorgen, dass Sifkitz sich etwas mehr Gedanken darüber machte, was in seinem Körper vor sich ging. In etwa so wie eine fürsorgliche Mutter, die ihrem Kind erklärte, dass die »kleinen Leute« die Haut an seinem aufgeschürften Knie heilen würden.

Sifkitz dagegen …

Es geht mir nicht um mich, dachte er, als er den Schlüssel zu seiner Haustür herauskramte. Darum ist es mir nie gegangen. Mir kommt es auf die Jungs an, die sich da unten einen abschuften, um die Straße freizuhalten. Warum sollen sie so schwer arbeiten? Wohin führt die Straße?

Schließlich sagte er sich, dass sie nach Herkimer führte, ein kleiner Ort oben an der kanadischen Grenze. Auf der Karte des Bundesstaats entdeckte er eine schmale, namenlose Linie, die den ganzen weiten Weg von Poughkeepsie dorthin führte. Poughkeepsie lag südlich der Bundeshauptstadt. Die Straße mochte zwei-, vielleicht dreihundert Meilen lang sein. Er suchte eine etwas detailliertere Karte heraus und pinnte das Quadrat, auf dem die Straße ihren Anfang nahm, an die Wand neben sein eilig hingeworfenes … ja, wie sollte er es nennen? Wandgemälde traf es nicht. Ihm fiel »Projektion« ein, und dabei ließ er es bewenden.

Als er an jenem Tag auf den Hometrainer stieg, stellte er sich vor, hinter ihm läge Poughkeepsie, und nicht der ausrangierte Fernseher aus 2-G, der Stapel Koffer aus 3-F, das mit einer Plane abgedeckte Dirt Bike aus 4-A. Poughkeepsie. Vor ihm erstreckte sich eine Landstraße, die auf der Übersichtskarte nur ein blauer Kringel war, dem deutlich genaueren Parzellierungsplan von Monsieur Rand McNally zufolge jedoch »Old Rhinebeck Road« hieß. Er stellte den Kilometerzähler auf null, heftete den Blick auf die Schmutzkante am Sockel der Mauer und dachte: Eigentlich ist es die Straße, die zur Gesundheit führt. Wenn du das irgendwo im Hinterkopf behältst, dann musst du dich nicht dauernd fragen, ob bei dir nicht vielleicht, seit Trudy gestorben ist, ein paar Schrauben locker sind.

Aber sein Herz schlug ein wenig zu schnell (als hätte er bereits zu strampeln angefangen), und er kam sich wie jemand vor, der zu einem neuen Ort aufbrach, wo er neuen Leuten begegnen oder sogar das ein oder andere Abenteuer erleben mochte. Über der rudimentären Bedienungskonsole des Hometrainers war ein Dosenhalter angebracht, und er hatte eine Dose Red Bull hineingetan, ein sogenannter »Power Drink«. Über seiner Turnhose trug er ein altes Hemd, weil es Taschen hatte. In diese Taschen hatte er zwei Hafer-Rosinen-Riegel gesteckt. Hafer und Rosinen, hieß es, waren beide gut für den Stoffwechsel.

Apropos Stoffwechsel: Die *Lipide Abbau & Co.* war heute nicht vor Ort. Auf dem Gemälde oben in seiner Wohnung waren sie natürlich noch am Werk – auf dem nutzlosen, unverkäuflichen Gemälde, das so untypisch für ihn war. Aber hier unten waren sie in Freddys Dodge gestiegen und nach ... nach ...

»Nach Poughkeepsie zurückgefahren«, sagte er. »Sie haben das Radio aufgedreht, hören Rockmusik und trinken aus Bierflaschen, die in Papiertüten stecken. Heute haben sie ... Was habt ihr heute eigentlich getan, Jungs?«

Ein paar neue Abzugskanäle gegraben, flüsterte eine Stimme. Dieses Frühjahr hat es so stark geregnet, dass die Straße in der Nähe von Priceville fast überflutet worden wäre. Und dann haben wir früh Feierabend gemacht.

Gut. Das war gut. Dann würde er nicht vom Rad steigen und um die Auswaschungen herumlaufen müssen.

Richard Sifkitz heftete seinen Blick auf die Wand und trat in die Pedale.

III. Unterwegs nach Herkimer

Das war im Herbst 2002, nachdem die Zwillingstürme des World Trade Center im Bankenviertel in sich zusammengestürzt waren. Allmählich normalisierte sich das Leben in New York wieder, auch wenn die Einwohner der Stadt noch immer etwas paranoider waren als andernorts … obwohl das für New York wiederum auch so etwas wie der Normalzustand war.

Richard Sifkitz fühlte sich so gesund und glücklich wie nie zuvor. Sein Leben gliederte sich in vier harmonische Teilbereiche. Um sich seine Brötchen zu verdienen, arbeitete er vormittags an bezahlten Aufträgen, und von denen gab es dem Anschein nach deutlich mehr als früher. Die Wirtschaft ging den Bach runter, jedenfalls stand das in allen Zeitungen, aber Richard Sifkitz, freischaffender Werbegrafiker, konnte sich nicht beklagen.

Er aß noch immer bei Dugan's um die Ecke zu Mittag, aber jetzt bestellte er meist einen Salat anstelle des fettigen zweistöckigen Cheeseburgers. Nachmittags arbeitete er an einem neuen Bild. Anfangs war es als eine Variante der Projektion gedacht gewesen, die seine Kellernische zierte, nur detaillierter ausgeführt. Das Bild von Berkowitz und seinen Kollegen hatte er mit einem alten Laken bedeckt und beiseitegestellt. Damit war er fertig. Jetzt wollte er sich eine genauere Vorstellung davon verschaffen, wie die Landschaft aussah, wenn die Arbeiter weg waren. Und warum sollten sie auch nicht weg sein? Sorgte er inzwischen nicht selbst dafür, dass die Straße nach Herkimer freiblieb? Und ob, und zwar vorbildlich! Ende Oktober war er wieder bei Dr. Brady gewesen, um den Cholesterinwert überprüfen zu lassen, und dieses Mal war die Zahl schwarz anstatt rot gewesen: 179. Brady war ihm gegenüber mehr als respektvoll gewesen, sogar ein bisschen neidisch.

»Das ist besser als mein Wert«, hatte er gesagt. »Sie haben sich das wirklich zu Herzen genommen, was?«

»Sieht fast so aus«, hatte Sifkitz ihm beigepflichtet.

»Und Ihr Schmerbauch ist auch fast weg. Haben Sie Sport getrieben?«

»So gut es geht«, hatte Sifkitz erwidert, das Thema aber nicht weiter vertieft. Inzwischen hatte sein Training etwas seltsame Züge angenommen. Jedenfalls würden manche Leute das so sehen.

»Sehr schön«, hatte Brady gesagt. »Da kann ich ja nur sagen: ›Zeigen Sie, was Sie haben!‹«

Sifkitz lächelte, aber diesen Rat nahm er sich nicht zu Herzen.

Seine Abende – der vierte Teil eines jeden ganz gewöhnlichen Tages im Leben des Richard Sifkitz – verbrachte er vorm Fernseher oder mit einem Buch. Statt Bier trank er dabei Tomatensaft oder etwas ähnlich Gesundes. Er war müde, aber zufrieden. Außerdem ging er eine Stunde früher ins Bett, was ihm spürbar guttat.

Das Herzstück dieser Tage war Teil drei, von vier bis sechs. Das waren die beiden Stunden, die er auf seinem Hometrainer verbrachte und den blauen Kringel von Poughkeepsie nach Herkimer entlangfuhr. Auf dem Parzellierungsplan wurde aus der Old Rhinebeck Road die Cascade Falls Road und dann die Woods Road; nördlich von Penniston hieß sie für eine Weile sogar »Dump Road«. Als ginge es dort zum Schuttabladeplatz. Er wusste noch, wie ihm fünfzehn Minuten auf dem Hometrainer anfangs wie eine Ewigkeit vorgekommen waren. Jetzt musste er sich manchmal zwingen, nach zwei Stunden aufzuhören. Schließlich besorgte er sich einen Wecker und stellte ihn auf 18 Uhr. Das Ding klingelte so laut, dass er … nun ja …

Dass er davon wach wurde.

Sifkitz konnte es kaum glauben, dass er da unten in seiner Nische einschlief, während er auf seinem Hometrainer beständige fünfzehn Meilen pro Stunde fuhr, aber die Alternative gefiel ihm nicht besonders, dann war er nämlich auf der Straße nach Herkimer ein wenig verrückt geworden. Oder in seinem Keller in SoHo, falls das irgendwen glücklicher machte. Dann litt er nämlich unter Wahnvorstellungen.

An einem Abend, während er zwischen verschiedenen Programmen hin und her zappte, stieß er auf eine Sendung über Hypnose. Der Typ, der da interviewt wurde, ein gewisser Joe Saturn, der sich als Hypnotiseur ausgab, behauptete, dass jeder Mensch tagtäglich ein bestimmtes Maß an Selbsthypnose praktiziere. Morgens, so sagte er, würden wir sie einsetzen, um uns geistig auf die Arbeit vorzubereiten; wenn wir einen Roman lasen oder einen Film schauten, wurden wir dank ihr in die Lage versetzt, uns »in die Geschichte hineinzuversetzen«; und abends half sie uns einschlafen. An dem letzten Beispiel fand Joe Saturn allem Anschein nach besonders Gefallen, und er ließ sich lang und breit über die Verhaltensmuster aus, denen »erfolgreiche Schläfer« allabendlich folgten: Sie überprüften die Schlösser an Türen und Fenstern, schenkten sich ein Glas Wasser ein, beteten vielleicht oder meditierten in irgendeiner Form. Er verglich all das mit den Handbewegungen, die ein Hypnotiseur vor dem Gesicht eines Probanden machte, und mit dem, was er dabei sagte – wenn er zum Beispiel rückwärts von zehn bis null zählte oder dem Probanden versicherte, er oder sie würde »ganz müde«. Sifkitz machte sich all das dankbar zu eigen und kam auf der Stelle zu dem Schluss, dass er seine täglichen zwei Stunden auf dem Hometrainer in einem Zustand leichter Hypnose zubrachte.

In der dritten Woche brachte er seine zwei Stunden nämlich nicht mehr vor der Wandprojektion in der Kellernische zu. In der dritten Woche war er tatsächlich auf der Straße nach Herkimer unterwegs.

Völlig zufrieden mit sich und der Welt, strampelte er die Landstraße entlang, die durch den Wald führte, roch den Kieferndu ft, hörte die Rufe der Krähen und das Knistern der Blätter, wenn er durch einen Laubhaufen fuhr. Aus dem Hometrainer wurde das Dreigang-Bonanzarad, auf das er mit zwölf so stolz gewesen war, damals in Manchester, New Hampshire. Beileibe nicht das einzige Rad, das er besessen hatte, bevor er mit siebzehn den Führerschein gemacht hatte, aber unbestreitbar das beste. Aus dem Plastikdosenhalter wurde ein unförmiger, aber ausgesprochen praktischer, selbst angeschweißter Metallring direkt über dem Fahrradkorb, und statt Red Bull befand sich eine Dose Lipton-Eistee darin. Ungesüßt.

Auf der Straße nach Herkimer war es immer Ende Oktober und eine Stunde vor Sonnenuntergang. Obwohl Sifkitz stets zwei Stunden lang unterwegs war (das bestätigte der Wecker ebenso wie der Kilometerzähler), rührte sich die Sonne nie vom Fleck; sie stand stets im selben Quadranten, wenn ihr Licht durch das Blätterdach flimmerte, und die Schatten auf der Straße waren immer genau gleich lang, wenn ihm der Fahrtwind das Haar aus der Stirn blies.

Manchmal, wenn eine Straße seinen Weg kreuzte, war ein Schild an einen Baum genagelt. CASCADE ROAD stand auf einem, HERKIMER 120 MEILEN auf einem anderen; die Entfernungsangabe war mit Einschusslöchern übersät. Die Schilder stimmten immer genau mit den Angaben des jeweiligen Parzellierungsplans überein, der gerade an die Wand der Nische gepinnt war. Sifkitz hatte bereits beschlossen, dass er nicht in Herkimer haltmachen würde, nicht einmal, um ein Souvenir zu kaufen; er würde gleich weiterfahren, in die kanadische Wildnis hinein. Die Straße war dort zu Ende, aber das war kein Problem. Er hatte sich schon ein Buch mit dem Titel *Parzellierungspläne Ostkanadas* gekauft. Mit einem feinen blauen Buntstift – und mit vielen Kringeln – malte er einfach seine eigene Straße in dieses Buch. Mehr Kringel bedeuteten mehr Meilen.

Wenn er wollte, konnte er den ganzen Weg bis zum Polarkreis weiterfahren.

Eines Abends, nachdem der Wecker geklingelt und ihn aus seiner Trance gerissen hatte, trat er vor die Projektion, legte den Kopf schräg und betrachtete sie eine ganze Weile eingehend. Für jeden anderen wäre kaum etwas zu erkennen gewesen; aus der Nähe klappte der Trick mit der erzwungenen Perspektive nicht mehr, und für das ungeschulte Auge bestand die Waldlandschaft nur noch aus bunten Klecksen – dem Hellbraun der Straße, dem etwas dunkleren Braun der Blätter, dem blau-grau gestreiften Grün der Tannen, dem hellen Weißgelb der Sonne, die weit im Westen unterging, der Tür, die in den Heizkeller führte, gefährlich nahe. Sifkitz sah das Bild jedoch noch in aller Deutlichkeit. Inzwischen hatte es sich seinem Gedächtnis fest eingeprägt – fest und unveränderlich. Es sei denn, er trat in die Pedale, aber auch dann war er sich einer gewissen Gleichförmigkeit bewusst. Was gut war. Diese grundlegende Gleichförmigkeit war ein Prüfstein, mit dessen Hilfe er sich vergewissern konnte, dass all dies doch nur ein ausgeklügeltes Gedankenspiel war – ein Gedankenspiel, das sein Unterbewusstsein mit Bildern versorgte, bei dem er aber jederzeit den Stecker ziehen konnte.

Er hatte einen Farbkasten mit nach unten genommen, um hin und wieder etwas auszubessern, und jetzt malte er, ohne nachzudenken, ein paar braune Kleckse auf die Straße; vorher hatte er das Braun mit Schwarz gemischt, damit es dunkler war als die trockenen Blätter, die auf der Straße lagen. Er trat einen Schritt zurück, betrachtete sein Werk und nickte. Es war nur eine kleine Änderung, aber auf ihre Art war sie perfekt.

Als er am nächsten Tag auf seinem Dreigang-Bonanzarad durch den Wald radelte (bis nach Herkimer waren es keine sechzig Meilen mehr und bis zur kanadischen Grenze nur noch achtzig), kam er um eine Kurve, und mitten auf der Straße stand ein ziemlich großer Hirsch und sah ihn aus dunklen Samtaugen an. Die weiße Fahne seines Schweifes zuckte durch die Luft, er ließ einen Kothaufen fallen, und schon war er im Wald verschwunden. Sifkitz sah nur den Schweif noch einmal schlagen und dann nichts mehr. Er machte einen großen Bogen um den Haufen – das Zeug bekäme er nie wieder aus dem Reifenprofil heraus – und fuhr weiter.

An jenem Abend schaltete er den Wecker aus und näherte sich dem Bild an der Wand. Mit einem Taschentuch, das er aus der Gesäßtasche seiner Jeans zog, wischte er sich den Schweiß von der Stirn. Die Hände in die Hüften gestemmt, betrachtete er die Projektion mit kritischem Blick. Dann übermalte er den Kothaufen und ersetzte ihn durch ein paar Bierdosen. Wer die dort wohl hingeworfen hatte? Bestimmt ein Jäger aus der New Yorker Provinz, der auf Fasanen oder Truthahn aus war. Der Pinsel bewegte sich selbstsicher und schnell – schließlich verdiente Sifkitz mit dergleichen seit zwanzig Jahren sein Geld.

»Die hast du übersehen, Berkowitz«, sagte er an jenem Abend. Statt des üblichen Gemüsesafts trank er ein Bier. »Ich werde sie morgen aufheben, aber dass mir das nicht wieder vorkommt.«

Als er am nächsten Tag in den Keller ging, musste er die Bierdosen jedoch nicht übermalen – sie waren bereits weg. Einen Moment lang versetzte ihm die Angst einen Stich in den Bauch wie durch einen stumpfen Stock. War er unter die Schlafwandler gegangen? War er mitten in der Nacht hier herunterspaziert, um sich Terpentin und Pinsel zu schnappen? Aber dann machte er sich weiter keine Gedanken mehr darüber. Er stieg auf den Hometrainer, und alsbald radelte er auf seinem getreuen Bonanza einher, schnupperte die saubere Waldluft und spürte voller Behagen, wie ihm der Wind die Haare aus der Stirn blies. Und doch, war das nicht der Tag, an dem alles anders wurde? Der Tag, an dem er spürte, dass er auf der Straße nach Herkimer vielleicht nicht allein war? Eine Sache stand außer Zweifel: An dem Tag, nachdem die Bierdosen verschwunden waren, hatte er diesen wirklich schlimmen Traum, und an dem Tag malte er auch das Bild von Carlos' Garage.

IV. Mann mit Schusswaffe

Etwas so Lebensechtes hatte er nicht mehr geträumt, seit ihn im Alter von vierzehn Jahren drei, vier völlig geniale feuchte Träume erstmals mit seiner Männlichkeit konfrontierten. Es war der mit Abstand entsetzlichste Traum aller Zeiten – nichts kam dem auch nur entfernt nahe. Was ihn so entsetzlich machte, war das Gefühl drohenden Unheils, das den Traum wie ein roter Faden durchzog. Und das, obwohl der Traum seltsam unwirklich war: Sifkitz wusste, dass er träumte, konnte dem jedoch nicht entfliehen. Er hatte das Gefühl, in dicke Gaze gehüllt zu sein. Er wusste, dass sein Bett nicht weit war, aber er kam einfach nicht zu dem Richard Sifkitz durch, der sich da in seinen Boxershorts zitternd und schwitzend hin und her warf.

Er sah ein Kissen und ein weißes Telefon mit einem Riss im Gehäuse. Dann einen Flur mit Bildern, von denen er wusste, dass seine Frau und seine drei Töchter darauf abgebildet waren. Dann eine Küche mit einer Mikrowelle, auf der die Ziffern *4:16* blinkten. Eine Schale mit Bananen (die ihn mit Trauer und Entsetzen erfüllten) auf der Resopaltheke. Ein überdachter Durchgang. Und dort lag, die Schnauze auf den Pfoten, Pepe der Hund, und als Sifkitz an ihm vorbeiging, hob er nicht einmal den Kopf, sondern schaute ihn nur aus großen Augen an, die sich in grausige, blutunterlaufene weiße Halbmonde verwandelten. Da fing Sifkitz im Traum zu weinen an, weil er begriffen hatte, dass alles verloren war.

Jetzt war er in der Garage. Er konnte Öl riechen. Und getrocknetes Mariengras. In einer Ecke stand gleich einem vorstädtischen Gott der Rasenmäher. Auf dem Arbeitstisch thronte der Schraubstock – alt und schwarz und mit winzigen Holzsplittern übersät. Daneben ein Schränkchen. Die Schlittschuhe seiner Töchter lagen auf dem Boden, die Schnürsenkel so weiß wie Vanilleeiscreme. Sein Werkzeug hing ordentlich sortiert an der Wand. Der größte Teil davon war für die Gartenarbeit bestimmt – er arbeitete für sein Leben gern, der gute

(Carlos. Ich bin Carlos.)

Auf dem obersten Bord, weit außerhalb der Reichweite der Mädchen, lag ein Jagdgewehr, das er seit Jahren nicht mehr benutzte, ja, das er schon fast vergessen hatte, und eine Schachtel mit Patronen, die so schwarz angelaufen waren, dass man das Wort *Winchester* darauf kaum noch lesen konnte, aber man konnte es lesen, gerade so, und in dem Moment begriff Sifkitz, dass er sich im Kopf eines potenziellen Selbstmörders befand. Er gab sich alle Mühe, Carlos entweder davon abzuhalten, sich umzubringen, oder ihm zu entfliehen, aber keines davon gelang ihm, obwohl er ahnte, wie nahe er seinem Bett war, direkt auf der anderen Seite der Gaze, mit der er von Kopf bis Fuß eingewickelt war.

Jetzt stand er wieder vor dem Schraubstock, das Jagdgewehr war darin eingespannt, die Schachtel mit den Patronen lag griffbereit auf dem Arbeitstisch, und in der Hand hielt er die Eisensäge, er war dabei, den Lauf der Flinte abzusägen, weil der ihm bei dem, was er tun musste, nur im Weg war, und als er die Schachtel öffnete, glotzten ihm zwei Dutzend der fetten, grünen Scheißdinger entgegen, und als Carlos die Waffe zuschnappen ließ, war kein leises *klick!,* sondern ein lautes *KLACK!* zu hören, und als er sie sich in den Mund steckte, schmeckte er Öl auf der Zunge und Staub auf der Innenseite seiner Wange und auf den Zähnen, und sein Rücken schmerzte, wurde das denn nie besser, LMAA, das hatten sie als Jugendliche immer auf leerstehende Häuser getaggt (und manchmal auch auf welche, die nicht leerstanden), damals als er mit den Deacons noch Poughkeepsie unsicher machte, und das stand für LECK MICH AM ARSCH, und genau so schmerzte sein Rücken, aber jetzt, wo er entlassen worden war, hatte er keine Ansprüche auf Sozialleistungen mehr, Jimmy Berkowitz konnte sich den Arbeitgeberanteil nicht mehr leisten, also konnte sich Carlos Martinez keine Medikamente mehr leisten, die die Schmerzen etwas erträglicher machten, konnte sich den Chiropraktiker nicht mehr leisten, der die Schmerzen etwas erträglicher machte, und die Raten fürs Haus – ay, caramba, sagten sie früher immer, im Spaß, aber ihm war der Spaß eindeutig vergangen, ay, caramba, sie würden das Haus verlieren, weniger als fünf Jahre von der Ziellinie entfernt, *sí sí, señor,* und daran war nur dieses Arschloch Sifkitz schuld, Sifkitz mit seinem beschissenen Straßeninstandhaltungshobby, und die Rundung des Abzugs unter seinem Finger war wie ein Halbmond, wie der entsetzliche Halbmond der starrenden Hundeaugen.

In dem Moment wachte Sifkitz schluchzend und zitternd auf, die Beine noch im Bett, den Kopf über der Kante – die Haare hingen ihm bis auf den Boden hinab. Er kroch auf allen vieren durch das Schlafzimmer und dann weiter durch das Wohn- und Arbeitszimmer zur Staffelei, die unter dem Dachfenster stand. Erst auf der Hälfte des Weges stellte er fest, dass er wieder aufrecht gehen konnte.

Das Bild von der leeren Straße stand noch dort, die bessere und vollständigere Version der Projektion an der Kellerwand. Ohne einen zweiten Blick warf er es beiseite und stellte ein sechzig mal sechzig großes Stück Presspappe auf die Staffelei. Er nahm das nächstbeste Schreibgerät (in diesem Fall einen Tintenroller von Faber-Castell) und fing an zu zeichnen. Er zeichnete Stunde um Stunde und weinte dabei die ganze Zeit. Irgendwann musste er pinkeln (daran konnte er sich nur vage erinnern) und spürte, wie es ihm heiß das Bein hinunterlief. Die Tränen nahmen erst ein Ende, als das Bild fertig war. Als er wieder klar sehen konnte, trat er einen Schritt zurück und betrachtete sein Werk.

Er hatte Carlos' Garage gezeichnet, wie er sie an jenem Oktobernachmittag gesehen hatte. Der Hund – Pepe – stand mit aufgerichteten Ohren davor. Er war von dem Gewehrschuss angelockt worden. Von Carlos war auf dem Bild nichts zu sehen, aber Sifkitz wusste ganz genau, wo die Leiche lag, und zwar links, neben dem Arbeitstisch mit dem Schraubstock.

Wenn seine Frau zu Hause war, hatte sie den Schuss bestimmt gehört. Wenn nicht – möglicherweise war sie einkaufen oder bei der Arbeit –, mochten ein, zwei Stunden vergehen, bevor sie nach Hause kam und ihn fand.

Unter das Bild hatte er MANN MIT SCHUSSWAFFE gekritzelt. Er konnte sich nicht mehr daran erinnern, das getan zu haben, aber es war seine Schrift, und der Titel passte zum Bild. Zwar war darauf weder ein Mann noch eine Schusswaffe zu sehen, aber es war der richtige Titel.

Sifkitz ging zum Sofa hinüber, setzte sich und stützte den Kopf in die Hände. Seine rechte Hand tat ihm weh – mit einem so feinen Stift zeichnete er sonst nie. Er versuchte sich einzureden, dass er nur schlecht geträumt hatte, dass das Bild nur ein Ausfluss seines Traums gewesen war. Einen Carlos hatte es nie gegeben, und auch keine *Lipide Abbau & Co.*, beide hatte er sich nur eingebildet, weil ihm Dr. Bradys unbedachte Metapher nicht mehr aus dem Kopf ging.

Aber Träume verblassten; diese Bilder dagegen – das Telefon mit dem Riss im Gehäuse, die Mikrowelle, die Schale mit den Bananen, der Hundeblick – standen ihm noch immer völlig klar vor Augen. Klarer sogar.

Eines ist sicher, sagte er sich. Von dem verdammten Hometrainer würde er die Finger lassen. Das kam dem Wahnsinn doch etwas sehr nahe. Wenn er so weitermachte, würde er sich noch ein Ohr abschneiden und es mit der Post verschicken, nicht an seine Freundin (er hatte keine), sondern an Dr. Brady, der für all das verantwortlich war, ganz eindeutig.

»Ich rühr das Teil nicht mehr an«, sagte er, noch immer den Kopf in die Hände gestützt. »Vielleicht sollte ich mich bei einem Fitnessstudio anmelden, irgend so was, aber von dem verdammten Hometrainer lass ich die Finger.«

Aber er meldete sich bei keinem Fitnessstudio an, und nach einer Woche ohne Sport (er ging spazieren, aber das war nicht dasselbe – auf den Gehsteigen waren zu viele Leute unterwegs, er sehnte sich nach der Ruhe auf der Straße nach Herkimer) hielt er es nicht mehr aus. Bei seinem aktuellen Projekt – einem Gemälde à la Norman Rockwell für einen Hersteller von Mais-Chips – war er in Rückstand geraten, und sein Agent und der Kerl, der bei der Werbeagentur für diesen Auftrag zuständig war, hatten beide bei ihm angerufen. Das war ihm noch nie passiert.

Was noch schlimmer war – er konnte nicht schlafen.

Der Traum stand ihm nicht mehr ganz so eindringlich vor Augen, und er war zu dem Schluss gelangt, dass es nur das Bild von Carlos' Garage war, das ihn aus einer Ecke des Zimmers unverwandt anstarrte und ihm immerzu alles wieder ins Gedächtnis zurückrief. Er konnte sich nicht dazu bringen, das Bild zu vernichten (dafür war es einfach zu gut), aber er drehte es um. Sollte es doch die Wand anglotzen.

An jenem Nachmittag fuhr er mit dem Aufzug in den Keller und stieg auf den Hometrainer. Kaum hatte er den Blick auf die Wandprojektion gerichtet, verwandelte sich der Hometrainer in das Dreigang-Bonanzarad, und er nahm seine Tour nach Norden wieder auf. Er versuchte sich einzureden, dass ihn niemand verfolgte, dass er sich das nur einbildete, das es nur der Traum war, der ihm noch im Nacken saß, und das Bild, das er in den Stunden danach wie ein Wahnsinniger gezeichnet hatte. Für eine Weile glaubte er sogar daran, obwohl er es besser wusste. Dazu hatte er gute Gründe. Gute Gründe? Nun, vor allem schlief er wieder durch und hatte sich auch wieder an seinen derzeitigen Auftrag gemacht.

Als das Gemälde mit den Kindern, die auf einer grünen Wiese am Stadtrand saßen und eine Tüte Mais-Chips knabberten, fertig war, verschickte er es per Boten, und am nächsten Tag traf ein Scheck über 10 200 ein nebst einer kurzen Mitteilung von Barry Casselman, seinem Agenten. Süßer, du hast mir da ein wenig Angst eingejagt, stand darauf, und Sifkitz dachte: Da bist du nicht der Einzige. Süßer.

Im Lauf der folgenden Woche dachte er hin und wieder daran, dass er jemandem von seinen Abenteuern unter dem roten Himmel erzählen sollte, und jedes Mal tat er den Gedanken wieder ab. Trudy hätte er davon erzählen können, aber wenn Trudy noch bei ihm wäre, nun, dann wäre es natürlich gar nicht erst so weit gekommen. Barry konnte er das nicht erzählen, allein die Vorstellung war lächerlich. Und Dr. Brady? Der Gedanke machte ihm Angst. Dr. Brady würde ihm einen guten Psychiater empfehlen, bevor er auch nur »Persönlichkeitstest« sagen konnte.

An dem Abend, nachdem er den Scheck bekommen hatte, fiel ihm auf, dass sich an dem Wandgemälde im Keller etwas verändert hatte. Er wollte gerade den Wecker stellen, ließ es aber bleiben und näherte sich der Projektion (in der einen Hand eine Dose Cola light, in der anderen den kleinen verlässlichen Wecker, die Hafer-Rosinen-Riegel in der Hemdtasche). Irgendetwas hatte sich da getan, irgendetwas war anders, aber erst konnte er ums Verrecken nicht sagen, was es war. Er schloss die Augen, zählte bis fünf (um den Kopf frei zu bekommen, ein alter Trick) und riss sie dann so weit auf, dass er wie ein Mann aussah, der übertriebene Angst mimte. Dieses Mal sah er sofort, was sich verändert hatte. Der hellgelbe Umriss drüben bei der Tür zum Heizkeller war weg, und die Bierdosen ebenso. Der Himmel über den Bäumen hatte eine tiefere, dunklere Farbe angenommen. Die Sonne war entweder untergegangen oder würde gleich untergehen. Auf der Straße nach Herkimer brach die Nacht herein.

Du musst damit aufhören, dachte Sifkitz, und dann: morgen. Morgen vielleicht.

Dann stieg er in den Sattel und strampelte los. Aus dem Wald um ihn herum drangen die Geräusche der Vögel, die sich ein Plätzchen für die Nacht suchten.

V. Für den Anfang tut es der Schraubenzieher

Während der nächsten fünf oder sechs Tage war die Zeit, die Sifkitz auf seinem Hometrainer (und dem Dreigangrad aus seiner Kindheit) verbrachte, ebenso wundervoll wie furchtbar. Wundervoll, weil er sich nie besser gefühlt hatte; sein Körper erbrachte Höchstleistungen, zumindest für einen Mann seines Alters, und Sifkitz wusste das. Wahrscheinlich gab es Profiathleten, die besser in Form waren als er, aber mit achtunddreißig näherten sie sich dem Ende ihrer Karriere, und so stolz sie auf ihren durchtrainierten Körper auch sein mochten, das würde ihnen doch aufs Gemüt schlagen. Sifkitz dagegen konnte noch gut und gern vierzig Jahre als Werbegrafiker arbeiten, wenn er denn wollte. Teufel auch, vielleicht sogar fünfzig! Ganze fünf Generationen an Footballspielern und vier Generationen an Baseballspielern würden kommen und gehen, während er friedlich an seiner Staffelei stand und Buchumschläge malte, Autoteile und fünf neue Logos für Pepsi-Cola.

Allerdings …

Allerdings erwarteten die Leute bei einer solchen Geschichte ein ganz anderes Ende, oder? Er selbst erwartete bei einer solchen Geschichte ein anderes Ende.

Mit jeder Tour, zu der er aufbrach, wurde das Gefühl, verfolgt zu werden, stärker, besonders nachdem er den letzten Parzellierungsplan des Bundesstaats New York abgehängt und den ersten kanadischen an die Wand gepinnt hatte. Mit einem blauen Stift (demselben, mit dem er MANN MIT SCHUSS-WAFFE gezeichnet hatte), verlängerte er die Straße über Herkimer hinaus. Er bedeckte den bisher straßenlosen Parzellierungsplan mit zahlreichen Kringeln. Inzwischen trat er deutlich schneller in die Pedale und schaute oft über die Schulter. Wenn er seine Tagestour beendet hatte, war er völlig durchgeschwitzt und so sehr außer Atem, dass er nicht gleich absteigen und den Wecker ausschalten konnte.

Dass er die ganze Zeit über die Schulter nach hinten schaute – nun, das war wirklich interessant. Anfangs sah er dann immer noch die Kellernische und die Tür, die zu den größeren Kellerräumen mit ihren verschlungenen Gängen und den vollgestopften Verschlägen führte. Er sah die Bananenkisten neben der Tür, auf denen der Wecker thronte und langsam die Minuten zwischen vier und sechs abzählte. Dann verschwamm alles wie in rötliches Licht getaucht, und alsbald kam darunter die Straße zum Vorschein, die herbstlich bunten Bäume rechts und links davon (nur dass sie so bunt nicht mehr waren, weil es bereits dämmerte) und der sich verdüsternde rote Himmel über ihm. Später sah er den Keller schon gar nicht mehr, wenn er sich umschaute, nicht einmal den Bruchteil einer Sekunde lang. Nur die Straße, die zurück nach Herkimer führte und schließlich nach Poughkeepsie.

Er wusste nur zu gut, nach was er da Ausschau hielt: nach Scheinwerfern.

Nach den Scheinwerfern von Freddys Dodge Ram, um genau zu sein. Berkowitz und sein Trupp waren nämlich nicht mehr einfach nur verwirrt, sie waren stinksauer. Carlos' Selbstmord hatte das Fass zum Überlaufen gebracht. Sie gaben ihm die Schuld daran, und nun waren sie hinter ihm her. Und wenn sie ihn erst einholten, dann …

Was? Was dann?

Dann werden sie mich umbringen, dachte er und radelte eisern durch die Abenddämmerung. Mach dir mal nichts vor, Alter. Wenn sie dich einholen, bringen sie dich um. Ich stecke wirklich in der Tinte! Auf der ganzen Karte ist nirgendwo ein Ort eingezeichnet, nicht einmal ein Kuhdorf. Ich könnte schreien, bis ich heiser bin, und niemand würde mich hören – niemand außer Barry Bär, Rosie Reh und Sammy Stinktier. Sobald ich also irgendwelche Scheinwerfer sehe (oder einen Motor höre, weil Freddy vielleicht ohne Licht fährt), sollte ich meinen Arsch umgehend in Richtung SoHo bewegen, Wecker hin oder her. Ich muss verrückt sein, mich überhaupt hier rumzutreiben.

Aber es fiel ihm zusehends schwerer, in den Keller zurückzukehren. Wenn der Wecker klingelte, blieb das Bonanzarad noch dreißig Sekunden lang ein Bonanzarad, die Straße vor ihm blieb eine Straße, anstatt sich in Farbkleckse auf Beton zurückzuverwandeln, und der Wecker klang, als wäre er weit weg. Konnte gut sein, dass er ihn in nicht allzu ferner Zeit für das Brummen eines Flugzeugs weit oben am Himmel halten würde, eine 767 von American Airlines, die vom Kennedy Airport gestartet war und über den Nordpol flog, der anderen Seite der Welt entgegen.

Wenn das Klingeln des Weckers schließlich zu ihm durchdrang, würde er zu strampeln aufhören, fest die Augen schließen und sie dann plötzlich weit aufreißen. Das klappte immer – aber wie lange noch? Und dann? Würde er eine Nacht im Wald zubringen, hungrig wie ein Wolf, und zum Vollmond aufblicken, der wie ein blutunterlaufenes Auge aussah?

Nein, vorher würden sie ihn wohl einholen. Stellte sich die Frage, ob er zulassen wollte, dass es so weit kam. So unglaublich es war, aber in gewisser Hinsicht sehnte er sich geradezu danach. Einerseits wollte er Berkowitz und den anderen Arbeitern entgegentreten und sie fragen, was er ihrer Meinung nach hätte tun sollen. Hätte ich einfach so weitermachen sollen, einen Donut nach dem anderen in mich reinstopfen, den Abfall an den Straßenrand werfen und den Auswaschungen keine Beachtung schenken, wenn die Abzugsgräben verstopften und überliefen? Ist es das, was ihr wollt?

Andererseits wusste er, dass es Wahnsinn wäre, eine Konfrontation zu riskieren. Er war tipptopp in Form, das schon, aber sie waren zu dritt, und wer konnte schon sagen, ob Mrs. Carlos den Jungs nicht das Gewehr ihres Mannes geliehen und ihnen zugeredet hatte, macht schon, holt euch den Schweinehund, und richtet ihm aus, dass die erste Kugel von mir und den Mädchen ist.

Ein Freund von Sifkitz war in den achtziger Jahren schwer kokainsüchtig gewesen. Inzwischen war er sauber, aber er hatte

Sifkitz erzählt, dass man nur dann eine Chance hatte, wenn kein Stoff mehr im Haus war. Klar konnte man immer noch mehr kaufen, das Zeug gab es heutzutage an jeder Straßenecke. Aber das war keine Entschuldigung, es herumliegen zu haben, wo man nur die Hand danach ausstrecken musste, wenn einen die Willenskraft verließ. Also hatte er restlos alles das Klo hinuntergespült. Und als das erst einmal erledigt war, hatte er alles, was sonst noch dazugehörte, in den Abfall geworfen und weggebracht. Damit waren seine Probleme noch nicht gelöst, so hatte er gesagt, aber ein Anfang war gemacht.

Eines Abends betrat Sifkitz die Nische, in der Hand einen Schraubenzieher. Er war fest entschlossen, den Hometrainer auseinanderzunehmen. Warum er dann den Wecker auf sechs Uhr gestellt hatte? Reine Gewohnheit. Der Wecker (ebenso wie die Hafer-Rosinen-Riegel) gehörte für ihn wohl einfach dazu; das waren die Handbewegungen, die ihn in Hypnose fallen ließen, die Maschinerie seiner Träume. Wenn er erst einmal den Hometrainer in seine Einzelteile zerlegt hatte, dann würde er den Wecker mit dem restlichen Müll rausbringen, so wie es sein Freund mit der Crackpfeife gemacht hatte. Natürlich würde ihm das leidtun – die verlässliche kleine Weckuhr war schließlich nicht daran schuld, dass er sich in eine derart idiotische Situation manövriert hatte. Aber er würde es tun. Indianer kennen keinen Schmerz, hatten sie einander als Kinder immer versichert. Hör auf zu jammern, Indianer kennen keinen Schmerz.

Er stellte fest, dass der Hometrainer aus vier Teilstücken bestand und dass er einen Schraubenschlüssel mit unterschiedlichen Aufsätzen brauchen würde, um ihn ganz auseinanderzunehmen. Aber das war schon in Ordnung – für den Anfang tat es der Schraubenzieher. Damit konnte er die Pedale abschrauben. Wenn das erst einmal erledigt war, würde er sich aus der Werkzeugkiste des Hausmeisters den Schraubenschlüssel leihen.

Er kniete sich hin, setzte den Schraubenzieher an – und zögerte. Er fragte sich, ob sein Freund noch ein Pfeifchen ge-

raucht hatte, bevor er den ganzen Stoff die Toilette runterge-
spült hatte, nur noch ein Pfeifchen, um der alten Zeiten willen.
Jede Wette! Als er dann ein bisschen breit gewesen war, war
es ihm wahrscheinlich leichter gefallen, seinen Vorsatz in die
Tat umzusetzen. Und wenn Sifkitz sich noch eine Spritztour
gönnte, um sich dann mit hochgepushtem Endorphinspiegel
hinzuknien und die Pedale abzumontieren? Dann würde er
vielleicht nicht sein Leben lang daran denken müssen, wie
Berkowitz, Freddy und Whelan in die nächstbeste Straßen-
kneipe abzwitscherten, wo sie erst einen Krug Rolling-Rock-
Bier und dann noch einen zweiten bestellten, um einander
zuzuprosten, auf Carlos' Erinnerung anzustoßen und einander
zu gratulieren, wie sie es dem Schweinehund gezeigt hatten.

»Du bist verrückt«, murmelte er und setzte den Schraubenzieher wieder an. »Mach schon, bring es hinter dich.«

Er drehte den Schraubenzieher sogar einmal um dreihun-
dertsechzig Grad (was nur allzu leicht ging; wer auch immer
den Hometrainer im Lager des Sportgeschäfts zusammenge-
baut hatte, war nur mit halbem Herzen bei der Sache gewesen), aber dann knisterten die Hafer-Rosinen-Riegel in seiner
Hemdtasche, und er musste daran denken, wie gut sie schmeck-
ten, wenn er die Straße entlangfuhr. Er musste nur die Hand
vom Lenker nehmen, in die Tasche greifen, ein paarmal ab-
beißen und sie mit einem Schluck Eistee hinunterspülen. Die
ideale Kombination. Es war ein tolles Gefühl, die Straße ent-
langzurasen und unterwegs einen Happen zu essen. Und die
Schweinehunde wollten ihm das wegnehmen!

Ein Dutzend Umdrehungen mit dem Schraubenzieher, vielleicht sogar weniger, und das Pedal würde auf den Betonboden
fallen – *klonk*. Dann könnte er mit dem anderen weitermachen. Und mit seinem Leben.

Das ist nicht fair, dachte er.

Noch eine Tour, nur um der alten Zeiten willen, dachte er.

Er schwang ein Bein über die Gabel und ließ sich mit dem
Hintern (der deutlich straffer war als damals zu Zeiten des

roten Cholesterinwerts) auf dem Sattel nieder. Und dachte: Das ist doch der Verlauf, den solche Geschichten immer nehmen, oder nicht? So enden sie immer – der arme Trottel sagt, das ist das letzte Mal, ich werde es nie wieder tun.

Durchaus richtig, dachte er, aber im wirklichen Leben kommen die meisten Leute irgendwie ungeschoren davon. Wollen wir wetten?

Tief in seinem Innern flüsterte eine Stimme, dass sein Leben nie so gelaufen sei. Was er da tue (und was er erlebe), habe keinerlei Ähnlichkeit mit irgendeiner Wirklichkeit, wie er sie sehe. Er schenkte der Stimme keine Beachtung, hörte einfach nicht hin.

Es war ein wunderschöner Abend für eine Radtour durch den Wald.

VI. Nicht unbedingt das Ende, das alle erwartet haben

Und trotzdem, er bekam noch eine zweite Chance.

In jener Nacht hörte er zum ersten Mal das Aufheulen des Motors hinter sich, und kurz bevor der Wecker klingelte, warf das Bonanzarad, auf dem er saß, auf der Straße vor ihm plötzlich einen langen Schatten – einen Schatten, wie er nur von den Scheinwerfern eines Autos stammen konnte.

Dann klingelte der Wecker, nicht gellend laut, sondern ein fernes Schnurren, das fast melodisch klang.

Allmählich holte ihn der Laster ein. Er musste nicht den Kopf drehen, um das zu sehen (niemand will den Kopf drehen und den entsetzlichen Unhold sehen, der ihm auf den Fersen ist, dachte Sifkitz später am Abend, als er in seinem Bett lag und noch immer ganz von dem Gefühl erfüllt war, dass er knapp einer Katastrophe entkommen war). Er sah den Schatten, der länger und schwärzer wurde.

Beeilung bitte, die Herren, es ist an der Zeit, dachte er und schloss fest die Augen. Noch immer konnte er den Wecker hören, der noch immer nicht mehr war als ein eher beruhigendes Schnurren, kein bisschen lauter; der Motor von Freddys Laster dagegen, der wurde immer lauter – fast hatte er ihn eingeholt. Was, wenn sie keine Zeit darauf verschwenden wollten, mit ihm ein Schwätzchen zu halten? Was, wenn der Mann am Steuer einfach das Gaspedal durchtrat und ihn überfuhr? Ihn beiläufig wie ein totes Tier am Straßenrand liegen ließ?

Er machte sich nicht die Mühe, die Augen zu öffnen, verschwendete keine Zeit darauf, nachzuschauen, ob er sich noch auf der verlassenen Straße befand und nicht etwa in der Nische im Keller. Stattdessen biss er die Zähne zusammen, konzentrierte sich voll und ganz auf das Klingeln des Weckers, und da verwandelte sich die höfliche Stimme des Barkeepers unvermittelt in ein ungehaltenes Brüllen:

BEEILUNG BITTE, DIE HERREN, ES IST AN DER ZEIT!

Und plötzlich, Gott sei Dank, nahm das Brummen des Motors ab, und das Klingeln des Weckers wurde immer lauter und kreischte ihm sein vertrautes *Wach auf! Wach auf! Wach auf!* zu. Und als er dieses Mal die Augen öffnete, sah er die Projektion an der Wand und nicht die Straße.

Aber inzwischen war der Himmel schwarz geworden, die Nacht war hereingebrochen und hatte das organische Rot überdeckt. Die Straße war hell erleuchtet, der Schatten des Rades – ein Bonanza – zeichnete sich deutlich auf dem von Laub übersäten Asphalt ab. Er konnte sich einreden, dass er in Trance vom Hometrainer gestiegen und all das gemalt hatte, aber er wusste es besser, und nicht nur, weil seine Hände nicht farbverschmiert waren.

Das ist meine letzte Chance, dachte er. Meine letzte Chance, um zu vermeiden, dass diese Geschichte so ausgeht, wie es alle erwarten.

Aber er war einfach zu müde, um sich sofort um den Hometrainer zu kümmern – er zitterte am ganzen Leib. Morgen früh würde er ihn auseinandernehmen. Morgen früh, als Allererstes. Jetzt wollte er nur raus aus diesem furchtbaren Kellerloch, wo die Wirklichkeit so dünn geworden war. Mit diesem Vorsatz wankte Sifkitz zu den Bananenkisten neben der Tür (wie auf Gummibeinen und schweißüberströmt, außerdem stank er – nicht wie jemand, der sich körperlich angestrengt hatte, sondern wie jemand, der außer sich war vor Angst) und schaltete den Wecker aus. Dann ging er nach oben und legte sich auf sein Bett. Es dauerte sehr, sehr lange, bis er einschlief.

Am nächsten Morgen ließ er den Aufzug links liegen und stieg festen Schrittes die Treppe in den Keller hinunter, den Kopf erhoben und die Lippen fest zusammengekniffen – ein Mann mit einem Ziel vor Augen. Ohne die Kisten und den Wecker zu beachten, marschierte er stracks zu seinem Hometrainer, ging auf die Knie, schnappte sich den Schraubenzieher, den Blick starr auf eine der vier Schrauben gerichtet, von denen das linke Pedal gehalten wurde, setzte ihn an ...

... und ehe er sich's versah, radelte er in einem Affenzahn die Straße entlang. Die Scheinwerfer ließen seine Umgebung in einem hellen Licht erstrahlen, bis er sich vorkam, als stünde er auf einer Bühne, die bis auf einen einzigen Spot, der nur ihn erfasste, dunkel war. Der Motor des Lasters war zu laut (irgendwas war mit dem Auspuff nicht in Ordnung), und der Keilriemen jaulte. Allem Anschein nach hatte Freddy die Kiste schon länger nicht mehr zur Inspektion gebracht. Wie auch, schließlich musste das Haus abgezahlt werden, Lebensmittel wurden immer teurer, die Bälger brauchten Zahnspangen, und der wöchentliche Lohnscheck blieb aus.

Er dachte: *Ich hatte meine letzte Chance. Ich hatte meine letzte Chance und habe sie nicht genutzt.*

Er dachte: *Warum habe ich das getan? Warum, wenn ich es doch besser wusste.*

Er dachte: *Die werden mich überfahren, und dann verrecke ich hier im Wald.*

Aber der Laster fuhr ihn nicht über den Haufen. Stattdessen raste er rechts an ihm vorbei – fast wären die Reifen auf dem nassen Laub am Straßenrand weggerutscht – und stellte sich vor ihm quer.

In panischer Angst vergaß Sifkitz das Erste, was ihm sein Vater erklärt hatte, als er das Bonanzarad mit nach Hause gebracht hatte: Wenn du anhältst, Richie, dann benutze nicht nur die Vorderbremse, sondern gleichzeitig auch die Rücktrittbremse. Sonst …

Tja, sonst. In seiner Panik ballte Sifkitz beide Hände zu Fäusten und drückte die Handbremse durch. Das Vorderrad blockierte. Das Bonanza bockte und warf ihn ab. Er segelte durch die Luft auf den Laster zu, und der Schriftzug LIPIDE ABBAU & CO. wurde immer größer. Mit ausgestreckten Händen krachte er mit solcher Wucht auf die Ladefläche, dass sie ganz taub wurden. Verschwommen fragte er sich, wie viele Knochen er sich gebrochen haben mochte.

Über ihm öffneten sich die Türen, und er hörte das Laub knistern, als Männer in Arbeitsstiefeln ausstiegen. Er hielt den Blick gesenkt. Jeden Moment würden sie ihn packen und hochziehen. Aber niemand fasste ihn an. Das Laub duftete wie alter, trockener Zimt. Die Schritte umrundeten die Ladefläche, und dann war plötzlich gar nichts mehr zu hören.

Sifkitz setzte sich auf und betrachtete seine Hände. Die rechte Handfläche blutete, und das linke Handgelenk schwoll bereits an, aber gebrochen war es wohl nicht. Er schaute sich um, und zuallererst fiel sein Blick auf das Bonanzarad. Im Schein der Rücklichter schimmerte es rötlich. Als sein Vater es aus dem Fahrradladen mitgebracht hatte, war es wunderschön gewesen, aber das war einmal. Das Vorderrad hatte einen heftigen Achter, und der hintere Reifen hatte sich ein Stück von den Felgen gelöst. Zum ersten Mal empfand er etwas anderes als Furcht. Er war wütend.

Schwankend rappelte er sich auf. Hinter dem Bonanza, mitten auf der Straße, auf der er hierhergefahren war, befand sich ein Loch in der Wirklichkeit. Es sah seltsam organisch aus, so als würde er durch das Ende einer Röhre in seinem Körper blicken. Die Ränder der Öffnung waren ausgefranst und wölbten und dehnten sich. Dahinter standen drei Arbeiter in der Kellernische, in genau derselben Haltung wie tausend andere Bautrupps, die er in seinem Leben gesehen hatte. Diese Männer wussten genau, was sie tun mussten. Und gerade überlegten sie, wie sie ihre Arbeit am besten angehen sollten.

Plötzlich wurde ihm klar, warum er ihnen diese Namen gegeben hatte. Es war geradezu idiotisch einfach. Der mit der LIPIDE-Kappe, Berkowitz, war David Berkowitz, der sogenannte »Son of Sam«, über den die *New York Post* dauernd berichtet hatte, als Sifkitz nach Manhattan gezogen war. Freddy war Freddy Albemarle, ein Junge, den er auf der Highschool kannte – sie hatten zusammen im Orchester gespielt, und angefreundet hatten sie sich schlicht und ergreifend deshalb, weil sie das Orchester beide hassten, ihre Eltern jedoch darauf bestanden, dass sie hingingen. Und Whelan? Ein Künstler, dem er einmal auf irgendeiner Konferenz begegnet war. Michael Whelan? Mitchell Whelan? Sifkitz war sich nicht sicher, aber er wusste noch, dass der Typ sich auf Fantasy-Bilder spezialisiert hatte, auf Drachen und dergleichen. Sie hatten einen langen Abend in der Hotelbar zugebracht und sich über die ebenso komische wie schreckliche Welt der Filmplakatkünstler unterhalten.

Dann war da noch Carlos, der sich in der Garage umgebracht hatte. Aber klar doch – das war Carlos Delgado, der auch »Big Cat« genannt wurde. Über Jahre hinweg hatte Sifkitz verfolgt, wie sich die Toronto Blue Jays im US-amerikanischen Profibaseball schlugen, vor allem deshalb, weil er nicht wie alle anderen New Yorker ein Yankees-Fan sein wollte. Delgado war einer der wenigen Stars der Mannschaft aus Toronto.

»Ich habe euch alle geschaffen«, sagte er mit einer Stimme, die kaum mehr als ein Krächzen war. »Aus Erinnerungen und

Ersatzteilen.« Natürlich hatte er das. Und nicht zum ersten Mal! Die Jungen auf der Anzeige für die Mais-Chips zum Beispiel – auf seine Bitte hin hatte die Agentur ihm Fotografien von vier Jungen im passenden Alter zur Verfügung gestellt, und Sifkitz hatte sie einfach nur abgemalt. Die Mütter hatten die nötigen Verzichterklärungen unterschrieben – alles wie gewohnt.

Wenn sie ihn denn gehört hatten, ließen es sich Berkowitz, Freddy und Whelan jedenfalls nicht anmerken. Sie unterhielten sich, aber über was, konnte Sifkitz nicht verstehen – sie schienen weit weg zu sein. Was auch immer sie gesagt hatten, veranlasste Whelan nun dazu, die Nische zu verlassen, während sich Berkowitz neben den Hometrainer kniete, ganz so wie Sifkitz es auch schon getan hatte. Berkowitz nahm den Schraubenzieher, und in null Komma nichts fiel das Pedal auf den Betonboden – *klonk*. Sifkitz, der noch immer auf der verlassenen Straße stand, sah durch das seltsam organische Loch zu, wie Berkowitz jetzt Freddy Albemarle den Schraubenzieher reichte – der zusammen mit Richie Sifkitz in einem lausigen Highschool-Orchester ebenso lausig Trompete gespielt hatte. Wenn sie rockten, hatten sie bei weitem besser gespielt. Irgendwo in den kanadischen Wäldern schrie eine Eule, ein Laut, in dem alle Einsamkeit der Welt mitschwang. Freddy machte sich daran, das andere Pedal abzuschrauben. Whelan war inzwischen mit dem Schraubenschlüssel in der Hand zurückgekehrt. Als Sifkitz das sah, versetzte es ihm einen Stich.

Während er ihnen zuschaute, dachte er: Wenn du möchtest, dass etwas richtig getan wird, dann beauftrage einen Profi. Berkowitz und seine Jungs verschwendeten wirklich keine Zeit. Keine vier Minuten vergingen, und der Hometrainer bestand nur noch aus zwei Rädern und drei Teilstücken, die auf dem Betonboden lagen, als hätten sie nie zusammengehört – so ordentlich wie auf einer dieser »Explosionszeichnungen«.

Berkowitz ließ die Schrauben und Muttern in seiner Hosentasche verschwinden, die sich ausbeulte, als hätte er eine

Handvoll Kleingeld eingesteckt. Dabei warf er Sifkitz einen vielsagenden Blick zu, und Sifkitz spürte sofort wieder Zorn in sich aufsteigen. Als der ganze Bautrupp schließlich durch das seltsame Röhrenloch zurückkam (wobei die Männer den Kopf senkten, als duckten sie sich unter einer zu niedrigen Tür hindurch), hatte Sifkitz wieder die Hände zu Fäusten geballt, obwohl ihm sein linkes Handgelenk davon teuflisch wehtat.

»Weißt du, was?«, sagte er zu Berkowitz. »Ich glaube nicht, dass du mir etwas tun kannst. Denn was ist dann mit dir? Du bist doch nur ein ... ein Subunternehmer!«

Berkowitz schob sich die LIPIDE-Kappe in den Nacken und musterte ihn in aller Ruhe.

»Ich habe euch geschaffen!«, sagte Sifkitz und deutete nacheinander auf die drei Männer, als richtete er eine Pistole auf sie. »Du bist der ›Son of Sam‹! Und du bist nur die erwachsene Version eines Jungen, mit dem ich im Schulblasorchester gespielt habe! Du hättest kein Es spielen können, selbst wenn dein Leben davon abgehangen hätte! Und du bist der Grafiker, der sich auf Drachen und Fantasy-Schönheiten spezialisiert hat!«

Die verbliebenen Angehörigen der *Lipide Abbau & Co.* waren sichtlich unbeeindruckt.

»Und was sagt das über Sie aus?«, entgegnete Berkowitz. »Haben Sie sich darüber mal Gedanken gemacht? Wollen Sie damit etwa sagen, dass es dort draußen nicht irgendwo eine größere Welt gibt? Woher wollen Sie wissen, dass Sie nicht auch ein beiläufiger Gedanke sind, der irgendeinem arbeitslosen ›staatlich geprüften Steuerberater‹ durch den Kopf geht, während er auf dem Plumpsklo sitzt, Zeitung liest und sein morgendliches Ei legt?«

Sifkitz wollte schon den Mund öffnen, um zu erwidern, wie albern das doch sei, aber irgendetwas in Berkowitz' Blick ließ ihn innehalten. Es war ein zutiefst wissender Blick. Na los, schien er zu sagen. Stell eine Frage. Ich werde dir mehr erzählen, als du jemals hören wolltest.

Stattdessen sagte Sifkitz: »Wer seid ihr, dass ihr mir vorschreiben wollt, ich dürfte nicht trainieren? Soll ich vielleicht mit fünfzig sterben? Himmelherrgott, was ist nur los mit euch?«

»Ich bin kein großer Philosoph, Kumpel«, sagte Freddy. »Ich weiß nur, dass der Laster zur Reparatur muss und ich mir das nicht leisten kann.«

»Und ich habe ein Kind, das orthopädische Schuhe braucht, und eins, dass in sprachtherapeutische Behandlung gehen sollte«, fügte Whelan hinzu.

»Wissen Sie, was die Jungs immer sagen, die an dem großen Tunnel in Boston arbeiten?«, sagte Berkowitz. »›Lasst uns unsere Arbeit tun, bis wir damit fertig sind.‹ Mehr verlangen wir gar nicht, Sifkitz. Wir wollen nur unseren Anteil. Lassen Sie uns unsere Brötchen verdienen.«

»Das ist doch verrückt«, murmelte Sifkitz. »Völlig …«

»Mir ist scheißegal, was Sie davon halten, Sie verdammter Wichser!«, brüllte Freddy, und da wurde Sifkitz klar, dass Albemarle kurz davorstand loszuheulen. Diese Konfrontation war für sie ebenso aufreibend wie für ihn. Das bestürzte ihn noch mehr als alles andere. »Sie sind mir scheißegal! Sie sind eine Null, Sie arbeiten überhaupt nicht richtig, Sie machen nur herum und malen Ihre Bildchen! Aber Sie werden mir nicht meine Kohle wegnehmen, haben Sie kapiert? Das werden Sie nicht wagen!«

Er machte einen Schritt nach vorn, die Fäuste in einer absurden Boxerstellung à la John L. Sullivan erhoben. Berkowitz legte ihm eine Hand auf den Arm und zog ihn zurück.

»Seien Sie kein Korinthenkacker, Mann«, sagte Whelan. »Leben und leben lassen, oder?«

»Wir wollen nur unseren Anteil«, wiederholte Berkowitz, und natürlich erkannte Sifkitz die Redewendung; er hatte den *Paten* gelesen und alle Filme gesehen. Konnten die Jungs überhaupt ein Wort oder einen Satz sagen, der nicht seinem Vokabular entstammte? Er bezweifelte es. »Lassen Sie uns unsere Würde, Mann. Glauben Sie, wir können unser Geld wie Sie verdienen, indem wir Bildchen malen?« Berkowitz lachte.»Klar doch. Wenn ich eine Katze male, muss ich KATZE drunterschreiben, damit man erkennt, was es ist.«

»Sie haben Carlos auf dem Gewissen«, sagte Whelan, und wenn seine Stimme vorwurfsvoll geklungen hätte, dann wäre Sifkitz wieder stinksauer geworden. Aber es lag nur Trauer darin. »Wir haben ihm gesagt, er soll durchhalten, das wird schon wieder, aber ihm hat die Kraft gefehlt. Er konnte einfach nicht in die Zukunft schauen. Er hatte jede Hoffnung verloren.« Whelan hielt inne und blickte zu dem dunklen Himmel hinauf. Nicht weit weg knatterte Freddys Dodge vor sich hin. »Er hat nie viel gehabt. Bei manchen Leuten ist das eben so.«

Sifkitz wandte sich an Berkowitz. »Versteh ich euch richtig – ihr wollt …«

»Wir wollen unsere Arbeit nicht verlieren«, sagte Berkowitz. »Mehr nicht. Bis wir damit fertig sind.«

Sifkitz dachte darüber nach und gelangte zu der Feststellung, dass er dem Vorarbeiter den Gefallen tun konnte. So schwer war es wahrscheinlich gar nicht. Es gab Leute, die mussten gleich eine ganze Packung Donuts essen, wenn sie eine anbrachen. Wenn er zu denen gehören würde, dann hätten die Jungs hier ein ernstes Problem … aber zu denen gehörte er nicht.

»Also gut«, sagte er. »Versuchen wir es.« Und dann kam ihm eine Idee. »Meinst du, ich könnte eine von diesen Kappen bekommen?« Er deutete auf Berkowitz' Kopfbedeckung.

Berkowitz lächelte. Nur kurz, aber es schien von Herzen zu kommen. Nicht wie das Lachen, als er gesagt hatte, er könne keine Katze zeichnen. »Das lässt sich vielleicht machen.«

Sifkitz rechnete fast damit, dass Berkowitz ihm die Hand reichen würde, aber er irrte sich. Er warf Sifkitz nur einen letzten prüfenden Blick zu, wandte sich um und ging zu dem Laster hinüber. Die anderen beiden folgten ihm.

»Wie lange dauert's wohl, bis ich zu dem Schluss gelange, dass all das gar nicht passiert ist?«, fragte Sifkitz. »Dass ich den

Hometrainer selbst auseinandergenommen habe, weil ich … na ja … weil ich einfach genug von ihm hatte?«

Berkowitz blieb mit der Hand auf dem Türgriff stehen und sah Sifkitz über die Schulter hinweg an. »Wie lange möchten Sie denn, das es dauert?«, fragte er.

»Ich weiß es nicht«, sagte Sifkitz. »He, es ist wirklich wunderschön hier, findet ihr nicht?«

»Das war es immer«, sagte Berkowitz. »Dafür haben wir gesorgt.« Es klang ein bisschen so, als müsste er sich verteidigen, aber Sifkitz schenkte dem keine Beachtung. Allem Anschein nach konnte sogar jemand, den man sich einbildete, seinen Stolz haben.

Eine ganze Weile standen sie noch so auf der Straße, die für Sifkitz in letzter Zeit zur »großen transkanadischen Autobahn ins Nirgendwo« geworden war. Ein ziemlich großkotziger Name für einen besseren Trampelpfad durch den Wald, aber irgendwie auch schön. Keiner sagte etwas. Irgendwo schrie wieder eine Eule.

»Ob drinnen oder draußen, uns ist das gleich«, sagte Berkowitz. Dann öffnete er die Wagentür und schwang sich hinters Steuer.

»Passen Sie gut auf sich auf«, sagte Freddy.

»Aber nicht zu sehr«, fügte Whelan hinzu.

Sifkitz stand einfach nur da, während der Laster auf der schmalen Straße wendete – was nicht einfach war – und den Weg zurückfuhr, den er gekommen war. Die röhrenförmige Öffnung war verschwunden, aber deswegen machte sich Sifkitz keine Gedanken. Wenn es so weit war, würde er schon wieder nach Hause finden. Berkowitz machte sich nicht die Mühe, dem Bonanzarad auszuweichen, sondern fuhr direkt darüber hinweg. Was nun wirklich nicht notwendig gewesen wäre. Als die Speichen mit metallischem Knirschen brachen, zuckte Sifkitz kurz zusammen. Die Rücklichter des Lasters wurden kleiner und verschwanden dann hinter einer Kurve. Sifkitz konnte das Kollern des Motors noch eine ganze Weile hören, aber auch das verklang.

Er setzte sich auf die Straße, legte sich dann auf den Rücken und drückte das schmerzende linke Handgelenk an die Brust. Am Himmel waren keine Sterne zu sehen. Er war entsetzlich müde. Lieber nicht hier einschlafen, dachte er noch, sonst kommt etwas aus dem Wald geschlichen – ein Bär vielleicht – und frisst dich auf. Trotzdem schlief er ein.

Als er aufwachte, lag er auf dem Betonboden in der Kellernische. Überall um ihn herum waren die Einzelteile des Hometrainers verstreut, alle Schrauben und Muttern waren entfernt worden. Die Uhr zeigte 20:43 Uhr an. Offenbar hatte einer der Männer den Wecker ausgestellt.

Das Ding habe ich selbst auseinandergenommen, dachte er. So ist es gelaufen, und nicht anders. Irgendwann werde ich das sogar glauben.

Er stieg die Treppe zur Eingangshalle hinauf und musste feststellen, dass er Hunger hatte. Vielleicht sollte er einen Abstecher zu Dugan's machen und ein Stück Apfelkuchen essen. Apfelkuchen war doch nicht unbedingt das Ungesündeste, oder? Als er schließlich dort angekommen war, bestellte er sich eine große Portion Sahne dazu.

»Was soll's«, erklärte er der Kellnerin. »Man lebt nur einmal, oder nicht?«

»Nun ja«, erwiderte sie. »Die Hindus sind da anderer Meinung. Aber wenn es Sie glücklich macht ...«

Zwei Monate später erhielt Sifkitz ein Päckchen.

Es wartete in der Eingangshalle seines Wohnhauses auf ihn, als er von einem Abendessen mit seinem Agenten nach Hause kam (er hatte Fisch und gedünstetes Gemüse gegessen, sich zum Abschluss aber eine Crème brûlée gegönnt). Es war nicht frankiert, und nirgendwo war ein Logo von Federal Express, Airborne Express oder UPS zu sehen. Nur sein Name, in großen, unbeholfenen Blockbuchstaben: RICHARD SIFKITZ. Das stammt von jemandem, der KATZE unter das Bild schreiben muss, wenn er eine zeichnete, dachte Sifkitz und fragte sich, wie er darauf kam. Er nahm das Päckchen mit nach oben und schlitzte es mit einem Cuttermesser auf. Er musste einen ganzen Haufen zusammengeknülltes Papier herauskramen, bevor eine brandneue Baseballkappe zum Vorschein kam. Sie war mit einem verstellbaren Band versehen, und auf dem Schildchen innen stand *Made in Bangladesh.* Vorne drauf prangte leuchtend rot: LIPIDE.

»Was bedeutet denn das?«, fragte er das leere Studio und drehte die Kappe in den Händen hin und her. »Ist das nicht irgendwas im Blut?«

Er probierte sie auf. Erst war sie ihm zu klein, aber nachdem er das Band ein Stück rausgelassen hatte, passte sie ihm wie angegossen. Er betrachtete sich im Schlafzimmerspiegel und fühlte sich noch immer nicht ganz wohl damit. Er nahm sie ab, bog sie zurecht und setzte sie dann wieder auf. Schon besser. Jetzt musste er nur noch seine Ausgehklamotten loswerden und in ein paar Jeans mit Farbflecken schlüpfen. Dann würde er wie ein richtiger Arbeiter aussehen … was er auch war, ganz gleich, was manche Leute denken mochten.

Bald wurde es für ihn zur Gewohnheit, die LIPIDE-Kappe aufzusetzen, wenn er malte, ebenso wie er sich gestattete, an Tagen, die mit S anfingen, eine zweite Portion zu essen und donnerstagabends bei Dugan's ein Stück Apfelkuchen zu bestellen. Auch wenn die Weltanschauung der Hindus dem widersprach, glaubte Richard Sifkitz, dass jeder Mensch auf dieser schönen weiten Welt nur eine einzige Runde drehte. Und wenn dem so war, dann sollte man sich vielleicht ein bisschen von allem gönnen.

AUS DEM AMERIKANISCHEN VON HANNES RIFFEL

HINTERLASSENSCHAFTEN

Die Dinge, von denen ich erzählen möchte – diejenigen, die sie hinterlassen haben –, tauchten im August 2002 in meiner Wohnung auf. Das weiß ich bestimmt, weil ich die meisten gefunden habe, kurz nachdem ich Paula Robeson bei ihrem Airconditioner behilflich gewesen bin. Das Gedächtnis braucht immer einen Anhaltspunkt, und das ist meiner. Sie war Kinderbuchillustratorin, sah gut aus (Teufel, sie sah *klasse* aus), der Ehemann im Import-Export-Geschäft. Als Mann hat man so seine Art, sich an Gelegenheiten zu erinnern, bei denen man tatsächlich einer gut aussehenden Lady in Not helfen konnte (selbst einer, die einem ständig versichert, sie sei »sehr verheiratet«); solche Gelegenheiten sind allzu selten. Heutzutage verschlimmbessert der Möchtegernkavalier meistens nur alles.

Sie stand frustriert in der Eingangshalle, als ich zu einem Nachmittagsspaziergang nach unten kam. Ich sagte: *Hi, wie geht's,* wie man das zu Mitbewohnern seines Hauses eben sagt, und sie fragte mich in einem aufgebrachtem Ton, der fast schon an Verdrossenheit grenzte, weshalb der Hausmeister *jetzt* im Urlaub sein müsse. Ich wies darauf hin, dass sogar Tramperinnen ihre Schicksalsjahre haben und sogar Hausmeister Urlaub machen; außerdem sei der August ein äußerst sinnvoller Monat, um eine Zeit lang auszuspannen. Im August sind in New York (und in Paris, *mon ami*) Psychoanalytiker, im Trend liegende Künstler und Hausmeister ausgesprochen dünn gesät.

Sie lächelte nicht. Ich bin mir nicht sicher, ob sie den Hinweis auf Tom Robbins überhaupt verstanden hatte (Indirektheit ist der Fluch der lesenden Klasse). Sie sagte, auch wenn es vielleicht stimme, dass der August ein guter Monat sei, um abzuhauen und aufs Cape oder nach Fire Island zu fahren, stehe ihre verdammte Wohnung praktisch in *Flammen*, und der verdammte Airconditioner gebe keinen Mucks von sich. Ich fragte sie, ob ich es mir ansehen solle, und ich erinnere mich gut an den Blick, mit dem sie mich daraufhin musterte – diese kühlen, abschätzenden grauen Augen. Ich weiß noch, dass ich dachte, dass solche Augen vermutlich ziemlich viel sahen. Und ich erinnere mich an mein Lächeln, als sie mich fragte: *Sind Sie ungefährlich?* Das erinnerte mich an diesen Film, nicht *Lolita* (das Nachdenken über *Lolita*, manchmal um zwei Uhr morgens, kam erst später), sondern an den, in dem Dustin Hoffman von Laurence Olivier eine improvisierte Zahnbehandlung verpasst wird und dieser ihn ständig fragt: *Ist es sicher?*

Ich bin ungefährlich, sagte ich. *Hab seit über einem Jahr keine Frau mehr überfallen. Früher waren es zwei bis drei pro Woche, aber die Gruppentherapie hilft.*

Eine alberne Antwort, aber ich war in ziemlich alberner Stimmung. In *Sommerlaune.* Sie musterte mich nochmals, dann lächelte *sie.* Streckte mir die Hand hin. *Paula Robeson,* sagte sie. Es war die Linke, die sie ausstreckte – nicht normal, aber die Hand mit dem schlichten Goldring. Ich glaube, das war vermutlich Absicht, oder nicht? Aber dass sie mir erzählte, ihr Mann sei im Import-Export-Geschäft, kam erst später. An jenem Tag, an dem ich an der Reihe war, *sie* um Hilfe zu bitten.

Im Aufzug warnte ich sie davor, zu viel zu erwarten. Hätte sie jedoch einen Mann gebraucht, der die wahren Ursachen der New Yorker Wehrpflichtigen-Unruhen ermittelt oder ein paar amüsante Anekdoten über die Entwicklung des Impfstoffs gegen Windpocken liefert oder sogar Zitate über die soziologischen Auswirkungen der TV-Fernbedienung ausgräbt (meiner bescheidenen Meinung nach die wichtigste Erfindung der letzten fünfzig Jahre), wäre ich ihr Mann gewesen.

Recherche ist Ihr Beruf, Mr. Staley?, fragte sie, als wir mit dem langsamen, klapprigen Aufzug hinauffuhren.

Ich bekannte mich dazu, ohne allerdings hinzuzufügen, dass ich in dieser Branche noch ziemlich neu war. Ich forderte sie auch nicht auf, mich Scott zu nennen – das hätte sie gleich wieder kopfscheu gemacht. Und ich erzählte ihr erst recht nicht, dass ich mich bemühte, alles zu vergessen, was ich einst über landwirtschaftliche Versicherungen wusste. Dass ich in Wahrheit versuchte, einen ganzen Haufen Dinge zu vergessen, darunter ungefähr zwei Dutzend Gesichter.

Wie man sieht, kann ich mich noch an ziemlich viel erinnern, auch wenn ich mich vielleicht zu vergessen bemühe. Ich glaube, das tun wir alle, wenn wir uns auf etwas konzentrieren (und manchmal, recht viel unangenehmer, wenn wir es nicht tun). Ich erinnere mich sogar an etwas, was einer dieser südamerikanischen Romanciers gesagt hat – also, einer dieser sogenannten Magischen Realisten, ja? Nicht an den Namen des Typen, der ist nicht wichtig, sondern an dieses Zitat: *Im Säuglingsalter besteht unser erster Sieg darin, dass wir ein kleines Stück der Welt ergreifen, gewöhnlich die Finger unserer Mutter. Später entdecken wir, dass die Welt und die Dinge der Welt uns ergreifen, uns schon immer festgehalten haben.* Borges? Ja, das könnte von Borges sein. Oder von Márquez. *Daran* kann ich mich nicht erinnern. Ich weiß nur, dass ich ihren Airconditioner wieder zum Laufen brachte, und als die kühle Luft aus dem Konvektor zu strömen begann, strahlte sie übers ganze Gesicht. Ich weiß auch, dass das wahr ist, diese Sache mit der Umkehrung unserer Wahrnehmung, so dass wir erkennen, dass die Dinge, die wir erfasst zu haben glaubten, in Wirklichkeit uns erfasst halten. Uns vielleicht gefangen halten – Thoreau dachte das jedenfalls –, aber auch sicher an unserem Platz halten. Das ist der Ausgleich. Und unabhängig von Thoreaus Meinung glaube ich, dass dieser Tauschhandel meist fair verläuft. Oder habe es jedenfalls damals geglaubt; heute bin ich mir meiner Sache nicht mehr so sicher.

Und ich weiß, dass diese Dinge Ende August 2002 passierten, nicht ganz ein Jahr nachdem ein Stück des Himmels herabgestürzt ist und sich alles für uns alle geändert hat.

Eines Nachmittags – ungefähr eine Woche nachdem Sir Scott Staley seine Barmherziger-Samariter-Rüstung angelegt und den schrecklichen Airconditioner besiegt hatte – machte ich meinen Nachmittagsspaziergang zu Staples in der 83rd Street, um eine Box Zip-Disketten und eine Packung Schreibpapier zu kaufen. Ich war einem Kerl vierzig Seiten Hintergrundinformationen über die Entwicklung der Polaroidkamera schuldig (die eine interessantere Geschichte ist, als man vielleicht glauben würde). Als ich in meine Wohnung zurückkam, lag auf dem kleinen Tisch in der Diele, auf dem ich Rechnungen, die bezahlt werden müssen, Abholscheine, Mahnungen wegen überfälliger Bibliotheksbücher und dergleichen Dinge aufbewahre, eine Sonnenbrille mit rotem Gestell und sehr charakteristischen Gläsern. Ich erkannte die Gläser augenblicklich und spürte, wie mich alle Kraft verließ. Ich kippte zwar nicht um, ließ aber meine Einkäufe zu Boden fallen, lehnte mich innen gegen die Wohnungstür und versuchte, wieder zu Atem zu kommen, während ich diese Sonnenbrille anstarrte. Hätte es nichts zum Anlehnen gegeben, wäre ich vermutlich so ohnmächtig niedergesunken wie eine Miss in einem jener viktorianischen Romane, in denen immer, wenn es Mitternacht schlägt, der lüsterne Vampir auftritt.

Zwei zusammenhängende, aber unterschiedliche emotionale Wellen brandeten über mich hinweg. Die erste war jenes entsetzte Schamgefühl, das man empfindet, wenn man weiß, dass man bei irgendeiner Handlung ertappt werden wird, die man niemals wird erklären können. Woran ich mich in dieser Beziehung erinnere, ist eine Sache, die mir einmal passiert ist – oder beinahe passiert ist –, als ich sechzehn war.

Meine Mutter und meine Schwester waren in Portland einkaufen, und ich hatte das Haus vermeintlich bis abends für mich. Ich lag nackt auf meinem Bett und hatte mir einen Slip meiner Schwester um den Schwanz gewickelt. Übers Bett verstreut lagen Fotos, die ich aus Zeitschriften ausgeschnitten hatte. Ich hatte sie im Nebenraum der Garage entdeckt – vermutlich das geheime Lager des vorigen Hausbesitzers mit Magazinen wie *Penthouse* und *Gallery*. Ich hörte ein Auto über den Kies der Einfahrt knirschen. Der Klang dieses Motors war unverkennbar; das waren meine Mutter und meine Schwester. Peggy hatte sich irgendein Grippevirus geholt und angefangen, aus dem Fenster zu spucken. Sie waren bis Poland Springs gekommen und dort umgekehrt.

Ich betrachtete die übers ganze Bett verstreuten Bilder, meine über den ganzen Fußboden verstreuten Klamotten und den Bausch rosa Viskose in meiner linken Hand. Ich weiß noch, wie alle Kraft aus mir hinausströmte, und erinnere mich an ein Gefühl schrecklicher Mattigkeit, das sie ersetzte. Meine Mutter rief nach mir – »Scott, Scott, komm runter, und hilf mir mit Peg, ihr geht's ziemlich schlecht« –, und ich weiß noch, wie ich dachte: »Was soll's? Sie haben dich erwischt. Damit musst du dich abfinden, sie haben dich erwischt, und dies ist das Erste, woran sie für den Rest ihres Lebens denken werden, wenn sie an dich denken: Scott der Wichskünstler.«

Aber meistens schaltet sich in solchen Augenblicken eine Art Überlebens-Overdrive zu. So war es auch bei mir. Ich würde zwar untergehen, überlegte ich mir, aber nicht, ohne wenigstens versucht zu haben, mir meine Würde zu bewahren. Ich wischte die Fotos und den Slip unters Bett. Dann zog ich mich blitzschnell an, arbeitete mit tauben, aber griffsicheren Fingern und musste dabei die ganze Zeit an die verrückte alte Gameshow denken, die ich mir früher oft angesehen hatte: *Beat the Clock.*

Ich weiß noch, wie meine Mutter mein gerötetes Gesicht berührte, als ich nach unten kam, und erinnere mich an die nachdenkliche Besorgnis in ihrem Blick. »Vielleicht wirst du ja auch krank«, sagte sie.

»Schon möglich«, sagte ich, und das wäre mir nur recht gewesen. Erst eine halbe Stunde später entdeckte ich, dass ich vergessen hatte, den Reißverschluss meiner Hose hochzuziehen. Zum Glück merkten das weder Peg noch meine Mutter, obwohl bei jeder anderen Gelegenheit eine von ihnen oder beide mich gefragt hätten, ob ich eine Genehmigung als Hotdog-Verkäufer besäße (dergleichen galt in dem Haus, in dem ich aufgewachsen bin, als witzig). An diesem Tag war eine von ihnen zu krank und die andere zu besorgt, um witzig zu sein. Also kam ich völlig ungeschoren davon.

Schwein gehabt.

Was an diesem Augusttag in meiner Wohnung auf die erste emotionale Welle folgte, war viel unkomplizierter: Ich glaubte, verrückt zu werden. Weil diese Brille nicht hier sein konnte. Absolut nicht. Unmöglich.

Dann hob ich den Kopf und sah noch etwas, das ganz sicher nicht in meiner Wohnung gewesen war, als ich eine halbe Stunde zuvor zu Staples aufgebrochen war (wobei ich wie immer die Tür hinter mir abgeschlossen hatte). In der Ecke zwischen Kochnische und Wohnzimmer lehnte ein Baseballschläger. Dem Etikett nach von Hillerich & Bradsby. Und obwohl ich die andere Seite nicht sehen konnte, wusste ich recht gut, was dort stand: SCHADENSREGULIERER, die Buchstaben mit einem Lötkolben ins Eschenholz gebrannt und dann dunkelblau eingefärbt.

Eine weitere Gefühlsregung durchflutete mich: eine dritte Welle. Das Ganze war eine Art surrealer Verzweiflung. Ich glaube nicht an Geister, aber in diesem Moment habe ich bestimmt ausgesehen, als hätte ich gerade einen erblickt.

So fühlte ich mich auch. Und wie! Diese Sonnenbrille musste nämlich schon lange hinüber sein – »Long-Time Gone«, wie die Dixie Chicks sagen. Ebenso Cleve Farrells Schadensregulierer. (»Besboll war serr gutt zu mir«, sagte Cleve manchmal, indem er an seinem Schreibtisch sitzend den Schläger über dem Kopf schwang. »Ver-SICH-erung war nix gutt.«)

Ich tat das Einzige, was mir einfiel: Ich schnappte mir Sonja D'Amicos Sonnenbrille, trabte damit zum Aufzug zurück und trug sie vor mir her, wie man etwas Unappetitliches tragen würde, das man nach einer einwöchigen Urlaubsreise auf dem Fußboden seiner Wohnung vorfindet: ein verdorbenes Stück Käse oder den Kadaver einer vergifteten Maus. Ich erinnerte mich unwillkürlich an ein Gespräch über Sonja, das ich mit einem Kerl namens Warren Anderson geführt habe. *Sie muss ausgesehen haben, als wollte sie nochmal raufflitzen und fragen, ob jemand 'ne Coca-Cola für sie hat,* hatte ich gedacht, als Warren mir erzählte, was er gesehen hatte. Bei einem Drink im Blarney Stone Pub in der Third Avenue war das gewesen, ungefähr sechs Wochen nachdem der Himmel eingestürzt war. Nachdem wir darauf angestoßen hatten, dass wir nicht tot waren.

Solche Dinge haben eine eigene Art, sich einzuprägen, ob einem das gefällt oder nicht. Wie eine musikalische Phrase oder der Nonsensrefrain eines Popsongs, der einem einfach nicht mehr aus dem Kopf geht. Man wacht um drei Uhr morgens auf, weil man pinkeln muss, und während man mit dem Schwanz in der Hand und zu ungefähr zehn Prozent wach vor der Schüssel steht, fällt es einem plötzlich wieder ein: *Als wollte sie nochmal raufflitzen. Raufflitzen und 'ne Cola schnorren.* Irgendwann im Verlauf dieses Gesprächs hatte Warren mich gefragt, ob ich mich an ihre komische Sonnenbrille erinnern könne, und ich hatte gesagt, das könne ich. Natürlich konnte ich das.

Vier Stockwerke tiefer stand Pedro, der Portier, im Schatten der Markise und unterhielt sich mit Rafe, dem FedEx-Mann. Pedro war unerbittlich, wenn es darum ging, wie lange Lieferwagen vor dem Gebäude halten durften – er hatte eine Siebenminutenregel, eine Taschenuhr, um ihre Einhaltung zu überwachen, und alle Streifenpolizisten waren seine Kumpel –, aber mit Rafe kam er gut aus, und manchmal standen die beiden da, steckten zwanzig Minuten oder noch länger die Köpfe zusammen und schwatzten nach alter New Yorker Art. Politik? Besboll? Das Evangelium des Henry David Thoreau? Ich wusste es nicht, und es war mir nie gleichgültiger als an jenem Tag. Sie waren da gewesen, als ich mit meinem Büromaterial nach oben gefahren war, und standen noch da, als ein weit weniger sorgenfreier Scott Staley wieder nach unten kam. Ein Scott Staley, der im Gefüge der Realität einen kleinen, aber deutlich wahrnehmbaren Riss entdeckt hatte. Allein dass die beiden da waren, genügte mir schon. Ich trat vor sie und streckte Pedro die rechte Hand hin, die mit der Sonnenbrille.

»Wie würden Sie das nennen?«, fragte ich, indem ich die beiden unterbrach, ohne mir die Mühe zu machen, mich zu entschuldigen oder sonst was.

Er musterte mich mit einem nachdenklichen Blick, der besagte: »Ihre Unhöflichkeit überrascht mich, Mr. Staley, wirklich wahr«, dann blickte er auf meine Hand hinunter. Als er sekundenlang nichts sagte, ergriff eine schreckliche Idee Besitz von mir: Er sah nichts, weil es nichts zu sehen gab. Bloß meine ausgestreckte Hand, als wäre heute Verkehrter Dienstag und *ich* erwartete ein Trinkgeld von *ihm*. Meine Hand war leer. Klar war sie das, sie musste leer sein, weil Sonja D'Amicos Sonnenbrille nicht mehr existierte. Sonjas Scherzbrille war echt *longtime gone*.

»Das nenne ich eine Sonnenbrille, Mr. Staley«, sagte Pedro schließlich. »Wie sollte ich's sonst nennen? Oder ist das eine Art Fangfrage?«

Rafe, der FedEx-Mann, der eindeutig interessierter war, nahm sie mir aus der Hand. Meine Erleichterung darüber, ihn mit der Brille in der Hand dastehen und sie betrachten, sie fast *studieren* zu sehen, glich dem Gefühl, wie wenn jemand einem genau die Stelle zwischen den Schulterblättern kratzt, die grässlich juckt. Er trat unter der Markise hervor, hielt sie ins Tageslicht hoch und ließ von den herzförmigen Gläsern je einen Sonnenstern aufblitzen.

»Genau wie die, die das kleine Mädchen in diesem Pornofilm mit Jeremy Irons getragen hat«, sagte er schließlich.

Ich musste trotz meiner Sorge grinsen. In New York sind sogar die Ausfahrer Filmkritiker. Das gehört zu den Dingen, die ich an dieser Stadt liebe.

»Richtig, *Lolita*«, sagte ich und nahm die Brille wieder an mich. »Nur kommt die Sonnenbrille mit herzförmigen Gläsern in der Fassung vor, bei der Stanley Kubrick Regie geführt hat. Damals, als Jeremy Irons noch nichts anderes als ein Putter war.« Das war kaum verständlich (sogar für mich), aber mir war das scheißegal. Mir war wieder albern zumute ... aber auf keine gute Art. Diesmal nicht.

»Wer hat in dem den Perversling gespielt?«, fragte Rafe.

Ich schüttelte den Kopf. »Hol mich der Teufel, wenn ich's gerade weiß.«

»Nehmen Sie's mir nicht übel«, sagte Pedro, »aber Sie sehen reichlich blass aus, Mr. Staley. Haben Sie sich irgendwas geholt? Vielleicht die Grippe?«

Nein, das war meine Schwester, hätte ich beinahe gesagt. *An dem Tag, als ich nur etwa zwanzig Sekunden davon entfernt war, erwischt zu werden, wie ich mit dem Bild von Miss April vor Augen in ihren Slip masturbiere.* Aber ich war nicht erwischt worden. Nicht damals und auch am 11. September nicht. Ätsch, reingelegt, wieder das Rennen gegen die Uhr gewonnen. Ich konnte nicht für Warren Anderson sprechen, der mir im Blarney Stone erzählt hatte, er habe an dem bewussten Morgen im zweiten Stock haltgemacht, um mit einem Freund über die Yankees zu reden, aber nicht erwischt zu werden, war regelrecht zu meiner Spezialität geworden.

»Mir fehlt nichts«, erklärte ich Pedro, und obwohl das nicht stimmte, bewirkte das Wissen, nicht der Einzige zu sein, der Sonjas Scherzbrille als einen tatsächlich auf der Welt existierenden Gegenstand wahrnahm, dass ich mich zumindest etwas besser fühlte. Wenn die Sonnenbrille existierte, galt das vermutlich auch für Cleve Farrells *Hillerich & Bradsby*-Schläger.

»Ist das *die* Brille?«, fragte Rafe plötzlich in respektvollem, fast ehrfürchtigem Ton. »Die aus dem ersten *Lolita*-Film?«

»Ach was«, sagte ich und klappte die Bügel hinter den herzförmigen Gläsern zusammen, und während ich das tat, kam mir plötzlich der Name des Mädchens in der Kubrick-Verfilmung in den Sinn: Sue Lyon. Wer den Perversling spielte, fiel mir immer noch nicht ein. »Bloß 'ne Imitation.«

»Ist an der was Besonderes dran?«, wollte Rafe wissen. »Sind Sie deshalb hier runtergerannt gekommen?«

»Keine Ahnung«, sagte ich. »Irgendwer hat sie in meiner Wohnung zurückgelassen.«

Ich fuhr wieder hinauf, bevor sie weitere Fragen stellen konnten, und sah mich in der Hoffnung um, es gebe keine weiteren Dinge zu entdecken. Aber es gab welche. Außer der Sonnenbrille und dem Baseballschläger mit dem seitlich eingebrannten Wort SCHADENSREGULIERER fand ich ein Furzkissen der Marke *Howie's Laff-Riot,* eine große Schneckenmuschel, ein in einem Plexiglaswürfel eingegossenes Centstück aus Stahl und einen Keramikpilz (rot mit weißen Punkten), auf dessen Hut eine Keramik-Alice saß. Das Furzkissen hatte Jimmy Eagleton gehört und war jedes Jahr auf der Weihnachtsfeier ein paarmal zum Einsatz gekommen. Die Keramik-Alice hatte auf Maureen Hannons Schreibtisch gestanden – ein Geschenk von ihrer Enkelin, hatte sie mir einmal erzählt. Maureen hatte wunderschönes weißes Haar, das sie sehr lang, sogar taillenlang trug. Das sieht man in einem geschäftlichen Umfeld selten, aber sie war seit fast vierzig Jahren bei der Firma und fand, sie könne ihr Haar tragen, wie es ihr passe. Auch an die Schneckenmuschel und das stählerne Centstück konnte ich mich erinnern, wusste aber nicht mehr, auf wessen Schreibtisch (oder in wessen Büro) ich die beiden Dinge gesehen hatte. Das konnte mir noch einfallen – oder auch nicht. Bei Light and Bell, Versicherungen, hatte es viele Schreibtische (und Büros) gegeben.

Die Schneckenmuschel, der Pilz und der Plexiglaswürfel bildeten einen ordentlichen kleinen Haufen auf dem Couchtisch in meinem Wohnzimmer. Das Furzkissen lag – völlig zu Recht, wie ich fand – auf dem Spülkasten meiner Toilette neben der neuesten Ausgabe von *Spenck's Rural Insurance Newsletter.* Dass landwirtschaftliche Versicherungen früher mein Fachgebiet waren, habe ich schon erwähnt, glaube ich. Ich kannte mich gut mit Wahrscheinlichkeitsrechnung aus.

Wie hoch war die Wahrscheinlichkeit hierfür?

Wenn im Leben einmal etwas schiefgeht und man das Bedürfnis hat, darüber zu reden, dürfte die erste Regung den meisten Leuten eingeben, jemanden aus der Familie anzurufen. Für mich war das keine ernsthafte Option. Mein Vater hatte sich auf Französisch verabschiedet, als ich zwei war und meine Schwester vier. Meine Mutter, garantiert keine Drückebergerin, war allein durchgestartet und hatte uns zwei großgezogen, während sie von zu Hause aus die Verrechnungsstelle eines Versandhauses leitete. Meines Wissens hatte sie dieses Geschäft selbst aufgebaut und lebte nicht schlecht davon (nur das erste Jahr sei wirklich beängstigend gewesen, erzählte sie mir später). Aber sie qualmte wie ein Schlot und starb mit achtundvierzig an Lungenkrebs – sechs bis acht Jahre bevor das Internet sie zu einer Dot-Com-Millionärin gemacht hätte.

Meine Schwester Peg lebte zurzeit in Cleveland, wo sie Mary Kay Cosmetics, die Indianer und fundamentales Christentum in die Arme geschlossen hatte, nicht unbedingt in dieser Reihenfolge. Hätte ich Peg angerufen und ihr von den Dingen erzählt, die ich in meiner Wohnung vorgefunden habe, hätte sie mir geraten, niederzuknien und Jesus zu bitten, in mein Leben zu kommen. Ob das nun richtig war oder nicht: Ich hatte nicht das Gefühl, dass Jesus mir bei meinem gegenwärtigen Problem helfen könnte.

Ich besaß die übliche Ausstattung an Onkeln und Tanten, Cousins und Cousinen, aber die meisten lebten westlich des Mississippi, und wir hatten uns schon jahrelang nicht mehr gesehen. Die Killians (meine Verwandten mütterlicherseits) haben nie viel von Familientreffen gehalten. Eine Karte zum Geburtstag und eine zu Weihnachten galten als ausreichend, um alle familiären Verpflichtungen zu erfüllen. Eine Karte zum Valentinstag oder zu Ostern war dann sozusagen eine Dreingabe. An Weihnachten rief ich meine Schwester an, oder sie rief mich an, wir murmelten den Standardscheiß, dass wir uns »demnächst mal« treffen müssten, und legten dann beide irgendwie erleichtert auf.

Die nächste Option, wenn man in der Klemme saß, bestand vermutlich darin, einen guten Freund zu einem Drink in einer Bar einzuladen, ihm die Lage zu schildern und dann seinen Rat zu erbitten. Aber ich war ein schüchterner Junge, der zu einem schüchternen Mann herangewachsen war, arbeite in meinem jetzigen Beruf als Rechercheur allein (weil mir das am liebsten ist) und habe also keine Kollegen, die sich zu Freunden entwickeln könnten. In meinem vorigen Beruf war ich mit ein paar Kollegen befreundet – mit Cleve Farrell und Sonja, um nur zwei zu nennen –, aber die sind jetzt natürlich tot.

Wenn ich schon keinen Freund hatte, überlegte ich mir, sei es das Nächstbeste, sich einen zu mieten. Eine kleine Therapie konnte ich mir durchaus leisten, und ich glaubte, ein paar Sitzungen (vier würden vielleicht genügen) auf der Couch irgendeines Psychiaters gäben mir ausreichend Gelegenheit, die Ereignisse zu schildern und zu artikulieren, was ich dabei empfand. Wie viel würde ich für vier Sitzungen berappen müssen? Sechshundert Dollar? Vielleicht achthundert? Das erschien mir als fairer Preis für etwas Erleichterung. Und ich hielt sogar einen Bonus für möglich. Vielleicht würde ein unbeteiligter Außenstehender eine unkomplizierte, vernünftige Erklärung sehen können, die mir einfach entging. Meiner Ansicht nach schien die abgesperrte Tür zwischen meiner Wohnung und der Außenwelt solche Erklärungen weitgehend auszuschließen, aber so dachte eben *ich;* war das nicht der springende Punkt? Und vielleicht das Problem?

Ich hatte mir schon alles zurechtgelegt. Bei der ersten Sitzung würde ich erklären, was passiert war. Zur zweiten würde ich die betreffenden Dinge mitbringen: Sonnenbrille, Plexiglaswürfel, Schneckenmuschel, Baseballschläger, Keramikpilz, das allseits beliebte Furzkissen. Ein bisschen Herzeigen und Erzählen, genau wie in der Grundschule. Danach blieben meinem Mietfreund und mir zwei weitere Sitzungen, in denen wir die Ursache dieser beängstigenden Schieflage meiner Lebensachse ergründen und die Dinge wieder ins Lot bringen konnten.

Ein einziger Nachmittag, den ich damit verbrachte, in den Gelben Seiten blätternd Telefonnummern zu wählen, genügte, um mir zu beweisen, dass meine Idee, zu einem Psychiater zu gehen, sich in der Praxis nicht verwirklichen ließ, so gut sie theoretisch auch klingen mochte. Einer tatsächlichen Terminvereinbarung am nächsten kam ich, als eine Sprechstundenhilfe mir erklärte, Dr. Jauss könne mich vielleicht im kommenden Januar einschieben. Selbst das werde noch raffiniertes Jonglieren mit Terminen erfordern, deutete sie an. Die anderen machten mir alle nicht die geringste Hoffnung. Ich versuchte es mit einem halben Dutzend Therapeuten in Newark und vier in White Plains, sogar mit einem Hypnotiseur im Stadtteil Queens, immer mit demselben Ergebnis. Mohammed Atta und seine Selbstmörderpatrouille mochten für die Stadt New York (von der Ver-SICH-erungs-Branche ganz zu schweigen) nix gutt gewesen sein, aber nach diesem einen erfolglos vertelefonierten Nachmittag war mir klar, dass sie für den Berufsstand der Psychiater ein Segen gewesen waren, auch wenn die Psychiater vielleicht darunter stöhnten. Wenn man im Sommer 2002 auf der Couch irgendeines Mannes vom Fach liegen wollte, musste man eine Nummer ziehen und sich anstellen.

Ich konnte mit diesen Dingen in meiner Wohnung schlafen, aber nicht gut. Sie flüsterten mir zu. Ich lag wach im Bett, manchmal bis zwei, und dachte über Maureen Hannon nach, die fand, sie habe ein Alter erreicht (von einem Grad an Unersetzlichkeit ganz zu schweigen), in dem sie ihr erstaunlich langes Haar auf jede verdammte Weise tragen konnte, die ihr beliebte. Oder ich erinnerte mich an die verschiedenen Leute, die auf der Weihnachtsfeier herumgelaufen waren und Jimmy Eagletons berühmtes Furzkissen geschwenkt hatten. Wie ich vielleicht schon erwähnt habe, war es sehr beliebt, sobald die Leute um zwei oder drei Drinks näher an Silvester herangerückt waren. Ich wusste noch, wie Bruce Mason mich gefragt hat, ob es nicht wie ein Klistierbeutel für Elfen – »für Elfin«, sagte er – aussehe, und durch irgendeinen Assoziationsprozess fiel mir ein, dass die Schneckenmuschel ihm gehört hatte. Natürlich. Bruce Mason, Herr der Fliegen. Und einen Schritt tiefer in der Assoziationskette fand ich Namen und Gesicht von James Mason, der damals Humbert Humbert gespielt hatte, als Jeremy Irons noch nichts anderes als ein Putter gewesen war. Der Verstand ist ein gerissener Affe – manchmal nimmt-a de Banana, manchmal nimmt-a se nich. Deshalb war ich mit der Sonnenbrille hinuntergegangen, obwohl ich mir zu diesem Zeitpunkt keines deduktiven Prozesses bewusst gewesen war. Ich wollte nur eine Bestätigung. Ein Gedicht von Giorgos Seferis fragt: *Sind das die Stimmen deiner toten Freunde, oder ist das nur das Grammophon?* Das ist manchmal eine gute Frage, die man anderen stellen muss. Oder … man höre sich Folgendes an.

In den späten achtziger Jahren, gegen Ende meiner bitteren zweijährigen Romanze mit dem Alkohol, wachte ich einmal in meinem Arbeitszimmer auf, nachdem ich mitten in der Nacht am Schreibtisch eingedöst war. Ich torkelte ins Schlafzimmer, in dem ich jemanden sich bewegen sah, als ich nach dem Lichtschalter griff. Ich hatte sofort die Vorstellung (praktisch die *Gewissheit*) von einem drogensüchtigen Einbrecher mit einem billigen .32er Revolver vom Pfandleiher in der zitternden Hand, und mein Herz hämmerte zum Zerspringen. Ich machte mit der einen Hand Licht und tastete mit der anderen nach etwas Schwerem auf der Kommode – alles, sogar der Silberrahmen mit dem Bild meiner Mutter wäre mir recht gewesen –, als ich merkte, dass der Eindringling ich selbst war. Mein Spiegelbild mit halb aus der Hose gerutschtem Hemd und am Hinterkopf hochstehendem Haar starrte mich mit wildem Blick aus dem Spiegel an der Wand gegenüber an. Ich war von mir selbst angewidert, aber auch erleichtert.

Ich wollte, dass es jetzt genauso wäre. Ich wünschte mir den Spiegel, das Grammophon, sogar jemanden, der mir einen üblen Streich spielte (vielleicht jemanden, der wusste, weshalb ich an jenem Tag im September nicht im Büro gewesen war). Aber ich wusste, dass nichts dergleichen infrage kam. Das Furzkissen war hier, ein wirklicher Gast in meiner Wohnung. Ich konnte mit dem Daumen über die Schnallen auf Alice' Keramikschuhen fahren, mit der Fingerspitze den Scheitel ihrer gelben Keramikhaare nachziehen. Ich konnte das Prägejahr auf dem Centstück in dem Plexiglaswürfel lesen.

Im Juli nahm Bruce Mason, alias der Schneckenmuschelmann, alias der Herr der Fliegen, seine große rosa Schneckenmuschel zum Betriebsausflug nach Jones Beach mit und blies dort darauf wie auf einem Horn, um die Leute zu einem fröhlichen Mittagspicknick mit Hotdogs und Hamburgern zu rufen. Anschließend versuchte er, Freddy Lounds beizubringen, wie man darauf blies. Das Beste, was Freddy herausgebracht hatte, war eine Serie von schwachen Huptönen gewesen, die wie … nun, wie Jimmy Eagletons Furzkissen geklungen hatten. So schließt sich der Kreis. Letztlich bildet jede assoziative Kette ein Halsband.

Ende September hatte ich einen genialen Einfall, eine dieser Ideen, die so einfach sind, dass man kaum glauben kann, dass man nicht schon früher darauf gekommen ist. Weshalb behielt ich diesen unwillkommenen Scheiß überhaupt bei mir? Wieso beseitigte ich ihn nicht einfach? Schließlich war es nicht so, als hätte ich diese Sachen in Verwahrung genommen; die Leute, denen sie gehörten, würden nicht irgendwann später aufkreuzen und ihre Rückgabe verlangen. Cleve Farrells Gesicht habe ich zuletzt auf einem Poster gesehen, und die letzten dieser Plakate waren bis November 2001 abgenommen worden. Das allgemeine (wenn auch unausgesprochene) Gefühl war, solche selbst gestalteten ehrenden Nachrufe vergraulten die Touristen, die in dünnen Rinnsalen in die Fun City zurückzukehren begannen. Was passiert war, war schrecklich, fanden die meisten New Yorker, aber Amerika war noch da, und Matthew Broderick würde nicht unbegrenzt lange in *The Producers* mitspielen.

An diesem Abend hatte ich mir chinesisches Essen aus einem zwei Blocks entfernten Lokal geholt, das ich mochte. Ich hatte vor, mein Abendessen wie gewohnt einzunehmen: während ich zusah und hörte, wie Chuck Scarborough mir die Welt erklärte. Ich stellte gerade den Fernseher an, als mir die Erleuchtung kam. Sie waren mir *nicht* anvertraut worden, diese unwillkommenen Erinnerungsstücke an den letzten sicheren Tag, noch waren sie Beweismittel. Ein Verbrechen war verübt worden, ja – darüber waren sich alle einig –, aber die Täter waren tot, und ihre Hintermänner, die sie auf ihren verrückten Weg gebracht hatten, befanden sich auf der Flucht. Vielleicht würde es später Prozesse geben, aber Scott Staley würde niemals in den Zeugenstand gerufen, Jimmy Eagletons Furzkissen niemals als Beweisstück A gekennzeichnet werden.

Ich ließ mein General Tso's Chicken mit noch ungeöffneter Aluschale auf der Küchentheke stehen, holte einen Wäschesack aus dem Regal über meiner selten benutzten Waschmaschine, legte die Dinge hinein (als ich sie einsackte, konnte ich kaum glauben, wie leicht sie waren oder wie lange ich gewartet hatte, um etwas so Einfaches zu tun) und fuhr mit dem zwischen meinen Füßen stehenden Sack mit dem Aufzug hinunter. Ich ging zur Ecke 75th Street und Park Avenue, vergewisserte mich mit einem Blick in die Runde, dass ich nicht beobachtet wurde (weiß der Teufel, weshalb ich mich so schuldbewusst fühlte, aber so war das nun mal), und stopfte dann den Abfall in den dafür vorgesehenen Behälter. Als ich wegging, sah ich mich nochmals um. Der Schlägergriff ragte einladend aus dem Abfallkorb. Jemand würde vorbeikommen und ihn mitnehmen, das bezweifelte ich nicht. Wahrscheinlich bevor Chuck Scarborough an John Seigenthaler – oder wer sonst an diesem Abend Tom Brokaw vertrat – übergab.

Auf dem Heimweg kehrte ich im Fun Choy ein, um eine frische Portion von General Tso's Chicken mitzunehmen. »Letzte nicht gut?«, fragte Rose Ming an der Kasse. Das klang leicht besorgt. »Sie sagen, warum.«

»Nein, die letzte war in Ordnung«, sagte ich. »Ich hatte heute Abend nur Lust auf zwei.«

Sie lachte, als wäre dies das Komischste, was sie je gehört hätte, und ich lachte mit. Schallend laut. Die Art Lachen, die weit über Albernheit hinausgeht. Ich konnte mich nicht erinnern, wann ich zuletzt so gelacht hatte, so laut und so natürlich. Bestimmt nicht mehr, seit Light and Bell, Versicherungen, auf die West Street gestürzt war.

Ich fuhr mit dem Aufzug in mein Stockwerk hinauf und ging die zwölf Schritte zu 4-B. Ich fühlte mich, wie Schwerkranke sich fühlen müssen, wenn sie eines Morgens erwachen, sich im nüchternen Licht des Tages begutachten und entdecken, dass das Fieber überstanden ist. Ich klemmte mir die Essenstüte unter den linken Arm (eine linkische Haltung, aber für kurze Zeit praktikabel) und sperrte dann die Tür auf. Ich machte Licht. Dort, auf dem Tisch mit Rechnungen, die bezahlt werden mussten, Abholscheinen und Mahnungen für überfällige Bibliotheksbücher, lag Sonja D'Amicos Scherzsonnenbrille, die mit dem roten Gestell und den herzförmigen Lolita-Gläsern. Sonja D'Amico, von der Warren Anderson (der meines Wissens einzige weitere überlebende Angestellte aus dem Hauptsitz von Light and Bell) mir erzählt hat, sie sei aus dem hundertzehnten Stock des brennenden Gebäudes gesprungen.

Er behauptete, ein Foto gesehen zu haben, das ihren Sturz festhielt: Sonja, deren Hände sittsam ihren Rock festhielten, damit er nicht über die Schenkel hochgeweht wurde, ihr Haar vor dem Rauch und dem blauen Himmel jenes Tages zu Berge stehend, ihre Schuhspitzen nach unten zeigend. Bei dieser Beschreibung musste ich an das Gedicht *Falling* denken, das James Dickey über eine Stewardess geschrieben hat, die mit ihrem wie ein Stein fallenden Körper irgendwo Wasser zu treffen versucht, als könnte sie lächelnd daraus auftauchen, sich Wasserperlen aus dem Haar schütteln und eine Coca-Cola verlangen.

»Ich hab mich übergeben müssen«, hatte Warren mir damals im Blarney Stone erzählt. »Ich will niemals mehr ein Foto dieser Art sehen, Scott, aber ich weiß, dass ich's nie vergessen werde. Man konnte ihr Gesicht erkennen, und ich denke, sie hat geglaubt, irgendwie … jawohl, irgendwie werde alles gut ausgehen.«

Ich habe als Erwachsener nie laut gekreischt, aber nun tat ich es beinahe, als ich von Sonjas Sonnenbrille zu Cleve Farrells Schadensregulierer hinübersah, Letzterer lehnte wieder nonchalant in der Ecke am Durchgang zum Wohnzimmer. Irgendein Teil meines Verstands muss sich daran erinnert haben, dass die Tür zum Flur offen stand und beide Nachbarn im vierten Stock mich hören würden, wenn ich kreischte; dann wären ein paar Erklärungen fällig gewesen, wie man so schön sagt.

Ich schlug mir eine Hand vor den Mund, um den Aufschrei zurückzuhalten. Die Tüte mit General Tso's Chicken fiel auf den Hartholzboden der Diele und platzte auf. Ich konnte mich kaum dazu überwinden, die Schweinerei vor meinen Füßen anzusehen. Diese dunklen Klumpen aus gekochtem Fleisch hätten alles Mögliche sein können.

Ich ließ mich auf den einzelnen Stuhl fallen, den ich in der Diele stehen habe, und verbarg das Gesicht in den Händen. Ich kreischte nicht und ich weinte nicht, und nach einiger Zeit war ich imstande, die Schweinerei aufzuwischen. Mein Verstand wollte ständig zu den Dingen zurück, die mich auf dem Heimweg von der Ecke 75th Street und Park Avenue überholt hatten, aber das ließ ich nicht zu. Immer wenn er versuchte, in diese Richtung auszubrechen, riss ich ihn an der Leine zurück.

In dieser Nacht hörte ich, während ich im Bett lag, Gesprächen zu. Erst sprachen die Dinge (mit leisen Stimmen), und dann antworteten die Leute, denen sie gehört haben (mit etwas lauteren Stimmen). Manchmal sprachen sie über das Picknick in Jones Beach – über den Kokosnussduft von Sonnenmilch und wie aus Misha Bryzinskis Lautsprecher immer wieder Lou Begas »Mambo No. 5« gekommen war. Oder sie sprachen über Frisbees, die unter dem Himmel segelten, während sie von Hunden gejagt wurden. Manchmal diskutierten sie auch über Kinder, die in Shorts und Badeanzügen mit herabhängendem Hosenboden im nassen Sand buddelten. Mütter in Badeanzügen, die sie aus dem Katalog von Land's End bestellt hatten, gingen mit weißen Klecksen Sonnencreme auf der Nase neben ihnen her. Wie viele Kinder jenes Tages hatten eine sie behütende Mama oder einen frisbeewerfenden Dad verloren? Mann, das war eine Rechenaufgabe, die ich nicht zu lösen versuchen wollte. Aber die Stimmen, die ich in meiner Wohnung hörte, *wollten* sie lösen. Sie versuchten es immer wieder.

Ich erinnerte mich, wie Bruce Mason auf seiner Schneckenmuschel geblasen und sich zum Herrn der Fliegen ausgerufen hatte. Ich erinnerte mich, wie Maureen Hannon mir einmal erklärt hat (nicht in Jones Beach, nicht bei dieser Gelegenheit), *Alice im Wunderland* sei der erste psychedelische Roman gewesen. Und wie Jimmy Eagleton mir eines Nachmittags erzählt hat, sein Sohn sei nicht nur Stotterer, sondern leide auch an Lernschwäche, zwei zum Preis von einem, und der Junge werde einen Nachhilfelehrer für Mathe und einen weiteren für Französisch brauchen, um in absehbarer Zukunft die Highschool absolvieren zu können. »Bevor er Anspruch auf den Seniorenrabatt für Schulbücher hat«, wie Jimmy es ausgedrückt hatte. Seine Wangen waren in der schrägen Nachmittagssonne blass und ein wenig stoppelig, als wäre sein Rasierer an diesem Morgen stumpf gewesen.

Ich war allmählich in Schlaf abgedriftet, aber das ließ mich schlagartig wieder hellwach werden, weil mir klarwurde, dass dieses Gespräch nicht lange vor dem 11. September stattgefunden haben musste. Vielleicht nur wenige Tage davor. Vielleicht sogar am Freitag davor, das heißt am allerletzten Tag, an dem ich Jimmy lebend gesehen habe. Und der kleine Scheißer, der stotterte und lernschwach war: Hatte er tatsächlich Jeremy geheißen, wie Jeremy Irons? Bestimmt nicht, sicher war das nur mein Verstand (manchmal nimmt-a de Banana), der seine Spielchen trieb, aber sein Name hat bei Gott *ähnlich* geklungen. Vielleicht Jason. Oder Justin. In den ersten Morgenstunden wirkt alles übersteigert, und ich weiß noch, wie ich mir überlegte, dass ich wahrscheinlich überschnappen würde, wenn sich herausstellte, dass der Junge *tatsächlich* Jeremy hieß. Der Tropfen, der das Fass zum Überlaufen gebracht hat, Baby.

Gegen drei Uhr morgens fiel mir ein, wem der Plexiglaswürfel mit dem eingegossenen Centstück gehört hatte: Roland Abelson aus der Haftpflichtabteilung. Er nannte es seinen Pensionsfonds. Es war Roland gewesen, der oft gesagt hatte: »Lucy, jetzt sind ein paar Erklärungen fällig.« Eines Abends im Herbst 2001 hatte ich seine Witwe in den 18-Uhr-Nachrichten im Fernsehen gesehen. Ich hatte mich bei einem der Firmenpicknicks (sehr wahrscheinlich bei dem in Jones Beach) mit ihr unterhalten und sie hübsch gefunden, aber die Witwenschaft hatte diese Hübschheit verfeinert, sie in wirkliche Schönheit verwandelt. In der Nachrichtensendung bezeichnete sie ihren Mann stets nur als »vermisst«; sie weigerte sich, ihn als »tot« zu bezeichnen. Und wenn er überlebt hatte – wenn er jemals wieder auftauchte –, würden ein paar Erklärungen fällig sein. Garantiert. Aber natürlich auch von ihrer Seite. Eine hübsche Frau, die sich als Ergebnis eines Massenmords in eine Schönheit verwandelt hat, würde bestimmt einiges erklären müssen.

Im Bett zu liegen und an dieses Zeug zu denken – mich ans Donnern der Brandung in Jones Beach und die unter dem

Himmel fliegenden Frisbees zu erinnern –, erfüllte mich mit schrecklicher Traurigkeit, die sich zuletzt in Tränen Bahn brach. Aber ich muss gestehen, dass das eine lehrreiche Erfahrung war. Dies war die Nacht, in der ich verstehen lernte, dass *Dinge* – sogar Kleinigkeiten wie ein Centstück in einem Plexiglaswürfel – im Lauf der Zeit schwerer werden können. Aber weil dieses Gewicht auf dem Verstand lastet, gibt es dafür keine mathematische Formel von der Art, wie man sie in den Risikotabellen von Versicherungen finden kann, nach denen die Prämien jemandes Lebensversicherung sich um x erhöhen, wenn man Raucher ist, und die für jemandes Ernteausfallversicherung um y, wenn die Farm desjenigen in einer Tornadozone liegt. Ist es verständlich, was ich damit meine?

Eine schwere Last auf dem Verstand.

Am folgenden Morgen sammelte ich wieder alle Dinge ein und fand dabei ein siebtes, diesmal unter der Couch. Der Typ einen Schreibtisch weiter, Misha Bryzinski, hatte zwei Puppen – Punch und Judy – auf seinem Schreibtisch stehen gehabt. Die eine, die ich unter meinem Sofa erspähte, war Punch. Judy war nirgends zu finden, aber Punch genügte mir. Diese schwarzen Augen, die mich zwischen den Wollmäusen hervor anstarrten, weckten in mir ein schrecklich flaues Gefühl der Verzweiflung. Ich angelte die Puppe heraus und hasste den Staubstreifen, den sie hinterließ. Ein Ding, das eine Spur hinterlässt, ist ein reales Ding, ein Ding mit Gewicht. Gar keine Frage.

Ich legte Punch und die restlichen Sachen in den kleinen Besenschrank gleich neben der Kochnische, und dort blieben sie. Anfangs war ich mir nicht sicher, ob sie das tun würden, aber sie taten es.

Meine Mutter hat einmal behauptet, wenn ein Mann sich den Hintern abwische und Blut am Klopapier sehe, würde er die folgenden dreißig Tage lang im Dunkeln scheißen und das

Beste hoffen. Sie benutzte dieses Beispiel, um ihre Überzeugung zu untermauern, der Eckstein männlicher Philosophie sei:»Ignoriert man etwas, gibt es sich vielleicht von selbst.«

Ich ignorierte die Dinge, die ich in meiner Wohnung gefunden hatte, ich hoffte aufs Beste, und die Situation besserte sich tatsächlich etwas. Ich hörte die im Besenschrank flüsternden Stimmen kaum noch (außer spätnachts), tendierte jedoch mehr und mehr dazu, meine Recherchen außer Haus anzustellen. Bis Mitte November verbrachte ich meine Tage meistens in der New York Public Library. Ich bin mir sicher, dass die Löwen sich daran gewöhnten, mich dort mit meinem PowerBook zu sehen.

Dann, kurz vor Thanksgiving, ging ich eines Tages aus dem Haus und begegnete Paula Robeson − der holden Maid, die ich durch Drücken des Neustartknopfs ihres Airconditioners gerettet hatte −, als sie eben hereinkam.

Ohne die geringste vorherige Überlegung − hätte ich Zeit gehabt, darüber nachzudenken, hätte ich bestimmt kein Wort herausgebracht − fragte ich sie, ob ich sie zum Mittagessen einladen und etwas mit ihr besprechen könne.

»In Wahrheit«, sagte ich, »habe ich ein Problem. Vielleicht könnten Sie meinen Neustartknopf drücken.«

Wir standen in der Eingangshalle. Der Portier Pedro saß in der Ecke und las die *Post* (und belauschte ganz sicher jedes Wort − tagsüber lieferten seine Hausbewohner ihm die interessantesten Dramen). Sie bedachte mich mit einem Lächeln, das freundlich und nervös zugleich war. »Ich schulde Ihnen einen Gefallen, glaube ich«, sagte sie, »aber … Sie wissen, dass ich verheiratet bin, nicht wahr?«

»Ja«, sagte ich, ohne hinzuzufügen, dass sie mir die falsche Hand gegeben hatte, damit mir der Ring kaum hatte entgehen können.

Sie nickte. »Klar, Sie müssen uns ein paarmal miteinander gesehen haben, aber er war in Europa, als ich all diese Probleme mit dem Airconditioner hatte, und er ist jetzt wieder in

Europa. Edward, so heißt er. In den letzten zwei Jahren ist er mehr in Europa als hier gewesen, und obwohl mir das nicht gefällt, bin ich trotzdem sehr verheiratet.« Dann fügte sie hinzu, als wäre ihr das nachträglich eingefallen: »Edward ist im Import-Export-Geschäft.«

Ich war in der Versicherungsbranche, aber dann ist die Firma eines Tages explodiert, lag es mir auf der Zunge. Zuletzt brachte ich doch etwas heraus, das ein wenig vernünftiger klang. »Ich will nicht mit Ihnen anbändeln, Ms. Robeson.« Genauso wenig, wie ich es darauf anlegte, dass wir uns mit Vornamen ansprachen, und war das eine Spur von Enttäuschung, die ich in ihrem Blick sah? Bei Gott, das glaubte ich wirklich. Aber wenigstens überzeugte sie das. Ich war weiterhin *ungefährlich.*

Sie stemmte die Arme in die Hüften und musterte mich mit gespielter Verzweiflung. Oder vielleicht mit nicht so sehr gespielter. »Schön, was wollen Sie also?«

»Nur jemanden, mit dem ich reden kann. Ich hab's bei mehreren Seelenklempnern versucht, aber die sind … ausgebucht.«

»Alle?«

»Scheint so.«

»Falls Sie Probleme mit Ihrem Sexleben haben oder den Drang verspüren, durch die Stadt zu rennen und Männer mit Turbanen zu ermorden, will ich nichts davon hören.«

»Es geht um nichts dergleichen. Ich werde Sie nicht erröten lassen, Ehrenwort.« Was nicht ganz dasselbe war, wie wenn ich gesagt hätte: *Ich verspreche, Sie nicht zu schockieren* oder *Sie werden mich nicht für verrückt halten.* »Nur Lunch und einen guten Rat, mehr will ich nicht. Also, was sagen Sie dazu?«

Ich staunte – war geradezu platt – über die eigene Überzeugungskraft. Hätte ich dieses Gespräch im Voraus geplant, hätte ich das Ganze vermurkst. Ich nehme an, sie war neugierig, und bin mir sicher, dass sie eine gewisse Aufrichtigkeit in meiner Stimme hörte. Außerdem hatte sie sich bestimmt schon gesagt, wenn ich einer dieser Männer wäre, die sich einen Spaß daraus machen, Frauen aufzureißen, hätte ich es wohl an jenem Augusttag versucht, an dem ich in ihrer Wohnung mit ihr allein gewesen war – der schwer zu fassende Edward aber in Frankreich oder Deutschland. Und ich fragte mich natürlich, wie viel echte Verzweiflung sie in meinem Gesicht sah.

Jedenfalls erklärte sie sich einverstanden, am Freitag mit mir in Donald's Grill in unserer Straße zu Mittag zu essen. Donald's ist vermutlich das unromantischste Restaurant in ganz Manhattan – gutes Essen, Neonröhren und Kellner, die einem zu verstehen geben, dass man sich gefälligst beeilen soll. Das tat sie mit der Miene einer Frau, die eine überfällige Schuld begleicht, die sie fast vergessen hat. Das war nicht gerade schmeichelhaft, aber mir genügte es. Mittag sei ihr recht, sagte sie. Wenn ich in der Eingangshalle auf sie wartete, könnten wir miteinander hingehen. Ich erklärte ihr, das sei auch mir recht.

Die folgende Nacht war für mich eine gute. Ich schlief fast sofort ein, und es gab keine Träume von Sonja D'Amico, die mit den Händen an ihren Schenkeln wie eine Stewardess auf der Suche nach Wasser an dem brennenden Gebäude vorbei in die Tiefe stürzte.

Als wir am folgenden Tag die 86th Street hinunterschlenderten, fragte ich Paula, wo sie gewesen sei, als sie es gehört habe.

»San Francisco«, sagte sie. »Habe fest in einer Suite im Hotel Wradling mit Edward neben mir geschlafen, der zweifellos wie üblich geschnarcht hat. Ich wollte am zwölften September hierher zurückfliegen, und Edward musste zu Besprechungen nach Los Angeles. Die Hoteldirektion hat doch tatsächlich Feueralarm ausgelöst.«

»Das muss ein Mordsschreck für Sie gewesen sein.«

»Allerdings, obwohl ich im ersten Augenblick nicht an einen Brand, sondern an ein Erdbeben gedacht habe. Dann ist diese körperlose Stimme aus den Lautsprechern gekommen und hat uns mitgeteilt, dass es im Hotel kein Feuer gibt, aber dafür ein verdammt großes in New York.«

»Jesus.«

»Die Nachricht so zu hören, im Bett in einem fremden Zimmer … sie von der Decke herab zu hören, als würde Gottes Stimme sprechen …« Sie schüttelte den Kopf. Sie hatte die Lippen so fest zusammengepresst, dass ihr Lippenstift fast verschwand. »Das war sehr beängstigend. Ich verstehe irgendwie den Drang, eine Nachricht dieser Art sofort weiterzugeben, aber ich habe der Direktion des Wradling noch immer nicht ganz verziehen, dass sie diese Methode gewählt hat. Ich glaube nicht, dass ich dort nochmal übernachten werde.«

»Ist Ihr Mann zu seinen Besprechungen gereist?«

»Die wurden abgesagt. An diesem Tag sind viele Besprechungen abgesagt worden, vermute ich mal. Wir sind bei laufendem Fernseher bis Sonnenaufgang im Bett geblieben und haben versucht, das Geschehene zu begreifen. Sie verstehen, was ich meine?«

»Ja.«

»Wir haben auch darüber gesprochen, wer dort gewesen sein könnte, den wir kennen. Ich vermute, dass wir nicht die Einzigen waren, die das getan haben.«

»Ist Ihnen jemand eingefallen?«

»Ein Makler von Shearson Lehman und der zweite Geschäftsführer der Buchhandlung Borders im Einkaufszentrum«, sagte sie. »Einer der beiden ist heil davongekommen. Einer der beiden … nun, Sie wissen schon, einer hatte Pech. Und wie war's bei Ihnen?«

Also musste ich mich dem Thema doch nicht auf Umwegen annähern. Wir waren noch nicht einmal im Restaurant, und schon war es aufs Tapet gekommen.

»*Ich* wäre dort gewesen«, sagte ich. »Ich hätte dort sein *sollen*. Ich habe dort gearbeitet. Bei einer Versicherung im hundertzehnten Stock.«

Sie blieb auf dem Gehsteig abrupt stehen und sah mit weit aufgerissenen Augen zu mir auf. Für die Leute, die einen Bogen um uns machen mussten, sahen wir vermutlich wie ein Liebespaar aus. »Scott, *nein!*«

»Scott, ja«, sagte ich. Und erzählte endlich jemandem, wie ich am 11. September aufgewacht war und damit gerechnet hatte, alles das zu tun, was ich normalerweise an Werktagen tat: von der Tasse schwarzen Kaffee beim Rasieren bis zum Becher Kakao vor der Nachrichtenrundschau auf Channel Thirteen. Ein Tag wie jeder andere, an mehr dachte ich nicht. Das hatten wir Amerikaner uns angewöhnt, für unser gutes Recht zu halten, glaube ich. Aber sieh nur! Das ist ein Flugzeug! Es fliegt gegen einen Wolkenkratzer! Haha, Arschloch, der Spaß geht auf deine Kosten, und die halbe gottverdammte Welt lacht!

Ich erzählte ihr, wie ich bei einem Blick aus meinem Fenster gesehen habe, dass der Morgenhimmel um sieben Uhr völlig wolkenlos war: von der Art Blau, die so tief ist, dass man sich fast einbilden kann, die Sterne dahinter zu sehen. Dann erzählte ich ihr von der Stimme. Jeder von uns hat verschiedene Stimmen im Kopf, glaube ich, und wir gewöhnen uns an sie. Als ich sechzehn war, meldete sich eine von ihnen und flüsterte mir, es könnte echt geil sein, in einen Slip meiner Schwester zu masturbieren. *Sie hat ungefähr tausend Stück und merkt bestimmt nicht, wenn einer fehlt, Mann,* behauptete die Stimme. (Von diesem speziellen Jugendabenteuer erzählte ich Paula Robeson nichts.) Ich würde sie als die Stimme völliger Verantwortungslosigkeit bezeichnen müssen − besser bekannt als Mr. *Yow, Git Down.*

»Mr. *Yow, Git Down?*«, sagte Paula zweifelnd.

»Zu Ehren von James Brown, dem King of Soul.«

»Wenn Sie's sagen.«

Mr. *Yow, Git Down* hatte mir immer weniger zu sagen gehabt, vor allem seit ich das Trinken so ziemlich aufgegeben hatte, und an diesem Tag erwachte er nur lange genug aus seinem Dämmerschlaf, um vierzehn Wörter zu sprechen, die jedoch mein Leben veränderten. Mir das Leben *retteten.*

Die ersten sieben (während ich auf der Bettkante sitze): *Yow, ruf an und meld dich krank!* Die nächsten sieben (während ich in

Richtung Dusche schlurfe und mir dabei die linke Arschbacke kratze): *Yow, verbring den Tag im Central Park!* Hier ging es um keine Vorahnung. Das war eindeutig Mr. *Yow, Git Down,* nicht die Stimme Gottes. Mit anderen Worten: Das Ganze war lediglich eine Version meiner ganz persönlichen Stimme (das sind sie alle), die mich zum Blaumachen aufforderte. *Tu dir mal was Gutes, großer Gott!* Meiner Erinnerung nach habe ich diese Version meiner Stimme zuletzt gehört, als es um einen Karaoke-Wettbewerb in einer Bar an der Amsterdam Avenue gegangen war: *Yow, sing bei Neil Diamond mit, Blödmann – rauf auf die Bühne, und mach, dass du wieder runterkommst!*

»Ich weiß, was Sie meinen, glaube ich«, sagte sie mit einem kleinen Lächeln.

»Wirklich?«

»Nun … ich habe mal in einer Bar in Key West meine Bluse ausgezogen und zehn Dollar damit gewonnen, dass ich zu ›Honky Tonk Women‹ getanzt habe.« Sie hielt inne. »Edward weiß nichts davon, und wenn Sie's ihm jemals erzählen, müsste ich Ihnen eine seiner Krawattennadeln ins Auge stechen.«

»Yow, klasse gemacht, Girl«, sagte ich, und ihr Lächeln wurde zu einem ziemlich wehmütigen Grinsen. Es ließ sie jünger aussehen. Ich begann zu hoffen, dass diese Sache klappen könnte.

Wir betraten das Donald's. An der Eingangstür hing ein Truthahn aus Pappe, an den grünen Kacheln über dem Warmhaltetisch hingen Pilgerväter aus Pappe.

»Ich habe auf Mr. *Yow, Git Down* gehört, deshalb bin ich hier«, sagte ich. »Aber leider sind auch' ein paar andere Dinge hier, bei denen er mir nicht helfen kann. Es sind Dinge, die ich anscheinend nicht loswerden kann. Über die möchte ich mit Ihnen reden.«

»Ich möchte gern wiederholen, dass ich keine Psychiaterin bin«, sagte sie mit mehr als nur einer Spur von Unbehagen. Das Grinsen war verschwunden. »Ich habe Deutsch als

Hauptfach und europäische Geschichte als Nebenfach studiert.«

Sie und Ihr Mann haben bestimmt reichlich Gesprächsstoff, dachte ich. Laut sagte ich jedoch, ich müsse nicht unbedingt mit ihr reden, nur mit jemandem.

»Also gut. Sie sollten nur Bescheid wissen.«

Ein Kellner nahm unsere Getränkebestellung auf, koffeinfrei für sie, normal für mich. Als er wieder gegangen war, fragte sie mich, welche Dinge ich meinte.

»Das hier ist eins davon.« Ich zog den Plexiglaswürfel mit dem darin eingegossenen stählernen Centstück aus der Tasche und stellte ihn auf den Tisch. Dann erzählte ich ihr von den anderen Dingen und wem sie gehört hatten. Cleve »Besboll war serr gutt zu mir« Farrell. Maureen Hannon, die ihr Haar als äußeres Zeichen ihrer Unentbehrlichkeit in der Firma taillenlang trug. Jimmy Eagleton, der eine göttliche Nase für versuchten Versicherungsbetrug, einen lernbehinderten Sohn und ein Furzkissen hatte, das er sicher in seinem Schreibtisch verwahrt hielt, bis die alljährliche Weihnachtsfeier stieg. Sonja D'Amico, die beste Buchhalterin bei Light and Bell, die ihre Lolita-Sonnenbrille als boshaftes Scheidungsgeschenk von ihrem ersten Mann bekommen hatte. Bruce »Herr der Fliegen« Mason, der vor meinem inneren Auge stets mit nacktem Oberkörper in Jones Beach am Strand stehend auf seiner Schneckenmuschel blasen würde, während die Wellen sich im Sand brachen und seine nackten Füße umspielten. Und zuletzt Misha Bryzinski, mit dem ich zu mindestens einem Dutzend Spiele der Mets gegangen bin. Ich erzählte ihr, wie ich alles außer Mishas Punch-Puppe in einen Abfallkorb an der Ecke 75th Street und Park Avenue gestopft hätte und wie es schneller als ich wieder in meiner Wohnung gewesen sei, vielleicht weil ich noch eine zweite Portion von General Tso's Chicken mitgenommen habe. Während ich sprach, stand die ganze Zeit der Plexiglaswürfel zwischen uns auf dem Tisch. Trotz seines strengen Profils schafften wir es, unseren Lunch wenigstens teilweise zu essen.

Als ich ausgesprochen hatte, fühlte ich mich besser, als ich zu hoffen gewagt hatte. Aber auf ihrer Seite des Tischs herrschte ein Schweigen, das mir bedrückend schwer vorkam.

»Also«, sagte ich, um es zu brechen. »Was denken Sie?«

Sie ließ sich einen Augenblick Zeit, um zu überlegen, was ich ihr nicht verübeln konnte. »Ich denke, dass wir nicht mehr die Fremden sind, die wir waren«, sagte sie zuletzt, »und einen neuen Freund zu gewinnen, ist nie eine schlechte Sache. Ich denke, ich bin froh, dass ich von Mr. *Yow, Git Down* weiß und Ihnen erzählt habe, was ich getan habe.«

»Ich auch.« Und das stimmte.

»Darf ich Ihnen jetzt zwei Fragen stellen?«

»Natürlich.«

»Wie stark empfinden Sie das sogenannte ›Schuldgefühl der Überlebenden‹?«

»Und ich dachte, Sie hätten gesagt, dass Sie keine Psychiaterin sind.«

»Ich bin keine, aber ich lese die Nachrichtenmagazine und bin sogar dafür bekannt, dass ich mir manchmal *Oprah* ansehe. *Das* weiß mein Mann, obwohl ich es vorziehe, ihm das nicht unter die Nase zu reiben. Also … wie stark, Scott?«

Ich dachte darüber nach. Das war eine gute Frage – und natürlich eine, die ich mir in mehr als einer dieser schlaflosen Nächte selbst gestellt habe. »Ziemlich stark«, sagte ich. »Und ziemlich große Erleichterung, das gebe ich ehrlich zu. Gäbe es Mr. *Yow, Git Down* in Person, brauchte er sein Leben lang in keiner Bar mehr zu bezahlen. Zumindest in meiner Anwesenheit nicht.« Ich hielt inne. »Schockiert Sie das?«

Sie griff über den Tisch und berührte kurz meine Hand. »Nicht im Geringsten.«

Als ich sie das sagen hörte, fühlte ich mich besser, als ich es je für möglich gehalten hätte. Ich drückte ihre Hand und ließ sie gleich wieder los. »Wie lautet Ihre andere Frage?«

»Wie wichtig ist es für Sie, dass ich Ihre Geschichte von den zurückkommenden Dingen glaube?«

Ich hielt das für eine ausgezeichnete Frage, obwohl der Plexiglaswürfel vor uns auf dem Tisch neben der Zuckerdose stand. Solche Dinge sind schließlich nicht gerade rar. Und *hätte* sie im Hauptfach Psychologie statt Deutsch studiert, überlegte ich mir, hätte sie vermutlich auch nicht schlecht abgeschnitten.

»Nicht so wichtig, wie ich vor einer Stunde gedacht habe«, sagte ich. »Allein das Erzählen hat geholfen.«

Sie nickte lächelnd. »Gut. Nun also meine cleverste Vermutung: Sehr wahrscheinlich spielt jemand ein Spiel mit Ihnen. Kein sehr nettes.«

»Spielt mir Streiche«, sagte ich. Ich bemühte mich, mir nichts anmerken zu lassen, aber ich war enttäuscht wie selten zuvor in meinem Leben. Vielleicht setzt sich auf Menschen unter bestimmten Umständen eine Schicht Ungläubigkeit ab, die sie schützt. Oder vielleicht – wahrscheinlich – war es mir nicht gelungen, mein eigenes Gefühl zu vermitteln, dass diese Sache einfach … geschah. *Weiter* passierte. Wie es Lawinen tun.

»Spielt Ihnen Streiche«, bestätigte sie, dann: »Aber das glauben Sie nicht.«

Zusätzliche Punkte für Scharfblick. Ich nickte. »Ich habe die Tür abgesperrt, als ich weggegangen bin, und sie war abgeschlossen, als ich von Staples zurückgekommen bin. Ich habe das Klicken der Schlossstifte gehört. Sie sind laut. Unüberhörbar.«

»Trotzdem … die Schuldgefühle von Überlebenden sind eine komische Sache. Und mächtig, jedenfalls wenn man den Nachrichtenmagazinen glauben will.«

»Das …« *Das hier ist kein Schuldgefühl eines Überlebenden*, hatte ich sagen wollen, aber das wäre der falsche Zungenschlag gewesen. Ich hatte eine reelle Chance, hier eine neue Freundin zu gewinnen, und eine neue Freundin zu haben, war unabhängig vom Ausgang dieser Sache immer gut. Deshalb änderte ich den Satz ab. »Ich glaube nicht, dass dies hier das Schuldgefühl eines Überlebenden ist.« Ich zeigte auf den Plexiglaswürfel.

»Er ist eindeutig vorhanden, oder? Wie Sonjas Sonnenbrille. Sie sehen ihn. Ich sehe ihn auch. Ich könnte ihn natürlich selbst gekauft haben, aber ...« Ich zuckte die Achseln und versuchte damit auszudrücken, was wir beide sicherlich wussten: *Alles* ist möglich.

»Ich glaube nicht, dass Sie das getan haben. Aber ebenso wenig kann ich die Vorstellung akzeptieren, zwischen der Wirklichkeit und der Schattenwelt habe sich eine Falltür geöffnet, und diese Dinge seien herausgefallen.«

Ja, das war das Problem. Für Paula war die Vorstellung, der Plexiglaswürfel und die übrigen Dinge, die in meiner Wohnung aufgetaucht waren, könnten irgendwie übernatürlichen Ursprungs sein, automatisch tabu, so sehr die Tatsachen auch dafür zu sprechen schienen. Ich musste nun entscheiden, ob es wichtiger war, über diesen Punkt zu diskutieren, als eine Freundin zu gewinnen.

Ich entschied mich gegen eine Diskussion.

»Also gut«, sagte ich. Ich fing einen Blick des Kellners auf und machte eine Bewegung in der Luft, als schriebe ich einen Scheck aus. »Ich kann akzeptieren, dass Sie nicht fähig sind, das zu akzeptieren.«

»Können Sie das?«, fragte sie und musterte mich prüfend.

»Ja.« Und ich glaubte, das sei wahr. »Das heißt, wenn wir ab und zu eine Tasse Kaffee miteinander trinken können. Oder bloß *Hi* sagen, wenn wir uns in der Eingangshalle begegnen.«

»Klar doch.« Aber das klang geistesabwesend, als wäre sie nicht bei der Sache. Sie betrachtete den Plexiglaswürfel mit dem eingegossenen stählernen Centstück. Dann blickte sie zu mir auf. Fast wie in einem Cartoon konnte ich eine Glühbirne über ihrem Kopf aufflammen sehen. Sie streckte eine Hand aus und griff nach dem Würfel. Ich hätte nie ausdrücken können, welch namenloses Grauen mich erfasste, als sie das tat, aber was hätte ich sagen sollen? Wir waren New Yorker in einem sauberen, gut beleuchteten Restaurant. Was Paula betraf, hatte sie bereits ihre Prinzipien dargelegt, die das Übernatürliche ziem-

lich rigoros ausschlossen. Das Übernatürliche war eine Sperr-
zone. Ein Ball, der darin liegen blieb, musste noch einmal gespielt werden.

Und in Paulas Augen glänzte etwas. Ein Funkeln, das darauf
schließen ließ, Ms. *Yow, Git Down* sei im Haus, und ich wusste
aus persönlicher Erfahrung, wie schwer dieser Stimme zu widerstehen war.

»Geben Sie ihn mir«, schlug sie vor und sah mir lächelnd
in die Augen. Dabei konnte ich – eigentlich zum ersten Mal –
sehen, dass sie ebenso sexy wie hübsch war.

»Wozu?« Als ob ich das nicht wüsste.

»Nennen wir's mein Honorar dafür, dass ich mir Ihre Geschichte angehört habe.«

»Ich weiß nicht, ob das eine so gute …«

»Doch, das ist eine gute Idee«, sagte sie. Sie fing an, sich für
ihre Eingebung zu erwärmen, und wenn Leute das tun, sind
sie meistens unbelehrbar.»Das ist eine *großartige* Idee. Ich sorge
dafür, dass zumindest dieses eine Andenken nicht wieder schwanz-
wedelnd zu Ihnen zurückkehrt. Wir haben in unserer Wohnung
einen Safe.« Sie spielte mir eine reizende kleine Pantomime
vor, wie sie eine Safetür schloss, das Zahlenschloss verstellte
und zuletzt den Schlüssel über die Schulter wegwarf.

»Also gut«, sagte ich. »Das ist mein Geschenk für Sie.« Und
ich empfand etwas, das boshafte Befriedigung hätte sein können. Nennen wir es die Stimme von Mr. *Yow, du wirst's schon
merken.* Anscheinend hatte es doch nicht genügt, sich alles nur
von der Seele reden zu können. Sie hatte mir nicht geglaubt,
und zumindest ein Teil meines Selbst *wollte,* dass man ihm
glaubte, und nahm es Paula übel, dass es nicht bekam, was es
sich wünschte. Dieser Teil wusste, dass es eine absolut schreckliche Idee war, sie den Plexiglaswürfel mitnehmen zu lassen,
war aber trotzdem froh, ihn in ihrer Umhängetasche verschwinden zu sehen.

»Da!«, sagte sie lebhaft. »Mama sagt bye-bye, lässt alles verschwinden. Wenn er in einer Woche nicht zurückkommt –

oder in zweien, was davon abhängen dürfte, wie hartnäckig Ihr Unterbewusstsein sein will –, können Sie vielleicht anfangen, die übrigen Dinge zu verschenken.« Und diese Äußerung war an jenem Tag ihr wirkliches Geschenk für mich, obwohl ich es nicht gleich erkannte.

»Vielleicht«, sagte ich und lächelte. Breites Lächeln für die neue Freundin. Strahlendes Lächeln für Pretty Mama. Während ich die ganze Zeit dachte: Du wirst schon sehen.

Yow.

So war es dann auch.

Drei Abende später, als ich zusah und hörte, wie Chuck Scarborough in den 18-Uhr-Nachrichten die jüngste New Yorker Nahverkehrsmisere erläuterte, wurde an meiner Tür geklingelt. Da niemand angemeldet worden war, vermutete ich, dass es ein Zusteller war, vielleicht sogar Rafe mit etwas von Federal Express. Ich öffnete die Wohnungstür, und da stand Paula Robeson.

Dies war nicht die Frau, mit der ich zu Mittag gegessen hatte.

Diese Version von Paula hätte Ms. *Yow, ist Chemotherapie nicht fies* heißen können. Sie hatte etwas Lippenstift aufgelegt, trug aber sonst keinerlei Make-up, und ihr Teint war ungesund gelblich weiß. Unter den Augen hatte sie dunkle, bräunlich purpurne Bogen. Bevor sie aus dem fünften Stock heruntergekommen war, hatte sie ihrem Haar vielleicht einen symbolischen Bürstenstrich verpasst, der aber nicht viel geholfen hatte. Es sah wie Stroh aus und stand auf beiden Seiten auf eine Art und Weise von ihrem Kopf ab, die unter anderen Umständen, zum Beispiel in einem Comicstrip, komisch gewesen wäre. Sie hielt den Plexiglaswürfel vor ihrem Busen, so dass ich feststellen konnte, dass die gepflegten Fingernägel dieser Hand verschwunden waren. Sie hatte sie abgekaut, bis aufs Fleisch abgekaut. Und mein erster Gedanke, Gott sei mir gnädig, war: *Ja, sie hat es gesehen.*

Sie hielt ihn mir hin. »Nehmen Sie ihn zurück«, sagte sie.
Das tat ich wortlos.

»Er hat Roland Abelson geheißen«, sagte sie. »Das stimmt doch?«

»Ja.«

»Er war rothaarig.«

»Ja.«

»Ledig, aber er hat einer Frau in Rahway Alimente für ein Kind gezahlt.«

Das hatte ich nicht gewusst – wahrscheinlich hatte das bei Light and Bell *niemand* gewusst –, aber ich nickte nochmals, und nicht bloß, damit sie weitersprach. Ich war davon überzeugt, dass sie Recht hatte. »Wie hat sie geheißen, Paula?« Ohne zu wissen, weshalb ich das fragte, noch nicht – nur aus dem Wissen, dass ich es wissen musste.

»Tonya Gregson.« Das klang wie in Trance. In ihren Augen stand jedoch etwas, das so schrecklich war, dass ich es kaum ertragen konnte, es anzusehen. Trotzdem speicherte ich diesen Namen. *Tonya Gregson, Rahway.* Und dann wie ein Lagerist bei der Inventur: *ein Plexiglaswürfel mit darin eingegossenem Centstück.*

»Er hat versucht, unter seinen Schreibtisch zu kriechen, wussten Sie das? Nein, ich sehe, dass Sie's nicht gewusst haben. Sein Haar hat in Flammen gestanden, und er hat geweint. Weil er in diesem Augenblick begriffen hat, dass er niemals einen Katamaran besitzen oder auch nur noch einmal seinen Rasen mähen würde.« Sie streckte eine Hand aus und legte sie mir auf die Wange: eine so intime Geste, dass sie hätte schockieren müssen, wäre ihre Hand nicht eiskalt gewesen. »Zuletzt hätte er jeden Cent, den er besaß, und jede Aktienoption, über die er verfügte, dafür hergegeben, nur noch einmal seinen Rasen mähen zu dürfen. Glauben Sie das?«

»Ja.«

»Das Büro hallte wider von Schreien, er konnte Kerosin riechen, und ihm war bewusst, *dass dies seine Todesstunde war.* Verstehen Sie das? Begreifen Sie die *Ungeheuerlichkeit* dieser Tatsache?«

Ich nickte. Ich konnte nicht sprechen. Man hätte mir eine Pistole an den Kopf drücken können – ich hätte trotzdem kein Wort herausgebracht.

»Die Politiker reden von Gedenkstätten und Heldenmut und Krieg gegen den Terrorismus, aber brennendes Haar ist unpolitisch.« Sie fletschte die Zähne zu einem unbeschreiblichen Grinsen. Im nächsten Augenblick war es wieder verschwunden. »Er hat versucht, mit in Flammen stehenden Haaren unter seinen Schreibtisch zu kriechen. Unter dem Schreibtisch hat ein Plastikding gelegen, eine Wie-sagt-man-gleich-wieder ...«

»Bodenschutzmatte ...«

»Ja, eine Matte, eine Kunststoffmatte, seine Hände haben darauf gelegen, und er konnte ihre Plastikriefen spüren und das eigene brennende Haar riechen. Verstehen Sie das?«

Ich nickte. Ich begann zu weinen. Es war Roland Abelson, von dem wir hier sprachen, dieser Typ, der mein Arbeitskollege gewesen war. Er war in der Haftpflichtabteilung gewesen, und ich hatte ihn nicht sehr gut gekannt. Wir hatten *Hi* zueinander gesagt, das war alles; woher hätte ich wissen sollen, dass er ein Kind in Rahway hatte? Und hätte ich an jenem Tag nicht blaugemacht, hätte mein Haar vermutlich auch gebrannt. Das hatte ich bisher nie wirklich begriffen.

»Ich will Sie nie wieder sehen«, sagte sie. Sie bedachte mich nochmals mit ihrem schauerlichen Grinsen, aber jetzt weinte auch sie. »Ich will nichts von Ihren Problemen wissen. Ich will nichts von diesem Scheiß wissen, den Sie gefunden haben. Wir sind quitt. In Zukunft lassen Sie mich in Ruhe.« Sie wollte sich schon abwenden, drehte sich dann aber noch einmal zu mir um. »Sie haben es im Namen Gottes getan«, sagte sie, »aber es gibt keinen Gott. Gäbe es einen Gott, Mr. Staley, hätte er alle achtzehn in ihren Warteräumen auf den Flughäfen mit ihren Bordkarten in den Händen erschlagen, aber das hat kein Gott getan. Die Passagiere wurden zum Einsteigen aufgerufen, und diese Scheißkerle sind einfach mit eingestiegen.«

Ich sah ihr nach, als sie zum Aufzug davonging. Sie hielt sich sehr gerade. Ihr Haar stand auf beiden Seiten des Kopfes ab, so dass sie wie ein Mädchen aus einem Cartoon in der Sonntagsbeilage aussah. Sie wollte mich nie mehr sehen, und ich konnte ihr das nicht verübeln. Ich schloss die Tür und betrachtete den stählernen Abe Lincoln in dem Plexiglaswürfel. Ich betrachtete ihn ziemlich lange. Ich dachte darüber nach, wie sein Barthaar gerochen hätte, wenn U.S. Grant eine seiner unvermeidlichen Zigarren hineingesteckt hätte. Dieser unangenehme Gestank nach verbranntem Haar. Im Fernsehen sagte jemand, bei Sleepy's finde ein großer Matratzenräumungsverkauf statt. Danach erschien Len Berman auf dem Bildschirm und sprach über die Jets.

In dieser Nacht wachte ich gegen zwei Uhr morgens auf und horchte auf die flüsternden Stimmen. Ich hatte keine Träume oder Visionen von den Leuten gehabt, denen die Gegenstände gehörten, hatte niemanden gesehen, dessen Haar brannte oder der auf der Flucht vor dem brennenden Treibstoff aus einem Fenster sprang, aber wie sollte ich denn auch? Ich wusste, wer sie waren, und die Dinge, die sie zurückgelassen hatten, hatten sie mir hinterlassen. Paula Robeson den Plexiglaswürfel an sich nehmen zu lassen war falsch gewesen, aber nur weil sie die falsche Empfängerin gewesen war.

Und weil wir gerade bei Paula sind: Eine der Stimmen war ihre. *Sie könnten anfangen, die übrigen Dinge zu verschenken,* sagte sie. Und sie sagte: *Vermutlich hängt es davon ab, wie hartnäckig Ihr Unterbewusstsein sein will.*

Ich ließ mich zurücksinken und konnte nach einiger Zeit wieder einschlafen. Ich träumte, ich sei im Central Park, wo ich die Enten fütterte, als plötzlich ein lauter Krach wie ein Überschallknall zu hören war und dunkler Rauch den Himmel verfinsterte. In meinem Traum roch der Rauch nach brennendem Haar.

Ich dachte über Tonya Gregson in Rahway nach – Tonya und das Kind, das vielleicht Roland Abelsons Augen hatte oder auch nicht –, und sagte mir, dass ich mich darauf erst würde vorbereiten müssen. Ich beschloss, mit Bruce Masons Witwe anzufangen.

Ich fuhr mit dem Zug nach Dobbs Ferry und bestellte mir am Bahnhof ein Taxi. Der Taxifahrer brachte mich zu einem Cape-Cod-Haus in einer ruhigen Wohnstraße. Ich drückte ihm etwas Geld in die Hand, bat ihn zu warten – mein Besuch würde nicht lange dauern – und klingelte an der Haustür. Unter dem Arm trug ich eine Schachtel. Sie sah wie eine Kuchenschachtel aus der Bäckerei aus.

Ich brauchte nur ein Mal zu klingeln, denn ich hatte zuvor angerufen, und Janice Mason erwartete mich. Ich hatte meine Story sorgfältig ausgearbeitet und erzählte sie entsprechend selbstsicher, weil ich wusste, dass das mit laufendem Taxameter in der Einfahrt stehende Taxi jedes ins Detail gehende Kreuzverhör verhindern würde.

Am siebten September, sagte ich – am Freitag davor – hatte ich versucht, auf der Schneckenmuschel, die Bruce auf seinem Schreibtisch liegen hatte, zu blasen, wie ich es von Bruce beim Firmenpicknick in Jones Beach gehört hatte. (Janice, Mrs. *Herr der Fliegen,* nickte; sie war natürlich ebenfalls dort gewesen.) Nun, sagte ich, um es kurz zu machen, ich hatte Bruce dazu überredet, mir die Schneckenmuschel übers Wochenende zu leihen, damit ich üben konnte. Aber am Montagmorgen war ich mit einer tobenden Stirnhöhlenentzündung und grässlichen Kopfschmerzen aufgewacht. (Das war eine Geschichte, die ich schon mehreren Leuten erzählt hatte.) Ich war dabei gewesen, eine Tasse Tee zu trinken, als ich den Knall hörte und den Rauch aufsteigen sah. An die Schneckenmuschel hatte ich erst diese Woche wieder gedacht. Ich hatte meinen kleinen Dielenschrank ausgeräumt, und hol's der Teufel, da hatte das Ding gelegen. Und ich dachte bloß ... na ja, sie ist kein besonderes Andenken, aber ich dachte, Sie würden sie vielleicht ... Sie wissen schon ...

Ihre Augen füllten sich mit Tränen, genau wie meine es getan hatten, als Paula mir Roland Abelsons »Pensionsfonds« zurückgebracht hatte, nur waren diese nicht von dem angstvollen Ausdruck begleitet, der bestimmt auf meinem Gesicht gelegen hatte, als Paula mit ihren auf beiden Seiten steif vom Kopf abstehenden Haaren vor mir gestanden hatte. Janice versicherte mir, sie freue sich sehr über jedes Andenken an Bruce.

»Ich komme nicht darüber hinweg, wie wir uns verabschiedet haben«, sagte sie mit der Schachtel in ihren Armen. »Er ist immer sehr früh aus dem Haus gegangen, weil er mit dem Zug gefahren ist. Er hat mich auf die Wange geküsst, und ich habe ein Auge aufgemacht und ihn gebeten, Kaffeesahne mitzubringen. Er hat gesagt, er würde es tun. Das war das Letzte, was er jemals zu mir gesagt hat. Als er um meine Hand angehalten hat, habe ich mich wie Helena von Troja gefühlt – dumm, aber absolut wahr –, und ich wollte, ich hätte was Besseres gesagt als: ›Bring bitte Kaffeesahne mit.‹ Aber wir waren schon lange verheiratet, und mir ist dieser Tag wie jeder andere vorgekommen, und … Wir wissen es einfach nicht, stimmt's?«

»Ja.«

»Ja. Jeder Abschied könnte für immer sein, und wir wissen es nicht. Ich danke Ihnen, Mr. Staley. Dass Sie herausgekommen sind und mir dies gebracht haben. Das war sehr freundlich von Ihnen.« Dann lächelte sie schwach. »Erinnern Sie sich, wie er mit nacktem Oberkörper am Strand gestanden und darauf geblasen hat?«

»Ja«, sagte ich und beobachtete, wie sie die Schachtel an sich gedrückt hielt. Später würde sie sich hinsetzen und die Schneckenmuschel herausnehmen und sie auf ihrem Schoß halten und weinen. Ich wusste, dass zumindest diese Schneckenmuschel nie mehr in meine Wohnung zurückkommen würde. Sie war daheim.

Ich ließ mich zum Bahnhof fahren und nahm den nächsten Zug nach New York zurück. Um diese Tageszeit, am frühen

Nachmittag, waren die Abteile fast leer, und ich saß an einem von Regen und Schmutz streifigen Fenster und blickte auf den Fluss und die näher kommende Skyline hinaus. An wolkigen, regnerischen Tagen scheint man diese Skyline Stück für Stück fast aus der eigenen Fantasie zu erschaffen.

Morgen würde ich mit dem Centstück in dem Plexiglaswürfel nach Rahway fahren. Vielleicht würde der oder die Kleine ihn in die Patschhände nehmen und neugierig betrachten. Jedenfalls würde der Würfel so aus meinem Leben verschwinden. Das einzige Stück, das schwierig loszuwerden sein würde, vermutete ich, würde Jimmy Eagletons Furzkissen sein – ich konnte Mrs. Eagleton kaum erzählen, ich hätte es übers Wochenende mit nach Hause genommen, um damit zu üben, oder? Aber Not macht erfinderisch, und ich war zuversichtlich, dass mir irgendwann eine halbwegs plausible Story einfallen würde.

Mir kam der Gedanke, dass im Lauf der Zeit weitere Dinge auftauchen könnten. Und ich würde lügen, wenn ich behaupten würde, ich fände diese Möglichkeit gänzlich unangenehm. Wenn man Dinge zurückbringt, die Leute für immer verloren glaubten – Dinge, die *Gewicht* haben –, dann gibt es eine Entschädigung dafür. Auch wenn es nur kleine Dinge wie eine Scherzsonnenbrille oder ein stählernes Centstück in einem Plexiglaswürfel sind ... Jawohl. Ich würde sagen, es gibt eine Entschädigung.

AUS DEM AMERIKANISCHEN VON WULF BERGNER

ABSCHLUSSTAG

Bis heute hat Janice kein passendes Wort für den Ort gefunden, an dem Buddy lebt. Haus ist zu unbedeutend, Anwesen zu hochgestochen, und bei dem Namen, der auf dem Schild unten an der Auffahrt steht, Harborlights, kommt es ihr hoch. Das klingt wie der Name irgendeines Restaurants in New London, wo als Tagesgericht immer Fisch serviert wird. Meistens verzichtet sie also auf eine Bezeichnung und sagt einfach:»Gehen wir zu dir und spielen Tennis.« Oder:»Fahren wir doch zu dir zum Schwimmen.«

Bei Buddy selbst ist es im Grunde nicht viel anders, überlegt sie, während sie beobachtet, wie er über den Rasen stapft und sich den Rufen auf der anderen Seite des Hauses nähert, wo sich der Pool befindet. Eigentlich ist niemand scharf darauf, den eigenen Freund Buddy zu nennen, aber wenn man als Alternative nur seinen richtigen Namen Bruce hat, bleibt einem wohl kaum etwas anderes übrig.

Auch ihre Gefühle für ihn halten sich in Grenzen. Natürlich hätte er gern von ihr gehört, dass sie ihn liebt – vor allem an seinem Abschlusstag. Das wäre bestimmt ein schöneres Geschenk gewesen als das Silbermedaillon, das sie ihm gegeben hat, auch wenn sie dafür zähneknirschend tief in die Tasche hat greifen müssen, doch zu mehr konnte sie sich nicht überwinden.»Ich liebe dich, Bruce« – das wollte ihr einfach nicht über die Lippen. Das äußerste Zugeständnis, das sie sich (und wieder mit diesem Zähneknirschen) abringen konnte, war:»Ich mag dich furchtbar gern, Buddy.« Aber selbst das hörte sich für sie wie ein Spruch aus einer britischen Operette an.

»Es macht dir doch nichts aus, was sie gesagt hat, oder?« Mit diesen Worten hatte er sich auf den Weg gemacht, um seine

Badehose anzuziehen.»Oder ist das der Grund, warum du hierbleibst?«

»Nein, ich will noch ein paar Schläge machen. Und die Aussicht genießen.« Das war wirklich etwas Tolles an dem Haus, und sie konnte nie genug davon kriegen. Von dieser Seite des Hauses konnte man die ganze New Yorker Skyline sehen, die Gebäude wie blaue Spielklötze, in deren obersten Fenstern die Sonne blinkte. Janice fand, dass sich diese Aura erlesener Stille bei New York nur aus der Ferne einstellte. Es war eine Lüge, der sie sich gern hingab.

»Es ist doch nur Grandma«, hatte er hinzugesetzt.»Du kennst sie ja inzwischen. Was ihr durch den Kopf schießt, spricht sie auch aus.«

»Ich weiß«, hatte Janice gesagt. Sie mochte Buddys Grandma, die sich keine Mühe gab, ihren Dünkel zu verbergen. So war es nun mal, unstreitig und unverrückbar. Sie waren die Hopes, die vor Jahrhunderten zusammen mit dem Rest der ach so wichtigen Himmlischen Heerscharen in Connecticut eintrafen. Und sie ist Janice Gandolewski, die in zwei Wochen ebenfalls ihren Abschlusstag hat – an der Highschool von Fairhaven. Buddy wird dann schon mit seinen drei besten Freunden zum Wandern auf dem Appalachian Trail unterwegs sein.

Sie wendet sich dem Korb mit den Bällen zu, ein schlankes, hochgewachsenes Mädchen in Denim-Shorts, Turnschuhen und einem ärmellosen Top. Ihre Wadenmuskeln spannen sich an, wenn sie sich zum Aufschlag auf die Zehenspitzen stellt. Sie sieht gut aus und weiß das, aber dieses Wissen ist unaufgeregt und funktional. Sie ist klug, und auch das weiß sie. Nur wenige Mädchen aus Fairhaven bringen es zu einer Beziehung mit einem Jungen von der Academy – abgesehen von den üblichen schmutzigen kleinen Affären beim Winter Carnival oder beim Spring Fling, bei denen nicht an gesellschaftlichen Unterschieden gerüttelt wird. Trotz dieses -ewski, das sie überallhin mitschleppt wie eine an die Stoßstange des Familienwagens gebundene Blechdose, hat sie dieses Kunststück fertiggebracht. Und zwar mit Bruce Hope, Spitzname Buddy.

Als sie vorhin aus dem Medienzimmer nach oben kamen, nachdem sie Videospiele gespielt hatten – die meisten sind noch unten mit ihren schief sitzenden Hochschulbaretts auf dem Kopf –, unterhielt sich seine Grandma im Wohnzimmer gerade mit anderen Erwachsenen. (Eigentlich ist das nämlich die Feier für die Alten. Die Jungen haben heute Abend ihre eigene Party, zuerst im Holy Now! an der Route 219, das Jimmy Fredericks' Eltern zu diesem Anlass gemietet haben, damit sich keiner von den frischgebackenen Absolventen betrunken hinters Steuer setzt, und dann unterm Junivollmond am Strand, mitten im Sand, außer Rand und Band …)

»Das war Janice Irgendwas-Unaussprechliches«, verkündete Grandma mit der durchdringenden, merkwürdig ausdruckslosen Stimme einer schwerhörigen alten Dame.»Ziemlich hübsch, nicht? Eine aus der Stadt. Bruce' momentane Freundin.« Zwar bezeichnete sie Janice nicht als Bruce' Einsteigermodell, aber der Ton war eindeutig.

Sie zuckt die Achseln und serviert mit weit ausholendem Schläger noch ein paar Bälle. Hart und genau fliegen sie übers Netz und treffen weit hinten in der Aufschlagzone auf.

Ja, sie haben wirklich voneinander gelernt, und sie schätzt, dass das auch der Sinn solcher Geschichten ist. Das, wofür sie da sind. Und ehrlich gesagt ist es gar nicht schwer gewesen, Buddy was beizubringen. Er hat sie von Anfang an respektiert – vielleicht sogar ein wenig zu sehr. Die Götzenverehrung musste sie ihm erst abgewöhnen. Und auch als Liebhaber hat er sich eigentlich recht gut gehalten, wenn man bedenkt, dass Teens weder über Komfort noch über Unmengen an Zeit verfügen, wenn es darum geht, ihre Körperlust zu stillen.

»Wir haben das Bestmögliche getan«, sagt sie und beschließt, rüber zum Pool zu den anderen zu gehen, wo er sie noch ein letztes Mal vorzeigen kann. Er glaubt, dass sie noch den ganzen Sommer vor sich haben, ehe sie ihr Studium anfangen – er in

Princeton, sie an der State University –, aber sie sieht das pessimistischer. Ihrer Meinung nach dient die Wanderung auf dem Appalachian Trail unter anderem dem Zweck, sie so schmerzlos und komplett voneinander zu trennen wie nur möglich.

Hinter diesem Manöver vermutet Janice weder den putzmunteren, kumpelhaften Vater noch die irgendwie drollige Versnobtheit der Großmutter – *eine aus der Stadt, Bruce' momentane Freundin* –, sondern den frohgemuten, subtilen Sinn fürs Praktische der Mutter, deren einzige Angst (die sie praktisch wie ein Leuchtzeichen auf der edlen, faltenlosen Stirn herumträgt) darin besteht, dass die kleine Städterin mit der Blechdose am Namensende schwanger werden und ihren Jungen zu einer unpassenden Ehe zwingen könnte.

»Und es wäre auch unpassend«, murmelt sie. Sie rollt den Korb mit Bällen in den Schuppen und legt den Riegel vor. Ihre Freundin Marcy löchert sie ständig. *Was findest du eigentlich an ihm – an diesem Buddy,* fragt sie dann naserümpfend und fast schon höhnisch. *Was macht ihr das ganze Wochenende? Geht ihr zu Gartenpartys? Zu Polospielen?*

Sie haben tatsächlich mehrere Polospiele besucht, weil Tom Hope sich immer noch aufs Pferd schwingt – aber, das hat ihr Buddy anvertraut, möglicherweise sei das sein letztes Jahr, wenn er weiter so zunehme. Aber sie haben auch miteinander geschlafen, schweißtreibend und intensiv manchmal. Und mitunter bringt er sie zum Lachen. Nicht mehr so oft wie am Anfang – seine Fähigkeit, sie zu überraschen und zu amüsieren, ist wohl alles andere als unbegrenzt –, aber doch, es passiert noch immer. Er ist ein magerer Junge mit schmalem Gesicht, der das Klischee vom reichen, verzogenen Schnösel auf interessante und bisweilen äußerst unerwartete Weise durchbricht. Außerdem hält er große Stücke auf sie, was nicht unbedingt das Schlechteste für das Selbstbild einer jungen Frau ist.

Trotzdem wird er dem Ruf seiner eigentlichen Natur bestimmt nicht ewig widerstehen. Sie schätzt, dass er mit fünfunddreißig oder so sein Interesse an Muschis verloren haben und sich mehr mit Münzensammeln befassen wird. Oder mit dem Restaurieren von Kolonialschaukelstühlen, dem sein Vater draußen im – ähem – Kutschenhaus frönt.

Langsam wandert sie auf dem langen grünen Rasenstreifen dahin und schaut hinüber zu den blauen Spielklötzen der in der Ferne träumenden Stadt. Die Rufe und das Geplansche am Pool sind viel näher. Drinnen werden Bruce' Eltern und seine Großmutter mit ihren engsten Freunden den Highschool-Abschluss ihres einzigen Sprösslings auf ihre eigene Art feiern: bei einer förmlichen Teerunde. Die Jungen dagegen werden es heute noch richtig krachen lassen. Alkohol und nicht wenige Ecstasy-Pillen stehen auf dem Programm. Club-Musik wird aus den Lautsprechern dröhnen. Niemand wird die Country-Sachen spielen, mit denen Janice aufgewachsen ist, aber das macht nichts – zur Not weiß sie, wo sie sie findet.

Die Feier bei ihrem Abschluss wird viel kleiner sein und wahrscheinlich in Tante Kays Restaurant stattfinden. Und natürlich wird sie Bildungsstätten besuchen, die sehr viel weniger erhaben und traditionsbewusst sind, wenngleich ihre Zukunftspläne weiter reichen als alles, was sich Buddy in seinen kühnsten Träumen ausmalt. Sie will Journalistin werden. Sie wird bei der Campuszeitung anfangen und sehen, wohin sie das führt. Immer nur eine Sprosse auf einmal, so wie es zu sein hat. Die Leiter nach oben hat viele Sprossen. Neben ihrem Aussehen und ihrem uneingebildeten Selbstbewusstsein verfügt sie auch über Talent. Wie viel, weiß sie noch nicht, aber das wird sich schon herausstellen. Und Glück gehört natürlich auch dazu. Sie ist erfahren genug, um sich nicht darauf zu verlassen, aber auch, um zu wissen, dass es oft die Jüngeren begünstigt.

Vom steingepflasterten Innenhof blickt sie über den sanft gewellten Rasen hinunter zu dem doppelten Tennisplatz. Alles hier kommt ihr sehr großzügig und sehr reich vor, *besonders*, doch ihr ist auch klar, dass sie mit achtzehn noch nicht viel von der Welt gesehen hat. Irgendwann wird es vielleicht ganz gewöhnlich auf sie wirken, selbst aus der Erinnerung gesehen.

Gewöhnlich und klein. Aufgrund dieser Ahnung einer zukünftigen Perspektive kann sie damit leben, nur Janice Irgendwas-Unaussprechliches zu sein, eine aus der Stadt und Bruce' momentane Freundin. Buddy mit seinem schmalen Gesicht und seiner schwindenden Fähigkeit, sie unerwartet zum Lachen zu bringen. *Er* hat sie nie von oben herab behandelt. Wahrscheinlich weiß er, dass sie ihn schon beim ersten Mal stehenlassen würde.

Von hier aus kann sie direkt durch das Haus zum Pool und zu den Ankleidezimmern hinten gehen, doch vorher wendet sie sich nach links, um noch einmal die Aussicht auf die viele Meilen entfernte, im blauen Nachmittag schwebende Stadt zu bewundern. Sie hat noch Zeit zu denken, *das ist vielleicht die Stadt, in der ich eines Tages zu Hause sein werde,* dann entzündet sich vor ihren Augen ein riesiger Funken, als hätte ein hinter den Kulissen verborgener Gott ein Plastikfeuerzeug angeknipst.

Sie zuckt vor der Helligkeit zurück, die zunächst wie ein einzelner breiter Blitz hochschießt. Unmittelbar darauf lodert der gesamte südliche Himmel in einem stummen, grellen Rot auf. Ein formloses blutiges Gleißen löscht die Häuser aus. Dann sind sie einen Augenblick lang wieder da, doch nur geisterhaft, wie durch eine Linse betrachtet. Eine Sekunde oder eine Zehntelsekunde danach sind sie für immer verschwunden, und das Rot wuchert zu einer kochenden Gestalt, die man aus Tausenden von Wochenschauen kennt.

Alles still, ganz still.

Bruce' Mutter tritt heraus und stellt sich neben sie, wobei sie die Hand schützend über die Augen hält. Sie trägt ein neues blaues Kleid. Ein Teekleid. Schulter an Schulter starren sie nach Süden auf den sich ausbreitenden karmesinroten Pilz, der das Blau des Himmels verschlingt. An den Rändern steigt Rauch auf – im Sonnenlicht dunkelviolett – und wird wieder aufgesogen. Die Farbe des Feuerballs ist zu intensiv, Janice wird ihr Augenlicht verlieren, aber sie kann den Blick nicht abwenden. In breiten, warmen Bächen läuft ihr das Wasser übers Gesicht, aber sie kann den Blick nicht abwenden.

»Was soll das denn?«, sagt Bruce' Mutter. »Wenn das ein Werbegag ist, dann ist er wirklich geschmacklos!«

»Es ist eine Bombe«, sagt Janice. Ihre Stimme scheint von woanders zu kommen. Eine Direktübertragung aus Hartford vielleicht. Jetzt brechen aus dem roten Pilz gewaltige schwarze Blasen und lassen hässliche Formen erscheinen – eine Katze, einen Hund, Bobo den Dämonenclown –, deren Fratzen im hohen Himmel über dem Schmelzofen New York hängen. »Eine Atombombe. Und zwar eine verdammt große. Nicht so ein kleines Rucksackmodell oder …«

Wusch! Hitze zieht nach oben und unten über ihre Wange, Tränen sprühen aus ihren Augen, und ihr Kopf wackelt. Bruce' Mama hat ihr eine Ohrfeige verpasst. Und keine zarte.

»Darüber macht man keine Witze!«, herrscht sie Janice an. »So was ist nicht komisch!«

Inzwischen sind auch andere Leute in den Hof getreten, aber sie sind kaum mehr als Schatten. Entweder hat die Leuchtkraft des Feuerballs Janice die Sehkraft geraubt, oder die Wolke hat die Sonne verdeckt. Vielleicht beides.

»Das ist … wirklich … *geschmacklos!*« Mit jedem Wort wird die Stimme höher und lauter. *Geschmacklos* ist bereits ein Kreischen.

»Bestimmt irgendein Spezialeffekt«, sagt jemand, »muss so sein, sonst würden wir doch was hören …«

In diesem Moment hat das Dröhnen sie erreicht. Wie ein Felsbrocken, der durch einen endlosen Steinkanal schießt. Das Glas an der Südseite des Hauses erbebt, und aus den Bäumen spritzen in wirbelnden Scharen die Vögel hoch. Das Dröhnen füllt alles aus. Und es hört nicht auf. Wie ein ewiger Überschallknall. Janice sieht Bruce' Grandma, die sich langsam auf dem Weg zur Mehrfachgarage bewegt und dabei die Hände über die Ohren hält. Sie geht mit gesenktem Kopf und gekrümmtem Rücken und streckt den Hintern hinaus wie eine heimatlose alte Vettel am Anfang eines langen Flüchtlingszugs. Irgendetwas hängt hinten an ihrem Kleid herunter und schwingt hin und her. Janice ist nicht überrascht, dass es (wie sie mit ihrer verbliebenen Sehkraft bemerkt), Grandmas Hörgerät ist. »Ich will aufwachen«, lässt sich hinter Janice ein Mann vernehmen. Er spricht quengelig und nervig. »Ich will aufwachen. Irgendwann ist es genug.«

Die leuchtende Wolke hat jetzt ihre größte Ausdehnung erreicht und wabert triumphierend dort, wo noch neunzig Sekunden zuvor New York war, ein dunkelroter und violetter Giftpilz, der einfach ein Loch durch diesen Nachmittag und alle künftigen Nachmittage gebrannt hat.

Eine Brise erhebt sich. Eine heiße Brise. Janice' Haare flattern seitlich vom Kopf, und ihre Ohren können das endlos mahlende Grollen noch besser hören als vorher. Während sie das alles beobachtet, fällt ihr ein, wie sie Tennisbälle übers Netz schlägt, die so dicht beieinander landen, dass man sie in einem Kochtopf auffangen könnte. Und genauso schreibt sie auch. Das ist ihr Talent. Oder war es.

Sie denkt an die Wanderung, die Bruce und seine Freunde nicht unternehmen werden. Sie denkt an die Party im Holy Now!, zu der sie nicht erscheinen werden. Sie denkt an die Alben von Jay-Z, Beyoncé und The Fray, die sie nicht spielen werden – kein großer Verlust. Und sie denkt an die Country-Music, die sich ihr Dad auf dem Weg von und zur Arbeit in seinem Pick-up anhört. Ja, das ist irgendwie besser. Sie wird an Patsy Cline oder Skeeter Davis denken, und schon bald wird sie vielleicht dem, was von ihren Augen noch übrig ist, beibringen können, nicht hinzuschauen.

AUS DEM AMERIKANISCHEN VON FRIEDRICH MADER

N.

1. Der Brief

Lieber Charlie,

es kommt mir seltsam und zugleich ganz natürlich vor, mich so an dich zu wenden, obwohl ich bei unserer letzten Begegnung nur halb so alt war wie heute. Ich war sechzehn und wahnsinnig in dich verknallt. (Hast du das gewusst? Natürlich hast du es gewusst.) Inzwischen bin ich eine glücklich verheiratete Frau mit einem kleinen Sohn, und ich sehe dich ständig auf CNN, wie du über medizinische Fachfragen redest. Du bist noch genauso gut aussehend (zumindest fast!) wie »früher«, als wir drei zum Angeln gingen oder uns im Railroad in Freeport Filme ansahen.

Die Sommer von damals scheinen ewig lange her zu sein. Du und Johnny, ihr wart unzertrennlich, und manchmal, wenn euch der Sinn danach stand, durfte ich auch mit – was wahrscheinlich öfter passierte, als ich es verdient hatte! Dein Beileidsbrief hat viele Erinnerungen in mir wachgerufen, und ich musste oft weinen. Nicht nur um Johnny, sondern um uns drei. Und wohl auch darum, wie schlicht und unkompliziert wir das Leben damals fanden. Wir waren einfach unangreifbar!

Natürlich hast du seine Todesanzeige gesehen. »Unfall« – hinter diesem Wort können sich so viele Sünden verbergen. In den Nachrichten hieß es, Johnny sei durch einen Sturz ums Leben gekommen, und es war ja tatsächlich ein Sturz – an einem Ort, den wir alle gut kannten und nach dem er mich erst an Weihnachten gefragt hatte. Aber es war kein Unfall. Er hatte einiges an Beruhigungsmitteln im Blut. Nicht annähernd genug, um ihn umzubringen, doch nach Meinung des Gerichtsmediziners reichten die Sedativa, um ihm die Orientierung zu rauben, vor allem wenn man davon ausgeht, dass er sich über das Geländer gebeugt hat. Daher die Festlegung der Todesursache als »Unfall«.

Aber ich weiß, dass es Selbstmord war.

Weder in seinem Haus noch bei seiner Leiche wurde ein Abschiedsbrief gefunden, doch möglicherweise wollte Johnny uns dadurch schonen. Du als Arzt weißt bestimmt, dass die Suizidrate bei Psychiatern extrem hoch ist. Fast als wäre das Leid ihrer Patienten eine Art Säure, die langsam, aber sicher die psychischen Barrieren der Therapeuten zerfrisst. In den meisten Fällen sind diese Barrieren stark genug, um dem Ansturm standzuhalten. Und in Johnnys Fall? Ich glaube nicht … dank eines einzigen ungewöhnlichen Patienten. Und zudem hat er in den letzten zwei, drei Monaten seines Lebens nicht viel geschlafen. Was für furchtbar dunkle Ringe er unter den Augen hatte! Außerdem sagte er überall Termine ab. Er unternahm lange Fahrten. Wohin, wollte er nicht verraten, aber ich habe da so eine Ahnung.

Damit komme ich zu dem Manuskript, das ich diesem Brief beigefügt habe. Ich hoffe, du wirst es dir genauer ansehen. Ich weiß, dass du sehr beschäftigt bist, aber denk einfach – falls es hilft! – an die kleine Göre mit dem zerfransten Pferdeschwanz, die total in dich verschossen war und euch immer hinterherlaufen musste!

Johnny praktizierte zwar allein, aber in seinen letzten vier Lebensjahren hatte er sich lose mit zwei anderen »Seelenklempnern« zusammengeschlossen. Johnnys aktuelle Patientenakten (nicht viele, weil er kaum noch Fälle übernommen hat) gingen nach seinem Tod an einen dieser zwei Psychiater. Besagte Akten befanden sich alle in seiner Praxis. Auf das kurze Dokument jedoch, das diesem Brief beiliegt, stieß ich, als ich sein häusliches Arbeitszimmer leerräumte. Es handelt sich um Aufzeichnungen zu einem Patienten, den er als »N.« bezeichnet. Allerdings sahen sie völlig anders aus als seine offiziellen Fallaufzeichnungen, die ich gelegentlich zu Gesicht bekommen habe (nicht weil ich geschnüffelt habe, sondern weil gerade ein zufällig aufgeschlagener Ordner auf dem Schreibtisch lag). Zum einen sind die Notizen über N. im Gegensatz zu den anderen nicht in seiner Praxis entstanden, weil die Blätter nicht mit dem Briefkopf versehen sind wie die anderen Fallaufzeichnungen, die ich gesehen habe, und auch keinen roten Stempel mit der Aufschrift VERTRAULICH tragen. Zum anderen fällt dir vielleicht die schwache senkrechte Linie auf den Seiten auf. Die stammt von seinem Drucker zu Hause.

Noch etwas wirst du bemerken, wenn du die Mappe auspackst. In großen schwarzen Druckbuchstaben hat er zwei Wörter auf den Deckel gemalt: SOFORT VERBRENNEN. Fast hätte ich mich an die Anweisung gehalten, ohne einen Blick hineinzuwerfen. Ich dachte, wer weiß, vielleicht sind es Drogen, die er gebunkert hat, oder Ausdrucke irgendwelcher schräger Pornoseiten aus dem Internet. Doch letztlich konnte ich als wahre Tochter der Pandora meine Neugier nicht im Zaum halten. Zu meinem Leidwesen.

Charlie, ich kann mir vorstellen, dass mein Bruder ein Buch geplant hat, etwas Populärwissenschaftliches im Stil von Oliver Sacks. Nach dem Manuskript zu urteilen, hat er sich wohl für Zwangsstörungen interessiert. Und beim Gedanken an seinen Selbstmord (falls es wirklich einer war!) frage ich mich unwillkürlich, ob dieses Interesse seinen Ursprung nicht in dem alten Sprichwort »Arzt, heile dich selbst!« hatte.

Jedenfalls fand ich den Bericht über N. und die immer bruchstückhafteren Notizen meines Bruders ziemlich beunruhigend. Wie beunruhigend? Zumindest so sehr, dass ich das Manuskript – von dem es übrigens nur diese eine Fassung gibt – einem Freund schicke, den er seit zehn Jahren – bei mir sind's schon vierzehn – nicht mehr gesehen hat. Ursprünglich dachte ich mir, dass man das vielleicht veröffentlichen könnte, als eine Art Andenken an meinen Bruder.

Inzwischen habe ich meine Meinung geändert. Das Manuskript wirkt nämlich unglaublich *lebendig,* aber nicht auf eine positive Weise. Ich kenne die Orte, die erwähnt werden, und ich wette, dass auch dir manche davon bekannt sind. Zum Beispiel muss das Feld, von dem N. spricht, irgendwo ganz in der Nähe des Orts sein, in dem wir als Kinder zur Schule gingen. Seit ich diese Blätter gelesen habe, spüre ich den starken Wunsch, dieses Feld zu suchen. Dabei empfinde ich die beunruhigende Ausstrahlung des Manuskripts nicht als Warnung, sondern eher als Ansporn. Wenn *das* kein zwanghaftes Verhalten ist, was dann?!?

Ich glaube nicht, dass es eine gute Sache wäre, diesen Ort zu finden.

Aber Johnnys Tod geht mir sehr nah, und das nicht nur, weil er mein Bruder war. Und auch das Manuskript beschäftigt mich sehr. Kannst du es bitte lesen? Und mir sagen, was du davon hältst? Danke, Charlie. Ich hoffe dich damit nicht allzu sehr zu behelligen. Und ... falls *du* es für richtig halten solltest, Johnnys Aufforderung nachzukommen und es zu verbrennen, wirst du von mir nicht den Hauch eines Protests hören.

Liebe Grüße
von Johnny Bonsaints »kleiner Schwester«
Sheila Bonsaint LeClaire
964 Lisbon Street
Lewiston, Maine 04240

PS Meine Güte, was war ich in dich verknallt!

2. Die Fallaufzeichnungen

N. ist 48 Jahre alt, Teilhaber eines großen Wirtschaftsprüfungs-
unternehmens in Portland, geschieden, Vater von zwei Töchtern. Eine ist Doktorandin in Kalifornien, die andere studiert
im dritten Jahr am College hier in Maine. Er beschreibt die
aktuelle Beziehung zu seiner Exfrau als »distanziert, aber freund-
schaftlich«.

»Ich weiß, ich sehe älter als achtundvierzig aus«, erklärt er. »Das
liegt daran, dass ich in letzter Zeit kaum geschlafen habe. Ich
hab's mit Ambien probiert und mit diesem anderen Zeug, das
aussieht wie grüne Motten, aber davon werde ich nur groggy.«

Als ich ihn frage, wie lange er schon an Schlafstörungen
leide, muss er keine Sekunde überlegen.

»Seit zehn Monaten.«

Ich erkundige mich, ob ihn seine Schlaflosigkeit zu mir geführt hat. Er lächelt hinauf zur Decke. Die meisten Patienten
entscheiden sich zumindest bei ihrem ersten Besuch für den
Stuhl – eine Frau meinte sogar einmal, sie würde sich beim Liegen auf dem Sofa fühlen wie eine Neurotikerin aus einem Cartoon im *New Yorker* –, aber N. hat sich sofort zur Couch begeben.
Die Hände fest auf der Brust gefaltet, liegt er da.

»Wir wissen doch beide, dass es nicht so ist, Dr. Bonsaint«,
sagt er.

Ich frage ihn, was der damit meint.

»Wenn ich nur die Tränensäcke loswerden wollte, würde ich
entweder zu einem Schönheitschirurgen oder zu meinem
Hausarzt gehen – der Sie übrigens empfohlen hat und sagt,
dass Sie sehr gut sind – und ihn um was Stärkeres bitten als
Ambien oder die grünen Mottenpillen. Es gibt doch sicher
was Stärkeres, oder?«

Ich äußere mich nicht dazu.

»Soviel ich weiß, ist Schlaflosigkeit immer ein Symptom für was anderes.«

Ich erkläre ihm, dass es sich nicht immer, aber doch in den meisten Fällen so verhält. Außerdem, füge ich hinzu, sind Schlafstörungen nur selten das einzige Symptom, falls es eine tiefere Ursache gibt.

»Ach, andere Symptome habe ich haufenweise«, sagt er. »Schauen Sie sich zum Beispiel mal meine Schuhe an.«

Ich schaue mir seine Schuhe an. Es sind Schnürstiefel. Der linke hat die Schleife oben, der rechte unten. Sehr interessant, versichere ich ihm.

»Genau«, sagt er. »Als ich die Highschool besucht habe, war es bei den Mädchen Mode, die Turnschuhe unten zuzubinden, wenn sie fest mit jemandem gegangen sind. Oder wenn sie einen bestimmten Jungen mochten und fest mit ihm gehen *wollten*.«

Ob er denn fest mit jemandem zusammen sei, frage ich ihn, um die Verkrampfung etwas zu lösen, die ich an seiner Körperhaltung bemerke – die Knöchel der ineinander verschränkten Finger treten weiß hervor, fast als hätte er Angst, die Finger könnten davonfliegen, wenn er sie nicht mit einem gewissen Druck in Position hält –, aber er lacht nicht. Nicht einmal ein Lächeln entschlüpft ihm.

»Über das Alter zum Miteinandergehen bin ich schon ein bisschen hinaus«, sagt er, »aber es gibt da was, was ich *will*.«

Er überlegt.

»Ich habe es damit probiert, *beide* Stiefel unten zuzubinden. Es hat nichts geholfen. Aber einer oben und einer unten – das bringt anscheinend was.« Er befreit die rechte Hand aus der tödlichen Umklammerung der linken und macht eine Geste, bei der sich Daumen und Zeigefinger fast berühren. »Ungefähr so viel.«

Ich frage, was genau er will.

»Dass mein Kopf wieder gesund wird. Aber wer seinen Kopf damit heilen will, dass er seine Schnürsenkel nach einer geheimen Highschool-Zeichensprache bindet … leicht angepasst an die eigene Situation … der muss doch verrückt sein. Und

Verrückte sollten sich Hilfe suchen. Wenn sie noch einen Funken Verstand in sich haben – was ich durchaus für mich in Anspruch nehme –, dann wissen sie das. Deswegen bin ich hier.«

Er schiebt die Hände wieder ineinander und sieht mich zugleich herausfordernd und ängstlich an. Auch Erleichterung liegt in seinem Blick. In seinen durchwachten Nächten hat er sich ausgemalt, wie es sein wird, einem Psychiater anzuvertrauen, dass er um seinen Verstand fürchtet. Doch jetzt hat er es hinter sich, und ich bin weder schreiend aus dem Zimmer geflüchtet, noch habe ich die Männer in den weißen Mänteln geholt. Manche Patienten stellen sich vor, dass bei mir im Nebenzimmer eine Horde solcher Weißkittel mit Schmetterlingsnetzen und Zwangsjacken lauert.

Ich bitte ihn, mir ein paar Beispiele seiner aktuellen geistigen Beeinträchtigung zu nennen, worauf er die Achseln zuckt.

»Der übliche zwangsneurotische Kram eben. Das haben Sie bestimmt schon hundert Mal gehört. Mir kommt es viel mehr auf die grundlegende Ursache an. Das, was im letzten August passiert ist. Ich dachte, Sie können mich vielleicht hypnotisieren, damit ich es vergesse.« Er schaut mich hoffnungsvoll an.

Zwar sei nichts unmöglich, erwidere ich, aber Hypnose werde normalerweise eher dazu verwendet, dem Gedächtnis auf die Sprünge zu helfen, und nicht, um es zu blockieren.

»Ach so«, sagt er. »Das wusste ich nicht. Mist.« Wieder wandert sein Blick hinauf zur Decke. In seinem Gesicht arbeitet es, irgendwie will er noch etwas sagen. »Es könnte nämlich gefährlich werden.« Er hält inne, aber es ist nur eine kurze Unterbrechung; noch immer spielen seine Backenmuskeln. »Was mir fehlt, könnte sehr gefährlich werden.« Wieder Pause. »Für mich.« Wieder Pause. »Und möglicherweise für andere.«

Jede Therapiesitzung erfordert Richtungsentscheidungen. Sie besteht aus Abzweigungen ohne Wegweiser. An dieser Stelle könnte ich fragen, *was* so gefährlich ist, aber ich tue es nicht. Stattdessen erkundige ich mich nach dem zwangsneurotischen Kram, den er angesprochen hat. Abgesehen von den verschieden geschnürten Stiefeln, die ein verdammt gutes Beispiel dafür sind (was ich aber nicht erwähne).

»Das kennen Sie doch alles.« Er wirft mir einen gerissenen Blick zu, der mich etwas verunsichert. Ich lasse mir aber nichts anmerken, schließlich ist er nicht der erste Patient, bei dem es mir so geht. Psychiater sind eigentlich Höhlenforscher und wissen natürlich, dass es in jeder Höhle Ungeziefer und Fledermäuse gibt. Nicht gerade angenehm, aber die meisten sind völlig harmlos.

Ich bitte ihn, mir trotzdem den Gefallen zu tun und zu bedenken, dass wir uns ja erst kennenlernen müssen.

»Wir gehen noch nicht fest miteinander, was?«

Nein, sage ich, noch nicht ganz.

»Das sollte sich aber schnell ändern«, sagt er, »ich bin nämlich schon auf Alarmstufe Gelb, Dr. Bonsaint. Knapp vor Alarmstufe Rot.«

Ich frage ihn, ob er Dinge zählt.

»Natürlich«, sagt er. »Die Hinweise in den Kreuzworträtseln der *New York Times* … in der Sonntagsausgabe zähle ich sogar zweimal, weil die Rätsel größer sind. Da kann zusätzliche Sorgfalt nicht schaden. Nein, sie ist absolut notwendig. Meine Schritte selbstverständlich. Das Telefonläuten, wenn ich jemanden anrufe. An den meisten Werktagen esse ich im Colonial Diner, das liegt drei Straßen von meinem Büro entfernt. Auf dem Weg dorthin zähle ich schwarze Schuhe. Auf dem Rückweg braune. Einmal hab ich es mit roten probiert, aber das war lächerlich. Nur Frauen tragen rote Schuhe, und auch da sind es nur wenige. Zumindest untertags. Ich habe nur drei Paar – sechs Schuhe also – gezählt. Da bin ich wieder zurück zum Colonial und hab von vorn angefangen – aber diesmal mit braunen Schuhen.«

Ob er auf eine bestimmte Zahl von Schuhen kommen muss, um zufrieden zu sein, frage ich ihn.

»Mindestens dreißig«, sagt er. »Fünfzehn Paar. Aber an den meisten Tagen ist das kein Problem.«

Und warum ist es notwendig, eine bestimmte Menge zu erreichen?

Er überlegt kurz und mustert mich prüfend. »Wenn ich jetzt sage: ›Das wissen Sie doch‹, wollen Sie bestimmt hören, was ich damit meine. Sie kennen sich mit Zwangsneurosen aus, aber auch ich habe ausführliche Nachforschungen zu dem Thema angestellt – sowohl in meinem Kopf als auch im Internet. Können wir nicht einfach zur Sache kommen?«

Die meisten Zähler, entgegne ich, haben das Gefühl, eine bestimmte Gesamtsumme, die sogenannte »Zielzahl«, erreichen zu müssen, um die Ordnung aufrechtzuerhalten. Damit sich die Welt weiter um ihre Achse drehen kann, sozusagen.

Befriedigt nickt er, und die Schleusen öffnen sich.

»Einmal bin ich beim Zählen an einem Mann vorbeigekommen, dessen Bein unterm Knie abgenommen war. Er ging auf Krücken und hatte eine Socke über dem Stumpf. Hätte er einen schwarzen Schuh angehabt, wäre es kein Problem gewesen. Ich war nämlich auf dem Rückweg ins Büro. Aber er war braun. Das hat mich für den Rest des Tages aus der Bahn geworfen, und in der Nacht habe ich kein Auge zugemacht. Weil ungerade Zahlen schlecht sind.« Er tippt sich an die Schläfe. »Zumindest hier drin. Der vernünftige Teil in meinem Kopf weiß, dass das alles Quatsch ist, aber der andere Teil ist sich absolut sicher, dass es nicht so ist, und dieser Teil hat das Sagen. Man sollte meinen, dass der Bann gebrochen ist, wenn nichts Schlimmes vorfällt – und an dem bewussten Tag ist sogar was *Gutes* passiert: Eine angedrohte Prüfung vom Finanzamt wurde einfach grundlos abgesetzt. Aber das hat nicht geholfen. Statt achtunddreißig hatte ich siebenunddreißig Schuhe gezählt, und wenn davon nicht die Welt untergegangen ist, behauptet dieser irrationale Teil in meinem Kopf, dann habe ich das nur der Tatsache zu verdanken, dass ich *weit* über dreißig gekommen war.

Beim Einräumen der Spülmaschine zähle ich die Teller. Wenn es eine gerade Zahl über zehn ist, ist alles in Ordnung.

Wenn nicht, stelle ich noch so viele unbenutzte Teller dazu wie nötig. Beim Besteck das Gleiche. Mindestens zwölf Teile müssen in den kleinen Plastikkasten der Spülmaschine. Da ich allein lebe, heißt das normalerweise, dass ich saubere Löffel und Gabeln hinzufügen muss.«

Was mit Messern sei, frage ich ihn, worauf er sofort den Kopf schüttelt.

»Messer nie. Nicht in die Spülmaschine.«

Auf meine Frage nach dem Grund antwortet er, dass er es nicht wisse. Mit einem schuldbewussten Seitenblick setzt er kurz darauf hinzu: »Die Messer wasche ich immer mit der Hand im Ausguss ab.«

Messer im Besteckkasten der Spülmaschine würden die Ordnung der Welt stören, spekuliere ich.

»Nein!«, ruft er aus. »Sie haben zwar begriffen, Dr. Bonsaint, aber noch nicht *vollkommen.*«

Dann müssen Sie mir helfen, sage ich.

»Die Ordnung der Welt ist bereits gestört. *Ich* habe sie letzten Sommer gestört, als ich das Ackerman's Field betreten habe. Bloß hab ich es damals noch nicht verstanden.«

Und jetzt verstehen Sie es?, frage ich.

»Ja. Nicht alles, aber genug.«

Ich frage ihn, ob es ihm darum geht, »die Ordnung der Welt« wiederherzustellen, oder nur darum, eine Verschlimmerung der Situation zu verhindern.

Die Muskeln in seinem Gesicht entspannen sich zu einem Ausdruck unbeschreiblicher Erleichterung. Etwas, das nach Artikulation geschrien hat, ist endlich ausgesprochen worden. Das sind die Momente, die meiner Arbeit Sinn verleihen. Es ist keine Heilung, ganz und gar nicht, doch fürs Erste hat N. ein wenig Linderung erfahren. Wie die meisten Patienten hat er das wahrscheinlich nicht erwartet.

»Ich kann sie nicht wiederherstellen«, flüstert er. »Aber vielleicht schaffe ich es, dass es nicht schlimmer wird. Ja, das kann ich. Ich *hab* es ja schon getan.«

Wieder bin ich bei einer dieser Weggabelungen angelangt. Ich könnte ihn jetzt erzählen lassen, was letzten Sommer – letzten August, wie ich annehme – auf dem Ackerman's Field geschehen ist, aber das wäre wohl noch zu früh. Die Wurzeln dieses kranken Zahns sollten zunächst noch mehr gelockert werden. Außerdem bezweifle ich, dass die Ursache der Krankheit erst so kurz zurückliegt. Was ihm auch letzten Sommer zugestoßen ist, bestimmt war es nur eine Initialzündung.

Ich bitte ihn, mir von seinen anderen Symptomen zu erzählen.

Er lacht. »Das würde den ganzen Tag dauern, und wir haben …« Er schielt auf sein Handgelenk. »… nur noch zweiundzwanzig Minuten. Übrigens eine gute Zahl, zweiundzwanzig.«

Weil sie gerade ist?, frage ich.

Sein Nicken deutet an, dass ich die Zeit nur mit Selbstverständlichkeiten verplempere.

Statt ihn zu drängen, warte ich einfach ab.

»Meine … meine *Symptome,* wie Sie das nennen … treten in Gruppen auf.« Sein Blick wandert abermals zur Decke. »Insgesamt gibt es drei von diesen Gruppen. Sie ragen aus mir … aus dem gesunden Teil in meinem Kopf … heraus … wie Felsen … wie Felsen, genau … o Gott, lieber Gott … wie diese verdammten *Felsen* auf diesem verdammten *Feld* …«

Tränen strömen ihm über die Wangen. Zuerst scheint er es nicht zu bemerken. Die Finger ineinandergeknotet, liegt er einfach auf der Couch und starrt nach oben. Doch dann greift er zur Seite, wo auf dem Tisch »die ewige Kleenex-Schachtel« steht, wie meine Sprechstundenhilfe Sandy immer sagt. Er nimmt sich zwei Taschentücher, wischt sich die Wangen ab, und knüllt das Papier zusammen. Es verschwindet im Netz seiner Finger.

»Es gibt drei Gruppen«, fährt er mit nicht sehr fester Stimme fort. »Zählen ist die erste. Sie ist wichtig, aber nicht so wichtig wie das Berühren. Bestimmte Dinge muss ich berühren. Herdplatten beispielsweise. Beim Verlassen des Hauses oder vor dem Zubettgehen. Auch wenn ich weiß, dass sie ausgeschaltet sind –

die Anzeigen weisen nach oben, nichts glimmt –, muss ich sie trotzdem berühren, um ganz sicher zu sein. Und natürlich die Tür des Backrohrs. Auch die Lichtschalter fasse ich an, bevor ich aus dem Haus oder dem Büro gehe. Bloß so ein schnelles zweifaches Antippen. Wenn ich mich ins Auto setze, muss ich zuerst viermal aufs Dach klopfen. Und sechsmal, wenn ich am Ziel angekommen bin. Vier ist eine gute Zahl, und sechs ist ziemlich okay, aber zehn … zehn ist wie …« Ich sehe eine Tränenspur, die ihm entgangen ist und im Zickzackkurs vom rechten Augenwinkel zum Ohrläppchen führt.

Als würden Sie fest mit der Frau Ihrer Träume gehen?, helfe ich aus.

Ein Lächeln erscheint auf seinen Lippen. Es ist wunderbar müde – ein Lächeln, dem es zunehmend schwerfällt, am Morgen aufzustehen.

»Genau«, sagt er. »Und sie hat ihre Schnürsenkel unten gebunden, damit es alle wissen.«

Berühren Sie auch andere Dinge?, frage ich, obwohl ich die Antwort auf meine Frage bereits weiß. In den fünf Jahren meiner Tätigkeit als Therapeut sind mir schon viele Fälle wie N. untergekommen. Manchmal stelle ich mir diese Unglücklichen als Menschen vor, denen Raubvögel das Fleisch vom Leib hacken. Die Vögel sind unsichtbar, aber dennoch äußerst real. Erst ein Psychiater, der Geschick und Glück mitbringt, kann sie mit seiner eigenen Form von Luminol ans Licht bringen. Das Verwunderliche daran ist eigentlich, dass so viele Zwangsneurotiker trotzdem ein produktives Leben führen. Sie arbeiten, sie essen (häufig nicht genug oder aber zu viel, sicher), sie gehen ins Kino, sie schlafen mit ihrer Freundin oder ihrem Freund, ihrer Frau oder ihrem Mann … und die ganze Zeit werden sie von diesen Vögeln bedrängt, die kleine Fleischstücke aus ihnen herauspicken.

»Ich berühre viele Dinge«, sagt er, und wieder schenkt er der Decke sein bezaubernd mattes Lächeln. »Alles, was Sie sich vorstellen können.«

Zählen ist also wichtig, fasse ich zusammen, aber Berühren ist noch wichtiger. Und was steht noch darüber?

»*Ordnen*«, sagt er, und plötzlich schüttelt es ihn am ganzen Körper wie einen Hund, der im kalten Regen draußen gelassen wurde. »O Gott.«

Mit einem Ruck setzt er sich auf und schwingt die Beine über den Couchrand. Auf dem Tisch neben ihm steht außer der ewigen Kleenex-Schachtel auch noch eine Blumenvase. Mit schnellen Bewegungen platziert er die Schachtel und die Vase so, dass sie diagonal zueinander stehen. Dann nimmt er zwei Tulpen aus der Vase und legt sie parallel hin, so dass die eine Blüte die Kleenex-Schachtel und die andere die Vase berührt.

»Jetzt ist es sicher.« Er zögert und nickt schließlich, als hätte er sich innerlich bestätigt, dem richtigen Gedanken zu folgen. »Das hält die Welt aufrecht.« Wieder verharrt er. »Fürs Erste zumindest.«

Ich schaue auf die Uhr. Die Zeit ist um, aber für die eine Sitzung haben wir schon einiges geschafft.

»Nächste Woche«, sage ich. »Selbe Stelle, selbe Welle.« Manchmal betone ich diesen kleinen Scherz als Frage, aber nicht bei N. Er muss wiederkommen, das weiß er ganz genau.

»Kein Zaubermittel, hm?« Diesmal ist das Lächeln so traurig, dass es fast nicht zu ertragen ist.

Ich weise ihn darauf hin, dass er sich vielleicht besser fühlen wird. (Wie jeder Psychiater weiß, kann so eine positive Suggestion nie schaden.) Dann fordere ich ihn auf, sein Ambien und die »grünen Mottenpillen« – Lunesta, wie ich annehme – wegzuwerfen. Wenn sie ihm nachts nichts nutzen, dann hat es keinen Sinn, das Risiko einzugehen, das sie untertags für ihn darstellen. Beim Autofahren einzuschlafen, wäre sicher die schlechteste Lösung.

»Da haben Sie Recht«, sagt er. »Doc, wir haben noch kein Wort über die Grundursache verloren. Ich kenne sie …«

Dazu kommen wir vielleicht nächste Woche, unterbreche ich ihn. Aber ich wolle ihm noch eine Hausaufgabe mitgeben.

Er soll eine dreiteilige Aufstellung für mich machen: Zählen, Berühren und Ordnen. Ob das möglich sei?

»Ja«, sagt er.

Fast beiläufig frage ich ihn, ob er schon einmal an Selbstmord gedacht hat.

»Die Idee ist mir in den Sinn gekommen, aber ich habe so viel zu tun.«

Eine interessante und ziemlich beunruhigende Antwort.

Ich gebe ihm meine Karte und fordere ihn auf, mich zu jeder Zeit – ob Tag oder Nacht – anzurufen, falls ihm die Vorstellung eines Selbstmords auf einmal verlockender erscheinen sollte. Er verspricht es mir. Allerdings tun sie das fast alle.

An der Tür lege ich ihm die Hand auf die Schulter. »Halten Sie die Ohren steif.«

Blass und ernst sieht er mich an, ein Mensch, dem unsichtbare Vögel das Fleisch von den Knochen nagen.

»Kennen Sie zufällig ›Der große Pan‹ von Arthur Machen?«

Ich schüttle den Kopf.

»Das ist die furchtbarste Erzählung, die je geschrieben wurde«, sagt er. »An einer Stelle sagt eine Figur: ›Das Gelüst siegt stets.‹ Aber sie meint eigentlich nicht Gelüste. Sie meint den inneren Zwang.«

Eigentlich sollte ich ihm ein Antidepressivum wie Paroxetin oder sogar Fluoxetin verschreiben. Aber erst muss ich noch etwas mehr über diesen interessanten Patienten in Erfahrung bringen.

Zur nächsten Sitzung bringt N. seine »Hausaufgaben« mit, aber ich habe auch nichts anderes erwartet. Es gibt manches auf der Welt, worauf kein Verlass ist, und viele Menschen, denen man nicht trauen kann, doch bei Zwangsneurotikern darf man sich sicher sein, dass sie ihre Pflichten erledigen, wenn sie nicht schon im Sterben liegen.

Seine Aufstellungen sind zugleich komisch, traurig und einfach nur schrecklich. Er ist Wirtschaftsprüfer von Beruf, und wahrscheinlich hat er eines seiner Buchhaltungsprogramme benutzt, um den Inhalt der Mappe anzufertigen, die er mir reicht, ehe er auf die Couch zusteuert. Es handelt sich um Tabellen. Doch statt Ausgaben und Einnahmen stellen diese Listen das komplexe Terrain von N.s Obsessionen dar. Die ersten zwei Blätter tragen die Überschrift **ZÄHLEN**, die nächsten zwei **BERÜHREN**, die letzten sechs **ORDNEN**. Während ich sie flüchtig durchblättere, wundere ich mich, wie er überhaupt noch Zeit für andere Tätigkeiten findet. Aber Zwangsneurotiker schaffen es fast immer irgendwie. Wieder erscheint vor meinen Augen das Bild unsichtbarer Raubvögel, die ihn umschwärmen und ihm in blutigen Bissen das Fleisch herausreißen.

Als ich aufschaue, liegt er auf der Couch, die Hände fest über der Brust gefaltet. Bevor er sich in diese Position begeben hat, hat er noch schnell die Vase und die Kleenexschachtel umarrangiert, damit sie eine Diagonale bilden. Bei den Blumen handelt es sich heute um weiße Lilien. Bei ihrem Anblick muss ich unwillkürlich an Begräbnisse denken.

»Fordern Sie mich bitte nicht auf, sie zurückzustellen«, sagt er entschuldigend, aber mit fester Stimme. »Lieber gehe ich.«

Ich versichere ihm, dass ich nicht die Absicht habe, so etwas von ihm zu verlangen. Die Tabellen hochhaltend, beglückwünsche ich ihn zu ihrer professionellen Gestaltung. Er zuckt die Achseln. Dann erkundige ich mich, ob sie einen Gesamtüberblick enthalten oder nur die letzte Woche abdecken.

»Nur die letzte Woche«, sagt er. Auch das klingt eher teilnahmslos, und ich kann mir auch vorstellen, warum. Ein Mann, dem Raubvögel das Fleisch von den Knochen hacken, interessiert sich nicht für die Beleidigungen und Verletzungen, die er im letzten Jahr oder in der letzten Woche erlitten hat. Ihm geht es nur um das Heute. Und um die mehr als ungewisse Zukunft.

»Das sind doch bestimmt zwei- oder dreitausend Einträge«, sage ich.

»Vorgänge. So nenne ich sie. Es sind sechshundertvier Zählvorgänge, achthundertachtundsiebzig Berührvorgänge und zweitausendzweihundertsechsundvierzig Ordnungsvorgänge. Alles gerade Zahlen, wie Sie bemerken werden. Insgesamt eine Summe von dreitausendsiebenhundertachtundzwanzig, ebenfalls eine gerade Zahl. Wenn man die einzelnen Ziffern dieser Summe – 3728 – zusammenrechnet, erhält man zwanzig, auch gerade. Eine gute Zahl.« Er nickt bestätigend vor sich hin. »Teilt man 3728 durch zwei, kommt eintausendachthundertvierundsechzig heraus. Die Quersumme von 1864 ist neunzehn, eine mächtige ungerade Zahl. Mächtig und *schlecht*.« Ein leiser Schauer überläuft ihn.

»Sie sind bestimmt müde«, sage ich.

Er reagiert weder mit Worten noch mit einem Nicken, aber seine Antwort ist unmissverständlich. Wieder rinnen ihm die Tränen über die Wangen zu den Ohren. Es widerstrebt mir, ihm noch mehr aufzubürden, aber mir ist eines klar: Wenn wir uns nicht sofort an die Arbeit machen – »nur nicht lange fackeln«, würde meine Schwester Sheila sagen –, wird er überhaupt nicht mehr dazu in der Lage sein. Schon jetzt fallen mir äußere Anzeichen des Niedergangs auf (zerknittertes Hemd, mäßige Rasur, ungepflegte Frisur), und wenn ich seine Kollegen auf ihn ansprechen würde, würden sie bestimmt diese vielsagenden unruhigen Blicke austauschen. Die Tabellen sind auf ihre Art erstaunlich, aber N. geht eindeutig die Kraft aus. Ich sehe keine andere Möglichkeit, als direkt zum Kern der Sache vorzudringen, und solange dieser Kern nicht erreicht ist, gibt es weder Paroxetin noch Fluoxetin oder sonst was.

Ich frage ihn, ob er bereit ist, mir von den Ereignissen im letzten August zu berichten.

»Ja«, sagt er, »deswegen bin ich ja gekommen.« Er nimmt mehrere Taschentücher aus der ewigen Schachtel und wischt sich die Wangen ab. Matt, sehr matt. »Aber, Doc … sind Sie sich sicher, dass Sie das hören wollen?«

So eine Frage und so einen Ton zögernden Mitgefühls habe ich noch von keinem Patienten gehört. Ja, ich sei mir sicher, sage ich. Meine Aufgabe sei es, ihm zu helfen, aber das könne ich nur, wenn er bereit sei, sich selbst zu helfen.

»Selbst wenn Sie Gefahr laufen, so zu enden wie ich? Das könnte nämlich passieren. Ich bin verwirrt, aber hoffentlich noch nicht so panisch wie ein Ertrinkender, der jeden mit in die Tiefe reißt, der ihn retten will.«

Ich sage ihm, dass ich das nicht ganz verstehe.

»Ich bin hier, weil sich das alles vielleicht nur in meinem Kopf abspielt«, sagt er und klopft sich an die Schläfe, als wollte er mir zeigen, wo sein Kopf ist. »Aber es könnte auch anders sein. Ich kann es wirklich nicht sagen. Das meine ich mit verwirrt. Aber wenn es nicht mental ist – wenn das, was ich auf dem Ackerman's Field gesehen und gespürt habe, real ist –, dann habe ich eine Art Infekt in mir, den ich auf Sie übertragen könnte.«

Ackerman's Field. Diesmal notiere ich mir den Namen, obwohl ohnehin alles auf Band aufgezeichnet wird. Als Kinder besuchten meine Schwester und ich die Ackerman School in der Kleinstadt Harlow, die am Ufer des Androscoggin liegt. Das ist nicht allzu weit von hier entfernt, höchstens dreißig Meilen.

Ich sei bereit, das Risiko auf mich zu nehmen, und versichere ihm – als weitere positive Verstärkung –, das wir beide das Ganze unbeschadet überstehen werden.

Er stößt ein hohles, einsames Lachen aus. »Das wäre wirklich schön.«

»Erzählen Sie mir vom Ackerman's Field.«

Er seufzt. »Es liegt in Motton. An der Ostseite des Androscoggin.«

Motton. Ein Nachbarort von Chester's Mill. Meine Mutter hat früher immer die Milch und die Eier von der Boy Hill Farm in Motton gekauft. N. spricht von einem Ort, der kaum mehr als sieben Meilen von dem Bauernhof entfernt ist, auf dem ich aufgewachsen bin. *Wusste ich's doch,* sage ich beinahe laut.

Das habe ich nicht, aber er mustert mich so durchdringend, als hätte er meine Gedanken gelesen. Vielleicht hat er es ja getan. Zwar glaube ich nicht an ASW, aber ich schließe dergleichen auch nicht ganz aus.

»Gehen Sie nie da hin, Doc«, sagt er. »Sie dürfen nicht mal nachschauen, wo es liegt. Das müssen Sie mir versprechen.«

Ich gebe ihm das Versprechen. Tatsächlich war ich seit über fünfzehn Jahren nicht mehr in diesem heruntergekommenen Teil von Maine. Räumlich nah, aber das Verlangen danach weit entfernt. Thomas Wolfe hat mit dem Titel seines großen Werks *Es führt kein Weg zurück* eine sehr bezeichnende Aussage gemacht, die vielleicht nicht für jeden gilt – meine Schwester Sheila zum Beispiel findet oft den Weg zurück und hat noch engen Kontakt zu mehreren Freunden aus Kindertagen –, aber für mich auf jeden Fall. Allerdings würde ich meinem Buch eher den Titel *Ich will nicht zurück* geben. Meine Kindheitserinnerungen sind geprägt von Spielplatztyrannen mit Hasenscharten, leeren Häusern mit glaslos starrenden Fenstern, ausgeschlachteten Autos und einem Himmel, der immer weiß und kalt und voller fliehender Krähen war.

»Na schön«, sagt N. und bleckt kurz die Zähne in Richtung Decke. Nicht aus Aggressivität, da bin ich mir sicher. Es ist die Miene eines Mannes, der sich auf einen gewaltigen Kraftakt vorbereitet und schon weiß, dass er morgen einen fürchterlichen Muskelkater haben wird.»Ich weiß nicht, ob ich das alles so genau beschreiben kann, aber ich werde es probieren. Das Entscheidende daran ist, dass ich vor diesem Tag im August keine dieser zwanghaften Macken hatte. Bis zu diesem Zeitpunkt bin ich höchstens vor dem Weg zur Arbeit nochmal zurück ins Bad, um mich zu vergewissern, dass ich alle Nasenhaare entfernt habe.«

Vielleicht ist das wahr, aber ich kann es mir nicht so recht vorstellen. Ich gehe der Frage nicht nach und bitte ihn, mir zu erzählen, was an dem bewussten Tag geschehen ist. Was er daraufhin tut.

Er tut es die nächsten drei Sitzungen. Zur zweiten dieser Sitzungen – am 14. Juni – bringt er einen Kalender mit. Sozusagen Beweisstück A.

3. N.s Geschichte

Beruflich bin ich Buchhalter, aber meine Lieblingsbeschäftigung ist die Fotografie. Nach der Scheidung – und dem Erwachsenwerden der Kinder, was auf andere Art einer fast ebenso schmerzlichen Scheidung gleichkommt – zog ich an den meisten Wochen herum und machte Landschaftsaufnahmen mit meiner Nikon. Ein konventioneller Fotoapparat wohlgemerkt, keine Digitalkamera. Gegen Jahresende bastelte ich dann immer aus den zwölf besten Bildern einen Kalender. Das Ganze ließ ich bei Windhover Press in Freeport drucken. Ein kleiner, nicht gerade billiger Betrieb, der aber sehr sorgfältig arbeitet. Die Kalender verteilte ich zu Weihnachten an Freunde und Geschäftspartner. Auch an einige Kunden, aber nicht an viele – Kunden, denen fünf- oder sechsstellige Beträge in Rechnung gestellt werden, erwarten eher etwas Chromblitzendes.

Mir selbst sind Landschaftsbilder allemal lieber. Vom Ackerman's Field habe ich allerdings keine Aufnahmen. Ich habe zwar welche gemacht, aber es war nichts auf ihnen zu sehen. Später probierte ich es mit einer Digitalkamera. Dabei kamen nicht nur keine brauchbaren Fotos zustande, sondern die Kamera war anschließend hinüber. Ich hatte sie mir von jemandem ausgeborgt und musste ihm den Schaden ersetzen. Was halb so schlimm war. Zu diesem Zeitpunkt hätte ich nämlich sowieso schon alle Aufnahmen von diesem Ort vernichtet – falls *es* mich nicht daran gehindert hätte.

[Ich frage ihn, was er mit »es« meint. N. ignoriert die Frage, als hätte er mich nicht gehört.]

Ich habe in ganz Maine und New Hampshire Bilder geschossen, meistens halte ich mich jedoch an ein eng umgrenztes Gebiet. Ich lebe in Castle Rock – oben am Aussichtspunkt –, aber ich bin in Harlow aufgewachsen, genau wie Sie. Schauen Sie mich nicht so überrascht an, Doc. Nachdem mein Hausarzt Sie mir empfohlen hat, habe ich nach Ihnen gegoogelt. Das macht doch heutzutage jeder.

Jedenfalls, in diesem mittleren Teil von Maine sind meine besten Sachen entstanden: in Harlow, Motton, Chester's Mill, St. Ives, Castle-St.-Ives, Canton, Lisbon Falls. Also immer an den Ufern des mächtigen Androscoggin entlang. Die Bilder von dort sehen irgendwie ... *echter* aus. Der Kalender von 2005 ist ein gutes Beispiel. Nächstes Mal bringe ich Ihnen einen mit, dann können Sie sich selbst einen Eindruck verschaffen. Januar bis April und September bis Dezember sind alle in meiner Gegend aufgenommen. Mai bis August dagegen ... mal sehen, ob ich es noch zusammenbringe ... Old Orchard Beach ... Pemaquid Point, der Leuchtturm natürlich ... Harrison State Park ... und Thunder Hole in Bar Harbor. Bei der Höhle dachte ich mir, dass ich was Besonderes hingekriegt habe, ich war ganz aufgeregt, doch als ich dann die Abzüge bekam, hat mich die Realität eingeholt. Es war einfach ein typischer Touristenschnappschuss. Gute Komposition zwar, aber na und? So was findet man in jedem Kalender aus dem Souvenir-laden.

Wollen Sie meine Meinung als Amateur hören? Ich finde, zur Fotografie gehört viel mehr Kunst, als die meisten Leute glauben. Wer ein Auge für Bildkomposition mitbringt – und dazu ein paar technische Kenntnisse, die man in jedem Foto-grafiekurs lernen kann –, lässt sich leicht zu dem Glauben verführen, dass sich ein hübscher Fleck so gut auf Zelluloid bannen lässt wie jeder andere, vor allem wenn man nur Land-schaftsaufnahmen macht. Ob Harlow in Maine oder Sarasota in Florida – man muss nur den richtigen Filter aussuchen, zielen und knipsen. Aber so ist es nicht. Der Ort zählt in der Fotografie genauso wie beim Malen oder beim Schreiben von Storys und Gedichten. Ich weiß nicht, *warum* das so ist, aber …

[Langes Schweigen.]

Doch, ich weiß es. Weil ein Künstler, und selbst so ein Ama-teur wie ich, seine Seele in seine Werke legt. Bei einigen Leu-ten, die vielleicht in ihrem Innersten Vagabunden sind, lässt sich die Seele transportieren. Aber bei mir reist sie anschei-nend nicht einmal bis Bar Harbor. Die Bilder am Lauf des Androscoggin dagegen … die sprechen mich an. Und auch andere Leute. Der Drucker bei Windhover, mit dem ich immer zu tun habe, meinte sogar, dass ich mit meinen Kalendern bei einem New Yorker Verlag unterkommen könnte. Ich könnte damit Geld verdienen, statt sie auf meine Kosten drucken zu lassen. Aber das hat mich nie interessiert. Es war mir irgendwie zu … ich weiß nicht … öffentlich? Wichtigtuerisch? Keine Ahnung, irgendwie so was. Die Kalender sind eine kleine Sache, nur so unter Freunden. Außerdem habe ich einen Job. Ich bin damit zufrieden, wenn ich über Zahlen brüte. Aber ohne meine Bilder wäre mein Leben bestimmt trüber gewe-sen. Für mich ist es einfach schön zu wissen, dass sie bei ein paar Leuten in der Küche oder im Wohnzimmer hängen. Oder meinetwegen auch im blöden Windfang. Das Traurige ist bloß, dass ich seit den missglückten Aufnahmen im Ackerman's Field fast keine Fotos mehr gemacht habe. Möglicherweise ist dieser Teil meines Lebens vorbei, und das hinterlässt schon eine große Lücke. Eine Lücke, durch die nachts der Wind pfeift und wimmert. Ein Wind, der ausfüllen möchte, was nicht mehr da ist. Doc, manchmal glaube ich, dass das Leben eine traurige, elende Angelegenheit ist. Wirklich.

Auf jeden Fall, bei einem meiner Streifzüge im August stieß ich in Motton auf einen Feldweg, der mir noch nie aufgefallen war. Ich fuhr gerade ziellos durch die Gegend und hörte mir Musik im Radio an. Den Fluss hatte ich aus den Augen verloren, aber ich wusste, dass er nicht weit weg war, weil er diesen speziellen Geruch verströmt. Irgendwie feucht und frisch zugleich. Sie wissen bestimmt, was ich meine. Es ist ein *alter* Geruch. Und in diesen Feldweg bog ich also ein.

Er war holprig und an einigen Stellen fast weggeschwemmt. Außerdem war es schon recht spät, und ich bekam allmählich Hunger. Es muss so gegen sieben Uhr abends gewesen sein, und ich hatte noch nichts gegessen. Fast wäre ich wieder umgekehrt, doch dann wurde der Weg besser und ging nicht mehr abwärts, sondern aufwärts. Der Geruch war jetzt stärker. Als ich das Radio ausschaltete, konnte ich den Fluss auch hören – nicht laut, nicht nahe, aber er war da.

Dann lag auf einmal ein Baum über dem Weg, und ich stand schon kurz davor, doch noch umzukehren. Das wäre kein Problem gewesen, auch wenn es keinen Platz zum Wenden gab. Ich hatte mich höchstens eine Meile von der Route 117 entfernt und hätte höchstens fünf Minuten gebraucht, um rückwärts rauszufahren. Inzwischen bin ich davon überzeugt, dass in unserem Leben irgendetwas existiert, eine helle Kraft, die mir diese Gelegenheit gab. Ich glaube, das letzte Jahr wäre für mich völlig anders verlaufen, wenn ich einfach den Rückwärtsgang eingelegt hätte. Aber ich habe es nicht getan. Dieser Geruch nämlich … er erinnert mich immer an meine Kindheit. Außerdem war über der Hügelkuppe ein großes Stück

Himmel zu erkennen. Dort oben wichen die Bäume zurück – ein paar Kiefern, hauptsächlich aber krüppelige Birken –, und ich dachte, da muss ein Feld sein. Und wenn es so war, zog es sich wahrscheinlich bis zum Fluss hinunter. Mir kam zwar auch der Gedanke, dass dort oben ein guter Platz zum Wenden sein müsste, aber das war nicht so wichtig wie die Vorstellung, von diesem erhöhten Punkt aus eine Aufnahme des Androscoggin bei Sonnenuntergang machen zu können. Ich weiß nicht, ob Sie sich noch erinnern können, aber letzten August hatten wir einige spektakuläre Sonnenuntergänge.

Also stieg ich aus und schaffte den Baum weg. Es war eine von den krüppeligen Birken, die so verfault war, dass sie mir fast unter den Händen zerfiel. Als ich dann wieder im Wagen saß, wäre ich trotzdem beinahe umgekehrt. Es gibt diese helle Kraft im Leben wirklich; ich glaube fest daran. Aber irgendwie hatte ich das Gefühl, den Fluss jetzt deutlicher zu hören, nachdem der Baum weg war. Eine blöde Vorstellung, ich weiß, aber so kam es mir tatsächlich vor. Also legte ich den niedrigsten Gang ein und fuhr den kleinen Toyota 4Runner das letzte Hügelstück nach oben.

Ich kam an einem kleinen Schild vorbei, das an einen Baumstamm geheftet war. ACKERMAN'S FIELD, JAGEN VERBOTEN – KEIN DURCHGANG stand darauf. Die Bäume wichen zurück, zuerst links, dann rechts, und dann lag es vor mir. Es war wirklich atemberaubend. Ich erinnere mich kaum noch, dass ich den Motor abstellte und ausstieg, und ich weiß nicht mehr, dass ich mir die Kamera schnappte, aber es muss so gewesen sein, denn ich hatte sie in der Hand, und die Objektivtasche stieß mir ans Bein, als ich an den Rand des Feldes kam. Es war ein Anblick, der mich voll ins Herz traf und mich ganz plötzlich aus meinem Alltagsleben herausriss.

Die Wirklichkeit ist ein Rätsel, Dr. Bonsaint, und das Alltagsgewebe ist das Tuch, das wir darüberbreiten, um ihre Helligkeit und Dunkelheit zu kaschieren. Ich glaube, aus dem gleichen Grund bedecken wir auch die Gesichter von Leichen. In den Gesichtern von Toten erkennen wir eine Art Tor. Es ist uns verschlossen … aber wir wissen, dass es nicht *immer* so bleiben wird. Eines Tages öffnet es sich für jeden, und jeder muss es passieren.

Es gibt jedoch Orte, wo das Tuch fadenscheinig ist und die Realität dünn wird. Das Gesicht darunter lugt hindurch … allerdings nicht das Gesicht eines Toten. Obwohl das fast noch besser wäre. Das Ackerman's Field ist so ein Ort, und deswegen muss man sich auch nicht wundern, dass der Besitzer niemanden auf sein Grundstück lassen will.

Der Tag verblasste. Unten und oben abgeflacht, saß die Sonne als roter Ball am westlichen Horizont. In ihrem Widerschein wand sich in gut acht Meilen Entfernung der Fluss – eine blutige Schlange, deren Geräusche durch die stille Luft bis zu mir heraufwehten. Dahinter erstreckten sich über mehrere Hügelkämme bis zum äußersten Horizont blaugraue Wälder. Weder Häuser noch Straßen waren zu sehen. Kein einziger Vogel sang. Es war, als wäre ich vierhundert Jahre zurückversetzt worden. Oder vier Millionen Jahre. Die ersten weißen Schwaden von Bodennebel erhoben sich aus dem Gras, das hoch aufragte. Niemand hatte es gemäht, obwohl das riesige Feld eine gute Heuernte ergeben hätte. Wie Atem stieg der Dunst aus dem dunkler werdenden Grün. Als wäre die Erde lebendig.

Ich glaube, ich wankte ein wenig. Was nicht an der Schönheit lag, obwohl es wirklich herrlich war, sondern daran, dass alles, was vor mir lag, so *dünn* wirkte, fast wie eine Halluzination. Und dann bemerkte ich diese verfluchten Felsen, die wie gesichtslose Statuen aus dem ungemähten Gras ragten.

Nach meinem ersten Eindruck waren es sieben. Der größte ungefähr eineinhalb Meter hoch, der kleinste einen knappen Meter, die anderen irgendwo dazwischen. Ich weiß noch, dass ich zum nächsten hinunterstieg, aber es ist wie die Erinnerung an einen Traum, der im ersten Morgenlicht schon zu zerfallen beginnt – das kennen Sie doch auch, oder? Natürlich, Träume gehören zu Ihrem Arbeitsalltag. Bloß dass das kein Traum war.

Das Gras streifte wispernd über meine Hose, ich spürte, wie der Stoff vom Nebel feucht wurde und unterhalb der Knie an der Haut klebte. Ab und zu zupfte ein Sumachstrauch an meiner Objektivtasche, so dass sie härter als sonst gegen meinen Schenkel prallte.

Ich kam zu dem ersten Felsen und blieb stehen. Es war einer der größeren. Anfangs glaubte ich in der Oberfläche geschnitzte Gesichter zu erspähen – keine menschlichen Gesichter, sondern Fratzen von Tieren und Monstern –, doch als ich meine Position etwas veränderte, erkannte ich, dass mir das Licht des Sonnenuntergangs einen Streich gespielt hatte, ein Licht, das Schatten vertieft und sie aussehen lässt wie … nun, wie alles Mögliche. Nachdem ich eine Weile an meinem neuen Platz verharrt hatte, bemerkte ich jedoch abermals Gesichter. Einige davon wirkten menschlich, aber sie waren genauso grauenvoll. Eigentlich noch grauenvoller, eben weil sie von Menschen waren. Was menschlich ist, *kennen* und *begreifen* wir nämlich. Meinen wir zumindest. Und diese Gesichter schienen zu schreien oder zu lachen. Vielleicht beides gleichzeitig.

Ich glaubte, dass mir die Stille aufs Gemüt geschlagen hatte, die Einsamkeit, die unglaubliche *Weite* der Welt, die sich vor mir erstreckte. Die Zeit selbst hatte den Atem angehalten. Als müsste alles für immer so bleiben, die rote Sonne über dem Horizont, vierzig Minuten vor ihrem Untergang, und diese bleiche Klarheit in der Luft. In diesen Dingen vermutete ich den Grund dafür, dass ich Gesichter sah, wo nichts als verwitterter Stein war. Heute denke ich anders darüber, doch jetzt ist es zu spät.

Ich machte mehrere Aufnahmen. Fünf, glaube ich. Eine schlechte Zahl, aber das fand ich erst später heraus. Dann trat ich zurück, um alle sieben ins Bild zu bekommen. Als ich den Fotoapparat einstellte, fiel mir jedoch auf, dass es acht Felsen waren, die einen unregelmäßigen Ring bildeten. Bei genauem Hinsehen war zu erkennen, dass sie Teil einer darunterliegenden geologischen Formation waren, die sich entweder schon vor Äonen aus dem Boden geschoben hatte oder in jüngerer Zeit durch eine Überschwemmung freigelegt worden war (Letzteres war durchaus einleuchtend, da das Feld ziemlich abschüssig war). Andererseits wirkten sie auch *planvoll,* wie Steine in einem Druidenkreis. Aber sie wiesen keine Anzeichen von Meißelarbeiten auf. Nur die Elemente hatten ihre Spuren hinterlassen. Das weiß ich ganz genau, weil ich mich später bei Tageslicht vergewissert habe. Nichts als Splitter und Sprünge im Stein. Das war alles.

Ich machte weitere vier Bilder – insgesamt also neun, eine weitere schlimme Zahl, schlimmer noch als fünf –, und als ich die Kamera senkte und wieder mit bloßem Auge hinunterspähte, sah ich hämisch grinsende und feixende Fratzen. Die einen menschlich, die anderen tierisch. Und ich zählte sieben Steine.

Doch beim Blick durch den Sucher waren es wieder acht.

Mir wurde schwindlig, und Angst kroch in mir hoch. Ich wollte weg von dort, wollte bei Einbruch der Dunkelheit schon längst wieder auf der Route 117 sein und laute Rockmusik aus dem Radio hören. Aber ich konnte nicht einfach so abhauen. Etwas tief in mir – so tief wie der Instinkt, der uns atmen lässt – beharrte darauf. Ich ahnte, dass etwas Schreckliches passieren würde, und vielleicht nicht nur mit mir, wenn ich mich aus dem Staub machte. Wieder erfasste mich dieses Gefühl von *Dünnheit* und mit ihm die Gewissheit, dass die Welt an diesem Ort unendlich zerbrechlich war und schon ein einziger Mensch mit seinem Handeln unvorstellbare Katastrophen auslösen konnte. Wenn er nicht äußerst behutsam war.

Das war der Anfang von meinem zwangsneurotischen Kram. Ich ging von Stein zu Stein, um jeden zu zählen, zu berühren und mir seinen Platz zu merken. Obwohl ich mich verzweifelt danach sehnte zu verschwinden, erledigte ich die Sache gewissenhaft und ohne Schluderei. Weil ich *musste.* Das wusste ich so sicher, wie ich weiß, dass meine Lunge Luft braucht, damit ich am Leben bleibe. Als ich wieder an meinem Ausgangspunkt ankam, schlotterte ich und war nass vor Schweiß, Nebel und Tau. Das Berühren dieser Felsen ... es war nicht angenehm. Es rief ... Ideen hervor. Und Bilder. Hässliche Bilder. In einem zerstückelte ich meine Exfrau mit einer Axt und lachte, während sie schreiend die blutigen Hände vors Gesicht riss, um die Schläge abzuwehren.

Aber es waren acht. Acht Steine im Ackerman's Field. Eine gute Zahl. Eine *sichere* Zahl. Das wusste ich. Und es spielte auch keine Rolle mehr, ob ich sie durch den Sucher oder mit bloßem Auge anstarrte. Nachdem ich sie berührt hatte, blieben es acht. Sie waren *fixiert*. Es wurde immer dunkler, die Sonne war schon halb hinter dem Horizont versunken (anscheinend hatte ich zwanzig Minuten oder sogar länger diesen Kreis abgeschritten, auch wenn es mir nicht so lang vorkam), aber ich konnte gut sehen – die Luft war unheimlich klar. Noch immer spürte ich Angst – alles an diesem Ort, auch das Schweigen der Vögel, schrie mir entgegen, dass da etwas nicht stimmte –, aber gleichzeitig auch Erleichterung. Die Ordnung war zumindest teilweise wiederhergestellt worden – durch das Berühren und das *Anschauen* der Steine. Dadurch, dass ich mir ihre Position auf dem Feld genau eingeprägt hatte. Das war genauso wichtig wie das Berühren.

[Er überlegt kurz.]

Nein, *viel* wichtiger. Wie wir die Welt sehen, ist entscheidend. Dadurch halten wir die Finsternis jenseits der Welt in Schach. Damit sie nicht durchsickert und uns überflutet. Tief in unserem Innersten wissen wir das wohl alle. Ich wandte mich ab und hatte schon den größten Teil der Strecke bis zu meinem Wagen hinter mir – möglicherweise war ich mit der Hand schon am Türgriff –, als ich mich einem Zwang folgend noch einmal umdrehte. Und da *sah* ich es.

[Er bleibt lange stumm. Ich bemerke, dass er zittert. Der Schweiß auf seiner Stirn glitzert wie Tau.]

Es war etwas zwischen den Steinen, in der *Mitte*. In der Mitte des Kreises, den sie zufällig oder absichtlich bildeten. Es war schwarz wie der Himmel im Osten und grün wie das Gras. Ganz langsam drehte es sich, ohne die Augen von mir zu nehmen. Ja, es hatte Augen, grauenhafte rosa Augen. Ich wusste, mein *rationaler* Verstand wusste, dass das nur die Spiegelung der untergehenden Sonne im Fluss war, aber zugleich war mir klar, dass das nicht alles war, dass etwas diese Spiegelung *benutzte*. Irgendetwas benutzte den Sonnenuntergang, um sehen zu können, und das, was es sah, das war *ich*.

[Er weint wieder. Ich biete ihm kein Taschentuch an, weil ich den Bann nicht brechen will. Eigentlich bin ich mir gar nicht sicher, ob ich ihm überhaupt eines hätte anbieten können, weil der Bann auch mich erfasst hat. Was er hier erzählt, ist eine Wahnvorstellung, und ein Teil von ihm weiß das auch, sonst hätte er nicht von Schatten gesprochen, die wie Gesichter erscheinen. Aber sie ist sehr stark, und starke Wahnvorstellungen sind ansteckend wie Erkältungskeime.]

Ich muss zurückgewichen sein, auch wenn ich mich nicht mehr daran erinnern kann. Ich weiß nur noch, dass ich dachte, den Kopf eines grotesken Ungeheuers aus der höllischen Finsternis vor mir zu haben, und wo es eines gibt, da gibt es mehrere. Acht Felsen konnten sie festhalten – mit knapper Not –, aber wenn es nur sieben waren, würden sie aus der Dunkelheit auf der anderen Seite der Realität heranbranden und die Welt überwältigen. Möglicherweise blickte ich hier nur auf das kleinste und schwächste dieser Monster. Möglicherweise war dieser abgeflachte Schlangenkopf mit den rosa Augen und den langen federkielartigen Auswüchsen an der Schnauze nur ein *Baby*.

Es bemerkte, dass ich es ansah.

Das Scheißding *grinste* mich an, und seine Zähne waren Menschenköpfe. Lebende Menschenköpfe.

Dann trat ich auf einen toten Ast. Es krachte wie ein Feuerwerkskörper, und die Lähmung fiel von mir ab. Ich halte es nicht für unmöglich, dass mich das Wesen zwischen den Steinen hypnotisiert hat wie eine Schlange ein Kaninchen.

Ich drehte mich um und rannte los. Die Objektivtasche knallte gegen mein Bein, und jeder Schlag schien zu rufen:

Wach auf! Wach auf! Weg hier! Weg hier! Ich riss die Wagentür auf und hörte das leise Klingeln, mit dem angezeigt wird, dass man den Schlüssel im Zündschloss hat stecken lassen. Mir fiel ein alter Film ein, in dem William Powell und Myrna Loy an der Rezeption eines vornehmen Hotels stehen und Powell auf die Klingel drückt, damit jemand kommt. Schon komisch, was einem in solchen Augenblicken durch den Kopf schießt. Auch in unserem Kopf gibt es ein Tor, davon bin ich fest überzeugt. Ein Tor, das verhindert, dass der Wahnsinn in uns den Intellekt überflutet. In kritischen Momenten öffnet es sich, und dann braust die seltsamste Scheiße durch die Bresche.

Ich ließ den Motor an und drehte das Radio auf, richtig laut. Rockmusik röhrte aus den Lautsprechern. The Who, das weiß ich noch. Und dass ich die Scheinwerfer anwarf. Als sie aufstrahlten, schienen mir die Steine richtig *entgegenzuspringen*. Ich hätte fast losgeschrien. Aber es waren acht, ich habe sie gezählt, und acht ist sicher.

[Wieder langes Schweigen, das fast eine Minute dauert.]

Meine nächste Erinnerung ist, dass ich auf der Route 117 war. Keine Ahnung, wie ich hinkam. Habe ich gewendet, oder bin ich rückwärts raus? Auch wie lange es gedauert hat, weiß ich nicht. Nur dass das Stück von den Who vorbei war und inzwischen die Doors liefen. Gott steh mir bei, es war ausgerechnet »Break On Through to the Other Side«. Ich schaltete das Radio ab.

Ich glaube nicht, dass ich Ihnen noch mehr erzählen kann, Doc. Zumindest heute nicht. Ich bin total geschafft.

[Man sieht es ihm an.]

Eigentlich dachte ich, dass sich die Wirkung dieses Ortes auf der Fahrt verflüchtigt – ein schlechter Moment im Wald, nichts weiter. Dass alles wieder in Ordnung sein wird, sobald im Wohnzimmer die Lichter brennen und ich vor dem Fernseher sitze. Aber so war es nicht. Wenn überhaupt, dann verstärkte sich noch diese böse Ahnung, fast ein anderes Universum berührt zu haben, das unserer Welt feindlich gesinnt ist. Ich konnte die Vorstellung nicht abschütteln, dass ich in diesem Steinkreis ein Gesicht erblickt hatte – schlimmer noch, die Ahnung eines riesigen reptilartigen Körpers. Ich hatte das Gefühl ... mich *angesteckt* zu haben. Angesteckt von den eigenen Gedanken. Und das Gefühl, dass von mir eine *Gefahr* ausging – als könnte ich allein durch meine Gedanken dieses Wesen heraufbeschwören. Allerdings nicht als einziges. Dieser ganze andere Kosmos würde zu uns durchbrechen wie Erbrochenes durch den durchweichten Boden einer Papiertüte.

Ich ging durchs Haus und verriegelte alle Türen. Plötzlich packte mich die Vorstellung, dass ich ein oder zwei vergessen hatte, und so prüfte ich alle nach. Diesmal zählte ich: Eingang, Hintertür, Speisekammer, Keller, Garage vorn und hinten. Sechs insgesamt, und mir fiel ein, dass sechs eine gute Zahl war. So wie acht eine gute Zahl ist. Es sind freundliche Zahlen. Warm. Nicht kalt wie fünf oder ... na ja, sieben. Ich entspannte mich ein bisschen, machte aber trotzdem nochmal einen Rundgang. Immer noch sechs. »Sechs ist fix«, murmelte ich vor mich hin. Einigermaßen beruhigt ging ich zu Bett, aber ich konnte nicht schlafen. Nicht mal mit einer Ambien-Tablette. Ständig sah ich den Sonnenuntergang über dem Androscoggin vor mir, der den Fluss in eine riesige rote Schlange verwandelte. Die Nebelschwaden, die sich wie Zungen aus dem Gras erhoben. Und das Wesen zwischen den Steinen. Das vor allem.

Ich stand auf und zählte alle Bücher im Schlafzimmerregal. Es waren dreiundneunzig. Das ist eine schlechte Zahl, und nicht nur weil sie ungerade ist. Wenn man dreiundneunzig durch drei teilt, erhält man einunddreißig: rückwärts gelesen, dreizehn. Also holte ich ein zusätzliches Buch aus dem Regal im Flur. Aber vierundneunzig ist nicht viel besser, weil neun und vier zusammen wieder dreizehn ergeben. Doc, Sie haben ja keine Ahnung, wie häufig man in der Welt auf die Dreizehn stößt. Auf jeden Fall stellte ich sechs weitere Bücher in das Schlafzimmerregal. Ich musste sie hineinquetschen, aber dann waren sie drin. Hundert ist okay. Sehr gut sogar.

Als ich mich wieder hinlegen wollte, fiel mir das Bücherregal im Flur ein. Hatte ich vielleicht, um ein Loch zu stopfen, ein anderes aufgerissen? Also kontrollierte ich es, und das Ergebnis war in Ordnung: sechsundfünfzig. Die Quersumme elf ist zwar ungerade, aber nicht so schlimm wie andere ungerade Zahlen. Und sechsundfünfzig durch zwei ist achtundzwanzig: eine gute Zahl. Danach konnte ich schlafen. Ich hatte wohl schlechte Träume, aber richtig erinnern kann ich mich daran nicht.

Die Tage gingen vorüber, und ich musste immer wieder an das Ackerman's Field denken. Als wäre ein Schatten auf mein Leben gefallen. Inzwischen zählte ich viele Dinge, und ich berührte sie auch, um mich zu vergewissern, wo ihr Platz in der Welt, der realen Welt, *meiner* Welt war. Und ich hatte begonnen, die Dinge zu ordnen. Immer gerade Zahlen und meistens in einem Kreis oder auf einer Diagonale. Weil Kreise und Diagonalen das Eindringen fremder Elemente verhindern.

Normalerweise zumindest. Wenn auch nie dauerhaft. Ein kleines Missgeschick genügt, und aus vierzehn wird dreizehn, aus acht sieben.

Anfang September besuchte mich meine jüngere Tochter und sprach mich darauf an, wie müde ich aussähe. Sie wollte wissen, ob ich zu viel arbeitete. Außerdem fiel ihr auf, dass alle Nippsachen im Wohnzimmer – das Zeug, das ihre Mutter nach der Scheidung nicht mitgenommen hatte – in »Kornkreisen«, wie sie das nannte, aufgestellt waren. »Wirst du auf deine alten

Tage ein bisschen schrullig, Dad?«, sagte sie. Das war der Augenblick, in dem ich beschloss, wieder aufs Ackerman's Field zu gehen, aber diesmal untertags. Wenn ich es bei Tageslicht sah, überlegte ich, und nichts weiter als ein paar nichtssagende Felsen auf einem ungemähten Heufeld vorfand, dann würde ich merken, wie idiotisch das alles war, und meine Besessenheit würde davonfliegen wie Löwenzahnsamen im Wind. Ich wünschte es mir von ganzem Herzen. Zählen, Berühren und Ordnen machen nämlich sehr viel Arbeit. Und es ist eine große Verantwortung.

Unterwegs schaute ich in dem Laden vorbei, wo ich meine Fotos entwickeln lasse, und stellte fest, dass die Bilder vom Ackerman's Field nichts geworden waren. Alles war grau auf ihnen, wie von einer starken Strahlung. Das machte mich zwar nachdenklich, aber es brachte mich nicht von meinem Vorhaben ab. Ich borgte mir eine Digitalkamera von einem der Typen in dem Fotoladen − die, die später kaputtging − und fuhr in aller Eile raus nach Motton. Wollen Sie mal was Blödes hören? Ich kam mir vor wie jemand mit einem durch Giftefeu verursachten Hautausschlag, der in die Apotheke rennt, um sich eine Salbe gegen Juckreiz zu besorgen. Denn so war es für mich: wie ein starker Juckreiz. Durch Zählen, Berühren und Ordnen konnte ich daran kratzen, aber Kratzen bewirkt immer nur eine vorübergehende Linderung, und außerdem besteht die Gefahr, dass man das Übel dadurch noch weiter verbreitet. Ich wollte ein richtiges Heilmittel. Bloß dass die Fahrt zum Ackerman's Field kein Heilmittel war. Aber das konnte ich damals natürlich noch nicht wissen. Wie heißt es so schön? Aus der Praxis lernen. Oder aus Versuch und Irrtum.

Es war ein herrlicher Tag, keine Wolke am Himmel. Die Blätter waren noch grün, doch in der Luft lag die brillante Klarheit des bevorstehenden Jahreszeitenwechsels. Meine Exfrau meinte immer, solche Tage im Frühherbst seien unsere Belohnung dafür, dass wir drei Monate lang hinter Touristen und Sommergästen Schlange stehen müssen, die ihr Bier mit der Kreditkarte bezahlen. Ich fühlte mich gut, das weiß ich noch. Ich war mir sicher, dass ich dieses verrückte Zeug, das mir im Kopf herumspukte, abschütteln konnte. Ich hörte eine Zusammenstellung der größten Hits von Queen und freute mich darüber, wie toll Freddie Mercury klang, wie *rein*. Ich sang sogar mit. In Harlow fuhr ich über den Androscoggin. Das Wasser zu beiden Seiten der alten Bale Road Bridge leuchtete so hell, dass es die Augen blendete. Ich lachte laut auf, als ich einen springenden Fisch bemerkte. So hatte ich seit dem Abend auf dem Ackerman's Field nicht mehr gelacht. Es war ein so schönes Gefühl, dass ich es gleich nochmal machte.

Dann über den Boy Hill – den kennen Sie bestimmt auch – und vorbei am Friedhof Serenity Ridge. Da drinnen sind mir einige gute Fotos gelungen, allerdings habe ich nie eines davon in einen Kalender gesetzt. Keine fünf Minuten später war ich bei dem kleinen Feldweg angelangt. Ich bog hinein und trat sofort auf die Bremse. Gerade noch rechtzeitig. Wenn ich nicht so schnell geschaltet hätte, hätte ich mir das Kühlergitter aufgerissen. Über den Weg war eine Kette gespannt, an der ein neues Schild hing: BETRETEN STRENG UNTERSAGT.

Ich hätte mir natürlich einreden können, dass das nur ein Zufall war. Dass der Besitzer des Waldes und des Feldes – nicht zwingend ein Typ namens Ackerman, aber vielleicht doch – diese Kette und das Schild jeden Herbst aufhängte, um Jäger abzuschrecken. Aber die Jagdsaison für Rotwild fängt am 1. November an, und auch die Jagd auf Vögel beginnt erst im Oktober. Ich glaube, dass jemand dieses Feld beobachtet. Möglicherweise mit einem Fernglas, vielleicht aber auch mit einer weniger natürlichen Sehhilfe. Jemand wusste, dass ich da gewesen war und vielleicht wiederkommen würde.

Besser, ich lass es, dachte ich. Sonst werd ich noch verhaftet, weil ich unbefugt ein Grundstück betreten habe, und lande vielleicht mit Bild im *Castle Rock Call*. Nicht unbedingt günstig fürs Geschäft.

Aber ich wollte auf keinen Fall umkehren, nicht solange die Chance bestand, dass ich auf dem Feld nichts Ungewöhnliches bemerken würde und danach endlich zur Normalität zurückkehren konnte. Denn – das müssen Sie sich mal vorstellen – während ich mir sagte, dass ich den Wunsch des Besitzers respektieren und sein Feld nicht betreten sollte, addierte ich zugleich die Buchstaben auf dem Schild und kam auf dreiundzwanzig: eine *schreckliche* Zahl, viel schlimmer noch als dreizehn. Natürlich wusste ich, dass diese Auffassung verrückt war, nur dachte ich eben so, und ein Teil von mir war sich sicher, dass es *nicht* verrückt war.

Ich stellte den Toyota auf dem Parkplatz am Serenity Ridge ab und lief dann zurück. Die geborgte Kamera in der kleinen Reißverschlusstasche hatte ich über die Schulter geschlungen. Nachdem ich mühelos an der Kette vorbeigeschlüpft war, machte ich mich auf den Weg zum Feld. Wie sich herausstellte, hätte ich auf jeden Fall zu Fuß gehen müssen, selbst wenn die Kette *nicht* da gewesen wäre, weil diesmal gleich ein halbes Dutzend Bäume auf dem Pfad lagen, und nicht nur morsche Birken. Fünf waren stattliche Kiefern, und beim letzten handelte es sich um eine ausgewachsene Eiche. Und diese Kolosse waren auch nicht einfach umgestürzt, sondern mit der Kettensäge gefällt worden. Aber sie konnten mich nicht aufhalten. Entschlossen kletterte ich über die Kiefern, und um die Eiche schlug ich einen Bogen. Dann war ich auf dem Hügel vor dem Feld. Dem anderen Schild mit der Aufschrift ACKERMAN'S FIELD, JAGEN VERBOTEN – KEIN DURCHGANG schenkte ich keine Beachtung. Oben am Kamm bemerkte ich die zurückweichenden Bäume, die staubigen Sonnenstrahlen zwischen den Ästen und den riesigen blauen Himmel, der fröhlich und optimistisch wirkte. Es war Mittag. Heute wartete keine in der Ferne blutende, gewaltige Flussschlange auf mich, sondern nur der geliebte Androscoggin, mit dem ich aufgewachsen bin – blau und herrlich, wie es die Alltagsdinge manchmal sein können, wenn sie sich von ihrer besten Seite zeigen. Ich beschleunigte meinen Schritt. Die unbändige Zuversicht begleitete mich bis zur Spitze, doch als ich diese Felsen wie Fangzähne aufragen sah, fiel die Leichtigkeit von mir ab. Furcht und Grauen traten an ihre Stelle.

Es waren wieder sieben Steine. Nur noch sieben. Und zwischen ihnen, in der Mitte – ich weiß nicht, wie ich es ausdrücken soll, damit Sie es begreifen –, war eine *verblichene* Stelle. Nicht wie ein Schatten, sondern eher wie … Sie kennen das doch, wenn das Blau Ihrer Lieblingsjeans im Lauf der Zeit heller wird. Vor allem an stark belasteten Stellen wie den Knien. So war es dort auch. Die Farbe des Grases war zu einem schmutzigen Limonengrün verblasst, und der Himmel über dem Kreis war nicht blau, sondern *gräulich*. Ich hatte das Gefühl, wenn ich da runtergehe – und irgendwie wollte ich es auch –, kann ich mit einem Fausthieb direkt das Gewebe der Realität durchstoßen. Und falls ich es täte, würde mich etwas packen. Etwas auf der anderen Seite. Ich war mir völlig sicher.

Trotzdem spürte ich diesen Drang in mir … Ich weiß auch nicht … ich wollte mit dem Vorspiel aufhören und endlich zum Ficken kommen.

Ich glaubte die Stelle zu erahnen – ob ich sie wirklich erkannt hatte, weiß ich bis heute nicht –, wo der achte Stein hingehörte, und ich sah, dass sich diese … diese *Verblichenheit* … zu ihm wölbte, um dort durchzustoßen, wo der Schutz der Felsen am schwächsten war. Ich hatte eine Höllenangst! Wenn es rausgekommen wäre, hätten sich alle unsäglichen Wesen von der anderen Seite in unsere Welt ergossen. Der Himmel hätte sich dunkel verfärbt, durchsetzt mit neuen Sternen und wahnsinnigen Konstellationen.

Ich nahm die Kameratasche von der Schulter. Sie knallte mir auf den Boden, als ich den Reißverschluss öffnen wollte. Meine Hände zitterten nicht nur, sie schlotterten wie bei einem Anfall. Ich hob die Tasche auf und öffnete den Reißverschluss. Als ich wieder zu den Steinen blickte, bemerkte ich, dass die Fläche zwischen ihnen nicht mehr nur verblasst war. Sie färbte sich schwarz. Und wieder sah ich *Augen.* Sie glotzten aus der Finsternis. Diesmal waren es gelbe mit einer schmalen schwarzen Pupille. Wie die Augen von Katzen. Oder von Schlangen.

Als ich die Kamera hochheben wollte, entglitt sie mir abermals. Ich fasste danach, aber das Gras legte sich über sie, und ich musste sie herausziehen. Nein, ich musste sie heraus*reißen.* Ich war auf den Knien und zerrte mit beiden Händen am Riemen. Aus der Lücke, wo der achte Stein hätte stehen müssen, drang plötzlich ein starker Luftzug. Er blies mir das Haar aus der Stirn. Es stank nach Aas. Ich hielt die Kamera vors Gesicht, doch zunächst konnte ich nichts erkennen. *Es hat die Kamera blind gemacht,* schoss es mir durch den Kopf, *irgendwie hat es die Kamera blind gemacht.* Doch dann fiel mir ein, dass es eine Digitalkamera war, die man erst einschalten musste. Auch nach dem Piepen sah ich jedoch nichts.

Der Luftzug war zum Wind geworden. Große Schattenwellen liefen durch das Gras auf dem Feld. Der Gestank wurde stärker. Und es wurde dunkel. Es war keine Wolke am strahlend blauen Himmel, aber es wurde dunkel. Als würde sich ein großer unsichtbarer Planet vor die Sonne schieben.

Dann sprach eine Stimme. Nicht auf Englisch. Es klang wie:»Cthun, cthun, deeyanna, deyanna.« Doch dann … Gott, dann sagte sie meinen Namen: »Cthun, N., deeyanna, N.« Ich glaube, ich schrie, aber ich bin mir da nicht sicher, weil der Wind inzwischen zum Sturm geworden war, der mir in den Ohren brauste. Ich *muss* geschrien haben. Ich hatte guten Grund dazu. Denn das Wesen *kannte meinen Namen!* Was es auch für ein groteske, unfassbare Kreatur war, *sie kannte meinen Namen.* Und dann … die Kamera. Wissen Sie, was mir plötzlich einfiel?

[Ich frage ihn, ob er den Objektivdeckel vergessen habe, und er stößt ein schrilles Lachen aus, das mich an Ratten denken lässt, die über Glasscherben huschen.]

Ja, genau! Der Objektivdeckel! Der verdammte Objektivdeckel! Ich riss ihn herunter und hielt die Kamera vors Auge – ein Wunder, dass ich sie nicht wieder habe fallen lassen, so wie meine Hände geschlottert haben. Und diesmal hätte das Gras sie nicht mehr hergegeben, nein, niemals, jetzt lauerte es nämlich schon darauf. Aber ich ließ sie nicht fallen, und der Blick durch den Sucher zeigte acht Steine. Acht. Acht ist eine Macht. In der Mitte wirbelte noch immer diese Finsternis, aber sie zog sich bereits zurück. Und auch der Wind um mich herum wurde schwächer.

Ich senkte die Kamera, und da waren es wieder sieben. Aus der Dunkelheit quoll etwas; etwas, das sich nicht beschreiben lässt. Ich sehe es vor mir, und es erscheint mir in meinen Träumen, aber es gibt keine Worte für etwas derart Blasphemisches. Ein pulsierender Lederhelm, besser kann ich es nicht ausdrücken. Mit einer breiten gelben Schutzbrille. Nur dass diese Schutzbrille … ich glaube, es waren Augen, und ich wusste, dass sie mich anstarrten.

Wieder hob ich die Kamera und sah acht Steine. Ich machte sechs oder acht Aufnahmen, um sie zu bannen und sie an ihrem Platz zu fixieren. Aber das funktionierte natürlich nicht, und die Kamera war hinüber. Objektive zeigen diese Felsen, Doc – wahrscheinlich würde man sie auch durch einen Spiegel oder durch eine schlichte Glasscheibe erkennen –, aber sie können sie nicht aufnehmen. Das Einzige, was sie erfassen und an ihrem Platz festhalten kann, ist der menschliche Geist, das menschliche Gedächtnis. Und selbst darauf ist kein Verlass, wie ich herausgefunden habe. Zählen, Berühren, Ordnen, das funktioniert eine Zeit lang – und es ist schon paradox, dass ausgerechnet Verhaltensweisen, die wir als neurotisch betrachten, das Gleichgewicht der Welt bewahren –, doch früher oder später zerfällt der Schutz, den diese Tätigkeiten bieten. Dabei ist es so viel Arbeit.

Verdammt viel Arbeit.

Vielleicht sollten wir es für heute lieber gut sein lassen. Ich weiß, es ist eigentlich zu früh, aber ich bin hundemüde.

[Ich erkläre ihm, dass ich ihm ein Beruhigungsmittel verschreiben könne, wenn er möchte – ein leichtes, aber zuverlässigeres als Ambien oder Lunesta. Es werde ihm helfen, es sei denn, er nehme zu viel davon. Er schenkt mir ein dankbares Lächeln.]

Das wäre gut, sehr gut. Aber darf ich Sie um einen Gefallen bitten?

[Selbstverständlich dürfe er das.]

Verschreiben Sie mir zwanzig, vierzig oder sechzig. Das sind alles sichere Zahlen.

[NÄCHSTE SITZUNG]

[Ich begrüße ihn mit den Worten, dass er besser aussehe, obwohl das nicht stimmt. Er wirkt wie ein Mann, der bald in eine Anstalt eingeliefert wird, wenn er nicht umgehend auf seinen persönlichen Highway 117 zurückgelangt. Ob er nun wendet oder den Rückwärtsgang nimmt, auf jeden Fall muss er dieses Feld hinter sich lassen. Gleiches gilt im Übrigen für mich. Inzwischen träume ich sogar schon von N.s Feld, das ich bestimmt mühelos aufspüren könnte. Nicht dass ich es will – das hieße, zu viel von der Wahnvorstellung meines Patienten zu übernehmen –, aber es wäre kein Problem für mich, es zu finden. Am Wochenende (als ich nachts selbst nicht schlafen konnte) fiel mir sogar ein, dass ich schon daran vorbeigefahren sein muss, und zwar nicht nur einmal, sondern sehr oft. Weil ich die Bale Road Bridge bestimmt schon Hunderte und den Friedhof Serenity Ridge schon Tausende von Malen passiert habe. Das war nämlich damals meine und Sheilas Route mit dem Bus zur James-Lowell-Grundschule. Selbstverständlich würde ich das Feld jederzeit finden. Falls ich wollte. Falls es überhaupt existiert. Ich erkundige mich, ob die verschriebenen Mittel geholfen haben. Die dunklen Augenringe beweisen mir zwar, dass er nicht oder kaum geschlafen hat, aber ich bin neugierig auf seine Antwort.]

Viel besser. Danke. Und das mit der Zwangsneurose hat sich auch ein bisschen gebessert.

[Aber seine Hände verraten ihn. Noch während er spricht, rückt er heimlich die Vase und die Kleenex-Schachtel in entgegengesetzte Ecken des Couchtischs. Heute hat Sandy Rosen hingestellt. Er legt sie so hin, dass sie die Schachtel und die Vase miteinander verbinden. Ich frage ihn, was nach dem Tag passierte, an dem er mit der geborgten Kamera beim Ackerman's Field war. Er zuckt die Achseln.]

Nichts. Außer dass ich dem Typ in dem Fotoladen seine Nikon bezahlen musste. Bald darauf war wirklich Jagdsaison, und da ist es in den Wäldern gefährlich, auch wenn man von Kopf bis Fuß in knalliges Orange gekleidet ist. Allerdings bezweifle ich irgendwie, dass es in der besagten Gegend besonders viel Rotwild gibt. Ich glaube, die Tiere machen einen Bogen um das Feld.

Der zwangsneurotische Kram ließ nach, und ich konnte in den Nächten wieder durchschlafen.

Na ja … in manchen Nächten zumindest. Und natürlich hatte ich Träume. In diesen Träumen befand ich mich immer auf dem Feld und wollte die Kamera aus dem Gras ziehen, aber das Gras ließ nicht los. Wie Öl ergoss sich die Finsternis aus dem Kreis, und als ich aufblickte, hatte sich der Himmel von Osten nach Westen gespalten, und ein schreckliches schwarzes Licht strömte heraus … ein Licht, das lebte. Und Hunger hatte. An dieser Stelle bin ich immer schweißgebadet aufgewacht. Manchmal auch schreiend.

Anfang Dezember erhielt ich im Büro einen Brief. Einen Umschlag mit der Aufschrift PERSÖNLICH und einem kleinen Gegenstand darin. Ich riss den Umschlag auf, und ein kleiner Schlüssel mit Etikett fiel heraus. Auf dem Etikett stand A.F. Ich wusste sofort, was das war und was es zu bedeuten hatte. Wenn eine Notiz dabei gewesen wäre, dann hätte sie wahrscheinlich Folgendes enthalten: »Ich habe versucht, Sie fernzuhalten. Es ist nicht meine Schuld und Ihre wohl auch nicht, doch völlig gleichgültig, der Schlüssel und alles, was er aufschließt, gehört jetzt Ihnen. Passen Sie gut darauf auf. Und seien Sie vorsichtig.«

Am Wochenende fuhr ich wieder nach Motton, stellte den Wagen allerdings nicht auf dem Parkplatz am Serenity Ridge ab. Das war nicht mehr nötig. Es war bitterkalt, wenngleich noch kein Schnee lag, obwohl in Portland und den anderen Kleinstädten, durch die ich unterwegs kam, schon die Weihnachtsdekoration hing. Ist Ihnen das auch schon aufgefallen, dass es kurz vor dem ersten Schneefall immer so richtig kalt wird? So ein Tag war das. Der Himmel war bedeckt, und in der folgenden Nacht kam auch der Schnee. Ein regelrechter Blizzard war das, und kein kleiner. Wissen Sie noch?

[Ich erinnere mich tatsächlich. Ich habe einen Grund dafür, den ich ihm gegenüber aber nicht erwähne: Sheila und ich wurden in unserem Elternhaus, wo wir ein paar Reparaturen machen wollten, eingeschneit. Wir genehmigten uns ein paar Gläschen und tanzten zu alten Beatles- und Stones-Platten. Es war wirklich nett.]

Die Kette hing noch immer über dem Weg, und der Schlüssel passte ins Schloss. Die gefällten Bäume waren zur Seite geräumt worden – wie von mir nicht anders erwartet. Es hatte keinen Sinn mehr, den Weg zu blockieren, weil dieses Feld jetzt *mein* Feld ist. Die Steine sind jetzt *meine* Steine, und für das, was sie bewachen, bin nun ich verantwortlich.

[Ich frage ihn, ob er Angst hatte. Natürlich, denke ich mir. Aber N. überrascht mich.]

Eigentlich nicht besonders. Der Ort hatte sich nämlich verändert. Schon an der Abzweigung des Weges von der Route 117 spürte ich es. Und ich konnte das Schreien der Krähen hören, als ich das Schloss aufsperrte. Normalerweise ist das für mich ein hässliches Geräusch, doch an diesem Tag klang es unglaublich besänftigend. Ohne hochtrabend sein zu wollen, es klang wie die Erlösung.

Ich war mir sicher, dass unten auf dem Ackerman's Field acht Steine auf mich warteten, und ich hatte Recht. Ich wusste, dass sie weniger kreisförmig wirken würden, und auch das stimmte. Sie sahen aus wie zufällige Formationen des felsigen Untergrunds, die durch eine tektonische Verschiebung oder durch einen schmelzenden Gletscher vor achtzigtausend Jahren freigelegt worden waren, oder durch eine Überschwemmung jüngeren Datums.

Auch andere Dinge begriff ich jetzt. Ich hatte diesen Ort *allein durch meinen Blick* aktiviert. Das menschliche Auge entfernt den achten Stein. Eine Kameralinse kann ihn zwar zurückbringen, aber nicht an Ort und Stelle fixieren. Ich musste den Schutz durch symbolische Handlungen auffrischen.

[Er hält nachdenklich inne und wechselt dann das Thema.]

Wussten Sie eigentlich, dass Stonehenge möglicherweise eine Mischung aus Uhr und Kalender war?

[Ich antworte, dass ich das irgendwo einmal gelesen habe.]

Die Leute, die diese und ähnliche Stätten errichtet haben, müssen gewusst haben, dass sie die Zeit mit einer simplen Sonnenuhr ablesen können. Und was den Kalender angeht, ist bekannt, dass prähistorische Menschen in Europa und Asien die Tage einfach durch Markierungen auf geschützten Felswänden unterschieden. Was heißt das nun für Stonehenge, wenn es tatsächlich eine Mischung aus Uhr und Kalender war? Dass dort in einem Feld von Salisbury ein gewaltiges Monument für zwangsneurotisches Verhalten steht.

Außer natürlich, es dient nicht nur als Anzeige von Stunden und Monaten, sondern auch als Schutzvorrichtung. Gegen ein wahnsinniges Universum, das zufällig gleich an unseres grenzt. An manchen Tagen, vor allem im letzten Winter war's so, fühle ich mich fast wieder so wie früher. Da bin ich mir sicher, dass das Ganze nur Quatsch ist, dass alles, was ich dort draußen im Ackerman's Field gespürt und gesehen habe, nur in meinem Kopf passiert ist. Dass dieser ganze zwangsneurotische Kram bloß ein mentales Stottern ist.

An anderen Tagen dagegen – im Frühling ging es wieder los damit – steht für mich fest, dass alles wahr ist: Ich habe irgendetwas aktiviert. Und dadurch habe ich als bisher letzter Repräsentant einer langen Reihe von Menschen, die vielleicht bis in prähistorische Zeiten zurückreicht, den Stab übernommen.

Ich weiß, das klingt verrückt. Warum sonst sollte ich es einem Psychiater erzählen? Es gibt ganze Tage, da habe ich nicht den geringsten Zweifel, dass es verrückt *ist*. Auch wenn ich Dinge zähle und bei meinem abendlichen Rundgang durchs Haus Lichtschalter und Herdplatten berühre, bin ich mir sicher, dass das alles nur ... also ... schlechte Chemie in meinem Kopf ist, die man mit den richtigen Pillen schon wieder hinkriegen wird.

Vor allem im Winter dachte ich das, als alles gut lief. Oder zumindest besser. Im April wurde es dann wieder richtig schlimm. Ich zählte mehr, berührte mehr und ordnete alles, was nicht niet- und nagelfest war, zu Kreisen oder Diagonalen. Meine Tochter – die, die hier studiert – zeigte sich wieder beunruhigt über mein Aussehen und meine Schreckhaftigkeit. Sie fragte mich, ob es an der Scheidung liege, und als ich verneinte, schaute sie mich zweifelnd an. Dann drängte sie mich, »jemand aufzusuchen« – und jetzt bin ich eben hier.

Ich hatte wieder Alpträume. Im Mai wachte ich eines Nachts schreiend auf dem Schlafzimmerboden auf. Im Traum hatte ich ein riesiges grauschwarzes Ungetüm gesehen, ein geflügeltes, wasserspeierartiges Wesen mit einem ledrigen, helmartigen Kopf. Es stand in den Ruinen von Portland und ragte meilenweit in den Himmel hinauf. Ich konnte Wolkenfetzen erkennen, die um seine gepanzerten Arme schwebten. In seinen Klauen hielt es brüllende Menschen. Und ich wusste – *wusste* –, dass es aus dem Steinkreis auf dem Ackerman's Field entflohen war und dass es nur das erste und geringste der Scheusale aus dieser anderen Welt war. Und alles war meine Schuld. Ich war meiner Verantwortung nicht gerecht geworden.

Stolpernd lief ich durchs Haus, formierte Dinge zu Kreisen und kontrollierte, ob die Kreise wirklich nur gerade Zahlen enthielten. Allmählich dämmerte mir, dass es noch nicht zu spät war, dass sie erst allmählich erwachte.

[Ich frage, was er mit »sie« meint.]

Die Macht! Erinnern Sie sich noch an *Krieg der Sterne?* »Nutze die Macht, Luke.«

[Er bricht in irres Gelächter aus.]

Bloß dass man die Macht in diesem Fall lieber *nicht* nutzen sollte. Eher schon *aufhalten!* Und *einsperren!* Dieses chaotische Wesen, das ständig gegen diese dünne Stelle drängt – und wahrscheinlich gegen alle dünnen Stellen der Welt. Manchmal denke ich, dass hinter dieser Macht eine ganze Kette von zerstörten Universen lauert, die wie monströse Fußspuren äonenweit in die Zeit zurückreichen …

[Er murmelt etwas vor sich hin, was ich nicht verstehe. Ich bitte ihn, es zu wiederholen, worauf er den Kopf schüttelt.]

Geben Sie mir Ihren Block. Ich schreib es auf. Wenn das, was ich Ihnen hier erzähle, wahr ist und nicht nur in meinem verkorksten Kopf stattfindet, dann sollten wir den Namen lieber nicht laut aussprechen.

[Er kritzelt in klobigen Großbuchstaben das Wort CTHUN hin. Er zeigt es mir und zerreißt das Blatt, nachdem ich genickt habe. Dann zählt er die Fetzen – wahrscheinlich um sicherzugehen, dass es eine gerade Zahl ist – und wirft sie anschließend in den Papierkorb neben der Couch.]

Den Schlüssel, den ich mit der Post gekriegt habe, hatte ich zu Hause im Safe. Ich holte ihn raus und fuhr nach Motton – über die Brücke, vorbei am Friedhof, bis zu dem verdammten Feldweg. Ich dachte nicht darüber nach, weil es keine Entscheidung war, bei der man lange überlegen muss. Genauso gut könnte man sich hinsetzen und überlegen, ob man die brennenden Vorhänge löschen soll, die man gerade beim Betreten des Wohnzimmers bemerkt hat. Nein, ich setzte mich einfach in den Wagen.

Aber die Kamera nahm ich mit, *das* können Sie mir glauben.

Der Alptraum hatte mich so gegen fünf geweckt, und es war noch früh am Morgen, als ich am Ackerman's Field ankam. Der Androscoggin lag wunderschön da – wie ein langer silberner Spiegel, aus dem feine Nebelranken aufstiegen und sich dann ausbreiteten, vielleicht weil es oben wärmer war, ich weiß nicht. Diese ausgedehnte Wolke folgte genau den Biegungen und Windungen des Flusses und sah aus wie ein Geisterfluss am Himmel.

Wieder wuchs auf dem Feld das Gras, und die meisten Sumachsträucher wurden schon grün, doch dann fiel mir etwas Unheimliches auf. Und egal, wie viel von all ₍dem anderen Zeug nur in meinem Kopf stattfindet – was ich durchaus für möglich halte –, das war real. Ich habe Aufnahmen, die es beweisen. Sie sind unscharf, doch auf einigen kann man die Mutationen an den Sumachsträuchern erkennen, die besonders nah bei den Felsen stehen. Die Blätter sind schwarz statt grün, und die Zweige sind irgendwie *verkrümmt* ... zu Buchstaben, die offenbar einen Namen bilden ... *seinen* Namen.

[Er deutet auf den Papierkorb mit dem zerrissenen Blatt.]

Die Dunkelheit war zwischen die Steine zurückkehrt, und es waren natürlich nur sieben – deswegen hatte es mich ja hingezogen. Aber ich sah keine Augen. Gott sei Dank, ich war noch rechtzeitig eingetroffen. Da war nur diese wirbelnde Finsternis, die die Reinheit des stillen Frühlingsmorgens zu verhöhnen und über die Zerbrechlichkeit unserer Welt zu jubeln schien. Dahinter nahm ich den Androscoggin wahr, aber die Dunkelheit – eine fast biblische Rauchsäule – ließ nur einen schmutzigen grauen Fleck von ihm übrig.

Ich hob die Kamera, deren Riemen ich um den Hals gelegt hatte, damit sie nicht in das gierige Gras fallen konnte, und blickte durch den Sucher. Acht Steine. Ich senkte die Kamera, und da waren es wieder sieben. Im Sucher erkannte ich wieder acht. Als ich die Kamera zum zweiten Mal herunternahm, blieben es acht. Mir war jedoch klar, dass das nicht reichte. Ich wusste, was ich zu tun hatte.

Ich zwang mich, hinunter zu dem Ring aus Steinen zu treten. Noch nie war mir im Leben etwas so schwergefallen. Das Gras, das meine Hosenbeine streifte, klang wie eine Stimme: leise, scharf, protestierend. Und warnend, wie um mich fernzuhalten. Ein verseuchter Geruch hing in der Luft. Nach Krebsgeschwüren und vielleicht noch schlimmeren Dingen, nach Keimen, die es in unserer Welt nicht gibt. Meine Haut vibrierte, und ich hatte die Ahnung – ehrlich gesagt habe ich sie immer noch –, dass ein Schritt zwischen zwei der Felsen und hinein in den Kreis genügt hätte, damit sich meine Muskeln verflüssigen und mir von den Knochen tropfen. Ich hörte, wie sich der Wind, der dort manchmal herausbläst, in seinem eigenen kleinen Zyklon drehte. Und ich wusste, dass *es* gleich erscheinen würde. Das Wesen mit dem Helmkopf.

[Wieder weist er auf die Fetzen im Papierkorb.]

Nicht mehr lang, und es würde hervortreten. Und wenn ich es aus so großer Nähe erblickte, musste ich unweigerlich den Verstand verlieren. Bestimmt würde ich in diesem Kreis meinem Ende entgegensehen, während ich Aufnahmen machte, die nur graue Wolken zeigen. Doch irgendetwas trieb mich vorwärts. Und als ich hinkam …

[N. steht auf und geht behutsam um die Couch herum. Seine Schritte haben etwas Unheimliches an sich, sie sind bedächtig und zugleich tänzelnd wie die Schritte eines spielenden Kindes. Während er seine Kreise zieht, streckt er die Hand aus, um unsichtbare Steine zu berühren. Einer … zwei … drei … vier … fünf … sechs … sieben … acht. Denn acht ist eine Macht. Dann hält er inne und schaut mich an. Ich hatte schon viele Patienten, die in meiner Praxis eine Krise durchmachten, doch noch nie ist mir ein derart gequälter Blick begegnet. Was ich sehe, ist kein Irrsinn, sondern Grauen, keine Verwirrung, sondern Klarheit. Natürlich muss es eine Wahnvorstellung sein, aber ich bezweifle nicht, dass er sie vollkommen erfasst.

»Sie haben Sie also berührt«, sage ich.]

Ja, ich habe sie berührt, einen nach dem anderen. Aber ich kann nicht behaupten, dass ich mit jedem Stein gespürt hätte, wie die Welt sicherer wird – fester, *greifbarer*. Das wäre nicht wahr. Ich spürte es bei jedem *zweiten* Stein. Nur die geraden Zahlen, verstehen Sie? Mit jedem Paar zog sich diese wirbelnde Finsternis ein wenig mehr zurück, und als ich beim achten Felsen angelangt war, verschwand sie endgültig. Das Gras innerhalb des Kreises war gelb und tot, aber die Dunkelheit war fort. Und irgendwo in der Ferne, so dass ich es gerade noch hören konnte, sang ein Vogel.

Ich trat zurück. Inzwischen war die Sonne schon ganz herausgekommen, und der Geisterfluss über dem richtigen hatte sich völlig aufgelöst. Die Steine sahen wieder wie normale Steine aus. Acht Granitauswüchse auf einem Feld, die nicht einmal einen richtigen Kreis bildeten, wenn man nicht mit der Vorstellungskraft nachhalf. Und … ich spürte eine innere Spaltung. Mit einem Teil meines Verstandes wusste ich, dass das Ganze nur ein Produkt meiner Fantasie war, meiner irgendwie kranken Fantasie. Doch mit dem anderen Teil wusste ich, dass alles wahr war. Und dieser Teil begriff sogar, warum sich die Situation eine Zeit lang gebessert hatte.

Es liegt nämlich an der Sonnenwende. Überall auf der Welt findet man die gleichen Muster – nicht nur in Stonehenge, sondern auch in Südamerika und Afrika, sogar in der Arktis! Und im mittleren Westen der USA. Selbst meine Tochter hat es erkannt, obwohl sie nichts darüber weiß. Sie hat von *Kornkreisen* gesprochen. In Wirklichkeit ist es in Stonehenge und an all den anderen Orten ein Kalender, ein Kalender, der nicht nur Tage und Monate angibt, sondern Zeiten größerer und geringerer Gefahr.

Diese innere Spaltung hat mich förmlich zerrissen. Sie zerreißt mich immer noch. Seit diesem Tag war ich noch ein Dutzend Mal da draußen. Und am einundzwanzigsten … da habe ich doch den Termin für unsere Sitzung abgesagt, wissen Sie noch?

[Natürlich erinnere ich mich noch, versichere ich ihm.]

Ich war den ganzen Tag auf dem Ackerman's Field, hab beobachtet und gezählt. Am einundzwanzigsten war nämlich die Sommersonnenwende. Der Tag der *größten* Gefahr. Die Wintersonnenwende im Dezember dagegen birgt die geringste

Gefahr. Das war letztes Jahr so und wird dieses Jahr auch so sein. Es war schon immer so seit Anbeginn der Zeiten. In den kommenden Monaten – also mindestens bis zum Herbst – habe ich einen Haufen Arbeit vor mir. Am einundzwanzigsten ... ich kann Ihnen gar nicht sagen, wie entsetzlich es da draußen war. Immer wieder wollte sich der achte Stein schimmernd in Nichts auflösen. Es war unglaublich schwer, ihn durch Konzentration zurück in die Welt zu holen. Die Dunkelheit verdichtete sich und wich wieder zurück ... verdichtete sich und wich wieder zurück ... wie die Gezeiten. Einmal nickte ich kurz ein, und als ich hochfuhr, starrte mich ein unmenschliches Auge an – ein abscheuliches dreigelapptes Auge. Ich schrie, lief aber nicht weg. Weil die ganze Welt von mir abhing. Sie hing von mir ab und wusste es nicht einmal. Statt zu fliehen, hob ich die Kamera vors Gesicht und blickte durch den Sucher. Acht Steine. Kein Auge. Doch danach war ich hellwach.

Schließlich verfestigte sich der Kreis, und ich wusste, dass ich gehen konnte. Zumindest an diesem Tag wurde ich nicht mehr gebraucht. Inzwischen senkte sich die Sonne schon herab, wie damals am ersten Abend: ein Feuerball über dem Horizont, der den Androscoggin in eine blutende Schlange verwandelte.

Und Doktor – ob es nun real ist oder wahnhaft, die Arbeit ist in jedem Fall verdammt schwer. Und die Verantwortung! Ich bin so müde. Wie war das mit dem Gewicht der Welt auf den Schultern ...?

[Er legt sich wieder auf die Couch. Er ist ein massiger Mann, doch jetzt wirkt er klein und geschrumpft. Auf einmal lächelt er.]

Wenigstens kann ich mich im Winter ein bisschen ausruhen. Wenn ich es bis dahin noch durchhalte. Und wissen Sie was? Ich glaube, das war's dann mit uns beiden. Wie heißt es immer im Radio? »Damit ist unser Programm beendet.« Obwohl ... wer weiß? Vielleicht sehen Sie mich nochmal. Oder hören zumindest von mir.

[Ich versichere ihm, dass wir im Gegenteil noch viel Arbeit vor uns haben. Er trage tatsächlich eine Last auf den Schultern: einen unsichtbaren, acht Zentner schweren Gorilla, den wir gemeinsam dazu überreden müssten, dass er heruntersteige. Wir könnten es schaffen, aber es werde einige Zeit dauern. All das erkläre ich ihm und schreibe ihm zwei Rezepte auf, doch tief im Innersten weiß ich, dass er es ernst meint. Er ist am Ende. Auch wenn er die Rezepte entgegennimmt, er ist am Ende. Möglicherweise nur mit mir; vielleicht aber auch mit dem Leben selbst.]

Danke, Doktor. Für alles, fürs *Zuhören*. Und die da ...

[Er deutet auf das sorgfältige Arrangement auf dem Tisch.]

Ich an Ihrer Stelle würde die Sachen nicht verrutschen.

[Ich reiche ihm einen Terminzettel, den er gewissenhaft in die Tasche steckt. Und als er noch daraufklopft, wie um sich zu vergewissern, denke ich, dass ich mich vielleicht getäuscht habe und dass ich ihn doch am 5. Juli sehen werde. Es wäre nicht das erste Mal, dass ich mich täusche. Ich habe N. ins Herz geschlossen, und ich möchte nicht, dass er für immer in diesen Steinkreis tritt. Auch wenn diese Felsen nur in seinem Kopf existieren, heißt das nicht, dass keine reale Gefahr von ihnen ausgeht.]

[Ende der letzten Sitzung]

4. Dr. Bonsaints Manuskript (Fragment)

5. JULI 2007

Als ich die Todesanzeige las, rief ich bei ihm zu Hause an. Seine Tochter C., die hier in Maine studiert, war am Apparat. Sie wirkte erstaunlich gefasst und sagte, dass sie eigentlich nicht überrascht sei. Sie erzählte mir, sie sei als Erste in N.s Haus in Portland eingetroffen (im Sommer arbeite sie in Camden, das nicht so weit weg liegt), im Hintergrund konnte ich jedoch noch weitere Stimmen hören. Gut so. Es gibt viele Gründe, die für die Familie sprechen, doch ihre wesentliche Funktion ist vielleicht das Zusammenhalten beim Tod eines Mitglieds. Besonders wichtig ist dieses Gemeinschaftsgefühl bei gewaltsamen und plötzlichen Todesfällen – das heißt bei Mord oder Selbstmord.

Sie wusste, wer ich war, und sprach ganz offen mit mir. Ja, es sei Selbstmord gewesen. Mit dem Auto. In der Garage. Sorgfältig in die Türritzen gestopfte Handtücher. Bestimmt eine gerade Anzahl, vermute ich. Zehn oder zwanzig – beides laut N. gute Zahlen. Dreißig wäre nicht so gut, aber haben Leute – vor allem alleinstehende Männer – überhaupt dreißig Handtücher im Haus? Kann ich mir nicht vorstellen. Bei mir ist es jedenfalls nicht so.

Es werde eine Untersuchung geben, erzählte sie mir. Bestimmt wird man Medikamente – die, die ich ihm verschrieben habe – in seinem Blutkreislauf feststellen, aber wahrscheinlich keine tödlichen Dosen. Nicht dass es eine Rolle spielen würde. Letztlich zählt nur, dass N. tot ist. Die Ursache ist vergleichsweise unwichtig.

Sie lud mich zur Beerdigung ein. Ich war gerührt. Sogar zu Tränen gerührt. Ich sagte mein Kommen zu, falls die Familie nichts dagegen habe. Sie klang überrascht. Was solle ihre Familie dagegen haben?

»Immerhin war ich sein Therapeut und konnte ihm nicht helfen«, sagte ich.

»Aber Sie haben es versucht«, sagte sie. »Das ist das Entscheidende.« Wieder spürte ich ein Brennen in den Augen. War von ihrer Liebenswürdigkeit gerührt.

Bevor ich auflegte, fragte ich sie noch, ob er einen Abschiedsbrief hinterlassen habe. Ja, sagte sie. Nur drei Wörter: *Ich bin todmüde.*

Er hätte seinen Namen hinzusetzen sollen. Dann wären es vier gewesen.

Sowohl in der Kirche als auch auf dem Friedhof gaben mir N.s Angehörige, und vor allem seine jüngere Tochter C., das Gefühl, willkommen zu sein. Es ist ein Wunder, wie eine Familie in solch schweren Zeiten ihren Kreis öffnen kann, selbst um einen völlig Fremden bei sich aufzunehmen. Es waren annähernd hundert Trauergäste da, viele davon Menschen, die er beruflich gekannt hatte. Ich weinte an seinem Grab. Ich finde das weder erstaunlich noch beschämend: Die Identifikation zwischen Therapeut und Patient kann sehr stark sein. C. nahm mich bei der Hand, umarmte mich und dankte mir dafür, dass ich versucht hatte, ihrem Vater zu helfen. Ich murmelte etwas von *nicht der Rede wert* und kam mir wie ein Betrüger vor, wie ein Versager.

Ein strahlender Sommertag. Was für ein Hohn.

Heute Abend habe ich mir die Bänder unserer Sitzungen angehört. Ich glaube, ich werde sie transkribieren. Aus N.s Geschichte lässt sich zumindest ein Artikel machen – ein kleiner Beitrag zur reichen Literatur über Zwangsstörungen – und vielleicht sogar etwas Größeres. Ein Buch. Aber ich zögere noch. Was mich zurückhält, ist der Gedanke, dass ich dieses Feld aufsuchen müsste, um N.s Fantasien mit der Realität zu vergleichen. Seine Welt mit meiner. Dass das Feld wirklich existiert, bezweifle ich keine Sekunde. Und die Steine? Ja, wahrscheinlich gibt es sie. Belanglose Felsen, die nur er durch seine zwanghaften Handlungen mit Bedeutung aufgeladen hat.

Wunderbarer roter Sonnenuntergang an diesem Abend.

Ich habe mir den Tag freigenommen, um nach Motton rauszufahren. Ich habe schon länger mit diesem Gedanken gespielt, und letztlich sah ich keinen Grund, der dagegen sprach. Ich habe »herumgebummelt«, wie meine Mutter gesagt hätte. Wenn ich N.s Fall aufschreiben will, muss diese Bummelei aufhören. Keine Ausflüchte mehr. Da ich die von N. erwähnten Örtlichkeiten wie Bale Road Bridge (die Sheila und ich immer Fall Road Bridge nannten, warum weiß ich nicht mehr), Boy Hill und vor allem den Friedhof Serenity Ridge noch gut aus meiner Kindheit kannte, hielt ich es nicht für schwer, den besagten Feldweg zu finden. Und so kam es auch. Es konnte kein Zweifel bestehen, denn es war der einzige Feldweg, der mit einer Kette und einem Schild mit der Aufschrift BETRETEN STRENG UNTERSAGT abgesperrt war.

Ich stellte wie N. vor mir den Wagen auf dem Friedhofsparkplatz ab und ging zu Fuß bis zur Kette. Obwohl es ein strahlend heißer Sommertag war, hörte ich nur wenige Vögel, und selbst die nur in weiter Ferne. Auf der Route 117 war kein Verkehr, nur ein überladener Holzlaster donnerte mit über hundert Sachen vorbei, dass mir der heiße Luftzug und die öligen Abgase das Haar aus der Stirn wehten. Danach war ich ganz allein. Ich musste daran denken, wie ich als Kind zur Fall Road Bridge wanderte, meine kleine Zebco-Angelrute über der Schulter wie einen Karabiner. Damals kannte ich keine Angst, und auch heute gab es keinen Grund dazu.

Aber ich hatte Angst. Und ich möchte diese Furcht auch nicht als völlig irrational abtun. Es ist nie angenehm, die psychische Erkrankung eines Patienten zu ihren Wurzeln zurückzuverfolgen.

Ich stand also vor der Kette und fragte mich, ob ich das wirklich tun sollte. Wollte ich tatsächlich unbefugt in ein Grundstück eindringen, das mir nicht gehörte, und damit zugleich in die zwangsneurotische Fantasiewelt eines anderen? Eine Fantasiewelt, die ihren Besitzer höchstwahrscheinlich das Leben gekostet hatte. (Vielleicht sollte ich besser sagen: den von ihr Besessenen.) Die Sache schien auf einmal längst nicht mehr so klar zu sein wie noch am Morgen, als ich die Jeans und die alten roten Wanderstiefel angezogen hatte. Dabei hatte ich es mir so einfach vorgestellt: Entweder ich geh da raus und vergleiche die Realität mit N.s Fantasie, oder ich gebe die Idee mit dem Artikel (beziehungsweise Buch) auf. Aber was ist die Realität? Wie komme ich zu der Behauptung, dass die mit Dr. B.s Sinnen wahrgenommene Welt »realer« ist als die, die der vor zwei Wochen verstorbene Buchprüfer N. registriert hat?

Eigentlich lag die Antwort auf diese Frage auf der Hand. Dr. B. ist ein Mensch, der nicht Selbstmord begangen hat, der weder zählt, berührt noch ordnet, und der davon überzeugt ist, dass Zahlen, ob gerade oder ungerade, nur Zahlen sind. Dr. B. ist ein Mensch, der mit der Welt zurechtkommt. Buchprüfer N. dagegen war das letztlich nicht. Daher sollte Dr. B.s Wahrnehmung der Welt wohl auch brauchbarer sein als die des Buchprüfers N.

Als ich dort angekommen war und die stille Kraft dieses Ortes spürte (schon am Anfang des Wegs, noch vor der Kette), dämmerte mir jedoch, dass ich vor einer viel simpleren Alternative stand: entweder auf diesem verlassenen Weg hinauf zum Ackerman's Field marschieren oder auf dem Asphalt wieder zurück zum Auto gehen. Nach Hause fahren. Das mögliche Buch und den eher wahrscheinlichen Artikel vergessen. N. vergessen und zur Normalität zurückkehren, bevor seine Obsession zu meiner wurde.

Aber, aber …

Wegzufahren würde vielleicht (ich sage nur *vielleicht*) bedeuten, dass ich irgendwo in einer tiefen Schicht meines Unbewussten, wo all die alten abergläubischen Vorstellungen hausen (und Hand in Hand mit den alten roten Trieben gehen), Ns. Auffassung akzeptiert hatte, dass es auf dem Ackerman's

Field eine dünne Stelle gibt, die von magischen Ringsteinen behütet wird, und dass ich durch mein Erscheinen dort wieder einen schrecklichen Prozess in Gang setzen könnte, einen schrecklichen *Kampf*, den N.s Selbstmord zum Stillstand gebracht hatte (zumindest vorübergehend). Hätte ich mich dann nicht (in diesem vergrabenen Teil meines Selbst, wo wir uns alle ähneln wie Ameisen, die in einem Bau unter der Erde schuften) schon mit der Vorstellung abgefunden, dass ich der nächste Hüter sein werde? Dass ich gerufen worden bin. Und wenn ich solchen Ideen nachgäbe ...

»Wäre mein Leben nicht mehr so wie bisher.« Ich redete laut vor mich hin. »Ich würde die Welt mit völlig anderen Augen betrachten.«

Plötzlich war es also eine äußerst ernste Angelegenheit. Manchmal treiben wir wohl in Gegenden ab, wo die Entscheidungen nicht mehr einfach sind und schwerwiegende Konsequenzen für den Fall drohen, dass wir die falsche Wahl treffen. Konsequenzen, die unter Umständen sogar das Leben oder den Verstand bedrohen können.

Und wenn es überhaupt keine Wahl gibt? Wenn es nur danach *aussieht?*

Ich schob den Gedanken beiseite und quetschte mich an einem der Kettenpfosten vorbei. Meine Patienten und auch meine Kollegen (die aber wohl nur im Scherz) bezeichnen mich gelegentlich als Medizinmann, aber ich habe keine Lust, mich selbst so zu sehen – mich im Rasierspiegel zu betrachten und zu denken: *Dieser Mensch hat sich in einem entscheidenden Moment nicht von seinen rationalen Gedanken leiten lassen, sondern vom Wahn eines toten Patienten.*

Der Weg war nicht mit Bäumen blockiert, aber ich bemerkte mehrere Birken und Kiefern, die auf der einen Seite im Graben lagen. Möglicherweise waren sie erst in diesem Jahr umgefallen und zur Seite gezerrt worden, vielleicht aber auch schon vor ein, zwei Jahren. Ich konnte das unmöglich erkennen. Ich bin kein Förster.

Ich kam zu einem Hügel, an dessen Spitze der Wald zu beiden Seiten zurückwich und den Blick auf ein großes Stück Sommerhimmel freigab. Irgendwie war es, als würde ich N.s Kopf betreten. Auf halber Höhe hielt ich an, aber nicht etwa, weil ich außer Atem war, sondern um mich ein letztes Mal zu fragen, ob ich das wirklich wollte. Dann stapfte ich weiter. Wenn ich es nur nicht getan hätte.

Das Feld lag vor mir, und die Aussicht nach Westen war genauso spektakulär, wie N. es beschrieben hatte – wirklich atemberaubend. Selbst jetzt, wo die Sonne hoch am Himmel stand und nicht als roter Ball über dem Horizont hing. Auch die Felsen waren da, ungefähr vierzig Schritte unterhalb der Hügelkuppe. Und ja, sie bilden tatsächlich eine Art Rund, wenngleich bei weitem nicht so augenfällig wie die Kreisform von Stonehenge. Ich zählte sie. Es waren acht, genau wie N. es berichtet hatte. (Nur dass er manchmal auch von sieben gesprochen hat.)

Das Gras innerhalb der lockeren Gruppierung wirkte etwas fleckig und gelb im Vergleich zu der schenkelhohen grünen Pracht auf dem übrigen Feld (die sich hinunter zu einem riesigen Hain aus Eichen, Tannen und Birken erstreckte), aber es war keinesfalls tot. Dann fiel mein Blick auf eine Gruppe von Sumachsträuchern in der Nähe. Auch sie waren nicht tot – zumindest glaube ich es nicht –, aber die Blätter waren nicht wie üblich grün mit roten Streifen, sondern schwarz, und sie hatten keine richtige Gestalt. Sie waren wie verformte Klumpen, und man konnte sie kaum anschauen. Eine Beleidigung für das Auge. Ich kann es nicht besser ausdrücken.

Ungefähr zehn Schritte von meinem Platz entfernt hing etwas Weißes in einem dieser Büsche. Ich ging hin und erkannte einen Umschlag. Mir war sofort klar, dass N. ihn für mich hinterlassen hatte. Wenn nicht am Tag seines Selbstmordes, dann nicht lange zuvor. Mir wurde flau im Magen, und die furchtbare Ahnung beschlich mich, dass ich mit meinem Erscheinen hier die falsche Entscheidung getroffen hatte (*falls* ich sie überhaupt getroffen habe). Dass ich unweigerlich die falsche

Entscheidung treffen musste, weil ich dazu erzogen war, mehr meinem Verstand zu trauen als meinem Instinkt.

Quatsch. So was dürfte ich gar nicht denken.

Aber hat N. das nicht auch gewusst und trotzdem weiter so gedacht? Wahrscheinlich hat er sogar die Handtücher gezählt bei der Vorbereitung zu seinem …

Um sicher zu sein, dass es eine gerade Zahl ist.

Scheiße. Der Kopf kann einem irgendwie merkwürdige Streiche spielen. In den Schatten lauern Gesichter …

Der Umschlag steckte in einer durchsichtigen Plastiktüte, damit er trocken blieb. Die Aufschrift war vollkommen eindeutig, vollkommen klar: DR. JOHN BONSAINT.

Ich zog ihn aus der Tüte und ließ den Blick wieder zu den Steinen unten gleiten. Immer noch acht. Natürlich. Aber kein Vogel sang, keine Grille zirpte. Der Tag hielt den Atem an. Alle Schatten waren wie gemeißelt. Ich weiß jetzt, was er mit dem Gefühl meinte, in der Zeit zurückversetzt worden zu sein.

In dem Umschlag war etwas. Es rutschte hin und her, und meine Finger hatten den Gegenstand bereits erkannt, ehe ich das Kuvert aufriss und ihn in die Handfläche kippte. Ein Schlüssel.

Und ein Zettel. Nur zwei Wörter. *Verzeihung, Doktor.* Und natürlich sein Name. Der Vorname. Zusammen drei Wörter. Keine gute Zahl. Zumindest laut N.

Ich steckte den Schlüssel in die Tasche und trat neben einen Sumachstrauch, der nicht nach einem Sumachstrauch aussah: schwarze Blätter, die Zweige verdreht zu einer Art Runen oder Buchstaben …

Nicht *CTHUN!*

Ich hatte die Nase voll. *Zeit, dass ich verschwinde. Es reicht. Wenn es hier im Boden irgendein Umweltgift gibt, durch das die Büsche mutiert sind, dann ist es eben so. Die Sträucher sind nicht das Wichtige an diesem Ort, sondern die Steine. Es sind acht. Du hast die Welt auf die Probe gestellt und gefunden, worauf du gehofft und was du gewusst hast. Sie ist so, wie sie immer war. Wenn dir dieses Feld still – und irgendwie gefahrvoll – vorkommt, dann ist das zwei-*

fellos die Nachwirkung von N.s Geschichte auf deinen Verstand. Von seinem Selbstmord ganz zu schweigen. Und jetzt kehrst du zu deinem normalen Leben zurück. Und achtest nicht weiter auf die Stille und die Ahnung – die sich in deinem Kopf wie ein Gewitter zusammenbraut –, dass in dieser Stille etwas lauert. Kehr zurück zu deinem Leben, Dr. B.

Solange du noch kannst.

Ich stieg zum Ende des Wegs zurück. Leise ächzend streifte das hohe grüne Gras meine Jeans. Die Sonne brannte mir auf den Nacken und die Schultern.

Ich spürte ein Verlangen, mich umzudrehen und noch einmal hinunterzuspähen. Ein starkes Verlangen. Ich kämpfte dagegen an und verlor.

Als ich mich umblickte, nahm ich sieben Steine wahr. Nicht acht, sondern sieben. Ich zählte zweimal, um ganz sicher zu sein. Und zwischen den Steinen wirkte es jetzt tatsächlich dunkler, so als hätte sich eine Wolke vor die Sonne geschoben. Eine derart winzige Wolke, dass ihr Schatten nur auf diese Stelle fiel. Nur dass es nicht wie ein Schatten aussah. Es war eine *besondere* Finsternis, eine, die sich kreisend über dem zerdrückten gelben Gras zusammenzog und sich wieder ausdehnte. Sich ausdehnte zu der Lücke, wo bei meiner Ankunft ganz sicher (wirklich *ganz* sicher?) ein achter Fels gestanden hatte.

Ich habe keine Kamera, durch deren Sucher ich schauen kann, damit er wiederkommt, schoss es mir durch den Kopf.

Ich muss die Sache beenden, solange ich mir noch sagen kann, dass nichts passiert ist. Ob richtig oder falsch, noch immer ging es mir weniger um das Schicksal der Welt als um die Angst, die Kontrolle über meine Wahrnehmungen zu verlieren. Und mit ihr die Kontrolle über meine *Auffassung* der Welt. Ich glaubte keine Sekunde an N.s Wahnvorstellung, aber diese Dunkelheit …

Ich wollte ihr keinen Zentimeter Raum lassen. Keinen *Milli*meter.

Ich hatte den Schlüssel zurück in den aufgerissenen Umschlag und diesen in die Hüfttasche gesteckt, aber die Plastiktüte hielt ich noch in der Hand. Ohne lange zu überlegen, hob ich sie vor die Augen und spähte durch sie hindurch auf die Steine. Sie waren ein wenig verzerrt und verschwommen, auch nachdem ich das Plastik glattgezogen hatte, aber trotzdem deutlich zu erkennen. Und tatsächlich, da waren es wieder acht. Und diese vermeintliche Dunkelheit ...

Dieser Trichter

Oder Tunnel

... war verschwunden. (Natürlich war sie überhaupt nie da.) Mit einer leichten Beklommenheit, zugegebenermaßen, senkte ich die Tüte und starrte direkt hinüber zu den Steinen. Acht. Fest wie das Fundament des Tadsch Mahal. Acht.

Ich nahm den Feldweg und unterdrückte erfolgreich den Drang, noch ein weiteres Mal zurückzublicken. Warum hätte ich das tun sollen? Acht ist acht. Das wär doch gelacht. (Kleiner Scherz.)

Ich habe mich gegen den Artikel entschieden. Ich sollte diese ganze Geschichte mit N. endlich vergessen. Wichtig ist vor allem, dass ich wirklich *dort* war und mich – da bin ich mir völlig sicher – dem Wahnsinn gestellt habe, der in uns allen sitzt. Das gilt für die Dr. B.s dieser Welt genauso wie für die N.s. Ich war an der Front und habe dem Feind ins Auge gesehen. Aber das heißt noch lange nicht, dass ich den Feind *zeichnen* oder, in meinem Fall, einen Aufsatz über ihn schreiben muss.

Und wenn es doch mehr war? Wenn sich einige Sekunden lang ...

Na ja. Aber Moment mal. Das beweist doch nur die Kraft der Wahnvorstellung, die den armen N. gepackt hatte. Und erklärt seinen Selbstmord auf eine Weise, wie es kein Abschiedsbrief kann. Manche Dinge sollte man am besten auf sich beruhen lassen. Und das ist wahrscheinlich genau solch ein Fall. Diese Dunkelheit ...

Dieser Trichter-Tunnel, diese *vermeintliche* ...

Auf jeden Fall bin ich mit N. fertig. Kein Buch, kein Artikel.

»Auf zu neuen Taten.« Der Schlüssel passt fraglos in das Schloss an der Kette vor dem Feldweg, aber ich werde ihn nie benutzen. Ich habe ihn weggeworfen.

»Und nun zu Bett«, wie der große Sammy Pepys selig zu sagen pflegte.

Heute Abendrot, Gutwetterbot über dem Feld. Auch Nebel über dem Gras? Vielleicht. Über dem grünen Gras, nicht dem gelben.

Der Androscoggin wird heute Abend rot sein und wie eine blutende Riesenschlange in einem toten Geburtskanal liegen. (Man stelle sich vor!) Das würde ich gern sehen, zugegeben. Warum, weiß ich auch nicht.

Das ist nur Müdigkeit, die morgen verschwunden sein wird. Morgen früh denke ich vielleicht sogar nochmal über den Artikel nach. Oder das Buch. Aber heute Abend nicht mehr.

Und nun zu Bett.

18. Juli 2007

Heute morgen den Schlüssel aus dem Müll gefischt und ihn in die Schreibtischschublade gelegt. Ihn wegzuwerfen, scheint mir zu sehr ein Eingeständnis zu sein, dass etwas an der Sache dran sein könnte. Also.

Na ja. Und außerdem: Es ist nur ein Schlüssel.

27. Juli 2007

Okay, ich geb's zu. Ich habe ein paar Sachen gezählt und dafür gesorgt, dass ich gerade Zahlen um mich habe. Büroklammern. Die Stifte im Becher. Dergleichen Dinge. Das ist merkwürdig beruhigend. N.s Erkältung hat mich definitiv erwischt. (Kleiner Scherz, aber genau genommen kein Scherz.)

Mein Mentor als Psychiater ist Dr. J. in Augusta, der inzwischen Chefarzt im Serenity Hill ist. Ich rief ihn an, und wir führten ein allgemeines Gespräch über die Übertragung zwangsneurotischer Symptome von Patienten auf Therapeuten. Ich erzählte ihm, dass ich Recherchen zu einem für die Chicagoer Tagung im Winter geplanten Referat anstellte – eine Lüge natürlich, aber manchmal ist das eben das Einfachste. J. bestätigte meine Erkenntnisse. Das Phänomen ist nicht weit verbreitet, aber auch keine absolute Seltenheit.

»Da gibt es aber keinen persönlichen Zusammenhang mit dir, Johnny, oder?«, fragte er.

Scharfsinnig. Hellsichtig. Wie eh und je. Natürlich weiß er auch so einiges über meine Wenigkeit!

»Nein«, sagte ich. »Ich interessiere mich nur seit einiger Zeit für das Thema. Inzwischen fast so eine Art Zwang für mich.«

Lachend beendeten wir das Gespräch, und ich trat an das Tischchen, um die Bücher darauf zu zählen. Sechs. Sehr gut. Sechs ist fix. (N.s kleiner Spruch.) Ich sah in der Schreibtischschublade nach, um mich zu vergewissern, dass der Schlüssel noch da war. Natürlich lag er da, wo hätte er denn sonst sein sollen? Ein Schlüssel. Ist eins gut oder schlecht? »Guck, die Katze tanzt allein, tanzt und tanzt auf einem Bein« und so. Tut nichts zur Sache, ist aber eine Überlegung wert!

Auf dem Weg aus dem Zimmer fielen mir die Zeitschriften neben den Büchern ein, die ich dann ebenfalls zählte. Sieben! Ich nahm die *People* mit Brad Pitt auf dem Titelbild und warf sie in den Papierkorb.

Kann ja nicht schaden – Hauptsache, ich fühle mich besser dabei, oder? Außerdem war's nur Brad Pitt!

Und wenn es schlimmer wird, werde ich J. auf jeden Fall reinen Wein einschenken. Das nehme ich mir fest vor.

Neurontin könnte mir vielleicht helfen. Ist zwar eigentlich ein Mittel gegen epileptische Anfälle, aber es soll auch schon in solchen Fällen wie meinem was gebracht haben. Allerdings …

Wem will ich denn hier was vormachen? Solche Fälle *gibt* es nicht, was soll Neurontin da bringen? Quatsch mit Soße. Aber Zählen hilft. Merkwürdig beruhigend. Und noch was anderes. *Der Schlüssel lag auf der falschen Seite der Schublade!* Das war Intuition, aber solche Eingebungen sind nicht zu VER-ACHTEN. Ich verschob ihn. Das war besser. Dann platzierte ich einen zweiten Schlüssel (Tresorfach) auf die andere Seite. Damit scheint alles in Balance zu sein. Sechs ist fix, aber zwei kennt keine Zweifel (Scherz). Letzte Nacht gut geschlafen. Nein, eigentlich nicht. Alpträume. Der Androscoggin bei Sonnenuntergang. Eine rote Wunde. Ein Geburtskanal. Aber tot.

10. AUGUST 2007

Dort draußen stimmt was nicht. Der achte Stein wird schwächer. Es hat keinen Sinn, mir einzureden, dass es nicht so ist, wenn ich es mit jeder Faser meines Körpers – *mit jeder Zelle in meiner Haut!!* – spüre. Das Zählen von Büchern (und Schuhen, ja, ich gebe es zu – N.s Intuition ist nicht zu verachten) hilft, aber es behebt nicht das GRUNDPROBLEM. Auch das Auslegen von Diagonalen bringt nicht besonders viel, obwohl es bis zu einem gewissen Grad ...

Toastkrümel auf der Arbeitsplatte in der Küche zum Beispiel. Mit dem Messer kann man Linien daraus formen. Oder eine Zuckerlinie auf dem Tisch. *HA!* Aber wer weiß, wie viele Krümel da sind? Wie viele Zuckerkörner? Zählen unmöglich!!

Das Ganze muss aufhören. Ich fahre raus.

Diesmal mit Kamera.

Die Finsternis. Mein Gott. Sie *war schon fast vollständig*. Und noch etwas.
Die Finsternis hatte ein Auge.

12. August

Habe ich was gesehen? Tatsächlich gesehen?
Ich weiß es nicht. Ich glaube schon, aber ich weiß es nicht.
Dieser Eintrag hat dreiundzwanzig Wörter.
Sechsundzwanzig ist besser.

19. August

Ich griff zum Telefon, um J. anzurufen und ihm zu erzählen, was mit mir los ist. Dann legte ich den Hörer wieder auf. Was soll ich ihm denn sagen? Außerdem hat die Nummer 1-207-555-1863 elf Ziffern. Eine schlechte Zahl.
Valium hilft besser als Neurontin. Glaube ich. Vorausgesetzt, ich übertreibe es nicht.

16. Sept

Zurück aus Motown. Schweißgebadet. Zitternd. Aber wieder acht. Ich habe es wieder hingebogen. Ich! Habe ihn! Wieder fixiert! Gott sei Dank. Aber ...
Aber!
So kann ich nicht leben.

Nein, doch – ICH KAM GERADE NOCH RECHTZEITIG. *ES WAR KURZ VOR DEM DURCHBRECHEN.* Der Schutz hält immer nur eine bestimmte Zeit, und dann ist wieder ein Hausbesuch fällig! (Kleiner Scherz.)

Ich sah das dreigelappte Auge, von dem N. gesprochen hat. Es gehört keinem Wesen aus dieser Welt oder diesem Universum.

Es versucht sich durchzubohren.

Nein, ich darf mich damit nicht abfinden. Habe zugelassen, dass N.s Obsession einen Fingerbreit in meine Psyche eindringt (einen Stinkefingerbreit, wenn man mir diesen kleinen Scherz gestattet), und sie hat den Spalt immer mehr vergrößert, hat einen zweiten Finger nachgeschoben, einen dritten, eine ganze Hand, die an mir zerrt. Und mich immer weiter aufreißt. Eine Bresche schlägt in mein

Aber!

Ich habe es mit eigenen Augen gesehen. Es gibt eine Welt hinter unserer, eine Welt voller Ungeheuer

Götter

ABSCHEULICHE GÖTTER!

Eine Sache. Was, wenn ich mich umbringe? Wenn es nicht wahr ist, hört wenigstens die Qual auf. Und wenn es wahr ist, wird der achte Stein dort draußen wieder fest. Zumindest bis jemand anderes – der nächste »HÜTER« – zufällig auf diesen Feldweg gerät und sieht …

Da wäre Selbstmord fast nicht die schlechteste Lösung!

9. Oktober 2007

In letzter Zeit besser. Meine Gedanken gehören wieder mehr mir selbst. Und als ich zum letzten Mal draußen beim Ackerman's Field war (vor 2 Tagen), erwiesen sich meine Sorgen als unbegründet. 8 Felsen standen dort. Ich starrte sie an – sie waren massiv wie Häuser – und bemerkte eine Krähe am Himmel. Zwar drehte sie ab, um den Luftraum über den Steinen nicht zu verletzen, »jawoll!« (Scherz), aber sie war da. Während ich mit der Kamera um den Hals am Ende des Wegs stand (nix Bild von Ackerman's Field, die Steine lassen sich nicht fotografieren, da hatte N. auf jeden Fall Recht – Radon vielleicht?), fragte ich mich, wie ich je auf die Idee gekommen war, dass es nur 7 sein könnten. Ich gebe zu, dass ich auf dem Weg zurück zum Auto meine Schritte zählte (und noch einen kleinen Schlenker machte, als ich mit einer ungeraden Zahl vor der Tür landete). Aber solche Sachen verschwinden eben nicht von heute auf morgen. Es sind BEWUSSTSEINS-KRÄMPFE! Doch vielleicht …

Darf ich hoffen, dass sich mein Zustand bessert?

10. Oktober 2007

Natürlich gibt es auch eine andere Möglichkeit, auch wenn ich sie nur ungern in Erwägung ziehe: N. hatte Recht mit den Sonnenwenden. Von der einen entfernen wir uns, der anderen nähern wir uns. Der Sommer ist vorbei, der Winter steht bevor. Wenn N.s Einschätzung zutrifft, ist das allerdings nur kurzfristig eine gute Nachricht. Wenn ich nächstes Frühjahr wieder mit solchen verheerenden geistigen Spasmen fertigwerden muss … und im Frühjahr darauf …

Das würde ich nicht schaffen. Ganz einfach.

Und wie mir dieses Auge nachgeht. Dieses schwebende Auge in der Dunkelheit, die immer dichter wird.

Dahinter andere Dinge

CTHUN!

Acht. Wie schon immer. Bin mir inzwischen ganz sicher. Heute war es still auf dem Feld, das Gras tot, die Bäume am Fuß des Hangs kahl, der Androscoggin wie grauer Stahl unter einem eisernen Himmel. Die Welt wartete auf den ersten Schnee. Und mein Gott, das Beste: Auf einem der Felsen rastete ein Vogel!

Ein VOGEL!

Erst auf der Fahrt zurück nach Lewiston fiel mir auf, dass ich auf dem Weg zum Auto meine Schritte gar nicht gezählt hatte. Hier die Wahrheit. Es muss die Wahrheit sein. Einer meiner Patienten hat mich mit seiner Erkältung angesteckt, doch jetzt bin ich auf dem Weg der Besserung. Der Husten ist weg, das Schniefen hört auf.

Der kleine Scherz ging die ganze Zeit auf meine Kosten.

Zum Weihnachtsessen und dem üblichen Austausch von Geschenken war ich bei Sheila und ihrer Familie. Als Don mit Seth zur Kerzenandacht in der Kirche aufgebrochen war (die braven Methodisten wären sicher schockiert, wenn sie von den heidnischen Wurzeln dieser Riten erfahren würden), drückte mir Sheila die Hand und sagte: »Du hast dich gefangen. Das ist gut. Ich hab mir Sorgen gemacht.«

Nun, das eigene Fleisch und Blut kann man wahrscheinlich nicht hinters Licht führen. Dr. J. konnte vielleicht vermuten, dass etwas nicht stimmte, aber Sheila wusste es. Die gute Sheila.

»Ich hatte diesen Sommer und Herbst eine Art Krise«, antwortete ich. »Eine spirituelle Krise, könnte man sagen.«

Eigentlich eher eine psychische Krise. Wenn ein Mensch zu glauben anfängt, dass seine Wahrnehmungen nur dazu dienen, das Wissen um furchtbare andere Welten zu bemänteln, dann ist das eine psychische Krise.

Sheila machte wie immer das Beste daraus. »Hauptsache, es war kein Krebs, Johnny. Davor hatte ich nämlich Angst.«

Die gute Sheila! Lachend umarmte ich sie.

Als wir später die Küche in Ordnung brachten (und dabei Eierlikör schlürften), fragte ich sie, ob sie noch wisse, warum wir die Bale Road Bridge früher als Fall Road Bridge bezeichnet hätten. Sie schaute mich verdutzt an und lachte schließlich. »Das hat sich dein alter Freund ausgedacht. Der, in den ich so verknallt war.«

»Charlie Keen«, sagte ich. »Den hab ich schon seit Ewigkeiten nicht mehr gesehen. Außer in seiner Sendung. Ein Sanjay Gupta für Arme.«

Sie versetzte mir einen Schlag gegen den Arm. »Nur keine Eifersucht, mein Lieber. Also irgendwann haben wir mal auf der Brücke geangelt – mit diesen kleinen Stöcken, die wir alle hatten. Auf einmal hat Charlie an der Seite runtergeguckt und gemeint: ›Wenn da jemand runterfällt, dann ist er auf jeden Fall tot.‹ Irgendwie fanden wir das furchtbar komisch und haben wie die Irren gelacht. Kannst du dich nicht mehr dran erinnern?«

Doch, es fiel mir wieder ein. Ab diesem Tag war die Bale Road Bridge nur noch die Fall Road Bridge. Aber was der alte Charlie gesagt hatte, stimmte tatsächlich. Der Bale ist an dieser Stelle sehr flach. Später fließt er in den Androscoggin (wahrscheinlich kann man vom Ackerman's Field aus die Mündung sehen, ich habe allerdings nie darauf geachtet), der viel tiefer ist. Und der Androscoggin fließt ins Meer. Eine Welt führt also zur nächsten. Und jede ist tiefer als die vorangegangene. Diesem Muster folgt alles auf der Erde.

Dann kamen Don und Seth zurück, Sheilas großer Junge und ihr kleiner Junge. Sie waren über und über mit Schnee bedeckt. Nach einer ziemlich New-Age-mäßigen Gruppenumarmung fuhr ich nach Hause und hörte im Auto Weihnachtslieder. Zum ersten Mal seit ewigen Zeiten wieder richtig glücklich.

Ich glaube, diese Aufzeichnungen ... dieses Tagebuch ... diese Chronik des Wahnsinns (dem ich wohl nur knapp entronnen bin: Ich glaube, ich war schon kurz vor dem »Absprung«) ... kann hier aufhören.

Gott sei Dank, und frohe Weihnachten für mich.

1. APRIL 2008

Ein Aprilscherz, und er geht auf meine Kosten. Ich fuhr aus einem Traum über das Ackerman's Field hoch.

Im Traum war der Himmel blau, der Fluss schlängelte sich in dunklerem Blau durch das Tal, der Schnee schmolz, das zarte grüne Gras spitzte durch die verbliebenen weißen Stellen, und wieder waren es nur sieben Steine. Wieder war es im Kreis dunkel. Noch ist es nur ein trüber Fleck, der sich aber verdichten wird, wenn ich mich nicht darum kümmere.

Nach dem Aufstehen zählte ich Bücher (vierundsechzig, eine gute Zahl, die gerade und bis hinab zur Eins teilbar ist – fantastisch!), und als das nichts bewirkte, schüttete ich etwas Kaffee auf die Arbeitsplatte und zog eine Diagonale. Damit war die Sache wieder im Lot – vorübergehend –, aber ich muss dort rausfahren und den Steinen wieder einmal einen »Hausbesuch« abstatten. Darf nicht bummeln.

Es fängt nämlich wieder an.

Der Schnee ist fast verschwunden, die Sommersonnenwende rückt näher (es ist noch eine Weile hin, aber sie wirft bereits ihre Schatten voraus), und es hat wieder angefangen.

Ich fühle mich

Gott steh mir bei, ich fühle mich wie ein Krebspatient, der auf dem Weg der Besserung war und eines Morgens nach dem Aufwachen in der Achselhöhle eine dicke Beule ertastet.

Ich schaffe das nicht.
Ich muss.

[Später]

Auf der Straße lag noch Schnee, aber ich kam problemlos zum
»AF«. Stellte den Wagen auf dem Friedhofsparkplatz ab und
ging dann zu Fuß. Es waren sieben Steine, wie ich es im Traum
gesehen hatte. Blickte durch den Sucher der Kamera. Wieder
8. 8 ist eine Macht und bannt die Nacht. Wunderbar.
Für die Welt!
Nicht so wunderbar für Dr. Bonsaint.
Das gleiche Spiel von vorn – in mir ächzt alles auf.
Bitte, lieber Gott, lass nicht zu, dass es wieder passiert.

6. April 2008

Heute dauerte es länger, aus 7 wieder 8 zu machen, und ich
weiß, dass mir viel »Langstrecken«-Arbeit bevorsteht: Dinge
zählen, Diagonalen ziehen und nicht Ordnen, wie N. dachte, sondern *Ausbalancieren*. Ja, die Dinge müssen ausbalanciert
werden. Es ist so simbolig wie Brot und Weib bei der Kom-
munion.
    Aber ich bin müde. Und die Sommwende ist noch so weit
weg.
    Seine Macht ist erst im Wachsen begriffen, und die Sonn-
wand ist noch weit weg.
    Wäre N. nur gestorben, bevor er zu mir kam. Dieser goisti-
sche Schweinehund.

Ich dachte, es bringt mich diesmal um. Oder zerbricht meinen Verstand. *Ist* mein Verstand schon zerbrochen? Mein Gott, woher soll ich das wissen? Es gibt keinen Gott, es kann keinen Gott geben angesichts dieser Dunkelheit und des starrenden AUGES darin. Und noch etwas zeigt sich. *DAS WESEN MIT DEM HELMKOPF. GEBOREN AUS DER LEBENDIGEN KRANKEN FINSTERNIS.* Ich hörte einen Singsang. Aus der Mitte der Ringsteine, aus den Tiefen der Dunkelheit. Aber ich machte wieder 8 aus den 7, auch wenn es lange lange lange lunge lange gedauert hat. Viele Blixe durch den Siecher, im Kreis gegangen und Schritte gezählt, bis der Kreis 64 Schritte groß war, und das half, Gott sei Dank. »Im sich weitenden Kreisel« – Jäits! Dann blickte ich mich um. Auf jedem Sumachstrauch und jedem Baum am Fuß des höllischen Feldes hatten sich die Blätter und Zweige zu *seinem* Namen verformt: *Cthun, Cthun, Cthun, Cthun.* Ich hob die Augen nach oben, um Erlichterung zu finden, doch auch die vorüberziehenden Welken schrien es mir entgegen: *CTHUN* am blauen Himmel. Und selbst die Windungen des Flusses bildeten ein riesiges C. C für Cthun.

Warum soll ausgerechnet ich die Verantwortung für die ganze Welt tragen? Wie kann das sein?

's is nich fähr!!!!!!!!

Wenn ich durch Selbstmord die Tür zuschlagen kann

Und der Frieden, auch wenn's nur der Freiden des Vergesens ist

Ich fahre wieder hin, aber diesmal nicht ganz raus. Nur zur Fall Road Bridge. Das Wasser dort ist seicht, das Bachbett voller Steine.

Bestimmt 30 Fuß hoch.
Nicht gerade die beste Zahl, aber dennoch
Wenn da jemand runterfällt, dann ist er auf jeden Fall
Auf jeden Fall
Denke ständig an dieses abscheuliche dreigelappte Auge
Das Wesen mit dem Helmkopf
Die schreienden Fratzen auf den Felsen
CTHUN!

[Hier endet Dr. Bonsaints Manuskript.]

5. Der zweite Brief

8. Juni 2008

Lieber Charlie,

ich habe von dir noch nichts in Sachen Johnnys Manuskript gehört, und das ist auch gut so. Bitte ignoriere meinen ersten Brief, und wenn du die Blätter noch hast, verbrenne sie. Das war Johnnys Wunsch, dem ich selbst hätte nachkommen sollen.

Ich nahm mir vor, nur bis zur Fall Road Bridge zu fahren – um den Ort zu sehen, wo wir als Kinder so glücklich waren, den Ort, wo er seinem Leben ein Ende setzte, als es mit den glücklichen Zeiten vorbei war. Ich sagte mir, dass darin vielleicht ein Abschluss liegen könnte (Johnny hätte dieses Wort vielleicht benutzt). Aber tief in den unteren Schichten meines Bewusstseins – dort, wo wir alle ziemlich ähnlich sind, wie Johnny sicher behauptet hätte – wusste ich es natürlich besser. Warum sonst hätte ich den Schlüssel mitgenommen?

Weil er in seinem Arbeitszimmer war. Nicht in der Schublade, in der ich das Manuskript fand, sondern in der mittleren, der über der Aussparung für die Beine. Mit einem anderen Schlüssel zum »Ausbalancieren« – genau, wie er es beschrieben hat.

Hätte ich dir den Schlüssel zusammen mit dem Manuskript zugeschickt, wenn ich beides am selben Ort entdeckt hätte? Ich weiß es nicht. Keine Ahnung. Aber letztlich bin ich froh, dass es so gekommen ist. Möglicherweise hätte es dich nämlich dann da hinausgezogen. Vielleicht hätte dich die reine Neugier angelockt, oder auch etwas anderes. Etwas Stärkeres. Aber vermutlich ist das alles auch nur ein Riesenquatsch.

Vermutlich habe ich den Schlüssel nur an mich genommen und bin nach Motton zu diesem Feldweg gefahren, weil ich das bin, was ich in meinem ersten Brief schrieb: eine Tochter der Pandora. Wie könnte ich es mit Sicherheit wissen? N. wusste es nicht. Und auch mein Bruder nicht. Nicht einmal ganz am Ende. Wie sagte er immer so schön: »Ich bin Fachmann, was ich mache, eignet sich nicht für den Hausgebrauch.«

Aber mach dir um mich keine Sorgen. Mir geht's gut. Und wenn nicht – rechnen kann ich immer noch. Sheila LeClaire hat 1 Mann und 1 Kind. Charlie Keen hat – wenn Wikipedia richtig informiert ist – 1 Frau und 3 Kinder. Du hast also mehr zu verlieren. Außerdem bin ich vielleicht nie darüber hinweggekommen, wie sehr ich in dich verknallt war.

Du darfst auf keinen Fall hierherkommen. Mach nur weiter deine Sendungen über Übergewichtigkeit, Medikamentenmissbrauch, Herzinfarkt bei Männern unter fünfzig und solche Dinge. Normale Dinge.

Und solltest du das Manuskript nicht gelesen haben (sosehr ich es hoffe, ich bezweifle es: Pandora hatte auch Söhne), vergiss einfach, was ich hier geschrieben habe. Du kannst alles der Hysterie einer Frau zuschreiben, die um ihren plötzlich verstorbenen Bruder trauert.

Da draußen ist nichts.

Nur ein paar Felsen.

Das habe ich mit eigenen Augen gesehen.

Ich schwöre, da draußen ist nichts. *Also halt dich fern.*

6. Der Zeitungsartikel

[AUS DEM *CHESTER'S MILL DEMOCRAT*
VOM II. JUNI 2008]

SPRUNG VON BRÜCKE: FRAU FOLGT BRUDER IN DEN TOD

Von Julia Shumway

MOTTON – Nachdem sich bereits vor gut einem Monat der prominente Psychiater John Bonsaint durch einen Sprung von der Bale River Bridge das Leben genommen hat, kam es gestern in der Kleinstadt im mittleren Maine erneut zu einem tragischen Ereignis. Nach Angaben von Freunden war seine Schwester Sheila LeClaire nach Bonsaints Tod verwirrt und deprimiert. »Sie war total erschüttert«, wie ihr Mann Donald LeClaire berichtete. Niemand habe daran gedacht, so hieß es weiter, dass sie mit dem Gedanken an Selbstmord spiele.

Doch so war es.

»Es gibt zwar keinen Abschiedsbrief«, erklärte der Gerichtsmediziner Richard Chapman, »aber alle Anzeichen deuten darauf hin. Ihr Auto war auf der Seite der Brücke, wo es nach Harlow geht, ordentlich und rücksichtsvoll neben der Straße geparkt. Es war abgesperrt, ihre Handtasche lag auf dem Beifahrersitz, der Führerschein obenauf.« Die Schuhe der Toten seien auf dem Brückengeländer gefunden worden, wo sie sorgfältig nebeneinander standen. Ob sie ertrunken oder durch den Aufprall ums Leben gekommen sei, könne erst durch eine Untersuchung festgestellt werden.

Außer ihren Mann hinterlässt Sheila LeClaire einen siebenjährigen Sohn. Für die Beisetzung wurde noch kein Datum festgelegt.

7. Die E-Mail

Keen1981
15:44
15. Juni 08

Hallo Chrissy,
bitte sag alle Termine für nächste Woche ab. Ich weiß, das kommt sehr kurzfristig, und mir ist natürlich auch klar, dass du ziemlich unter Beschuss kommen wirst, aber das lässt sich nicht ändern. Ich muss mich zu Hause in Maine dringend um eine Angelegenheit kümmern. Zwei alte Freunde, Bruder und Schwester, haben unter merkwürdigen Umständen Selbstmord begangen ... und noch dazu am selben beschissenen Ort! Angesichts des äußerst merkwürdigen Manuskripts, das mir die Schwester zusandte, bevor sie den Selbstmord ihres Bruders nachahmte (allem Anschein nach jedenfalls), bleibt mir nichts anderes übrig, als der Sache nachzugehen. John Bonsaint, der Bruder, war mein bester Jugendfreund; wir haben uns bei so einigen Schulhofraufereien gegenseitig rausgeboxt!

Den Blutzucker-Beitrag soll Hayden machen. Ich weiß, dass er sich das nicht zutraut, aber er schafft es schon. Und selbst wenn nicht, ich muss da hin. Johnny und Sheila waren wie enge Verwandte für mich.

Außerdem: Ohne herzlos erscheinen zu wollen, glaube ich, dass da vielleicht eine gute Story drinsteckt. Über Zwangsstörungen. Für die Allgemeinheit vielleicht nicht so wichtig wie Krebs, aber die Betroffenen können einem jederzeit bestätigen, dass das eine ziemlich unheimliche Scheiße ist, die man lieber nicht am Hals haben möchte.

Danke für alles, Chrissy.
Charlie

AUS DEM AMERIKANISCHEN VON FRIEDRICH MADER

DIE HÖLLENKATZE

Halston fand, dass der alte Mann in dem Rollstuhl krank, verängstigt und dem Tod nahe aussah. In solchen Dingen hatte er Erfahrung. Der Tod war Halstons Geschäft; in seiner Laufbahn als selbstständiger Killer hatte er ihn achtzehn Männern und sechs Frauen gebracht. Er kannte den Anblick des Todes. Das Haus – eigentlich eine Villa – war kalt und still. Die einzigen Geräusche waren das leise Knistern des Feuers in dem großen steinernen Kamin und das gedämpfte Heulen des Novemberwinds draußen.

»Ich möchte, dass Sie jemanden ermorden«, sagte der Alte. Seine zittrige Fistelstimme klang gereizt. »Wie ich höre, ist das Ihr Beruf.«

»Mit wem haben Sie gesprochen?«, fragte Halston.

»Mit einem Mann namens Saul Loggia. Er sagt, dass Sie ihn kennen.«

Halston nickte. Wenn Loggia der Vermittler war, dann war die Sache in Ordnung. Und falls ihr Gespräch heimlich aufgezeichnet wurde, konnte alles, was der Alte – Drogan – sagte, als Anstiftung zu einer Straftat auf ihn zurückfallen.

»Wen wollen Sie umlegen lassen?«

Drogan drückte auf einen Knopf des kleinen Schaltpults in der Armlehne seines Rollstuhls und kam herangesurrt. Aus der Nähe konnte Halston die vermengten erbärmlichen Gerüche von Angst, Alter und Urin riechen. Sie widerten ihn an, aber er ließ sich nichts anmerken. Sein Gesicht blieb ausdruckslos glatt.

»Ihr Opfer ist direkt hinter Ihnen«, sagte Drogan halblaut.

Halston reagierte blitzschnell. Seine Reflexe waren seine Lebensversicherung und deshalb stets aufs Äußerste geschärft.

Er glitt vom Sofa, sank auf ein Knie, warf sich herum, schob die Hand in sein maßgeschneidertes Sportsakko und umklammerte den Griff des kurzläufigen .45er Revolvers, der unter seiner Achsel in einem federbetätigten Halfter steckte, das ihn bei bloßer Berührung in seine Handfläche legte. Im nächsten Augenblick war die Waffe heraus und zielte auf ... eine Katze.

Einen Moment lang starrten Halston und die Katze sich an. Für Halston, der ein fantasieloser, keineswegs abergläubischer Mann war, war das ein seltsamer Augenblick. In diesem einen Moment, in dem er mit schussbereitem Revolver auf dem Fußboden kniete, hatte er das Gefühl, diese Katze zu kennen, obwohl er sich bestimmt daran erinnert hätte, wenn er jemals eine mit einer derart ungewöhnlichen Zeichnung gesehen hätte.

Ihr Gesicht war genau in der Mitte geteilt: halb schwarz, halb weiß. Die Trennlinie verlief von der Decke des flachen Schädels pfeilgerade über die Nase bis zur Schnauze. Ihre Augen wirkten im Halbdunkel riesig, und in den beiden nahezu runden schwarzen Pupillen spiegelte sich ein Prisma aus Feuerschein wie ein düster glosender Hassfunke.

Und der Gedanke kam als Echo zu Halston zurück: *Wir kennen einander, du und ich.*

Dann war der Augenblick vorbei. Er steckte die Waffe weg und stand auf. »Dafür sollte ich Sie umlegen, Alter. Ich mag keine Scherze.«

»Und ich mache keine«, sagte Drogan. »Nehmen Sie Platz. Sehen Sie hier hinein.« Unter der Wolldecke, die über seine Beine gebreitet war, hatte er einen dicken Umschlag hervorgezogen.

Halston setzte sich. Die Katze, die auf der Sofalehne gehockt hatte, sprang ihm mit einem leichten Satz auf den Schoß. Sie sah sekundenlang mit diesen riesigen dunklen Augen, deren Pupillen von schmalen grün-goldenen Ringen umgeben waren, zu Halston auf, dann ließ sie sich nieder und begann leise zu schnurren.

Halston sah fragend zu Drogan hinüber.

»Sie ist sehr freundlich«, sagte Drogan. »Anfangs war sie das zumindest. Diese nette, freundliche Miezekatze hat in diesem Haushalt drei Personen umgebracht. Jetzt bin nur noch ich übrig. Ich bin alt, ich bin krank ... aber ich ziehe es vor, auf natürliche Weise abzutreten.«

»Ich kann's nicht glauben«, sagte Halston. »Sie heuern mich an, damit ich eine Katze umlege?«

»Sehen Sie bitte in den Umschlag.«

Das tat Halston. Er war voller Hunderter und Fünfziger, alle gebraucht. »Wie viel ist das?«

»Sechstausend Dollar. Weitere sechs bekommen Sie, wenn Sie mir den Beweis dafür bringen, dass die Katze tot ist. Mr. Loggia hat gesagt, dass zwölftausend Ihr übliches Honorar ist, stimmt das?«

Halston nickte, während seine Hand automatisch die Katze auf seinem Schoß streichelte. Sie schlief fast, schnurrte aber weiter. Halston mochte Katzen. Tatsächlich waren sie die einzigen Tiere, die er mochte. Sie kamen allein zurecht. Gott – falls es ihn gab – hatte sie als perfekte, autarke Killermaschinen geschaffen. Katzen waren die Profikiller der Tierwelt, und Halston brachte ihnen Respekt entgegen.

»Ich brauche Ihnen nichts zu erklären, aber ich werde es trotzdem tun«, sagte Drogan. »Gewarnt sein heißt gewappnet sein, sagt man, und ich würde nicht wollen, dass Sie diese Sache auf die leichte Schulter nehmen. Und ich scheine mich rechtfertigen zu müssen. Damit Sie mich nicht für geistesgestört halten.«

Halston nickte wieder. Er hatte bereits beschlossen, diesen seltsamen Auftrag auszuführen, so dass weiteres Gerede eigentlich überflüssig war. Aber wenn Drogan reden wollte, würde er zuhören.

»Zuallererst: Wissen Sie, wer ich bin? Woher das Geld stammt?«

»Drogan Pharmaceuticals.«

»Ja. Eine der größten Pharmafirmen der Welt. Und der Eckpfeiler unseres finanziellen Erfolgs war das hier.« Aus der Tasche seines Schlafrocks zog er ein Pillenfläschchen ohne Etikett und reichte es Halston. »Tri-Dormal-Phenobarbin, Präparat G. Fast ausschließlich unheilbar Kranken verordnet. Es macht äußerst schnell süchtig, ehrlich gesagt. Es ist eine Kombination aus Schmerzmittel, Beruhigungsmittel und einem milden Halluzinogen. Es ist bemerkenswert wirksam, indem es unheilbar Kranken hilft, ihrem Leiden ins Auge zu blicken und sich darauf einzustellen.«

»Nehmen Sie es ein?«, fragte Halston.

Drogan ignorierte die Frage. »Es wird weltweit sehr häufig verschrieben. Es wird synthetisch hergestellt, wurde in den fünfziger Jahren in unseren Labors in New Jersey entwickelt. Unsere Erprobung hat sich wegen der einzigartigen Eigenschaften ihres Nervensystems fast ausschließlich auf Katzen beschränkt.«

»Wie viele haben Sie verbraucht?«

Drogan richtete sich steif auf. »Das ist eine unfaire und voreingenommene Ausdrucksweise.«

Halston zuckte die Achseln.

»In der vierjährigen Erprobungsphase, die zur Arzneimittelzulassung für Tri-Dormal-G geführt hat, sind ungefähr fünfzehntausend Katzen ... äh ... verendet.«

Halston stieß einen Pfiff aus. Ungefähr viertausend Katzen pro Jahr. »Und jetzt glauben Sie, dass diese eine hier zurückgekommen ist, um Sie zu erledigen, was?«

»Ich fühle mich nicht im Geringsten schuldig«, sagte Drogan, aber seine zittrige Stimme klang wieder gereizt. »Fünfzehntausend Versuchstiere sind gestorben, damit Hunderttausende von Menschen ...«

»Ja, schon gut«, sagte Halston. Rechtfertigungsversuche langweilten ihn.

»Diese Katze ist vor sieben Monaten hier aufgekreuzt. Ich habe Katzen nie leiden können. Widerliche, Krankheiten einschleppende Tiere … sind ständig draußen auf den Feldern unterwegs … kriechen in Scheunen herum … fangen in ihrem Fell weiß der Himmel welche Bakterien ein … versuchen ständig etwas, dem die Eingeweide rausfallen, ins Haus zu bringen, um es einem zu zeigen … Es war meine Schwester, die sie behalten wollte. Sie hat's rausgefunden. Sie hat dafür bezahlt.« Er starrte die auf Halstons Schoß schlafende Katze mit tödlichem Hass an.

»Sie haben gesagt, dass diese Katze drei Menschen umgebracht hat.«

Drogan begann zu sprechen. Auf Halstons Schoß döste und schnurrte die Katze unter dem sanft kraulenden Streicheln von Halstons kräftigen, erfahrenen Mörderfingern. Ab und zu explodierte im Kamin ein Astknorren und bewirkte, dass sie sich wie eine Ansammlung von mit Fell und Muskeln bedeckten Stahlfedern anspannte. Draußen heulte der Wind um das große Steinhaus weit abseits auf dem Land in Connecticut. Sein Heulen kündigte den Winter an. Die Stimme des Alten leierte endlos weiter.

Vor sieben Monaten waren sie hier noch zu viert gewesen – Drogan, seine Schwester Amanda, die als 74-Jährige zwei Jahre älter als Drogan war, ihre lebenslängliche Freundin Carolyn Broadmoor (»von den Westchester-Broadmoors«, sagte Drogan), die an einem schlimmen Lungenemphysem litt, und Dick Gage, der seit zwanzig Jahren als Faktotum im Haus war. Gage, selbst schon über sechzig, fuhr den großen Lincoln Mark IV, kochte, servierte den abendlichen Sherry. Tagsüber kam ein Hausmädchen. So hatten die vier seit fast zwei Jahren gelebt: eine langweilige Gruppe von alten Leuten und ihr Familienfaktotum. Ihre einzigen Vergnügungen waren die Gameshow *Hollywood Squares* und das Warten darauf, wer wen überleben würde.

Dann war die Katze gekommen.

»Als Erster hat Gage die Katze gesehen, wie sie maunzend ums Haus gestrichen ist. Er hat versucht, sie zu vertreiben. Er hat mit Stöcken und Steinen nach ihr geworfen und sie mehrmals getroffen. Aber sie hat sich nicht vertreiben lassen, weil sie natürlich das Essen gewittert hat. Sie war nur noch Haut und Knochen. Es gibt doch tatsächlich Leute, die setzen ihre Katzen am Ende der Sommersaison am Straßenrand aus. Eine abscheuliche, unmenschliche Sache.«

»Lieber ihre Nerven verbrutzeln?«, fragte Halston.

Drogan ignorierte das und fuhr fort. Er hasste Katzen. Hatte sie schon immer gehasst. Als der Kater sich nicht vertreiben ließ, hatte er Gage angewiesen, vergiftetes Futter auszulegen. Große, verlockende Schalen mit Katzenfutter von Calo, das jedoch in Wirklichkeit mit Tri-Dormal-G versetzt war. Die Katze beachtete das Futter nicht. Zu diesem Zeitpunkt wurde Amanda auf den Kater aufmerksam und bestand darauf, ihn ins Haus aufzunehmen. Drogan hatte vehement protestiert, aber Amanda hatte sich durchgesetzt. Das hatte sie offenbar immer getan.

»Aber sie hat's rausgefunden«, sagte Drogan. »Sie hat ihn selbst reingebracht, in ihren Armen. Der Kater hat genau wie jetzt geschnurrt. Aber er wollte nicht in meine Nähe kommen. Er hat mich immer gemieden … bisher. Amanda hat ihm eine Untertasse mit Milch hingestellt. ›Oh, sieh dir nur das arme Ding an, richtig ausgehungert ist es‹, hat sie gegurrt. Carolyn und sie konnten sich kaum mehr einkriegen. Widerlich. Damit wollten sie's mir heimzahlen, versteht sich. Sie wussten, was ich seit der Erprobung von Tri-Dormal-G vor zwanzig Jahren von Katzen halte. Ihnen hat's Spaß gemacht, mich damit aufzuziehen, auf mir herumzuhacken.« Er starrte Halston grimmig an. »Aber sie haben dafür bezahlt.«

Mitte Mai war Gage eines Tages aufgestanden, um den Frühstückstisch zu decken, und hatte Amanda Drogan in einem Durcheinander aus Porzellanscherben und Friskies-Trockenfutter unten an der Haupttreppe aufgefunden. Ihre hervorquellenden Augen stierten blicklos die Decke an. Sie hatte stark aus Mund und Nase geblutet. Ihr Rückgrat war gebrochen, beide Beine waren gebrochen, und ihr Genick war buchstäblich wie Glas zersplittert.

»Der Kater hat in ihrem Zimmer geschlafen«, sagte Drogan. »Sie hat ihn wie ein Baby behandelt ... ›Bissu hungrig, Mieze? Mussu rausgehen und Pipi machen?‹ Abscheulich, wenn ein Drachen wie meine Schwester so redet. Ich glaube, dass er sie durch Miauen geweckt hat. Sie hat seine Schale geholt. Sie hat immer behauptet, Sam möge seine Friskies nur mit ein bisschen Milch angefeuchtet. Also wollte sie in die Küche runtergehen. Der Kater hat sich an ihren Beinen gerieben. Sie war alt, nicht mehr sehr standfest. Noch im Halbschlaf. Die beiden waren oben an der Treppe, und die Katze hat sich vorgedrängt ... ihr ein Bein gestellt ...«

Ja, so könnte es gewesen sein, dachte Halston. Vor seinem inneren Auge sah er, wie die alte Frau – zu schockiert, um zu kreischen – vorwärts in die Luft hinausfiel. Es regnete Friskies, als sie Hals über Kopf die Treppe hinabstürzte, wobei die Schale zu Bruch ging. Zuletzt blieb sie am unteren Ende der Treppe liegen: ihre alten Knochen zersplittert, ihr Blick starr, das Blut quillt aus Ohren und Nase. Und die schnurrende Katze folgt ihr gemächlich die Treppe hinunter und mampft dabei zufrieden Friskies ...

»Was hat der Gerichtsmediziner gesagt?«, fragte er Drogan.

»Tod durch Unfall, versteht sich. Aber ich wusste, was los war.«

»Warum haben Sie die Katze nicht gleich damals weggegeben? Nachdem Amanda nicht mehr da war?«

Weil Carolyn Broadmoor offenbar damit gedroht hatte, dann werde sie ausziehen. Sie war hysterisch, von diesem Thema besessen. Sie war eine kranke Frau und verrückt, was Spiritismus betraf. Ein Medium in Hartford hatte ihr erzählt (für lumpige zwanzig Dollar), Amandas Seele wohne nun in Sams Katzenleib. Sam sei jetzt Amanda, erklärte sie Drogan, und wenn Sam gehe, gehe auch *sie*.

Halston, der zu einer Art Fachmann dafür geworden war, zwischen den Zeilen menschlicher Leben zu lesen, hatte den Verdacht, Drogan und die alte Broadmoor-Mieze seien einst ein Liebespaar gewesen und dem alten Knaben habe es widerstrebt, sie wegen einer Katze ziehen zu lassen.

»Das wäre praktisch Selbstmord gewesen«, sagte Drogan. »In ihrer Vorstellung war sie noch immer eine reiche Frau, die jederzeit diese Katze mitnehmen und mit ihr nach New York oder London oder sogar Monte Carlo ziehen konnte. In Wirklichkeit war sie die Letzte einer großen Familie, die nach mehreren Fehlinvestitionen in den sechziger Jahren von ihren kümmerlichen Ersparnissen lebte. Sie hat hier im ersten Stock in einem speziell klimatisierten Zimmer mit stark erhöhter Luftfeuchtigkeit gewohnt. Die Frau war siebzig, Mr. Halston. Sie war bis zwei Jahre vor ihrem Tod eine starke Raucherin, und ihr Lungenemphysem war sehr schlimm. Ich wollte sie hier haben, und wenn die Katze bleiben musste ...«

Halston nickte und sah dann bedeutungsvoll auf seine Uhr.

»Gegen Ende Juni ist sie in der Nacht gestorben. Für den Arzt war das anscheinend eine Selbstverständlichkeit ... er ist einfach gekommen und hat den Totenschein ausgestellt, und das war's dann. Aber die Katze war in ihrem Zimmer. Das hat Gage mir erzählt.«

»Mann, irgendwann trifft's jeden«, sagte Halston.

»Natürlich. Das hat der Arzt auch gesagt. Aber ich hab's gewusst. Mir ist's wieder eingefallen. Katzen legen sich gern auf Babys und alte Menschen, wenn diese schlafen. Sie rauben ihnen den Atem.«

»Ein Ammenmärchen.«

»Das wie die meisten sogenannten Ammenmärchen auf Wahrheit beruht«, antwortete Drogan. »Also, Katzen kneten gern weiche Dinge mit den Pfoten. Ein Kissen, einen hochflorigen Bettvorleger ... oder eben eine Bettdecke. Eine Decke in einem Gitterbett oder die Steppdecke eines alten Menschen. Ihr zusätzliches Gewicht auf jemandem, der ohnehin schon schwach ist ...«

Drogan sprach nicht weiter, und Halston dachte darüber nach. Carolyn Broadmoor schlief in ihrem Zimmer, ihre Atemzüge kamen rasselnd aus ihrer schwer geschädigten Lunge, das Geräusch ging fast im Flüstern der Klimaanlage und der speziellen Luftbefeuchter unter. Der Kater mit der seltsamen Zeichnung in Schwarz-weiß springt lautlos auf ihr altjüngferliches Bett und starrt ihr altes, von tiefen Falten durchzogenes Gesicht mit diesen funkelnden schwarz-grünen Augen an. Er kriecht auf ihre schmale Brust, lässt sich dort schnurrend mit seinem Gewicht nieder … und die Atmung wird langsamer … langsamer … und der Kater schnurrt, während die alte Frau allmählich unter dem Gewicht auf ihrer Brust erstickt.

Halston war kein fantasievoller Mann, aber ihn gruselte ein bisschen.

»Drogan«, sagte er, indem er weiter die schnurrende Katze streichelte. »Warum lassen Sie sie nicht einfach einschläfern? Ein Tierarzt würde sie für zwanzig Dollar vergasen.«

»Die Beerdigung war am ersten Juli«, sagte der Drogan. »Ich habe Carolyn in unserem Familiengrab neben meiner Schwester beisetzen lassen. Wie sie sich's gewünscht hätte. Am dritten Juli habe ich Gage in dieses Zimmer gerufen und ihm einen Weidenkorb gegeben … eine Art Picknickkorb mit Deckel. Sie verstehen?«

Halston nickte.

»Ich habe ihn angewiesen, die Katze hineinzusetzen und zu einem Tierarzt in Milford zu fahren, um sie dort einschläfern zu lassen. ›Ja, Sir‹, hat er gesagt, hat den Korb genommen und ist hinausgegangen. Typisch für ihn. Ich habe ihn nicht lebend wiedergesehen. Auf der Schnellstraße hat's einen Unfall gegeben. Der Lincoln ist mit über sechzig Meilen in der Stunde gegen einen Brückenpfeiler gefahren. Dick Gage war sofort tot. Als er aufgefunden wurde, war sein Gesicht zerkratzt.«

Halston schwieg, während in seinem Gehirn wieder ein Bild davon entstand, wie es gewesen sein könnte. In dem Zimmer war es bis auf das friedliche Knistern des Kaminfeuers und das friedliche Schnurren der Katze auf seinem Schoß still. Mit dem Kater am Kaminfeuer hätte er eine gute Illustration zu diesem Gedicht von Edgar Guest abgegeben, in dem es heißt: »Die Katze auf dem Schoß, im Kamin ein Feuer glimmt/... Ein glücklicher Mensch, wie man's auch nimmt.«

Dick Gage, der mit dem Lincoln auf der Schnellstraße nach Milford unterwegs war, ungefähr fünf Meilen schneller als zulässig. Neben ihm der Weidenkorb ... eine Art Picknickkorb mit Deckel. Der Fahrer konzentriert sich auf den Verkehr, vielleicht überholt er gerade einen großen Sattelschlepper, und bemerkt das eigenartige Schwarz-Weiß-Gesicht nicht, das aus einer Seite des Korbs gesteckt wird. Auf der Fahrerseite. Er bemerkt es nicht, weil er den großen Sattelschlepper überholt, und im nächsten Augenblick springt die Katze ihm ins Gesicht, fauchend und kratzend, ihre Krallen bohren sich in ein Auge, schlitzen es auf, lassen es auslaufen, blenden es. Sechzig Sachen, während der große Motor des Lincolns summt, und die andere Pfote ist über den Nasensattel gehakt, gräbt sich mit intensiven, vernichtenden Schmerzen ein ... vielleicht beginnt der Lincoln nach rechts auf die Spur des Sattelschleppers zu driften, und seine Druckluftfanfare warnt ohrenbetäubend laut, aber Gage kann sie nicht hören, weil die Katze jault, sie bedeckt sein Gesicht wie eine riesige pelzige schwarze Spinne: Ihre Ohren sind nach hinten angelegt, die grünen Augen leuchten wie Scheinwerfer aus der Hölle, ihre Hinterläufe graben sich nervös zitternd in das weiche Fleisch unter dem Kinn des Alten. Der Wagen schleudert wild schlingernd auf die andere Seite. Der Brückenpfeiler ragt vor ihm auf. Die Katze springt zu Boden, und der Lincoln, ein glänzender schwarzer Torpedo, knallt an den Pfeiler und geht wie eine Bombe hoch.

Halston schluckte angestrengt und hörte ein trockenes Klicken in der Kehle.

»Und die Katze ist zurückgekommen?«

Drogan nickte. »Eine Woche später. Übrigens an dem Tag, an dem Dick Gage beerdigt wurde. Genau wie es in dem alten Lied heißt. Die Katze ist zurückgekommen.«

»Sie hat einen Frontalcrash bei sechzig überlebt? Schwer zu glauben.«

»Angeblich hat jede neun Leben. Als sie zurückgekommen ist … da habe ich angefangen, mich zu fragen: Ist sie nicht vielleicht eine … eine …«

»Höllenkatze?«, schlug Halston leise vor.

»In Ermangelung eines besseren Worts, ja. Eine Art Dämon, der hergeschickt worden ist …«

»Um Sie zu bestrafen.«

»Wer weiß. Aber ich habe Angst vor ihr. Ich füttere sie – oder vielmehr tut das meine Haushälterin, die jeden Tag kommt. Sie mag sie auch nicht. Sie sagt, ihr Gesicht sei ein Fluch Gottes. Aber natürlich stammt sie von hier.« Der Alte bemühte sich zu lächeln, was ihm aber nicht gelang. »Ich will, dass Sie sie beseitigen. Ich lebe nun schon vier Monate mit ihr zusammen. Sie streicht mürrisch im Schatten umher. Sie beobachtet mich. Sie scheint … auf ihre Chance zu warten. Ich sperre mich jede Nacht in meinem Zimmer ein und frage mich trotzdem, ob ich eines frühen Morgens aufwachen und sie … schnurrend auf meiner Brust zusammengerollt vorfinden werde.«

Draußen klagte der Wind wie eine verlorene Seele und erzeugte in dem steinernen Kamin ein seltsames Heulen.

»Schließlich habe ich mich mit Saul Loggia in Verbindung gesetzt. Er hat Sie mir empfohlen. Er hat Sie als Einmannbetrieb bezeichnet, glaube ich.«

»Als Einzelgänger. Das heißt, dass ich immer allein arbeite.«

»Ja. Er hat gesagt, Sie seien noch nie festgenommen oder auch nur verdächtigt worden. Er hat gesagt, dass Sie immer auf allen vieren zu landen scheinen … wie eine Katze.«

Halston sah den Alten in dem Rollstuhl an. Und plötzlich schwebten seine langfingrigen, muskulösen Hände dicht über dem Nacken der Katze.

»Ich tu's sofort, wenn Sie wollen«, sagte er leise. »Ich breche ihr das Genick. Das spürt sie gar nicht …«

»Nein!«, rief Drogan. Er holte erschaudernd tief Luft. In seine blassen Wangen war Farbe aufgestiegen. »Nicht ... nicht hier. Schaffen Sie sie fort.«

Halston lächelte humorlos. Er begann wieder, Kopf, Schultern und Rücken der schlafenden Katze sehr sanft zu streicheln. »Also gut«, sagte er. »Ich übernehme den Auftrag. Wollen Sie den Kadaver?«

»Nein. Sie sollen sie umbringen. Sie verscharren.« Er hielt inne und beugte sich in seinem Rollstuhl wie ein uralter Bussard nach vorn. »Bringen Sie mir den Schwanz«, sagte er. »Damit ich ihn ins Feuer werfen und zusehen kann, wie er verbrennt.«

Halston fuhr einen 1973er Plymouth mit einem einzeln gefertigten Motor von Cyclone Spoiler. Der Wagen war verbreitert und so tiefergelegt, dass die Motorhaube nach vorn in einem Winkel von zwanzig Grad abfiel. Differenzial und Hinterachse hatte er selbst optimiert. Die Schaltung stammte von Pensy, der Antriebsstrang von Hearst. Der Plymouth rollte auf Wide Ovals – riesigen Breitreifen – von Bobby Unser und war etwas über hundertsechzig Meilen schnell.

Er verließ die Villa Drogan kurz nach 21:30 Uhr. Über ihm huschte eine kalte schmale Mondsichel durch die zerfetzten Novemberwolken. Er fuhr mit ganz geöffneten Fenstern, weil der erbärmliche Gestank von Alter und Schrecken sich in seiner Kleidung festgesetzt zu haben schien, und das gefiel ihm nicht. Die Kälte war beißend scharf, nach einiger Zeit richtig betäubend, aber sie war gut. Sie blies diesen erbärmlichen Gestank fort.

Er verließ die Schnellstraße bei Placer's Glen und durchfuhr den schlafenden Ort, in dem der Verkehr von einer einzelnen gelben Blinkleuchte an der Hauptkreuzung geregelt wurde, mit durchaus achtbaren fünfunddreißig. Als er nach dem Ort die S.R. 35 erreichte, gab er etwas mehr Gas und ließ den Plymouth laufen. Der getunte Motor von Cyclone Spoiler schnurrte, wie zuvor an diesem Abend die Katze auf seinem Schoß geschnurrt hatte. Halston grinste über diesen Vergleich. Sie rollten mit etwas über siebzig zwischen weiß bereiften Novemberfeldern mit skelettartigen Maisstängeln dahin.

Die Katze steckte in einer extrastarken Tragetasche, die mit einem dicken Bindfaden zugebunden war. Die Tasche lag auf dem Schalensitz des Beifahrers. Die Katze war schläfrig gewesen und hatte geschnurrt, als Halston sie hineinsteckte, und auf der ganzen Fahrt weitergeschnurrt. Sie spürte vielleicht, dass Halston sie mochte, und fühlte sich dabei wohl. Wie er selbst war die Katze ein Einzelgänger.

Merkwürdiger Auftrag, dachte Halston und merkte zu seiner Überraschung, dass er ihn als *Auftrag* ernst nahm. Das vielleicht Seltsamste daran war, dass er die Katze eigentlich mochte, eine Art Verwandtschaft zu ihr empfand. Glückwunsch, wenn sie es geschafft hatte, diese drei alten Furzer zu beseitigen … vor allem Gage, der sie nach Milford hatte bringen wollen – zu einem tödlichen Treff mit einem Tierarzt mit Bürstenschnitt, der sehr gern bereit gewesen wäre, sie in eine mit Keramikmaterial ausgekleidete Gaskammer von der Größe einer Mikrowelle zu stecken. Er empfand eine Verwandtschaft, aber kein Bedürfnis, von dem Auftrag zurückzutreten. Er würde ihr die Gefälligkeit erweisen, sie schnell und gründlich zu töten. Er würde neben einem dieser novemberkahlen Felder auf dem Randstreifen halten und sie aus der Tragetasche holen und sie streicheln und ihr dann das Genick brechen und ihr mit seinem Taschenmesser den Schwanz abscheiden. Und, nahm er sich vor, den Kadaver vergrabe ich anständig, damit er vor Aasfressern sicher ist. Vor Würmern kann ich ihn nicht bewahren, aber ich kann ihn vor Maden bewahren.

Das alles überlegte er sich, während der Wagen wie ein dunkelblaues Gespenst durch die Nacht huschte, und dies war der Augenblick, in dem die Katze vor ihm übers Instrumentenbrett stolzierte: mit arrogant hochgerecktem Schwanz, das schwarz-weiße Gesicht ihm zugekehrt, die Schnauze wie zu einem Grinsen verzogen.

»Ssssschhhhh …«, fauchte Halston. Er sah kurz nach rechts und erhaschte einen Blick auf die extrastarke Tragetasche, in deren Seite ein Loch gebissen oder gefetzt war. Sah wieder nach vorn … und die Katze hob eine Pfote und schlug verspielt nach ihm. Ihre Pfote glitt über Halstons Stirn. Er wich ruckartig davor zurück, und die Reifen des großen Plymouth quietschten auf dem Asphalt, als er unberechenbar von einer Seite der schmalen Landstraße zur anderen schlingerte.

Halston schlug mit der Faust nach der Katze auf dem Instrumentenbrett. Sie nahm ihm die Sicht. Sie fauchte ihn an und machte dabei einen Buckel, aber sie bewegte sich nicht. Halston schlug abermals zu, aber statt zurückzuweichen, sprang sie ihn an.

Gage, dachte er. *Genau wie bei Gage …*

Er trat das Bremspedal durch. Die Katze hockte auf seinem Kopf, verdeckte ihm mit ihrem Fellbauch die Sicht, kratzte ihn, bohrte ihm die Krallen ins Fleisch. Halston hielt grimmig das Lenkrad umklammert. Seine Faust traf die Katze einmal, zweimal, ein drittes Mal. Und plötzlich war die Straße weg, der Plymouth fuhr in den Straßengraben hinunter, polterte auf hart eingestellten Stoßdämpfern weiter. Dann ein Aufprall, der Halston gegen den Sicherheitsgurt nach vorn warf, und das letzte Geräusch, das er hörte, kam von der Katze, die mit der Stimme einer Frau, die Schmerzen erlitt oder einen sexuellen Höhepunkt erlebte, unnatürlich jaulte.

Er traf sie mit der Faust und spürte nur ihre elastische, nachgiebige Muskelspannung.

Dann der zweite Aufprall. Und Dunkelheit.

Der Mond war untergegangen. Es war eine Stunde vor Tagesanbruch.

Der Plymouth lag in einer mit waberndem Bodennebel ausgefüllten tiefen Senke. Im Kühlergrill hatte sich ein abgerissenes langes Stück Stacheldraht verfangen. Die Motorhaube war aufgesprungen, und aus der Öffnung stieg in dünnen Fäden Dampf aus dem geplatzten Kühler auf, um sich mit dem Nebel zu vermengen.

Kein Gefühl in den Beinen.

Er blickte nach unten und sah, dass das Brandschott des Plymouth bei dem Aufprall eingedrückt worden war. Die Rückseite des großen Motorblocks des Cylcone Spoiler hatte seine Beine eingeklemmt, nagelte sie richtiggehend fest.

Draußen, weit entfernt, erklang der Beuteschrei einer Eule, die sich auf irgendein vorbeihuschendes kleines Tier stürzte.

Drinnen, ganz nahe, das gleichmäßige Schnurren der Katze.

Sie schien zu grinsen, nicht anders als jene Grinsekatze in *Alice im Wunderland.*

Während Halston sie beobachtete, stand sie auf, machte einen Buckel und streckte sich. Dann sprang sie mit einer plötzlichen geschmeidigen Bewegung wie bei sich kräuselnder Seide auf seine Schulter. Halston versuchte die Hände zu heben, um sie wegzustoßen.

Seine Arme ließen sich nicht bewegen.

Spinaler Schock, dachte er. *Gelähmt. Vielleicht vorübergehend. Wahrscheinlich aber dauerhaft.*

Die Katze schnurrte ihm ins Ohr wie Donner.

»Runter von mir«, sagte Halston. Seine Stimme war heiser und trocken. Die Katze spannte sekundenlang die Muskeln an, dann ließ sie sich zurücksinken. Plötzlich traf ihre Pfote Halstons Wange, und diesmal waren die Krallen ausgestreckt. Heiße Schmerzlinien bis zu seinem Hals hinunter. Und warme Rinnsale von Blut.

Schmerz.

Gefühl.

Halston befahl seinem Kopf, sich nach rechts zu drehen, und er gehorchte. Einen Augenblick lang war sein Mund in weichem, trockenem Fell vergraben. Er schnappte nach der Katze. Sie machte tief in der Kehle einen erschrockenen, verärgerten

Laut – *jauk!* – und sprang auf den Beifahrersitz. Mit angelegten Ohren starrte sie zornig zu ihm auf.

»Das hast du nicht erwartet, was?«, krächzte Halston.

Die Katze öffnete die Schnauze und fauchte ihn an. Beim Anblick dieses eigenartigen, schizophrenen Gesichts konnte Halston verstehen, warum Drogan sie vielleicht für eine Höllenkatze gehalten hatte. Sie ...

Sein Gedankengang brach ab, weil ihm auf einmal ein dumpfes Kribbeln in beiden Händen und Unterarmen bewusst wurde.

Gefühl. Kehrt zurück. Stechen und Brennen.

Die Katze sprang ihm mit ausgestreckten Krallen fauchend ins Gesicht.

Halston kniff die Augen zusammen und riss den Mund auf. Er biss die Katze in den Bauch, erwischte aber nur Fell. Mit den Vorderkrallen umklammerte die Katze seine Ohren, grub sie ein. Der Schmerz war gewaltig, grell, qualvoll. Halston versuchte die Hände zu heben. Sie zuckten, wollten aber doch nicht von seinem Schoß hochkommen.

Er beugte den Kopf nach vorn und begann ihn wie jemand zu schütteln, der sich unter der Dusche Schaum aus den Augen schüttelte. Die Katze klammerte sich fauchend und maunzend weiter fest. Halston spürte, dass ihm Blut über die Wangen lief. Er bekam kaum Luft. Das Brustfell der Katze bedeckte seine Nase. Durch den Mund konnte er etwas Atem holen, aber nicht viel. Was er an Luft bekam, ging durch Fell. Seine Ohren fühlten sich an, als wären sie mit Feuerzeugbenzin übergossen und angezündet worden.

Halston warf den Kopf ins Genick ... und schrie vor Schmerzen auf – er musste ein Schleudertrauma erlitten haben, als der Plymouth aufgeprallt war. Aber die Katze, die nicht mit dieser Rückwärtsbewegung gerechnet hatte, flog über ihn hinweg. Er hörte sie auf den Rücksitz plumpsen.

Ein Blutrinnsal lief ihm ins Auge. Er versuchte wieder, die Hände zu bewegen, eine zu heben und das Blut wegzuwischen.

Sie zitterten auf seinem Schoß, aber er war weiter nicht imstande, sie wirklich zu bewegen. Er dachte an den .45er Special in dem Halfter unter seinem linken Arm.

Wenn ich an meine Knarre komme, liebe Mieze, sind deine restlichen Leben mit einem Schlag futsch.

Das Kribbeln wurde stärker. Dumpf pochende Schmerzen von seinen Füßen, die unter dem Motorblock eingeklemmt und bestimmt zerschmettert waren, Ziepen und Kribbeln von seinen Beinen – genau das Gefühl, das man in eingeschlafenen Gliedern hatte, wenn sie aufzuwachen begannen. In diesem Augenblick waren Halston seine Füße egal. Ihm genügte es zu wissen, dass seine Wirbelsäule nicht durchtrennt war, dass er sein Leben nicht als toter Klumpen von einem Körper, auf dem ein sprechender Kopf saß, beschließen würde.

Vielleicht hatte ich auch ein paar Leben übrig.

Die Katze erledigen. Das war das Wichtigste. *Dann aus dem Wrack rauskommen* – vielleicht würde jemand vorbeikommen, womit beide Probleme auf einmal gelöst wären. Um 4:30 Uhr morgens auf einer Nebenstraße wie dieser nicht wahrscheinlich, aber immerhin möglich. Und …

Und was machte die Katze dort hinten?

Er mochte sie nicht auf seinem Gesicht haben, aber es gefiel ihm auch nicht, sie außer Sicht hinter sich zu haben. Er versuchte es mit dem Innenspiegel, aber der war wertlos. Der Spiegel stand durch den Aufprall schief und zeigte ihm nur die grasige Senke, in der er gelandet war.

Hinter ihm ein leises Geräusch, als würde Stoff zerreißen.

Schnurren.

Höllenkatze, dass ich nicht lache. Sie ist dort hinten eingeschlafen.

Und selbst wenn sie nicht schlief, selbst wenn sie Mordpläne wälzte, was konnte sie schon ausrichten? Sie war ein mageres kleines Ding, wog tropfnass vermutlich ganze dreieinhalb Pfund. Und bald … bald würde er die Hände genug bewegen können, um an seinen Revolver heranzukommen. Davon war er überzeugt.

Halston saß da und wartete. Sein Gefühlssinn kam in einer Serie von stechenden, brennenden Anfällen in seinen Körper zurückgeflutet. Absurderweise (oder vielleicht als unwillkürliche Reaktion darauf, dass er dem Tod nur knapp entgangen war) bekam er ungefähr eine Minute lang eine Erektion. *Wäre nicht leicht, sich unter den jetzigen Umständen einen runterzuholen,* dachte er.

Am östlichen Himmel erschien ein Streifen Morgendämmerung. Irgendwo rief ein Vogel.

Halston probierte wieder die Hände aus und konnte sie einen halben Zentimeter heben, bevor sie zurückfielen.

Noch nicht. Aber bald.

Ein weiches Plumpsen auf der Rückenlehne neben ihm. Halston drehte den Kopf zur Seite und sah in das schwarzweiße Gesicht, die glühenden Augen mit ihren riesigen dunklen Pupillen.

Halston sprach sie an.

»Ich habe noch keinen Auftrag vermasselt, den ich angenommen hatte, Mieze. Das hier könnte das erste Mal sein. Ich kann die Hände bald wieder bewegen. Fünf Minuten, höchstens zehn. Willst du meinen Rat hören? Verschwinde durchs Fenster. Sie sind alle offen. Verschwinde und nimm deinen Schwanz mit.«

Die Katze starrte ihn an.

Halston probierte die Hände noch einmal aus. Sie kamen heftig zitternd hoch. Einen Zentimeter. Zwei Zentimeter. Er ließ sie schlaff zurückfallen. Sie rutschten von seinem Schoß und schlugen dumpf auf dem Sitz des Plymouth auf. Dort schimmerten sie blass wie große Tropenspinnen.

Die Katze grinste ihn an.

Habe ich einen Fehler gemacht?, fragte er sich verwirrt. Er verließ sich auf Ahnungen, und das Gefühl, einen gemacht zu haben, war plötzlich überwältigend stark. Dann straffte die Katze sich, und schon als sie sprang, wusste Halston, was sie tun würde, und öffnete den Mund, um zu schreien.

Die Katze landete in Halstons Schritt: Mit ausgefahrenen Krallen wühlte sie sich hinein.

In diesem Augenblick wünschte Halston sich, er *sei* gelähmt. Der Schmerz war gigantisch, entsetzlich. Er hatte nie geahnt, dass es auf der Welt einen solchen Schmerz geben könnte. Die Katze glich einer fauchend gespannten Feder aus Wut, die sich in seine Hoden krallte.

Halston schrie, riss dabei den Mund weit auf, und jetzt änderte die Katze ihre Angriffsrichtung und sprang ihm ins Gesicht, sprang ihm an den Mund. Und in diesem Augenblick wusste Halston, dass sie mehr als nur eine Katze war. Sie war etwas, das von einer bösartigen, mörderischen Absicht besessen war.

Er erhaschte einen letzten Blick auf das schwarz-weiße Gesicht unter den angelegten Ohren, die von wahnsinnigem Hass erfüllten riesigen Augen. Sie hatte die drei alten Leute erledigt, und nun würde sie John Halston erledigen.

Sie rammte sich in seinen Mund, ein flauschiges Projektil. Er musste davon würgen. Ihre Vorderkrallen wirbelten, machten Schabefleisch aus seiner Zunge. Sein Magen rebellierte, und er übergab sich. Das Erbrochene lief ihm in die Luftröhre, und er spürte, wie er erstickte.

In dieser höchsten Not überwand sein Überlebenswille den letzten Rest der durch den Aufprall hervorgerufenen Lähmung. Er hob langsam die Hände, um die Katze zu packen. *O Gott!,* dachte er.

Die Katze bahnte sich gewaltsam ihren Weg in seinen Mund, machte ihren Körper flach, wand sich, arbeitete sich tiefer und immer tiefer hinein. Er konnte spüren, wie sein Unterkiefer sich knackend immer weiter öffnete, um sie aufzunehmen.

Er griff nach ihr, um sie zu packen, herauszureißen, umzubringen … aber er bekam nur den Schwanz der Katze zu fassen.

Irgendwie war ihr ganzer Körper in seinem Mund verschwunden. Ihr eigenartiges schwarz-weißes Gesicht musste tief in seiner Kehle stecken.

Aus Halstons Kehle, die wie ein Stück flexibler Gartenschlauch ausgebaucht war, kam ein schrecklicher erstickter Würgelaut.

Er zuckte am ganzen Leib. Die Hände fielen auf seinen Schoß zurück, und die Finger trommelten sinnlos auf den Oberschenkeln. Seine Augen verschleierten sich, dann wurden sie glasig. Sie starrten blicklos durch die Windschutzscheibe des Plymouth in den heraufdämmernden Morgen hinaus.

Aus seinem offenen Mund ragte handbreit ein buschiger Schwanz heraus ... halb schwarz, halb weiß. Er zuckte träge hin und her.

Er verschwand.

Irgendwo rief wieder ein Vogel. Dann dämmerte der Morgen in atemlosem Schweigen über den bereiften Feldern im ländlichen Connecticut herauf.

Der Name des Farmers war Will Reuss.

Er war nach Placer's Glen unterwegs, um sich eine neue Prüfplakette für seinen Pick-up zu besorgen, als er die späte Morgensonne auf etwas in der tiefen Senke neben der Straße glitzern sah. Er hielt am Straßenrand und sah den Plymouth, in dessen Kühlergriff sich Stacheldraht wie verheddertes Strickgarn aus Stahl verfangen hatte, wie betrunken schräg im Graben liegen.

Reuss kletterte hinunter, dann holte er erschrocken tief Luft. »Heiliger Strohsack«, murmelte er in den sonnigen Novembertag hinein. Hinter dem Lenkrad saß bolzengerade ein Kerl, dessen offene Augen blicklos in die Ewigkeit starrten. Ihn würde kein Meinungsforscher mehr fragen, wer seiner Ansicht nach die Präsidentschaftswahl gewinnen werde. Sein Gesicht war blutverschmiert. Er war noch immer angeschnallt.

Die Fahrertür war verklemmt, aber Reuss schaffte es, sie zu öffnen, indem er mit beiden Händen daran riss. Er beugte sich hinein und öffnete den Sicherheitsgurt, weil er einen Ausweis suchen wollte. Als er ins Sakko griff, fiel ihm auf, dass das Hemd des Kerls sich gleich über der Gürtelschnalle kräuselte. Es kräuselte sich ... und wölbte sich. Wie unheimliche Rosen erblühten dort auf einmal Blutflecken.

»Was zum Teufel ...?« Er streckte eine Hand aus, packte das Hemd des Toten und zog es hoch.

Will Reuss sah hin ... und schrie laut auf.

Über Halstons Bauchnabel war ein gezacktes Loch aus seinem Fleisch herausgekrallt worden. Aus dem Loch starrte die blutverschmierte schwarz-weiße Fratze einer Katze heraus, die ihn mit riesigen Augen anfunkelte.

Reuss taumelte schreiend mit vors Gesicht geschlagenen Händen zurück. Von einem benachbarten Feld flog krächzend ein Krähenschwarm auf.

Die Katze zwängte sich durch das Loch heraus und streckte sich mit obszöner Trägheit.

Dann sprang sie zum offenen Fenster hinaus. Reuss sah sie durchs hohe abgestorbene Gras flitzen, und dann war sie verschwunden.

Die hat's anscheinend eilig gehabt, erklärte er später einem Lokalreporter.

Als hätte sie noch etwas zu erledigen.

AUS DEM AMERIKANISCHEN VON WULF BERGNER

DIE *NEW YORK TIMES*
ZUM VORZUGSPREIS

Sie kommt gerade aus der Dusche, als das Telefon klingelt, doch obwohl das Haus noch voller Verwandter ist – sie kann sie unten hören, irgendwie wollen sie nicht mehr weggehen, irgendwie waren es noch nie so viele –, reagiert keiner. Auch der Anrufbeantworter nicht, den James darauf programmiert hat, sich nach dem fünften Läuten einzuschalten.

Anne geht zu dem Apparat auf dem Nachttisch, während sie sich ins Handtuch wickelt und das nasse Haar ihr unangenehm auf den Nacken und die bloßen Schultern klatscht. Sie hebt ab und sagt Hallo, und dann sagt er ihren Namen. Es ist James. Sie waren dreißig Jahre zusammen, und ein Wort ist alles, was es braucht. Er sagt *Annie* wie kein anderer, das war schon immer so.

Einen Moment lang kann sie nicht sprechen oder auch nur Luft holen. Er hat sie beim Ausatmen überrascht, und ihre Lunge fühlt sich so flach an wie ein Blatt Papier. Als er ihren Namen dann wiederholt (wobei er ungewöhnlich zögerlich und unsicher klingt), geben die Beine unter ihr nach, als wären sie aus Sand. Sie sinkt aufs Bett, das Handtuch fällt herab, und ihr nasser Hintern feuchtet das Laken unter ihr an. Wäre das Bett nicht da gewesen, wäre sie zu Boden gegangen.

Ihre Zähne schlagen aufeinander, und das bringt sie wieder zum Atmen.

»James? Wo *bist* du? *Was ist passiert?*« In ihrer normalen Stimmlage hätte das vielleicht zänkisch geklungen – wie eine Mutter, die ihren Elfjährigen ausschimpft, weil er schon wieder zu spät zum Abendessen kommt –, doch jetzt bringt sie nur eine Art entsetztes Krächzen heraus. Schließlich planen die murmelnden Verwandten unten gerade sein Begräbnis.

James gluckst. Er klingt verdutzt. »Tja, um ehrlich zu sein«, sagt er, »ich weiß nicht genau, wo ich bin.«

Ihr erster verwirrter Gedanke ist, dass er das Flugzeug in London verpasst haben muss, obwohl er sie noch kurz vor dem Abflug aus Heathrow angerufen hat. Dann fällt ihr eine bessere Erklärung ein: Obgleich es sowohl in der *Times* als auch in den Fernsehnachrichten hieß, dass es keine Überlebenden gab, hat es zumindest einen gegeben. Ihr Mann ist aus dem brennenden Wrack gekrochen (und dem brennenden Mietshaus, wohlgemerkt, das beim Absturz getroffen wurde, vierundzwanzig weitere Tote am Boden, und die Zahl erhöhte sich wahrscheinlich noch, bevor die Welt zum nächsten tragischen Ereignis überging) und irrt seitdem im Schockzustand durch Brooklyn.

»Jimmy, bist du verletzt? Hast du … Verbrennungen?« Was das bedeutet, wird ihr erst nach der Frage bewusst, trifft sie mit dem Gewicht eines schweren Buchs, das auf einen nackten Fuß fällt, und sie fängt an zu weinen. »Bist du im Krankenhaus?«

»Pscht«, sagt er, und angesichts seiner vertrauten Liebenswürdigkeit – angesichts dieses vertrauten Wortes, das nur eine winzige Facette ihres Ehealltags ist – fängt sie nun erst recht an zu weinen. »Pscht, Liebes.«

»Aber ich *versteh* das alles nicht!«

»Ich bin wohlauf«, sagt er. »Wie die meisten von uns.«

»Die meisten …? Sind da noch *andere?*«

»Der Pilot nicht«, sagt er. »Dem geht's nicht so gut. Vielleicht ist es auch der Copilot. Der schreit dauernd: ›Wir stürzen ab, es gibt keinen Schub, o mein Gott.‹ Und dann: ›Ich kann nichts dafür, mir kann keiner die Schuld geben.‹ Das sagt er auch noch.«

Ihr wird eiskalt. »Wer sind Sie in Wirklichkeit? Warum sind Sie so gemein? Ich habe gerade meinen Mann verloren, Sie Arschloch!«

»Liebes …«

»Nennen Sie mich nicht so!« Ein Schnodderfaden hängt ihr von der Nase. Sie wischt ihn mit dem Handrücken ab und schleudert ihn irgendwohin, etwas, was sie seit ihrer Kindheit nicht mehr getan hat. »Hören Sie, Mister – ich lasse den Anruf registrieren, und dann kriegt die Polizei Sie am Arsch, Ihrem ignoranten, gefühllosen *Arsch* ...«

Sie kann nicht weitersprechen. Es ist seine Stimme. Das lässt sich nicht leugnen. Schon dieses Durchklingeln – dass unten keiner dranging und dass der Anrufbeantworter nicht ansprang – deutet darauf hin, dass dieser Anruf nur für sie bestimmt war. Und ... *Pscht, Liebes.* Das konnte nur er sein.

Er ist verstummt, als wollte er ihr Zeit lassen, ihre eigenen Schlüsse zu ziehen. Doch ehe sie wieder zum Sprechen ansetzen kann, piept es in der Leitung.

»James? *Jimmy?* Bist du noch da?«

»Ja, aber ich kann nicht lange reden. Ich hab versucht, dich anzurufen, als wir abgestürzt sind, und das ist wohl auch der Grund, weshalb ich überhaupt durchgekommen bin. Viele andere haben es auch versucht, hier wimmelt's ja von Handys, aber die hatten kein Glück.« Wieder dieser Piepser. »Nur ist mein Akku jetzt gleich leer.«

»Jimmy, hast du es gewusst?« Dieser Gedanke hatte sie am meisten gequält – dass er es gewusst haben könnte, selbst nur für ein, zwei endlose Minuten. Andere stellten sich vielleicht verbrannte Leiber oder abgetrennte Köpfe mit grinsenden Zähnen vor, oder fingerfertige Unfallhelfer beim Entwenden von Eheringen und Diamantohrringen, doch was Annie Driscoll um den Schlaf brachte, war die Vorstellung, wie Jimmy aus dem Fenster sah, während die Straßen und Autos und die braunen Mietshäuser von Brooklyn immer näher kamen. Die nutzlosen Atemmasken, die wie kleine gelbe Tierkadaver herunterschlackerten. Die plötzlich aufklappenden Gepäckfächer, herumfliegenden Reisetaschen und Aktenkoffer, irgendjemandes Rasierapparat, der den schrägen Mittelgang hinaufrollte.

»Hast du gewusst, dass ihr am Abstürzen wart?«

»Nicht so richtig«, sagt er. »Bis ganz zum Schluss schien alles in Ordnung zu sein – vielleicht bis auf die letzten dreißig Sekunden. Obwohl es mir immer so vorkommt, als ob man in solchen Situationen leicht das Zeitgefühl verliert.« *In solchen Situationen.* Und noch merkwürdiger: *Es kommt mir immer so vor.* Als hätte er schon ein halbes Dutzend Flugzeugabstürze erlebt anstatt nur diesen einen mit der 767.

»Jedenfalls«, fährt er fort, »habe ich nur schnell anrufen wollen, um zu sagen, dass wir früher als vorgesehen ankommen, damit du noch rechtzeitig den Paketboten aus dem Bett werfen kannst.«

Ihre alberne Schwäche für den FedEx-Mann ist seit Jahren ein Anlass für Frotzeleien zwischen ihnen. Sie fängt wieder an zu weinen. Sein Handy lässt noch einmal diesen grellen Piepser ertönen, als tadelte es sie dafür.

»Ich glaube, ich bin gestorben, kurz bevor es anfing zu klingeln, deshalb ist es mir dann noch gelungen, zu dir durchzukommen. Aber das Ding wird jetzt ziemlich bald den Geist aufgeben.«

Er gluckst, als ob das witzig wäre. Mag ja auch sein, in gewisser Weise. Vielleicht wird sie es irgendwann selbst mal komisch finden. *Gib mir zehn Jahre oder so,* denkt sie.

Dann, in diesem grüblerischen Ton, den sie so gut kennt: »Warum nur habe ich das dämliche Ding gestern Abend nicht geladen? Hab's vergessen, einfach vergessen.«

»James … Liebling … das Flugzeug ist vor zwei Tagen abgestürzt.«

Schweigen. Gnädigerweise ohne Piepser. Dann: »Ach wirklich? Mrs. Corey meinte, dass die Zeit hier verdreht ist. Manche von uns haben ihr zugestimmt, manche widersprochen. Ich war bei Letzteren, aber anscheinend hatte sie Recht.«

»Herz verliert?«, fragt Annie. Sie fühlt sich jetzt, als würde sie außerhalb ihres fülligen, feuchten, angejahrten Körpers schweben, aber Jimmys alte Gewohnheiten hat sie nicht vergessen.

Auf langen Flügen hatte er immer nach einer Gelegenheit zu einem Spielchen gesucht. Cribbage oder Canasta mochten als Zeitvertreib genügen, aber Herz verliert war seine Leidenschaft.

»Herz verliert«, stimmt er zu. Wie zur Bekräftigung piept das Handy wieder.

»Jimmy ...« Sie zögert, weil sie unschlüssig ist, ob sie es wirklich wissen möchte, ringt sich dann aber doch zu der Frage durch. »Wo *bist* du genau?«

»Sieht aus wie Grand Central Station«, sagt er. »Nur größer. Und leerer. Als ob es nicht der wirkliche Bahnhof ist, sondern nur ... hmmm ... eine Filmkulisse. Verstehst du, was ich meine?«

»Ich ... ich glaub schon.«

»Jedenfalls gibt es keine Züge ... und wir hören auch keine in der Ferne ... aber es gibt Türen nach allen Seiten. Ah ja, und eine Rolltreppe, aber die ist außer Betrieb, ganz staubig, und manche der Stufen sind kaputt.« Er senkt die Stimme, als wollte er vermeiden, dass man ihn belauscht. »Die Leute gehen weg. Manche sind die Rolltreppe raufgestiegen – ich hab sie gesehen –, aber die meisten benutzen die Türen. Ich werde wohl auch gehen müssen. Es gibt nichts zu essen hier. Nur einen Bonbonautomaten, aber der ist auch kaputt.«

»Hast du ... Liebling, hast du denn *Hunger?*«

»Ein bisschen. Vor allem hätte ich gern Wasser. Ich könnte für eine kalte Flasche Dasani *töten.*«

Annie blickt schuldbewusst auf ihre Beine hinab, die noch mit Wassertropfen benetzt sind. Sie stellt sich vor, wie er die Tropfen ableckt, und spürt entsetzt ein leises sexuelles Kribbeln.

»Na ja, macht nichts«, setzt er eilig hinzu. »Vorerst geht's noch. Aber es hat keinen Zweck hierzubleiben. Das Dumme ist nur ...«

»Was? Was, Jimmy?«

»Ich weiß nicht, welche Tür ich nehmen soll.«

Wieder ein Piepser.

»Wenn ich doch nur wüsste, welche Tür Mrs. Corey genommen hat. Sie hat meine verdammten Karten.«

»Hast du …« Sie wischt sich das Gesicht mit dem Handtuch ab, das sie aus der Dusche mitgenommen hat; da war sie noch taufrisch, jetzt ist sie in Rotz und Tränen aufgelöst. »Hast du Angst?«

»Angst?«, fragt er nachdenklich. »Nein. Ich bin nur ein bisschen unruhig, vor allem weil ich nicht weiß, welche Tür ich nehmen soll.«

Finde nach Hause, hätte sie fast gesagt. *Finde die richtige Tür und finde nach Hause.* Aber wenn er es täte, würde sie ihn wirklich sehen wollen? Ein Geist würde ja noch angehen, aber was, wenn es eine verkohlte Mumie mit roten Augen und eingeschmolzenen Jeansfetzen (auf Reisen trug er immer Jeans) an den Beinen wäre? Was, wenn Mrs. Corey bei ihm wäre, die zusammengebackenen Karten in der verkrümmten Klaue?

Piep.

»Jetzt brauch ich dir nicht mehr zu sagen, dass du dich mit dem Paketboten vorsehen sollst«, sagt er. »Wenn du ihn wirklich willst, kannst du ihn haben.«

Entsetzt hört sie sich lachen.

»Aber ich wollte dir noch sagen, dass ich dich liebe …«

»Ach, Liebling, ich dich auch …«

»… und lass diesen Herbst den kleinen McCormack nicht die Dachrinnen ausputzen, er tut seine Arbeit zwar gut, ist aber unvorsichtig, letztes Jahr hat er sich fast das Genick gebrochen. Und geh sonntags nicht mehr in die Bäckerei. Irgendwas passiert da demnächst, ich weiß, dass es an einem Sonntag sein wird, allerdings nicht an welchem. Die Zeit ist hier wirklich verdreht.«

Der kleine McCormack, den er meint, muss der Sohn von ihrem Gärtner in Vermont sein … nur haben sie das Haus schon vor zehn Jahren verkauft, und der Junge dürfte jetzt Mitte zwanzig sein. Und die Bäckerei? Wahrscheinlich meint er Zoltan's, aber was in aller Welt …

Piep.

»Manche Leute hier sind welche vom Boden, glaube ich. Echt hart für die, weil sie keine Ahnung haben, wie sie hierhergeraten sind. Und der Pilot hört nicht auf zu schreien. Vielleicht ist's auch der Copilot. Der wird wohl noch eine ganze Weile hier herumwandern. Er ist ziemlich verwirrt.«

Die Piepser erfolgen jetzt in kürzeren Abständen.

»Ich muss los, Annie. Ich kann hier nicht bleiben, und das Handy ist sowieso gleich platt.« In jenem vertrauten grüblerischen Ton (unmöglich zu glauben, dass sie ihn nie wieder hören wird; unmöglich, es *nicht* zu glauben) murmelt er: »Es wäre so leicht gewesen, einfach nur … Na ja, ist egal. Ich liebe dich, Schatz.«

»Warte! Leg nicht auf!«

»Ich k…«

»Ich liebe dich auch! Leg nicht auf!«

Aber es ist schon geschehen. In ihrem Ohr gähnt nur noch schwarze Stille.

Mindestens eine Minute sitzt sie da und lauscht in die tote Leitung, dann unterbricht sie die Verbindung. Die Nicht-Verbindung. Als sie den Hörer wieder abnimmt und ein ganz normales Freizeichen bekommt, tippt sie doch noch Stern neunundsechzig zur automatischen Anruferabfrage. Der Computerstimme zufolge ist der letzte Anruf um neun Uhr morgens eingegangen. Sie weiß, wer das war: ihre Schwester Nell aus New Mexico. Nell hat angerufen, um zu sagen, dass ihr Flug Verspätung hat und sie erst heute Abend da sein wird. Nell hat ihr viel Kraft gewünscht.

Alle Verwandten, die weiter weg wohnen – die von James, die von Annie –, sind mit dem Flugzeug gekommen. Anscheinend glauben sie, dass James alles Unglückspotenzial der Familie aufgebraucht hat, vorerst zumindest.

Ein Anruf um – sie blickt auf die Nachttischuhr, die 15:17 anzeigt – etwa zehn nach drei an diesem dritten Nachmittag ihrer Witwenschaft ist nicht registriert.

Jemand klopft kurz an die Tür, und ihr Bruder ruft:»Anne? Annie?«

»Ich bin gerade beim Anziehen!«, ruft sie zurück. Ihre Stimme klingt verweint, aber leider würde keiner im Haus das verwunderlich finden.»Bitte draußen bleiben!«

»Alles in Ordnung?«, ruft er durch die Tür.»Wir dachten, wir hätten dich reden hören. Und Ellie dachte, du hättest irgendwas gerufen.«

»Alles okay!«, ruft sie und wischt sich noch einmal mit dem Handtuch übers Gesicht.»Ich komm gleich runter!«

»Gut. Lass dir Zeit.« Schweigen.»Wir sind für dich da.« Dann tappt er davon.

»Piep«, flüstert sie und hält sich den Mund zu, um das Lachen zurückzuhalten, mit dem irgendeine noch komplexere Emotion als Trauer sich bahnzubrechen versucht.»Piep, piep. Piep, piep, piep.« Prustend lässt sie sich aufs Bett zurückfallen, und über ihren gewölbten Händen sind ihre Augen groß und laufen über vor Tränen, die ihr die Wangen hinab bis zu den Ohren rinnen.»Blödes Piep-piepedi-piep.«

Sie lacht noch eine ganze Weile, dann zieht sie sich an und geht nach unten, um ihren Verwandten, die hergekommen sind, um ihre Trauer mit ihr zu teilen, Gesellschaft zu leisten. Aber sie kommen ihr fremd vor, weil er keinen von ihnen angerufen hat. Er hat *sie* angerufen. In guten wie in schlechten Zeiten, er hat sie angerufen.

Im Herbst jenes Jahres, als die verrußten Überreste des Mietshauses, in das das Flugzeug gestürzt ist, noch mit gelbem Polizeiabsperrband vom Rest der Welt abgeriegelt sind (obwohl schon Sprayer drin waren und den Spruch LANDEPLATZ FÜR KNUSPRIGE KREATUREN hinterlassen haben), erhält Annie eine von der Sorte Endlos-E-Mails, die Computersüchtige stets an einen weiten Bekanntenkreis verschicken. Sie kommt in diesem Fall von Gert Fischer, der Stadtbibliothekarin in Tilton,Vermont.Als Annie und James dort die Sommer verbrachten, half Annie gewöhnlich in der Bücherei aus, und obwohl die beiden Frauen nie sonderlich gut miteinander auskamen, hat Gert Annie seitdem in ihre vierteljährlichen Rundmail-Updates eingeschlossen. Die Neuigkeiten sind meist nicht besonders interessant, doch auf halbem Wege durch die Hochzeiten, Beerdigungen und Gewinner der Jugendzentrumsturniere stößt Annie diesmal auf eine Nachricht, die ihr den Atem verschlägt. Jason McCormack, der Sohn von Hughie McCormack, ist am Labor Day tödlich verunglückt. Er ist beim Säubern der Regenrinnen vom Dach eines Sommerhauses gefallen und hat sich das Genick gebrochen.

»Er wollte nur seinem Vater helfen, der, wie ihr euch vielleicht erinnert, vorletztes Jahr einen Schlaganfall hatte«, schrieb Gert, bevor sie damit fortfuhr, wie es beim Flohmarkt zum Sommerende gegossen hat, und wie enttäuscht sie alle waren.

Zwar erwähnt Gert es in ihrem Dreiseitenkonvolut mit Eilmeldungen nicht, aber Annie ist sich sicher, dass Jason von dem Dach ihres damaligen Hauses gefallen ist. Todsicher, sozusagen.

Fünf Jahre nach dem Tod ihres Mannes (und dem Tod Jason McCormacks bald darauf) heiratet Annie wieder. Und obwohl sie nach Boca Raton ziehen, kehrt sie oft in die alte Nachbarschaft zurück. Craig, der neue Ehemann, ist nur im Vorruhestand, und seine Geschäfte führen ihn alle drei, vier Monate nach New York. Annie begleitet ihn fast jedes Mal, weil sie noch Verwandtschaft in Brooklyn und Long Island hat. Irgendwie manchmal mehr, als ihr lieb ist. Aber sie hängt mit der leicht genervten Zuneigung an ihnen, die, wie sie findet, so typisch für Leute um die sechzig ist. Nie vergisst sie, wie sie sich um sie geschart haben, nachdem James' Flugzeug abgestürzt war, und sie nach Kräften gestützt haben, damit sie nicht auch noch zusammenbrach.

Wenn sie und Craig nach New York zurückkehren, fliegen sie. In dieser Sache hat sie keine Bedenken, aber sonntags geht sie nicht mehr zu Zoltan's Backstube, obwohl deren Rosinen-bagels zweifelsohne im Vorhof des Paradieses serviert werden. Stattdessen geht sie zu Froger's. Als sie dort gerade Donuts kauft (die Donuts sind wenigstens halbwegs genießbar), hört sie den Knall der Explosion. Sie hört ihn ganz deutlich, obwohl Zoltan's elf Blocks entfernt liegt. Eine Gasexplosion, bei der vier Leute sterben, auch die Frau, die Annie die Bagels immer in einer fest zugekrempelten Tüte mit den Worten reichte: »Lassen Sie sie so, bis Sie zu Hause sind, sonst geht die Frische flöten.«

Leute stehen auf den Gehsteigen und spähen, die Augen mit den Händen abschirmend, nach Osten zu dem aufsteigenden Rauch hinüber. Annie hastet mit gesenktem Kopf an ihnen vorbei. Sie will keine Rauchwolke nach einem großen Knall sehen; sie denkt ohnehin schon genug an James, vor allem in den Nächten, wenn sie nicht schlafen kann. Als sie heimkommt, hört sie drinnen das Telefon klingeln. Entweder sind sie alle zu der Kunstausstellung in der nahe liegenden Schule gegangen, oder dieses Klingeln kann niemand hören. Außer ihr natürlich. Bis sie den Schlüssel im Schloss umgedreht hat, hat das Klingeln aufgehört.

Sarah, die einzige ihrer Schwestern, die nie geheiratet hat, *ist* da, wie sich herausstellt, aber es hat keinen Zweck, sie zu fragen, warum sie nicht ans Telefon gegangen ist; Sarah Bernicke, die einstmalige Disco-Queen, tanzt zum voll aufgedrehten Sound der Village People wie eine Putzfee aus der Fernsehwerbung mit der Spüliflasche in der Hand durch die Küche. Sie hat die Explosion der Bäckerei gar nicht mitbekommen, obwohl ihr Haus noch näher am Zoltan's gelegen ist als Froger's.

Annie schaut auf den Anrufbeantworter, doch auf der Anzeige leuchtet nur eine große rote Null. Was an sich nichts heißen muss, viele Leute rufen an, ohne eine Nachricht zu hinterlassen, aber …

Stern neunundsechzig hat den letzten Anruf um acht Uhr vierzig am Vorabend registriert. Annie wählt die Nummer trotzdem und hofft wider alle Vernunft, dass er irgendwo jenseits der Riesenhalle, die wie eine Filmkulisse der Grand Central Station aussieht, eine Möglichkeit gefunden hat, sein Handy aufzuladen. Ihm kommt es vielleicht so vor, als hätte er erst gestern mit ihr gesprochen. Oder erst vor ein paar Minuten. *Die Zeit ist hier verdreht,* hat er gesagt. Sie hat so oft von jenem Anruf geträumt, dass er ihr schon selbst wie ein Traum vorkommt, aber sie hat nie jemandem davon erzählt. Nicht Craig, nicht einmal ihrer Mutter, die fast neunzig ist, aber noch klar im Kopf, und fest an ein Leben nach dem Tod glaubt.

In der Küche verkünden die Village People, es gebe keinen Grund, niedergeschlagen zu sein. Ist sie auch nicht. Dennoch hält sie den Hörer krampfhaft umklammert, als sie die zuletzt registrierte Nummer anwählt. Annie steht im Wohnzimmer und lauscht auf das Klingeln im Hörer, und mit der freien Hand betastet sie die Brosche über ihrer linken Brust, als könnte das Betasten der Brosche das klopfende Herz darunter beruhigen. Dann hört das Klingeln auf, und eine Tonbandstimme bietet ihr ein Abonnement für die *New York Times* zu einem einmalig günstigen Vorzugspreis an.

AUS DEM AMERIKANISCHEN VON SABINE LOHMANN

STUMM

1

Es gab drei Beichtstühle. Das Licht über der Tür des mittleren brannte. Niemand wartete. Die Kirche war leer. Durch die Fenster fiel buntes Licht und zeichnete Quadrate auf den Mittelgang. Monette überlegte, ob er wieder gehen sollte, und entschied sich dagegen. Stattdessen steuerte er den mittleren Beichtstuhl an und trat ein. Er schloss die Tür und setzte sich. Der kleine Schieber zu seiner Rechten ging auf. Vor ihm, mit einer blauen Pinnnadel an die Tür geheftet, hing eine Karteikarte, auf der etwas mit der Schreibmaschine Geschriebenes stand: Sie sind allzumal Sünder und mangeln des Ruhms, den sie bei Gott haben sollten. Er war lange in keiner Kirche mehr gewesen, aber Monette glaubte nicht, dass das zum üblichen Inventar gehörte. Wahrscheinlich stammte der Spruch noch nicht einmal aus dem Baltimore-Katechismus.

Hinter dem Gitter erklang die Stimme des Priesters. »Wie geht's dir, mein Sohn?«

Auch das war eher unüblich, fand Monette, ging aber schon in Ordnung. Trotzdem konnte er zunächst nichts darauf erwidern. Nicht ein Wort. Und das war in Anbetracht dessen, was er zu sagen hatte, irgendwie komisch.

»Mein Sohn? Hat es dir die Sprache verschlagen?«

Noch immer nichts. Die Worte waren da, kamen ihm aber nicht über die Lippen. Absurd oder nicht, plötzlich sah Monette eine verstopfte Toilette vor sich.

Die schemenhafte Gestalt hinter dem Gitter bewegte sich.
»Lange nicht mehr hier gewesen?«

»Ja«, sagte Monette. Wenigstens etwas.

»Soll ich dir auf die Sprünge helfen?«

»Nein, ich erinnere mich schon. Vergib mir, Herr, denn ich habe gesündigt.«

»Aha. Und wie lang ist es her, dass du das letzte Mal gebeichtet hast?«

»Das weiß ich nicht mehr. Lange. Ich war noch ein Kind.«

»Gut, keine Bange – es ist wie mit dem Fahrradfahren.«

Trotzdem brachte er keinen Ton heraus. Er sah zur Botschaft auf der Karteikarte und schluckte schwer. Er wrang die Hände, immer fester, bis sie sich zu einer großen Faust zusammenballten, die zwischen den Oberschenkeln vor und zurück ruckte.

»Mein Sohn? Ich hab nicht den ganzen Tag Zeit und erwarte Gäste zum Mittagessen. Gäste, die das Mittagessen sogar *mitbring*...«

»Vater, ich hab eine schreckliche Sünde begangen.«

Der Priester schwieg eine Weile. *Stumm,* ging Monette durch den Kopf. Wenn es ein weißes Wort gab, dann dieses. Tippte man es mit einer Schreibmaschine auf eine Karteikarte, würde es unsichtbar werden.

Der Priester auf der anderen Seite des Gitters ergriff wieder das Wort. Seine Stimme, noch immer freundlich, war jetzt ernster. »Welche Sünde hast du begangen, mein Sohn?«

Und Monette antwortete: »Ich weiß es nicht. Das müssen schon Sie mir sagen.«

2

Es begann zu regnen, als Monette die Auffahrt zum Turnpike nach Norden erreichte. Sein Koffer lag im Kofferraum, die Musterkoffer – große Ungetüme, wie sie Anwälte mit sich herumschleppten, wenn sie Beweismittel ins Gericht brachten – lagen auf dem Rücksitz. Einer war braun, der andere schwarz. Beide hatten das Logo von Wolfe & Sons aufgeprägt: einen Grauwolf mit einem Buch im Maul. Monette war Vertreter. Sein Gebiet umfasste den gesamten Norden Neuenglands. Es war Montagmorgen. Das Wochenende war übel gewesen, sehr übel. Seine Frau war schon vor knapp zwei Wochen in ein Motel gezogen, wo sie wahrscheinlich nicht allein war. Bald würde sie ins Gefängnis kommen. Auf jeden Fall würde es einen Skandal geben, bei dem ihre Untreue noch das wenigste sein würde.

Am Revers seines Jacketts trug er einen Button mit der Aufschrift: Das beste Herbstprogramm aller Zeiten! Hier erhältlich!

Am unteren Ende der Auffahrt stand ein Mann. Er trug alte Kleidung und hielt ein Schild hoch, als sich Monette im stärker werdenden Regen näherte. Ein schäbiger Rucksack stand zwischen seinen Füßen, die in verdreckten Turnschuhen steckten. An einem hatte sich vorn einer der Klettverschlüsse gelöst und stand wie eine schiefe Zunge weg. Der Anhalter hatte keine Mütze, von einem Schirm ganz zu schweigen.

Alles, was Monette vom Schild zunächst erkennen konnte, waren grob gezeichnete rote Lippen, die mit schwarzer Farbe diagonal durchgestrichen waren. Als er näher kam, sah er die Wörter über dem durchgestrichenen Mund: Ich bin STUMM! Unter dem durchgestrichenen Mund stand: Nehmen Sie mich mit???

Monette setzte den Blinker, um auf der Auffahrt anzuhalten. Der Anhalter drehte das Schild um. Auf der anderen Seite war ein ebenso unbeholfen gezeichnetes durchgestrichenes Ohr zu erkennen. Über dem Ohr: ICH BIN TAUB! Darunter: KANN ICH BITTE MITFAHREN???

Seit seinem sechzehnten Lebensjahr hatte Monette Millionen von Meilen zurückgelegt, die meisten davon in den Dutzend Jahren, in denen er als Vertreter für Wolfe & Sons ein bestes Herbstprogramm nach dem anderen verkaufte. In all der Zeit hatte er nicht einen einzigen Anhalter mitgenommen. Ohne zu zögern, fuhr er jetzt an den Straßenrand und hielt an. Das Christophorus-Medaillon am Rückspiegel schwang noch hin und her, als er den Knopf drückte, um die Türen zu entriegeln. Heute hatte er nichts zu verlieren.

Der Anhalter ließ sich auf den Sitz gleiten und stellte seinen schäbigen kleinen Rucksack zwischen die nassen, verdreckten Turnschuhe. Dem Aussehen nach hatte Monette erwartet, dass der Kerl stank. Er hatte sich nicht geirrt. »Wie weit soll ich Sie mitnehmen?«, sagte er.

Der Anhalter zuckte die Achseln und deutete die Auffahrt hoch. Dann beugte er sich nach unten und legte das Schild vorsichtig auf den Rucksack. Sein Haar war strähnig und dünn. An manchen Stellen wurde es grau.

»Na, wohin es geht, das weiß ich, aber …« Monette wurde bewusst, dass der Typ ihn nicht hören konnte. Er wartete, bis der andere sich aufrichtete. Ein Wagen rauschte vorbei und hupte, obwohl Monette ihm genügend Platz zum Vorbeifahren gelassen hatte. Monette zeigte ihm den Stinkefinger. Das hatte er auch früher schon getan, allerdings nie wegen einer so lächerlichen Sache.

Der Anhalter schnallte sich an und sah zu Monette, als wollte er ihn fragen, was die Verzögerung solle. Er hatte Falten im Gesicht, und Bartstoppeln waren zu erkennen. Monette konnte das Alter des Mannes noch nicht einmal raten. Irgendwo zwischen alt und nicht alt, mehr konnte er nicht sagen.

»Wie weit soll ich Sie mitnehmen?«, fragte Monette und betonte diesmal jedes Wort. Als der Typ – durchschnittliche Größe, dünn, nicht mehr als siebzig Kilo – ihn auch diesmal einfach nur anstarrte, sagte er: »Können Sie von den Lippen ablesen?« Er berührte seinen Mund.

Der Anhalter schüttelte den Kopf und fuchtelte mit den Händen.

Monette hatte in der Mittelkonsole einen Schreibblock liegen. Während er *Wie weit?* darauf schrieb, wurde er von einem weiteren Wagen überholt, der diesmal einen Schwall feinen Sprühregen hinter sich herzog. Monette war nach Derry unterwegs, einhundertsechzig Meilen, unter Bedingungen, die er normalerweise hasste und die nur von heftigem Schneetreiben übertroffen wurden. Heute würde ihm das alles gerade recht kommen. Das Wetter – und die großen Lastzüge, die das Wasser aufspritzen ließen, wenn sie vorbeidonnerten – würde ihn ablenken.

Ganz abgesehen von diesem Kerl. Seinem neuen Mitfahrer. Der auf den Block sah, dann wieder zu Monette. Insgeheim mutmaßte Monette, dass der Kerl vielleicht auch nicht lesen konnte – musste verdammt schwer sein, lesen zu lernen, wenn man taubstumm war –, aber er schien das Fragezeichen zu verstehen. Der Mann deutete zur Auffahrt. Dann öffnete und schloss er acht Mal die Hände. Oder waren es zehn Mal? Acht Meilen. Oder hundert. Falls der Mann überhaupt eine Vorstellung hatte.

»Waterville?«, fragte Monette.

Der Anhalter sah ihn mit leerer Miene an.

»Okay«, sagte Monette. »Wie auch immer. Klopf mir auf die Schulter, wenn ich dich rauslassen soll.«

Der Anhalter sah ihn mit leerer Miene an.

»Na, ich geh mal davon aus, dass du dich schon melden wirst«, sagte Monette. »Vorausgesetzt, du weißt überhaupt, wo du hinwillst.« Er sah in den Rückspiegel und fuhr los. »Du bist ziemlich außen vor, was?«

Der Typ sah ihn immer noch an. Er zuckte die Achseln und legte die Hände über die Ohren.

»Verstehe«, sagte Monette und fädelte sich in den Verkehr ein. »Ständig außen vor. Ziemliche Funkstille. Heute wäre es

mir allerdings irgendwie lieber, ich wäre du und du wärst ich.«
Er stockte. »Na ja, nicht ganz. Was gegen Musik?«

Als der Anhalter einfach den Kopf wegdrehte und aus
dem Fenster sah, musste Monette über sich lachen. Debussy,
AC/DC oder Rush Limbaugh, für den Typen war alles eins.
Er hatte die neue Josh-Ritter-CD für seine Tochter gekauft – in einer Woche hatte sie Geburtstag –, aber bislang vergessen, sie ihr zu schicken. In letzter Zeit war einfach zu viel
los gewesen. Nachdem Portland hinter ihnen lag, aktivierte er
den Tempomaten, schlitzte mit dem Daumen die Zellophan-
hülle auf und schob die CD in den Player. Praktisch gesehen
wurde sie damit wohl zu einer gebrauchten CD, nicht unbedingt das, was man seinem geliebten einzigen Kind schenken
wollte. Gut, er konnte noch immer eine zweite kaufen. Das
heißt, wenn er dann noch das Geld dafür hatte.

Josh Ritter war ziemlich gut, wie sich herausstellte. In der Art
des frühen Dylan, nur besser drauf. Und während er der Musik
zuhörte, machte er sich so seine Gedanken übers Geld. Sich für
Kelsies Geburtstag eine neue CD zu leisten, war das geringste seiner Probleme. Auch dass sie eigentlich einen neuen Laptop wollte – und brauchte –, stand auf seiner Liste nicht besonders weit
oben. Falls Barb wirklich getan hatte, was sie laut eigener Aussage
getan haben wollte – und was das Büro der Schulverwaltung bestätigte –, dann wusste er nicht, wie er Kelsie das letzte Jahr an der
Case Western finanzieren sollte. Selbst wenn er davon ausging,
dass er dann selbst noch einen Job hatte. *Das* war das Problem.

Er drehte die Lautstärke hoch, um das Problem zu übertönen. Es gelang ihm teilweise. Als sie Gardiner erreichten, war
gerade der letzte Song zu Ende. Körper und Gesicht des An-
halters waren zum Beifahrerfenster gewandt. Monette sah nur
die Rückseite seines ausgebleichten, verschmutzten Dufflecoats, über dessen Kragen dünne Haarsträhnen fielen. Es sah
aus, als wäre auf die Rückseite des Mantels früher etwas aufgedruckt gewesen, mittlerweile aber war alles so verwaschen,
dass nichts mehr zu erkennen war.

Sagt wohl alles über das Leben von diesem armen Tropf, dachte sich Monette.

Er konnte zunächst nicht erkennen, ob der Anhalter döste oder nur die Landschaft betrachtete. Dann fiel ihm auf, dass der Mann den Kopf leicht nach vorn geneigt hatte und sein Atem das Beifahrerfenster beschlug. Döste also wohl. Warum auch nicht? Das Einzige, was noch langweiliger war als der Maine-Turnpike südlich von Augusta, war der Maine-Turnpike südlich von Augusta bei einem kalten Frühlingsregen.

Monette hatte noch andere CDs in der Mittelkonsole, doch statt darin rumzuwühlen, schaltete er einfach die Stereoanlage ab. Und nachdem er die Mautstation von Gardiner passiert hatte – ohne anzuhalten, er verringerte nur die Geschwindigkeit, die Wunder der elektronischen Mauterfassung –, begann er zu reden.

3

Monette verstummte und sah auf seine Uhr. Es war Viertel vor zwölf. Der Priester hatte gesagt, er erwarte Gäste zum Mittagessen. Gäste, die das Mittagessen sogar mitbrachten.

»Tut mir leid, Vater, dass es so lange dauert. Ich würde mich gern beeilen, wenn ich nur wüsste, wie.«

»Schon gut, mein Sohn. Du hast mein Interesse geweckt.«

»Ihre Gäste ...«

»Können warten, solange ich das Werk des Herrn verrichte. Hat dieser Mann dich beraubt, mein Sohn?«

»Nein«, sagte Monette. »Es sei denn, man zählt meinen Seelenfrieden dazu. Zählt das?«

»Auf jeden Fall. Was genau hat er denn gemacht?«

»Nichts. Aus dem Fenster gesehen. Ich dachte, er würde dösen. Nur, später musste ich davon ausgehen, dass ich mich geirrt habe.«

»Und was hast *du* gemacht?«

»Von meiner Frau erzählt«, sagte Monette. Dann hielt er inne und überlegte. »Nein, das stimmt nicht ganz. Ich hab meiner Wut über sie Luft gemacht. Ich bin über meine Frau *hergezogen*, ich hab über sie *gelästert*. Ich … also …« Er wand sich, die Lippen fest zusammengepresst, den Blick auf die zu einer großen Faust ineinandergekrallten Hände zwischen den Oberschenkeln gerichtet. Schließlich brach es aus ihm heraus: »Er war doch *taubstumm*, verstehen Sie? Ich konnte ihm doch alles sagen, ohne dass ich mir seine Meinung oder seine weisen Ratschläge anhören musste. Er war *taub*, er war *stumm*, zum Teufel, ich dachte, er *schläft* und ich könnte ihm verdammt noch mal alles sagen, was ich wollte!«

Monette zuckte im Beichtstuhl mit der angehefteten Karteikarte zusammen.

»Entschuldigen Sie, Vater.«

»Was genau hast du über sie erzählt?«, fragte der Priester.

»Dass sie vierundfünfzig ist«, sagte Monette. »Damit fing es an. Das war nämlich das … verstehen Sie, das war das, was mir einfach nicht in den Kopf wollte.«

4

Nach der Mautstelle in Gardiner wird der Maine-Turnpike wieder zu einer normalen Schnellstraße, die sich über dreihundert Meilen durch das Nichts zieht: Wälder, Felder, gelegentlich ein Wohnwagen mit Satellitenschüssel auf dem Dach und radlosem, aufgebocktem Pick-up daneben. Außer im Sommer ist nur wenig Verkehr. Jeder Wagen wird zu einer eigenen kleinen Welt. Schon da kam Monette sich so vor (vielleicht lag es am Christophorus-Medaillon, das am Rückspiegel baumelte, ein Geschenk von Barb aus besseren, normaleren Zeiten), als befände er sich in einem fahrenden Beichtstuhl. Trotzdem ließ er es behutsam angehen, wie man das als Beichtender eben so tat.

»Ich bin verheiratet«, sagte er. »Ich bin fünfundfünfzig, und meine Frau ist vierundfünfzig.«

Er grübelte vor sich hin, während die Scheibenwischer hin und her strichen.

»Vierundfünfzig, Barbara ist vierundfünfzig. Wir sind seit sechsundzwanzig Jahren verheiratet. Ein Kind. Eine Tochter. Eine wunderbare Tochter. Kelsie Ann. Geht in Cleveland auf die Uni. Ich weiß nicht, wie ich ihr das weiter finanzieren soll. Vor zwei Wochen hat sich meine Frau nämlich ohne jede Vorwarnung in einen Mount St. Helens verwandelt. Stellt sich heraus, dass sie einen Liebhaber hat. Einen Liebhaber, seit zwei Jahren! Er ist Lehrer – klar, was sonst? –, aber sie nennt ihn Cowboy Bob. Und an den vielen Abenden, an denen ich dachte, sie ist in der Erwachsenenbildung oder beim Lesekreis, hat sie sich mit diesem verdammten Cowboy Bob einen Tequila nach dem anderen reingezogen und sich beim Line-Dancing vergnügt.«

Schon komisch. Man konnte es regelrecht vor sich sehen. Der reinste Sitcom-Scheiß. Wenn es je einen Sitcom-Scheiß gab, dann diesen. Aber seine Augen – wenngleich trocken – brannten, als wären sie mit Giftefeu in Berührung gekommen. Er sah nach rechts, aber der Anhalter kehrte ihm immer noch den Rücken zu. Die Stirn lehnte jetzt am Beifahrerfenster. Er schlief, ganz sicher.

Ziemlich sicher.

Monette hatte bisher niemandem vom Ehebruch seiner Frau erzählt. Kelsie wusste noch nichts davon, aber bald würde sie aus allen Wolken fallen. Die Gerüchteküche brodelte bereits – vor seiner Abreise hatten ihn unabhängig drei Berichterstatter angerufen, wobei er jedes Mal den Hörer aufgeknallt hatte –, aber noch hatten sie nichts, was sie drucken oder senden konnten. Das würde sich bald ändern. Monette allerdings würde so lange wie möglich bei seinem *Kein Kommentar* bleiben, hauptsächlich um sich die Peinlichkeit zu ersparen. Hier aber sparte er nicht mit seinen Kommentaren, was ihn sehr erleichterte. In gewisser Weise war es, als würde er unter der Dusche singen. Oder sich auskotzen.

»Sie ist vierundfünfzig«, sagte er. »Darüber komm ich einfach nicht hinweg. Das heißt, sie hat mit diesem Typen was angefangen, da war sie zweiundfünfzig – sein richtiger Name lautet übrigens Robert Yandowsky, und das will ein Cowboy sein? *Zwei*undfünfzig! Würdest du nicht auch sagen, mein Freund, dass man es in diesem Alter eigentlich besser wissen müsste? In dem Alter sollte man sich doch ausgetobt haben und ruhiger geworden sein. Mein Gott, sie trägt eine *Bifokalbrille!* Sie hat sich die Galle rausnehmen lassen! Und sie vögelt diesen Kerl! Im Grove Motel, wo sich die beiden so was wie häuslich eingerichtet haben! Ich hab ihr ein nettes Haus in Buxton hingestellt, eine Doppelgarage, sie hat einen Audi mit langem Leasingvertrag, und das alles hat sie hingeschmissen, damit sie sich donnerstagnachts im Range Riders volllaufen und bis zur Morgendämmerung diesen Typen bumsen konnte – oder so lange sie jedenfalls durchgehalten haben –, und das alles mit vierundfünfzig! Ganz zu schweigen von Cowboy Bob, *der beschissene sechzig ist!*«

Er hörte sich selbst wüten, sagte sich, er solle aufhören, sah, dass der Anhalter sich nicht bewegt hatte (außer dass er – soweit möglich – noch tiefer in den Kragen seines Dufflecoats gesunken war), und wurde sich bewusst, dass er gar nicht aufhören musste. Er war in einem Wagen. Er war auf der Interstate 95, irgendwo östlich der Sonne und westlich von Augusta. Sein Beifahrer war ein Taubstummer. Er konnte vor sich hin wüten, so lange er wollte.

Und das tat er.

»Barb hat alles ausgeplaudert. Sie hat sich überhaupt nicht geziert, es war ihr überhaupt nicht peinlich. Sie war fast …

heiter. War wohl ziemlich verstört. Oder hat noch in ihrer Fantasiewelt gelebt.«

Und sie hatte gesagt, es sei zum Teil auch seine Schuld.

»Ich bin viel unterwegs, stimmt schon. Letztes Jahr über dreihundert Tage. Sie war allein – wir haben nämlich nur das eine Mädchen, und die ist jetzt mit der Highschool fertig und ist ausgeflogen. Also war es meine Schuld. Cowboy Bob und alles andere.«

Seine Schläfen pochten, und die Nase war ziemlich verstopft. Er zog so fest hoch, dass ihm schwarze Pünktchen vor die Augen traten, aber es nutzte nichts. Jedenfalls nicht, was die Nase anbelangte. Sein Kopf aber fühlte sich besser an. Er war sehr froh, den Anhalter mitgenommen zu haben. Er hätte das alles auch im leeren Wagen laut vor sich hin brummeln können, aber …

5

»… aber das wäre nicht das Gleiche gewesen«, sagte er zu der Gestalt auf der anderen Seite des Beichtstuhls. Er sah starr vor sich hin, genau auf das SIE SIND ALLZUMAL SÜNDER UND MANGELN DES RUHMS, DEN SIE BEI GOTT HABEN SOLLTEN. »Verstehen Sie das, Vater?«

»Natürlich«, antwortete der Priester und klang dabei recht fröhlich. »Auch wenn du eindeutig von der Kirche abgefallen bist – sieht man mal von ein paar abergläubischen Überresten wie diesem Christophorus-Medaillon ab –, hättest du dir diese Frage sparen können. Beichten ist gut für die Seele. Wir wissen das seit zweitausend Jahren.«

Monette trug das Christophorus-Medaillon, das einst an seinem Rückspiegel gehangen hatte, nun immer bei sich. Vielleicht war es tatsächlich nur Aberglaube, aber er hatte mit diesem Medaillon im Wagen Abertausende Meilen zurückgelegt, bei jedem Dreckswetter, und dabei noch nicht einmal ein Delle in die Stoßstange gefahren.

»Mein Sohn, was hat sie noch getan, deine Frau? Außer mit Cowboy Bob zu sündigen?«

Zu seiner eigenen Überraschung musste Monette lachen. Der Priester hinter dem Gitter lachte ebenfalls. Wenn auch aus einem anderen Grund. Der Priester sah wohl die witzige Seite. Monette dagegen hatte immer noch damit zu tun, nicht verrückt zu werden.

»Na, da war die Sache mit der Unterwäsche«, sagte er.

6

»Sie hat Unterwäsche gekauft«, erzählte er dem Anhalter, der noch immer, halb abgewandt, zusammengesackt neben ihm saß, den Kopf gegen das von seinem Atem beschlagene Fenster gelehnt. Zwischen den Beinen den Rucksack, darauf das Schild mit der Aufschrift ICH BIN STUMM!. »Sie hat sie mir gezeigt. Im Schrank im Gästezimmer. Der Schrank quoll verdammt noch mal fast über damit. Bustiers und Mieder und BHs und Seidenstrümpfe, die unbenutzt in der Packung steckten, Dutzende davon. Und Hüfthalter, Tausende, allem Anschein nach. Aber vor allem gab es Höschen, Höschen, Höschen. Cowboy Bob, hat sie gesagt, ist ein ›richtiger Höschen-Typ‹. Ich glaube, sie wollte noch weitererzählen, mir erklären, wie das alles so ablief, aber ich hatte schon kapiert. Hab mehr kapiert, als mir lieb war. ›Klar ist er ein Höschen-Typ‹, hab ich gesagt, ›muss ja als junger Typ über dem *Playboy* abgespritzt haben, verdammt noch mal, er ist *sechzig*.‹«

Sie kamen am Schild nach Fairfield vorbei. Grün, durch die Windschutzscheibe nur verwischt zu erkennen. Eine nasse Krähe hockte darauf.

»Und noch dazu alles gute Sachen«, sagte Monette. »Vieles von Victoria's Secret aus dem Einkaufszentrum, aber auch einiges aus einer teuren Boutique namens Sweets. In Boston. Ich wusste noch nicht mal, dass es Unterwäsche-Boutiquen gibt. Hab ich jetzt dazugelernt. In diesem Schrank mussten sich einige Tausend Dollar stapeln. Und Schuhe. Zum größten Teil hochhackige Dinger. Das perfekte Heiße-Braut-Outfit. Allerdings stelle ich mir vor, dass sie ihre Bifokalbrille abgenommen hat, wenn sie sich in ihren neuesten Wonderbra und ihre Seidenhöschen geworfen hat. Aber …«

Ein Vierzigtonner überholte. Monette hatte die Scheinwerfer an und blendete unwillkürlich kurz das Fernlicht auf, als der Laster vorbei war. Der Fahrer antwortete mit den Hecklichtern. Zeichensprache der Straße.

»Aber das meiste davon war kein einziges Mal getragen worden. Das war das Beste. Es war einfach nur … einfach nur zusammengehamstert. Ich hab sie gefragt, warum sie so verdammt viel gekauft hat. Entweder wusste sie es nicht oder konnte es nicht erklären. ›War nur so eine Angewohnheit‹, hat sie gesagt. ›Irgendwie so ähnlich wie ein Vorspiel.‹ Wie gesagt, es war ihr nicht peinlich. Und sie hat sich überhaupt nicht geziert. Als würde sie sich denken: *Das ist alles ein Traum, aus dem ich bald aufwachen werde.* Wir haben vor dem Schrank gestanden und auf diesen Wust an Unterwäsche und Schuhen und weiß Gott noch alles gestarrt. Und dann hab ich gefragt, woher sie das Geld hatte – immerhin sehe ich am Monatsende ja die Kreditkartenabrechnungen, und da war von Sweets in Boston nichts aufgeführt –, und damit sind wir zum eigentlichen Problem gekommen. Der Veruntreuung.«

»Veruntreuung«, sagte der Priester. Monette fragte sich, ob das Wort hier im Beichtstuhl jemals gefallen war. Wahrscheinlich nicht. *Diebstahl* dagegen bestimmt.

»Sie hat für den Schulverwaltungsbezirk 19 in Maine gearbeitet«, sagte Monette. »Er ist einer der größeren, gleich südlich von Portland. Mit Sitz in Dowrie übrigens, wo auch das Range Riders liegt – die Line-Dance-Kaschemme – und das legendäre Grove Motel, nicht weit davon entfernt, in der gleichen Straße. Ziemlich bequem. Erst zum Tanzen, dann zum Fi... zum Beischlaf, alles an einem Ort. Man muss noch nicht mal mit dem Auto fahren, wenn man ein bisschen zu viel intus hat. Was bei den beiden meistens der Fall war. Tequila für sie, Whiskey für ihn. Jack Daniel's, klar. Hat sie mir erzählt. Sie hat mir alles erzählt.«

»Ist sie Lehrerin?«

»Nein, nein – Lehrer haben keinen Zugriff auf solche Summen. Als Lehrerin hätte sie nie hundertzwanzigtausend Dollar unterschlagen können. Wir hatten den Schulinspektor und seine Frau häufig bei uns zum Abendessen, natürlich haben wir uns immer bei den Picknicks am Ende des Schuljahrs im Country Club in Dowrie getroffen. Victor McCrea. Absolvent der University of Maine. Hat mal Football gespielt. Sportlehrer. Bürstenhaarschnitt. Wurde aus Gefälligkeit wahrscheinlich so durchgereicht, aber ein netter Mann, einer von denen, die fünfzig verschiedene ›Kommt ein Mann in eine Kneipe‹-Witze erzählen können. Verantwortlich für ein Dutzend Schulen, von den fünf Grundschulen bis hin zur Muskie High. Sehr hohes Jahresbudget. Konnte im Notfall vielleicht noch vier und vier zusammenzählen. Barb war zwölf Jahre lang seine Chefsekretärin.«

Monette hielt inne.

»Barb war für das Scheckbuch zuständig.«

8

Der Regen wurde stärker. Es fehlte nicht mehr viel, und es goss in Strömen. Ganz automatisch reduzierte Monette die Geschwindigkeit auf fünfzig Meilen. Unbekümmert überholten andere Wagen auf der linken Spur, jeder zog eine Wasserwolke hinter sich her. Sollten sie doch rasen. Er hatte eine lange und unfallfreie Karriere, in der er immer das beste Herbstprogramm aller Zeiten verkauft hatte (ganz zu schweigen vom besten Frühjahrsprogramm aller Zeiten und einigen Sommer-Überraschungsprogrammen, die hauptsächlich aus Kochbüchern, Ernährungsratgebern und *Harry Potter*-Ablegern bestanden), und er wollte, dass es auch so blieb.

Der Anhalter zu seiner Rechten rührte sich.

»Aufgewacht, Kumpel?«, fragte Monette. Eine sinnlose Frage, aber sie kam ihm ganz selbstverständlich über die Lippen.

Der Anhalter ließ einen Kommentar durch jene Körperöffnung ab, die anscheinend nicht stumm war: *Fwiiit*. Bescheiden, höflich und – Gott sei Dank – geruchlos.

»Ich fass das mal als ein Ja auf«, sagte Monette und richtete die Aufmerksamkeit wieder auf die Straße. »Wo war ich?«

Bei der Unterwäsche, da war er gewesen. Er konnte sie noch immer vor sich sehen. Im Schrank gestapelt wie der feuchte Traum eines Teenagers. Dann das Geständnis über das veruntreute Geld: die schwindelerregende Summe. Nachdem er die Möglichkeit in Betracht gezogen hatte, sie könnte aus irgendeinem verrückten Grund gelogen haben (aber natürlich war *alles* verrückt), fragte er sie, wie viel davon noch da sei. Und sie antwortete auf ihre ruhige und benommene Art, dass nichts mehr da sei. Nichts. Aber sie denke, sie könne noch mehr beschaffen. Eine Weile lang zumindest.

»›Aber sie werden bald dahinterkommen‹, hat sie gesagt. ›Wenn es nur den ahnungslosen Vic gäbe, könnte ich wahrscheinlich ewig so weitermachen. Aber letzte Woche waren

Wirtschaftsprüfer da, die haben Kopien von den Aufzeichnungen mitgenommen. Es wird nicht mehr lange dauern.‹

Also hab ich sie gefragt, wie sie über hunderttausend Dollar für Hüftgürtel und Höschen ausgeben konnte«, erzählte Monette seinem schweigsamen Gefährten. »Ich war nicht wütend – zumindest nicht in diesem Moment, wahrscheinlich war ich nur geschockt –, ich war einfach nur neugierig, wirklich. Und sie hat gesagt, genau wie vorher, ohne sich zu zieren, ohne dass es ihr peinlich war, so als würde sie schlafwandeln: ›Also, wir haben uns zunehmend für die Lotterie interessiert. Wahrscheinlich dachten wir, wir könnten es uns auf diese Weise zurückholen.‹«

Monette hielte inne. Er sah den Scheibenwischern zu. Kurz ging ihm durch den Kopf, den Lenker nach rechts zu reißen und den Wagen gegen die Betonwand der vorausliegenden Überführung zu setzen. Er verwarf die Idee. Später würde er dem Priester erzählen, dass es zum Teil das alte Selbstmordverbot seiner Kindheit war, das ihn davon abgehalten hatte, vor allem aber, weil er die Josh-Ritter-CD mindestens noch einmal hören wollte, bevor er starb.

Außerdem war er ja nicht mehr allein.

Statt Selbstmord zu begehen (und seinen Beifahrer mit in den Tod zu nehmen), fuhr er mit maßvollen fünfzig Meilen unter der Überführung durch (vielleicht zwei Sekunden lang war die Windschutzscheibe klar, bevor die Scheibenwischer wieder Arbeit fanden) und setzte seine Geschichte fort.

»Sie müssen mehr Lottoscheine gekauft haben als irgendjemand zuvor.« Er dachte darüber nach und schüttelte schließlich den Kopf. »Na ja … wahrscheinlich nicht. Aber zehntausend auf jeden Fall. Sie hat gesagt, letzten November – ich war fast den ganzen Monat in New Hampshire und Massachusetts, dazu kam die Vertreterkonferenz in Delaware –, da haben sie über zweitausend gekauft. Powerball, Megabucks, Paycheck, Pick 3, Pick 4, Triple Play, alles, was herging. Am Anfang haben sie die Scheine noch selbst ausgefüllt, aber irgendwann hat ihnen das zu lange gedauert, deshalb haben sie ihre Scheine elektronisch ausfüllen lassen.«

Monette deutete auf den weißen Plastikkasten, der unterhalb des Rückspiegels an die Windschutzscheibe geklebt war. »Diese Dinger machen alles schneller. Hat vielleicht ja auch was Gutes, aber ich bezweifle es. ›Wir haben unsere Scheine elektronisch ausfüllen lassen‹, hat sie gesagt. ›Wenn man in einer Schlange steht, werden die Leute hinter einem nervös, weil das Ausfüllen so lange dauert, vor allem, wenn im Jackpot über hundert Millionen liegen.‹ Manchmal hätten sie und Yandowsky sich auch getrennt, um verschiedene Läden aufzusuchen, bis zu zwei Dutzend an einem Abend. Und natürlich wurden auch direkt beim Line-Dance Scheine verkauft.

›Als Bob das erste Mal gespielt hat, hat er bei einem Pick 3 fünfhundert Dollar gewonnen. Es war so romantisch‹, hat sie erzählt.« Monette schüttelte den Kopf. »Das Romantische ist geblieben, aber mit dem Gewinnen war's vorbei. Das waren ihre Worte. Einmal haben sie tausend gewonnen, aber da hatten sie schon dreißigtausend in den Topf geworfen. *In den Topf,* so hat sie das bezeichnet.

Einmal – im Januar, ich war unterwegs, um die Kosten für den Kaschmirmantel zu verdienen, den ich ihr zu Weihnachten geschenkt hatte – sind sie nach Derry gefahren und haben dort ein paar Tage verbracht. Ich weiß nicht, ob es dort auch Line-Dance gibt, ich hab's nicht nachgeprüft, was es aber gibt, das ist ein Laden namens Hollywood Slots. Sie hatten eine Suite, haben in Saus und Braus gelebt – *in Saus und Braus,* ihre Worte – und siebentausendfünfhundert beim Video-Poker verzockt. Aber das gefiel ihnen nicht so gut, hat sie gemeint. Meistens haben sie Lotto gespielt, haben immer mehr von der Kohle der Schulverwaltung in die Lose gesteckt, um die Verluste auszugleichen, bevor die Wirtschaftsprüfer auftauchten und die ganze Chose zusammenkrachte. Und hin und wieder haben sie sich natürlich neue Unterwäsche gekauft. Ein Mädel will sich doch frisch fühlen, wenn sie im örtlichen 7-Eleven Lottoscheine kauft. – Alles in Ordnung mit dir, Kumpel?«

Von seinem Beifahrer kam keine Reaktion – natürlich nicht –, weshalb Monette den Typen an der Schulter schüttelte. Der Anhalter nahm den Kopf von der Scheibe (die Stirn hatte einen Fettfleck auf dem Glas hinterlassen), sah sich um und zwinkerte mit seinen geröteten Augen, als hätte er geschlafen. Monette nahm ihm das nicht ab. Er wusste auch nicht, warum; war nur so ein Gefühl.

Er schloss Daumen und Zeigefinger zu einem Kreis und zog die Augenbrauen hoch.

Der Anhalter starrte ihn lediglich mit leerer Miene an. Monette dachte bereits, der Kerl sei nicht nur taubstumm, sondern auch strunzdoof, doch dann lächelte er, nickte und bildete ebenfalls den Kreis.

»Okay«, sagte Monette.»Wollt's nur mal wissen.«

Der Mann lehnte sich mit dem Kopf wieder gegen die Scheibe. Waterville, das vermutliche Ziel des Typen, war in der Zwischenzeit hinter ihnen im Regen verschwunden. Monette bemerkte es nicht. In Gedanken war er immer noch in der Vergangenheit.

»Wäre es nur um Reizwäsche und Lottoscheine gegangen, bei denen man Zahlen ankritzeln muss, hätte sich der Schaden in Grenzen gehalten«, sagte er.»Wenn man so Lotto spielt, dauert das nämlich seine Zeit. Da hat man die Chance, wieder zu Verstand zu kommen, immer vorausgesetzt, man hat einen. Man muss sich anstellen, die Scheine besorgen und sie im Geldbeutel aufbewahren. Man muss fernsehen und die Scheine nachprüfen. Dann wäre es vielleicht immer noch okay gewesen. Wenn überhaupt irgendwas daran okay ist, wenn deine Frau mit einem grenzdebilen Geschichtslehrer herumturtelt und dreißig- oder vierzigtausend Dollar vom Geld der Schulverwaltung im Klo runterspült. Aber dreißig Riesen hätte ich noch aufbringen können. Ich hätte eine zweite Hypothek aufs Haus aufnehmen können. Nicht für Barb, nie und nimmer,

aber für Kelsie Ann. Wenn jemand sich gerade ein eigenes
Leben aufbaut, dann braucht er nicht so einen stinkenden Fisch
am Hals. Rückerstattung, so nennt man das. Ich hätte alles
rückerstattet, und wenn ich dafür in einer Zweizimmerwohnung hätte leben müssen. Verstehst du?«

Der Anhalter verstand es ganz offensichtlich *nicht* – verstand
nichts von attraktiven jungen Töchtern, die sich gerade ein
eigenes Leben aufbauten, nichts von zweiten Hypotheken oder
Rückerstattungen. Er war warm und trocken in seiner totstummen Welt, und das war wahrscheinlich auch besser so.
Wahrscheinlich kümmerte ihn nichts anderes.

Dessen ungeachtet erzählte Monette weiter.

»Nur dass es schnellere Wege gibt, sein Geld auf den Kopf zu
hauen, und das auf so legale Weise wie … wie Unterwäsche zu
kaufen.«

9

»Sie haben mit Rubbellosen angefangen, oder?«, fragte der Priester. »Mit den Sofortgewinnen, wie es die Lottogesellschaften
nennen.«

»Sie reden wie jemand, der auch schon mal ein paar Scheinchen riskiert«, sagte Monette.

»Von Zeit zu Zeit«, stimmte der Priester mit einem bewundernswerten Mangel an Zurückhaltung zu. »Ich rede mir immer ein, wenn ich wirklich mal das große Los ziehe, würde ich
das ganze Geld der Kirche geben. Aber ich setz nie mehr als
fünf Dollar die Woche.« Diesmal war ein Zögern zu erkennen.
»Manchmal zehn.« Wieder eine Pause. »Und einmal hab ich
ein Zwanzig-Dollar-Los gekauft, damals, als die noch ganz neu
waren. Aber das war in einem Anfall temporären Wahnsinns.
Ich hab's nie wieder gemacht.«

»Bislang zumindest nicht«, sagte Monette.

Der Priester gluckste. »Die Worte eines Mannes, der sich wahrlich die Finger verbrannt hat, mein Sohn.« Er seufzte. »Die Geschichte fasziniert mich, aber können wir die Sache nicht irgendwie etwas beschleunigen? Meine Gäste werden warten, solange ich das Werk des Herrn verrichte, aber nicht ewig. Und außerdem, glaube ich, gibt es Hühnchensalat mit Mayo satt. Eines meiner Lieblingsessen.«

»Es kommt nicht mehr viel«, sagte Monette. »Wenn Sie schon mal gespielt haben, wissen Sie ja Bescheid. Man kann Rubbellose in den Lottogeschäften kaufen, aber es gibt sie auch in zahllosen anderen Läden, unter anderem in den Raststätten an den Highways. Man muss sich noch nicht mal an der Kasse anstellen, man kann sie auch am Automaten ziehen. Die Automaten sind immer grün, in der Farbe des Geldes. Als Barb schließlich ausgepackt hat …«

»Als sie beichtete«, sagte der Priester, wohl nicht ohne Hintergedanken.

»Ja, als sie *beichtete,* hatten sie sich mehr oder weniger auf die Zwanzig-Dollar-Rubbellose verlegt. Barb hat behauptet, sie hätte nie eins gekauft, wenn sie allein war, aber mit Cowboy Bob zusammen, da hätten sie eine Menge besorgt. Hatten sich irgendwie den großen Reibach erhofft. Einmal hätten sie in einer einzigen Nacht hundert von diesen Dingern gekauft, hat sie gesagt. Das sind zweitausend Dollar. Achtzig haben sie zurückbekommen. Beide hatten einen eigenen kleinen Plastikschaber. Sehen aus wie Eiskratzer für Elfen, auf dem Griff ist STAATLICHE LOTTERIE MAINE aufgedruckt. Sie sind grün, genau wie die Automaten. Sie hat mir ihren gezeigt – er lag unter dem Bett im Gästezimmer. Von der Schrift war nur noch das TERI zu erkennen. Hätte auch MYSTERIUM heißen können. War alles vom Schweiß ihrer Handfläche weggewischt worden.«

»Mein Sohn, hast du sie geschlagen? Bist du deswegen hier?«

»Nein«, sagte Monette. »Ich wollte sie deswegen *umbringen* – wegen des Geldes, nicht wegen des Ehebruchs. Der Ehebruch war ja so irreal, trotz ihres Gefi… ihrer Unterwäsche direkt vor meinen Augen. Aber ich hab ihr kein Härchen gekrümmt. Wahrscheinlich, weil ich einfach zu müde war. Die vielen Neuigkeiten, die haben mich ermüdet. Ich wollte nur schlafen. Lange, lange schlafen. Mehrere Tage lang. Ist das nicht seltsam?«

»Keineswegs«, sagte der Priester.

»Ich hab sie gefragt, wie sie mir so etwas antun konnte. War ihr denn alles so egal? Und *sie* hat mich gefragt …«

10

»Sie hat mich gefragt, warum ich nichts davon gewusst habe«, erzählte Monette dem Anhalter. »Und bevor ich was darauf erwidern konnte, hat sie selbst die Antwort gegeben, es war also eine – wie nennt man das? – rhetorische Frage oder so. Sie hat gesagt: ›Du hast es nicht gewusst, weil es dir egal war. Du warst fast immer unterwegs, und wenn nicht, dann *wolltest* du unterwegs sein. Es interessiert dich seit zehn Jahren nicht mehr, welche Unterwäsche ich trage – wie auch, wo es dir doch egal ist, welche Frau darin steckt? Aber jetzt, jetzt ist es dir nicht mehr egal, oder? Jetzt interessiert es dich.‹

Mann, ich hab sie einfach nur angesehen. Ich war zu müde, um sie umzubringen – oder auch nur zu schlagen –, aber ich war wütend, oh, war ich wütend. Trotz des Schocks war ich wütend. Sie wollte es so hindrehen, als ob alles meine Schuld wäre. Verstehst du? Wollte alles auf meinen verdammten *Job* schieben, als ob ich mir einen anderen suchen könnte, bei dem ich auch nur halb so viel verdiene. Ich meine, wofür bin ich denn in meinem Alter noch qualifiziert? Ich könnte vielleicht noch einen Job als Schülerlotse bekommen – ich hab mir in der Vergangenheit moralisch nichts zuschulden kommen lassen –, aber das wär dann schon alles.«

Er hielt inne. In einiger Entfernung, noch halb verschwommen im Regenschleier, tauchte ein blaues Schild auf.

Er überlegte, dann sagte er:»Aber auch darum ging's nicht. Willst du wissen, worum es eigentlich ging? Worum es ihr ging? Ich sollte ein schlechtes Gewissen bekommen, weil ich meinen Job *mag*.Weil ich nicht einfach nur die Zeit totschlage, bis der Richtige dahergelaufen kommt, damit ich dann *verdammt noch mal total überschnappen kann!*«

Der Anhalter rührte sich ein wenig, wahrscheinlich nur, weil sie über einen Hubbel gefahren waren (oder über ein totes Tier auf der Fahrbahn), aber dabei wurde Monette bewusst, dass er mittlerweile brüllte. Und, he, der Kerl war vielleicht doch nicht ganz taub. Und selbst wenn, vielleicht spürte er Vibrationen im Gesicht, wenn der Schall einen bestimmten Geräuschpegel überschritt. Wer konnte das verdammt noch mal schon wissen?

»Ich bin nicht darauf eingegangen«, sagte Monette etwas leiser.»Ich hab mich *geweigert,* darauf einzugehen.Wahrscheinlich war mir klar, wenn ich mich darauf einlasse, wenn wir uns streiten, dann gibt es kein Halten mehr. Ich wollte weg, solange ich noch unter Schock stand … das war nämlich das Einzige, was sie noch geschützt hat, verstehst du?«

Der Anhalter sagte nichts, aber Monette hatte dafür das Bild umso klarer vor Augen.

»Ich hab sie gefragt:›Was jetzt?‹, und sie hat gesagt:›Ich nehme an, ich muss ins Gefängnis.‹ Und weißt du was? Wenn sie angefangen hätte zu weinen, hätte ich sie in den Arm genommen. Nach sechsundzwanzig Jahren Ehe ist das einfach ein Reflex. Auch wenn kaum noch Gefühle da sind. Aber sie hat nicht geweint. Also bin ich gegangen. Hab mich einfach umgedreht und bin rausmarschiert. Als ich zurückkam, fand ich einen Zettel vor, auf dem stand, sie sei *ausgezogen*. Das ist jetzt fast zwei Wochen her. Seitdem hab ich sie nicht mehr gesehen. Ich hab mit ihr ein paarmal telefoniert, das ist alles. Und ich hab mit einem Anwalt gesprochen. Hab alle unsere Konten gesperrt, auch wenn das nichts hilft, wenn die Mühlen des Gesetzes erst mal in Gang kommen. Was nicht mehr lang dauern wird. Die Exkremente sind am Vaporisieren, wenn du verstehst, was ich meine. Und dann werde ich sie wohl wiedersehen. Vor Gericht. Sie und ihren verfickten Cowboy Bob.«

Jetzt konnte er das blaue Schild erkennen: Raststätte Pittsfield 2 Meilen.

»Ah, Scheiße!«, rief er. »Waterville ist fünfzehn Meilen in die andere Richtung, Kumpel.« Und als der Taubstumme sich nicht rührte (natürlich nicht), wurde Monette klar, dass er doch gar nicht wusste, ob der Typ überhaupt dorthin wollte. Zumindest war er sich nicht sicher. Jedenfalls war es an der Zeit, die Sache klarzustellen. Der Rastplatz kam dafür wie gerufen, bis dahin würden sie aber noch ein, zwei Minuten in diesem rollenden Beichtstuhl gefangen sein. Eines gab es noch, was er zu sagen hatte.

»Stimmt schon, ich hab schon lange nichts mehr für sie empfunden«, sagte er. »Manchmal kommt einem die Liebe einfach abhanden. Und es stimmt auch, dass ich nicht immer treu war – von Zeit zu Zeit hab ich mir unterwegs ein bisschen Trost gegönnt. Aber lässt sich *damit* denn *alles* rechtfertigen? Lässt sich damit rechtfertigen, dass eine Frau ein ganzes Leben zertrümmert, so wie Kinder mit einem Knallkörper faule Äpfel in die Luft sprengen?«

Er bog zum Rastplatz ab. An die vier Wagen waren auf dem Parkplatz abgestellt. Sie kauerten sich vor die Fassade des braunen Gebäudes mit seinen Verkaufsautomaten. Auf Monette wirkten die Autos wie frierende Kinder, die man im Regen hatte stehen lassen. Er parkte. Der Anhalter sah ihn fragend an.

»Wohin willst du?«, fragte Monette, obwohl er wusste, dass es hoffnungslos war.

Der Taubstumme überlegte. Er sah sich um und erkannte offenbar, wo er sich befand. Dann sah er wieder zu Monette, als wollte er sagen: *Hierhin nicht.*

Monette deutete nach Süden, in die Richtung, aus der sie gekommen waren, und zog die Augenbrauen hoch. Der Taubstumme schüttelte den Kopf und zeigte nach Norden. Öffnete und schloss die Fäuste, sechsmal streckte er die Finger ... achtmal ... zehnmal. Im Grunde genau wie vorher. Aber diesmal verstand Monette. Das Leben, dachte er sich, könnte für diesen Typen einfacher sein, wenn ihm jemand die liegende Acht als Symbol für das *Unendliche* beigebracht hätte.

»Du ziehst einfach nur irgendwie herum, oder?«, fragte Monette.

Der Taubstumme sah ihn an.

»Ja, so ist das«, sagte Monette. »Gut, ich sag dir eines. Du hast mir bei meiner Geschichte zugehört – auch wenn du nicht weißt, dass du sie gehört hast –, dafür bring ich dich sogar bis Derry.« Er hatte eine Idee. »Ich setz dich in der Obdachlosenunterkunft in Derry ab. Da gibt's was Warmes zu essen und ein Bett zumindest für eine Nacht. Ich muss übrigens mal pinkeln. Du auch?«

Der Taubstumme sah ihn verständnislos an.

»Pinkeln«, sagte Monette. »*Pissen.*« Er wollte schon auf seinen Schritt zeigen, wurde sich aber bewusst, wo sie sich befanden. Vermutlich würde der Penner glauben, er wolle ihm hier gleich neben den Snack-Automaten einen Blowjob anbieten. Er zeigte stattdessen zu den Silhouetten an der Gebäudeseite – dem ausgestanzten schwarzen Mann und der ausgestanzten schwarzen Frau. Der Mann hatte die Beine gespreizt, die Frau ihre zusammen. So ziemlich die ganze Geschichte der Menschheit in Zeichensprache.

Das kapierte sein Beifahrer. Entschieden schüttelte er den Kopf und schloss erneut Daumen und Zeigefinger zu einem Kreis. Was Monette vor ein heikles Problem stellte: Sollte er den schweigsamen Vagabunden im Wagen lassen, während er sein Geschäft verrichtete, oder ihn zum Warten in den Regen hinausschicken … in welchem Fall der Typ ziemlich genau wusste, warum er vor die Tür gesetzt wurde.

Nur dass es überhaupt kein Problem war. Er hatte kein Geld im Wagen, und sein persönliches Gepäck war im Kofferraum eingeschlossen. Zwar lagen seine Musterkoffer auf dem Rücksitz, aber irgendwie konnte er sich nicht vorstellen, dass der Typ zwei dreißig Kilo schwere Koffer klauen und damit zur Auffahrt schlendern würde. Und außerdem, wie sollte er dann sein ICH BIN STUMM!-Schild hochhalten?

»Bin gleich wieder da«, sagte Monette, und als der Anhalter ihn nur mit seinen rot umränderten Augen anstarrte, deutete Monette auf sich selbst, dann auf die Toiletten-Piktogramme, dann wieder auf sich. Diesmal nickte der Anhalter und machte erneut sein Daumen-Zeigefinger-Zeichen.

Monette ging zur Toilette und pinkelte gefühlte zwanzig Minuten lang. Die Erleichterung war großartig. Danach ging es ihm besser als in der gesamten Zeit, seitdem Barb die Bombe hatte platzen lassen. Zum ersten Mal kam ihm der Gedanke, dass er damit zurechtkommen könnte. Und er würde Kelsie dabei helfen, damit zurechtzukommen. Er erinnerte sich an ein altes deutsches Sprichwort (oder war es ein russisches, es klang jedenfalls ganz nach russischer Weltsicht): Was mich nicht umbringt, macht mich nur stärker.

Pfeifend ging er zum Wagen zurück und verpasste sogar dem Lottoschein-Automaten einen kameradschaftlichen Klaps, als er daran vorbeikam. Erst dachte er, er könnte seinen Mitfahrer nicht sehen, weil dieser sich hingelegt hatte … dann hätte er ihn aufscheuchen müssen, damit er sich hinters Steuer setzen konnte. Aber der Anhalter lag nicht auf den Sitzen. Der Anhalter war verschwunden. Hatte seinen Rucksack und sein Schild genommen und sich aus dem Staub gemacht.

Monette sah zum Rücksitz. Seine Wolfe-&-Sons-Koffer schienen unberührt zu sein. Er sah im Handschuhfach nach und fand die fadenscheinigen Papiere, die er dort aufbewahrte – die

Zulassung, die Versicherungskarte, die Karte des Automobil-clubs. Alles, was von dem Penner noch übrig war, war sein Geruch, ein nicht gänzlich unangenehmer: Schweiß und leichter Kieferngeruch, so als hätte der Kerl im Freien übernachtet.

Er erwartete, den Typen an der Auffahrt zu sehen, wo er sein Schild hochhalten und es geduldig hin und her drehen würde, damit die potenziellen barmherzigen Samariter das gesamte Spektrum seiner Defekte präsentiert bekämen. Falls dem so war, würde Monette anhalten und ihn wieder mitnehmen. Irgendwie hatte er das Gefühl, als wäre die Angelegenheit noch nicht erledigt. Wenn er ihn vor der Obdachlosenunterkunft in Derry absetzte – dann wäre die Angelegenheit erledigt. Dann wäre alles unter Dach und Fach. Er hatte vielleicht so seine Schwächen, aber er mochte keine halben Sachen.

Aber der Typ stand nicht auf der Auffahrt; der Typ war wie vom Erdboden verschluckt. Erst als Monette an einem Schild vorüberfuhr, das DERRY 10 MEILEN anzeigte, und er zum Rückspiegel sah, bemerkte er, dass sein Christophorus-Medaillon, Begleiter seiner unzähligen Fahrten, verschwunden war. Der Taubstumme hatte es gestohlen. Aber noch nicht einmal das konnte Monettes neuem Optimismus etwas anhaben. Vielleicht brauchte der Taubstumme es dringender als er. Monette hoffte, es würde ihm Glück bringen.

Zwei Tage darauf – er verkaufte in Presque Isle das beste Herbstprogramm aller Zeiten – bekam er einen Anruf von der Polizei. Seine Frau und Bob Yandowsky seien im Grove Motel erschlagen worden. Der Mörder hatte dazu ein Eisenrohr benutzt, das in ein Motel-Handtuch gewickelt war.

11

»Großer … *Gott!*«, stieß der Priester aus.

»Ja«, stimmte Monette ihm zu. »Das war so ziemlich das, was ich mir auch gedacht habe.«

»Deine Tochter …?«

»Am Boden zerstört, klar. Sie ist bei mir, zu Hause. Wir werden darüber hinwegkommen, Vater. Natürlich weiß sie nichts von dem anderen. Dem veruntreuten Geld. Mit einigem Glück wird sie nie was davon erfahren. Es gibt eine ziemlich hohe Versicherungssumme, der Auszahlungsbetrag verdoppelt sich bei Unfällen oder anderen Unglücksfällen. Angesichts dessen, was sich vorher ereignet hat, hätte ich mit der Polizei jetzt wohl ein ziemlich ernstes Problem, wenn ich nicht ein wasserdichtes Alibi hätte. Und wenn sich nicht einiges … getan hätte. Ich bin mehrere Male verhört worden.«

»Mein Sohn, du hast doch nicht jemanden bezahlt …«

»Auch das bin ich gefragt worden. Ich habe meine Konten allen offengelegt, die sie sehen wollten. Jeder Zahlungsvorgang konnte bis zum letzten Penny nachgewiesen werden, sowohl bei meinen als auch bei Barbs Ausgaben. Finanziell war sie äußerst verantwortungsbewusst. Zumindest im vernünftigen Teil ihres Lebens. – Vater, könnten Sie vielleicht Ihre Tür öffnen? Ich möchte Ihnen was zeigen.«

Statt einer Antwort öffnete der Priester die Tür. Monette nahm das Christophorus-Medaillon vom Hals und reichte es nach draußen. Ihre Finger berührten sich kurz, während das Medaillon und das dazugehörige Metallkettchen von Hand zu Hand gingen.

Es folgten fünf Sekunden Schweigen, während der Priester überlegte. Dann sagte er: »Das wurde dir wann zurückgegeben? Lag es im Motel, wo …«

»Nein«, sagte Monette. »Nicht im Motel. In unserem Haus in Buxton. Auf der Anrichte unseres ehemaligen Schlafzimmers. Neben dem Hochzeitsbild.«

»Großer Gott«, sagte der Priester.

»Er könnte die Adresse in der Autozulassung gelesen haben, während ich auf dem Klo war.«

»Und natürlich hast du den Namen des Motels erwähnt … und die Stadt …«

»Dowrie«, sagte Monette.

Zum dritten Mal rief der Priester seinen Boss an. Dann sagte er: »Der Typ war gar nicht taubstumm, oder?«

»Ich bin mir ziemlich sicher, dass er stumm war«, sagte Monette, »aber sicherlich nicht taub. Neben dem Medaillon lag eine Notiz, ein Zettel, den er vom Telefonblock gerissen hat. Das muss alles geschehen sein, als ich mit meiner Tochter im Beerdigungsinstitut einen Sarg ausgesucht habe. Die Hintertür stand offen, war aber nicht aufgebrochen. Vielleicht war er clever genug, das Schloss zu knacken, vielleicht hab ich aber auch nur vergessen abzusperren, als wir gegangen sind.«

»Und auf dem Zettel stand was?«

»›Danke fürs Mitnehmen‹«, sagte Monette.

»Da will ich doch verdammt sein.« Nachdenkliches Schweigen, dann ein leises Klopfen an der Tür des Beichtstuhls, in dem Monette saß und den Spruch Sie sind allemal Sünder und ermangeln des Ruhmes, den sie bei Gott haben sollten betrachtete.

»Hast du das der Polizei erzählt?«

»Ja, natürlich, die ganze Geschichte. Die glauben den Typen zu kennen. Sie kennen sein Schild. Stanley Doucette, so heißt er. Zieht mit seinem Schild schon seit Jahren durch Neuengland. Fast so wie ich, wenn ich so darüber nachdenke.«

»Frühere Gewalttaten, die auf sein Konto gehen?«

»Ein paar«, sagte Monette. »Meistens Schlägereien. Hat mal einen Mann in einer Bar ziemlich übel verprügelt. Geht in psychiatrischen Anstalten ein und aus, unter anderem in der Serenity Hill in Augusta. Ich glaub aber nicht, dass mir die Polizei alles gesagt hat.«

»Willst du's denn so genau wissen?«

Monette überlegte. »Nein.«

»Man hat ihn noch nicht geschnappt?«

»Sie meinen, es sei nur eine Frage der Zeit. Ist angeblich nicht ganz helle. War jedenfalls helle genug, um mich hinters Licht zu führen.«

»Hat er dich wirklich hinters Licht geführt, mein Sohn? Oder hast du gewusst, dass dir jemand Gehör schenkt? Das scheint mir die Schlüsselfrage zu sein.«

Monette schwieg lange. Er konnte nicht sagen, ob er bislang wirklich sein Gewissen befragt hatte, aber er tat es jetzt, und er tat es gründlich. Nicht alle Antworten gefielen ihm, aber er ließ nicht locker, und er wollte nichts übersehen, zumindest nicht absichtlich.

»Nein, ich hab es nicht gewusst«, sagte er.

»Und bist du froh, dass deine Frau und ihr Liebhaber tot sind?«

In seinem tiefsten Inneren sagte er augenblicklich *Ja*. Laut sagte er: »Ich bin erleichtert. Es tut mir leid, Vater, das sagen zu müssen, aber angesichts des Chaos, das sie angerichtet hat – und wie sich nun alles in Wohlgefallen auflöst, ohne Gerichtsverfahren, unter stillschweigender Rückerstattung des veruntreuten Betrages mit Hilfe des Versicherungsgeldes –, bin ich erleichtert. Ist das eine Sünde?«

»Ja, mein Sohn. Tut mir leid, dir das mitteilen zu müssen, aber es ist eine Sünde.«

»Können Sie mich von meinen Sünden freisprechen?«

»Zehn Vaterunser und zehn Ave-Maria«, antwortete der Priester schroff. »Die Vaterunser sind für deine mangelnde Nächstenliebe – eine schwerwiegende, aber keine Todsünde.«

»Und die Ave-Maria?«

»Anstößige Sprache während der Beichte. Irgendwann sollten wir uns auch um den Ehebruch kümmern – deinen, nicht ihren –, aber nicht jetzt …«

»Sie haben eine Essensverabredung, verstehe.«

»In Wahrheit ist mir der Appetit vergangen, aber ich sollte wenigstens meine Gäste begrüßen. Ich glaube, ich fühle mich etwas … etwas zu erschöpft, um mir dadurch jetzt, wie hast du es genannt, Trost zu gönnen.«

»Verstehe.«

»Gut. Und jetzt, mein Sohn?«

»Ja?«

»Ich will ja nicht darauf herumreiten, aber bist du dir sicher, dass du diesem Mann nicht die Erlaubnis erteilt oder ihn in irgendeiner Weise dazu ermuntert hast? In diesem Fall würde es sich nämlich nicht mehr um eine lässliche Sünde handeln, sondern um eine Todsünde. Um sicherzugehen, muss ich darüber mit meinem geistigen Beistand reden, aber …«

»Nein, Vater. Aber meinen Sie … wäre es möglich, dass Gott selbst diesen Typen in meinen Wagen geschickt hat?«

In seinem tiefsten Inneren sagte der Priester augenblicklich *Ja*. Laut sagte er: »Das ist Blasphemie, die ist weitere zehn Vaterunser wert. Ich weiß nicht, wie lange du nicht mehr hier warst, aber selbst du solltest es besser wissen. So, hast du noch etwas zu sagen, um es auf ein paar weitere Ave-Maria anzulegen? Oder sind wir jetzt fertig?«

»Wir sind fertig, Vater.«

»Dann sei dir die Absolution erteilt, wie wir in unserer Branche sagen. Geh deines Weges und sündige nicht mehr. Und kümmere dich um deine Tochter, mein Sohn. Kinder haben nur eine Mutter, egal, was diese getan hat.«

»Ja, Vater.«

Die Silhouette hinter dem Gitter bewegte sich. »Kann ich dir noch eine Frage stellen?«

Widerstrebend lehnte sich Monette zurück. Er wollte raus. »Ja.«

»Du sagtest, die Polizei glaubt, sie würde diesen Mann schnappen.«

»Es hieß, es wäre nur eine Frage der Zeit.«

»Meine Frage: *Willst* du, dass die Polizei diesen Mann schnappt?«

Und weil er nun wirklich fort wollte, um die Buße im noch vertraulicheren Beichtstuhl seines Wagens zu sprechen, sagte Monette: »Natürlich will ich das.«

Auf dem Heimweg betete er zusätzlich zwei Ave-Maria und zwei Vaterunser.

AUS DEM AMERIKANISCHEN VON KARL-HEINZ EBNET

AYANA

Ich hätte nie gedacht, dass ich diese Geschichte einmal erzählen werde. Meine Frau sagte mir, ich solle es sein lassen; sie meinte, mir würde keiner glauben, ich würde mich nur lächerlich machen. Womit sie natürlich meinte, dass es ihr peinlich wäre. »Was ist mit Ralph und Trudy?«, fragte ich sie. »Sie waren dabei. Sie haben es auch gesehen.«

»Trudy wird ihm sagen, er soll den Mund halten«, sagte Ruth. »Und deinem Bruder wird man das nicht zweimal sagen müssen.«

Damit hatte sie wahrscheinlich Recht. Ralph war zu der Zeit Leiter des Schulverwaltungsbezirks 43 in New Hampshire, und das Letzte, was ein Bürokrat in der Unterrichtsbehörde eines kleinen Staates brauchte, war ein Auftritt in den Nachrichten eines Kabelsenders, der in den paar Minuten vor jeder vollen Stunde von UFOs über Phoenix oder Kojoten berichtet, die bis zehn zählen können. Außerdem taugt eine Geschichte über Wunder nicht viel, wenn es keinen Wundertätigen gibt. Aber Ayana war verschwunden.

Jetzt ist meine Frau tot – während des Flugs nach Colorado, wo sie nach der Geburt unseres ersten Enkelkindes aushelfen wollte, erlitt sie einen Herzinfarkt und war sofort tot. (Sagten jedenfalls die Leute von der Airline, aber denen kann man heutzutage ja noch nicht mal sein Gepäck anvertrauen.) Auch mein Bruder Ralph ist tot – ein Schlaganfall bei einem Senioren-Golfturnier –, und Trudy ist jenseits von Gut und Böse. Mein Vater ist schon vor langer Zeit gestorben; wäre er noch am Leben, wäre er jetzt über hundert. Ich bin der letzte Verbliebene, also werde ich die Geschichte erzählen. Sie ist unglaubwürdig, damit hatte Ruth jedenfalls Recht, und sie hat nichts zu bedeuten – das haben Wunder immer so an sich, ausgenommen nur für jene glücklich Verrückten, die sie überall zu erleben meinen. Aber die Geschichte ist interessant. Und wahr. Wir haben es alle gesehen.

Mein Vater lag mit Bauchspeicheldrüsenkrebs im Sterben. Man kann so einiges über die Menschen erfahren, wenn man ihnen zuhört, wie sie über eine solche Situation reden (und dass ich Krebs als »eine solche Situation« bezeichne, sagt wahrscheinlich auch einiges über den Erzähler aus, der sein Leben lang bemüht war, Jungen und Mädchen, deren schwerwiegendsten Gesundheitsprobleme Akne und Sportverletzungen waren, englische Literatur beizubringen).

»Er ist ganz zerfressen«, sagte Ralph.

Meine Schwägerin Trudy sagte: »Er ist dem Tod geweiht.« Im ersten Augenblick glaubte ich, sie hätte gesagt, »er ist dem Tod geneigt«, was mir als irritierend poetisch erschien. Ich wusste, es konnte nicht sein, nicht von ihr, aber ich wollte, dass es so war.

»Er wird ausgezählt«, sagte Ruth.

»Und soll nicht mehr aufstehen« – das sagte ich nicht, aber ich dachte es mir. Weil er zu leiden hatte. Das war 1982, vor fünfundzwanzig Jahren. Bei Krebs im Endstadium wurden Schmerzen damals noch als unvermeidlicher Teil der Krankheit angesehen. Zehn oder zwölf Jahre später las ich, dass die meisten Krebspatienten still und leise starben, weil sie zu schwach waren, um vor Schmerzen zu brüllen. Das weckte so starke Erinnerungen an meinen Vater auf seinem Sterbebett, dass ich ins Badezimmer ging und mich vor die Toilettenschüssel kniete, davon überzeugt, ich müsste mich gleich übergeben.

Mein Vater allerdings starb dann erst vier Jahre später, 1986. Er lebte in einem betreuten Seniorenwohnheim, und er wurde auch nicht von Bauchspeicheldrüsenkrebs dahingerafft. Er erstickte an einem Bissen Steak.

Don »Doc« Gentry und seine Frau Bernadette – mein Vater und meine Mutter – hatten sich nach seiner Pensionierung in einen Vorort von Ford City zurückgezogen, nicht weit von Pittsburgh entfernt. Nach dem Tod seiner Frau überlegte Doc, ob er nach Florida ziehen solle, aber er glaubte, es sich nicht leisten zu können, weshalb er in Pennsylvania blieb. Nachdem bei ihm Krebs diagnostiziert wurde, verbrachte er kurze Zeit im Krankenhaus, wo er allen eingehend erklärte, dass sein Spitzname von seiner Arbeit als Tierarzt herrühre. Nachdem er das jedem, der es hören wollte, klargemacht hatte, wurde er zum Sterben nach Hause geschickt, und die noch übrige Familie – Ralph, Trudy, Ruth und ich – kam nach Ford City, um ihm beim Sterben beizustehen.

Ich kann mich sehr gut an sein Schlafzimmer erinnern. An der Wand hing ein Bild von Christus, der die Kinderlein zu sich kommen ließ. Auf dem Boden ein Flickenteppich, den meine Mutter gewebt hatte: Er bestand aus ekelerregenden Grüntönen und war nicht einer ihrer besten. Neben dem Bett ein Infusionsständer mit einem Aufkleber der Pittsburgh Pirates. Jeden Tag näherte ich mich diesem Zimmer mit größerer Angst, und jeden Tag wurden die Stunden, die ich dort verbrachte, länger. Ich erinnerte mich an Doc, wie er auf der Verandaschaukel saß, damals in Derby, Connecticut, wo mein Bruder und ich aufgewachsen sind – eine Bierdose in der einen Hand, eine Zigarre in der anderen, die Ärmel seines blendend weißen T-Shirts immer doppelt umgeschlagen, damit die glatte Rundung seines Bizeps und die tätowierte Rose über dem linken Ellbogen sichtbar wurden. Er gehörte einer Generation an, die sich nicht komisch dabei vorkam, in dunkelblauen, nicht ausgebleichten Jeans herumzulaufen – und die Jeans noch »Nietenhosen« nannte. Er kämmte sich das Haar wie Elvis und sah leicht verwegen aus, wie ein Seemann nach zwei Drinks bei seinem Landgang, der übel enden würde. Er war ein großer Mann, der sich wie eine Katze bewegte. Und ich erinnerte mich an ein sommerliches Straßenfest in Derby, wo er und meine Mutter mit einem Jitterbug zu »Rocket 88« von Ike Turner und den Kings of Rhythm den Laden aufmischten. Ralph war damals sechzehn, glaube ich, und ich elf. Uns blieb der Mund offen, als wir unsere Eltern so sahen, und zum ersten Mal verstand ich, dass sie es in der Nacht machten, dass sie es nackt machten und keinen einzigen Gedanken an uns verschwendeten.

Mit achtzig, gerade aus dem Krankenhaus entlassen, war aus meinem irgendwie gefährlich anmutigen Vater ein Skelett im Pyjama geworden (auf dem das Pirates-Emblem prangte). Seine Augen lauerten unter ungestümen, buschigen Brauen. Trotz zweier Ventilatoren schwitzte er ständig, und der Geruch, den seine feuchte Haut verströmte, erinnerte mich an alte Tapeten in einem leerstehenden Haus. Sein Atem trug den Hauch der Verwesung in sich.

Ralph und ich waren alles andere als vermögend, aber als wir unser Geld zusammenwarfen und den Rest von Docs eigenen Ersparnissen dazugaben, reichte es aus, um eine Teilzeitpflegekraft und eine Haushälterin anzustellen, die fünf Tage in der Woche vorbeikam. Sie machten ihre Sache ganz gut, hielten den Alten sauber und wechselten die Wäsche, doch an dem Tag, an dem meine Schwägerin sagte, Doc sei dem Tod geneigt (ich ziehe es immer noch vor, ihr diese Worte in den Mund zu legen), war die Schlacht der Gerüche fast geschlagen. Der vernarbte alte Haudegen lag mehrere Runden vor dem Newcomer Johnson's Babypuder; bald, dachte ich, würde der Ringrichter den Kampf abbrechen. Doc konnte nicht mehr selbst auf die Toilette (die er noch immer »den Topf« nannte), er trug deshalb Windeln und Inkontinenzhöschen. Er war noch so weit bei Bewusstsein, um es mitzubekommen und sich zu schämen. Manchmal kullerten ihm Tränen aus den Augenwinkeln, und aus seiner Kehle, die einst »Hey, Good Lookin'« schmetterte, kamen unartikulierte Ausrufe verzweifelter, angewiderter Belustigung.

Die Schmerzen machten es sich in ihm gemütlich, erst im Bauchbereich, von dem sie dann in den ganzen Körper ausstrahlten, bis er sich darüber beklagte, dass ihm sogar die Augenlider und Fingerspitzen wehtaten. Die Schmerzmittel wirkten nicht mehr. Die Pflegerin hätte ihm mehr geben können, aber das hätte ihn möglicherweise umgebracht, deshalb weigerte sie sich. Ich wollte ihm mehr geben, auch wenn es ihn vielleicht umgebracht hätte. Und hätte es vielleicht sogar getan, wenn ich von Ruth darin bestärkt worden wäre, aber meine Frau gehörte nicht zu jenen, die mir darin eine große Stütze waren.

»Sie wird dahinterkommen«, sagte Ruth und meinte damit die Pflegerin, »und dann kriegst du Schwierigkeiten.«

»Er ist mein Dad!«

»Das wird sie nicht davon abhalten.« Für Ruth war das Glas immer halb leer. Das war bei ihr keine Frage der Erziehung, so war sie schon auf die Welt gekommen. »Sie wird es melden. Und dann kommst du vielleicht ins Gefängnis.«

Also brachte ich ihn nicht um. Keiner von uns brachte ihn um. Stattdessen schlugen wir die Zeit tot. Wir lasen ihm vor, ohne zu wissen, wie viel er davon mitbekam. Wir wechselten seine Wäsche und hielten die Liste mit den verabreichten Medikamenten auf dem aktuellen Stand. Es war unerträglich heiß, also stellten wir in regelmäßigen Abständen die Ventilatoren um und hofften auf ein wenig Durchzug. Wir sahen Pirates-Spiele auf einem kleinen Farbfernseher, auf dem das Gras purpurrot aussah, und wir sagten ihm, dass die Pirates dieses Jahr eine tolle Saison spielten. Wir unterhielten uns über sein immer hagerer werdendes Antlitz hinweg. Wir sahen ihn leiden und warteten, dass er starb. Eines Tages aber, als er rasselnd vor sich hin schnarchte, sah ich von den *Best American Poets of the Twentieth Century* auf und bemerkte an der Schlafzimmertür eine große, untersetzte schwarze Frau sowie ein schwarzes Mädchen mit Sonnenbrille.

Dieses Mädchen – ich erinnere mich an sie, als wäre es heute Morgen gewesen. Ich schätzte sie auf etwa sieben, auch wenn sie für ihr Alter äußerst klein war. Winzig eigentlich. Sie trug ein rosafarbenes Kleid, das ihr bis zu den Knubbelknien reichte. Auf jedem ebenso knubbeligen Schienbein klebte ein Heftpflaster mit Zeichentrickfiguren von Warner Brothers; ich erinnere mich an Yosemite Sam mit seinem langen roten Schnurrbart und einer Pistole in jeder Hand. Die Sonnenbrille sah aus wie die Dreingabe bei einem Ramschverkauf. Sie war ihr viel zu groß und auf der Stupsnase ganz nach vorn gerutscht, so dass unter den schweren Lidern ihre Augen zu sehen waren: starre Augen, von einem blau-weißen Schleier überzogen. Ihre Haare waren zu eng am Kopf anliegenden Zöpfen geflochten. An einem Arm trug sie eine rosafarbene Kinderhandtasche aus Plastik. An den Füßen dreckige Turnschuhe. Ihre Haut war nicht richtig schwarz, sondern von einem seifigen Grau. Sie hielt sich zwar auf den Beinen, sah aber fast genauso krank aus wie mein Vater.

Von der Frau habe ich ein weniger deutliches Bild vor Augen, weil das Kind meine ganze Aufmerksamkeit auf sich zog. Die Frau konnte vierzig oder sechzig sein. Sie hatte eine kurzgeschorene Afrofrisur und wirkte gelassen. Darüber hinaus kann ich mich an nichts erinnern – noch nicht einmal an die Farbe ihres Kleides, falls sie ein solches trug. Ich meine schon, es könnte aber auch eine Freizeithose gewesen sein.

»Wer sind Sie?«, fragte ich. Ich muss dämlich geklungen haben, so als wäre ich statt von meiner Lektüre aus einem Nickerchen aufgeschreckt – was sich manchmal ja durchaus ähnlich anfühlt.

Hinter ihnen erschien Trudy und stellte die gleiche Frage. Sie klang hellwach. Und hinter ihr war Ruth mit ihrer Jetzt-schlägt's-aber-dreizehn-Stimme zu hören: »Die Tür muss aufgegangen sein, das Schloss hält schon die ganze Zeit nicht richtig. Die beiden müssen einfach reinspaziert sein.«

Ralph, der neben Trudy stand, sah über die Schulter. »Sie ist jetzt aber zu. Sie haben sie wohl wieder geschlossen.« Als ob das für die beiden sprechen würde.

»Sie können nicht einfach hier reinkommen«, sagte Trudy zu der Frau. »Wir haben zu tun. Wir haben hier einen Krankheitsfall. Ich weiß nicht, was Sie wollen, aber Sie müssen wieder gehen.«

»Sie können doch auch nicht einfach in ein Haus eindringen«, fügte Ralph hinzu. Alle drei drängten sich in die Tür zum Krankenzimmer.

Ruth tippte der Frau nicht unbedingt sanft auf die Schulter. »Wenn Sie nicht wollen, dass wir die Polizei rufen, müssen Sie jetzt gehen. Das wollen Sie doch nicht, oder?«

Die Frau beachtete sie nicht. Sie schob das kleine Mädchen nach vorn und sagte: »Geradeaus. Vier Schritte. Da steht so ein Ständer, pass auf, dass du nicht drüberfällst. Lass hören, wie du zählst.«

Das kleine Mädchen zählte also: »Ains … zwai … drai … vier.« Bei *drai* trat sie über den Metallfuß des Infusionsständers, ohne nach unten zu sehen – wahrscheinlich konnte sie durch die verschmierten Gläser ihrer zu großen Ramschbrille sowieso überhaupt nichts sehen. Nicht mit diesen milchig trüben Augen. Sie kam so nah an mir vorbei, dass der Rock ihres Kleides wie ein Gedanke über meinen Unterarm streifte. Sie roch nach Schmutz und Schweiß und – genau wie Doc – nach Krankheit. Beide Arme waren mit dunklen Stellen gezeichnet, keinem Schorf, sondern wunden Stellen.

»Halt sie auf!«, sagte mein Bruder zu mir, aber ich tat nichts dergleichen. Das alles geschah sehr schnell. Das kleine Mädchen beugte sich über das unrasierte, eingefallene Gesicht meines Vaters und gab ihm einen Kuss. Einen festen, keinen zarten Kuss. Einen richtigen Schmatz.

Ihre kleine Plastikhandtasche stieß dabei leicht gegen sein Gesicht, worauf mein Vater die Augen aufschlug. Später sagten sowohl Trudy als auch Ruth, dass er von diesem Schlag geweckt worden wäre. Ralph war sich dessen weniger sicher, und ich glaubte es überhaupt nicht. Die Handtasche gab nicht das leiseste Geräusch von sich, als sie ihn berührte. Es war nichts drin, von einem Taschentuch vielleicht mal abgesehen.

»Wer bist du, Kleine?«, fragte mein Vater mit seiner rauen, zum Sterben bereiten Stimme.

»Ayana«, sagte das Kind.

»Ich bin Doc.« Er sah aus seiner dunklen Höhle, in der er jetzt lebte, zu ihr hoch, aber mit mehr Geistesgegenwart, als ich in den zwei Wochen, die wir mittlerweile in Ford City waren, bei ihm je wahrgenommen hatte. Er hatte den Punkt erreicht, an dem noch nicht einmal ein gemächlicher Home-Run im neunten Inning ihn aus seinem zunehmenden Stupor hätte reißen können.

Trudy schob sich an der Frau vorbei und wollte sich auch an mir vorbeischieben, um sich das Kind zu schnappen, das sich so plötzlich in Docs eingetrübtes Gesichtsfeld gedrängt hatte. Ich packte sie am Handgelenk und hielt sie auf. »Warte.«

»Was soll das heißen? Die sind hier unbefugt eingedrungen!«

»Ich bin krank, ich muss gehen«, sagte das kleine Mädchen. Dann küsste sie ihn noch einmal und trat zurück. Diesmal stolperte sie über den Fuß des Infusionsständers und brachte dabei fast diesen und sich zu Fall. Trudy griff sich den Ständer, und ich griff mir das Kind. Es war nichts an ihr, nur Haut, die um eine vielschichtige Anordnung von Knochen gewickelt war. Ihre Brille fiel mir in den Schoß, und kurz blickten mich diese milchigen Augen an.

»Es wird alles gut«, sagte Ayana und berührte mit ihrer winzigen Hand meinen Mund. Sie fühlte sich glühend heiß an, aber ich zuckte nicht zurück. »Es wird alles gut.«

»Ayana, komm«, sagte die Frau. »Wir sollten die Herrschaften verlassen. Zwei Schritte. Lass mich hören, wie du zählst.«

»Ains … zwai«, sagte Ayana. Sie setzte ihre Brille auf und schob sie die Nase hoch, wo sie wohl nicht lange bleiben würde. Die Frau nahm das Mädchen an der Hand.

»Ihnen einen gesegneten Tag noch«, sagte sie und sah zu mir. »Tut mir leid für Sie«, sagte sie, »aber die Träume des Kindes sind jetzt vorbei.«

Die Frau und das Mädchen gingen Hand und Hand durch das Wohnzimmer. Ralph folgte ihnen wie ein Schäferhund, wahrscheinlich, um aufzupassen, dass sie nichts stahlen. Ruth und Trudy waren über Doc gebeugt, der die Augen noch immer weit aufgerissen hatte.

»Wer war dieses Kind?«, fragte er.

»Ich weiß nicht, Dad«, sagte Trudy. »Mach dir mal darum keine Sorgen.«

»Ich will, dass sie zurückkommt«, sagte er. »Ich will noch einen Kuss.«

Ruth drehte sich zu mir um und sog die Lippen ein. Ein unschöner Gesichtsausdruck, den sie im Lauf der Jahre perfektioniert hatte. »Sie hat ihm den Infusionsschlauch halb herausgerissen ... er blutet ... und du hast nur daneben gesessen.«

»Ich werde ihn wieder reinmachen«, sagte ich, wobei jemand anders zu sprechen schien. Es war, als befände sich in mir eine weitere Person, die sich, schweigend und verblüfft, abwandte. Noch immer konnte ich den warmen Abdruck ihrer Hand auf meinem Mund spüren.

»Oh, spar dir die Mühe! Ich hab's schon getan.«

Ralph kam zurück. »Sie sind fort«, sagte er. »Sind zur Bushaltestelle gegangen.« Er wandte sich an meine Frau. »Soll ich wirklich die Polizei rufen, Ruth?«

»Nein. Sonst müssen wir noch den ganzen Tag Formulare ausfüllen und Fragen beantworten.« Sie hielt inne. »Womöglich müssen wir sogar vor Gericht aussagen.«

»Was aussagen?«, fragte Ralph.

»Keine Ahnung, woher soll ich das wissen? Holt mal einer das Klebeband, damit wir diese verfluchte Nadel festmachen können. Es liegt auf der Küchentheke, glaub ich.«

»Ich will noch einen Kuss«, sagte mein Vater.

»Ich hole es«, sagte ich, ging zuerst aber zur Eingangstür – die Ralph nicht nur geschlossen, sondern auch abgesperrt hatte – und sah hinaus. Die kleine Bushaltestelle mit ihrem grünen Plastikdach lag nur eine Straße weiter, aber neben dem Schild oder unter dem Dach stand niemand. Auf dem Gehweg war niemand zu sehen. Ayana und die Frau – ihre Mutter oder Aufsichtsperson – waren verschwunden. Alles, was ich hatte, war die Berührung des Kindes an meinem Mund. Ich spürte noch die Wärme, die allerdings bereits nachließ.

Jetzt kommt der Teil mit dem Wunder. Ich werde nichts davon aussparen – wenn ich diese Geschichte erzähle, dann will ich sie richtig erzählen –, werde aber auch nicht zu sehr darauf herumreiten. Wundergeschichten haben immer etwas Befriedigendes an sich, sind aber selten interessant, weil sie immer gleich sind.

Wir übernachteten in einem der Motels an der Hauptstraße in Ford City, einem Ramada Inn mit dünnen Wänden. Ralph ging meiner Frau mächtig auf die Nerven, weil er es immer Ramadammt Inn nannte. »Wenn du es ständig so nennst, dann rutscht es dir nochmal gegenüber einem Fremden heraus«, sagte meine Frau. »Dann möchtest du am liebsten im Erdboden versinken.«

Die Wände waren so dünn, dass wir Ralph und Trudy nebenan hörten, wenn sie sich darüber stritten, wie lange sie sich den Aufenthalt noch leisten konnten. »Er ist mein Vater«, sagte Ralph, worauf Trudy erwiderte: »Sag das mal unserem Stromanbieter, wenn die Rechnung ansteht. Oder deinem Chef, wenn deine Urlaubstage aufgebraucht sind.«

Es war kurz nach sieben an einem heißen Augustabend. Bald würde Ralph zu meinem Vater fahren, wo die Teilzeitpflegerin bis acht Uhr Dienst hatte. Ich fand die Pirates im Fernsehen und stellte die Lautstärke hoch, um den vorhersehbaren und deprimierenden Streit im Zimmer nebenan zu übertönen. Ruth legte Wäsche zusammen und sagte mir, wenn ich das nächste Mal billige Unterwäsche aus dem Discounter kaufe, würde sie die Scheidung einreichen. Oder mich als unbefugten Eindringling erschießen. Das Telefon klingelte. Es war Schwester Chloe. (So nannte sie sich selbst, wenn sie zum

Beispiel sagte: »So, und jetzt noch ein Löffelchen Suppe für Schwester Chloe.«)

Sie verschwendete keine Zeit mit Höflichkeiten. »Sie sollten sofort kommen«, sagte sie. »Nicht nur Ralph für die Nachtschicht. Sie alle.«

»Geht es zu Ende?«, fragte ich. Ruth hörte mit dem Zusammenlegen auf und kam herüber. Sie legte mir die Hand auf die Schulter. Wir hatten es erwartet – eigentlich darauf gehofft –, doch jetzt, da es so weit war, kam es mir so absurd vor, dass ich keine Trauer empfinden konnte. Als ich so alt war wie das kleine blinde Mädchen, das am heutigen Tag unvermittelt aufgetaucht war, hatte mir Doc beigebracht, wie man mit einem Paddelball umgeht. Er hatte mich in der Weinlaube beim Rauchen erwischt und mir – nicht wütend, sondern ganz freundlich – erklärt, dass es eine dämliche Angewohnheit sei und ich gut daran täte, es sein zu lassen. Die Vorstellung, er könnte nicht mehr am Leben sein, wenn die morgige Zeitung kam? Einfach absurd.

»Ich glaube nicht«, sagte Schwester Chloe. »Es scheint ihm besser zu gehen.« Sie hielt inne. »Ich hab so was mein Lebtag noch nicht gesehen.«

Es ging ihm besser. Als wir eine Viertelstunde darauf eintrafen, saß er auf dem Sofa im Wohnzimmer und sah sich auf dem größeren Fernsehapparat dort die Pirates an – kein Wunder der Technik, aber wenigstens eines mit einem farbechten Bild. Durch einen Strohhalm nuckelte er an einem Protein-Shake. Er hatte Farbe im Gesicht. Seine Wangen wirkten voller, vielleicht weil er frisch rasiert war. Er hatte sich wieder aufgerappelt. Das dachte ich mir damals jedenfalls; ein Eindruck, der sich im Lauf der Zeit nur verstärkte. Und noch etwas, worauf wir uns alle einigen konnten, selbst die ungläubige Thomasine, mit der ich verheiratet war: Der gelbe Geruch, der ihm anhaftete, seitdem er von den Ärzten nach Hause geschickt worden war, hatte sich verflüchtigt.

Er begrüßte uns alle mit Namen und erzählte, Willie Stargell habe gerade einen Home-Run für die Buccos geschlagen. Ralph und ich sahen uns an, als wollten wir uns vergewissern, dass wir uns das nicht einbildeten. Trudy setzte sich auf das Sofa neben Doc, oder besser gesagt: ließ sich darauffallen. Ruth ging in die Küche und holte sich ein Bier, was ebenfalls an ein Wunder grenzte.

»Hätte nichts dagegen, wenn ich auch eins haben könnte, Ruthie-doo«, sagte mein Vater. Und dann, wahrscheinlich, weil er meine völlig verdutzte Miene als Ausdruck der Missbilligung missverstand: »Es geht mir besser. Der Bauch tut kaum noch weh.«

»Nein, kein Bier für Sie«, sagte Schwester Chloe. Sie saß in einem der Sessel und machte keinerlei Anstalten, ihre Sachen zusammenzupacken, ein Ritual, mit dem sie sonst gut zwanzig Minuten vor Ende ihrer Schicht begann. Ihre nervtötende Mach-es-für-Mami-Autorität schien zu bröckeln.

»Seit wann ist es so?«, fragte ich, wobei ich mir noch nicht mal sicher war, was ich mit diesem *es* meinte, die Veränderung zum Guten schien nämlich allumfassend zu sein. Wenn ich etwas Spezifisches im Kopf hatte, dann wohl das Verschwinden des Geruchs.

»Es wurde mit ihm schon besser, als wir heute Nachmittag gefahren sind«, sagte Trudy. »Ich hab's nur nicht glauben wollen.«

»Bolschewisten«, sagte Ruth. Das war das Äußerste an Flüchen, zu dem sie sich aufraffen konnte.

Trudy achtete gar nicht darauf. »Es war das kleine Mädchen«, sagte sie.

»Bolschewisten!«, rief Ruth aus.

»Welches kleine Mädchen?«, fragte mein Vater. Es war Pause zwischen zwei Innings. Im Fernsehen erzählte uns ein Typ mit Glatze, großen Zähnen und dem Wahnsinn im Blick, dass Teppiche bei Juker's so billig seien, dass man sie fast umsonst bekomme. Und, großer Gott, auf angezahlte Ware würden keine

Zinsen fällig. Bevor einer von uns Ruth etwas erwidern konnte, wandte sich Doc an Schwester Chloe, ob er nicht ein *halbes* Bier haben könne. Sie lehnte ab. Doch mit Schwester Chloes Autorität in dem kleinen Haus war es nun mehr oder weniger vorbei, und in den folgenden vier Jahren – bevor ein Bissen unzerkautes Fleisch ihm endgültig den Garaus machte – trank mein Vater noch viele, viele Biere. Und genoss jedes einzelne davon, wie ich hoffe. Bier ist nämlich ein Wunder an sich.

In jener Nacht, während wir schlaflos in unseren harten Ramadammt-Inn-Betten lagen und dem Rattern der Aircondition lauschten, sagte mir Ruth, ich solle über das blinde Mädchen, das sie nicht Ayana nannte, sondern das »schwarze Wunderkind«, meinen Mund halten. Sie sagte es in einem Ton ätzenden Sarkasmus, was ihr gar nicht ähnlich sah.

»Außerdem«, sagte sie, »wird es so nicht bleiben. Manchmal flackert eine Glühbirne nochmal hell auf, bevor sie endgültig ausbrennt. Ich bin mir sicher, das passiert mit Menschen auch.«

Vielleicht, aber Doc Gentrys Wunder hielt an. Am Ende der Woche ging er, abwechselnd von mir und Ralph gestützt, in seinem Garten auf und ab. Danach fuhren wir alle nach Hause. Am ersten Abend nach unserer Rückkehr rief mich Schwester Chloe an.

»Wir fahren nicht zurück, egal, wie schlecht es ihm geht«, sagte Ruth halb hysterisch. »Sag ihr das.«

Aber Schwester Chloe wollte nur mitteilen, dass sie den Doc zufällig aus der Tierarztpraxis in Ford City habe kommen sehen, wo er dem jungen Praxisinhaber Ratschläge zu einem Pferd mit Dummkoller erteilt habe. Er habe seinen Stock bei sich gehabt, ihn aber nicht benutzt. Schwester Chloe sagte, sie sei noch nie einem Mann »seines Alters« begegnet, der besser ausgesehen habe. »Hellwach und qietschfidel«, sagte sie. »Ich kann's immer noch nicht glauben.« Einen Monat darauf spazierte er (ohne Stock) ums ganze Karree, und im folgenden Winter ging er jeden Tag im örtlichen YMCA zum Schwimmen. Er sah wie ein Fünfundsechzigjähriger aus. Das sagten alle.

Im Zuge seiner Wiedergenesung sprach ich mit allen Ärzten, die meinen Vater behandelt hatten. Was ihm widerfahren war, erinnerte mich an die sogenannten Mysterienspiele, die im Mittelalter in irgendwelchen gottverlassenen europäischen Städten abgehalten wurden. Ich sagte mir, ich müsste Dads Namen ändern (oder ihn vielleicht nur Mr. G. nennen), dann könnte ich einen interessanten Artikel für die eine oder andere Zeitschrift verfassen. Das hätte ich vielleicht – irgendwie – wirklich machen können, aber ich schrieb diesen Artikel nie.

Es war Stan Sloan, Docs Hausarzt, der als erster Alarm schlug. Er hatte Doc ans Krebsinstitut der University of Pittsburgh überwiesen und konnte somit Dr. Retif und Dr. Zamachowski, Docs dortige Onkologen, für die folgende Fehldiagnose die Schuld in die Schuhe schieben. Sie wiederum schoben die Schuld auf die Radiologen für deren schlampige Aufnahmen. Retif bezeichnete den Chef der Radiologie als inkompetenten Pfuscher, der eine Bauchspeicheldrüse nicht von einer Leber unterscheiden könne. Er bat mich, ihn nicht zu zitieren, aber nach fünfundzwanzig Jahren scheint mir diese Verpflichtung hinfällig geworden zu sein.

Dr. Zamachowski meinte, es sei ein einfacher Fall von organischer Fehlbildung. »Ich war mit der ursprünglichen Diagnose nie ganz zufrieden«, vertraute er mir an. Mit Retif sprach ich am Telefon, mit Zamachowski persönlich. Er trug einen weißen Laborkittel und darunter ein rotes T-Shirt, das zu besagen schien, dass er jetzt lieber beim Golfen wäre. »Ich hab immer eher auf von Hippel-Lindau getippt.«

»Wäre er daran auch gestorben?«, fragte ich.

Zamachowski bedachte mich mit dem rätselhaften Lächeln, das sich Ärzte für ahnungslose Klempner, Hausfrauen und

Englischlehrer aufheben. Dann sagte er, er müsse sich beeilen, er habe noch einen Termin. Als ich mich mit dem Chef der Radiologie unterhielt, breitete dieser nur die Arme aus. »Wir sind hier nur für die Aufnahmen verantwortlich, nicht für deren Interpretation«, sagte er. »Noch zehn Jahre, und wir haben Geräte, die solche Fehldiagnosen vollkommen ausschließen. Aber jetzt sollten Sie sich einfach freuen, dass Ihr Vater noch am Leben ist. Genießen Sie es.«

In der Hinsicht tat ich mein Bestes. Und durch meine kurzen Ermittlungen, die ich natürlich Recherchen nannte, lernte ich zumindest eines: Die medizinische Definition von *Wunder* nennt sich Fehldiagnose.

1983 war mein Sabbatjahr. Ich hatte mit einem Universitätsverlag einen Vertrag über ein Buch mit dem Titel *Das Unlehrbare lehren: Strategien für Kreatives Schreiben*, doch wie der Mysterienspiel-Artikel wurde es nie geschrieben. Im Juli, als Ruth und ich Pläne für eine Campingurlaub machten, verfärbte sich mein Urin plötzlich rosarot. Danach setzten Schmerzen ein, erst tief in der linken Hinterbacke, bevor sie, stärker werdend, in die Leistengegend wanderten. Als ich schließlich richtiges Blut pinkelte – vier Tage nach dem ersten Zwicken, glaube ich, und während ich noch immer das allseits bekannte Spiel »Vielleicht geht es von allein wieder weg« spielte – waren daraus ernsthaft quälende Schmerzen geworden.

»Ich bin überzeugt, dass es kein Krebs ist«, sagte Ruth, was, wenn es von ihr kam, so viel hieß wie, dass sie felsenfest davon überzeugt war. Ihr Blick war noch alarmierender. Noch auf dem Totenbett hätte sie das abgestritten – sie hatte sich immer viel auf ihre Nüchternheit zugute gehalten –, aber ich bin mir sicher, dass sie in diesem Augenblick glaubte, der Krebs, der meinen Vater verlassen hatte, sei auf mich übergesprungen.

Es war kein Krebs. Es waren Nierensteine. Mein Wunder nannte sich Extrakorporale Stoßwellenlithotripsie, unter der –

unterstützt von diuretischen Pillen – sich die Steine auflösten. Ich sagte meinem Arzt, dass ich noch nie im Leben solche Schmerzen gehabt hätte.

»Und Sie werden solche wahrscheinlich auch nie mehr haben, selbst wenn Sie einen Herzinfarkt bekommen sollten«, sagte er. »Frauen mit Nierensteinen vergleichen sie mit den Schmerzen bei einer Geburt. Einer schwierigen Geburt.«

Ich hatte noch immer beträchtliche Schmerzen, war allerdings in der Lage, eine Zeitschrift zu lesen – was ich als großartige Verbesserung betrachtete –, während ich auf den Termin bei meinem nachbehandelnden Arzt wartete. Jemand setzte sich neben mich und sagte: »Kommen Sie, es ist an der Zeit.«

Ich sah auf. Es war nicht die Frau, die ins Krankenzimmer meines Vaters gekommen war; es war ein Mann in einem ganz gewöhnlichen braunen Anzug. Trotzdem wusste ich, warum er hier war. Es stand für mich keinen Augenblick lang infrage. Außerdem war ich davon überzeugt, falls ich ihn nicht begleitete, würde mir keine Lithotripsie der Welt mehr helfen.

Wir gingen hinaus. Die Sprechstundenhilfe saß nicht an ihrem Platz, also musste ich meine plötzliche Fahnenflucht nicht erklären. Ich weiß nicht, was ich ihr erzählt hätte. Dass meine Leistengegend schlagartig zu brennen aufgehört habe? Das wäre absurd und auch noch unwahr gewesen.

Der Mann im Anzug sah aus wie ein Mittdreißiger, der sich gut gehalten hatte: ein Ex-Marine vielleicht, der sich nicht von seinem Bürstenhaarschnitt trennen konnte. Wir gingen um das Ärztehaus, in dem mein Arzt seine Praxis hatte, herum und dann die Straße hinunter zum »Groves of Healing«-Krankenhaus, ich leicht gebeugt vor Schmerzen, die mich zwar nicht mehr mit eiserner Faust umklammert hielten, aber immer noch präsent waren.

Wir gingen die Treppen hoch, dann durch einen Gang mit Disney-Szenen an den Wänden, wo über uns »It's a Small World« aus den Lautsprechern tönte. Der Ex-Marine schritt flott voran, als würde er hierhergehören. Ganz im Gegensatz zu mir. Nie hatte ich mich von meinem Zuhause und dem Leben, wie ich es verstand, weiter entfernt gefühlt. Wäre ich wie ein Kinderballon mit dem Aufdruck GUTE BESSERUNG an die Decke geschwebt, hätte es mich nicht überrascht.

Vor der Schwesternstation drückte mich der Ex-Marine am Arm und bedeutete mir anzuhalten, bis das Personal – eine Schwester, ein Pfleger – durch ihre Arbeit abgelenkt war. Dann gingen wir daran vorbei in einen weiteren Gang, in dem uns ein glatzköpfiges Mädchen, das im Rollstuhl saß, mit hungrigen Augen ansah. Sie streckte uns eine Hand entgegen. »Nein«, sagte der Ex-Marine und führte mich einfach weiter. Aber nicht bevor ich noch einmal in diese leuchtenden, sterbenden Augen gesehen hatte.

Er brachte uns in ein Zimmer, in dem ein etwa dreijähriger Junge in einem transparenten, glockenförmig über sein Bett gespannten Plastikzelt mit Bauklötzchen spielte. Der Junge starrte uns mit lebhaftem Interesse an. Es sah sehr viel gesünder aus als das Mädchen im Rollstuhl – was an seinen dichten roten Locken lag –, seine Haut allerdings hatte die Farbe von Blei. Als der Ex-Marine mich vorwärtsschob und sich dann in einer Art Rührt-euch-Haltung im Hintergrund hielt, bemerkte ich, dass der Junge wirklich sehr krank war. Ich zog den Reißverschluss des Zeltes auf, ohne das Schild an der Wand – ACHTUNG! STERILE UMGEBUNG – zu beachten, und dachte mir, seine noch verbleibende Zeit lasse sich eher in Tagen als in Wochen bemessen.

Ich streckte die Arme aus und bemerkte den kranken Geruch meines Vaters. Nicht ganz so ausgeprägt, aber im Grunde der gleiche. Der Junge hob ohne die geringste Scheu die Arme. Als ich ihn auf den Mundwinkel küsste, erwiderte er den Kuss mit sehnsüchtigem Eifer, der darauf schließen ließ, dass er sehr lange nicht mehr berührt worden war. Jedenfalls nicht von jemandem, der ihm nicht wehtat.

Niemand kam herein und fragte uns, was wir hier machten, oder drohte damit, die Polizei zu holen, wie es Ruth an jenem Tag im Krankenzimmer meines Vaters getan hatte. Ich zog den

Reißverschluss des Zeltes wieder zu. In der Tür drehte ich mich noch einmal um. Der Junge saß in seinem transparenten Plastikzelt und hielt ein Bauklötzchen in der Hand. Er ließ es fallen und winkte mir zu – das Winken eines Kindes, die Finger öffneten und schlossen sich zweimal. Genauso winkte ich zurück. Er sah bereits besser aus.

Bei der Schwesternstation drückte der Ex-Marine mich abermals am Arm, aber diesmal wurden wir vom Pfleger entdeckt, einem Mann mit einem missbilligenden Lächeln, wie es vom Dekan meines Englischinstituts zur Kunst erhoben worden war. Er fragte, was wir hier zu suchen hätten.

»Entschuldigung, Kumpel, falscher Stock«, sagte der Ex-Marine.

Kurz darauf, auf den Krankenhausstufen, sagte er: »Sie finden allein zurück, oder?«

»Klar«, sagte ich, »aber ich werde bei meinem Arzt einen neuen Termin ausmachen müssen.«

»Ja, das werden Sie wohl.«

»Werde ich Sie wiedersehen?«

»Ja«, sagte er und ging in Richtung Krankenhausparkplatz davon. Er drehte sich nicht noch einmal zu mir um.

1987 kam er wieder. Ruth war einkaufen, ich mähte den Rasen und hoffte, dass das dumpfe Pochen in meinem Hinterkopf nicht der Beginn einer Migräne war, obwohl ich wusste, dass es genau das war. Seit dem Jungen im Groves of Healing litt ich darunter. An ihn allerdings dachte ich kaum, wenn ich mit einem feuchten Tuch über den Augen in der Dunkelheit lag. Ich dachte an das kleine Mädchen.

Diesmal gingen wir zu einer Frau im St. Jude. Als ich sie küsste, legte sie meine Hand an ihre linke Brust. Es war die eine, die sie noch hatte; die andere hatten die Ärzte ihr bereits abgenommen.

»Ich liebe Sie, Mister«, sagte sie und weinte. Ich wusste nicht, was ich sagen sollte. Der Ex-Marine stand mit hinter dem

Rücken verschränkten Händen breitbeinig in der Tür. Rührt-euch-Haltung.

Jahre vergingen, bevor er wiederkam: Mitte Dezember 1997. Es war das letzte Mal. Damals litt ich unter Arthritis, worunter ich heute übrigens noch immer leide. Die Stoppeln auf dem Vierkantschädel des Ex-Marine waren fast alle grau geworden, die Falten im Gesicht und um die Mundwinkel herum waren so tief, dass er wie eine aus Holz geschnitzte Bauchredner-puppe aussah. Er brachte mich zu einer Ausfahrt der Interstate 95 nördlich der Stadt, wo sich ein Unfall ereignet hatte. Ein Lieferwagen war mit einem Ford Escort kollidiert. Der Escort war ziemlich hinüber. Die Sanitäter hatten den Fahrer, einen Mann mittleren Alters, auf eine Trage geschnallt. Die Polizisten redeten mit dem uniformierten Lieferwagenfahrer, der ziem-lich mitgenommen, aber offensichtlich unverletzt war.

Die Sanitäter knallten die Tür des Krankenwagens zu, und der Ex-Marine sagte:»Jetzt! Schieben Sie Ihren Hintern rein.«

Ich schob meinen ältlichen Hintern zum Heck des Kranken-wagens. Der Ex-Marine stürzte nach vorn und rief wild gestiku-lierend:»Dort, dort! Ist das nicht ein medizinisches Armband?«

Die Sanitäter drehten sich um; einer davon und einer der Polizisten, die mit dem Lieferwagenfahrer gesprochen hatten, gingen in die Richtung, in die der Ex-Marine deutete. Ich öffnete die Heckklappe des Krankenwagens und schwang mich geduckt zum Kopf des Escort-Fahrers. Gleichzeitig fasste ich nach der Taschenuhr, die mir mein Vater zur Hochzeit ge-schenkt hatte und die ich seitdem immer bei mir trug. Ihre feine Goldkette war an einer meiner Gürtelschlaufen befestigt. Es war keine Zeit, pingelig zu sein; ich riss sie einfach ab.

Der Mann auf der Trage starrte mich aus der fahlen Dunkel-heit an. Er hatte sich den Hals gebrochen. Aus seinem Nacken wölbte sich ein glänzender, von Haut überzogener Türgriff. »Ich kann die verdammten Zehen nicht bewegen«, sagte er.

Ich küsste ihn auf den Mundwinkel (meine besondere Stelle, nehme ich an) und schlich rückwärts wieder hinaus. In diesem Moment packte mich einer der Sanitäter. »Was zum Teufel treiben Sie da?«, fragte er.

Ich zeigte auf die Uhr, die jetzt neben der Trage lag. »Die hab ich im Gras gefunden. Ich dachte mir, er möchte sie vielleicht haben.« Bis der Escort-Fahrer in der Lage wäre, jemandem mitzuteilen, dass es nicht seine Uhr sei und die an der Innenseite des Deckels eingravierten Initialen ihm nichts sagten, wären wir längst wieder fort. »Haben Sie sein medizinisches Armband gefunden?«

Der Sanitäter sah mich nur empört an. »War nur irgend so ein Chromteil«, sagte er. »Jetzt raus mit Ihnen.« Dann, weniger missmutig: »Danke. Aber die hätten Sie eigentlich auch behalten können.«

Wohl wahr. Ich mochte diese Uhr. Aber … die Eingebung des Augenblicks. Was anderes war mir nicht eingefallen.

»Sie haben Blut auf dem Handrücken«, sagte der Ex-Marine, als wir zu meinem Haus zurückfuhren. Wir befanden uns in seinem Wagen, einer unauffälligen Chevrolet-Limousine. Auf dem Rücksitz lag eine Hundeleine, und am Rückspiegel hing an einem silbernen Kettchen ein Christophorus-Medaillon. »Sie sollten es wegwaschen, wenn Sie zu Hause sind.«

Ich versprach es.

»Sie werden mich nicht mehr sehen«, sagte er.

Ich musste daran denken, was die schwarze Frau damals zu Ayana gesagt hatte. Etwas, woran ich seit Jahren nicht gedacht hatte. »Sind meine Träume jetzt vorbei?«, fragte ich.

Er wirkte verwirrt, dann zuckte er die Achseln. »Ihre Aufgabe ist vorbei«, sagte er. »Von Ihren Träumen weiß ich nichts.«

Ich stellte ihm drei weitere Fragen, bevor er mich zum letzten Mal absetzte und aus meinem Leben verschwand. Ich erwartete nicht, dass er sie beantwortete, aber er tat es.

»Die Leute, die ich küsse – gehen die dann zu anderen Leuten? Und küssen ihnen die Leiden weg?«

»Manche tun es«, sagte er. »Darauf baut es auf. Andere können es nicht.« Er zuckte die Achseln. »Oder wollen nicht.« Wieder das Achselzucken. »Kommt aufs Gleiche raus.«

»Kennen Sie ein kleines Mädchen namens Ayana? Sollte mittlerweile allerdings ein großes Mädchen sein.«

»Sie ist tot.«

Mir wurde das Herz schwer, aber nicht allzu sehr. Vermutlich hatte ich es bereits gewusst. Ich musste wieder an das kleine Mädchen im Rollstuhl denken.

»Sie hat meinen Vater geküsst«, sagte ich. »Mich hat sie nur berührt. Warum war ich dann derjenige?«

»Weil Sie es waren«, sagte er und bog in meine Anfahrt ein. »So, da wären wir.«

Mir kam ein Gedanke. Ein Gedanke, der mir, Gott weiß, warum, ganz gut erschien. »Besuchen Sie uns doch zu Weihnachten«, sagte ich. »Kommen Sie zum Weihnachtsessen. Es gibt reichlich. Ich werde Ruth erzählen, dass Sie mein Cousin aus New Mexico sind.« Ich hatte ihr nämlich nie von dem Ex-Marine erzählt. Die Sache mit meinem Vater reichte ihr. War für sie eigentlich schon zu viel.

Der Ex-Marine lächelte. Wahrscheinlich war es nicht das einzige Mal, dass er lächelte, aber das einzige Mal, an das ich mich erinnere. »Denke, das werde ich wohl ausfallen lassen, Kumpel. Trotzdem besten Dank. Ich feiere Weihnachten nicht. Ich bin Atheist.«

Im Grunde war es das wohl, denke ich – außer dass ich noch Trudy küsste. Ich erzählte bereits, dass sie gaga wurde, nicht wahr? Alzheimer. Ralph hatte für sie finanziell gut vorgesorgt, und ihre Kinder kümmerten sich darum, dass sie in ein nettes Heim kam, als sie nicht mehr zu Hause wohnen konnte. Ruth und ich besuchten sie, bis Ruth beim Anflug auf den Denver International ihrem Herzinfarkt erlag. Kurz darauf besuchte ich Trudy allein, weil ich einsam und traurig war und irgendwie die alten Zeiten wiederaufleben lassen wollte. Als ich jedoch sah, was aus Trudy geworden war – statt mich anzusehen, starrte sie aus dem Fenster und kaute auf der Unterlippe herum, während ihr der Speichel aus den Mundwinkeln tropfte –, machte es das alles nur noch schlimmer. Als würde man in seine Heimatstadt zurückkehren, weil man sich das Haus seiner Kindheit ansehen wollte, und dort nur noch ein leeres Grundstück vorfinden.

Bevor ich ging, küsste ich sie auf den Mundwinkel, aber natürlich geschah nichts. Ein Wunder ohne einen Wundertätigen ist nichts wert. Meine Zeit für Wunder war vorbei. Außer spätnachts, wenn ich nicht schlafen kann. Dann gehe ich nach unten und kann mir so ziemlich jeden Film ansehen, den ich will. Sogar Sexstreifen. Ich hab nämlich eine Satellitenschüssel und ein TV-Paket, das sich Global Movies nennt. Ich könnte sogar die Pirates sehen, wenn ich das MLB-Paket dazubestellen würde. Aber ich habe nur ein begrenztes Einkommen, es mangelt mir zwar an nichts, trotzdem muss ich auf meine Ausgaben achten. Ich kann über die Pirates auch im Internet lesen. All diese Filme sind für mich Wunder genug.

AUS DEM AMERIKANISCHEN VON KARL–HEINZ EBNET

IN DER KLEMME

Curtis Johnson fuhr jeden Morgen fünf Meilen mit dem Fahrrad. Nach Betsys Tod hatte er eine Weile damit aufgehört, aber wenn er morgens keine Bewegung bekam, wurde er nur noch schwermütiger. Also fing er wieder damit an. Mit dem einzigen Unterschied, dass er jetzt keinen Fahrradhelm mehr trug. Er radelte zweieinhalb Meilen den Gulf Boulevard entlang, wendete und radelte wieder zurück. Immer auf dem Radweg. Ihm mochte gleichgültig sein, ob er lebte oder starb, aber er hielt sich an die Verkehrsregeln.

Der Gulf Boulevard war die einzige Straße auf Turtle Island. Sie führte an zahlreichen Millionärshäusern vorbei. Curtis schenkte ihnen keine Beachtung. Schließlich war er selbst Millionär. Sein Geld hatte er ganz altmodisch auf dem Aktienmarkt verdient. Außerdem hatte er mit keinem der Leute, die in diesen Häusern wohnten, ein Problem. Ein Problem hatte er nur mit Tim Grunwald alias »Das Arschloch«, und Grunwald lebte in der anderen Richtung. Nicht auf dem letzten Turtle-Island-Grundstück vor dem Daylight Channel, sondern auf dem vorletzten. Wegen des letzten Grundstücks waren sie aneinandergeraten – unter anderem. Es war das größte Grundstück mit dem schönsten Ausblick auf den Golf. Und das einzige, auf dem noch kein Haus stand. Dort wuchsen nur dürres Gras, Strandhafer, verkümmerte Palmen und ein paar Kasuarinen.

Und das Schönste an diesen morgendlichen Fahrten, das Allerschönste? Er hatte kein Telefon dabei. Er war offiziell nicht erreichbar. Wenn er erst einmal wieder zu Hause war, legte er das Telefon nur selten aus der Hand, besonders wenn die Börse geöffnet war. Er war ein athletischer Mann. Er ging mit großen Schritten durch das Haus, das schnurlose Telefon am Ohr, und kehrte nur hin und wieder in sein Arbeitszimmer zurück, wo die Zahlen über den Computerbildschirm flimmerten. Manchmal verließ er das Haus und lief die Straße entlang, und dann nahm er das Handy mit. Für gewöhnlich wandte er sich nach rechts zum kurzen Ende des Gulf Boulevard. Wo das Arschloch wohnte. Aber er ging nie so weit, dass Grunwald ihn hätte sehen können; diese Genugtuung wollte er ihm nicht gönnen. Er ging nur weit genug, um einen Blick auf das Vinton-Grundstück werfen zu können und sich zu vergewissern, dass Grunwald ihn nicht übers Ohr haute. Natürlich konnte das Arschloch unmöglich irgendwelche schweren Baumaschinen an ihm vorbeischmuggeln, nicht einmal nachts – seit Betsy nicht mehr neben ihm lag, schlief Curtis nicht mehr so gut. Aber er schaute trotzdem nach. An der Straße spendeten zwei Dutzend Palmen Schatten, und meist stand er hinter der letzten. Nur um sicherzugehen. Denn leere Grundstücke zu zerstören, sie unter Tonnen von Beton zu begraben, das war Grunwalds gottverdammtes *Geschäft.*

Und das Arschloch war schlau.

Bisher war jedoch alles im Lot. Falls Grunwald tatsächlich versuchen sollte, ihn übers Ohr zu hauen, dann würde Curtis aus allen Rohren feuern – jedenfalls vor Gericht. Aber erst würde Grunwald für Betsy büßen müssen, und wie! Auch wenn Curtis weitgehend die Lust an der Auseinandersetzung verloren hatte (er wollte es nicht wahrhaben, wusste aber, dass es stimmte), würde er dafür sorgen, dass Grunwald dafür büßte. Das Arschloch würde schon noch merken, dass Curtis Johnson Kiefer aus Stahl hatte … aus *verchromtem Stahl* sogar … und wenn er erst einmal etwas zu fassen bekam, ließ er es nicht mehr los.

Als er an jenem Dienstagmorgen nach Hause kam, blieben ihm noch zehn Minuten, bevor an der Wall Street der Startschuss fiel. Wie immer schaute er nach, ob jemand auf seiner Mailbox eine Nachricht hinterlassen hatte. Heute waren es zwei. Eine stammte von Circuit City – wahrscheinlich ein Verkäufer, der wissen wollte, ob er mit dem neuen Flachbildschirm zufrieden war, der seit letzten Monat an seiner Wand hing, um ihm gleich noch etwas anderes aufzuschwatzen. Als er zur nächsten Nachricht weiterscrollte, stand dort: 383-0910 DA.

Das Arschloch. Selbst sein Nokia wusste, wer Grunwald war, denn Curtis hatte es ihm beigebracht. Stellte sich die Frage, was das Arschloch an einem Dienstagmorgen im Juni von ihm wollte?

Vielleicht wollte er eine Einigung erzielen – zu Curtis' Bedingungen.

Bei der Vorstellung erlaubte er sich ein leises Lachen und hörte dann die Nachricht ab. Zu seinem Erstaunen wollte Grunwald genau das – jedenfalls hatte es den Anschein. Curtis vermutete, dass es vielleicht nur ein Trick war, aber ihm war nicht klar, was sich Grunwald davon versprach. Und dann sein Tonfall: dumpf, bedächtig, geradezu schwermütig. Wahrscheinlich war es kein Kummer, obwohl es eindeutig danach klang. In letzter Zeit, während Curtis sich bemühte, wieder Tritt zu fassen, klang er am Telefon oft selbst so.

»Johnson … Curtis«, sagte Grunwald mit seiner schwermütigen Stimme. Die Pause auf dem Band war recht lange gewesen, so als hätte er sich gefragt, ob er Curtis beim Vornamen ansprechen solle. Dann fuhr er auf dieselbe leblose, lichtlose Weise fort. »Ich kann keinen Krieg an zwei Fronten führen. Bringen wir es zu Ende. Ich habe die Lust an der ganzen Sache verloren. Ich stecke ziemlich in der Klemme, Nachbar.«

Grunwald seufzte.

»Ich bin bereit, dir das Grundstück zu überlassen, und zwar ohne jede Vergütung. Außerdem möchte ich dich für … für Betsy entschädigen. Wenn du interessiert bist, findest du mich im Durkin Grove Village. Ich bin praktisch den ganzen Tag dort.« Eine lange Pause. »Im Moment bin ich oft dort draußen. Einerseits kann ich noch immer nicht ganz glauben, dass die Finanzierung weggebrochen ist, andererseits überrascht es mich in keiner Weise.« Eine weitere lange Pause. »Vielleicht verstehst du, was ich meine.«

Curtis glaubte es zu verstehen. Anscheinend hatte Grunwald sein Gespür für den Markt verloren. Und es schien ihm egal zu sein! Zu seiner Überraschung empfand Curtis so etwas wie Mitleid für das Arschloch. Diese schwermütige Stimme. »Wir waren mal Freunde«, fuhr Grunwald fort. »Weißt du noch? Ich schon. Ich glaube nicht, dass wir jemals wieder Freunde sein können – dafür sind die Dinge wohl zu sehr aus dem Ruder gelaufen. Aber vielleicht können wir wieder Nachbarn werden. Nachbar.« Wieder eine dieser Pausen. »Wenn wir uns da draußen nicht sehen, sage ich meinem Anwalt Bescheid, dass er alles mit dir klären soll. Zu deinen Bedingungen. Aber …«

Stille. Curtis konnte hören, wie das Arschloch atmete. Er wartete. Inzwischen saß er am Küchentisch. Er war sich über seine Gefühle nicht so recht im Klaren. Vielleicht später. Momentan jedoch nicht.

»Aber ich möchte dir die Hand reichen und persönlich sagen, wie leid mir das wegen deinem verdammten Hund tut.« Curtis hörte einen erstickten Laut, ein Schluchzen vielleicht. Unglaublich! Dann ein Klicken, worauf ihm die elektronische Frauenstimme erklärte, dass er keine weiteren Nachrichten erhalten habe.

Curtis blieb lange im grellen Morgenlicht sitzen. Die Sonne Floridas war so warm, dass selbst die Klimaanlage nicht dagegen ankam, nicht einmal um diese frühe Stunde. Dann ging er in sein Arbeitszimmer hinüber. Die Börse hatte geöffnet; die Zahlen krochen endlos über den Bildschirm. Ihm wurde klar, dass sie ihm nichts bedeuteten. Er ließ den Computer an, schrieb jedoch eine kurze Nachricht für Mrs. Wilson, bevor er das Haus verließ. *Musste etwas erledigen.*

Neben dem BMW in seiner Garage stand ein Motorroller, und ohne lange zu überlegen, beschloss er, ihn zu nehmen. Auf der anderen Seite der Brücke würde er über den Highway flitzen müssen, aber das wäre nicht das erste Mal.

Als er den Schlüssel des Motorrollers vom Haken nahm, klimperte der Schlüsselanhänger. Der Schmerz drohte ihn zu überwältigen. Wahrscheinlich würde er mit der Zeit nachlassen, aber im Augenblick war er ihm fast willkommen. Fast wie ein guter Freund.

Der ganze Ärger zwischen Curtis und Tim Grunwald hatte mit Ricky Vinton angefangen. Vinton war einmal alt und reich gewesen, aber mit der Zeit alt und senil geworden. Vor seinem Tod hatte er sein unerschlossenes Grundstück am Ende von Turtle Island an Curtis Johnson verkauft, und zwar für eins Komma fünf Millionen Dollar. Als Anzahlung hatte Curtis einen Barscheck in Höhe von hundertfünfzigtausend Dollar ausgestellt, und Vinton hatte im Gegenzug einen Übereignungsvertrag auf die Rückseite einer Reklamewurfsendung gekritzelt.

Curtis kam sich ein wenig gemein vor, dass er den alten Kerl so sehr über den Tisch gezogen hatte, aber schließlich würde Vinton – Eigentümer von *Vinton Wire and Cable* – nicht unbedingt am Hungertuch nagen. Außerdem mochten anderthalb Millionen zwar ein lächerlich niedriger Preis für ein Grundstück in bester Lage an der Bucht sein, doch *irrsinnig* niedrig war er angesichts der derzeitigen Marktverhältnisse nicht.

Nun ja … irgendwie schon, aber er und der Alte kamen gut miteinander klar, und Curtis gehörte zu den Menschen, die der Meinung waren, im Krieg und in der Liebe sei alles erlaubt; und wer ordentlich Geld verdienen wollte, für den galt das auch. Vintons Haushälterin – dieselbe Mrs. Wilson, die sich auch um seinen Haushalt kümmerte – hatte die Unterschriften bezeugt. Im Nachhinein wurde Curtis klar, dass er es hätte besser wissen müssen, aber er war nun einmal sehr aufgeregt gewesen.

Ungefähr einen Monat später verkaufte Vinton das unerschlossene Grundstück an Tim Grunwald alias das Arschloch.

Dieses Mal belief sich der Preis auf plausiblere fünf Komma sechs Millionen, und dieses Mal bekam Vinton eine Anzahlung in Höhe von einer halben Million – offenbar war er doch kein solcher Narr, sondern entwickelte kurz vor seinem Tod noch beträchtliche kriminelle Energien.

Ein Tagelöhner, der zufälligerweise schon für das Arschloch und für Vinton gearbeitet hatte, bezeugte die Unterschrift des Übereignungsvertrags. Ebenfalls eine ziemlich heikle Sache, aber wahrscheinlich war Grunwald genauso aufgeregt gewesen wie Curtis. Nur dass Curtis deswegen so aufgeregt war, weil er beabsichtigte, diesen Küstenabschnitt von Turtle Island so zu belassen, wie er war – sauber und ruhig. Ganz wie er ihm gefiel.

Grunwald dagegen sah darin ideales Bauland für eine Wohnanlage oder vielleicht sogar zwei. (Curtis bezeichnete sie in Gedanken als die »Arschloch-Zwillingstürme«). Curtis hatte schon öfter miterlebt, was das bedeutete: In Florida schossen Wohnanlagen aus der Erde wie Löwenzahn auf einem ungepflegten Rasen. Und er wusste, was für Leute das Arschloch damit anlocken würde: Idioten, die ihre hohe Rente mit einem Schlüssel zum himmlischen Königreich verwechselten. Nach einer Bauzeit von vier Jahren würde es hier nur so von alten Männern auf Fahrrädern wimmeln, allesamt mit Pissbeuteln an den knochigen Oberschenkeln. Und von alten Frauen mit Sonnenhüten, die Benson & Hedges rauchten und die Kötel nicht aufhoben, wenn ihre Designerhunde an den Strand schissen. Ganz zu schweigen von den mit Eiskrem beschmierten Enkelbälgern mit Namen wie Lindsay und Jayson. Curtis wusste, wenn er das nicht verhinderte, würde er mit ihrem lautstarken Gejammer in den Ohren sterben – »Ihr habt uns aber versprochen, dass wir nach Disney World fahren!«

Das würde er nicht zulassen. Und wie sich herausgestellt hatte, würde es wohl auch nicht dazu kommen. Die Begleitumstände waren nicht unbedingt angenehm, weil das Grundstück nicht ihm gehörte, ihm vielleicht sogar *nie* gehören würde, aber wenigstens gehörte es auch nicht Grunwald. Es gehörte nicht einmal den Verwandten, die – wie Kakerlaken im Müllcontainer, wenn plötzlich das Licht anging – aus allen Löchern gekrochen kamen und die Unterschriften der Zeugen auf beiden Übereignungsverträgen anfochten. Das Grundstück gehörte nämlich den Anwälten und den Gerichten. Ebenso gut könnte man sagen, dass es niemandem gehörte. Mit niemandem konnte Curt leben.

Das Gezerre dauerte jetzt schon zwei Jahre an, und Curtis' Anwaltskosten näherten sich der Viertelmillion. Er bemühte sich, dieses Geld als Spende an eine besonders nette Umweltschutzvereinigung zu betrachten – Johnsonpeace statt Greenpeace; von der Steuer absetzen konnte er sie natürlich nicht. Und von Grunwald hatte er die Schnauze voll. Grunwald nahm die ganze Sache persönlich. Einerseits, weil er ein schlechter Verlierer war (wie Curtis auch, zumindest damals; inzwischen nicht mehr so sehr). Andererseits hatte er private Probleme.

Privates Problem Nummer eins: Grunwalds Frau hatte sich von ihm scheiden lassen, war also nicht mehr Frau Arschloch. Privates Problem Nummer zwei: Grunwald hatte sich operieren lassen müssen. Curtis wusste nicht mit Sicherheit, ob es Krebs war, er wusste nur, dass das Arschloch zehn, fünfzehn Kilo weniger gewogen hatte, als er das Sarasota Memorial im Rollstuhl verließ. Den Rollstuhl war er irgendwann losgeworden, aber es war ihm nicht gelungen, wieder an Gewicht zuzulegen. Von seinem ehemals festen Hals hingen ihm Hautlappen herab.

Auch seine einstmals erschreckend gesunde Firma steckte in Schwierigkeiten. Curtis hatte die Stätte von Grunwalds derzeitigem Feldzug wider die Natur mit eigenen Augen gesehen. Durkin Grove Village lag auf dem Festland zwanzig Meilen östlich von Turtle Island, eine halbfertige Geisterstadt. Curtis hatte auf einer Hügelkuppe angehalten und auf die stille Aufschwämmung hinabgeblickt wie ein General, der die Ruinen feindlicher Stellungen inspizierte. Manchmal konnte das Leben einfach wunderschön sein.

Betsy hatte alles verändert. Sie war ein Löwchen gewesen, nicht mehr ganz jung, aber noch immer flink. Wenn Curtis mit ihr am Strand spazieren ging, trug sie immer ihren kleinen roten Gummiknochen im Maul. Brauchte Curtis die Fernbedienung für die Glotze, sagte er einfach:»Betsy, hol das Idiotenstöckchen.« Und schon schnappte sie danach und trottete zu ihm herüber. Darauf war sie ausgesprochen stolz. Und er natürlich auch. Siebzehn Jahre lang war sie seine beste Freundin gewesen. Hunde dieser Rasse wurden normalerweise nicht älter als fünfzehn.

Dann hatte Grunwald zwischen seinem Grundstück und dem von Curtis einen elektrischen Zaun errichtet.

Dieses Arschloch.

Er stünde nicht unter Hochspannung, hatte Grunwald gesagt, das könne er beweisen. Aber die Spannung war stark genug gewesen, um einen leicht übergewichtigen Hund mit einem angegriffenen Herzen umzubringen. Und was sollte überhaupt ein elektrischer Zaun? Das Arschloch hatte einen Haufen Scheiß geredet, von wegen er hätte Angst vor Einbrechern – die natürlich nichts Besseres zu tun hatten, als sich über Curtis' Grundstück zur violett verputzten *Villa Arschloch* zu schleichen. Curtis glaubte ihm kein Wort. Ein Einbrecher, der sein Geschäft verstand, würde mit dem Boot kommen, vom Golf her. Er war überzeugt, dass Grunwald über die Vinton-Geschichte verärgert war und den elektrischen Zaun nur deswegen errichtet hatte, um Curtis eins auszuwischen. Möglicherweise auch, um seinem geliebten Hund wehzutun. Ob er den geliebten Hund wirklich hatte umbringen wollen? Curtis glaubte, dass das eher eine nette Dreingabe gewesen war.

Er war keine Heulsuse, aber als er Betsy vor der Einäscherung die Hundemarke abgenommen hatte, waren ihm die Tränen gekommen.

Curtis verklagte das Arschloch auf den Kaufpreis des Hundes: zwölfhundert Dollar. Hätte er ihn auf zehn Millionen verklagen können – das entsprach nämlich so ungefähr dem Kummer, den er empfand, wenn er das Idiotenstöckchen auf dem Couchtisch liegen sah –, hätte er das augenblicklich getan. Aber sein Anwalt erklärte ihm, dass er damit in einem Zivilprozess nicht durchkommen würde. Dergleichen war Scheidungen vorbehalten, nicht Hunden. Er würde sich mit den zwölfhundert zufriedengeben müssen, und die wollte er auch.

Die Anwälte des Arschlochs entgegneten, der elektrische Zaun sei auf Grunwalds Seite errichtet worden, volle zehn Meter von der Grundstücksgrenze entfernt. So nahm die Schlacht – die *zweite* Schlacht – ihren Lauf. Inzwischen wütete sie seit acht Monaten. Curtis glaubte die Verzögerungstaktik der gegnerischen Anwälte zu durchschauen: Sie wussten, dass die Tatsachen für ihn sprachen. Er glaubte auch, dass ihre Weigerung, einem Vergleich zuzustimmen, oder Grunwalds Weigerung, einfach die zwölfhundert rauszurücken, nahelegte, dass Grunwald die ganze Angelegenheit ebenso persönlich nahm wie er. Die Anwälte kosteten eine Menge Geld … aber natürlich ging es schon lange nicht mehr nur um Geld.

Als er die Route 17 entlangfuhr, dachte Curtis, dass Grunwald völlig verrückt gewesen sein musste, hier bauen zu wollen – früher war das Weideland gewesen, und jetzt wuchs hier nur noch Gestrüpp und dürres Gras. Wenn er sich über diese unerwartete Wende des Schicksals doch nur mehr hätte freuen können! Bei einem derartigen Sieg sollte einem das Herz höher schlagen, aber das tat es nicht. Er wollte nichts anderes, als Grunwald einen Besuch abstatten und hören, was er wirklich vorzuschlagen hatte. Und wenn sein Vorschlag nicht allzu lächerlich war, wollte er diesen ganzen Mist hinter sich lassen. Natürlich würden dann die Kakerlaken – Vintons Verwandtschaft – das Grundstück bekommen, und es war gut möglich, dass sie ebenfalls auf die Idee verfielen, dort eine Wohnanlage zu errichten. Aber war das noch von Bedeutung? Eigentlich nicht.

Curtis hatte selbst genug Probleme, um die er sich kümmern musste, wenngleich sie eher emotionaler als ehelicher (Gott bewahre), finanzieller oder körperlicher Natur waren. Das hatte angefangen, nicht lange nachdem er Betsy steif und kalt auf dem Hof gefunden hatte. Andere Leute hätten diese Probleme vielleicht als Neurosen bezeichnet, aber Curtis zog es vor, von »Existenzangst« zu sprechen.

Sein derzeitiges Desinteresse am Aktienmarkt, der ihn fortwährend fasziniert hatte, seit er sechzehn war, war das offensichtlichste Anzeichen für diese Angst, wenn auch beileibe nicht das einzige. Er hatte angefangen, Treppenstufen zu zählen und seine Bewegungen beim Zähneputzen. Er konnte keine dunklen Hemden mehr tragen, zum ersten Mal seit der Highschool plagten ihn nämlich Schuppen. Abgestorbene Hautschuppen sammelten sich auf seiner Kopfhaut und rieselten auf die Schultern hinab. Wenn er sich mit den Zähnen eines Kamms über den Kopf kratzte, war ein grausiges Schneegestöber die Folge. Ihm war das hochgradig zuwider, aber er ertappte sich trotzdem immer wieder dabei, wenn er vor dem Computer saß oder telefonierte. Ein paarmal hatte er so lange gekratzt, bis er geblutet hatte.

Er konnte nicht mehr damit aufhören. Das tote weiße Zeug musste weg. Manchmal starrte er das Idiotenstöckchen auf dem Couchtisch an und dachte (natürlich) daran, wie glücklich Betsy gewesen war, wenn sie es ihm gebracht hatte. Menschenaugen strahlten nur ganz selten ein solches Glück aus, insbesondere wenn besagte Menschen gerade einer lästigen Pflicht nachkamen.

»Midlife-Crisis, ganz klar«, sagte Sammy, die Masseurin, die er einmal die Woche aufsuchte. »Sexueller Notstand, was?« Ihre Dienste bot sie ihm allerdings nicht an.

Trotzdem, wahrscheinlich hatte sie Recht, auch wenn er diese neumodischen Schlagwörter, von denen das 21. Jahrhundert heimgesucht wurde, nicht leiden konnte. Ob dieser ganze Vinton-Schlamassel die Krise ausgelöst oder die Krise den ganzen Scheiß erst heraufbeschworen hatte – wer wusste das schon? Er jedenfalls wusste, dass er, wenn er einen kurzen Stich in der Brust verspürte, nicht mehr *Magenverstimmung,* sondern *Herzanfall* dachte. Er wusste, dass er von der Vorstellung geradezu besessen war, seine Zähne könnten ausfallen, obwohl sie ihm nie groß Scherereien gemacht hatten. Und als er sich im April eine Erkältung zugezogen hatte, hatte er sofort einen völligen Zusammenbruch seines Immunsystems diagnostiziert.

Tja, und da war dann noch dieses andere kleine Problem. Dieser Zwang, von dem er dem Arzt nichts erzählt hatte. Nicht einmal Sammy, und Sammy erzählte er sonst alles.

Gerade jetzt verspürte er ihn wieder, fünfzehn Meilen landeinwärts auf der wenig befahrenen Route 17, auf der noch nie viel los gewesen war und die, seit es die Extension 375 gab, fast völlig überflüssig geworden war. Ausgerechnet hier, von nichts als grünem Gestrüpp umgeben (der Kerl musste *bescheuert* gewesen sein, hier zu bauen), wo die Grillen im hohen Gras zirpten, wo seit zehn Jahren keine Kuh mehr geweidet hatte, wo die Überlandleitungen summten und die Sonne unbarmherzig auf seinen unbehelmten Kopf herunterbrannte.

Er wusste, dass es den Zwang nur noch verstärkte, wenn er daran dachte, aber das half ihm nicht weiter. Nicht im Geringsten.

Auf einem Schild stand DURKIN GROVE VILLAGE ROAD, und er fuhr rechts ran und nahm den Gang raus. In der Mitte der unbefestigten Straße wuchs Gras – ein Pfeil, der den Weg zu Grunwalds Fehlschlag wies. Dann, während die Vespa zufrieden zwischen seinen Beinen schnurrte, bildete er mit Zeige- und Mittelfinger seiner rechten Hand ein »V« und rammte sie sich in den Hals. Sein Würgereflex war während der letzten zwei, drei Monate etwas abgestumpft, und er musste sich die Hand fast bis zu den Glücksarmbändern in den Mund stecken, bevor es endlich so weit war.

Curtis beugte sich vornüber und spie sein Frühstück aus. Ihm ging es nicht darum, sein Essen loszuwerden – er mochte vieles sein, aber bulimisch veranlagt war er bestimmt nicht. Er fand nicht einmal besonderen Gefallen daran, sich zu übergeben. Was ihm gefiel, war das *Würgen:* wie sich sein Magen zusammenzog und aufbäumte, wie sein Mund und sein Rachen sich weiteten. Sein Körper funktionierte wie geschmiert, fest entschlossen, den Eindringling zu vertreiben.

Die Gerüche – grüne Sträucher, wildes Geißblatt – waren plötzlich intensiver. Das Licht war heller. Die Sonne brannte stärker herab als je zuvor; sie gab sich alle Mühe, ihm den Nacken zu versengen, und vielleicht begingen die Zellen dort just in diesem Augenblick Verrat an ihm und machten sich auf den Weg in das chaotische Land der Melanome.

Ihm war es einerlei. Er lebte. Noch einmal rammte er sich die Finger in den Hals, wobei er sich den Rachen wundkratzte. Der Rest des Frühstücks machte sich selbstständig. Beim dritten Mal kamen nur noch Speichelfäden, die von seinem Blut leicht rötlich waren. Endlich war er zufrieden. Jetzt konnte er zum Durkin Grove Village weiterfahren, dem halbfertigen Xanadu des Arschlochs mitten in der Wildnis von Charlotte County, wo die Bienen um die Wette summten.

Während er gemächlich die rechte Fahrspur entlangratterte, wurde ihm bewusst, dass Grunwald vielleicht nicht der Einzige war, der in der Klemme steckte.

Durkin Grove Village war eine einzige Katastrophe.

Auf den noch ungepflasterten Straßen hatten sich Pfützen gebildet, und im Keller der unfertigen Häuser, von denen oft noch nicht einmal das Gerippe stand, sammelte sich das Wasser. Curtis blickte auf nur zur Hälfte hochgezogene Ladenzeilen hinab, auf ein paar verrostete Baumaschinen hier und dort und auf durchhängendes gelbes Absperrband. Jetzt erst begriff er, wie sehr Grunwald in finanziellen Schwierigkeiten stecken musste – das konnte sogar seinen Ruin bedeuten. Curtis wusste nicht, ob es daran lag, dass das Arschloch seine ganze Energie auf das Vinton-Grundstück gerichtet hatte, ganz zu schweigen von der Fahnenflucht seiner Frau, seiner Krankheit und der gerichtlichen Auseinandersetzung wegen Curtis' Hund. Jedenfalls hatte Grunwald sich übernommen, und das nach Strich und Faden. Darüber war sich Curtis im Klaren, noch bevor er zu dem offenen Tor weiterfuhr und das Schild dort sah. Darauf stand:

Dieser Bauplatz ist geschlossen!
Bauamt Charlotte County
Steuerbehörde Charlotte County
Steuerbehörde Florida
Bundesfinanzbehörde der Vereinigten Staaten
Weitere Informationen unter 941-555-1800

Darunter hatte irgendein Witzbold gesprüht: *Unter der Durchwahl 69 erreichen Sie die zuständige Lesbe!*

Hinter den einzigen drei Gebäuden, die fertig aussahen – zwei Läden auf der einen und ein Musterhaus auf der anderen Seite –, endete der Asphalt, und die Schlaglöcher begannen. Das Musterhaus war so sehr der Architektur von Cape Cod nachempfunden, dass Curtis das Blut in den Adern gefror. Er wollte nicht riskieren, mit der Vespa eine ungepflasterte Straße entlangzufahren, und parkte neben einem Bagger, der so aussah, als stünde er schon über ein Jahrhundert hier. Unter seiner Schaufel, die ein Stück angehoben war, wuchs Gras. Curtis trat den Ständer nach unten und stellte den Motor ab.

Wo gerade noch das fette Schnurren der Vespa alles übertönt hatte, breitete sich nun Stille aus. Dann krächzte eine Krähe. Wie zur Antwort krächzte eine zweite. Curtis hob den Kopf und sah drei Krähen auf einem Gerüst hocken, das um ein halbfertiges Backsteingebäude errichtet war. Vielleicht hätte es eine Bank werden sollen. *Jetzt ist es Grunwalds Grabstein,* dachte er, aber bei der Vorstellung musste er nicht einmal lächeln. Am liebsten hätte er sich noch einmal die Finger in den Hals gesteckt, und fast hätte er es auch getan, wenn er nicht einen Mann gesehen hätte, der ein Stück die Schotterstraße hinunter – am anderen Ende, genau genommen – neben einer weißen Limousine stand. Auf den Wagenschlag war eine grüne Palme gemalt, und darüber stand: GRUNWALD. Und darunter: ARCHITEKT & BAUHERR. Der Mann winkte ihm. Aus irgendeinem Grund war Grunwald mit dem Firmenwagen unterwegs statt mit dem Porsche. Curtis hielt es durchaus für möglich, dass Grunwald den Porsche verkauft hatte. Oder die Steuerbehörde hatte ihn beschlagnahmt. Und als Nächstes war sein Anwesen auf Turtle Island an der Reihe. Dann hätte er plötzlich ganz andere Probleme als das Vinton-Grundstück.

Hoffentlich lassen sie ihm wenigstens so viel, dass er für meinen Hund bezahlen kann, dachte er. Er winkte zurück, zog den Schlüssel ab und legte den roten Alarmschalter unterhalb der Zündung um – ein reiner Reflex; er glaubte nicht, dass die Vespa hier draußen geklaut werden könnte, aber er hatte gelernt, vorsichtig zu sein. Er steckte den Schlüssel in die Hosentasche zu seinem Handy. Dann schlenderte er langsam die Straße entlang – eine Hauptstraße ohne Vergangenheit und, allem Anschein nach, auch ohne Zukunft –, um sich mit seinem Nachbarn zu treffen und ihren Streit, sofern das möglich war, ein für alle Mal beizulegen. In der Nacht hatte es geregnet, und er achtete darauf, nicht in die Pfützen zu treten.

»Hallo, Nachbar!«, rief Grunwald, während er näher kam. Er trug khakifarbene Hosen und ein T-Shirt mit dem Palmenlogo der Firma darauf. Das Shirt war ihm viel zu weit. Sah man von den hektischen roten Flecken auf den Wangen und den dunklen – fast schwarzen – Ringen unter den Augen ab, war sein Gesicht kreidebleich. Und obwohl er fröhlich klang, wirkte er kränker denn je. *Was auch immer sie aus ihm herausschneiden wollten,* dachte Curtis, *es ist ihnen nicht gelungen.* Grunwald hielt eine Hand hinter dem Rücken. Curtis ging davon aus, dass er sie in der Gesäßtasche stecken hatte. Wie sich herausstellen sollte, irrte er sich gewaltig.

Ein Stück weiter die ausgefahrene Straße hinunter war ein Wohnwagen auf Betonklötzen aufgebockt. Das Büro vor Ort, nahm Curtis an. An einem kleinen Plastiksaugnapf hing ein Zettel in einer Klarsichthülle. Curtis konnte nicht alles lesen, was darauf stand, aber das, was er lesen konnte, genügte ihm: **KEIN ZUTRITT**.

Jawohl, das Arschloch steckte in Schwierigkeiten. Bis zur Halskrause.

»Grunwald?« Ein Anfang, immerhin. Nach dem, was mit Betsy passiert war, hatte das Arschloch auch nicht mehr verdient. Curtis blieb gut drei Meter vor ihm stehen, die Beine leicht gespreizt, um nicht in eine Pfütze zu treten. Auch Grunwald hatte die Beine leicht gespreizt. Eine klassische Pose, dachte Curtis – wie Revolverhelden, die sich auf der einzigen Straße einer Geisterstadt gegenüberstanden.

»Hallo, Nachbar«, sagte Grunwald noch einmal, und dieses Mal lachte er sogar. Curtis kam dieses Lachen irgendwie bekannt vor. Wie auch nicht? Bestimmt hatte er das Arschloch schon mal lachen hören. Er wusste nicht mehr, wann, aber er bezweifelte es nicht.

Hinter Grunwald, gegenüber dem Wohnwagen und in der Nähe des Firmenwagens, mit dem Grunwald hier rausgefahren war, standen vier blaue Klohäuschen. Um sie herum wuchs Löwenzahn und anderes Unkraut. Abfließendes Wasser von den häufigen Junigewittern (dergleichen nachmittägliche Wutanfälle waren eine Spezialität für diese Küstengegend) hatte den Boden direkt vor ihnen weggespült und in einen tiefen Graben verwandelt. Fast wie ein Bach. Darin stand Wasser, die Oberfläche mit Staub und Pollen bedeckt, so dass sie fast wie ein Abbild des blauen Himmels aussah. Das Scheißhausquartett neigte sich nach vorn wie vom Frost emporgewuchtete alte Grabsteine. Hier musste ein ganz ordentlicher Bautrupp am Werk gewesen sein, es gab nämlich sogar noch ein fünftes Klohäuschen. Es war umgefallen und lag mit der Tür nach unten im Graben. Das war das i-Tüpfelchen, wie um noch einmal zu unterstreichen, dass es mit diesem Projekt – eine Verrücktheit von Anfang an – jetzt endgültig vorbei war.

Eine der Krähen erhob sich in die Lüfte und flatterte über den dunstigen blauen Himmel. Sie schien den beiden Männern etwas zuzukrächzen. Curtis wurde bewusst, dass er die Klohäuschen riechen konnte. Anscheinend waren sie schon eine ganze Weile nicht mehr ausgepumpt worden.

»Grunwald?«, sagte er noch einmal. Und dann, weil das offenbar nicht reichte:»Was kann ich für dich tun? Gibt es etwas, worüber wir sprechen müssen?«

»Na ja, Nachbar, mir kommt es nur darauf an, was ich für *dich* tun kann. Darum dreht sich alles.« Grunwald lachte abermals, verstummte aber sofort wieder. Da wusste Curtis, woher ihm dieses Lachen bekannt vorkam. Er hatte es auf seiner Mailbox gehört, am Ende der Nachricht des Arschlochs. Dann war es also doch kein unterdrücktes Schluchzen gewesen. Und der Kerl wirkte auch gar nicht krank – jedenfalls nicht nur. Er wirkte verrückt.

Natürlich ist er verrückt. Er hat alles verloren. Und du triffst dich hier draußen allein mit ihm. Nicht eben klug, alter Junge. Das hast du nicht gründlich durchdacht.

Nein. Seit Betsys Tod hatte er vieles nicht mehr ganz durchdacht. Es schien die Mühe einfach nicht wert zu sein. Aber dieses Mal hätte er sich die Zeit nehmen sollen.

Grunwald lächelte. Zumindest zeigte er die Zähne.»Mir ist aufgefallen, dass du deinen Helm nicht aufhattest, Nachbar.« Er schüttelte den Kopf und lächelte dabei immer noch dieses vergnügte Kranke-Leute-Lächeln. Allem Anschein nach hatte er sich schon eine ganze Weile nicht mehr gewaschen.»Jede Wette – wenn du verheiratet wärst, würde deine Frau dafür sorgen, dass du nicht solchen Scheiß baust. Aber Kerle wie du haben ja keine Frau. Sie haben Hunde!« Er zog es in die Länge, und es klang, als hätte er plötzlich einen texanischen Akzent: *Huuuhnde.*

»Leck mich! Ich hau ab«, sagte Curtis. Sein Herz raste, aber er glaubte nicht, dass ihm das anzuhören war. Hoffentlich nicht.

Plötzlich war es ihm sehr wichtig, dass Grunwald nicht wusste, wie viel Angst er hatte. Er wandte sich um und wollte den Weg zurückgehen, den er gekommen war.

»Dachte ich mir doch, dass du wegen dem Vinton-Grundstück hier rauskommst«, sagte Grunwald. »Aber zur Sicherheit hab ich dir noch was von deinem Scheißköter vorgejammert. Ich habe ihn kläffen hören. Als er gegen den Zaun gerannt ist. Das Mistvieh befand sich auf meinem Grund und Boden.«

Curtis drehte sich wieder um. Er konnte nicht glauben, was er da hörte.

Das Arschloch nickte. Fettige Strähnen fielen ihm ins bleiche Gesicht. Er lächelte noch immer. »Ja«, sagte er. »Ich bin rübergegangen und hab ihn auf der Seite liegen sehen. Ein Lumpensack mit Augen. Ich habe zugeschaut, wie er verreckt ist.«

»Du hast gesagt, du wärst weg gewesen«, sagte Curtis. Für ihn hörte sich seine Stimme schwach an, wie eine Kinderstimme.

»Tja, Nachbar, da habe ich ganz offensichtlich gelogen. Ich bin früher als geplant vom Arzt nach Hause gekommen, ganz traurig darüber, dass ich ihm seinen Wunsch nicht erfüllen konnte. Dabei hat er sich solche Mühe gegeben, mich davon zu überzeugen, dass ich mich auf die Chemo einlasse. Und dann habe ich deinen Lumpenhund in seiner eigenen Kotze liegen sehen. Hat nach Luft geschnappt, und überall um ihn herum Fliegen. Da ist es mir gleich viel besser gegangen. ›Herrgott noch mal‹, hab ich mir da gedacht, ›es gibt noch so etwas wie Gerechtigkeit.‹ Es war wirklich nur ein Viehzaun mit Niederspannung – was das betrifft, war ich völlig ehrlich. Aber es hat mehr als gereicht, was?«

Es dauerte eine ganze Weile, bis Curtis Johnson vollständig begriff, was er da gehört hatte. Erst wollte er es gar nicht begreifen. Dann ballte er die Hände zu Fäusten und setzte sich in Bewegung. Seit einer Prügelei auf dem Spielplatz in der dritten Klasse hatte er niemanden mehr geschlagen, aber jetzt würde er eine Ausnahme machen. Er würde es dem Arschloch zeigen. Die Grillen zirpten noch immer im Gras, als wäre nichts geschehen, und die Sonne brannte herab – außer ihm selbst hatte sich nichts verändert. Die gleichgültige Teilnahmslosigkeit war wie weggeblasen. Eine Sache war ihm jedenfalls nicht mehr gleichgültig: Er würde so lange auf Grunwald einprügeln, bis der heulte und blutete und den Schwanz einzog. Und er würde es schaffen. Grunwald war zwanzig Jahre älter und bei schlechter Gesundheit. Und wenn das Arschloch erst einmal am Boden lag – hoffentlich mit gebrochener Nase in einer dieser abscheulichen Pfützen –, dann würde Curtis sagen: *Das war für den Lumpenhund, Nachbar.*

Grunwald machte einen Schritt nach hinten, um den Abstand zu wahren. Dann holte er die Hand hinter dem Rücken hervor. Sie hielt eine große Pistole umklammert. »Bleib stehen, wo du bist, Nachbar, sonst schieße ich dir ein zusätzliches Loch in den Kopf.«

Fast wäre Curtis weitergegangen. Die Waffe kam ihm irgendwie unwirklich vor. Der Tod, aus dieser schwarzen Augenhöhle? Wohl kaum. Aber …

»Das ist eine .45er AMT Hardballer«, sagte Grunwald. »Sie ist mit Dumdumgeschossen geladen. Ich habe sie mir besorgt, als ich das letzte Mal in Vegas war. Bei einer Schusswaffenmesse. Das war, gleich nachdem Ginny mich verlassen hat. Ich hab mir vorgestellt, Ginny zu erschießen, aber dann habe ich das Interesse an ihr sowieso verloren. Im Grunde ist sie auch nur eine magersüchtige Schlampe aus Florida mit Styroportitten. Du dagegen – du bist eine ganz andere Nummer. Du bist wirklich *niederträchtig,* Johnson. Du bist eine verdammte schwule Hexe.«

Curtis blieb stehen. Er zweifelte nicht an Grunwalds Drohung.

»Aber jetzt bist du in meiner Gewalt, wie es so schön heißt.« Das Arschloch lachte und wäre fast wieder daran erstickt. Es klang immer noch wie ein Schluchzen. »Ich muss dich nicht einmal richtig treffen. Die Knarre hier hat es in sich, hab ich mir sagen lassen. Selbst wenn ich dich nur an der Hand erwische, bist du tot, die reißt dir nämlich glatt den Arm ab. Und ein Schuss in den Bauch? Da fliegen dir die Eingeweide zehn Meter in alle Richtungen. Also, willst du es drauf ankommen lassen? Meinst du, heut ist dein Glückstag, du Niete?«

Curtis wollte es nicht darauf ankommen lassen. Er glaubte nicht, dass heute sein Glückstag war. Die Wahrheit dämmerte ihm spät, aber heftig: Er war von einem Wahnsinnigen hier rausgelockt worden.

»Was willst du von mir? Du kannst alles haben.« Curtis schluckte. In seiner Kehle klickte etwas wie ein Insekt. »Soll ich das Verfahren wegen Betsy einstellen lassen?«

»Nenn sie nicht Betsy«, sagte das Arschloch. Er zielte mit der Pistole – der Hardballer, was für ein absurder Name – auf Curtis' Gesicht, und jetzt wirkte die Mündung plötzlich ziemlich groß. Curtis wurde bewusst, dass er wahrscheinlich tot sein würde, bevor er den Knall der Pistole hörte. Vielleicht sah er ja die Flammen – oder jedenfalls die Funken – aus dem Lauf zucken. Außerdem wurde ihm bewusst, dass er kurz davor stand, sich in die Hose zu machen. »Nenn sie ›Meine arschgesichtige Lumpensackschlampe‹.«

»Meine arschgesichtige Lumpensackschlampe«, wiederholte Curtis, ohne zu zögern, und er empfand nicht die geringsten Schuldgefühle Betsy gegenüber.

»Und jetzt sag: ›Wie gern ich doch ihre stinkende Fotze gelutscht habe.‹«

Curtis schwieg. Zu seiner Erleichterung stellte er fest, dass es noch immer Grenzen gab. Außerdem – wenn er das sagte, würde das Arschloch nur immer so weitermachen.

Grunwald wirkte nicht besonders enttäuscht. Er drohte Curtis halb spöttisch mit der Pistole. »War sowieso nur Spaß.«

Curtis schwieg. In einer Hälfte seines Gehirns herrschte helle Panik, aber mit der anderen konnte er so klar denken wie seit Betsys Tod nicht mehr. Diese Hälfte grübelte darüber nach, dass er tatsächlich hier draußen sterben konnte.

Was ist, wenn ich nie wieder eine Scheibe Brot essen werde?, dachte er, und für einen Moment verschmolzen seine beiden Gehirnhälften miteinander – die verwirrte und die klar denkende –, und sie sehnten sich so sehr danach zu leben, dass es geradezu schrecklich war.

»Was willst du, Grunwald?«

»Ich will, dass du in eins der Scheißhäuschen gehst. Das am Ende.« Er deutete mit der Pistole nach links.

Curtis wandte sich um und verspürte einen leisen Anflug von Hoffnung. Wenn Grunwald ihn einsperren wollte … das war doch ein gutes Zeichen, oder? Schließlich hatte er Curtis ordentlich Angst eingejagt und etwas Dampf abgelassen. Vielleicht wollte er ihn nur wegschließen und sich davonmachen. *Vielleicht geht er ja auch nach Hause und erschießt sich,* dachte Curtis. *So eine .45er Hardballer wird mit jedem Krebs fertig. Die hilft gegen fast alles.*

»Also gut«, sagte er. »Das bekomm ich hin.«

»Aber erst möchte ich, dass du deine Taschen leerst. Wirf alles hier auf den Boden.«

Curtis zog seine Brieftasche hervor und dann, widerwillig, sein Handy. Ein kleines Bündel Geldscheine, das von einer Klammer zusammengehalten wurde. Seinen mit Schuppen bedeckten Kamm.

»Das war alles?«

»Ja.«

»Dreh deine Taschen nach außen, Schätzchen. Damit ich mich selbst davon überzeugen kann.«

Curtis stülpte die linke vordere Hosentasche um, dann die rechte. Ein paar Münzen und der Schlüssel seines Motorrollers fielen zu Boden, wo sie im diesigen Sonnenlicht glänzten.

»Gut«, sagte Grunwald. »Jetzt die hinteren.«

Curtis krempelte auch die Gesäßtaschen um. Eine alter Einkaufszettel kam zum Vorschein, sonst nichts.

»Kick dein Handy zu mir rüber«, sagte Grunwald.

Beim Versuch trat Curtis meilenweit daneben.

»Du Schwachkopf!«, sagte Grunwald und lachte. Das Lachen endete wieder in einem würgenden Schluchzen, und zum ersten Mal in seinem Leben kapierte Curtis wirklich, was Mordlust bedeutete. Die klare Hälfte seines Gehirns registrierte das als etwas Wunderbares. Schließlich war Mord für ihn bisher etwas völlig Unfassbares gewesen. Und jetzt erwies es sich als so einfach wie Bruchrechnen.

»Scheiße, mach endlich«, sagte Grunwald. »Ich will nach Hause, um ein warmes Bad zu nehmen. Vergiss die Schmerzmittel – ein warmes Bad ist das Einzige, was wirkt. Wenn ich könnte, würde ich mein ganzes Leben in der Wanne verbringen.«

Curtis trat noch einmal nach dem Telefon, und dieses Mal erwischte er es. Es schlitterte Grunwald direkt vor die Füße.

»Ein Schuss, ein Treffer!«, rief das Arschloch. Er bückte sich, griff nach dem Nokia (mit der Pistole zielte er weiterhin auf Curtis) und richtete sich mit einem leisen, angestrengten Ächzen wieder auf. Curtis' Handy schob er sich in die rechte Hosentasche. Dann deutete er mit der Pistolenmündung auf den Kleinkram, der noch auf dem Boden lag. »Und jetzt heb den ganzen anderen Mist auf, und steck ihn wieder ein. Auch das Kleingeld. Wer weiß – vielleicht stößt du da drin ja auf einen Snack-Automaten.«

Curtis folgte Grunwalds Anweisungen schweigend und verspürte erneut einen kleinen Stich, als er den Anhänger am Schlüsselring der Vespa sah. Manche Dinge änderten sich wohl nicht, selbst nicht *in extremis*.

»Du hast deine beschissene Einkaufsliste vergessen, du Wichser. Komm schon, gib dir Mühe. Steck alles wieder ein. Und das Handy – na, ich sorg schon dafür, dass es hübsch ordentlich in seinem Ladegerät steckt. Natürlich lösche ich zuerst die Nachricht, die ich auf deiner Mailbox hinterlassen hab.«

Curtis hob den Zettel auf – *O-Saft, Maalox, Fischfilet, eng. Muffins* stand darauf – und stopfte ihn sich wieder in die Gesäßtasche. »Das kannst du nicht machen«, sagte er.

Das Arschloch zog die buschigen Alte-Männer-Augenbrauen hoch. »Wieso sollte ich nicht?«

»Die Alarmanlage ist eingeschaltet.« Curtis wusste nicht mehr, ob er sie eingeschaltet hatte oder nicht. »Und außerdem wird Mrs. Wilson dort sein, bis du wieder auf Turtle Island bist.«

Grunwald schenkte ihm einen nachsichtigen Blick. Das wahnsinnige Funkeln, das darin lag, machte Curtis nicht nur wütend, es jagte ihm geradezu eine höllische Angst ein. »Heute ist *Donnerstag*, Nachbar. Deine Haushälterin kommt nur dienstag- und freitagnachmittags. Hast du etwa gedacht, ich behalte dich nicht im Auge? So wie du mich?«

»Ich habe nicht …«

»Ach, natürlich habe ich dich gesehen, wie du hinter deiner Lieblingspalme am Straßenrand hervorgeschaut hast. Was hast du denn erwartet? Aber du hast mich nicht ein einziges Mal bemerkt, was? Weil du faul bist. Und faule Leute sind einfach blind. Faule Leute bekommen, was sie verdienen.« Er senkte die Stimme verschwörerisch. »Alle Schwulen sind faul; das ist wissenschaftlich erwiesen. Die Schwulenlobby versucht das zu vertuschen, aber im Internet gibt es Studien darüber.«

Curtis war so fassungslos, dass er den letzten Satz fast nicht mitbekam. *Wenn er Mrs. Wilson ausspioniert hat … Himmel, wie lange brütet er schon über diesen Plan nach?*

Mindestens seit Curtis ihn wegen Betsy verklagt hatte. Vielleicht sogar noch länger.

»Und was deinen Alarmcode betrifft …« Das Arschloch lachte wieder sein schluchzendes Lachen. »Ich verrat dir ein kleines Geheimnis: Deine Anlage ist von Hearn Security installiert worden, und mit denen arbeite ich seit fast dreißig Jahren zusammen. Wenn ich will, komm ich an jeden Code ran, den sie auf Turtle Island ausgegeben haben. Kostet mich ein Lächeln. Tja, aber zufälligerweise wollte ich nur deinen.« Er schniefte, spuckte aus und hustete – ein lockeres, grollendes Husten, das tief aus der Brust kam. Es klang, als täte es weh (zumindest hoffte Curtis, dass es wehtat), aber die Pistole

zitterte nicht.»Außerdem glaube ich nicht, dass du ihn eingeschaltet hast. Du denkst doch eh nur ans Schwanzlutschen
und so.«

»Grunwald, können wir nicht …«

»Nein. Können wir nicht. Das hast du dir selbst zuzuschreiben. Du hast es verdient, also stell dich nicht so an. Mach, dass
du in das verdammte Scheißhäuschen kommst.«

Curtis ging auf eines der Klohäuschen zu, allerdings nicht
auf das ganz links, sondern auf das ganz rechts.

»Nichts da«, sagte Grunwald geduldig, als spräche er mit
einem Kind.»Das am *anderen* Ende.«

»Das steht mir zu schief«, sagte Curtis.»Wenn ich da rein-
gehe, fällt es womöglich um.«

»Ach was«, sagte Grunwald.»Das Ding ist so stabil wie dein
geliebter Aktienmarkt. Die Seitenwände sind extra massiv, deshalb. Aber der Geruch wird dir bestimmt gefallen. Kerle wie
du verbringen so viel Zeit auf dem Scheißhaus, dass ihnen der
Geruch einfach gefallen *muss*.« Plötzlich bohrte sich die Pistolenmündung in Curtis' Gesäß. Er stieß einen kurzen, über-
raschten Schrei aus, und Grunwald lachte. Dieses Arschloch!
»Also mach, dass du da reinkommst, sonst verwandle ich deine
Arschfalte in eine dreispurige Autobahn.«

Curtis musste sich über den Graben beugen, in dem knietief
schaumiges Wasser stand, und weil sich das Klohäuschen in
seine Richtung neigte, schwang die Tür auf, als er sie entrie-
gelte, und wäre ihm fast ins Gesicht geknallt. Darüber musste
Grunwald schon wieder lauthals lachen, und Curtis wurde
abermals von Mordgedanken heimgesucht. Trotzdem, es war
erstaunlich, wie klar er seine Umgebung auf einmal wahrnahm. Wie sehr er die grünen Düfte des Laubs und das duns-
tige Blau des Himmels über Florida liebte. Wie sehr er sich
danach sehnte, ein Stück Brot zu essen – selbst labberiges
Toastbrot wäre jetzt ein Festschmaus gewesen. Er würde es mit
einer Serviette auf dem Schoß essen und aus seinem kleinen
Weinschränkchen einen dazu passenden Jahrgang aussuchen.

Plötzlich sah er das Leben mit völlig anderen Augen. Wenn er nur lange genug lebte, um es zu genießen. Immerhin, das Arschloch wollte ihn anscheinend nur einsperren, also bestand Hoffnung.

Wenn ich das hier überlebe, werde ich dem Kinderhilfswerk regelmäßig Geld spenden, dachte er, und der Gedanke war ebenso zusammenhanglos und unerwartet wie der über das Brot.

»Geh da rein, Johnson.«

»Ich sag dir, das fällt um!«

»Wer ist hier der Bauherr? Das fällt nicht um, wenn du vorsichtig bist. Rein mit dir.«

»Ich kapiere nicht, warum du das tust.«

Grunwald lachte ungläubig. Dann sagte er: »Beweg deinen Arsch da rein, oder, bei Gott, ich schieß ihn dir weg!«

Curtis machte einen großen Schritt über den Graben und setzte einen Fuß in das Klohäuschen. Es wackelte beängstigend. Er stieß einen Schrei aus, beugte sich über die Bank mit dem geschlossenen Toilettendeckel in der Mitte und stützte sich mit beiden Händen an der Rückwand ab. Eine ganze Weile stand er da wie ein Verbrecher, der darauf wartet, gefilzt zu werden. Dann knallte die Tür hinter ihm ins Schloss. Das Licht der Sonne verschwand. Plötzlich stand er in tiefem Schatten. Es war heiß hier drin. Er schaute über die Schulter, worauf das Klohäuschen wieder wackelte. Gleich würde es umfallen.

Es klopfte an der Tür. Curtis konnte sich nur zu gut vorstellen, wie das Arschloch da draußen stand, sich über den Graben beugte, eine Hand gegen die blaue Seitenwand gestützt, die andere zur Faust geballt. »Bequem da drin? Fühlst du dich wohl?«

Curtis blieb ihm die Antwort schuldig. Solange Grunwald sich gegen die Tür des Klohäuschens stemmte, stand das verdammte Ding wenigstens gerade.

»Und ob du dich da drin wohlfühlst. Wie eine Sau in der Grube.«

Ein weiterer dumpfer Schlag, und die Toilette geriet wieder gefährlich in Schieflage. Grunwalds Gewicht hielt sie nicht länger. Curtis nahm dieselbe Haltung ein wie zuvor, stellte sich auf die Fußballen und mühte sich mit aller Willenskraft ab, das stinkende Häuschen mehr oder weniger aufrecht zu halten. Der Schweiß lief ihm über das Gesicht und brannte ihm am linken Wangenknochen, wo er sich beim Rasieren geschnitten hatte. Dabei musste er plötzlich sehnsüchtig an sein Badezimmer denken, das er immer als selbstverständlich hingenommen hatte. Er würde jeden Dollar seiner Rentenversicherung dafür hergeben, um jetzt dort zu sein, das Rasiermesser in der rechten Hand, während er zuschaute, wie sich das Blut auf seiner linken Wange einen Weg durch den Rasierschaum bahnte, und der Radiowecker neben seinem Bett irgendeinen dämlichen Popsong spielte. Etwas von den Carpenters oder Don Ho.

Jetzt kippt es gleich um, ganz bestimmt, darauf lauert er schon die ganze Zeit …

Aber das Klohäuschen hörte wieder auf zu wackeln. Trotzdem, viel hatte nicht gefehlt. Curtis stand auf Zehenspitzen und mit gekrümmtem Rücken über der Bank, die Hände gegen die Rückwand gestemmt, und allmählich wurde ihm bewusst, wie entsetzlich heiß es in diesem kleinen Häuschen war und wie sehr es stank, selbst bei geschlossenem Klodeckel. Es roch nicht nur nach verrottenden menschlichen Exkrementen, sondern auch nach Desinfektionsmittel – das blaue Zeug, natürlich –, und das machte es irgendwie nur noch schlimmer.

Als Grunwald wieder etwas sagte, ertönte seine Stimme von der Rückwand. Er war wohl über den Graben gesprungen und hatte das Klohäuschen umrundet. Curtis erschrak so sehr, dass er fast zurückgewichen wäre, aber er fing sich im letzten Moment. Trotzdem konnte er nicht verhindern, dass er zusammenzuckte und kurz die Hände von der Wand löste. Das Klohäuschen schwankte. Er stemmte sich wieder mit aller Kraft gegen die Rückwand, gerade noch rechtzeitig.

»Wie geht's, wie steht's, Nachbar?«

»Ich hab eine Scheißangst«, sagte Curtis. Das verschwitzte Haar war ihm in die Stirn gefallen und klebte dort fest, aber er

traute sich nicht, es sich nach hinten zu streichen. Diese Bewegung allein konnte schon genügen, und das Häuschen fiel um.
»Lass mich raus. Du hast deinen Spaß gehabt.«

»Wenn du glaubst, dass mir das Spaß macht, dann irrst du dich gewaltig«, sagte das Arschloch in schulmeisterlichem Ton. »Ich hab wirklich lange darüber nachgedacht, Nachbar, und bin schließlich zu der Feststellung gelangt, dass es notwendig ist. Eine andere Möglichkeit ist mir nicht geblieben. Und ich konnte auch nicht länger warten, weil mein Körper sonst vielleicht nicht mehr in der Lage gewesen wäre, das zu tun, was er tun muss.«

»Grunwald, wir können das wie unter Männern klären. Versprochen.«

»Gib dir keine Mühe – auf das Wort von jemandem wie deinesgleichen werde ich nie etwas geben.« Er klang noch immer äußerst oberlehrerhaft. »Ein Mann, der sich auf das Wort einer Schwuchtel verlässt, hat verdient, was ihm widerfährt.« Und dann schrie er so laut, dass seine Stimme ganz brüchig wurde. »*IHR MISTKERLE HALTET EUCH IMMER FÜR SO SCHLAU! WIE SCHLAU KOMMST DU DIR JETZT VOR, HM?*«

Curtis schwieg. Jedes Mal wenn er zu wissen glaubte, wie das Arschloch tickte, eröffneten sich ihm ganz neue Abgründe.

Schließlich fuhr Grunwald in etwas ruhigerem Ton fort.

»Du hättest gern eine Erklärung? Du glaubst sogar, eine *verdient* zu haben? Na ja, vielleicht hast du das ja.«

Irgendwo krächzte eine Krähe. Für Curtis in seinem kleinen heißen Kabuff klang es, als würde sie ihn auslachen.

»Hast du etwa gedacht, ich mache Witze, als ich ›schwule Hexe‹ zu dir gesagt habe? Von wegen. Heißt das, du weißt, dass du eine, nun ja, bösartige übernatürliche Macht bist, die dazu da ist, mich auf die Probe zu stellen? Keine Ahnung. Seit meine Frau sich ihre Juwelen geschnappt und mich verlassen hat, habe ich eine ganze Reihe schlafloser Nächte damit verbracht, unter anderem über diese Frage nachzugrübeln, und ich bin trotzdem bislang zu keinem Ergebnis gelangt. Aber wahrscheinlich weißt du es auch nicht.«

»Grunwald, bitte glaub mir, ich bin keine …«

»Halt die Klappe. Hier rede ich. Natürlich, was sollst du auch anderes sagen? Ganz egal, ob du eine Hexe bist oder nicht. Schau dir doch die Aussagen bei den Hexenprozessen von Salem an. Schau ruhig mal nach. Ich hab mir die Mühe gemacht. Steht alles im Internet. Sie haben geschworen, dass sie keine Hexen sind, und als sie glaubten, es würde ihnen helfen, aus dem Empfangszimmer des Teufels zu entkommen, haben sie es zugegeben. Aber auch dann waren sich nur ganz wenige von ihnen sicher! Das ist ziemlich offensichtlich, wenn du mit aufgeklärtem … du weißt schon, mit aufgeklärtem … na, wenn du nur einigermaßen deinen Grips beisammen hast. He, Nachbar, wie gefällt es dir, wenn ich *das* mache?«

Plötzlich fing das Arschloch an, am Klohäuschen zu rütteln. Er mochte krank sein, aber Kraft hatte er noch. Fast hätte es Curtis gegen die Tür geschleudert, und dann wäre bestimmt ein Unglück geschehen.

»*Hör auf!*«, brüllte er. »*Hör auf damit!*«

Grunwald lachte nachsichtig. Das Klohäuschen hörte auf zu wackeln. Curtis hatte allerdings den Eindruck, dass der Boden nun schräger war als zuvor. »Was bist du doch für ein Weichei. Das Ding ist so stabil wie der Aktienmarkt, glaub mir.«

Kurzes Schweigen.

»Eins sollten wir allerdings nicht außer Acht lassen: Alle Schwuchteln sind Lügner, aber nicht alle Lügner sind Schwuchteln. Das ist keine Gleichung, die aufgeht, wenn du verstehst, was ich meine. Ich bin so hetero wie nur sonst was, schon immer – ich würde mit der Jungfrau Maria vögeln und dann in aller Gemütsruhe zum nächsten Scheunenfest gehen. Aber ich habe gelogen, um dich hier rauszulocken, das gebe ich freimütig zu, und vielleicht lüge ich jetzt auch.«

Wieder das Husten – tief und dunkel und mit großer Wahrscheinlichkeit schmerzhaft.

»Lass mich raus, Grunwald, ich fleh dich an. Ich fleh dich an!«
Ein lange Pause, als würde das Arschloch es sich überlegen.
Dann fing er wieder mit seiner Predigt an.

»Wenn es um Hexen geht, können wir uns letzten Endes
nicht auf Geständnisse verlassen«, sagte er. »Wir können uns
noch nicht mal auf *Zeugenaussagen* verlassen, die könnten ja
zurechtgebogen sein. Wenn man es mit Hexen zu tun hat, dann
hat man den Eindruck, wie wenn … wie wenn … Also, man
muss die *Beweise* abwägen. Und in *meinem* Fall habe ich das
äußerst sorgfältig getan. Als da wären: Erstens, du hast mir bei
dem Vinton-Grundstück den Deal versaut. Damit hat es angefangen.«

»Grunwald, ich hatte nicht vor …«

»Halt die Klappe, Nachbar. Außer du möchtest, dass ich dein
hübsches kleines Häuschen umkippe. In dem Fall kannst du
natürlich reden, so viel du willst. Willst du?«

»Nein!«

»Kluger Junge! Keine Ahnung, *warum* dir das so wichtig war,
aber ich *glaube*, du wolltest einfach verhindern, dass ich da
draußen am Turtle Point ein paar Eigentumswohnungen hin-
stelle. So oder so, die *Beweislage* − genau genommen dein lä-
cherlicher Übereignungsvertrag − ist eindeutig: Du wolltest
mir schlicht und ergreifend den Deal versauen. Du hast behauptet, dass Ricky Vinton dir das ganze Grundstück für anderthalb Millionen verscherbeln wollte. Jetzt hör mir mal gut
zu, Nachbar. Welcher Richter und welche Geschworenen auf
der großen weiten Welt würden dir das abnehmen?«

Curtis erwiderte nichts. Inzwischen hatte er Angst, sich auch
nur zu räuspern, und nicht nur wegen des Arschlochs. Das
Klohäuschen konnte jeden Moment umkippen, da war er sich
sicher. Wahrscheinlich würde es schon genügen, wenn er nur
den kleinen Finger von der Rückwand hob. Vielleicht war das
alles albern, vielleicht aber auch nicht.

»Dann ist die Verwandtschaft aufgetaucht, als wäre die Situation nicht schon kompliziert genug, und hat alles noch viel

komplizierter gemacht – *weil du Schwuchtel dich eingemischt hast!* Du hast sie angerufen. Du oder dein Anwalt. Das ist völlig offensichtlich, du weißt schon, *q. e. d.* oder so. Weil dir die Insel so gefällt, wie sie ist.«

Curtis schwieg weiterhin und ließ die Dinge unwidersprochen im Raum stehen.

»Und damals hast du mich auch verflucht. Ganz sicher! Die Beweislage ist eindeutig. ›Man muss Pluto nicht sehen, um zu wissen, dass er da ist.‹ Irgendein Wissenschaftler hat das einmal gesagt. Er hat herausgefunden, dass es den Planeten geben muss, nachdem er an einem anderen Bahnstörungen beobachtet hat, wusstest du das? Hexerei erkennt man nach demselben Prinzip, Johnson. Man muss die Beweise begutachten und nach Bahnstörungen suchen, nach Bahnstörungen in der, in dem … na, du weißt schon. Im Leben. Außerdem verdunkelt sich dein Geist. Er *verdunkelt* sich. Ich habe das gespürt. Wie eine Sonnenfinsternis. Es …«

Er hustete eine ganze Weile. Curtis stand noch immer so da, als sollte er gleich gefilzt werden, den Hintern hochgereckt, den Bauch angespannt, und starrte die Toilette an, auf die sich vor einiger Zeit noch Grunwalds Zimmerleute hingehockt hatten, um ihr Geschäft zu erledigen, nachdem der Morgenkaffee seine Wirkung getan hatte.

»Als Nächstes hat mich Ginny verlassen«, sagte das Arschloch. »Im Moment lebt sie auf Cape Cod. Natürlich behauptet sie, dass sie alleine ist, weil sie es auf meine Unterhaltszahlungen abgesehen hat – das haben sie alle –, aber ich weiß es besser. Wenn die geile Schlampe nicht zweimal am Tag auf einem Schwanz rumturnen darf, sitzt sie so lange vor der Glotze und frisst Schokoladentrüffel, bis sie explodiert.

Dann standen plötzlich die Schweinehunde vom Finanzamt auf der Matte, mitsamt ihren Laptops und ihren Fragen. ›Haben Sie dies getan, haben Sie das getan, und wo sind diese und jene Unterlagen?‹ War das Hexerei, Johnson? Oder hast du es mir da auf die übliche Art besorgt? Es gehört nicht viel dazu, nach dem Hörer zu greifen und zu sagen: ›Bei dem Kerl solltet ihr mal eine Steuerprüfung durchführen, der hat weit mehr Pferde im Stall, als er zugibt.‹«

»Grunwald, ich habe das Finanzamt nicht …«

Das Klohäuschen bebte. Curtis wurde nach hinten geschleudert und war sich sicher, dass es *dieses* Mal …

Aber das Klohäuschen richtete sich wieder auf. Allmählich fühlte sich Curtis ganz benebelt. Und ihm wurde kotzübel. Das kam nicht nur von dem Gestank; es lag an der *Hitze*. Oder vielleicht an beidem zusammen. Das Hemd klebte ihm an der Brust.

»Ich schildere hier die Beweislage«, sagte Grunwald. »Und solange ich die Beweislage schildere, hältst du die Klappe. Ruhe im verdammten Gerichtssaal!«

Warum nur war es hier drinnen so heiß? Curtis blickte nach oben und konnte keine Lüftungsschlitze entdecken. Doch, da waren welche, aber sie waren abgedichtet worden. Jemand hatte sie mit Blech verkleidet. In das Blech waren ein paar Löcher gestanzt worden, durch die etwas Licht hereindrang, aber kein bisschen frische Luft. Die Löcher waren größer als ein Vierteldollar, aber kleiner als ein Silberdollar. Er schaute über die Schulter und entdeckte noch eine Reihe von Löchern, aber die beiden Türschlitze waren fast vollständig verdeckt.

»Sie haben meine ganzen Konten gesperrt«, sagte Grunwald mit Grabesstimme, als könnte er es noch immer nicht fassen. »Erst haben sie eine Steuerprüfung durchgeführt und behauptet, das sei alles Routine. Aber ich weiß, wie die vorgehen, ich wusste, was mir bevorstand.«

Natürlich wusstest du das, schließlich warst du todsicher schuldig.

»Aber noch vor der Steuerprüfung hab ich diesen Husten bekommen. Daran warst natürlich auch du schuld. Bin gleich zum Arzt. Lungenkrebs, Nachbar, und er hat sich auf meine Leber und meinen Magen ausgebreitet und weiß der Teufel wohin sonst noch. Die ganzen Weichteile. Worauf es Hexen halt so abgesehen haben. Mich wundert, dass du nicht noch meine Eier und meinen Arsch verflucht hast, auch wenn das bestimmt noch kommt. Wenn ich es zulasse. Aber das werde ich nicht. Kapierst du jetzt? Auch wenn ich hier alles im Griff hab, spielt das eigentlich keine Rolle mehr. Ich werde mir sowieso bald eine Kugel in den Kopf jagen. Mit dieser Knarre hier, Nachbar. Während ich in der Badewanne liege.«

Er seufzte gefühlvoll.

»Das ist der einzige Ort, wo ich noch glücklich bin. In meiner Badewanne.«

Da ging Curtis ein Licht auf. Vielleicht lag es daran, dass das Arschloch gesagt hatte, er habe alles im Griff, aber wahrscheinlich hatte er es schon eine ganze Weile gewusst. Das Arschloch hatte vor, das Klohäuschen umzuwerfen. Ganz egal, wie sehr Curtis flehte oder flennte; oder ob er die Klappe hielt. Das spielte keine Rolle. Fürs Erste würde er jedenfalls die Klappe halten. Vor allem natürlich, weil er so lange wie möglich aufrecht stehen wollte. Aber er war auch auf seltsame Weise fasziniert. Grunwald meinte das, was er sagte, nicht im übertragenen Sinne. Grunwald glaubte wirklich daran, dass Curtis Johnson so etwas wie ein Zauberer war. Anscheinend war sein Gehirn ebenso hinfällig wie der ganze Rest.

»LUNGENKREBS!«, brüllte Grunwald, und seine Stimme hallte über das verlassene Baugelände ... und dann bekam er wieder einen Hustenanfall. Die Krähen beschwerten sich lauthals. »Ich habe vor dreißig Jahren mit dem Rauchen aufgehört, *und jetzt bekomme ich Lungenkrebs?*«

»Du bist verrückt«, sagte Curtis.

»Klar, dem würde die ganze Welt zustimmen. Das hast du doch so geplant, oder? *Scheiße, es ist doch alles nach Plan gelaufen, oder?* Und dann verklagst du mich zu allem Überfluss noch wegen deinem *Scheißköter?* Deinem Scheißköter, der sich auf MEINEM GRUND UND BODEN herumgetrieben hat? Und warum? Nachdem du mir mein Grundstück weggenommen hast, meine Frau, mein Geschäft und mein Leben – warum das noch? Um mich zu demütigen, natürlich! Du wolltest noch einen draufsetzen! Eulen nach Athen! Zauberei! Und weißt du, was in der Bibel steht? *Die Zauberinnen sollst du nicht leben lassen!* An allem, was mir zugestoßen ist, trägst du die Schuld, und *die Zauberinnen sollst du nicht ... LEBEN LASSEN!*« Grunwald versetzte dem Klohäuschen einen Stoß. Er musste wirklich seine ganze Kraft hineingelegt haben, denn dieses Mal schwankte das Häuschen erst gar nicht. Für einen Moment hatte Curtis das Gefühl zu schweben, dann fiel er hintenüber. Eigentlich hätte das Schloss unter seinem Gewicht nachgeben müssen, aber das tat es nicht. Das Arschloch musste es irgendwie verstärkt haben.

Das Klohäuschen krachte mit der Tür nach unten zu Boden, und Curtis landete unsanft auf dem Rücken. Er biss sich auf die Zunge. Sein Hinterkopf machte Bekanntschaft mit der Tür, und er sah Sternchen. Der Klodeckel öffnete sich wie ein Mund. Eine braunschwarze Suppe, so dickflüssig wie Sirup, schwappte heraus. Ein fauliger Scheißhaufen landete auf seinem Schoß. Curtis stieß einen angewiderten Schrei aus, schlug den Haufen beiseite und wischte sich die Hände am Hemd ab. Auf seiner Brust blieb ein brauner Fleck zurück. Aus der Toilette ergoss sich ein Schwall übelriechender Flüssigkeit, rann an der Seite der Sitzbank hinunter und sammelte sich um seine Turnschuhe. Mittendrin schwamm ein Eiskonfekttütchen. Lange Papierschlangen aus Toilettenpapier hingen aus der Öffnung heraus. Curtis kam sich vor wie am Silvesterabend in der Hölle. Das konnte ihm doch unmöglich passieren! Er glaubte, in einen Alptraum aus seiner Kindheit geraten zu sein.

»Na, wie riecht es jetzt da drin, Nachbar?«, rief das Arschloch. Er lachte und hustete. »Wie daheim, was? Stell dir doch einfach vor, es ist ein Tauchstuhl fürs 21. Jahrhundert, extra für Schwuchteln angefertigt. Nicht schlecht, oder? Jetzt brauchst du nur noch deinen schwulen Senator und einen Stapel Spitzenhöschen, und schon könnt ihr die schönste Straps-Party feiern!«

Inzwischen war auch Curtis' Rücken nass. Anscheinend war das Klohäuschen im Graben gelandet oder hing direkt darüber. Durch die Löcher in der Tür sickerte Wasser herein.

»Die meisten von diesen transportablen Toiletten sind nur aus dünnem Kunststoff – also wie die Dinger, die auf Rastplätzen rumstehen. Da kann man mit etwas Anstrengung problemlos Löcher reinschlagen. Aber auf Baustellen kleiden wir die Wände mit Blech aus. Sonst haben wir nur dauernd Ärger damit. Es gibt haufenweise Vandalen, die Spaß daran haben, etwas kaputt zu machen; oder Schwuchteln wie dich. Um ein ›Klappenloch‹ zu bohren, wie ihr das nennt. Ich kenn mich da aus, glaub mir. Ich hab mich informiert, Nachbar. Oder irgendwelche Jugendliche werfen Steine durchs Dach, weil ihnen der Lärm gefällt. Das knallt, wie wenn man eine große Papiertüte platzen lässt. Also verkleiden wir auch die Dächer mit Blech. Natürlich wird es dann total heiß da drin, aber das hat auch seine Vorteile. Niemand will eine Viertelstunde in einem Scheißhaus hocken und eine Zeitschrift lesen, wenn es dort so heiß ist wie in einer türkischen Gefängniszelle.«

Curtis drehte sich um. Er lag in einer brackigen, stinkenden Pfütze. Ein Fetzen Toilettenpapier hatte sich um sein Handgelenk gewickelt, und er streifte ihn ab. Das Papier war bräunlich verschmiert – die Hinterlassenschaft eines Bauarbeiters, der schon längst Feierschicht fuhr. Curtis brach in Tränen aus. Er lag in einem Haufen Scheiße und Toilettenpapier, durch die Tür kam immer mehr Wasser hereingesprudelt, und er träumte das alles nicht nur. Irgendwo gar nicht weit weg von hier flimmerten Wall-Street-Zahlen über den Bildschirm seines Macs, und er lag hier in abgestandenem Pisswasser mit einem vergammelten Scheißhaufen in der Ecke und einer weit offen stehenden Klobrille nicht weit von seinen Fersen – und er träumte das alles nicht nur. Er hätte seine Seele dafür hergegeben, in seinem sauberen, kühlen Bett aufzuwachen.

»Lass mich raus! GRUNWALD, BITTE!«

»Das geht nicht. Es läuft alles nach Plan«, sagte das Arschloch in geschäftsmäßigem Ton. »Du bist hier rausgekommen, um dich ein bisschen umzuschauen und dich an meinem Unglück zu weiden. Dann musstest du mal, und die Klohäuschen kamen dir gerade recht. Du hast eins aufgesucht, und da ist es umgefallen. Ende der Geschichte. Wenn sie dich finden – wenn sie dich dann *irgendwann* finden –, werden die Bullen feststellen, dass die alle ziemlich schief stehen, weil der Regen sie unterhöhlt hat. Woher sollen sie auch wissen, dass deine derzeitige Behausung ein wenig schiefer stand als die anderen? Oder dass ich dein Handy mitgenommen habe? Sie werden einfach davon ausgehen, dass du es zu Hause gelassen hast, du alberner Jammerlappen. Die ganze Sache wird ihnen kein Rätsel aufgeben. Die *Beweislage* – darauf läuft immer wieder alles hinaus.«

Er lachte. Und dieses Mal hustete er nicht, sondern lachte wie ein äußerst selbstzufriedener Mensch, der an alles gedacht hat. Curtis lag in dem dreckigen Wasser, das inzwischen fünf Zentimeter tief war, und spürte, wie es sein Hemd und seine Hose durchweichte. Wenn das Arschloch doch nur einen Herzanfall bekäme und auf der Stelle stürbe. Scheiß auf den Krebs. Soll er doch da draußen auf der ungepflasterten Straße tot umfallen, mitten auf seinem bankrotten Baugelände. Und möglichst auf dem Rücken liegen bleiben, damit ihm die Vögel die Augen aushacken können.

Wenn das passiert, sterbe ich hier drin.

Wohl wahr, aber das hatte Grunwald von Anfang an so geplant. Was spielte das also noch für eine Rolle?

»Sie werden feststellen, dass du nicht ausgeraubt wurdest; du hast noch immer dein Geld in der Tasche, ebenso wie den Schlüssel zu deinem Motorroller. Diese Dinger sind übrigens äußerst gefährlich, fast so schlimm wie Quads. Und ohne Helm! Du solltest dich was schämen, Nachbar. Na ja, immerhin hast du die Diebstahlsicherung aktiviert, wirklich nett von dir. Macht alles noch glaubwürdiger. Und du hast nicht mal einen Stift, mit dem du etwas auf die Wände schreiben könntest. Wenn du einen gehabt hättest, hätte ich ihn dir abgenommen. Das wird alles wie ein tragischer Unfall aussehen.«

Er hielt inne. Curtis musste nicht einmal die Augen schließen, um ihn mit infernalischer Deutlichkeit dort draußen stehen zu sehen. In seinen Klamotten, die ihm inzwischen zu weit waren, die Hände in den Hosentaschen und die ungewaschenen Haare hinter die Ohren geschoben. In Gedanken versunken. Er redete mit Curtis, als führte er ein Selbstgespräch, immer noch auf der Suche nach einem Denkfehler, obwohl er wochenlang nachts wach gelegen haben musste, um das Ganze zu planen.

»Natürlich kann ein Mensch nicht an alles denken. In jedem Kartenspiel kommt auch ein Joker vor. Zweien und Buben, Männer mit Äxten, dem Gewinner gehört die Welt. So was in der Art. Wie die Chancen stehen, dass jemand hier rauskommt und dich findet? Während du noch am Leben bist? Schlecht, würde ich sagen. Sehr schlecht. Und was habe ich schon zu verlieren?« Er lachte, völlig begeistert von seiner eigenen Genialität. »Liegst du in der Scheiße, Johnson? Das hoffe ich doch sehr.«

Curtis betrachtete den Haufen, den er sich von der Hose gewischt hatte, sagte jedoch nichts. Er hörte ein leises Summen. Fliegen. Nur ein paar, aber selbst das waren zu viele. Sie kamen aus der Toilette. Wahrscheinlich waren sie im Sammeltank eingesperrt gewesen – in dem Sammeltank, der sich hätte unter ihm befinden sollen anstatt direkt neben seinen Füßen.

»Ich mache mich dann mal auf den Weg, Nachbar. Aber vergiss nicht: Was du da gerade durchmachst, ist einer Hexe würdig. Wie heißt es doch – im Scheißhaus kann einen niemand schreien hören!«

Grunwald ging langsam davon. Sein hustendes Lachen wurde allmählich leiser.

»Grunwald! Grunwald, komm zurück!«

»Jetzt steckst du in der Klemme«, rief Grunwald. »Aber so was von dicke!«

Und dann hörte er, wie der Firmenwagen mit der Palme auf dem Schlag ansprang. Er hätte damit rechnen müssen, ja, er hatte sogar damit gerechnet, aber er konnte es trotzdem nicht fassen.

»Komm zurück, du Arschloch!«

Aber jetzt wurde das Motorengeräusch leiser. Grunwald fuhr erst über die ungepflasterte Straße (Curtis konnte hören, wie er durch die Pfützen platschte) und dann den Hügel hinauf, an der Stelle vorbei, wo ein völlig anderer Curtis Johnson seine Vespa abgestellt hatte. Das Arschloch drückte kurz auf die Hupe, ein kleiner, grausamer Abschiedsgruß, und dann verschmolz das Brummen seines Wagens mit allen anderen Geräuschen, dem Zirpen der Grillen im Gras und dem Summen der Fliegen, die dem Sammeltank entkommen waren. Irgendwo weit weg brummte ein Flugzeug, in dem die Passagiere der ersten Klasse wahrscheinlich gerade Brie auf Crackern aßen.

Auf Curtis' Arm ließ sich eine Fliege nieder. Er verscheuchte sie mit einer unwirschen Handbewegung. Sie landete auf dem Scheißhaufen und fuhr mit ihrer Mahlzeit fort. Plötzlich kam es ihm so vor, als wäre der Gestank aus dem Sammeltank etwas Lebendiges, wie eine braunschwarze Hand, die ihm den Rachen hinunterkroch. Aber der Geruch der fauligen Exkremente war nicht das Schlimmste; das Schlimmste war das Desinfektionsmittel. Das blaue Zeug. Er wusste, dass es das blaue Zeug war.

Er setzte sich auf – dafür war gerade genug Platz – und erbrach sich zwischen die Beine in das Wasser, das sich dort gesammelt hatte, und über die Klopapierfetzen, die darin schwammen. Nachdem er heute schon einmal alles ausgespien hatte, was er im Magen hatte, kam jetzt nur noch Galle. Er blieb vornübergebeugt sitzen, schnappte nach Luft und stützte sich mit den Händen an der Tür ab, auf der er saß. Dann würgte er wieder, doch dieses Mal brachte er nur ein Rülpsen zustande, das wie das Zirpen einer Zikade klang.

Sonderbarerweise fühlte er sich daraufhin besser. Dieses Erbrechen hatte er sich irgendwie *ehrlich verdient*. Ohne sich die Finger in den Hals zu stecken. Vielleicht half das sogar gegen seine Schuppen. Vielleicht konnte er die Welt mit einer neuen Behandlungsmethode beglücken: die Alt-Urin-Spülung. Wenn er erst einmal hier rauskam, würde er seine Kopfhaut absuchen. *Falls* er hier rauskam.

Wenigstens konnte er sich ohne größere Anstrengung aufsetzen. Es war entsetzlich heiß, und der Gestank war furchtbar (er wollte gar nicht daran denken, was er da im Sammeltank alles aufgeschreckt hatte, konnte die Vorstellung jedoch nicht verscheuchen), aber zumindest musste er sich nicht ducken.

»Könnte schlimmer kommen«, murmelte er. »Immer dran denken – es könnte schlimmer kommen.«

Also, eins nach dem anderen. Wie tief saß er wirklich in der Scheiße? Immerhin wurde das Wasser hier drin nicht tiefer, was ein Segen war. Er würde nicht ertrinken. Oder jedenfalls nur dann, wenn sich einer der nachmittäglichen Schauer in einen Wolkenbruch verwandelte, der die ganze Nacht andauerte. Wäre nicht das erste Mal. Und es half nichts, wenn er sich einredete, er würde bis zum Nachmittag hier rauskommen, *natürlich* würde er das, aber wenn er sich solchen Träumereien hingab, würde er dem Arschloch direkt in die Hände arbeiten. Er konnte nicht einfach nur dasitzen und denken, Gott sei Dank muss ich mich nicht ducken, und darauf warten, dass er gerettet wurde.

Vielleicht kommt jemand vom Bauamt hier raus. Oder ein paar Kopfjäger von der Finanzbehörde.

Eine nette Vorstellung, aber er ahnte, dass das nicht geschehen würde. Das Arschloch hatte bestimmt auch diese Möglichkeiten in Betracht gezogen. Natürlich konnte irgendein Bürokrat oder gleich eine ganze Kolonne von Bürokraten einen außerplanmäßigen Abstecher hier raus machen, aber wenn er sich darauf verließ, konnte er ebenso gut hoffen, dass Grunwald es sich anders überlegte. Und Mrs. Wilson würde denken, dass er nicht zu Hause war, weil er sich – wie so oft – einen Nachmittagsfilm in Sarasota anschaute.

Er klopfte gegen die Wand, erst auf der linken Seite, dann auf der rechten. Auf beiden Seiten war zu spüren, dass sich unter dem dünnen, nachgiebigen Kunststoff Blech befand. Die Verkleidung. Er kniete sich hin, und dieses Mal stieß er sich den Kopf, bemerkte es jedoch kaum. Was er sah, war nicht eben ermutigend: die flachen Enden der Schrauben, die das Häuschen zusammenhielten. Die Schraubenköpfe befanden sich auf der Außenseite. Das war kein Scheißhaus; das war ein Sarg.

Bei diesem Gedanken löste sich der Augenblick der Klarheit und Ruhe umgehend in Luft auf. Stattdessen machte sich Panik breit. Er hämmerte gegen die Wände der Toilette und schrie, er wolle raus hier. Er warf sich von einer Seite auf die andere wie ein Kind, das einen Wutanfall bekam – vielleicht konnte er das Häuschen ja auf die Seite rollen, damit wenigstens die Tür freikam. Aber das verdammte Ding bewegte sich so gut wie gar nicht. Das verdammte Ding war schwer. Die Verkleidung, mit der es versehen worden war, hatte ein höllisches Gewicht.

So schwer wie ein Sarg!, kreischte sein Verstand. Er hatte so entsetzliche Angst, dass kein anderer Gedanke mehr übrig blieb. *So schwer wie ein Sarg! Wie ein Sarg! Ein Sarg!*

Er wusste nicht, wie lange er so weitergetobt hatte, aber irgendwann versuchte er aufzustehen, als ob er wie Superman durch die obere Wand brechen könnte. Er stieß sich wieder den Kopf, und dieses Mal spürte er es. Er fiel vornüber auf den Bauch. Mit der Hand klatschte er in etwas Klebriges – etwas Schmieriges – und wischte es sich am Hosenboden ab. Er schaute nicht mal hin. Er hatte die Augen fest geschlossen. Tränen liefen ihm aus den Augenwinkeln. In der Schwärze hinter den Lidern schwirrten Sterne umher und explodierten. Er blutete nicht – das war vermutlich gut so, es hätte schlimmer kommen können –, aber fast hätte er sich selbst k.o. geschlagen.

»Beruhige dich«, sagte er. Er rappelte sich auf und kam wieder auf die Knie. Er hielt den Kopf gesenkt, die Haare hingen ihm herab, und er hatte noch immer die Augen geschlossen. Er sah aus wie ein betender Mensch, und so abwegig war das gar nicht. Eine der Fliegen setzte zu einer Zwischenlandung auf seinem Nacken an. »Es hilft nichts, wenn du ausrastest. Das würde ihn nur freuen, wenn er hört, wie du schreist und herumtobst. Also beruhige dich, den Gefallen willst du ihm nicht tun, verdammte Scheiße, beruhige dich, und denk mal über alles nach.«

Aber worüber sollte er schon nachdenken? Er saß in der Falle.

Curtis lehnte sich mit dem Rücken an die Tür und vergrub das Gesicht in den Händen.

Die Zeit verging, und die Welt drehte sich weiter.

Die Welt ließ sich durch nichts beirren.

Auf der Route 17 rollten ein paar Fahrzeuge vorbei – größtenteils Arbeitspferde: Farmlastwagen, die entweder zum Markt in Sarasota unterwegs waren oder zu den Bioläden in Nokomis, hin und wieder ein Traktor, der Kombi des Paketboten mit dem Gelblicht auf dem Dach. Keines davon bog in die Straße zum Durkin Grove Village ein.

Mrs. Wilson schloss Curtis' Haustür auf, sah sich um, las die Nachricht, die Mr. Johnson ihr hinterlassen hatte, und fing an zu staubsaugen. Dann bügelte sie, während sie die nachmittäglichen Seifenopern schaute. Sie machte einen Makkaroniauflauf, schob ihn in den Kühlschrank, kritzelte eine kurze Notiz auf einen Zettel, wie der Auflauf zuzubereiten sei – *backen 200°, 35 Min.* –, und legte ihn auf den Tisch, wo auch Curtis' Nachricht gelegen hatte. Als der Donner draußen über dem Golf von Mexiko das erste Mal grollte, entschied sie, früher Schluss zu machen. Wenn es regnete, tat sie das öfter. Hier unten hatte niemand eine Ahnung, wie man im Regen Auto fuhr; bei jedem Schauer benahmen sie sich, als ginge die Welt unter.

In Miami aß der Finanzbeamte, der für den Fall Grunwald zuständig war, ein Schinken-Käse-Sandwich. Statt eines Anzugs trug er ein Hawaiihemd mit Papageien darauf. Er saß in einem Straßencafé unter einem Sonnenschirm. In Miami regnete es nicht. Er war im Urlaub. Der Fall Grunwald konnte warten, bis er wieder zurück war. Die Mühlen der Regierung mahlten zwar langsam, aber dafür ausgesprochen fein.

Grunwald entspannte sich in der Badewanne auf seiner Veranda. Er döste, bis das nachmittägliche Gewitter ihn mit einem Donnergrollen weckte. Er wuchtete sich aus der Wanne und ging hinein. Als er die Schiebetür zwischen Veranda und Wohnzimmer schloss, fing es an zu regnen. Grunwald lächelte. »Das wird dir ein wenig Abkühlung verschaffen, Nachbar«, sagte er.

Die Krähen hatten sich wieder auf dem Gerüst niedergelassen, das das halbfertige Bankgebäude daran hinderte, in sich zusammenzufallen, aber als fast direkt über ihnen ein Donnerschlag den Himmel spaltete und es zu regnen anfing, schwangen sie sich in die Lüfte und suchten im Wald Schutz. Dabei verliehen sie ihrem Unmut über diese Störung lauthals Ausdruck.

Im Klohäuschen, in das er dem Gefühl nach schon mindestens drei Jahre eingesperrt war, lauschte Curtis, wie der Regen auf das Dach seines Gefängnisses trommelte. Das Dach, das die Rückseite gewesen war, bevor das Arschloch das Häuschen umgeschmissen hatte. Erst klopfte der Regen nur leise, dann trommelte er laut, und schließlich prasselte er ungehemmt los. Als das Gewitter seinen Höhepunkt erreichte, kam Curtis sich vor, als säße er in einer Telefonzelle mit riesigen Lautsprecherboxen. Über ihm ließ der Donner den Himmel erbeben. Vor seinem geistigen Auge sah er schon, wie der Blitz in das Klohäuschen einschlug und ihn wie einen Kapaun in der Mikrowelle röstete. Zu seinem Erstaunen stellte er fest, dass ihn das nicht weiter beunruhigte. Im Unterschied zu dem, was er jetzt durchmachte, würde das wenigstens schnell gehen.

Das Wasser stieg wieder an, wenn auch nicht besonders schnell. Darüber war Curtis sogar froh, denn inzwischen war er zu der Feststellung gelangt, dass keine Gefahr bestand, wie eine Ratte in einer Toilettenschüssel zu ersaufen. Immerhin *war* es Wasser, und er hatte schrecklichen Durst. Er bückte sich zu einem der Löcher in der Blechverkleidung. Wasser aus dem überlaufenden Graben sprudelte daraus empor. Er trank laut schlappernd wie ein Pferd am Trog. Das Wasser war sandig, aber er trank so viel, bis es im Magen hin und her schwappte, wobei er sich fortwährend vorsagte, dass es Wasser *war,* frisches Wasser.

»Vielleicht enthält es einen gewissen Anteil an Pisse, aber der ist bestimmt niedrig«, sagte er und fing an zu lachen. Aus dem Gelächter wurde ein Schluchzen und dann wieder ein Lachen.

Wie meistens um diese Jahreszeit hörte der Regen gegen sechs Uhr abends auf. Der Himmel klarte gerade noch rechtzeitig für einen erstklassigen Sonnenuntergang Marke Florida auf. Wie gewöhnlich versammelten sich die wenigen Sommergäste auf Turtle Island am Strand, um den Sonnenuntergang zu bestaunen. Niemand ließ über Johnsons Abwesenheit eine Bemerkung fallen. Manchmal war er da, manchmal nicht. Tim Grunwald war da, und einigen Sonnenanbetern fiel auf, wie außergewöhnlich vergnügt er an diesem Abend wirkte. Während sie Hand in Hand nach Hause gingen, äußerte Mrs. Peebles gegenüber ihrem Mann die Vermutung, Mr. Grunwald habe wohl endlich den Schock darüber verwunden, dass seine Frau ihn verlassen habe. Mr. Peebles wandte ein, sie sei eine hoffnungslose Romantikerin. »Ja, mein Schatz«, sagte sie und schmiegte den Kopf an seine Schulter. »Deshalb habe ich dich ja auch geheiratet.«

Das Licht, das durch die Löcher in der Verkleidung hereinfiel – durch die wenigen Löcher, die nicht nach unten in den Graben wiesen – verlor seinen pfirsichfarbenen Glanz und wurde allmählich grau. Als Curtis das bemerkte, wurde ihm klar, dass er die Nacht wirklich und wahrhaftig in diesem stinkenden Sarg verbringen würde, dessen Boden von fünf Zentimetern Wasser bedeckt war, und mit einer halb geschlossenen Toilettenöffnung zu seinen Füßen. Wahrscheinlich würde er sogar hier drin *sterben,* obwohl das momentan noch rein hypothetisch erschien. Aber dass er die *Nacht* hier drin verbringen würde – Stunde um Stunde, so viele Stunden wie große schwarze Bücher auf einem meterhohen Stapel: Das war real und unvermeidlich.

Abermals wurde er von Panik erfasst. Wieder fing er an, zu schreien und gegen die Wände zu hämmern. Dieses Mal drehte er sich auf den Knien in einem fort im Kreis, schlug erst mit der rechten Schulter gegen die eine Wand und dann mit der linken gegen die andere. *Wie ein Vogel, der in einem Kirchturm gefangen ist,* dachte er, aber er konnte nicht aufhören. Ein zappelnder Fuß zerquetschte den Scheißhaufen am Fuß der Sitzbank. Er zerriss sich die Hose. Erst zerschrammte er sich die Fingerknöchel, dann schlug er sie sich blutig. Schließlich hielt er inne und rollte sich wie ein Kind im Mutterbauch zusammen, weinte und saugte an seinen Knöcheln.

Ich muss aufhören. Ich brauche meine Kraft noch.

Dann dachte er: *Wofür?*

Bis acht Uhr war es etwas kühler geworden. Um zehn Uhr hatte sich auch die Pfütze, in der Curtis lag, spürbar abgekühlt, war sogar so kalt geworden, dass er zu zittern anfing. Er schlang sich die Arme um die Schultern und zog die Knie an die Brust.

Solange mir die Zähne nicht klappern, ist alles bestens, dachte er. *Ich ertrage es nicht, die Zähne klappern zu hören.*

Um elf Uhr ging Grunwald ins Bett. Er lag im Schlafanzug unter dem Ventilator, blickte in die Finsternis hinauf und lächelte. Er fühlte sich so gut wie seit Monaten nicht mehr. Er freute sich darüber, war aber nicht überrascht. »Gute Nacht, Nachbar«, sagte er und schloss die Augen. Zum ersten Mal seit sechs Monaten schlief er die Nacht durch, ohne ein einziges Mal aufzuwachen.

Um Mitternacht stieß irgendein Tier – wahrscheinlich nur ein wilder Hund, aber es klang wie eine Hyäne – in der Nähe von Curtis' behelfsmäßiger Zelle ein langes, durchdringendes Heulen aus. Curtis klapperten die Zähne. Das Geräusch war so entsetzlich, wie er befürchtet hatte.

Es dauerte unvorstellbar lange, aber dann schlief er ein.

Als er aufwachte, zitterte er am ganzen Leib. Sogar die Füße zuckten und vollführten einen Stepptanz wie ein Junkie auf Entzug. *Ich werde krank, ich muss zu einem beschissenen Arzt, mir tut alles weh,* dachte er. Dann öffnete er die Augen, sah, wo er war, und stieß einen lauten, verzweifelten Schrei aus: *»Ohhhh … nein! NEIN!«*

Aber es gab kein Entkommen. Wenigstens war es im Klohäuschen nicht mehr völlig düster. Durch die runden Löcher fiel Licht herein: der blasse Glanz der Morgenröte. Bald würde es heller werden. Und wärmer. Nicht mehr lange, und hier drin würde es so angenehm sein wie in einem Dampfdrucktopf.

Grunwald kommt bestimmt zurück. Er hatte eine ganze Nacht, um sich zu besinnen. Bestimmt ist ihm klargeworden, wie verrückt das alles ist, und dann kommt er zurück. Und lässt mich raus.

Curtis glaubte nicht daran. Er wollte es glauben, aber das genügte nicht.

Er musste ganz dringend pinkeln, aber bei Gott, er würde nicht einfach in die Ecke pissen, obwohl hier alles voller Scheiße und Klopapier war. Er hatte das Gefühl, dass er so etwas Ekelhaftes einfach nicht tun durfte, weil er damit nur zugeben würde, dass er die Hoffnung aufgegeben hatte.

Dabei habe ich die Hoffnung schon aufgegeben.

Aber das stimmte nicht. Jedenfalls nicht ganz. Er mochte müde sein und den Mut verloren haben, ihm mochte alles wehtun – aber die Hoffnung hatte er noch nicht aufgegeben. Und seine Situation hatte auch ihr Gutes: Er verspürte nicht den Drang, sich den Finger in den Hals zu stecken, und er hatte während der ganzen letzten Nacht – die ihm wie eine halbe Ewigkeit vorgekommen war – nicht ein einziges Mal seine Kopfhaut mit dem Kamm gegeißelt.

Außerdem musste er gar nicht in die Ecke pinkeln. Er würde einfach mit einer Hand den Klodeckel anheben, mit der anderen zielen, und ab damit. Zog man die ungewöhnliche Seitenlage des Toilettenhäuschens in Betracht, würde das natürlich bedeuten, dass er horizontal statt schräg nach unten pinkeln musste. Aber er verspürte einen solchen Druck auf der Blase, dass er das mit links schaffen würde. Natürlich würden die letzten paar Tropfen auf dem Boden landen, aber …

»Aber so ist das nun mal, wenn es ums Ganze geht«, sagte er, und zu seiner eigenen Überraschung stieß er ein heiseres Lachen aus. »Und was die Klobrille betrifft – der werd ich's zeigen!«

Er war kein Herkules, aber der halboffene Klodeckel und das Scharnier, mit dem dieser an der Bank befestigt war, waren aus Plastik. Deckel und Brille waren schwarz, das Scharnier weiß. Dieses ganze Kabuff bestand aus billigem, vorgefertigtem Kunststoff, da musste man kein großkotziger Baulöwe sein, um das zu sehen. Und im Unterschied zu den Wänden und der Tür waren der Deckel und das Scharnier nicht mit Blech verkleidet. Wahrscheinlich würde es ihm keine Schwierigkeiten bereiten, den Deckel abzureißen – und sei's nur, um seiner Wut Luft zu machen.

Curtis packte den Deckel und hob ihn an; er wollte die Brille direkt darunter zu fassen bekommen und zur Seite ziehen. Stattdessen hielt er inne und schaute durch das runde Loch in den Tank dahinter. Er begriff nicht sofort, was er da sah.

Ein dünner Saum Tageslicht.

Erst war er nur verblüfft, doch ganz langsam regte sich Hoffnung in ihm – noch sehr zaghaft, eher wie ein Schweißfilm, der sich auf seiner stinkenden Haut ausbreitete. War das vielleicht nur ein Streifen Leuchtfarbe, was er da sah? Oder gar eine optische Täuschung? Damit schien er es getroffen zu

haben, weil das Licht allmählich verblasste. Schwach … schwächer … am …

Aber dann, bevor es ganz erlosch, wurde es wieder heller,
ein Lichtstreifen, der so strahlend hell war, dass er ihn noch
nachglimmen sah, wenn er die Augen schloss.

*Das ist Sonnenlicht. Der Boden der Toilette – zumindest das, was
der Boden gewesen war, bevor Grunwald das Häuschen umgeworfen
hatte – zeigt in Richtung Osten, wo gerade die Sonne aufgegangen ist.*

Und wenn das Licht verblasste?

»Verschwindet die Sonne hinter einer Wolke«, sagte er und
strich sich mit der freien Hand das verschwitzte Haar aus der
Stirn, während er mit der anderen den Klodeckel hielt. »Und
jetzt ist sie wieder hervorgekommen.«

Er ließ sich diese Vorstellung genau durch den Kopf gehen,
aber sie hatte nichts von Wunschdenken an sich. Ihm stand
alles klar vor Augen: Durch den winzigen Riss am Boden des
Sammeltanks drang Sonnenlicht. Vielleicht war es auch ein
etwas größerer Spalt. Wenn er da reinkriechen und den Spalt
noch weiter verbreitern könnte, diese leuchtende Öffnung, die
in die Außenwelt führte …

Mach dir keine allzu großen Hoffnungen.

Und wenn er dorthin gelangen wollte, musste er …

Unmöglich, dachte er. *Wenn du vorhast, dich durch diese Öffnung in den Sammeltank reinzuquetschen – wie Alice in ein kack-
braunes Wunderland –, dann bist du auf dem Holzweg. Wenn du
noch das magere Kerlchen wärst, das du vor fünfunddreißig Jahren
gewesen bist, dann vielleicht. Aber heute?*

Wohl wahr. Allerdings war er noch immer schlank, was er
sicherlich seinen täglichen Radtouren zu verdanken hatte. Er
glaubte wirklich, sich durch das Loch unter der Klobrille winden zu können. So schwer war das vielleicht gar nicht.

Aber wie wollte er da wieder rauskommen?

Nun ja, wenn er mit diesem Lichtsaum etwas anstellen
konnte … dann konnte er vielleicht auf anderem Weg hinaus-
kommen, als er hereingekommen war.

»Immer vorausgesetzt, ich *komm* da überhaupt rein«, sagte er. Plötzlich schwirrten ihm lauter Schmetterlinge im Magen herum, und zum ersten Mal, seit er im wunderschönen Durkin Grove Village war, verspürte er den Drang, sich die Finger in den Hals zu stecken. Dann würde er bestimmt klarer denken können und …

»Nein«, sagte er und zerrte mit der linken Hand am Klodeckel und an der Brille. Die Scharniere knirschten, gaben aber nicht nach. Er packte mit beiden Händen zu. Das Haar fiel ihm wieder in die Stirn, und er warf ungeduldig den Kopf in den Nacken. Und noch einmal mit aller Kraft. Deckel und Brille leisteten ein paar Sekunden Widerstand und rissen dann ab. Einer der beiden Haltestifte fiel in den Tank. Der andere, in der Mitte zerbrochen, rollte über die Tür, auf der Curtis kniete.

Curtis warf Deckel und Brille beiseite und blickte in den Tank, beide Hände gegen die Bank gestemmt. Der Gifthauch, der ihm entgegenwehte, ließ ihn angewidert zurückzucken. Er hatte geglaubt, er hätte sich an den Geruch gewöhnt (oder wäre zumindest abgestumpft), aber das war nicht der Fall, zumindest nicht so nahe an der Quelle. Erneut fragte er sich, wann das verfluchte Ding das letzte Mal ausgepumpt worden war.

Hat doch auch etwas Gutes – bestimmt ist es schon lange nicht mehr benutzt worden.

Vielleicht, *wahrscheinlich,* aber Curtis war sich nicht sicher, ob das die Sache besser machte. Da drunten war immer noch ein Haufen Zeug – ein Haufen *Scheiße,* die in dem schwamm, was von dem ursprünglich keimfreien Wasser übrig war. Das Licht mochte schwach sein, aber so viel konnte er erkennen. Und dann war da noch die Frage, wie er da wieder rauskam. Wenn er sich in die eine Richtung durchquetschen konnte, sollte ihm das auch in die andere gelingen – allerdings konnte er sich nur zu gut vorstellen, wie er dann aussehen würde, ein stinkendes Geschöpf, aus dem Schlamm geboren, oder wohl eher aus der Scheiße.

Trotzdem: Was blieb ihm anderes übrig?

Nun ja. Er konnte hier sitzen und sich einreden, dass ihn schon jemand retten kommen würde. Die Kavallerie, wie am Schluss eines alten Westerns. Andererseits war die Wahrscheinlichkeit größer, dass das Arschloch zurückkam, um sich davon zu überzeugen, dass er ... wie hatte er es ausgedrückt? Dass er sich wohlfühlte. Irgendetwas in der Art.

Das gab den Ausschlag. Er musterte das Loch in der Bank, das dunkle Loch, aus dem ihm der widerliche Gestank entgegenwaberte, das dunkle Loch mit dem Lichtsaum, auf den sich seine ganze Hoffnung richtete. Eine Hoffnung, die so schwach war wie das Licht selbst. Er überlegte sich alles ganz genau. Erst der rechte Arm, dann der Kopf. Den linken Arm an den Körper gepresst, bis er sich bis zur Taille hineingewunden hatte. Dann, sobald er den linken frei bekam ...

Aber was war, wenn ihm das *nicht* gelang? Er sah sich schon feststecken, den rechten Arm im Tank, den linken an die Hüfte gepresst, während sein Bauch das Loch verstopfte, keine Luft mehr durchließ. Und so würde er dann verrecken, während er mit der Hand in der Scheiße wühlte und langsam erstickte, stets wie zum Hohn den hellen Saum vor Augen, der ihn angelockt hatte.

Und so würden sie ihn finden, mit dem Kopf nach unten im Donnerbalken, den Arsch hochgereckt und die Beine gespreizt, die ekelhaft braunen Abdrücke der Sohlen seiner Turnschuhe an der Wand des verfluchten Klohäuschens, wo er sich mit letzter Kraft dagegengestemmt hatte. Und er hörte eine Stimme sagen – wahrscheinlich der Finanzbeamte auf der Jagd nach dem Arschloch: »Heilige Scheiße, dem muss aber echt was Wertvolles da reingefallen sein!«

Es war komisch, aber Curtis war nicht nach Lachen zumute.

Wie lange kniete er jetzt schon da und starrte in den Tank? Er konnte es nicht sagen – seine Armbanduhr lag neben dem Mauspad in seinem Arbeitszimmer. Aber so, wie ihm die Schenkel wehtaten, war es bereits eine ganze Weile. Und das

Licht war deutlich heller geworden. Inzwischen war bestimmt schon die Sonne aufgegangen, und bald würde sich sein Gefängnis wieder in ein türkisches Bad verwandeln.

»Ich muss es tun«, sagte er und wischte sich mit den Handballen den Schweiß von den Wangen. »Es gibt keinen anderen Weg.« Aber er zögerte, weil ihm noch etwas anderes eingefallen war.

Was, wenn dort drin eine Schlange lauerte?

Was, wenn das Arschloch vorausgesehen hatte, was sein mit magischen Kräften begabter Gegenspieler versuchen könnte, und dort eine Schlange reingetan hatte? Einen Kupferkopf vielleicht, der die ganze Zeit in den menschlichen Exkrementen gedöst hatte? Wenn ihn ein Kupferkopf in den Arm biss, dann würde er einen langsamen und qualvollen Tod sterben; sein Arm würde anschwellen, noch während die Temperatur anstieg und sein Gefängnis sich in einen Brutkasten verwandelte. Der Biss einer Korallenotter würde ihn schneller töten, würde aber auch mehr wehtun – sein Herz würde rasen, aussetzen, dann wieder rasen und schließlich aufgeben.

Hier sind keine Schlangen. Insekten vielleicht, aber keine Schlangen. Du hast ihn gesehen, du hast ihn gehört. So weit hat er nicht vorausgeplant. Dazu war er zu krank, zu verrückt.

Vielleicht. Vielleicht aber auch nicht. Woher sollte man schon wissen, was in einem Verrückten vor sich ging? Da war alles möglich.

»Zweien und Buben, Männer mit Äxten, dem Gewinner gehört die Welt«, sagte Curtis laut. Das Tao des Arschlochs. Er wusste nur eines: Wenn er es nicht versuchen würde, dann würde er mit an Sicherheit grenzender Wahrscheinlichkeit hier drin sterben. Wenn ihn eine Schlange biss, ging vielleicht sogar alles schneller, was ein Segen sein konnte.

»Ich muss einfach«, sagte er und wischte sich wieder über die Wange. »Ich muss!«

Wenn er nur nicht auf halbem Wege stecken blieb. So wollte er nicht sterben.

»Du bleibst schon nicht stecken«, sagte er. »Schau doch, wie groß das ist. Das Ding wurde für die Ärsche von Hamburger fressenden Fernfahrern gebaut!«

Darüber musste er kichern. Es klang eher hysterisch als belustigt. Das Loch in der Bank sah gar nicht so groß aus; sondern sogar ziemlich klein. Geradezu winzig. Er wusste, dass er das nur so wahrnahm, weil er nervös war – Scheiße, er hatte Angst, gleich würde er vor Angst tot umfallen. Aber das half ihm auch nicht weiter.

»Ich muss das jetzt einfach durchziehen«, sagte er. »Mir bleibt nichts anderes übrig.«

Wahrscheinlich waren seine ganzen Hoffnungen umsonst … aber er bezweifelte, dass sich jemand die Mühe gemacht hatte, den Sammeltank mit Blech zu verkleiden, und das gab den Ausschlag.

»Lieber Gott, hilf mir«, sagte er. Sein erstes Gebet seit vierzig Jahren. »Lieber Gott, bitte mach, dass ich nicht da stecken bleibe.«

Er schob den rechten Arm in die Öffnung, und dann, nachdem er noch einmal tief Luft geholt hatte, den Kopf. Den linken Arm an die Seite gedrückt, schlängelte er sich durch das Loch. Die linke Schulter blieb hängen, aber bevor er in Panik geraten und den Rückzug antreten konnte – das war der entscheidende Augenblick, darüber war er sich im Klaren, danach gab es kein Zurück mehr –, wand er sich hindurch, als würde er einen Schütteltanz aufführen. Mit beiden Schultern im Tank zappelte er so lange, bis auch die Taille durch die Öffnung glitt. Plötzlich war es stockdunkel. Seine Hüften mochten schmal sein, aber sie waren doch so gut gepolstert, dass sie das Loch ausfüllten. Der Lichtsaum schien ihm direkt vor den Augen zu schweben und ihn zu verhöhnen. Wie eine Fata Morgana.

O Herr, bitte lass es kein Trugbild sein.

Der Tank war einen guten Meter tief, vielleicht auch anderthalb. Größer als der Kofferraum eines Pkw, leider nicht so groß wie die Ladefläche eines Pritschenwagens. Er war sich nicht ganz sicher, aber er hatte den Eindruck, dass sein nach unten hängendes Haar das Wasser berührte und er mit der Kopfhaut nur wenige Zentimeter vom Schlamm auf dem Tankboden entfernt war. Der linke Arm war noch immer gegen den Körper gepresst. Das Handgelenk saß fest. Und er bekam es nicht frei. Er zappelte angestrengt hin und her. Der Arm blieb, wo er war. Sein schlimmster Alptraum: Er kam weder vor noch zurück. Mit dem Kopf nach unten in der stinkenden Dunkelheit.

Panik drohte ihn zu überwältigen. Er streckte die rechte Hand aus – er hatte nicht darüber nachgedacht, er tat es einfach. Einen Moment lang sah er die Umrisse seiner Finger, die sich vor dem schwachen Licht abzeichneten – das Licht, das durch den Tankboden hereinfiel, der nicht mehr der Boden des Klohäuschens war, sondern die Wand, hinter der die Sonne aufging. Das Licht befand sich unmittelbar vor ihm, direkt vor seiner Nase. Er griff danach. Die ersten drei Finger waren zu groß, um durch den schmalen Schlitz zu passen, aber er konnte den kleinen Finger darin einhaken. Er zog und spürte, wie sich ihm der gezackte Rand – ob Metall oder Plastik, hätte er nicht sagen können – ins Fleisch bohrte und die Haut aufriss. Es war ihm gleichgültig. Er zog stärker.

Die Hüften ploppten durch das Loch wie ein Korken aus der Flasche. Plötzlich konnte er den linken Arm wieder bewegen, aber es war zu spät, um damit den Sturz abzufangen. Er krachte mit dem Kopf voraus in die Scheiße.

Würgend und zappelnd, kam Curtis mit dem überwältigenden Gestank in der Nase wieder hoch. Er hustete und spuckte und war sich nur allzu bewusst, dass er jetzt erst recht in der Scheiße saß, und zwar bis zur Halskrause! Hatte er etwa geglaubt, er säße in der Toilette in der Scheiße? Lächerlich. Das Toilettenhäuschen war eine weitläufige, duftende Ebene gewesen, der amerikanische Westen, das australische Hinterland, der große Pferdekopfnebel. Und das alles hatte er aufgegeben, um in dieses düstere Loch zu kriechen, das zur Hälfte mit fauliger Scheiße angefüllt war.

Er wischte sich übers Gesicht und wedelte dann mit den Händen. Bräunliche Fäden spritzten in alle Richtungen. Sein Blick war verschwommen, die Augen brannten. Er rieb sich erst mit dem einen und dann mit dem anderen Arm darüber. Die Nase war verstopft. Er steckte sich die kleinen Finger hinein – aus dem einen Nasenloch blutete er – und versuchte sie frei zu bekommen. Zwar konnte er jetzt wieder atmen, aber als er die Luft einsog, hatte er das Gefühl, als glitte ihm der Gestank den Rachen hinunter, um ihm seine Klauen in den Magen zu schlagen. Er würgte, ein tiefes, grollendes Geräusch.

Nimm dich zusammen. Nimm dich um Himmels willen zusammen, oder es ist alles vergebens.

Er lehnte sich gegen die verkrustete Seite des Tanks und atmete keuchend durch den Mund ein, aber das war fast genauso schlimm. Direkt über ihm befand sich eine große Perle ovalen Lichts. Die Toilettenöffnung, durch die er sich in seinem Wahnsinn hindurchgequetscht hatte. Er würgte wieder. Es klang wie ein übellauniger Hund, fand er, der bellen wollte, während ihn ein zu enges Halsband halb erstickte.

Was ist, wenn ich nicht mehr aufhören kann? Wenn es einfach immer weitergeht? Dann bekomme ich einen Anfall.

Er hatte zu große Angst, um einen klaren Gedanken fassen zu können, also übernahm sein Körper das Kommando. Er drehte sich auf den Knien um, was ihm nicht leicht fiel – die Seitenwand des Sammeltanks, die jetzt zum Boden geworden war, war glitschig –, aber es ging gerade so. Er legte den Mund an den Spalt im Boden des Tanks und atmete ein. Dabei musste er an eine Geschichte denken, die er in der Schule gehört oder gelesen hatte: über Indianer, die sich am Grund eines flachen Teichs vor den Feinden versteckten. Wie sie dort auf dem Rücken lagen und durch ein Schilfrohr atmeten. Das war keine Erfindung. Man bekam das hin, wenn man nur die Ruhe bewahrte.

Er schloss die Augen und atmete tief ein. Die Luft, die durch den Schlitz hereinkam, war wunderbar frisch. Ganz langsam beruhigte sich sein rasendes Herz.

Du kannst wieder zurück. Wenn du reinkommst, kommst du auch wieder raus. Und das wird auch einfacher, jetzt bist du nämlich ...

»Glitschig wie ein Aal«, sagte er und lachte sogar ein bisschen. Dabei klang seine Stimme in dem engen Raum so dumpf, dass sie ihm Angst einjagte.

Als er das Gefühl hatte, sich wieder einigermaßen unter Kontrolle zu haben, öffnete er die Augen. Sie hatten sich bereits an die tiefere Dunkelheit im Tank gewöhnt. Er konnte seine mit Scheiße verkrusteten Arme sehen und einen bräunlichen Papierfetzen, der ihm am rechten Arm klebte. Er zupfte ihn ab und ließ ihn fallen. Anscheinend gewöhnte er sich allmählich an dergleichen. Wahrscheinlich konnte man sich an alles gewöhnen, wenn es nicht anders ging. Kein besonders tröstlicher Gedanke.

Er betrachtete den Spalt etwas eingehender. Es dauerte eine ganze Weile, bis er begriff, was er da vor sich hatte. Es sah aus, als wäre die Naht an einem schlecht verarbeiteten Kleidungsstück aufgegangen. Weil es sich *tatsächlich* um eine Naht handelte. Schließlich war der Tank aus Plastik, die ganze Ummantelung jedenfalls, und nicht aus einem Stück gemacht, sondern aus zweien. Und die wurden von einer Reihe von Schrauben zusammengehalten, die im Dunkeln schimmerten. Sie schimmerten, weil sie weiß waren. Curtis fragte sich, ob er überhaupt schon einmal weiße Schrauben gesehen hatte. Er konnte sich nicht daran erinnern. Am tiefsten Punkt des Tanks waren einige der Schrauben abgebrochen, und deshalb war dort dieser Spalt. Aus dem wahrscheinlich schon eine ganze Weile das Abwasser hinauslief, um dann in den Boden zu sickern.

Wenn das rauskommt, Arschloch, hast du auch noch die Umweltbehörde am Hals, dachte Curtis. Er berührte eine der Schrauben, die noch hielten, direkt links neben dem Riss. Er war sich nicht sicher, aber er hatte den Eindruck, dass sie eher aus Kunststoff denn aus Metall war. Wahrscheinlich aus demselben Kunststoff wie die Scharniere, mit denen die Klobrille befestigt gewesen war.

Na schön. Zwei Teile also. Zusammengesetzt wurden die Tanks wahrscheinlich an einem Klohäuschenfließband irgendwo am Arsch der Welt in Missouri, Idaho oder – wer wusste das schon? – Iowa. Von Hartplastikschrauben zusammengehalten. Die Naht verlief am Boden und an den Seiten entlang wie ein einziges, überdimensionales Lächeln. Die Schrauben wurden bestimmt mit diesen langen Schraubenziehern festgedreht, wahrscheinlich mit pneumatischen wie den Dingern, mit denen in Autowerkstätten die Muttern an den Reifen gelockert wurden. Und warum waren die Schraubenköpfe auf der Innenseite? Ganz einfach: Damit nicht irgendwelche Spaßvögel mit einem Schraubenzieher einen vollen Tank von außen aufschrauben konnten, was sonst.

Die Schrauben waren in Abständen von ungefähr fünf Zentimetern montiert, und der Riss war ungefähr fünfzehn Zentimeter lang. Curtis schätzte, dass drei Kunststoffschrauben abgebrochen waren. Schlechtes Material oder schlechte Verarbeitung? War ihm doch scheißegal!

»Um mit dem Volksmund zu sprechen«, sagte er und lachte wieder.

Die Schrauben zu beiden Seiten des Spalts standen etwas vor, aber er konnte sie nicht rausdrehen und auch nicht wie den Klodeckel eben abbrechen. Er fand einfach keinen Halt. Die rechte Schraube war etwas locker, so dass er sie mit viel Geduld vielleicht zu fassen bekam und langsam rausdrehen konnte. Das würde Stunden dauern, und wahrscheinlich würde er sich dabei die Finger blutig reiben, aber möglich war es. Und was würde ihm das bringen? Zwei Zentimeter mehr, durch die er frische Luft einatmen konnte, sonst nichts.

Die Schrauben direkt neben denen, die etwas locker waren, saßen fest und sicher.

Curtis konnte nicht noch länger auf dem Boden knien; die Oberschenkelmuskeln taten höllisch weh. Er hockte sich hin, den Rücken an die geschwungene Seitenwand des Tanks gelehnt, die Unterarme auf den Knien. Die dreckigen Hände hingen kraftlos herab. Sein Blick glitt zum heller werdenden Oval der Toilettenöffnung. Das war die Oberwelt, dachte er, nur dass sein Anteil daran ziemlich klein geworden war. Immerhin roch es dort besser, und wenn er wieder Kraft in den Beinen hatte, würde er wohl durch das Loch dorthin zurückkraxeln. Er würde nicht hier in der Scheiße sitzen bleiben, wenn ihm das nicht weiterhalf. Und anscheinend brachte ihm das überhaupt nichts.

Eine riesige Kakerlake krabbelte, angesichts von Curtis' Reglosigkeit kühn geworden, sein schmutziges Hosenbein hinauf. Er schlug nach ihr, und schon war sie verschwunden. »Recht so«, sagte er. »Warum quetschst du dich nicht durch den Schlitz? Du würdest doch wahrscheinlich hindurchpassen.« Er strich sich das Haar aus den Augen, obwohl er sich dabei das Gesicht verschmierte, aber es war ihm egal. »Nee, dir gefällt es hier drin. Wahrscheinlich denkst du, du bist gestorben und im Kakerlakenhimmel gelandet!«

Er würde sich ein wenig ausruhen, bis sich seine schmerzenden Beine erholt hatten, und dann aus dem Wunderland hinein in sein telefonzellengroßes Stück der Oberwelt klettern. Nur eine kurze Pause; hier unten würde er nicht länger bleiben als nötig, ganz bestimmt nicht.

Curtis schloss die Augen und versuchte sich zu sammeln.

Vor seinem geistigen Auge sah er Zahlen über einen Monitor flimmern. In New York war der Aktienmarkt noch nicht geöffnet, also mussten diese Zahlen aus Übersee stammen. Wahrscheinlich der Nikkei. Die meisten Zahlen waren grün. Das war gut.

»Metalle und Industriepapiere«, sagte er. »Und Takeda Pharma – das ist ein guter Kauf. Das sieht doch jeder ...«

Curtis schmiegte sich fast in Fötusstellung an die Wand. Das hagere Gesicht mit brauner Kriegsbemalung bedeckt, der Hintern fast bis zu den Hüften in der Kloake, die schmutzigen Hände noch immer auf den hochgezogenen Knien, schlief er ein. Und träumte.

Betsy war am Leben, und Curtis saß im Wohnzimmer. Sie lag an ihrem angestammten Platz zwischen dem Couchtisch und dem Fernseher auf der Seite und döste, den neuesten, halb zerkauten Tennisball griffbereit zur Hand. Oder eher zur Pfote.

»Bets!«, sagte er. »Wach auf und hol das Idiotenstöckchen!«

Sie rappelte sich hoch – so alt, wie sie war, fiel ihr das nicht mehr ganz leicht –, und während sie loslief, klimperten die Marken an ihrem Halsband.

Die Marken klimperten.

Die Marken.

Er erwachte und stieß ein lautes Keuchen aus. Mit der einen Hand stützte er sich auf dem glitschigen Boden des Tanks ab, während er die andere ausstreckte, entweder um die Fernbedienung entgegenzunehmen oder um seinen toten Hund zu streicheln.

Er ließ die Hand aufs Knie sinken. Es erstaunte ihn nicht, dass er weinte. Wahrscheinlich hatte er schon damit angefangen, bevor sein Traum sich aufzulösen begann. Betsy war tot, und er saß in der Scheiße. Wenn das kein Grund zum Heulen war, was dann?

Er blickte zu dem ovalen Licht schräg über ihm hinauf und stellte fest, dass es ein ganzes Stück heller geworden war. Er glaubte nicht, dass er allzu lange geschlafen hatte, aber anscheinend täuschte er sich. Mindestens eine Stunde. Der Himmel mochte wissen, wie viel Gift er eingeatmet hatte, aber …

»Immer mit der Ruhe. Mit vergifteter Luft komme ich klar«, sagte er. »Schließlich bin ich eine Hexe.«

Und schlechte Luft hin, schlechte Luft her, sein Traum war wundervoll gewesen. Und so klar und deutlich. Wie die Hundemarken geklimpert hatten …

453

»Verdammt«, flüsterte er und ließ die Hand zur Hosentasche schnellen. Er war sich ziemlich sicher, den Vespaschlüssel verloren zu haben, als er hier reingekrochen war, und jetzt würde er hier unten nach ihm suchen müssen, mit den Händen in der Kloake wühlen, und das alles in dem dürftigen Licht, das durch den Schlitz und die Toilette hereinfiel. Aber der Schlüssel war noch da. Ebenso wie sein Geld, wobei das Geld ihm hier unten nicht weiterhelfen würde, genauso wenig wie seine Geldklammer. Sie war aus Gold und ziemlich wertvoll, aber zu dick, um ihm als Fluchtwerkzeug zu dienen. Das galt auch für den Vespaschlüssel selbst. Aber an dem Schlüsselring hing noch etwas anderes. Etwas, bei dem ihm jedes Mal heiß und kalt wurde, wenn er es sah oder klimpern hörte. Betsys Erkennungsmarke.

Sie hatte immer zwei getragen, aber die hier war diejenige, die er ihr vom Halsband genommen hatte, bevor er sich ein letztes Mal von ihr verabschiedet und sie dem Tierarzt überlassen hatte. Auf der anderen, amtlichen, wurde attestiert, dass sie regelmäßig geimpft worden war. Die hier war eher persönlicher Natur. Sie war rechteckig, wie die Hundemarke eines Soldaten. Hineingestanzt war:

Betsy
Bitte melden: 941-555-1954
Curtis Johnson
19 Gulf Boulevard
Turtle Island, Fla. 34274

Die Marke war kein Schraubenzieher, aber sie war dünn und aus Edelstahl, und Curtis vermutete, dass sie ihren Zweck erfüllen könnte. Er konnte nicht bestätigen, ob es stimmte, dass es in Schützengräben keine Atheisten gab – in diesem Scheißhaus gab es jedenfalls keine. Also sprach er ein weiteres Gebet und steckte Betsys Erkennungsmarke in den Schlitz der Schraube direkt rechts neben dem Riss. Diese Schraube war sowieso schon ein bisschen locker.

Er hatte damit gerechnet, dass die Schraube sich schwer drehen lassen würde, aber sie hatte der Marke nichts entgegenzusetzen. Vor Überraschung ließ er den Schlüsselring fallen, fand ihn jedoch gleich wieder. Sofort steckte er die Marke wieder in den Schraubenkopf und drehte zweimal. Dann bekam er die Schraube mit der Hand heraus. Dabei trug er ein breites, ungläubiges Grinsen im Gesicht.

Bevor er daranging, die linke Schraube herauszudrehen — der Riss war jetzt fünf Zentimeter breiter als zuvor —, wischte er die Erkennungsmarke an seinem Hemd sauber (so sauber jedenfalls, wie es eben ging; das Hemd war genauso schmutzig wie alles andere, das ihm am Körper klebte) und küsste sie zärtlich.

»Wenn das klappt, rahme ich dich ein«, sagte er. Nach kurzem Zögern fügte er hinzu: »Bitte, lass es klappen, ja?«

Er steckte die Kante der Erkennungsmarke in den Schraubenkopf und drehte. Sie saß etwas fester ... aber nicht allzu fest. Und als sie sich schließlich bewegte, konnte er sie problemlos entfernen.

»Himmel«, flüsterte Curtis. Ihm liefen schon wieder die Tränen über die Wangen. Allmählich verwandelte er sich in eine regelrechte Heulsuse. »Komm ich wirklich hier raus, Bets? Was meinst du?«

Er wandte sich wieder der rechten Seite zu und löste die nächste Schraube dort. So machte er weiter — rechts, links, rechts, links, rechts, links. Wenn die Hand ermüdete, ruhte er sich einen Moment aus, dehnte und schüttelte sie, bis sie wieder beweglich war. Er saß nun schon vierundzwanzig Stunden in diesem Scheißhaus fest; da wollte er jetzt nichts übereilen. Auf keinen Fall wollte er den Schlüsselring noch einmal fallen lassen. Wahrscheinlich würde er ihn wiederfinden, so groß war der Tank nicht, aber er wollte es trotzdem nicht riskieren.

Rechts, links, rechts, links, rechts, links.

Und ganz langsam, während der Morgen verstrich und es in dem Sammeltank immer wärmer wurde und der Gestank immer durchdringender und unerträglicher, wurde der Spalt am Tankboden immer breiter. Er würde es schaffen, bald konnte er hier raus, aber er nahm sich zusammen und ließ sich Zeit. Es war wichtig, nichts zu übereilen, nicht wie ein verschrecktes Pferd durchzugehen. Weil er sonst vielleicht Scheiße baute, jawohl, aber auch, weil sein Stolz und sein Selbstwertgefühl gelitten hatten.

Von seinem Selbstwertgefühl einmal abgesehen – mit Geduld und Spucke fing man eine Mucke.

Rechts, links, rechts, links, rechts, links.

Kurz vor zwölf wölbte sich der Saum an der dreckverkrusteten Unterseite des Toilettenhäuschens nach außen und schloss sich wieder, wölbte sich nach außen und schloss sich wieder. Eine Weile passierte nichts. Dann bildete sich ein ein Meter großer Riss, wurde breiter, und Curtis Johnsons Kopf tauchte darin auf. Er verschwand wieder, und ein Klappern und Schaben war zu hören, als er sich erneut an die Arbeit machte und weitere Schrauben entfernte: drei auf der linken und drei auf der rechten Seite.

Als sich der Saum das nächste Mal nach außen wölbte, tauchte sein bräunlich verschmierter Haarschopf auf und schob sich hinaus, immer weiter, die Wangen und Mundwinkel wie von einer furchtbaren Schwerkraft nach unten gezogen; ein Ohr hatte schlimme Kratzer abbekommen und blutete. Er stieß einen Schrei aus, stemmte sich mit den Füßen ab, von Panik erfüllt, er könnte auf halbem Wege in dem Sammeltank stecken bleiben. Doch trotz seiner Angst spürte er, wie unfassbar frisch die Luft war: heiß und schwül, und doch wohltuender als alles, was er jemals eingeatmet hatte.

Als er mit den Schultern draußen war, hielt er einen Moment keuchend inne und betrachtete eine zerdrückte Bierdose, die keine drei Meter von seinem schwitzenden, blutenden Kopf entfernt im Unkraut glitzerte. Sie kam ihm vor wie ein Wunder. Dann schob er sich weiter, mit angehobenem

Kopf und gefletschten Zähnen; die Halssehnen traten hervor. Er blieb mit dem Hemd an dem schartigen Spalt im Tankboden hängen, und es zerriss mit einem lauten Geräusch. Er beachtete es nicht weiter. Unmittelbar vor ihm wuchs eine Virginiakiefer, die etwas höher als einen Meter war. Er streckte sich und bekam den dünnen, kräftigen Stamm erst mit der einen Hand zu fassen, dann mit der anderen. Während er sich wieder einen Moment ausruhte, merkte er, dass er sich beide Schulterblätter aufgeschürft hatte und dass sie bluteten. Schließlich zog er an dem Baum und stieß sich ein letztes Mal mit den Füßen ab.

Fast befürchtete er, dass er die kleine Kiefer mitsamt den Wurzeln aus der Erde reißen würde, aber sie gab nicht nach. Als der Saum, durch den er sich quetschte, ihm die Hose bis zu den Turnschuhen runterriss, verspürte er einen brennenden Schmerz im Hintern. Um sich ganz hindurchzuzwängen, musste er sich drehen und winden, bis er die Turnschuhe abgestreift hatte. Und als der Tank endlich seinen Fuß losließ, konnte er es kaum fassen, dass er es wirklich geschafft hatte.

Er drehte sich auf den Rücken, nackt bis auf die Unterhose (und die saß schief, weil das Gummiband ausgeleiert war, und wo der Stoff gerissen war, kam sein stark blutender Hintern zum Vorschein) und eine weiße Socke. Mit weit offenen Augen starrte er zum blauen Himmel empor. Und fing an zu schreien. Er hatte sich fast heiser geschrien, bevor ihm bewusst wurde, was er da überhaupt schrie: *Ich lebe! Ich lebe! Ich lebe! Ich lebe!*

Zwanzig Minuten später rappelte er sich auf und hinkte zu dem auf Betonklötzen aufgebockten Wohnwagen hinüber, der einmal als Büro gedient hatte. In seinem Schatten verbarg sich eine große Pfütze, die sich bei dem Regenschauer am Vortag gebildet hatte. Die Tür war abgeschlossen, aber neben der grob zusammengezimmerten Holztreppe lagen noch weitere Betonklötze. Einer war in zwei Stücke zerbrochen. Curtis hob das kleinere Stück auf und drosch damit auf das Schloss ein, bis die Tür nachgab. Ihm schlug heiße, abgestandene Luft entgegen.

Bevor er hineinging, wandte er sich um und betrachtete die Toilettenhäuschen auf der anderen Seite der Straße. Das Wasser, das in den Schlaglöchern stand, spiegelte den leuchtend blauen Himmel wider wie Splitter eines schmutzigen Spiegels. Fünf Toilettenhäuschen – drei davon standen noch, zwei waren in den Graben gekippt. In dem linken wäre er fast verreckt. Und obwohl er hier stand und aus zahllosen Schürfwunden blutete, nichts am Leib außer einer zerschlissenen Unterhose und einer Socke und bis zum Hals mit Scheiße beschmiert, kam ihm das alles bereits völlig unwirklich vor. Wie ein schlechter Traum.

Das Büro war zum Teil schon leergeräumt worden – oder zum Teil geplündert, wahrscheinlich nur ein paar Tage, bevor das ganze Projekt stillgelegt wurde. Es gab keine Trennwände. Der Wohnwagen bestand aus einem langen Raum mit einem Schreibtisch, zwei Stühlen und einem billigen Sofa in der vorderen Hälfte. Im hinteren Bereich stapelten sich Kartons mit Unterlagen; auf dem Boden stand eine verstaubte Rechenmaschine, neben ihr ein Kühlschrank mit gezogenem Stecker, ein Radio und ein Drehstuhl, an dessen Lehne ein Zettel klebte. Darauf war zu lesen: *Bitte für Jimmy dalassen.*

Außerdem stand noch eine Schranktür einen Spalt offen, aber bevor Curtis hineinschaute, riss er den kleinen Kühlschrank auf. Darin befanden sich vier Flaschen Mineralwasser, eine davon geöffnet und dreiviertel leer. Curtis schnappte sich eine der vollen Flaschen und kippte sie hastig hinunter. Das Wasser war warm, aber es schmeckte wie das Wasser, das die Flüsse im Himmel mit sich führen mochten. Als er ausgetrunken hatte, bekam er einen Magenkrampf. Er hastete zur Tür, die noch offen stand, und erbrach sich neben die Treppe.

»Na, wer sagt's denn – jetzt muss ich nicht mal mehr nachhelfen!«, rief er, und Tränen rannen ihm über das schmutzige Gesicht. Eigentlich, dachte er, hätte er ebenso gut auf den Boden des Wohnwagens kotzen können. Aber er wollte sich nicht in einem Raum aufhalten, in dem er sich gerade übergeben hatte. Nicht jetzt, nach allem, was geschehen war.

Genau genommen werde ich von jetzt an nie wieder kacken gehen, dachte er. *Von jetzt an werde ich mich entleeren, wie es dem lieben Gott gefällt: auf dem Wege der unbefleckten Defäkation.*

Die zweite Flasche Wasser trank er langsamer, und er behielt sie unten. Unterdessen warf er einen Blick in den Schrank. In einer Ecke lagen zwei Paar schmutzige Hosen und einige ebenso schmutzige Hemden. Curtis vermutete, dass noch vor gar nicht so langer Zeit eine Waschmaschine neben den Kartons gestanden hatte. Oder da war noch ein zweiter Wohnwagen gewesen, der inzwischen mit einer Zugmaschine abgeschleppt worden war. Es war ihm egal. Besser gefielen ihm dagegen die beiden billigen Latzhosen, die im Schrank hingen, eine an einem Drahtbügel, die andere an einem Haken. Die Latzhose am Haken sah aus, als wäre sie ihm viel zu groß, aber die auf dem Kleiderbügel mochte ihm passen. Und das tat sie auch. Mehr oder weniger. Zwar musste er sie ein Stück umkrempeln, und wahrscheinlich sah er eher wie Farmer John aus, nachdem dieser die Schweine gefüttert hatte, und nicht wie ein erfolgreicher Aktienhändler, aber es würde gehen.

Er hätte die Polizei anrufen können, aber er hatte das Gefühl, dass seine Rechnung nicht so einfach zu begleichen sein würde. Dafür hatte er zu viel durchgemacht.

»Hexen rufen nicht die Polizei«, sagte er. »Schon gar nicht wir schwulen Hexen.«

Sein Motorroller stand noch immer dort, wo er ihn abgestellt hatte, aber er hatte nicht vor, gleich zurückzufahren. Zum einen würden zu viele Leute das Schlammmonster auf der Vespa Granturismo sehen. Wahrscheinlich würde niemand die Bullen rufen … aber sie würden lachen. Curtis wollte kein Aufsehen erregen, und er wollte auch nicht ausgelacht werden. Nicht einmal hinter seinem Rücken.

Außerdem war er müde. Müder als jemals zuvor im Leben.

Er legte sich auf das Billigsofa und stopfte sich eines der Kissen unter den Kopf. Die Tür des Wohnwagens hatte er offen gelassen, und eine angenehme Brise kam hereingeweht und liebkoste ihn mit zärtlichen Fingern. Außer der Latzhose trug er jetzt nichts mehr. Die schmutzige Unterhose und die verbliebene Socke hatte er ausgezogen.

Ich kann gar nicht riechen, wie sehr ich stinke, dachte er. *Ist das nicht erstaunlich?*

Dann schlief er ein, tief und fest. Er träumte davon, wie Betsy ihm das Idiotenstöckchen brachte und dabei die Marken an ihrem Halsband klimperten. Er nahm ihr die Fernbedienung ab, und als er sie auf den Fernseher richtete, schaute das Arschloch durch das Fenster herein.

Vier Stunden später wachte Curtis steif und schweißüberströmt auf. Es juckte ihn am ganzen Körper. Draußen grollte Donner, während das nachmittägliche Gewitter aufzog, pünktlich wie immer. Ganz langsam ging er die Treppe vor der Tür des Wohnwagens hinunter, wie ein alter Mann mit Arthritis. Und er *fühlte* sich auch wie ein alter Mann mit Arthritis. Dann setzte er sich auf die Stufen und ließ den Blick zwischen dem sich verdüsternden Himmel und dem Toilettenhäuschen, dem er entkommen war, hin- und hergleiten.

Als die ersten Tropfen fielen, schlüpfte er aus der Latzhose, warf sie in den Wohnwagen, damit sie trocken blieb, und stellte sich nackt in den Regen, das Gesicht dem Himmel zugewandt, ein Lächeln auf den Lippen. Er lächelte sogar noch, als ein Blitz auf der anderen Seite des Durkin Grove Village herabzuckte, so nahe, dass die Luft nach Ozon roch. Er fühlte sich auf wunderbare Weise völlig sicher.

Der kalte Regen spülte den meisten Dreck von ihm ab, und als er nachließ, stieg Curtis langsam die Stufen zur Wohnwagentür hinauf und ging hinein. Er wartete, bis er trocken war, und zog dann die Latzhose wieder an. Und als die ersten Strahlen der Nachmittagssonne durch die sich lichtenden Wolken fielen, schlenderte er den Hügel hinauf zu seiner Vespa. Mit der rechten Hand umklammerte er den Schlüssel, wobei Betsys inzwischen einigermaßen ramponierte Erkennungsmarke zwischen Zeige- und Mittelfinger steckte.

Die Vespa war es nicht gewohnt, bei Regen draußen zu stehen, aber sie war ein braves Pferd, sprang nach nur zwei Versuchen an und schnurrte alsbald wie gewohnt vor sich hin. Curtis stieg auf, barfuß und ohne Helm, ein vergnügter Geist. Und so fuhr er nach Turtle Island zurück, während ihm der Wind die Haare zauste und sich die Latzhose um die Beine bauschte. Er begegnete nur wenigen Autos und überquerte ohne Schwierigkeiten die Hauptstraße.

Wahrscheinlich konnte er ein paar Aspirin gut gebrauchen, bevor er Grunwald einen Besuch abstattete, aber sonst fühlte er sich besser denn je.

Um sieben Uhr an jenem Abend war der nachmittägliche Regenschauer längst vergessen. In ungefähr einer Stunde würden sich die Sonnenanbeter von Turtle Island am Strand versammeln, um wie gewohnt die Show am Ende des Tages zu genießen, und Grunwald gedachte, sich zu ihnen zu gesellen. Im Augenblick lag er jedoch noch mit geschlossenen Augen in seiner Badewanne auf der Veranda, einen nicht besonders starken Gin Tonic in Reichweite. Bevor er in die Wanne gestiegen war, hatte er ein Schmerzmittel genommen. Das würde ihm bestimmt zugutekommen, wenn er das kurze Stück zum Strand ging. Noch immer fand er sich in einen Zustand höchster Zufriedenheit versetzt. Fast brauchte er die Schmerzmittel gar nicht. Das mochte sich ändern, aber für den Augenblick fühlte er sich besser denn je. Ja, ihm stand der finanzielle Ruin bevor, aber er hatte genug Bargeld beiseitegeschafft, um es sich während der Zeit, die ihm noch blieb, gutgehen zu lassen. Und was noch wichtiger war – er hatte es der Schwuchtel besorgt, die an seinem ganzen Elend schuld war. Sollte nur noch einer behaupten, er wüsste sich nicht seiner Haut …

»Hallo, Grunwald. Hallo, Arschloch.«

Grunwald riss die Augen auf. Zwischen ihm und der untergehenden Sonne zeichnete sich wie ein schwarzer Scherenschnitt eine dunkle Gestalt ab. Wie ein Trauerflor. Johnson? Aber das war völlig unmöglich; Johnson war noch in seine umgestürzte Toilette eingesperrt, Johnson war eine Scheißhausratte und verreckte gerade oder war schon tot. Außerdem würde ein schmieriger Kerl wie Johnson, der immer wie aus dem Ei gepellt daherkam, nie und nimmer in Klamotten rumlaufen, die so aussahen, als wäre er gerade vom Misthaufen gefallen. Das war bestimmt ein Traum. Aber …

»Bist du wach? Gut. Ich möchte nicht, dass du etwas verpasst.«

»Johnson?« Nur ein Flüstern. Mehr brachte er nicht zustande. »Das bist nicht du, oder?« Aber jetzt bewegte sich die Gestalt ein wenig – gerade genug, dass ihr die spätabendliche Sonne ins Gesicht fiel –, und Grunwald sah, dass er es war. Und was hatte er da in der Hand?

Curtis bemerkte, wohin das Arschloch schaute, und war so rücksichtsvoll, sich noch etwas mehr zu drehen, damit die Sonne darauf fiel. Ein Föhn, dachte Grunwald – ein Föhn, und er saß brusttief in der Badewanne.

Er stützte sich auf den Wannenrand, um sich hochzuhieven, und Johnson trat ihm auf die Finger. Grunwald stieß einen Schrei aus und riss die Hand zurück. Johnson war barfuß, aber er hatte mit der Ferse zugetreten, und zwar kräftig.

»Bleib schön, wo du bist«, sagte Curtis mit einem Lächeln. »Schließlich wolltest du auch, dass ich dort bleibe, wo ich war. Aber ich bin da rausgekommen. Und hab dir sogar ein Geschenk mitgebracht. Ich hab bei mir zu Hause was rausgekramt. Aber deswegen solltest du es nicht ablehnen; es ist so gut wie gar nicht gebraucht, und auf dem Weg hierher hab ich den ganzen Schwuchtelstaub davon runtergeblasen. Übrigens, ich bin hintenrum gekommen, falls dich das interessiert. Wie praktisch, dass der Strom an deinem bescheuerten Viehzaun abgeschaltet ist. An dem Viehzaun, mit dem du meinen Hund umgebracht hast. Hier, bitte schön.« Mit diesen Worten ließ er den Föhn in die Badewanne fallen.

Grunwald stieß einen Schrei aus und wollte das Gerät abfangen, griff jedoch daneben. Der Föhn klatschte ins Wasser und ging unter. Er wurde von einer Massagedüse am Boden der Wanne hin und her gewirbelt. Als er gegen eines von Grunwalds dürren Beinen stieß, zuckte der zurück, in der festen Überzeugung, er würde durch einen Stromschlag getötet.

»Entspann dich«, sagte Johnson. Er lächelte noch immer. Er öffnete erst den einen Träger an der Latzhose, dann den anderen. Die Hose rutschte ihm bis auf die Fußgelenke. Darunter war er nackt. Auf der Innenseite der Arme und Schenkel glänzten noch braune Schmutzstreifen. In seinem Nabel steckte ein ekelhafter Klumpen – irgendein Rest aus dem Sammeltank. »Er ist nicht angeschlossen. Keine Ahnung, ob die alte ›Föhn in der Badewanne‹-Nummer überhaupt funktioniert. Allerdings muss ich zugeben, dass ich es gern ausprobiert hätte, wenn ich ein Verlängerungskabel gehabt hätte.«

»Hau ab!«, keuchte Grunwald.

»Nee«, sagte Johnson. »Ganz bestimmt nicht.« Und lächelte. Grunwald fragte sich, ob der Kerl verrückt geworden war. Wenn *er* das durchgemacht hätte, was Johnson durchgemacht hatte, wäre er jedenfalls verrückt geworden. Wie war er da rausgekommen? *Wie* in Gottes Namen war er da rausgekommen?

»Der Regenschauer heute Nachmittag hat den Großteil der Scheiße abgewaschen, aber ich bin immer noch ziemlich schmutzig. Wie du sehen kannst.« Johnson bemerkte den widerlichen Klumpen in seinem Nabel, kratzte ihn mit dem Finger heraus und schnippte ihn beiläufig in die Wanne.

Er landete auf Grunwalds Wange. Braun und stinkend, wie er war. Und schon ziemlich dünnflüssig. Gütiger Himmel, das war Scheiße! Grunwald stieß einen weiteren Schrei aus, dieses Mal aus Abscheu.

»Ein Schuss, ein Treffer«, sagte Johnson lächelnd. »Nicht eben angenehm, was? Ich *rieche* es zwar kaum mehr, aber glaub mir, allein der *Anblick* reicht mir. Also sei ein guter Nachbar und rutsch rüber.«

»Nein. Nein, du kannst doch …«

»Danke!«, sagte Johnson lächelnd und sprang in die Wanne. Das Wasser spritzte in alle Richtungen. Grunwald konnte ihn riechen. Johnson stank zum Himmel. Grunwald planschte zur anderen Seite der Wanne hinüber; seine hageren Oberschenkel blitzten weiß über dem sprudelnden Wasser auf, und die Bräune an den dürren Waden sah aus wie Nylonstrümpfe. Er versuchte, sich am Wannenrand hochzustemmen. Johnson legte ihm jedoch einen zwar schlimm zerkratzten, aber noch immer furchtbar starken Arm um den Hals und zerrte ihn ins Wasser zurück.

»Nein nein nein nein *nein!*«, sagte Johnson lächelnd. Er zog Grunwald an sich. Kleine braune Tupfer schwammen auf der Wasseroberfläche. »Wir schwulen Kerle baden nur selten allein. Darauf bist du doch bestimmt bei deiner Internetrecherche gestoßen. Und schwule *Hexen?* Niemals!«

»Lass mich los!«

»Vielleicht.« Johnson drückte ihn jedoch nur noch fester an sich, eine entsetzlich intime Umarmung. Und er stank immer noch nach dem Klohäuschen. »Aber erst musst du den Tauchstuhl für Schwuchteln ausprobieren. Das ist so was wie eine Taufe. Um alle Sünden von dir abzuwaschen.« Aus dem Lächeln wurde ein Grinsen, aus dem Grinsen eine starre Grimasse. Da wurde Grunwald klar, dass er sterben würde. Nicht in seinem Bett, in einer fernen, von Schmerzmitteln gedämpften Zukunft, sondern hier und jetzt. Johnson würde ihn in seiner Badewanne ertränken, und das Letzte, was er sehen würde, wären die Schmutzklümpchen, die auf der Wasseroberfläche schwammen.

Curtis packte Grunwald an den nackten, hageren Schultern und drückte ihn unter Wasser. Grunwald schlug um sich und strampelte mit den Beinen. Sein spärliches Haar bildete einen Kranz um den Schädel, und aus seinem gewaltigen Zinken von einer Nase lösten sich kleine silberglänzende Bläschen. Curtis verspürte den fast überwältigenden Drang, ihn unten zu halten … und als der Stärkere wäre er dazu auch in der Lage gewesen. Früher hätte Grunwald es mit ihm aufnehmen können, selbst wenn er sich eine Hand auf den Rücken gebunden hätte, da hatte der Altersunterschied keine Rolle gespielt. Aber das war lange her. Dieses Arschloch war scheißkrank. Und das war auch der Grund, warum Curtis ihn schließlich losließ.

Grunwald richtete sich hustend und prustend auf.

»Du hast Recht!«, rief Curtis. »Hier drin lassen die Schmerzen wirklich nach! Aber reden wir nicht von *mir;* wie geht es *dir?* Willst du nochmal auf Tauchstation gehen? Das ist gut für die Seele – behaupten jedenfalls alle einschlägigen Religionen.«

Grunwald schüttelte heftig den Kopf. Ihm spritzte das Wasser aus den sich lichtenden Haaren und aus den noch etwas üppigeren Augenbrauen.

»Dann bleib einfach hier sitzen«, sagte Curtis. »Bleib sitzen und hör mir zu. Und ich denke mal, das hier brauchen wir nicht, was meinst du?« Er griff Grunwald zwischen die Beine – Grunwald zuckte zusammen und stieß einen leisen Schrei aus – und schnappte sich den Föhn. Curtis warf ihn hinter sich. Das Gerät rutschte unter Grunwalds Verandastuhl.

»Ich werde dich bald verlassen«, sagte Curtis. »Ich geh zu mir nach Hause. Du kannst dann ja an den Strand spazieren und den Sonnenuntergang bewundern, wenn dir noch danach ist. Ist dir noch danach?«

Grunwald schüttelte den Kopf.

»Nicht? Das dachte ich mir. Ich glaube, du hast deinen letzten schönen Sonnenuntergang erlebt, Nachbar. Ich glaube sogar, dass du deinen letzten guten Tag hinter dir hast, und darum lasse ich dich auch am Leben. Und weißt du, was der Witz dabei ist? Wenn du mich in Ruhe gelassen hättest, wäre alles so gelaufen, wie du es dir erhofft hast. Ich saß nämlich schon im Scheißhaus fest und wusste es nicht einmal. Ist das nicht komisch?«

Grunwald schwieg und starrte ihn nur voller Entsetzen an. Sogar seinem Blick war anzusehen, wie krank er war. Fast hätte Curtis Mitleid mit ihm gehabt, wenn ihm nicht so deutlich vor Augen gestanden hätte, wie Grunwald das Toilettenhäuschen umgestoßen hatte. Wie der Klodeckel aufgegangen war. Wie der Scheißhaufen auf seinem Schoß gelandet war.

»Antworte mir, oder du wirst nochmal gründlich getauft.«

»Es ist komisch«, sagte Grunwald mit schnarrender Stimme. Und fing an zu husten.

Curtis wartete, bis Grunwald sich wieder gefangen hatte.

»Ja, das ist es«, sagte er. »Es ist komisch. Die ganze Sache ist komisch, wenn man sie aus dem richtigen Blickwinkel betrachtet. Und irgendwie tue ich das jetzt.«

Er stemmte sich hoch und stieg aus der Wanne. Dabei war er sich durchaus bewusst, dass er sich mit einer Geschmeidigkeit bewegte, die dem Arschloch für immer abhanden gekommen war. Unter dem Verandadach stand ein Schränkchen mit Handtüchern. Curtis nahm sich eines heraus und trocknete sich damit ab.

»Hör mir gut zu. Du kannst die Polizei rufen und erzählen, dass ich dich in deiner Badewanne ersäufen wollte, aber dann kommt auch alles andere raus. Dann verbringst du den Rest deines Lebens damit, dich in einem Strafverfahren zu verteidigen, von deinem anderen Kummer ganz zu schweigen. Aber wenn du die Sache auf sich beruhen lässt, dann stellen wir den Zähler auf null. Als wäre nichts gewesen. Mit dem feinen Unterschied – ich darf zuschauen, wie du langsam verfaulst. Und in nicht allzu ferner Zeit wirst du so stinken wie das Scheißhaus, in das du mich eingesperrt hast. Alle werden es riechen, vor allem du selbst.«

»Vorher bring ich mich um«, krächzte Grunwald.

Curtis schlüpfte wieder in die Latzhose. Inzwischen hatte er sogar Gefallen an ihr gefunden. Eigentlich das ideale Kleidungsstück, um sich in einem gemütlichen Arbeitszimmer vor den Computer zu fläzen und die Aktienkurse auf dem Bildschirm zu verfolgen. Vielleicht sollte er morgen zum Klamottendiscounter fahren, um sich gleich ein halbes Dutzend davon zu kaufen. Der neue, nicht mehr zwanghafte Curtis Johnson – ein Typ, der Latzhosen trug.

Curtis hielt inne, während er den zweiten Träger festzurrte. »Das könntest du natürlich tun. Die Knarre hast du ja, diese – wie hast du sie genannt? – diese Hardballer.« Er beugte sich zu Grunwald hinunter, der noch immer in der Brühe lag und ihn angstvoll ansah. »Das wäre auch annehmbar. Vielleicht hast du sogar den Mut dazu, obwohl, wenn es hart auf hart kommt … vielleicht auch nicht. Ich werde jedenfalls die Ohren aufsperren und auf den Knall warten.«

Damit ließ er Grunwald allein. Allerdings kehrte er nicht auf dem Weg zurück, den er gekommen war. Er schlenderte in Richtung Straße. Nach links ging es zu ihm nach Hause, aber er wandte sich nach rechts, zum Strand. Zum ersten Mal seit Betsys Tod hatte er Lust, dem Sonnenuntergang zuzuschauen.

Zwei Tage später, während Curtis am Computer saß (und General Electric im Auge behielt), hörte er von nebenan einen lauten Knall. Er hatte keine Musik laufen, und so hallte das Geräusch vollkommen klar durch die feuchte, fast schon julihafte Luft. Er blieb sitzen, wo er war, legte den Kopf schräg und lauschte. Aber es würde nicht noch einmal knallen.

Dergleichen wissen wir Hexen eben, dachte er.

Mrs. Wilson kam mit einem Geschirrtuch in der Hand hereingestürzt. »Das hat sich gerade wie ein Pistolenschuss angehört!«

»Wahrscheinlich nur eine Fehlzündung«, sagte er lächelnd. Seit seinem Abenteuer im Durkin Grove Village lächelte er häufig. Es war nicht unbedingt dasselbe Lächeln wie während der Betsy-Ära, aber jedes Lächeln war besser als gar keines. Das stand doch außer Frage, oder?

Mrs. Wilson sah ihn zweifelnd an. »Also, wenn Sie meinen …« Sie wandte sich zum Gehen.

»Mrs. Wilson?«

Sie drehte sich wieder um.

»Würden Sie kündigen, wenn ich mir wieder einen Hund zulege? Einen Welpen?«

»Wieso soll ich deshalb kündigen? Um *mich* loszuwerden, braucht es mehr als einen Welpen.«

»Na ja, die kauen doch immer auf allem herum. Und sie …« Er schwieg einen Moment lang, während er den widerlichen Sammeltank vor Augen hatte. Die Unterwelt.

Mrs. Wilson musterte ihn eingehend.

»… sie finden nicht immer den Weg zur Toilette«, schloss er.

»Wenn man ihnen das erst mal beigebracht hat, dann gehen sie meistens an den Platz, den man ihnen zugewiesen hat«, sagte sie. »Besonders in einem warmen Klima wie hier. Und Sie können die Gesellschaft gebrauchen, Mr. Johnson. Ich habe … Ehrlich gesagt, habe ich mir ein bisschen Sorgen um Sie gemacht.«

Er nickte. »Ja, ich hab ziemlich in der Scheiße gesteckt.« Er lachte, hörte jedoch auf, als er ihren irritierten Blick bemerkte. »Entschuldigen Sie.«

Sie wedelte mit dem Geschirrtuch, um ihm zu zeigen, dass er sich nicht zu entschuldigen brauchte.

»Kein reinrassiger Hund dieses Mal. Ich hab mir überlegt, ob ich nicht mal beim Tierheim vorbeischauen soll. Da werden so viele Hunde abgegeben.«

»Das wäre sehr schön«, sagte sie. »Ich freue mich schon darauf, ihn hier rumtollen zu sehen.«

»Gut.«

»Glauben Sie wirklich, dass das nur eine Fehlzündung war?«

Curtis lehnte sich auf seinem Stuhl zurück und tat so, als dächte er nach. »Wahrscheinlich schon … andererseits, Mr. Grunwald von nebenan ist ziemlich krank.« Er senkte die Stimme zu einem mitfühlenden Flüstern. »Krebs.«

»Ojemine«, sagte Mrs. Wilson.

Curtis nickte.

»Sie glauben doch nicht etwa, dass er …«

Die Zahlen, die über seinen Monitor marschierten, zerliefen zu einem Bildschirmschoner: Luftaufnahmen und Strandstillleben, alle von Turtle Island. Curtis stand auf, ging zu Mrs. Wilson hinüber und nahm ihr das Geschirrtuch aus der Hand. »Nein, eigentlich nicht, aber wir können ja mal rübergehen und nachschauen. Wozu sind Nachbarn schließlich da?«

AUS DEM AMERIKANISCHEN VON HANNES RIFFEL

ANMERKUNGEN

Einer bestimmten Lehrmeinung nach sind Anmerkungen dieser Art bestenfalls überflüssig und schlimmstenfalls verdächtig. Gegen sie wird vorgebracht, dass Geschichten, die erklärt werden müssen, vermutlich keine sehr guten Storys sind. Auch weil ich gewisse Sympathie für diese Auffassung hege, habe ich diesen kleinen Nachtrag an den Schluss des Buchs gestellt (ihn dort zu platzieren, vermeidet auch den lästigen Vorwurf, ein »Spoiler«, ein »Pointenkiller« zu sein, der meist von Leuten erhoben wird, die selbst Spaßverderber sind). In das Buch aufgenommen wurden sie einfach deshalb, weil sie vielen Lesern gefallen. Sie möchten wissen, was dazu geführt hat, dass eine Story geschrieben wurde, oder was der Verfasser sich beim Schreiben gedacht hat. Beide Fragen kann der gegenwärtige Autor nicht unbedingt beantworten, aber er kann ein paar willkürliche Gedanken anbieten, die vielleicht von gewissem Interesse sind.

»**Willa**« Wahrscheinlich nicht die beste Geschichte im Buch, aber ich mag sie besonders, weil sie eine neue kreative Phase für mich einleitete – zumindest, was das Genre der Kurzgeschichte betrifft. Die meisten Geschichten in *Sunset* wurden im Anschluss an »Willa« geschrieben, und zwar in ziemlich rascher Folge (über einen Zeitraum von knapp zwei Jahren). Was nun die Geschichte selbst angeht ... einer der Vorzüge der Fantastik ist der, dass Schriftsteller hier die Chance haben, das zu erkunden, was passieren könnte, nachdem wir diesen sterblichen Gefilden entronnen sind. Es gibt zwei Geschichten dieser Art in *Sunset* (die andere ist »Die *New York Times* zum

Vorzugspreis«). Ich wurde als völlig konventioneller Methodist erzogen, und obwohl ich die organisierte Religion und die meisten ihrer starren Lehrsätze seit langem ablehne, halte ich an der Grundidee fest, dass wir auf irgendeine Weise den Tod überleben. Es fällt mir schwer zu glauben, dass derart komplizierte und manchmal wundervolle Wesen am Ende dann bloß verschwendet sind, weggeworfen wie Müll am Straßenrand. (Wahrscheinlich will ich es einfach nicht glauben.) Aber wie dieses Überleben aussehen könnte … tja, um das herauszufinden, werde ich eben noch etwas abwarten müssen. Ich könnte mir vorstellen, dass wir verwirrt wären und nicht so ohne weiteres bereit, unseren neuen Zustand zu akzeptieren. Meine innigste Hoffnung ist es, dass die Liebe selbst den Tod überlebt (ich bin eben ein unverbesserlicher Romantiker). Wenn ja, wäre es eine verwirrte Liebe … und auch eine etwas traurige. Wenn Liebe und Traurigkeit sich vereinen, lege ich Country-Music auf: Leute wie George Strait, BR 549, Marty Stuart … und die Derailers. Es sind natürlich Letztere, die in dieser Geschichte auftreten, und das dürfte ein *sehr* langes Engagement werden.

»Das Pfefferkuchen-Mädchen« Meine Frau und ich verbringen jetzt immer einen Teil des Jahres in Florida, nahe den vorgelagerten Inseln am Golf von Mexiko. Es gibt dort viele sehr große Anwesen – manche alt und edel, manche von der protzigen, neureichen Sorte. Vor ein paar Jahren ging ich einmal mit einem Freund auf einer dieser Inseln spazieren. Er zeigte auf eine Reihe dieser fetten Villen und sagte: »Die meisten dieser Häuser stehen sechs oder sogar acht Monate im Jahr leer, kannst du dir das vorstellen?« Das konnte ich wohl … und dachte, es würde eine herrliche Geschichte ergeben. Sie erwuchs aus einer ganz simplen Vorgabe: Ein Bösewicht verfolgt ein Mädchen an einem leeren Strand. Aber, dachte ich, das Mädchen müsste anfangs schon vor etwas anderem weglaufen. Ein Pfefferkuchen-Mädchen, mit anderen Worten. Nur müssen selbst die schnellsten Läufer früher oder später einmal

haltmachen und kämpfen. Außerdem mag ich Spannungsge-
schichten, bei denen es auf wichtige kleine Details ankommt.
In dieser hier gab es jede Menge davon.

»Harveys Traum« Über diese Story kann ich nur eines sagen,
weil es das Einzige ist, was ich darüber weiß (und wahrscheinlich das Einzige, was zählt): Sie ist mir im Traum eingefallen. Ich habe sie in einem Rutsch niedergeschrieben und dabei
kaum etwas anderes getan, als eine Geschichte aufzuzeichnen,
die mir mein Unterbewusstsein zuvor erzählt hat. Es gibt noch
eine andere Traum-Story in diesem Buch, über die ich allerdings ein wenig mehr weiß.

»Der Rastplatz« Vor ungefähr sechs Jahren habe ich an einem
College in St. Petersburg, Florida, eine Lesung gegeben. Ich
bin lange geblieben und schließlich nach Mitternacht auf der
Autobahn nach Hause gefahren. Auf dem Rückweg habe ich
an einem Rastplatz angehalten, um Wasser zu lassen. Wer irgendwann einmal in Florida eine Autobahn benutzt hat, der
weiß, wie es auf so einem Rastplatz aussieht: wie in einem Ge-
fängnistrakt im halboffenen Vollzug. Jedenfalls bin ich vor der
Herrentoilette stehen geblieben, weil sich in der Damentoilette ein Mann und eine Frau heftig stritten. Beide klangen
ausgesprochen angespannt, so als würden sie sich jeden Moment an die Gurgel gehen. Ich fragte mich, was um alles in der
Welt ich dann tun würde, und dachte: *Ich muss eben meinen inneren Richard Bachman herbeirufen, von uns beiden hat der nämlich
eindeutig mehr Mumm.* Das Paar kam heraus, ohne sich zu prügeln – obwohl die betreffende Dame weinte –, und ich fuhr
nach Hause, ohne dass noch etwas Nennenswertes geschehen
wäre. Ein paar Tage später habe ich dann diese Geschichte geschrieben.

»Der Hometrainer« Wer sich jemals auf einem dieser Geräte
abgestrampelt hat, der weiß, wie entsetzlich langweilig das sein

kann. Und wer jemals versucht hat, sich wieder dazu zu zwingen, täglich zu trainieren, der weiß, wie schwierig *das* sein kann. (Mein Motto lautet: »Essen ist einfacher.« Aber ich mache meine Übungen – danke der Nachfrage.) Diese Geschichte hat ihren Ursprung in der sehr eindeutigen Empfindung, die ich für jedes Laufband und für jeden Stepper hege, auf dem ich mich je abgeschwitzt habe: Hass, reiner, unverfälschter Hass.

»Hinterlassenschaften« Wie fast jeder in Amerika war ich vom 11. September zutiefst und grundlegend betroffen. Wie vielen Verfassern von literarischen und populären Romanen gleichermaßen widerstrebte es mir, auch nur zu versuchen, *irgendetwas* über ein Ereignis zu schreiben, das ein ebensolcher amerikanischer Prüfstein wie Pearl Harbor oder die Ermordung John F. Kennedys geworden ist. Aber Storys zu schreiben, ist mein Beruf, und diese Geschichte fiel mir ungefähr einen Monat nach dem Einsturz der Twin Towers ein. Ich hätte sie vielleicht nie aufgeschrieben, hätte ich mich nicht an ein Gespräch erinnert, das ich fünfundzwanzig Jahre zuvor mit einem jüdischen Lektor geführt habe. Er war wegen einer Story mit dem Titel »Der Musterschüler« unglücklich über mich. Es sei nicht richtig, dass ich über Konzentrationslager schriebe, sagte er, weil ich kein Jude sei. Ich erwiderte, das mache das Schreiben dieser Geschichte umso wichtiger – Schreiben sei nämlich ein Akt gewollten Verstehens. Wie jeder andere Amerikaner, der an jenem Morgen die New Yorker Skyline brennen sah, wollte ich das Ereignis selbst und die Narben begreifen, die solch ein Ereignis zurücklassen würde. Diese Geschichte war mein Versuch, das zu tun.

»Abschlusstag« Nach einem Unfall im Jahr 1999 nahm ich jahrelang ein Antidepressivum namens Doxepin – nicht etwa weil ich depressiv war (bemerkte er niedergeschlagen), sondern weil Doxepin eine günstige Wirkung auf chronische Schmerzen zugeschrieben wird. Es half tatsächlich, doch als ich im

November 2006 nach London reiste, um für meinen Roman *Love* zu werben, fand ich es an der Zeit, mit dem Zeug aufzuhören. Ohne mich mit dem Arzt zu beraten, der mir das Medikament verordnet hatte, ließ ich es von heute auf morgen sein. Die Nebenwirkungen dieses kalten Entzugs waren … interessant.* Ungefähr eine Woche lang sah ich, sobald ich nachts die Augen schloss, vorbeiziehende Bilder wie bei einem Kameraschwenk: Wälder, Felder, Hügel, Flüsse, Zäune, Eisenbahngleise, Männer mit Hacken und Schaufeln auf einem Straßenbauabschnitt … und dann fing das Ganze wieder von vorn an, bis ich einschlief. Es gab nie eine Geschichte dazu, sondern immer nur diese detaillierten, gestochen scharfen Bilder. Irgendwie tat es mir sogar leid, als es damit vorbei war. Außerdem hatte ich im Anschluss an die Doxepin-Phase auch eine Reihe lebhafter Träume. Einer davon – ein riesiger Atompilz über New York – wurde zum Gegenstand dieser Erzählung. Obwohl mir klar war, dass das Bild schon in zahllosen Filmen verwendet wurde (ganz zu schweigen von der Fernsehserie *Jericho – Der Anschlag*), schrieb ich sie auf, weil der Traum eine besondere dokumentarische Nüchternheit an sich hatte. Ich erwachte mit klopfendem Herzen und dachte: *Das könnte passieren. Und früher oder später wird es bestimmt passieren.* Wie »Harveys Traum« ist diese Story eigentlich weniger Dichtung als Niederschrift.

»N.« Dies ist die neueste Erzählung des Buchs und wird hier erstmals veröffentlicht. Sie ist stark von Arthur Machens »Der große Pan« beeinflusst, einer Geschichte, die (wie Bram Stokers *Dracula*) ihre doch ein wenig unbeholfene Prosa weit hinter sich lässt und sich gnadenlos im Schreckensbewusstsein des Lesers festsetzt. Wie viele schlaflose Nächte mag sie wohl verursacht haben? Ich kann nur sagen, dass einige davon meine

---

* Ob ich ganz sicher bin, dass das Absetzen des Doxepin dafür verantwortlich war? Nein. Was weiß ich, möglicherweise war das englische Wasser schuld.

waren. Für meine Begriffe stellt »Der große Pan« die größt-
mögliche Annäherung der Horrorliteratur an einen großen
weißen Wal dar. Früher oder später muss sich jeder Autor, der
dieses Genre ernst nimmt, an dieses Thema heranwagen: dass
nur eine dünne Schicht unsere Realität von der dahinterlie-
genden *wahren* Realität trennt, die eine grenzenlose, von Un-
geheuern erfüllte Schwärze ist. Mein Ansatz war, Machens
Thema mit dem Phänomen der Zwangsstörung zu verknüp-
fen – zum Teil aus der Überzeugung heraus, dass jeder Mensch
bis zu einem gewissen Grad zwanghaft ist (sind wir nicht alle
schon einmal umgekehrt, um uns zu vergewissern, dass wir
auch wirklich die Gasflammen oder die Herdplatten abgeschaltet haben?), und zum Teil weil Obsessionen und innere
Zwänge bei Horrorgeschichten fast immer ungenannte Mit-
verschwörer sind. Fällt Ihnen auch nur eine gelungene Schauer-
geschichte ein, die sich nicht um die Rückkehr zu verhassten
und verabscheuten Dingen dreht? Das beste Beispiel dafür ist
vielleicht »Die gelbe Tapete« von Charlotte Perkins Gilman.
Am College erfährt man, dass es sich dabei um eine feministi-
sche Erzählung handelt. Das stimmt natürlich, aber es ist auch
die Geschichte eines Bewusstseins, das unter der Last seiner
obsessiven Gedanken zerbricht. Dieses Element findet man
auch in »N.«.

»Die Höllenkatze« Gäbe es in *Sunset* ein Gegenstück zu den
»Hidden Tracks«, die manche Künstler zusätzlich auf ihren CDs
unterbringen, wäre es wohl diese Story. Und dafür habe ich meiner langjährigen Assistentin Marsha DeFilippo zu danken. Als
ich erwähnte, ich sei dabei, einen neuen Sammelband zusam-
menzustellen, fragte sie mich, ob ich darin endlich »Die Höllenkatze«, eine Geschichte aus meiner Arbeit für Herrenmagazine,
aufnehmen würde. Ich erwiderte, ich müsse diese Story – die im
Jahr 1990 sogar in *Geschichten aus der Schattenwelt* verfilmt wurde – bestimmt in einer der vier schon erschienenen Anthologi-
en untergebracht haben. Marsha zeigte mir Inhaltsverzeichnis-

se, die das Gegenteil bewiesen. Hier ist sie also, endlich zwischen Buchdeckeln, über dreißig Jahre nach dem Erstabdruck in einer Zeitschrift. Entstanden ist sie auf originelle Weise. Der damalige Literaturredakteur von *Cavalier,* ein netter Kerl namens Nye Willden, schickte mir eine Nahaufnahme von einer fauchenden Katze. Was sie – außer der Wut der Katze – ungewöhnlich machte, war die Art und Weise, wie ihr Gesicht in der Mitte geteilt war: mit weißem Fell auf einer Seite und glänzend schwarzem auf der anderen. Nye wollte einen Wettbewerb für Kurzgeschichten veranstalten. Er schlug vor, ich solle die ersten zwei Seiten einer Story über diese Katze schreiben; *Cavalier* würde seine Leser auffordern, sie zu ergänzen, und die beste Story veröffentlichen. Ich sagte zu, aber dann interessierte mich das Thema so sehr, dass ich die Geschichte ebenfalls zu Ende schrieb. Ich weiß nicht mehr, ob meine Version in derselben Ausgabe wie die Siegergeschichte des Wettbewerbs veröffentlicht wurde oder erst später; jedenfalls wurde sie im Lauf der Jahre in mehrere Anthologien aufgenommen.

»Die *New York Times* zum Vorzugspreis« Im Sommer 2007 reiste ich nach Australien, mietete eine Harley-Davidson und brauste damit von Brisbane nach Perth (na ja … ich verstaute das Motorrad hinten auf einem Toyota Landcruiser, um einen Teil der großen australischen Wüste zu durchqueren, wo Straßen wie der Gunbarrel Highway genau so aussehen, wie ich mir Highways in der Hölle vorstelle). Es war ein toller Trip; ich erlebte eine Menge Abenteuer und schluckte eine Menge Staub. Aber der Jetlag nach einundzwanzig Stunden in der Luft ist ein Hammer. Zumal ich im Flugzeug nicht schlafe. Kann's einfach nicht. Wenn die Stewardess mit so einem albernen Pyjama an meinem Sitz auftaucht, mache ich ein Kreuzzeichen und scheuche sie weg. Nach der Strecke San Francisco–Brisbane endlich in Oz gelandet, ließ ich die Rollläden herab, haute mich aufs Ohr, schlief zehn Stunden durch und wachte munter und unternehmungslustig auf. Das Problem war nur, dass es dort zwei Uhr morgens war, nichts im Fernsehen lief und ich meine mitgebrachte Lektüre schon im Flugzeug ausgelesen hatte. Zum Glück hatte ich ein Notizbuch dabei, und so schrieb ich diese Geschichte an meinem kleinen Hotelschreibtisch. Als die Sonne aufging, war sie fertig, und ich konnte noch zwei Stunden schlafen. Eine Geschichte sollte auch den Verfasser unterhalten – das ist meine Meinung, wir sind auf Ihre gespannt.

»Stumm« In meiner örtlichen Tageszeitung las ich eine Geschichte über eine Highschool-Sekretärin, die über 65 000 Dollar veruntreut hatte, um Lotto zu spielen. Mein erster Gedanke war, wie sich wohl ihr Ehemann dabei fühlte; um das herauszufinden, schrieb ich diese Geschichte. Sie erinnert mich an die giftig-bösen Leckerbissen der wöchentlichen Fernsehreihe *Alfred Hitchcock zeigt ...*, die ich mir damals nie entgehen ließ.

»Ayana« Für Autoren, die sich dem Fantastischen verschrieben haben, ist – wie in diesen Anmerkungen bereits erwähnt – das Leben nach dem Tod ein recht fruchtbares Thema. Und natürlich ist auch Gott in all seinen vermeintlichen Gestalten ein Thema, für das fantastische Geschichten gemacht sind. Wenn wir uns Fragen über Gott stellen, findet sich ganz oben auf der Liste immer die, warum manche Menschen überleben und andere sterben, warum es manchen Menschen gutgeht und anderen nicht. Ich stellte mir selbst diese Frage, als ich 1999 an den Verletzungen eines Autounfalls zu leiden hatte – es war nur eine Frage von wenigen Zentimetern, und ich hätte den Tod gefunden (andererseits war es auch nur eine Frage von wenigen Zentimetern, und ich hätte den Unfall völlig unbeschadet überstanden). Wenn jemand überlebt, so sprechen wir von einem »Wunder«. Stirbt er allerdings, dann sagen wir: »Es war der Wille Gottes.« Wunder sind rational nicht zu erklären, ebenso wenig wie der Wille Gottes zu verstehen ist – Gott, der, falls es ihn denn tatsächlich gibt, uns vielleicht so viel Interesse entgegenbringt wie ich momentan den Mikroben auf meiner Haut. Aber Wunder geschehen, scheint mir; jeder Atemzug ist ein neues Wunder. Die Wirklichkeit ist dünn, aber nicht immer finster. Ich möchte nicht über Antworten schreiben, sondern über Fragen. Und leise andeuten, dass Wunder nicht nur ein Segen sind, sondern auch eine Last sein können. Vielleicht ist das alles ein ausgemachter Blödsinn, trotzdem mag ich die Geschichte.

»In der Klemme« Jeder hat schon mal einem dieser Klohäuschen am Straßenrand einen Besuch abgestattet, und sei es auch nur auf einem Autobahnrastplatz, wo die zuständige Behörde zusätzliche Toiletten aufstellen lässt, wenn sich hier im Sommer auf einen Haufen ganze Reisebusse mit Touristen entleeren (während ich das schreibe, schmunzle ich, weil das so schön fäkalisch klingt). Hach, es lässt sich doch nichts mit dem großartigen Gefühl vergleichen, wenn man an einem heißen Augustnachmittag eine dieser kleinen, dunklen Kabinen betritt, oder? Wohlig warm ist es da drin, und der Geruch ist geradezu *himmlisch*. Ehrlich gesagt, habe ich noch nie ein solches Häuschen benutzt, ohne an Poes Erzählung »Das vorzeitige Begräbnis« zu denken und mich zu fragen, was mit mir geschehen würde, wenn das Scheißhaus umkippte und auf der Tür landete. Besonders dann, wenn niemand in der Nähe war, der mir raushelfen könnte! Schließlich habe ich die Geschichte darüber geschrieben, aus demselben Grund, werte Leserinnen und Leser, aus dem ich so viele andere unerfreuliche Geschichten geschrieben habe: Um *anderen* zu vermitteln, was *mir* Angst macht. Und ich möchte nicht schließen, ohne zu verraten, was für ein kindliches Vergnügen das war. Ich habe mich selbst vor dem geekelt, was ich da schrieb.

Na ja.

Ein bisschen.

★ ★ ★

Und damit möchte ich mich vorläufig von Ihnen verabschieden. Wenn weiterhin Wunder geschehen, sehen wir uns wieder. Einstweilen vielen Dank, dass Sie meine Geschichten gelesen haben. Ich hoffe, dass wenigstens eine davon Sie noch ein Weilchen wach hält, nachdem Sie das Licht ausgeschaltet haben.

Passen Sie auf sich auf ... und ach! Haben Sie vielleicht den Herd angelassen? Oder vergessen, das Gas am Grill auf der Veranda auszuschalten? Was ist mit dem Schlüssel in der Hintertür? Haben Sie ihn auch ganz bestimmt rumgedreht? Dergleichen vergisst man nur allzu leicht, und just in diesem Moment könnte jemand da reinschlüpfen. Ein Verrückter vielleicht. Mit einem Messer.

Am besten, Sie schauen mal nach, oder?

STEPHEN KING · 8. März 2008

[Die amerikanischen Originale folgender Erzählungen wurden bereits vorab veröffentlicht: »Willa« in *Playboy;* »The Gingerbread Girl« (Das Pfefferkuchen-Mädchen) in *Esquire;* »Harvey's Dream« (Harveys Traum) in *The New Yorker;* »Rest Stop« (Der Rastplatz) in *Esquire;* »Stationary Bike« (Der Hometrainer) von Borderlands Press; »The Things They Left Behind« (Hinterlassenschaften) von Tor Books; »Graduation Afternoon« (Abschlusstag) in *Postscript,* No. 10; »The Cat From Hell« (Die Höllenkatze) von Putnam; »The New York Times at Special Bargain Rates« (Die *New York Times* zum Vorzugspreis) in *Magazine of Fantasy & Science Fiction;* »Mute« (Stumm) in *Playboy;* »Ayana« in *The Paris Review;* »A Very Tight Place« (In der Klemme) in *McSweeney's.*]